신서울 1

신서울 1

발행일	2023년 6월 7일

지은이	김민우		
펴낸이	손형국		
펴낸곳	(주)북랩		
편집인	선일영	편집	정두철, 배진용, 윤용민, 김부경, 김다빈
디자인	이현수, 김민하, 김영주, 안유경, 한수희	제작	박기성, 황동현, 구성우, 배상진
마케팅	김회란, 박진관		
출판등록	2004. 12. 1(제2012-000051호)		
주소	서울특별시 금천구 가산디지털 1로 168, 우림라이온스밸리 B동 B113~114호, C동 B101호		
홈페이지	www.book.co.kr		
전화번호	(02)2026-5777	팩스	(02)3159-9637

ISBN   979-11-6836-928-3 04810 (종이책)   979-11-6836-929-0 05810 (전자책)
        979-11-6836-927-6 04810 (세트)

(주)북랩 성공출판의 파트너

북랩 홈페이지와 패밀리 사이트에서 다양한 출판 솔루션을 만나 보세요!

홈페이지 book.co.kr   •   **블로그** blog.naver.com/essaybook   •   **출판문의** book@book.co.kr

작가 연락처 문의 ▶ ask.book.co.kr

작가 연락처는 개인정보이므로 북랩에서 알려드릴 수 없습니다.

K-디스토피아의 새로운 시작
선악과 신을 탐하다

김민우 장편소설

신 서울 1

멸망한 세상

북랩

#

신서울에서 태어난 제 이름은 신서울입니다.

쪽빛의 하늘입니다.

태어나서부터 쭉 봐오던 늘 같은 색의 평범한 하늘.

나이 드신 어르신들께선 저것을 현실이 아닌 애니메이션 속에서나 봐오던 멋진 풍경이라고 하시지만, 저는 먹구름 낀 하늘도 구름 한 점 없이 잔잔하고 투명한 하늘도 한 번도 본 적이 없기에 사실 무엇이 멋지다는 건지 잘 이해가 되질 않습니다.

이해가 안 되는 것은 그뿐만이 아닙니다.

다들 제게 입을 모아, 축복받은 세상에서 살아가고 있다고 과도하게 찬양 섞인 말을 전하곤 합니다. 십칠 년 전, 온 세상이 멸망하고 남은 인류가 전력을 다해 구축했다고 전해지는 열두 개의 도시. 그중 과거 이 땅의 수도인 서울의 이름을 따 새로움을 더했다는 의미에서 '신(新)서울'이라 불리게 된 이곳은, 전쟁 이후의 세상에서 가장 살기 좋은 도시로 세계적으로 유명하다 들었습니다.

우리 세대에선 당연히 여겨지는 인공으로 만들어진 쪽빛의 하늘과 따스한 태양, 숨쉬기 알맞은 농도의 공기, 자연이 함께 어우러진 도시의 언제나 같은 풍경이 대표적인 예로 손꼽히며 말이죠. 귀에 못이 박히도록 들어온 찬사이지만 저는 모르겠습니다.

우린 정말로 축복을 받은 걸까요…? 축복받았다면 다들 어째서 가끔 너무나도 허망한 표정을 지으며 한숨을 내쉬곤 하는 걸까요. 이 완벽한 도시가 생겨난 날, 바로 그날 탄생한 제 이름은 부모님의 선택에 의해 '신서울'이 됐습니다.

　저는 신서울에서 태어나 평생을 살았으며 앞으로 평생을 살아갈 신서울이며, 누구도 갖지 않는 의문을 갖기 시작한 평범하고 조그마한 17세의 소녀입니다.

　여러분, 제 이야기를 들어주시겠어요?

목차

1장.

도시 신서울

쪽빛 하늘 아래 일 년 삼백육십오 일 쾌적한 온도가 유지된다. 춥지도 덥지도 않으며, 어느 곳도 습하거나 건조하지가 않다. 수백 층 높이의 건물들로 둘러싸인 이곳은 대외적으로 알려진 지구 열두 개의 도시 중 으뜸으로 불리는 거대도시, 신서울이다.

살기 좋은 땅, 삼백만 인구의 도시, 행복이 넘쳐나는 곳.

도로를 따라 걸음을 옮기다 보면 빌딩 숲 사이를 가득 메운 전광판에서 그런 희망에 찬 소리만이 열렬하게 들려온다.

단, 언제나 그것뿐이었다.

이 세상엔 '불행'이란 단어가 없었다.

모두가 행복해야 한다.

행복은 신서울의 신조이며, '그들'이 지정한 가장 합리적인 문구였다.

때문에 신서울에선 사람에게 불쾌감을 줄 만한 것이 없었다.

우선, 악취가 없다. 거리는 놀랍도록 청결했고, 빌딩 구석 곳곳에 설치된 나무나 풀 따위에서 잡스러운 것이 티끌 하나 날아다니지도 않았다.

가끔 의도적으로 세찬 바람이 불어닥친단들 족히 수백 년은 되어 보이는 거대한 단풍나무에서 나뭇잎 한 장 흩날리지 않는 것이다. ― 종말 전쟁 이후 급속도로 발달한 과학은 그것을 가능케 만들었다.

또한 범죄가 없었다.

배우고 교육받고 끊임없이 반복해 세뇌하고.

그렇더라도 어쩔 수 없이 범죄행위가 일어난다면 그 사실 자체를 없애버린다. 도시의 행복을 유지하기 위해서라면 언제든 불순분자들이 설치는 것을 용납해서는 안 되지 않은가. 행복을 방해할 모든 건 건방진 모략을 꾸민 '못된 악당'들이 떠안고서 아무도 모르게 역사의 뒤안길로 사라졌다.

나쁜 단어들도 모조리 없애버렸다.

좋은 말만 듣고 자라야 행복하다.

이곳은, 그렇기에 모두가 행복한 곳.

지상의 낙원.

2084년의 도시, 신서울이다.

&

올해로 17세가 되는 소녀가 있다.

신서울 중심에서 태어난 처음이자 마지막 세대.

소녀를 탄생시킨 자는 소녀에게 특별한 의미를 부여하고자 지명과 같은 이름인 '서울'을 붙여줬다. 신씨의 성까지 더해 신서울.

모두에게 신서울 양이라 불린다.

[우리 모두 존댓말을 씁시다.]

최근 도시의 '문구'에 내려진 강령이었다.

언제, 어디서부터 시작된 것인지는 아무도 모르지만 그 순간부터 모두는 원래부터 알고 있던 것이 됐고, 그때부터 반말이란 개념은 희미해졌다. 간혹 반말을 쓰는 사람이 있긴 하다. 그리고 그런 사람은, 어느 날부터인가 영영 보이지 않게 됐다. 신서울 양은 호기심이 많았다. 그러나 그녀의 호기심을 채워줄 지식은 이 세상에 턱없이 부족했다.

이미 사라졌거나, 어딘가에 꼭꼭 은폐돼 있거나.

소녀는 하늘이 어째서 쪽빛으로만 있어야 하는지, 왜 신서울이 살기 좋은 곳인지, 모두가 갑작스레 존댓말을 쓰기 시작한 건 무슨 이유에선지 그 외에도 많은 것이 몸이 달아오를 만큼 너무나 궁금했다.

알고 싶어.

알고 싶은데, 물어볼 대상이 없어.

어릴 적부터 가르쳐주지 않는 건 묻지 않게 돼 있었다.

자꾸 남에게 이상한 걸 물으면 '괴물'에게 잡혀간다.

신서울 양의 세대에만 전해지는 유일한 불쾌감인 공포심. 그녀는 남들보다 호기심이 많았지만 무서운 게 더 싫었다. 신서울 양이 할 수 있는 건 그저 의문을 갖고, 생각하고, 남몰래 찢은 종이에다가 그것을 기록하는 것밖에 없었다.

그녀의 기록 작업은 표현할 단어가 한정되어 몹시도 고됐다. 머리와 심장이 근질거리며 당장 써야 할 것에 대해 생각은 나는데 그것을 정의할 마땅한 단어가 없었다.

한참을 빈 허공에다 대고 손가락으로 하고자 하는 표현의 정의에 대해 제멋대로 끄적거릴 뿐. 가령 펜을 꺼내 들어 종이에다가 '억압'이란 단어를 쓰려고 하면, 일주일을 내내 고민하다가 수십 장의 글을 써 내려가야지 겨우 비슷한 의미를 설명할 수 있었다.

그것도 운이 좋을 때나 가능한 일이었다. 어떨 땐 한 달을 내내 고민해봐도 끝내 표현하지 못하고 말았으니까.

〈돌아오셨습니까.〉

그녀가 빌딩 숲 사이를 통과해 자신의 아담한 방 안으로 돌아오자, 차가운 여성의 기계음이 그녀를 반겨왔다. 이 티제이(TJ-19)라는 모델명을 가진 로봇은 일하러 멀리 떠나있는 신서울 양의 부모를 대신해 집안의 가사 노동 전반의 모든 일을 처리해주었다.

그녀가 개인의 생각이란 것을 확고히 가지게 되기 그 이전부터 함께해오던 음성인지라 신서울 양은 저 거대한 금속 덩어리인 티제이를 숫제 자신의 가족과도 같다고 여기고 있었다.

소리가 나는 전광판에선 간혹 도심 삼백만의 모든 가구에 만능로봇 티제이가 설치되어있음을 알리곤 했다. 그러면서 인간에게 편리성을 제공하는 '뛰어난 티제이'는 인류의 보물이라고 끊임없이 찬사를 보냈다. 그러나 신서울 양은 다른 곳 어디에서도 티제이를 본 기억이 없었다. 도시중심에 삼백만이나 되는 대인원이 살아간다는데, 그렇게나 많은 사람이 거리를 나다니는 것도 본 적이 없었다. 신서울 양은 이 년 전인가 너무나도 궁금해져서 괴물에게 잡혀간다는 공포심을 억누르고 학교 선생님께 물어보지 말아야 할 것을 물은 적이 있었다.

선생님 댁엔 어째서 티제이가 보이지 않는 건가요? 삼백만 명이나 된다는 사람들은 모두 어디에 있죠? 그녀의 물음에 잠시 고민하던 선생은 웃는 낯으로 말했다.

티제이는 전력소모가 커서 너희처럼 정부의 전폭적인 지원을 받는 마지막 세대가 아닌 일반가정의 사람들은 잘 사용하지를 못한단다. 애초에 설치가 된 곳 자체가 드물고, 설령 갖고 있어도 쓰질 못하는 거지. 그리고 눈에 보이지 않는 사람들은 모두, 음…. 그래, 저기 저 높은 빌딩 안에서 열심히 일하는 거야. 그때는 반말이 가능했던 시기였다. 자신감 넘치는 표정으로 그렇게 답해준 선생님은, 이윽고 다음날 그녀의 눈앞에서 사라졌다.

신서울 양은 그날 이후로 더는 남에게 궁금한 것을 묻지 않게 됐다. 대신에 혼잣말이 늘고 사색이 늘어났다. 점점 자신이 남들과 어딘가 다르다는 것을, 도시를 감싼 세상의 이상하고 인위적인 눈높이를 경험하고 깨닫는 중이었다.

다시 생각해보면 사라진 사람은 그때의 그 선생뿐만이 아니었다. 신서울 양에게 남자와 여자의 신체적 차이점을 말해줬던 할머니, 쓰디쓴 검은 물(한약)을 몸에 좋다고 자신에게 먹여주었던 아저씨, 눈이 아프지도 않은데 악을 쓰며 울던 또래의 친구. 그들 모두가 신서울 양이 눈 깜짝할 새 보이지 않게 됐다.

왜 그들은 사라지고 있을까.

〈정신이 불안정합니다. 3초 호흡법을 시행하십시오.〉

티제이의 고저 없는 경고 소리가 혼란한 신서울 양의 머릿속을 파고들었다. 3초 호흡법이란 들숨과 날숨을 인위적으로 3초씩 끊어 맞춰 하는 것으로, 안정을 되찾기에 적격인 민간요법이었다.

신서울 양은 본능적으로 티제이의 '조언'을 따랐다. 신서울 양이 알고 있는 티제이는 척척박사였다. 이 똑똑하고 쓸모 많은 로봇이 모르는 것은 아무것도 없을 것이라 자신을 할 만큼 신서울 양은 티제이를 신뢰하고 있었다. 마음 같아선 티제이에게 자신이 가진 의문점을 모조리 토로해보고도 싶었다. 아주 친근한 친구를 대하는 것처럼 장난기 섞인 성토로, 세상이 억누르려 하는 것의 정체를 묻고 싶을 때가 한두 번이 아니었다. 속마음으론 늘 그랬지만, 신서울 양은 잘못 이야기를 꺼냈다가 너무나도 소중한 티제이마저 자신의 앞에서 사라져버릴까 두려워 그럴 엄두를 내지 못했다.

아니, 확실하다.

의문을 묻는 다음 날 티제이 혹은 자신이 사라져버릴 것이다. 여태까지 언제나 그래 왔던 것처럼. 그녀는 외로웠다. 어릴 적부터 알고 지내던 사람들이 하나둘씩 사라지고, 새로운 사람이 아무렇지 않게 그 빈자리를 채웠다. 매번, 매 순간마다. 어제 만난 사람의 자리를 내일은 다른 사람이 차지하고 있었다. 때문에 어느 순간부터 그녀는 타인과 친해지길 아예 포기했다.

친구와 이웃의 의미가 지워졌다. 그나마 살아계신 부모님은 두 분 모두 신서울의 인접 도시로 출장을 나가, 현 인류가 살아가는 데 필수 동력으로 알려진 새 에너지원 '프레온 가스'를 채집하는 일을 하고 있어 만나고 싶어도 만날 수가 없었다. 그분들과 가끔 영상통화를 하지만, 실제로 그들과 마주한 기억은 도통 찾을 수가 없다. 오직 티제이만이 유일하게 변치 않고 평생을 그녀와 함께 있어줬다. 티제이는 비록 철저히 프로그래밍 된 음성과 행동패턴을 가진 로봇에 불과했지만 그녀가 자신의 존재가치를 발할 수 있는 이 작은 방 안만이 신서울 양의 유일한 안식처다.

〈바이탈 지수 체크 결과 양호, 서울 양 저녁 식사 시간입니다.〉

익숙한 일상 스케줄 음성을 들으며 신서울 양은 방의 문턱을 넘어 식탁으로 향했다. 몇 걸음 걸어 도착한 널따란 식탁 위에는 오늘 섭취할 분량의 영양 바 한 개가 덩그러니 놓여있을 뿐이었다. 저 영양 바는 멸망을 겪고 난 인류가 선택한 훌륭한 완전식품이었다.

단백질 비타민 무기질 지방 탄수화물.

인간이 요구하는 모든 영양분이 필수 분에 꼭 해당이 될 만큼 가득 찬 영양 바는, 삶을 이어가는 데 도움을 줬지만 포만감과 미식의 쾌락을 허용하진 않았다. 영양 바가 출시되면서 도시 내 모든 사람들은 굶주리는 일이 없게 됐다 대신, 맛의 쾌락을 잊었다. 신서울에선 식욕이 철저히 억제되고 있었다. 배부른 것은 행복을 주는 동시에, 더 많은 것을 탐하고 싶은 욕심을 만들어내는 잘못된 것이었으니까.

욕심은 불행의 근원 중 하나다.

오직 행복만을 추구하는 도시에선 당연히 배제해야 마땅한 것. 과거의 사람이 아닌 신서울 양은 그래서 먹을 것을 왜 먹는지조차 몰랐다. 아주 어렸을 적부터 먹으라고 교육을 받았기에 습관처럼 먹을 뿐이었지 음식을 먹지 않으면 나는 과연 어떻게 될까, 생각해본 적이 없다. 이곳에선 그 누구도, 인간이 먹지 않으면 죽는다고 알려주지 않았다. 그런 단순 지식을 떠나 애당초 신서울 양은 죽음이란 걸 모른다. 딴 것은 의심을 하고 스스로 탐구해볼 수가 있었지만, 죽는다는 것 자체만은 아직 떠올리지 못했다.

그녀는 살아있다. 인간은 어디서든 존재했다.

때문에 그녀는 자신이 이 세상에서 영원히 실존할 것이라고 생각했다. 생각하고 능동적으로 움직일 수 있는 내가 언젠가는 완벽히 없어져야 할 가여운 존재라고 티끌만큼도 의심하지 못한다.

신서울 양이 아는 공포는 어디까지나 '괴물이 잡아간다'와, 모종의 이유가 발생 시에 주변 사람이 다른 사람으로 '뒤바뀐다는 것'뿐이었다. 천천히 영양 바를 모두 섭취한 신서울 양은 티제이의 조언에 따라 침대 위에 누웠다.

신서울은 어둠과 밤이 없는 도시.

잠에 들 때조차 밝은 LED 등 아래서다.

눈이 부셔 푹 자지 못하지 않느냐고? 걱정 없다.

특수한 약품이 방 안에 퍼져 뇌를 강제로 조작, 어두운 곳에서 자는 것 이상의 깊은 잠을 잘 수 있게 만들어준다. 신서울 양은 스르르 잠에 빠져들었다. 똑같이 반복될 내일과 마음에 그득 찬 의심거릴 되새김질하며.

그날 밤, 그녀는 처음으로 꿈을 꾸었다.

&

눈을 떠보니 세상이 온통 하얗게 물들어있었다.

신서울 양은 세상을 뒤덮은 그것들이 빗물이 추위에 얼어붙으면서 내린다는 겨울의 눈이라는 것을 본능적으로 알아차렸다. 옆집 할머니께서 가끔 말씀하시곤 했다. 요즘엔 눈이 내릴 일도 없는데, 세상이 너무도 차갑다라고. 다들 마음이 꽁꽁 얼어붙어 있어서 그렇다라고 말씀하셨다. 신서울 양은 처음으로 얼어붙은 세상을 보고, 만지며 그것이 무슨 뜻이었는지를 음미하였다. 그러자, 점점 몸이 추워졌다. 외투를 감싸 매려 했는데 갑자기 불어닥친 거센 바람에 의해 그녀의 외투가 벗겨져나갔다. 쪽빛 하늘이 어두컴컴해지며 먹구름이 꼈다. 하늘을 가득 메운 먹구름에서 꽃을 닮은 새하얀 것들이 빠져나와 자유롭게 낙화한다. 눈.

저것이야말로 비가 얼어 만들어진다는 '눈꽃'이다. 세상에는 그녀가 탄생하고 나서의 첫눈이 내린다.

나신이 된 그녀의 몸은 얼음장 같은 추위 앞에서 금방이라도 동사를 할 것처럼 위태로워 보였다. 그녀의 몸을 덮은 건 오직 단 하나, 그녀의 기다랗고 탐스러운 검은색 머리칼밖에 없었다.

추위에 먹혀 감각을 잃은 손발과 파리해진 안색.

이상함을 느낄수록, 세상과 함께 그녀의 몸은 더 얼어붙는다. 당장 생각을 멈추라고 차가운 세상이 경고하는 것 같았다. 의문의 끈을 놓아버리면 편해지련만, 신서울 양은 겉면의 따뜻함 속에 이면의 차가운 모습을 감춘 본인의 세상과 이 얼어붙은 세상의 비교를 멈추지 않았다.

—다 틀렸어.

역시 지금까지 내가 봐온 건 옳지 않아.

목 밑까지 얼어붙은 신서울 양이 드디어 확신을 가졌다. 얼어붙은 이 세상이, 자신이 살고 있는 가짜 세상보다 따뜻하고 아름답다는 것을 말이다.

바꿔야 해.

그녀가 가진 굵은 생각. 파석—. 마음의 얼음이 깨져나가면서, 악몽이 무너졌다.

&

〈일어나십시오. 반복합니다. 일어나십시오.〉

위이이잉—. 큰 소음이 들렸다. 신서울 양이 눈을 뜬다. 시끄러워⋯. 잠에서 깨자마자 극심한 불쾌감을 느낀다.

"어…?"

주변에서 들려오는 윙윙거리는 사이렌 소리는 아프지 않기 위해 티제이가 처방해주는 약의 의사표시였다. 어릴 적부터 유연하게 주입받아온 소리라, 여태껏 단 한번도 저것을 기분 나쁘다고 생각해보지 않았었다.

그러고 보니 나….

신서울 양은 새하얀 세상을 봤다. 티제이가 의도적으로 뇌의 감각을 죽여놨음에도 불구하고, 그녀는 태어나서 처음으로 꾼 꿈속에서 많은 걸 체감할 수 있었다. 터럭 같은 실수조차 허용치 않는 세밀한 기계가 어째서 그런 중대한 실수를 범한 것일까?

〈뇌의 주파수가 불안정합니다. 트랭퀼라이저(tranquilizer) B형을 투여하겠습니다.〉

관찰자로서 언제나 정확히 판단을 짚어내어 처리해내는 티제이에게 별달리 특별한 이상은 없어 보인다. 평소엔 방 안의 벽과 동화되어 있던 티제이의 무수히 많은 기계 팔들이 삐져나와 신서울 양의 목덜미에 급속마취제를 바르고, 약물이 들어찬 주삿바늘을 찔러 넣었다.

마취 덕에 따끔한 느낌도 들지 않았다. 순식간에 약물이 몸속으로 퍼졌다. 신서울 양의 정신이 몽롱해진다. 생각을 하는 게 불편해졌다.

"티제이, 얼마나 이러고 있어야 해요…?"

가까스로 정신을 잡아 자신의 질문이 정당한 것인지 먼저 되짚어본 신서울 양이 티제이에게 물었다.

〈신서울 양의 신체 리듬상 221분 19초 뒤, 약물의 효과가 80% 미만으로 줄어들어 정상 활동이 가능해집니다. 학교에는 병가를 냈으니 오늘 하루는 될 수 있는 한 바깥 활동을 자제해주십시오.〉

기계의 딱딱하고 차가운 금속 팔이 비틀거리는 신서울 양의 몸을 감싸 안아 들어 침대 위에 눕혀놓는다. 신서울 양은 갑갑했다. 머릿속으로 마구 엉킨 실타래 같은 것이 연상됐다. 분명 이 실타래를 풀어낼 뭔가를 손아귀에 쥘 것만 같았는데 잘 기억나지 않게 돼버렸다.

억울하고 허탈하다.

'조금만 기다려보자 조금만.'

약효가 사라지면, 온전한 생각이 되돌아올 것이다. 보기 싫은 꼬임을 푸는 건 그때부터이다. 신서울 양은 티제이가 천장에 비춰주는 전면 증강현실 모니터를 바라봤다. 일분일초가 평소보다 늦게 가는 것만 같다고 느껴졌다. 약 기운으로 인해 생체시계를 조절하는 중추신경이 엉망이 된 모양이었다. 그런데다가 신서울 양은 평소와는 달리 시간의 흐름을 집중해 의식하는 중이었다. 초조한 마음으로 인해 시간 감의 주관이 평소보다 더뎌진다.

신서울 양은, 느린 시간 속에서 지루함과 권태를 느꼈다. 마치 수년이 지난 것 같았지만 이제 겨우 한 시간밖에 흐르지 않았다.

머릿속이 흐물거렸다.

더는 뭔가를 떠올리기 싫어졌다.

괴롭고, 아프다.

〈이상 사태 현재 진행 중. 트랭퀼라이저나 17-AB의 투여 효과로 보이지는 않음. 상부에서는 신속한 지원을 바랍니다.〉

지금의 신서울 양에게는 티제이의 언제나 또렷하고 곧은 음성조차도 흐릿하게 들렸다.

어…? 어쩐지 몸이 타오르듯이 뜨겁다. 그러다, 허리가 절로 들어 올려져 꺾일 만큼 강한 통증이 전신을 때렸다. 아악! 그녀가 외마디 비명을 내질렀다.

〈긴급 상황 발생, 긴급 상황 발생!〉

다급한 티제이의 외침 소리와 함께 바깥으로부터 요란한 사이렌 소리가 들려온다.

그녀의 의식이 본인의 의사와는 무관하게 세상과 단절이 되어갔다. 억눌린 몸에서 그녀가 모르던 죽음의 공포가 자연스레 피어올랐다. 계속되는 격통과 미지의 두려움을 참지 못하고 결국 울음을 터뜨린 신서울 양은, 그대로 혼절해버렸다.

위이이잉—.

방 안 가득, 사이렌 소리만이 울려 퍼진다.

&

신서울 양은 신서울 도심에서 가장 낮은 삼 층짜리 백색 건물로 긴급 이송이 됐다.

놀라운 건 쓰러진 그녈 이송하기 위해 도심의 상공위로 단단히 무장한 스무 대의 무인드론이 떴었다는 것이다. 전쟁의 상징인 전투 드론은 늙은 인간들에게 공포의 대상으로 자리매김한 것. 도심이 늘상 추구하는 행복과 어긋나는 것이므로, 종종 발생되는 긴급 상황 시에만 간혹 모습을 드러내곤 했다.

〈31번 도로를 비우십시오.〉

〈이를 방해하는 자는 행복을 잃게 되실 겁니다.〉

신서울 양이 최고급 의료센터를 향해 도시를 가로질러 갈 때, 항상 행복한 말로 희망에 찬 분위기만을 조성하던 전광판에서 그런 음울한 경고 소리가 동시다발적으로 흘러나왔다.

원래부터 사람이 드물었던 거리는 아예 텅 비어있는 것처럼 보이게 됐다. 행복을 잃지 않기 위해―, 그들은 서둘러 몸을 감췄다.

목표지점인 삼 층짜리 백색 건물엔 간판이 붙어있지 않았다.

그 흔하던 '행복의 전광판'이 이곳의 건물 어디에도 설치돼있지 않다. 보이는 것은 바깥과 구색을 어느 정도 맞춘 일차선 아스팔트 도로와 건물의 2km 반경을 둘러쌓은 거대한 높이의 회색 벽. 나머진 말라비틀어진 황색 모래의 부지뿐이다. 평소엔 벽과 이중으로 분리가 가능한 돔 형태의 막으로 건물이 뒤덮여있어, 고층빌딩에서 내려다보아도 이곳 안의 형태가 정확히 어떤지 확인이 되지 않았었다.

자유롭게 백색 건물을 말할 수 있었던 건 십 년 전까지. 그때만 해도 나이 지긋한 사람들이 어린아이들에게 이곳을 가리키며 '참혹한 전쟁의 흔적을 보관해놓은 곳'으로 일러주곤 했다. 지금에 이르러선 도시의 기밀 지역으로 지정이 돼 봐도 보이지 않는, 볼 수 없는 곳으로 전락해버렸지만 그랬던 시절도 있다. 구급차를 쫓아 기밀구역의 내부로 들어가 본다.

우리의 신서울 양은, 미로처럼 나뉜 건물 안의 가장 깊숙한 방 안. 내외부의 벽만큼이나 새하얗게 칠해진 침대 위에 죽은 듯이 누워있었다.

그녀는 혼자였지만 혼자가 아니었다. 방 천장에 설치된 폐쇄회로(CCTV)를 통해 옆방에서 그녀를 보는 눈길들이 있었다. 세 사람이 들어서면 꽉 찰 정도로 좁은 방 안.

콧수염이 거뭇한 중년의 동아시아계 남성과 금발에 파란 눈의 젊은 북유럽계의 여성이 신서울 양을 비춘 모니터 앞에 함께하고 있었다. 그들은 동일한 모양의 백색 가운을 걸치고 있는데 티끌 하나 허용치 않을 백색 가운의 왼쪽 가슴 언저리 부근에는 한글로 '벨루가'의 문구가 수놓아졌다. 뚜렷한 상징 덕에, 그들의 정체가 쉽게 읽힌다.

그들은 도시 신서울에서 공급되는 모든 약의 원천지인, '벨루가 제약회사'의 연구원이었다. 그리고 도시에서 이 벨루가 사의 역할은 제약으로 한정돼있지 않았다.

벨루가 건설, 벨루가 전자, 벨루가 에너지 등등.

그들은 벨루가란 타이틀을 기반으로 여러 계열사로 나뉘어졌을 뿐, 도시의 삶 전반에 막대한 영향력을 미치고 있었다. 전광판을 제작하고, 기계 목소리를 유출하는 것 또한 그들이었다. 신서울엔 정부가 없었지만, 강력한 지배력을 행사하는 조직은 있는 것이다. 신서울 양의 행색을 살피던 남자가 입을 연다.

"좋아요. 좋아. 인류가 개발한 현존 최고의 마약까지 거부하다니, 진화의 증거가 뚜렷하단 반증이군요. 대단해요. 그녀의 육체가 담은 비밀은 새 시대를 열 보물이 될 겁니다."

"다음 프로젝트를…. 정말로 진행하실 거예요?"

반대편의 여성이 신서울 양의 몸 상태를 분석해놓은 도표를 눈으로 훑으며 떨리는 목소리로 남자에게 물었다.

"물을 가치가 없는 질문을 하시는군요, 레이나 씨. 그녀의 상태를 자세히 봐보세요. 저걸 보면 다음 단계로 넘어가는 것이 당연하지 않습니까."

"하지만, 그랬다간 저 아이의 삶이 엉망이 되고 말 거예요. 우리에겐 그녀의, 혹은 타인의 행복을 빼앗을 자격이 없지 않습니까…."

여자의 올바른 소리에 남자가 인상을 구겼다.

그의 호흡이 거칠어진다. 남자는 선해 보이는 인상과는 달리 사실 타인의 반발을 그리 좋아하지 않았다. 저 여성이 벨루가 사의 부회장의 딸, 최고 권력층의 금지옥엽만 아니었다면, 당장 다시는 '되돌아오지 못할 곳'으로 보내버렸을지 모른다. 남자는 불처럼 타오르는 속을 가까스로 억누르고, 눈웃음을 띤 채로 답했다.

"음, 레이나 씨는 결과를 찾는 눈을 더 기르셔야겠군요. 도표의 중간 부분을 자세히 읽어 보세요. 그녀는 다섯 달이 넘도록 필수 영양소가 10%밖에 들어있지 않은 음식을 섭취하면서도, 건강에 아무런 이상 없이 작년과 같은 몸무게를 유지하고 있어요. 보통의 인간, 아니 설령 그녀와 같은 개조를 받은 같은 세대의 아이들이라도 분명 영양부족으로 고통에 시달리다 심하면 죽거나 나자빠졌을 테죠. 그것뿐인가요? 그녀의 육체에 자리한 항체는 우리가 만든 최상의 약을 밀어내고, 스스로 보호 체계를 짠 후 접근을 봉쇄했습니다. 그러고는 최근에 우리가 일부러 손상을 주었던 전두엽 후두부까지 말끔히 낫게 만들었죠. 기적이에요 레이나 씨, 우리에겐 무엇보다도 '식량'의 보급이 부족해요. 그녀가 실험대의 쥐가 되어 개량의 대상이 되어주지 않는다면, 우린 언젠가 모두 굶어 죽고 말 겁니다. ― 아마 당신의 자녀 세대쯤에는 진정한 지옥이 시작되겠죠."

"대의를 위해서 '작은 희생' 정도는 감수하란 말이시군요…. 비록 우리가 그녀의 시간과 생명을 빼앗아 가더라도, 모두의 공통된 이익을 위해…."

여성 연구원, 레이나의 표정에 슬픔이 어렸다. 인정하기 싫은 기색이 역력하다. 남자가 한숨을 쉰다. 이래서 어설프게 지식을 얻은 초짜들을 가르치는 일은 영 피곤했다.

힘없이 주저앉아버린 벌레와 같은 하층민들을 봐라. 이 지독한 세상에서 그러한 이들이 상상치도 못할 온갖 특혜를 끌어안은 채 살아가는 주제에, 하찮은 정의감 따위에 물들다니. 오직 행복의 단면만을 경험한 애송이에게 남자는 절망의 시절을 직접 경험한 인생의 선배로서 똑똑히 경고해주리라 다짐했다. 그녀가 아마도 원하고 있을 '지식의 허영'을 이용해서 말이다.

"원치 않더라도, 우린 어느 동화 속 잿빛 신사처럼, 그녀가 가진 '시간의 꽃' 안에 담긴 비밀을 훔쳐 와야 해요. 우리의 작전은 반드시 성공할 겁니다. 누군가가 그녀에게 길을 비춰줄 카시오페이아가 되어주지 않는 한은 말이죠. 물론 그럴 가능성은 0.001%도 되지 않으니 걱정 마시길. 자, 윤리적 딜레마는 싹 지워버리세요. 그녀에게서 빼앗은 시간의 꽃잎을 차곡차곡 쌓아두다가 모두가 힘에 부칠 때, 창고를 개방하여 인류의 영웅이 됩시다. 그렇게만 하면 세상 모두가 당신을 영원토록 기억하고 감사해할 거예요. 이 프로젝트의 첫 번째 이름은, 고결한 레이나 씨 당신의 것으로 되어있으니까요."

"아아, 제 이름이…"

"비록 지금은 회장님의 그림자에 조금 가려져 있다지만 당신의 아버님, 퍼거슨 부회장님께선 도시를 세운 여섯 명의 영웅 중 한 분이시지 않습니까. 회장님께선 더 이상의 직계혈연이 없으니, 그분의 임기가 끝나는 오십 년 후의 공석 자리는 분명 다시 한 번 '인류를 구원한' 수호자, 레이나 씨께서 차지하게 될 겁니다. 그러기 위해선 조금 더 독해질 필요가 있어요. 장담컨대 지금의 당신이 갖은 불안정한 사상으로는 신서울이란 인류의 유일한 희망도시를 이끌 수 없을 테니까요."

여성이 생각에 잠겼다. 남자는 알고 있었다. 허영으로 가득한 저 아가씨께선, 명예의 욕심을 저버리지 못하고 결국 저를 의지하며 언제나처럼 조언을 구할 거라는 것을.

그는 온갖 풍파를 겪어오며 많은 사람을 봐왔다.

정의감을 부르짖는 인간.

비굴하게 고개를 숙인 인간.

상상 이상으로 잔혹한 인간.

그리고 레이나처럼 자기 자신의 배부른 감성에만 젖어 남에게 휘둘리기를 좋아하는 갈대 같은 인간을. 그들의 공통점은, 신념과 사상을 조금만 부추겨 뒤흔들어놓으면 죄다 똑같은 모양새의 인형들로 변한다는 것이었다.

이 말 같지도 않은 세상을 보라. 그 많던 각자의 개인들이, 신념에 따라 자유를 부르짖던 사람들이, 목숨을 구걸하고자 거대한 톱니바퀴의 부속품이 되어 조용히 굴러가고 있다. 레이나 같은 권세를 쥔 부류는 허영을 채우기 위해, 바퀴벌레처럼 빌붙어있는 도시의 대다수 인구는 그저 오늘 하루하루를 온전히 살아남기 위해 잘못되고 이상한 것을 보고도 못 본 체 모른 척, 통제된 삶을 은근슬쩍 본래부터 이뤄지던 당연한 진리인 양 받아넘긴다.

"그래요. 합성에너지만으론 영속의 세대를 유지할 수 없다고 배웠어요. 제가 실책을 범하고 말았네요. '한 사람'이 아니라 '모두'가 함께 살아남는 게 중요하죠. 부족한 절 일깨워주어서 감사드립니다. 변종원 교수님."

"과찬이십니다."

'역시 너도 뻔한 괴물이야. 바보 같은 아가씨야.'

고작 자신의 몇 마디 언변에 흔들려 태도를 일변하는 그녀를 보고 그가 속으로 냉소 짓는다. 그녀 같은 멍청한 꼭두각시 존재들과 자신 같은 세속적인 존재들이 남아있는 한, 이 너저분한 세상은 지금의 모습을 유지한 채 앞으로도 쭉 영원토록 지속될 것이다.

'이제 얼마 남지 않았어.'

그는 생각을 이어 하다가 잠시 어떤 열망에 잠겨 들었다. 상상하는 것만으로 희열을 주체하지 못하고 몸을 부르르 떤다. 그가 생각하는 '행복의 주체'는 '영원히 죽지 않는 것'에 있었다. 존재가 지워져 버리는 소멸만큼이나 그에게 두려움을 주는 것은 이 세상에 없었으니까. 그리고 다행히도 그는 저 조그마한 신서울 양에게서 현재 이상의 황홀한 미래를 내다봤다. 신비로 가득 차 있는 그녀를 양분 삼아 쟁취해낼 영원한 삶, 영속의 세상.

곧 시계의 초침을 완전히 멈춰 세울 도시에서, 그처럼 선택받은 자들만이 영원토록 권세를 누리며 살아가게 될 것이다. 그러기 위해선, 우매한 녀석들이 영영 기어오르지 못하도록 모조리 발밑에다가 깔아뭉개놔야 했다. 지금보다 더 강렬하게 말이지.

이치 밖의 영생이다. 신서울이란 도시가 생겨난 그 순간부터 도시를 차지한 권력자들의 목적은 오직 그것 하나였다. 그러므로 이 지독한 도시에서 태어나 목적을 다 하면 영문도 모른 채 폐기가 될 저 작은 소녀에게 그는 어떠한 감흥도 느끼지 않고 있다.

그가 느끼는 바로 신서울 양은 그저 아주 쓸모 많은 도구에 불과했다. 쓸모를 다해 가치가 떨어진 도구를 쓰레기통에 내다버리는 건 너무나도 당연한 일이 아닌가?

"우리의 마지막 프로젝트 [0%]. 오늘부로 진행합시다."

그와 그녀가 눈빛을 교환하면서 각자의 손을 내밀었다 항상 손뼉은 서로 마주쳐야 소리가 난다.

짝.

악수를 대신해 경쾌한 소리가 방 안에 울려 퍼졌다.

그것은, 그들이 가진 욕망을 대변하는 추악한 소리이기도 했다.

&

눈을 뜨자마자 낯선 풍경이 보였다.

그녀가 평생을 살아오던 방이라기엔 지나치게 천장이 높고 사방이 몹시도 넓은 내부 공간. 그곳은 바닥이며 벽이며 천장이며, 모두 얼굴이 비칠 만큼의 매끈한 고급 백색 대리석으로 꾸며졌다. 가구라고는 달랑 그녀가 누운 침대와 그 옆의 상앗빛 책상 하나뿐. 그 차가운 이질감에 등골이 떨려와, 신서울 양은 꼭 비명이라도 지르고 싶은 심정이 들었다.

여긴 어디?

어떻게 된 거죠.

입안에서 죽은 소리가 맴돈다. 말을 꺼내기가 어려울 정도로, 목 안이 심하게 컬컬했다. 오랜 시간 입이 굳게 닫혀있었기 때문이리라. 기초적인 지식에 의거하여 자신의 상태에 대한 결론을 내린 그녀가 힘겹게 몸을 일으켜 세웠다. 막 걸음마를 떼려는 아이처럼, 휘청거리며 대리석 바닥을 딛는다. 매끈한 대리석 위로 그녀의 헝클어진 모습이 흐릿하게 비쳤다. 일어날 때면 항상 티제이의 기계 팔이 머리를 정돈해주고, 말끔한 옷을 입혀주어 평생 그것을 당연하다고 여기며 살아왔다. 그러나 이곳에선 그녀를 챙겨줄 티제이가 없었다. 신서울 양은 겨우 그 잠깐 사이 티제이의 수많은 기계 팔로 뒤 쌓여있던 좁고 불편한 자신의 방이 몹시도 그리워졌다.

덜컥.

쓰러지려는 몸을 부여잡고 겨우겨우 걸어가 맞은편의 방문을 열었다.

그러자 눈 안에 잡힌 건 전형적인 거실의 구조였다. 이곳도 겨우 식탁 하나 들여놨었던 신서울 양 자신의 집 거실과는 달리, 열댓 명이 동시에 사용해도 부족함이 없을 거대한 크기를 자랑한다. 한눈에 담기 힘든 커다란 거실을 신서울 양이 조심스럽게 살펴봤다. 흔적을 따라가다 보면 만든 이의 어떤 집착이 보인다. 냉장고, 소파, 탁상, 식탁 등의 가구들이 놓인 이곳은 그나마 공허한 침대 방에 비해 가득 찬 느낌을 주긴 했지만, 여전히 정신이 요란한 흰색으로 온통 도배되어있어 꺼림칙함을 전해줬다. 잠깐 둘러본 것만으로도 신서울 양은 더는 이곳에서 머물고 싶지가 않았다. 계속 하얀 원색만을 두 눈에 담고 있으려니 머릿속이 바늘로 쿡쿡 찌르는 듯한 느낌이 든다. 꿈에서의 눈으로 뒤덮인 세상은 춥고 괴로웠어도 눈에 담는 것만큼은 참을만했는데, 이곳은 아니다. 이런 흰색은 질색이었다. 신서울이 바깥으로 통하는 거실 문을 발견했다. 몸에 어느 정도 힘이 돌아왔다. 그녀는 무언가에 쫓기듯이 허겁지겁 뛰어가 어느 집에서나 필수적으로 설치된 문의 자동제어장치에 손을 올렸다.

〈삑삑! 식별이 불가합니다.〉

문에서 티제이의 것과 똑같은 여성의 기계음이 흘러나왔다.

아니, 아니다 티제이가 아니야. 신서울 양은 스스로의 판단에 불가사의한 확신을 가졌다. 무언가 전해져오는 느낌부터 틀릴 뿐인지라, 누군가에게 무엇이 다르냐고 설명하라면 그 이유에 대해선 한마디도 정확히 설명하지 못할 것이다. 그래도 아닌 건 아니었다.

타의에 의해 강제로 억눌려야만 했던 그녀는 드디어 다른 걸 다르게 볼 줄 알게 됐다. 아무도 가르치지 않고 숨기기에만 급급했던 것을 홀로 깨우치고 있다. 이는 분명 인류학적으로도 큰 의미가 있을 변화였지만, 이 엉망이 된 세상에 순응하며 살기에는 그 이상으로 고달파질 '불필요한 변화이기도 했다.

특히 호기심이 막 피어난 어린아이에겐 어른 수준의 자제력이 없다. 신서울 양 같은 경우는 어린이와 어른의 중간 단계 즈음. 어느 정도 자제력을 갖추긴 했지만, 정말로 큰 의문을 억누르기가 곤란했다. 신서울 양은 한참 동안 몇 번 더 탈출을 시도해보다가 제풀에 지쳐 주저앉아버렸다. 현관문뿐만이 아니라, 거실에서 테라스 밖으로 통하는 창문까지도 단단히 꼭 잠겨있었다.

이곳은 모든 면이 막힌 감옥과 같다.

…대체 이게 어떻게 된 일일까. 소파 위에 아무렇게나 지친 몸을 누인 그녀가 생각한다. 시간이 지날수록 의문은 크기를 부풀릴 뿐이었다. 아무리 받아들이려고 노력해봐도 도무지 이해 가지 않는 상황이었다. 수십 분 동안 알게 된 것이라곤, 창틀 바깥으로 보이는 풍경으로 유추해보아 현재의 자신이 수십 층 높이의 어떤 건물 안에 있다는 것 정도.

째깍, 째깍. 시간이 흐르고 흘러간다.

새장 안에 갇히게 된 작은 새가 아무것도 하지 않은 채 벌써 여덟 시간이 지나갔다. 멍하니 소파에 누워있던 신서울 양은 허기를 참지 못하고 그제야 다시금 이곳저곳을 뒤져보기 시작했다.

싱크대 위 찬장과 아래의 빈 수납장을 열어본 후 이어서 냉장고를 열었다. 다행히 냉장고 안에는 티제이가 늘 챙겨주었던 조그마한 영양 바 상자가 비치되어있었다. 총 50박스. 영양 바는 일어날 때와 잠들기 전 하루 두 번씩 섭취를 해야 하며, 꼭 한 상자에 네 개씩 나눠 들어있다. 그러므로 저것은 백일분량의 식량이었다.

난생 태어나 처음으로 규정된 식사시간을 어겨본 신서울 양은, 자신의 몸에 들어차기 시작한 기이한 굶주림을 참지 못하고 허겁지겁 상자의 포장을 뜯었다. 그러고는 곧바로 아무 맛도 나지 않는 고체 영양 바를 꼭꼭 씹기 시작했다. 무언가를 먹을 수 있다는 게 이렇게 기쁜 것인지 여태까지 신서울 양은 몰랐다. 그녀가 사는 세상은 그런 세상이었다. 입안의 가득한 침이 행복하다. 눈이 아프지 않은데도 엉엉 울던 어린 시절 친구의 그 심정이 이제서야 조금은 이해가 됐다. 인간은 눈이 시리지 않더라도, 이 기이한 울컥함에 취해 눈물을 흘릴 수가 있던 것이다.

감정이다. 그녀는 그간 느낄 수 없게끔 강제로 억눌러져 있던 새로운 것들을 스스로 찾아간다. 이때만큼은 무지하고 어린 신서울 양이 이십여 년 전 저 우주 태양계의 행성 주변을 순회하고 돌아온 최초의 개척자, 잭슨 해너스와도 같았다. 그녀는 자기 자신이란 신천지를 발견하고, 홀로 가 본 적이 없는 길을 개척해 용감히 나아가는 중이었다. 빈 손아귀 안으로 실존하는 무언가가 잡혀 드는 듯한 기분이 들었다.

어느 정도 시간이 흐르고, 배도 차오르고 하니 갑작스러운 현실의 혼란도 가라앉기 시작했다 약간의 무서움이나 불편함 정도쯤은 이제 참을 만하다. 누군가가 자신을 가뒀다면 반드시 그 이유가 있을 것이다. 신서울 양은, 해당되는 이유 없이는 결말도 없을 거라며 여태껏 떠올려본 적도 없는 결론을 담담히 내렸다. 시간이 더 흘러간다면 자신을 억류한 그들 중 누구라도 찾아와서 신서울 양에게 그녀 자신을 가둬야만 했던 저의를 설명해주리라는 알 수 없는 믿음이 생겨났다.

째각, 째깍─. 시계의 초침이 쉬지 않고 움직인다.

그녀의 감금 1일째는 분명, 두렵지만은 않은 시간이었다.

&

감금 17일째.

사람의 목소리가 그리워졌다.

너무나 그리워 심장이 덜컥 내려앉을 때면 현관문으로 가 〈식별이 불가〉하다는 여성의 반복적이고 익숙한 기계음을 들으며 위안을 삼았다. 그러나 신서울 양의 허전해진 마음을 충족시키기에 그것만으로는 역부족했다. 빠르게 타올랐던 만큼이나 그녀의 마음은 빠르게 식어가고 있었다.

허공을 보고 웃다가도 울고, 희망찬 생각을 하다가도 짜증이 터져 나온다. 익숙지 않은 감정의 영향력이 그녀의 마음을 스멀스멀 지배해가고 있었다.

아…. 우울하고, 우울하다. 요즘은 온종일 조금도 움직이지 않은 채로 시간을 보낸다. 눈이 닿는 곳 어디든 백색의 공간뿐이라 움직이고 싶다는 의욕부터가 완전히 상실된다. 무엇보다 지독한 '외로움'이 신서울 양을 무력하게 만들었다. 죽음을 모르기에 그녀는 하릴없이 공허한 하루를 숨 쉬며 살아간다. 이젠 허기가 돌 때가 그녀가 유일하게 움직이는 하루의 시간이었다. 신서울 양은 로봇처럼 움직여 잠들기 전 영양 바를 섭취했다.

이 '자기 전'이란 것은, 자신에게 주입된 시간의 패턴을 당장의 불합리함 속에 끼워 넣은 것에 불과했다. 사실 최근의 신서울 양은 잠을 잘 자지 못하게 됐다. 과거에는 티제이가 주입해주는 약물이 뇌의 전자신호를 아주 당연스럽게 억제한 탓에, 지정이 된 시간이 도달하게 되면 무조건 자고 정해진 시간에 맞춰 일어날 수가 있었다. 하지만 지금의 그녀는 스스로 잠들어야 했다.

그녀는 혼자가 된 지 꽤 시간이 지난 아직까지도 스스로 잠드는 법을 잘 몰랐다. 몸이라도 좀 움직여야 할 텐데, 온종일 늘어져 가만히 누워만 있으니 쉽게 피곤해지지 않는다. 더구나 근원을 찾기 어려운 불안함이 머릿속을 쿡쿡 찔러대는 터라 힘겹게 잠이 든대도 악몽을 꾸다 깨기가 일쑤였다. 일주일이 넘도록 깊게 잘 수가 없었다. 머리가 죽은 듯이 무거워졌다. 피곤함이 가중돼, 사소한 것에도 더 신경질적으로 변하게 됐다.

온통 흰색으로 도배된 공간. 어느 순간에도 쉽게 잠들지 못하는 하루. 인격체나 그에 준하는 것과의 대화의 단절. 이 모든 것이 신서울 양을 자극해, 기껏 풍부해지려던 그녀의 사고를 부정적인 방향으로 편향되게 만든다. 신서울 양이 기계처럼 식사를 마쳤다. 시각은 오후 열 시를 가리킨다.

어제였다면, 잠을 잘 수 없음에도 침대로 가 곧바로 누웠을 것이다. 오늘의 신서울 양은 어쩐지 침실로 가기가 두려웠다. 어젯밤 십 분 정도 간신히 잠이 들었을 때 그녀는 유독 무서운 악몽을 꿨다.

— '나'는 끝없이 밑으로 추락했다.

주변 어떤 것도 그녀의 손에 닿지 않았다.

아래로 내려갈수록, 작은 원형으로 구성된 하늘빛이 잦아들었고, 빛이 모두 사그라졌을 때 그녀의 발밑에는 그동안 사라졌던 수많은 사람들이 나를 응시하며 비명을 지르고 있었다. 모여든 사람들은 그녀의 연약한 다리를 움켜쥐며 자신들의 방향으로 오도록 사정없이 쥐어뜯었다 속수무책으로 깊은 나락을 향해서 끌어당겨져 가는 몸.

아악. —!

신서울 양은 겨우 잠이 들었던 이른 새벽에 방이 떠나가라 비명을 지르며 잠에서 깼다. 온몸이 차가운 땀으로 흠씬 젖어있었다. 그 후로 스무 시간이 더 넘게 지났건만 혹여 그 무서운 악몽을 이어 꿀까, 눈을 감기조차 싫었다. 극도로 예민해진 신서울 양은 계속해 거실을 서성거렸다. 그녀는 스스로의 불안을 주체하지 못한다—.

불안장애 증상의 초기 단계로 추측이 되는 모습이었다. 이대로 강박과 공황증상이 계속해서 깊어진다면 그녀도 여느 사람들처럼 결국 미쳐 버리고 말 것이다. 미치지 않기 위해서는 자기 자신을 다독일 줄 알아야 한다.

하나, 이곳에선 가여운 신서울 양에게 미치지 않는 방법을 누구도 친절히 가르쳐 주지 않을 것이었다. 악의에 의해 우리 안에 갇히게 된 그녀는 스스로의 힘만으로 살아남아야 한다.

&

감금 58일째.

그것을 떠올린 건 그녀에게 있어 크나큰 행운이었다. 신서울 양은 무려 58일 동안이나 미치지 않고, 오히려 정신적인 괴로움을 어느 정도 극복한 채 하얀 대리석 방 안에서 살아남았다. 머리가 아파지려고 할 때마다 떠올린다.

마음속에서 울리는, 요란한 사이렌 소리를.

오랜 시간 약을 처방받을 때마다 들어왔던 그 웽웽대는 시끄러운 경고음이, 신서울 양에게 의외의 효과로 작용하여 꽤 훌륭한 마음의 치유제가 되어줬다.

플라시보 효과다. 그녀의 머릿속 공식으로,

사이렌 소리는 = 곧, 낫는다. 라는 개념이었다.

머리가 불에 타듯이 아파올 때 사이렌 소리를 떠올리면 마치 찬 물로 끼얹은 듯이 머릿속 안이 개운해졌다. 잠은 여전히 푹 잘 수가 없었지만, 혼자의 삶에는 어느덧 완벽하게 적응을 하게 됐다. 최근 들어 몇 가지 습관이 생겼다. 예전처럼 뭔가를 적을 종이와 펜이 없는 탓에 혼자 손가락으로 바닥을 끄적이는 일이 많아졌다. 몸이 피곤해져야 잠을 잘 수 있다는 것을 깨닫고부터 하루에 적어도 다섯 시간 이상 아무런 의미 없이 방 안을 빙빙 돈다. 이따금 불안에 잡아먹혀서 대항책인 사이렌 소리를 떠올릴 때면 창밖을 내다본다. 창밖으로 함께 걸쳐진 고층 건물들과 그 틈새를 채운 쪽빛 하늘을 응시하다 보면 그녀 자신도 모르는 새 상상의 나래에 빠져들곤 했다.

상상은 주로 과거의 회상.

"부모님과 연락을 못 한 지 오래됐는데…"

우울해지다가도,

"저 식량이 다 떨어지면 꼭 나갈 수 있을 거야."

스스로가 만들어낸 희망에 찬 메시지를 떠올린다.

희망, 즐거움, 평온, 슬픔, 공포, 고독, 분노.

그녀는 이곳에서 많은 감정과 직면을 하고 있었다. 그리고 슬그머니 그것들을 체득했다.

신서울이 새로 갖게 된 건, '그들'이 통제를 위해 말소시키려고 든 최고 정책의 핵심이 되는 것들이었다. 오랜 시간의 강압적인 통제 끝에 기필코 억누르는 것에 성공했다고 자신하던 것을 그녀가 다시금 가지게 됐다는 사실을 도시의 지배자들이 알게 된다면, 그들은 경악을 금치 못할 것이다.

새장 안의 새가 아무도 모르게 몸짓을 부풀린다. 누구도 날갯짓하는 법을 알려주지 않았고, 다 같이 날지 못하는 새들 사이에서 자랐음에도 불구하고 신서울 양이 가진 특별함은 스스로 날 수 있는 자유로움을 되찾아가고 있었다.

우스운 꼴이다. 그녀를 제압하고자 억누른 건 그들이었지만, 역설적이게도 그녀의 존재를 성장시키는 것 또한 그들이었다. 남들에게는 죽어있는 것처럼만 보일 신서울 양의 두 눈에 깊은 지혜가 깃들기 시작했다. 그녀는 머지않아, 쪽빛 하늘 그 너머를 날아갈 수 있게 될 것이다.

막 피어오른 날개가 꺾이지만 않는다면 분명.

&

감금 65일째.

60일이 지난 이후로, 신서울 양은 조금씩 이상함을 감지했다.

왠지 호흡하기가 불편하다. 먹어도 공복감이 쉽게 찾아들지가 않는다. 가끔 눈이 핑핑 돌 만큼 정신이 혼란스러워진다. 자신을 가로막고 있던 한계의 틀을 부숴내버린 쾌거를 거둔 신서울 양이었지만, 방 안의 낯선 변화에 다시금 공포감에 먹혀들고 있었다.

심지어 이질감은 그뿐만이 아니었다. 며칠 전까지만 해도 창틀이나, 바닥 구석이나 어디든지 손가락으로 아무리 문질러대도 그녀의 손가락에는 묻어나는 것이 없었다. 도시의 청결시스템이 이곳에도 적용된다는 반증이었다. 공포를 다잡으려고 창가 곁으로 다가간 신서울 양이 습관처럼 창틀의 틈새를 손가락으로 쓸었다. 그녀의 검지에 어제보다 더 시꺼먼 먼지가 묻어났다.

쿵쿵.

심장이 격하게 뛴다. 곧바로 요란한 사이렌 소리를 떠올렸다.

—천천히, 심장박동수가 가라앉는다. 그러나 한참이 지나도 솜털의 곤두섬이 가라앉지를 않았다.

이상하다.

매일매일 방 안에 쌓이는 먼지층이 두꺼워지고 있다.

신서울 양이 여덟 살 무렵, 도시 신서울의 전광판에선 '더는 먼지가 발생하지 않는 완벽한 도시'라고 대대적인 선전을 했었다.

그날 이후 도시 신서울에선 정말로 먼지가 사라졌다 그러니 신서울 양의 상식상 적어도 최소한 외부도 아니고 (가끔 오류가 발생할 때면 바깥은 먼지바람이 일어날 때가 종종 있었다.)방 안에서만큼은 먼지가 일어나선 안 되는 것이었다.

분명, 어딘가에 피치 못할 문제가 생긴 걸 거야. 어떤 부분이 잘못이 된 걸까? 불안이 엄습해온다. 그녀는 최근 들어 생겨난 육체의 불편함들이 저 먼지와도 깊게 연관돼있을 거라고 단정을 지었다. 여러 생각이 점철될수록 눈을 뜬 채로 악몽과 마주하는 것 같았다. 정신적으론 분명히 성장하고 있었다만, 애석하게도 그러는 동안에도 신서울 양의 신세는 변치 않았다. 긍정적인 방향으로 나아가긴커녕 점점 악화되고 있지.

미약한 그녀가 할 수 있는 건, 오직 제자리에 감금이 된 채로 의문을 갖는 것뿐이었다. 한정된 지식만으론 결코 결론을 내릴 수 없는 난제였다. 정신의 압박을 이겨냈을 때처럼 조금 더 시간이 지나봐야지 아마도 결과를 이해할 수 있을 것이다.

신서울 양이 시계를 올려다봤다. 바로 1분 전까지 잘만 움직이던 시계가 거짓말같이 멈춰있었다.

"아…."

그녀의 탄성에는, 여러 함축적인 의미가 담겼다.

감금 65일째. 신서울 양에게 주어졌던 '시간'이 멈춰버렸다.

&

감금 87일째.

지금의 신서울 양은 어떻게 보면 시간의 구속에서 벗어났다고도 말할 수 있었다. 먹는 시간, 자는 시간, 움직이는 시간. 시계가 망가지기 전까지 그녀의 일상은 모두 계획된 시간에 맞춰서 이루어졌었다. 만약 모든 게 온전했던 육십 일 이전에 시계가 멈췄다면, 그 사실이 지금보다도 더 그녀에게 고무적인 성과를 안겨다줬을 수도 있다.

스…. 으읍. 후…. 우우.

바닥에 엎드려 누워 독특한 호흡을 내뱉는 신서울 양. 5일 전부터 온몸의 기력이 완전히 바닥이 나버려, 이젠 손가락을 까딱할 힘조차 남아있질 않았다. 생존을 위해 간신히 숨만을 내쉬고 뱉고 있을 뿐이다. 인간의 육체로 닷새씩이나 물조차 마시지 않고서 살아남을 수 있다는 게 신기할 따름이었다. 이 순간의 그녀는 뱃가죽이 등까지 달라붙어버리는 듯한 착각을 전해주던 공복감마저 잊어버렸다. 이제, 아무것도 남은 게 없었다.

고통스럽다. 요란스럽게 울리는 마음속의 사이렌 소리조차 무의미해졌다.

87일째의 신서울 양은 최악의 그로기 상태로 빠져들고 있었다.

&

…감금 99일째.

쓰러진 지 일주일 후, 기적적으로 몸을 일으켜 세워 구석에 숨겨져 있던 수분과 에너지 바를 섭취할 수 있었지만 겨우 그것만으로는 한번 무너지기 시작한 육체의 균형을 바로 잡기는 힘들었다. 그녀의 몸은 얼마 가지 않아 완전히 제 기능을 상실했다. 매일 환각이 보인다. 한 시간에 일고여덟 번 정도 행해지는 호흡은 거의 멈춰있는 것과 진배없었다. 전력을 다해 숨을 들이마시고 뱉어내어도, 물속에서 억지로 호흡하려는 것만큼이나 괴로웠다. 간혹 제정신이 돌아오면 삶에 대한 의구심만이 생겨났다. 자신을 잡아온 그들이 얼마나 추악하게 사람을 몰아넣을 수 있는지를, 그녀는 이 악물고 생각한다.

언젠가의 악몽 속 발밑에서 자신을 잡아끌려던 사람들의 원성이 들리는 듯했다.

그녀가 눈을 감았다.

&

감금 120일째.

침상 위, 신서울 양은 몰라보도록 비쩍 말라 있었다.

그녀가 아주 천천히 입술을 달싹인다.

날. ― 이 세상에서 폐기시켜줘.

신서울 양은 마침내 스스로의 폐기 즉, '죽음'을 원하기 시작했다.

&

눈부신 햇살이 내리쬐는 공간 속.

새하얀 원탁을 열두 명의 사람이 둘러앉아 있다. 남자 일곱에 여자 다섯의 성비로 자리가 구성된 원탁에는 이곳 '신서울'의 운명을 좌지우지할 수 있는 도시 내 최고 권력자들이 회담을 갖는 중이었다. 4개월 동안 하루도 빠짐없이 열린 이번 회의의 의제는, 실험체 '신서울'을 대상으로 한 프로젝트 '0%' 우린 이 프로젝트 0%가 가진 의미에 우선 주목할 필요가 있다.

첫 단계. 피실험체와 다른 인격체의 접촉률을 0%로 줄여놓고, 2040년경에 유명 학술지에 논문으로 발표된 정신 이상 유발실험- '하얀 방 실험'을 함께 개시한다. 그 상태로 약 두 달간을 피실험 대상자인 신서울 양의 뇌파를 철저히 주시, 그녀가 얼마만큼의 스트레스를 받고 어떤 정신적인 문제를 갖게 되는지에 대해 속속들이 체크를 한다. 그러다가 일차 정신 실험이 어느 정도 마무리가 됐다 싶으면, 이제 육체 한계의 실험으로 넘어가는 것이다. 그들이 준비한 육체실험의 핵심은, 매일 인간이 살아가는 데 필요한 평균에너지양을 프로젝트의 의제처럼 제로(0%)까지 줄여나가는 데에 있었다.

가령, 그녀가 먹던 필수영양소 10%짜리 에너지 바를 다음날이면 9.9%짜리 에너지 바로 바꿔놓는다든지, 방 안의 21% 산소 비율을 열두 시간이 지나갈 때마다 0.1%씩 줄인다든지 하는 식으로. 에너지를 줄여 피 실험체인 그녀의 생명이 0%-제로가 되는 지점을 찾는다.

실험이 종료되면 반드시 찾아올 그녀의 '죽음 점'을 토대로 적절한 원인과 사유를 점검하고 피드백을 거치고 나서, 선택받은 몇몇 인류에게 위험성을 최대치로 줄인 실험의 결과물—깨끗한 새 유전인자를 부여할 것이다. 도시 내 유망한 과학자들은 하나같이 신서울 양의 죽음 지점을 실험개시 90일 전후 안으로 내다봤다. 그쯤이 되면 실험실 안의 환경은 보통의 인간이 살아남기엔 너무도 극악한 조건이 되기 때문이었다. 그러나 저 바퀴벌레 같은 신서울 양은, 무려 123일간이나 죽지 않고 살아남았다. 그녀를 관찰하던 12인의 핵심인물들에게 있어, 이 이상의 기적과 쾌거는 또 없었다.

"오늘도 역사적인 날을 기념하며 축배를 듭시다."

머리가 허옇게 센 노인이 포도주가 반쯤 차있는 와인 잔을 치켜들고는 기분 좋게 외쳤다.

그들 앞에는 이미 사회에선 완벽히 단절된 주류 외에도 온갖 진귀한 음식들이 잔뜩 놓여있었다. 노인의 눈이 탐욕으로 번들거렸다. 그의 손짓을 따라 잔을 들어 올린 나머지 모두의 눈 또한 벨루가 기업의 창립자이자 회장을 역임하는 최고위 지배자의 것과 같았다.

"건배!"

경쾌한 소리와 함께 잔이 맞닿는다. 추악한 자들의 연회가 시작됐다.

"하하, 거 참으로 곰벌레 같은 계집입니다. 오늘도 그 악조건 속에서 죽지 않고 살아남다니요. 정말이지 고 계집 하나 덕에 우리 모두가 바라고 바라던 영원을 향해 몇 걸음이나 나아가게 된 겁니까, 우리에게 이보다 더한 축복은 없겠지요."

회장 옆자리를 꿰찬 검버섯 핀 못난 얼굴의 부회장이 당금의 쾌거를 입에 담자, 장내의 모두가 일시에 고개를 끄덕인다. 부회장은 누런 이를 드러내며 사람들의 반응에 흡족해했다.

"산소나 수분, 에너지의 억제는 이만하면 충분한 듯합니다. 최악의 가정 범주 아래를 벗어났으니 이젠 슬슬 조건을 바꿔야 하지 않겠습니까?"

이십 대의 생김새와 어울리지 않는 늙수그레한 여성의 목소리가 새 의견을 피력하고 나섰다. 지금으로부터 18년 전 1차 실험에서 목숨을 담보로 '일부의 젊음'을 손에 쥔 그녀는 회장과 부회장 다음가는 직책인 벨루가 사의 상임 이사 역을 부총리 자리와 함께 역임하는 자였다. 생생한 겉면의 껍데기와는 달리 그녀의 나이는 올해로 여든다섯 번째의 해를 맞이하고 있었다. 이곳에선 회장을 제외하면 가장 나이가 많은 인물이기도 했다.

"상임이사께서 좋은 의견이라도 있소? 고견을 듣고 싶습니다."

잔을 연거푸 들이켜 벌써 홀로 얼굴이 불콰해진 회장이 묻는다. 상임이사가 아주 예쁘게 만들어진, 인공적인 미소를 띤 채로 답했다.

"테스트할 것은 아직 많지 않습니까? 그 아이의 몸이 과연 치사량의 방사능을 몇 퀴리(Ci)까지나 견뎌낼 수 있는지, 영상과 영하의 온도의 수긍점이 각각 몇 도나 될지, 압력에 대한 몸의 부하를 어디까지 감당할 수 있을지…. 여러분 우린 모든 면의 가능성을 테스트해봐야 합니다. 어쩌면, 이번의 개량이 우릴 이 도시 바깥의 세상에서도 보호 장치 없이 다닐 수 있도록 바꿔낼지도 모르니까요."

"지당하신 말씀입니다."

"역시 상임이사께서는 몇 수나 더 앞길을 내다보시는 대단한 식견을 가지셨군요."

"훌륭합니다."

짝짝짝.

그녀를 향해 감탄 섞인 박수 소리가 우레처럼 쏟아졌다. 허나 언행과 행동과는 달리 진정으로 감탄한 이는 역시나 이곳에 아무도 없었다. 그저 더 위쪽 권력자를 향한 아부와 아첨일 뿐. 상임이사의 포문이 열리자 그들은 하나둘씩, 마치 기다렸다는 듯이 고통에 허우적대고 있는 신서울 양을 더 극심하게 괴롭힐 이야기를 입 밖으로 꺼내 들었다.

남을 곤궁에 빠뜨릴 주제를 갖고서 열의를 불태우는 그들의 모습은, 가히 이기적임과 추악함의 끝을 내달리고 있다. 이 12인에게, 인간의 도리와 존중이란 단어는 참으로 무가치한 말이기도 했다.

그들은 권력의 달콤한 과실을 직접 맛봤다.

그냥 일반 위정자가 지닐 수준의 힘이 아니었다.

그것은

그 어떤 마약보다 중독적이고,

그 어떤 순간보다 쾌락적이고,

그 어떤 시간보다 풍족해 빠져나올 수 없는 환희였다.

그렇기에 인간임을 포기하더라도 이 귀중한 순간만큼은 놓칠 수가 없다. '남'의 괴로움 따위보단, '나'의 사소한 즐거움이 훨씬 더 중요하기에.

그들은 이 도시에서 가장 부패했고 또 어떤 의미에선 가장 열성적인 사람들이기도 했다. 그들은 저마다 공통적인 생각을 한다. 이 자리에 모인 자신들이야말로 넓은 대양을 어디든 자유롭게 헤엄쳐 나아 갈 수 있는 새하얀 고래라고. 저 좁아터진 수족관에 갇혀 주는 거나 받아 처먹으며 바보 같은 삶을 억지로 영위해나가는 일반 쓰레기들과 우리들은 태생부터가 다른 존재였다.

신서울 양 괴롭히기의 열띤 토론에서 잠시 소강상태에 들어간 그들이 하나같이 넋 빠진 표정으로 양손을 좌우로 높게 뻗어 서로의 손뼉을 맞부딪쳤다.

딱. 딱. 딱.

성공에 대한 기원을 대신하여 최고 권력자인 회장이 직접 고안해낸 그 괴상망측한 소리가 회장 안을 가득 메웠다. 위에서 내려다본 그 모습은, 손뼉이 닿는 순간마다 거대한 왕관을 연상케 했다. 틀리지 않았다. 그들은 왕관을 쓴 왕이었다. 세상 어디에도 다시없을 열두 명의 폭군의 집단이다. 만약 앞으로도 그들의 이기적인 계획이 지금처럼 한 치의 오차도 없이 속속들이 들어맞게 된다면, 한 집단에 의한 무차별적인 폭거는 아주 오랜 시간을, 어쩌면 영원토록 유지되고 말 것이다. 누가 썩어빠질 대로 썩어빠진 고인 물에다가 돌을 던질 텐가.

　애석하게도, '행복'이란 단어로 표면이 맑게 꾸며진 신서울에서 도시에 가라앉은 더러운 이면을 들춰내기란 가히 불가능할 변혁으로 비춰진다. 이 역겨운 세상의 기본 틀을 뒤바꾸려면, 통념을 깰 위대한 영웅이 필요했다. 하지만 신서울에서 살아가고 있는 누구도 영웅의 등장을 원치 않았다. 자신들이 지배당하고 있음을 뼈저리게 느끼고 있는, 자유를 경험해봤던 기성세대의 인간들조차도 말이다.

2장.

필연적 탈출과 구원을 받다

감금 129일째.

그녀는 살아있는 인형이었다. 자생력이 사라졌고, 생각하기를 아예 멈췄다. 두 눈을 껌뻑이며, 참는 법을 몰라 억지로 숨을 내쉬고 있을 뿐이다. 곰팡이가 잔뜩 슬어 더러워진 방 안에서 견디지 못할 만큼의 퀴퀴한 냄새가 났다. 신서울 양에게는 '배설'의 기능이 없었다. 체내로 흡수된 것은 터럭의 찌꺼기 하나 없이 사라지거나, 생체를 유지할 영양분이 된다.

그들이 모든 지식을 들이 부어가며 제작해낸 최상의 실험체이기에, 그녀는 보통의 인간보다 여러 부분에서 특별함을 가지고 있었다. 그러므로 코를 찔러대는 이 악취는 외부에서 유입된 것이 틀림없었다.

악취의 정체는 인체를 해하는데 충분할 만큼 지독한 여러 화학물질의 혼합기체였다. 맑은 공기를 대신해, 외부의 악의로 만들어진 그것들이 신서울 양이 거하는 방 안을 가득 메웠다. 신서울 양은 이제 고통이란 단어까지도 아예 잊고 말았다. 그리고 그 순간, 그녀는 더는 괴롭지 않게 됐다.

멈췄던 시계의 초침이 움직인다.

죽음으로 내달리는 하루는 늘 그랬듯이 정적으로 가득하다. 움직이지 못하는 그녀의 옅은 숨소리만이 이따금 들려왔다. 평범하게 일그러진 일상. 그러나 오늘은 뭔가가 달라질 것 같단 묘한 예감이 들었다.

달그락달그락.

식탁 위에 놓인 몇 개뿐인 식기가 저 홀로 춤을 췄다. 바닥의 접촉면에 붙은 신서울 양의 몸이 위아래로 요동친다. 과학의 권능 아래 완벽히 통제받는 도시에 지진이라도 찾아온 걸까. 건물이 요란스럽게도 떨렸다.

쾅!

한동안 귀가 먹먹해질 엄청난 소음이 들려왔다. 재래식으로 제작이 된 포탄이 터지며 내지르는 굉음이다. 그리고 그것은, 현재 일어나는 중인 진동의 근원이기도 했다. 첫발을 기점으로 121층짜리 건물의 꼭대기 층 방 안에 갇혀있는 신서울 양에게까지 똑똑히 전달될 정도로 커다란 폭음이 동시다발적으로 들려오기 시작했다.

쾅! 쾅! 쾅! 쾅!

포탄 세례가 완벽한 도시의 표면을 무참히 덮친다.

도시 곳곳에서 산발적으로 울리는 포성과 총성.

경악에 가득 찬 비명 소리.

와르르 무너져 내리는 빌딩의 잔해.

붉은 화염이 점령을 한 거리.

바깥 상황은 전쟁터를 방불케 했다. 아주 높은 곳에서 도시 아래를 내려다본다. 미로처럼 얽힌 도시의 거리 아래, 지배계층이 지정한 일상의 외출복과는 전혀 다른 복장의 사람들이 바삐 움직이고 있었다. 모두 단일화된 복장이다. 그들은 디지털 무늬의 군복 차림 위로 검은색 방탄조끼를 몇 겹이나 껴입었고, 손에는 K2 소총을 들고 등 뒤로 각자 보직에 맡는 공용화기를 짊어졌다. 운행수단으로는 2030년대의 구형 장갑차를 이용하고 있었는데, 진입할 때만 해도 사십여 대의 차량에 오백이 넘던 전투원의 숫자가, 한 시간이 채 되지 않아 반수가량 이하로 줄어든 상태였다.

'바깥'과는 달리 그들이 착용한 철모와 방탄조끼는 도시의 전투에서 전혀 빛을 발하지 못했다. 그들이 상대하는 대상인 전투 드론들이 아무렇게나 쏘아내는 레이저포가 장갑차의 두꺼운 판조차 두부 자르듯이 가볍게 잘라버렸다. 그런 것을 방호복 좀 둘렀다고 인간의 몸으로 견뎌낼 수 있을 리가 없지 않은가. 물론, 그들의 반격도 만만치는 않았다. 자체 배리어 기능을 갖춘 튼튼한 전투 드론이었지만 불을 뿜어내며 쏟아지는 재래식의 화력 앞에선 의외로 그리 오래 견디지 못하고 터져나갔다. 그들의 고전 전투법이 먹혀드는 건 현재 산발적으로 등장해 도시를 방위 중인 전투 드론이 완전한 전장용이 아니라, 그저 감시용으로 제작이 된 1단계형의 방어 드론이기 때문인 까닭도 컸다. 설마 바깥에서 이 정도의 전쟁 물자를 갖춘 집단이 습격해 들어오리라고는, 도시의 지배층 그 누구도 예상치 못하고 있었다.

왜냐하면 바깥세상의 세계는 아주 오래전부터 어느 곳 하나 남김없이 이미 '멸망'한 것으로 도시의 자체적인 판정이 났기 때문이다. 혹시 모를 변수마저도 만들어진 '독약'을 뿌려놓음으로써 완전히 방비했다고 과신을 했으니 이 세상에서 사람이 살아갈 수 있는 공간은 오직 신서울

단 한 곳뿐이라는 게 지배자들이 내린 결론이었다. 분석의 결과상 외부 전력의 침입 같은 상황이 결코 발생해선 안 됐다. 지난 십팔 년간 지속적으로 유지됐던 오랜 연구결과들이 와르르 무너지는 순간이었다.

의문이 생겨난다.

총포로 무장한 그들은 과연 어떤 이유로 커다란 희생을 감수하고서까지 이 최첨단으로 무장을 한 도시에 침입한 것일까. 그들이 갖춘 것이 이 세상에서 도시 신서울을 제외하고선 더는 찾아볼 수가 없는 제법 훌륭한 수준의 전력이라고는 해도, 시대가 시대이고 전력 차가 전력 차인 만큼 단시간의 혼란을 일으킬 수준 정도에 불과하지 도시를 전복시켜 수중에 움켜쥐거나, 내부에 꽁꽁 숨어있는 지배자들을 찾아내 처단하기에는 그들이 가진 물자와 전력이 턱도 없이 부족했다. 그들 또한 자신들의 역량을 잘 알고 있었다. 침공을 감행한 그들은 최소한 도시의 수많은 꼭두각시 거주자들보다도 이곳, 신서울에 대해 더 많은 연구를 해왔다.

도시가 가진 전투역량의 수준. 지하에 잠들어있는 진짜배기 전투 드론이 최소한 수만 대가 넘을 것이란 실제의 공포를 잘 알고 있었다. 그들의 목숨을 건 침투 작전의 목표는 처음부터 단 하나였다.

[목표지점까지 도착 3분 전]

[확인]

멀찍이 떨어진 후방에서 상황을 전파해주는 1소대장의 무전 지시를 토대로 필사의 작전을 수행한다. 일부러 도시 곳곳에다가 마구잡이식으로 포탄을 퍼부어댔지만 어떻게 눈치를 챈 것인지, 임무를 수행할 핵심 전력의 주변으로 몇 기의 드론들이 끈질기게 따라붙었다.

벌써부터 전력의 손실이 너무 크다. 그럼에도 불구하고 작전을 감행 중인 그들의 얼굴에는 실패의 걱정 혹은 죽음에 대한 두려움이 한 점

없었다. 순간순간마다 친하게 지내던 동료가 곁에서 죽어 나자빠지는데도 슬퍼하지 않는다. 이 작전에서의 죽음은 숭고하고 축복받은 것이었다. 과잉된 믿음의 정신에 도취된 몇몇은 사선 위의 전투를 도리어 즐기기까지 했다.

[목표 지점 도착 완료. 탈환을 위해 A팀을 투입하겠다.]

[확인. 화력지원을 더하겠다. 아버지의 은총이 함께하길]

열두 명의 A팀이 다른 팀들의 호위를 받으며 빌딩 안으로 투입이 됐다. 121층짜리의 건물.

그곳은, 공교롭게도 신서울 양이 감금된 거대 빌딩이었다.

"서둘러."

"병창, 현성. 부탁한다."

일 층 로비 안의 움직임이 분주하다. 작전은 오 분 내로 끝마쳐야 한다. 그 이상의 지체가 있을 시 작전에 투입된 모두는 전멸을 면치 못할 것이다. 그들은 자신들의 죽음보다, 작전을 실패할 수도 있다는 사실 자체가 더 무섭고 두려웠다.

우리가 모시는 '위대한 분'께서 만족할 성과를 오늘 이 자리에서 쟁취해내지 못하게 된다면, 그들은 그들이 궁극적으로 원하는 바를 영원히 성취하지 못하게 된다.

두 명의 시설침입 및 해킹 전문가가 발 빠르게 나서 빌딩 안쪽 시스템의 제어권을 통째로 빼앗았다. 제어를 마친 초고속 엘리베이터를 타고 남은 열 명의 대원들이 위로 향한다.

"모두 방독면을 착용해."

"우발상황에 언제든지 대비를 할 것."

올라가는 중에도 바깥의 폭음이 그들의 귓가를 맴돌았다. 바깥에서 여전히 동료들이 싸우고 있다. 장렬한 희생이 뒤따르는 작전이다. 누군 가는 비장한 표정으로, 또 누군가는 전투가 발생 중인 아래의 전선에서 싸우는 것이 그저 부럽다는 표정으로, 각자의 생각을 품고서 서둘러 목 표지에 돌입한다.

"이상 무!"

"이상 무!"

그들이 잘 짜인 움직임을 토대로 꼭대기 층인 121층의 복도를 순식간 에 점령했다.

굳게 닫힌 문이 보였다. 기계적인 압력이 가해져있어 사람의 힘만으로 는 절대로 열 수가 없다. 총구를 겨눠 경계 자세를 취한 앞 선의 분대장 이 손짓으로 수신호 보냈다. 뒤에서 몸을 기울인 채로 후방 부를 주시 하던 키 큰 대원이 문 부근에 조심스레 c-2 폭탄을 점착시킨다.

"터뜨려. 폭파!"

"네. 폭파!"

분대장의 명령이 떨어지자, 키 큰 대원이 원격 장치의 버튼을 눌렀다.

쾅!

큰 폭음과 함께 인력으로는 절대 열리지 않을 것 같았던 철문이 종잇 장처럼 뜯겨나간다. 이후 여전히 앞 선에 서있던 키 큰 대원은 플라즈마 톱을 꺼내 들어 채 나가 떨어지지 않은 문의 잔해를 능숙하게 잘라냈다.

"진입해!"

드디어 입구가 활짝 열렸다. 대원들이 저마다의 기대를 머금고 우르르 몰려들었다. 이곳에는 목숨 바쳐서라도 반드시 탈환해내야 할 우리의 최유효 목표물인 '구원의 아이'가 있다. 이제 고지가 바로 코앞이었다. 대 원들이 폭발의 여파로 뿌연 연기가 가득 찬 입구를 헤쳐 나갔다. 밖의 신선한 공기와 방 안의 이상한 화학물질들이 맞부딪치며 타닥거리는 정전기를 발생시켰지만 모두가 방독면을 뒤집어썼기에 누구도 개의치 않아한다.

거실을 돌아 방 안으로.

그들은 드디어 고대하고 고대하던 자신들의 열망과 마주하게 됐다.

"…. 허— 이런 꼬마가?"

기대감에 젖어있던 그들 사이에서 가장 먼저 들려온 건, 현실을 부정하는 싸늘한 목소리였다. 모두의 눈동자 안으로 비쩍 말라 당장 죽기 직전 일보에 처한 조그마한 소녀의 모습이 들어찼다. 그들처럼 바깥의 험지에서 살아온 인간들은 '약자'들을 극도로 혐오하고 있었다. 생존을 위해 본능에 새로이 아로새겨진 배척의 감정이었다 바깥에선 약하면 그대로 도태가 될 뿐. 아무 쓸모가 없을뿐더러, 그분의 은혜로운 은총을 받을 자격도 없다.

"분대장님…"

다들 자신들이 목표 위치 설정을 잘못 잡았을 거라고, 애써 현실을 부정했다. 가장 냉철해야 할 분대장의 낯빛까지도 딱딱하게 굳어졌다. 분대장은 이때만큼 방독면으로 자신의 얼굴 대부분이 가려져 있어서 다행이라고 생각한 적이 없었다. 덕분에 목소리의 떨림을 철저히 숨기는 것만으로 자신을 주시하는 대원들에게 동요를 감출 수가 있었다.

"회수하고, 곧바로 철수한다."

"그럴 수가…. 바로 요 옆에만이라도 더 찾아봐요. 우리가 찾으려던 게, 이따위 것일 리가 없잖아요…!"

"그럴 시간이 없다. 그리고 대모님께서 직접 지정하신 곳이 121-3호실 바로 이곳이었다. 전지전능하신 그분께서 실수했을 리 없지 않은가.

한스!"

여성 대원의 목이 멘 제안을 단호하게 잘라낸 분대장이, 비상식적으로 덩치 큰 대원을 지목하고 나섰다.

"네! 말씀하십시오."

"아이는 네가 데려가라."

"네! 제 목숨을 다해 지켜내겠습니다."

"좋다. 나를 포함한 나머지 아홉은 한스와 목표물을 근접 엄호한다."

[아아, 여기는 A0 병창, 현성. 너희는 지금 즉시 제어시스템의 중추를 파괴하고 거점에 합류하라.]

[확인했습니다.]

한스라고 불린 덩치 큰 병사가 이름 모를 소녀를 안아 들었다. "아…!" 그녀의 가벼운 무게에 저도 모르게 그의 얼굴이 찡그려진다. 깡마른 채로 누워 허덕이던 소녀, 신서울 양의 몸은 어찌나 가벼운지 참새의 깃털보다도 가벼운 것처럼 느껴졌다. 방심을 했다간 품 안에서 빠져나가 날아버릴 것만 같았다. 그러지 못하도록 불상사를 방지하기 위해 한스는 끈을 이용해 자신의 몸과 그녀의 몸이 맞닿은 중심부를 단단히 동여맸다.

키 큰 대원 시마가 예의 플라즈마 톱으로 120여 일간의 감금생활 동안 신서울 양의 유일한 정신적 탈출구였던 창문을 반듯하게 잘라내었다. 그때쯤이다 신서울 양이 겨우 제정신을 차린 것은.

"어…?"

실로 오랜만에 맡게 된 상쾌한 공기가 먹먹히 가라앉았던 정신을 현실로 돌아오게 해줬다. 가까운 곳에서 생생히 느껴진다…! 너무나도 그리웠던 사람의 온기가. 방 안의 구멍 난 틈새로 귀가 먹먹해질 포성이 끊임없이 들려왔다. 사시사철 포근하도록 설정이 된 도시의 바깥바람이 불어와 그녀의 머리카락을 헤집어놓는다. 방독면을 뒤집어써, 꼭 외계인처럼 보이는 그들. 어느 것 하나 당장에 이해 못 할 상황의 연속이었다. 그리고 그들은 그녀에게 오래 고민할 기회 자체를 내어주지 않았다.

신서울 양을 등 뒤에 동여맨 한스를 필두로, 아홉 명의 대원이 창문 밖으로 달려 나갔다.

121층, 발밑이 잘 보이지도 않을 높이의 까마득한 초고층.

인간은 결코 날지 못한다. 허나, 그들은 자신들이 마치 날 수라도 있다는 듯이 망설이지 않고 121층의 테라스에서 밑을 향해 그대로 뛰어내렸다.

이것은 미리 준비된 탈주계획의 일환이기도 했다. 빠르게 아래로 추락하는 몸의 부하가 이제 막 정신을 차린 신서울 양에게는 언젠가의 악몽을 떠올리게 만들었다.

"아악!"

그 엄청난 공포감을 참지 못하고 신서울 양이 비명을 내질렀다. 그녀의 눈가에 어린 눈물은, 두려움의 오랜 상징이면서 동시에 그녀가 인형에서 다시 살아 숨 쉬는 인간으로 되돌아왔다는 증거물이기도 했다.

펄럭. ― 뛰어내린 지 얼마 지나지 않아 그들의 등 뒤로 삼각형의 날개가 펼쳐졌다. 추락해가던 몸이 순식간에 반전이 되어, 이젠 거꾸로 날아오르기 시작했다. 반전으로 인한 거센 충격이 그녀의 등허리를 때렸다.

"합."

숨이 절로 크게 들이켜졌고 생생한 공기가 폐부를 가득 채웠다. 아직 반쯤은 가사상태를 유지하던 정신이 차가운 외부의 기류와 풍부한 산소에너지를 공급받아 완전하게 반 혼수상태에서 깨어나도록 종용한다. 시들해진 꽃이 물을 흠뻑 마시고 다시금 활짝 피어오르듯이 정신이 완전히 고개를 들어 올렸다.

아―, 자유롭다.

영원히 제게 머물러 있을 것만 같았던 지난 모든 부정이 이 순간만큼은 싹 다 사라졌다. 자기 자신의 육신조차 탈피해 버린 듯한 극도의 부유감. 세상만사 모든 걱정을 잊고, 바람을 헤치며 그저 하늘 위를 나아간다. 신서울 양의 두 눈에 도시의 전경이 들어왔다.

총포의 흔적이 대지를 수놓았고, 적대시한 대상끼리 서로 터지고 터져 나간다. 처음 볼 때만 해도 현실감이 없던 환상 속의 장면이 짧은 비행을 마치고 아래로 내려갈수록 잔혹한 현실로 부각되어 지옥을 그렸다.

착! 그들이 날개를 접고 땅 위에 안착한다.

"전방에 드론 3기!"

"제기랄 처음부터 지랄 맞네."

신서울 양에겐 익숙지 않은 욕설과 반말이 난무했다. 운이 나빴다. 착지지점을 선점하자마자 성인 남자 몸통 사이즈의 원형 전투 드론 3기가 A팀과 신서울 양을 맞이했다.

"거점으로 물러서면서 견제사격으로 대응한다."

분대장의 빠른 지시가 떨어지자마자 아홉 개의 소총에서 불이 뿜어져 나왔다. 신서울 양으로서는 잠간도 제대로 들어 올리지 못할 무거운 완전군장을 착용하고 있음에도 그들의 움직임은 매우 기민했다. 신서울 양은 양손으로 자신의 귀를 막았다. 그러지 않고선 저 커다란 소음을 차마 견뎌낼 방도가 없었다.

거센 총격을 쏟아내어 접근 중인 드론들의 움직임을 저지시킨 그들은 본부의 화력지원을 받을 수 있는 합류 거점의 부근까지 추격을 잘 피해 도망치기 시작했다 벌써부터 어찌나 체력소모가 큰지 고된 훈련을 이수하여 완벽한 전사로 거듭난 그들로서도 거친 숨을 헐떡일 수밖에 없었다.

조금만 더 가면 돼. 모두가 살아서 돌아갈 수 있어. A팀은 부대 내에서도 가장 우수한 전력의 집합체이다. 죽음을 겁낸다기보단, 손실을 줄여야 한다는 생각이 분대장의 뇌리에 깊숙이 스며들어있었다.

"컥."

각오를 다지던 찰나, 기어코 키 큰 대원의 몸통이 드론이 쏜 레이저포에 직격을 당해버리는 참사가 발생하고 말았다.

"시마…!"

한순간 번쩍인 빛이 그의 복부를 꿰뚫었다. 시마의 몸이 곧바로 허물어졌다. 몸 어디에 적중하든지, 고열의 레이저가 뚫고 간 순간 인간으로서는 즉사를 면키가 힘들다.

"아…."

귀를 꽉 틀어막고 있던 신서울 양이 눈앞에 발생한 충격적인 참상에 양손을 아래로 늘어뜨렸다. 그녀는 누군가의 죽음을 오늘에서야 처음으로 목격하게 됐다. 단 한번도 자세히 배운 적은 없었지만, 방금 전까지 멀쩡히 뛰어다니던 그가 마치 다시는 못쓰게 된 기계처럼 영영 '폐기'가 됐다는 것을 그녀는 알아차렸다.

자신이 좀 전까지 지옥에 머물 때 그토록이나 갈구하던 것은…. 이토록이나 큰 충격을 전해주는 생생한 두려움이었다.

'몸에서 붉은 것이 새어 나와….'

구역질이 난다. 죽음의 결과물은, 처음으로 그것을 마주해본 그녀에게는 너무나도 가혹한 이 세상의 절대적인 진리였다. 시마의 죽음 이후, 나머지 대원들이 쏟아붓는 집중포화의 대상이 된 마지막 드론 한 기가 끝내 격추됐다. 방어 장막에 감싸져있던 드론의 전원이 완전히 끊겼다.

"제기랄 것…!"

대원들 사이에서 심한 욕지거리가 튀어나온다. 신서울 양의 정신은 여전히 아득하고 멍했다. 도무지 믿기가 어렵다. 우리 '인간'이 '기계'처럼 폐기가 된다는 것만으로도 충격인데, 서로가 서로의 목숨을 내걸고 맞서 싸우고 있다. 고작 어떠한 가치를 간수하기 위해.

모두 제정신들이 아니다. 살상 도구를 손에 쥐고서 아무렇지 않게 목숨 바쳐가며 전쟁을 벌이는 그들의 광기가 신서울 양은 이해할 수 없고 굉장히 두렵게 느껴졌다. 만약 이때 신서울 양이 자기 자신의 감정을 다스리지 못하고 공황에 빠져버렸다면, 그녀는 어느 때보다도 더 심하게 망가지고 말았을 것이다. 영영 재기가 불가능할 정도로. 그때 때마침 요란한 총성을 뚫고 사이렌의 웽웽거리는 소리가 들려왔다. 패닉상태에 접어들던 신서울 양에겐 천만다행인 요행이었다. 전시의 사이렌 소리는 전투 드론의 증원을 알리는 위험천만한 소리였지만, 덕분에 비현실 속으로 너울져가던 신서울 양의 정신이 또렷해질 수가 있었다.

그래, 공포에 매몰이 돼 잡아먹히지 말고 차분하게 생각해. 그녀가 가라앉은 눈으로 전장을 바라본다. 어찌 됐든 자신의 주변을 보호하듯이 감싼 정체불명의 이들은 자신을 저 깊은 악몽 속에서 끄집어내어 주었다. 아마도 그 대가가, 이곳에서의 사선을 긋는 잔혹한 일이었을 것이다. 그들은 그녀의 명백한 은인들이었다. 그러니 절대로 잊지 말자. 보기 싫어도 억지로라도 한 장면 한 장면을 기억 속에 각인시킨다. 당장의 신서울 양은 너무나도 무력했다. 그녀에겐 저들처럼 남과 맞서 싸울 힘이 조금도 갖추어져 있지 않았다.

'하지만 계속 존재할 수만 있다면 내일은 달라질 거야…. 다음 날도 그 다음 날도.'

신서울 양은 속으로 굳건히 다짐했다. 지금 할 수 있는 것은 오직 그것뿐. 누군가를 구해내려면 나 스스로부터가 강해져야 함을 몸소 깨우쳤다. 그러니 누군가의 강압으로 인해 매일 더 약해졌던 것처럼, 이제는 자신의 힘으로 하루하루 그녀는 강해질 것이다. 숭고한 다짐을 마치자, 졸린 눈꺼풀이 감겨들었다. 고작 단순히 결심한 것만으로는 현실의 냉혹한 벽 앞에서 아무런 차이를 이끌어내지 못했다.

오늘의 신서울 양이 가진 한계는 딱 여기까지였다. 수십 일 동안이나 제대로 먹을 것을 먹지도, 잠을 자지도, 움직이지도 못하였던 그녀였기에 지금까지 정신을 유지할 수 있었던 것만으로도 이미 훌륭한 기적의 발현이었다. 눈꺼풀이 완전히 내려앉았다. 끝내 참지 못하고, 깊은 잠에 빠져들어버린다. 그러나 오늘 아무것도 하지 못했다고 실망할 것은 없다. 그녀의 멈췄던 시계는 지금에서야 제대로 작동을 하기 시작했으니까.

이 작은 소녀는 분명히 강해질 것이다. 더 나은 내일을 꿈꾸기 시작할 것이다.

죽고 죽이는 괴물들의 소리로 가득 찬 도시를 뒤로하고, 초라한 패전의 기색을 가득 채운 몇 대의 장갑차가 힘겹게 처참한 바깥세상으로 빠져나갔다. 그곳엔, 악의에 의한 백이십구 일간의 감금으로부터 구원을 받은 신서울 양도 실려 있었다.

&

밤낮없이 밝은 도시 신서울에서 바깥세상과 직통으로 연결이 된 지하의 길고 긴 비밀 터널을 뚫고 나가자, 가까스로 그곳에서의 탈출에 성공을 거둔 여섯 대의 장갑차량을 맞이한 건 터널 내부보다는 조금은 옅어진 여전한 흑연의 세상이었다.

반투명한 보호 돔으로 감싸져있던 도시 신서울은 늘 밝음만을 유지하고 있었건만 정작 '내부'가 아닌 '외부'의 풍경은 짙은 어둠과 몰락한 환경에 의해 폭삭 젖어 삭막하기가 짝이 없었다. 지난 전쟁 때의 핵폭발의 여파가 하늘 위에 두꺼운 먼지층을 형성하고 있어 아직까지도 햇볕의 간섭을 콱 틀어막은 데다가 지금도 간헐적으로 한 번씩 터져 나오는 화산폭발에 따른 화산재들은 신서울 인근 지역을 온통 뿌옇게 물들이고 있기 때문에, 외부 세상은 항시 어두컴컴할 수밖에 없었다. 뿐만이 아니라, 화산으로부터 발생하고 있는 독가스의 영향을 받아 내부보다 깔끔해야 마땅할 외부의 공기는 숨을 들이마시고 내쉬기조차 버거울 만큼 텁텁했고, 수십 년 전까지만 해도 잘 닦여있던 도로가 모조리 말라비틀어져 누런 황갈색 빛의 사막화가 되어있거나 겨우 색채를 갖춘 땅이라도 방사능의 악영향을 받아서인지 기괴하게 변모를 한 풀 따위가 제멋대로 자라있을 뿐, 오랜 기간 방치로 버려진 땅은 어딜 둘러봐도 삭막하기 짝이 없는 것이다.

구태여 어둠의 장막을 뚫고서 내려다봤을 때 이곳은 지옥의 초입부와 다를 바 없을 만큼의 황량한 풍경의 연속이었다. 물론, 이런 악조건 속에서도 인간들이 살아갈 수 있는 세이프 존들이 몇인가 존재하긴 했다. 따스한 햇볕의 내리쬠과, 방사선의 차단할 확실한 차폐물이 설치되어 있는 그곳은 바깥의 생존자들에게 '축복을 받은 땅'이라고도 불리는 곳.

뭐, 그래봤자 완벽한 생존 시스템을 독자적이고 체계적인 수준으로 갖춰놓은 도시 신서울의 환경과 비교해 봤을 때 그들이 희망을 품고 머물러있는 곳은 사자(死者)들의 도시와 진배없었지만은. 누군가에게 형편없음에 코웃음을 칠 허접한 장소가 다른 누군가에겐 더없이 은혜로운 공간일 수도 있었다. 풍족한 자원으로 이뤄진 신서울의 깔끔한 환경과는 달리 바깥에 자리를 잡게 된 기이한 소규모의 사회에선 자급자족부터가 극도로 어려워서 기본적인 식량부터가 늘 부족해 곤궁했고, 생존에 필요한 그 외의 것들 역시 남은 인구와 대비해 턱도 없이 모자랐다. 특히 이번 작전에서 가까스로 생환을 마친 '젊은' 병사들에게 압도적인 위용을 갖춘 도시 신서울의 모습은 그야말로 충격적이었다. 이런 세상이 있었다니….

그 불합리한 차이를 맞이하여 좌절감을 가질 만도 하건만 병사들은 대부분이 의연한 태세로 언제 추격해올지 모를 적습에 단단히 방비를 하고 있었다.

그들의 유일한 안식처, 바깥의 도시 '라펠트'에선 전능한 단독 신을 섬기고 있었고, 이번 작전의 임무는 애당초 신께서 직접적으로 우리에게 내려주신 사명에 의한 것이었다.

그러니, 절망보다는 환희를 가지는 것이 마땅할 터였다.

밝은 사지(死地)에서 어둡고 칙칙한 생지(生地)로, 터널의 출구를 힘차게 빠져나온 여섯 대의 장갑차량은 여전히 라이트 불빛을 유지한 채로 마치 거북이 등처럼 쩍쩍 갈라진 그 황량한 도로의 부지 위를 위태롭게 달려 나가다 말고 최 앞 선의 신호차량의 명령에 따라 일제히 멈춰 섰다. 모든 차량이 제자리에서 정차를 하자, 최 앞 선을 지휘하며 달려 나가던 장갑차량의 후방 문 뚜껑이 오픈됐다. 그리고 열린 문의 발판을 밟고서 소령마크를 단 군복차림의 중대장이 방독면과 가벼운 무장을 갖춘 채로 그의 보좌관과 함께 바깥으로 걸어 나왔다. 자연스레 그들과 같은 모습을 취한 병사 몇이 뒤따라 나와 위험을 대비해 그들의 곁을 엄밀히 경계한다.

"서 대위는 서둘러 무전통신의 연결지점을 찾도록."

"예, 알겠습니다."

"병들은 경계 태세를 취하라."

"예!"

간단히 명령을 내린 중대장이 홀로 A팀의 차량으로 향해 이동했다. 후퇴 당시에 얼핏 보았기 때문에 우리들의 목표물을 자세히 들여다보지는 못했었다. 현재 부대를 이끄는 최고계급의 지휘관이 움직이는 것이니만큼 모든 절차는 일사천리로 진행이 되었다. 그는 별다른 제지 없이 목표달성을 이룬 A팀 차량에 진입하여, 회수에 성공한 희망을 향해 성큼성큼 걸어나갔다.

"단결!"

"단결!"

당장 적에게 추적을 당할 가능성이 매우 높은 급박한 현재 상황에서도 갑작스러운 지휘관의 행차는 지쳐 바닥을 뒹굴고 있던 A팀의 병사들을 벌떡 일으켜 세워 칼 같은 제식 경례를 자연히 행할 만큼의 기본적인 위계질서 법칙상 의문조차 갖지 않아야 할 당연한 것으로 받아들여졌다. 최소한 겉보기엔 그랬다.

"단결. 하…. 수고했다. 안전지대에 접어들 때까지만 조금 더 수고하도록."

실망이 가득 찬 눈초리로 이번 '회수물'의 면밀한 확인을 마친 중대장이 마뜩잖다는 목소리로 A팀의 병사들에게 명령을 내리고 그대로 몸을 뒤돌아 퇴장한다. 역시 회수물의 겉모습을 보고 만족하지 못한 듯 보였다. 구태여 설명을 덧붙이지 않더라도 A팀의 병들은 누구라도 그 사실을 쉽사리 알아챌 수가 있었다.

부글부글, 대원들의 속이 끓는다. 귀중한 보배를 구원해왔으니 수고에 대한 치하라도 해주기 위해 잠시 방문한 건가 싶었는데, 치하는커녕 중대장은 그저 짙은 한숨만을 내쉬었다. 목숨을 내건 전선 위에 섰던 건 이번 침투작전에 동원된 인원 모두가 같았지만, 가장 위험한 최전방에서 실제로 동료의 희생을 직접 감수하면서까지 보배의 탈취작전에 핵심적인 역할을 수행해낸 것은 A팀 일원들의 크나큰 희생과 노고가 있었기 때문이었다. 아무리 실망을 했어도 그렇지 어떻게 지휘관이란 작자가 목숨 걸고 임무를 달성한 부하에게 저따위 심드렁한 태도를 보일 수가 있는가.

"아, 잡지 말고 놔 봐요! 내 오늘 하극상이 뭔지 제대로 좀 보여 줄랑께!"

분개를 참지 못한 강병창 일병이 평소처럼 상대가 없을 때의 발광을 시작한다.

"아무도 안 잡고 있는데 강 일병. 그냥 누워서 체력회복이나 해라 엄한 데 힘 빼지 말고."

박종규 분대장이 허탈한 웃음을 보이며 부하 동료의 행동을 만류하고 나섰다. 종종 우리의 최고 존엄인 아버지 신에 관해서 부정적인 모습을 보일 때가 있곤 했던 중대장의 행태이니만큼, 참을 수 없을 정도로 분노가 들끓거나 하진 않았지만, 그렇더라도 사람인 이상 최소한 수고했다는 말 정도는 듣고 싶은 것이 인지상정. 심지어 이곳엔 좀 전에 자신의 소중한 연인을 잃어버린 A팀의 '안젤라' 상병까지 함께 자리하고 있었다.

"후…."

마음이 불편해도 뭘 어쩌겠는가— 우리 세계에서는 계급이 깡패인 것을. A팀 대원들 모두의 미간에 깊은 주름이 패였다. 아직까지도 여전히 깊은 잠에 빠져있는 여린 소녀, 도시와 동명을 가진 목표물의 존재가 어쩐지 믿게 느껴지는 순간이기도 했다.

&

중대장의 보좌관과 통신간부를 겸하고 있던 서승철 대위는 질척거리는 진흙땅 위를 열심히 움직이면서 통신의 연결지점을 찾아 나섰다. 그가 적당지점에 이르게 되자, 등에 짊어맨 통신장비에서 삐빗- 거리는 연결 신호음이 들려왔다. 저 멀리 떨어진 본부대와의 송수신의 연결이 된 것이다.

"본부대의 위치는 어디쯤인가?"

복귀한 중대장이 무전기와 연결이 된 헤드셋을 통해 현재 상황을 전파받고 있는 서승철 대위에게 다가와 묻는다. 그는 중대장의 목소리를 잘 전달받기 위해 자신의 양 귀를 틀어막고 있던 헤드셋의 한쪽 면을 들어올린 채로 침착히 답하였다.

"예, 본부대는 이곳에서 약 두 시간 정도 떨어진 가평 쪽의 제1야전기지에서 저희와의 접선장소인 본청지역으로 귀환 중이랍니다."

"피해 상황은?"

"…다행히 본부 화력부대 쪽은 저희와는 달리 아직까지 피해가 전무하다는 전언입니다. 다만, 놈들의 추격이 곧 따라붙을 듯한 낌새가 있어서 B우회로를 통해 사전의 접견장소인 후포항의 선착장으로 진입한다고 합니다."

"음…. 그렇다면 적들에게 혼선을 주기 위해서라도 이쪽에서는 처음 계획했던 그대로 A노선을 타는 편이 낫겠군. 작전 성공 및 피해 상황을 전달하고 송신을 마치도록."

"예."

명령을 내린 중대장이 복잡한 생각을 정리하기 위해 잠시 호위병들을 뇌두고 홀로 칙칙한 도로 위를 거닐었다. 몇 걸음 걷다가 뒷짐을 진 채로 거뭇한 하늘을 올려다본 중대장의 얼굴에는 말 못 할 참담함이 실려 있었다. 도시로 침투해 들어갈 때만 해도 그의 곁에는 자신감이 넘치던 오백칠 명의 전사가 함께하고 있었다. 헌데 지상에 남게 된 지금의 초라한 인원들을 보라. 그 많던 침투인원이 고작 칠십팔 명으로 줄어들어버렸다. 그렇다면 그들이 목숨 바쳐가며 얻은 숭고한 대가란 무엇이 있는가?

하— 길게 토해진 한숨. 초라하기 짝이 없는 결과물은 입 밖으로 꺼내들기조차 싫었다. 전쟁터에서 힘겨운 임무를 마치고 간신히 생환해온 최정예 A팀의 품속에 당장에라도 죽을 듯 말 듯 거리는 조그만 계집아이 한 명이 안겨있는 걸 보고서 얼마나 기가 막혔던가. 급박한 상황에서 기억의 오류가 일어났을 수도 있는 것이니만큼 좀 전의 방문으로 인한 직접적인 확인 사살은 또 어떻고. 고작 그딴 계집아이 하나를 예언이 택한 구원의 아이라고 믿으며 사지에서 끄집어내고자 그들은 엄청난 물자와 인적자원의 손실 및 심지어 적에게 존재가 노출이 되고 마는 위험을 감수하게 됐다. 대체 이 무슨 어이없는 낭비란 말인가— 가뜩이나 필수자원들이 점점 더 고갈되고 있는 위급한 당금의 형국에서 말이지. 이가 아득거린다. 애당초 침투작전의 일선에 서게 된 중대장은 이번 작전을 적극적으로 반대하는 반대파의 입장에 서있었다.

이번 신서울 침투작전 다시 말해 미친 '자살행위'는, 그들의 도시 '라펠트'에 세워진 근원의 신탁을 통해 어느 날 갑자기 얼렁뚱땅 내려왔다고 알려진, 그야말로 일방적이고도 비현실적인 결정으로 인한 것이었기 때문이었다.

바깥의 유일 도시 라펠트의 사람들은 대부분이 그들의 근원이라 할 수 있는 신에 대해 광신적인 믿음과 경외로 무장하고 있었지만, 오래전부터 보이지 않는 것에 대해서 냉소적이던 그와 같은 인물로서는 세월이 아무리 흘러도 도무지 당최 맹목적인 그들과 같아질 수가 없었다. 중대장의 나이가 올해로 오십사 세였다. 세상을 멸망으로 몰아넣은 3차 세계대전을 직접 겪어본 세대였고 그 거친 풍파를 뚫고 살아남으며 그는 누구보다 절실히 깨달았다. 알량한 믿음만으론 결코 무자비한 현실의 흐름을 뒤쫓거나 감당할 수가 없다는 냉혹한 현실의 사실을. 세상이 멸망의 지름길로 향해 갈 때, 우리들이 목 놓아 부르짖던 신은 대체 어디에 있던가. 애석하게도, 그런 건 처음부터 그 어디에도 존재하지를 않았다. 그런 사정으로 누구보다도 참혹한 현실에 입각한 그는 이 허무맹랑하기 짝이 없는 구출작전을 처음부터 끝까지 반대를 해왔었다. 신탁의 전언을 인용하자면 A팀이 목숨을 바쳐가며 구출해낸 저 작은 계집아이가 오랜 절망으로부터 우리를 구원해줄 "운명의 아이"라고 한다.

…다들 정신이 제대로 박혀있긴 한 거야? 일개 개인의 힘이 극한으로 내몰린 이 빌어먹을 세상의 현실을 뒤집을 수가 있다고? 무슨 전설 속 예수나 부처의 재림도 아니고 좀 믿을 것을 믿어야지. 하지만 신탁의 열렬한 추종자들에 의해 과반수를 훌쩍 뛰어넘는 압도적인 찬성표를 얻게 된 이번의 자살 작전은, 라펠트에서 겉으로나마 잘 지켜지던 다수결의 원칙에 따라 반대하는 의사와는 아무런 관계없이 그대로 속행이 되고 말았다.

그는 군인이었다. 스무 살 때부터 지난 삼십사 년간을 쭉 군인으로 살아왔기에 아무리 불합하다 하여도 윗선의 직접적인 명령이 떨어지는 그 순간, 묵묵히 명령에 따를 수밖에 없었다. 항명은 가히 상상조차 할 수 없는 불충인 것이다. 그렇게 반강제로 시행되어진 광기로 물든 작전의 결과는 보다시피 곧 숨이 넘어갈 듯한 여린 계집아이 한 명을 구해내는 것과 무려 사백삼십일 명의 귀중한 목숨과 막대한 자원의 소모를 맞바꾸며 끝이 났다. 갖은 노고 끝에 자신들이 얻은 것이라곤 정말로 초라하기 짝이 없는 그것이 전부였다. 정면에선 상대가 불가능할 위험천만한 도시를 먼저 침탈하는 만용을 보였는데 놈들이 손 놓고 방심을 한 틈을 타 목표물로 삼았던 저것이라도 훔쳐올 수가 있어서 그나마 다행이라고 자위라도 해야 하는 걸까? 웃기지도 않은 소리. 주먹이 불끈 쥐어졌다. 불같이 솟아오르는 울분이 좀처럼 진화가 될 기미를 보이지 않는다. 화풀이할 마땅한 대상조차 없다는 게, 그를 더 미치게 만들었다. 어쨌거나 이번 작전의 명목상으로는 목표한 바를 훌륭히 이뤄낸 성공이었으니까.

'…내가 이성을 잃어선 안 되겠지…'

그동안 쌓아온 지휘관으로서의 냉철함이 분기를 억눌러놓는다. 저 탐욕스럽고 무도한 것들이 자신의 것을 눈뜬 채로 코 베이듯이 빼앗겼으니 흥분을 하여 필시 이쪽을 향해 무시무시한 총구를 겨눈 채로 미친 듯이 달려오고 있을 것이 분명했다. 위력적인 재래식의 병기들을 제법 갖춘 본부대 쪽이라면 또 모를까, 이쪽은 적과 정면에서 맞서 싸울 기본적인 화력부터가 여실히 부족했다. 이런 위기 상황에선 지휘관인 그의 판단과 책임이 어느 때보다 막중한 순간이었다. 그러니 이 위중한 시기에 괜히 풀 데 없는 쓸데없는 분노감에 사로잡혀 기본적인 작전 수행능력을 흐트러뜨려선 안 된다. 더구나 하필이면 시기조차도 늦가을에 접어들고 있었다. 겨울을 목전에 둔 오늘의 밤은 몹시 춥다. 내일은 분명히 오늘보다 더 추워질 것이다. 뼛속을 파고드는 차가움은 가장 용맹한 정예병들의 사기조차 쉽사리 떨어뜨리기 마련이었다. 심지어 이 역겨운 바깥에는 복수를 위해 추격해올 게 뻔한 도시 신서울의 놈들 외에도 위험한 것들로 가득했다. 언제 습격해올지 모를 방사선에 의해 변질이 된 오랜 숙적-괴물 놈들이 특히나 큰 골칫거리였다.

"중대장님 무전송신을 끝마쳤습니다."

"확인, 이만 철수한다."

무전을 마치자마자 그들은 숨 고를 틈도 없이 합류지점으로의 복귀를 재촉했다. 불합리하게 망가진 이 세상 위에 자신들의 보금자리 말고 편히 몸을 누일 안정권 따위는 그 어디에도 존재하지가 않았다. 차량의 지휘관 자리로 되돌아온 중대장은 정신을 다잡기 위한 방편으로 자신의 지휘봉을 손아귀에 꽉 움켜쥐었다. 화풀이는 이쯤으로 관두자. 지금은 분노를 표현하는 것조차 사치인 때였다. 모든 잡념을 비우고 살아남는 것 하나만을 온전히 집중하기에도 벅찬 현재 상황이었으니까. 경험이 많은 군인인 그로서는 어떤 악조건 속에서라도 부하들을 사지로 내몰지 않고 윗선에서 내려온 목표를 최우선으로 완수해야 할 마땅한 사명이 있었다. 그것이 그가 살아가는 이유이며 수많은 죄책감과 부의 감정들을 끌어안게 된 아직까지도 이 비루한 세상 위에 멀쩡히 발을 딛고 있음에 스스로에게 타당성을 부여하는 자신만의 방어기제였으므로.

다시 시동을 걸고 더욱 짙은 어둠 속에 내리깔린 굽이진 산골짜기의 어귀를 앞두게 된 여섯 대의 장갑차의 헤드라이트에서 눈부시게 밝은 상향등이 터져 나왔다. 갈라진 어둠 사이로 차량들이 한 대씩, 관리가 되지 못해 잔뜩 홈집이 난 도로 위를 덜컹거리며 앞으로 전진해나간다. 방금 전의 소요로 차량이 잠시 머물다가 떠나간 질척이는 땅 위의 흔적은 어디선가 불어온 흙먼지에 의해 순식간에 덮어져버렸다.

텅 빈 구역 위로 시끌벅적함을 대신할 적막이 들어찼다.

생명의 흔적을 찾아볼 수 없는 죽음의 대지 위로 허무만이 맴돈다. 잠시 동안이라도 살아있는 것이 아니라 꼭 이미 오래전에 죽어있던 것처럼.

&

제로 프로젝트를 시작한 지 130일째의 원탁회의가 열렸다.

우중충한 권력자들의 얼굴이 열한 개.

십 년이 넘도록 '열두 명의 원칙'을 잘 고수해오던 그들의 숫자가 어쩐 일인지 열한 명으로 줄어들어있었다. 이번 신서울 습격탈취 사건이 일어난 직후, 도시방위를 책임지던 국방관의 자리가 만장일치로 공석이 됐기 때문이다. 회의장의 막내이자 열두 번째 인물이었던 그는, 멍청하기 짝이 없는 실수를 범한 대가로 영영 되돌아오지 못할 길로 향하게 됐다.

"하, 몇 번을 곱씹어 생각해봐도 참 한심한 작자요. 진작 코어의 출력을 높여 배리어의 단계를 한 단계만 더 상향을 시켰어도 구식포탄 따위의 침입은 물론이고, 분수도 모르고 쳐들어온 그 쥐새끼들까지 도시 안에 완전히 고립시킬 수가 있었는데 제 놈 혼자 살겠다고 구석에 콕 박혀서 도망칠 궁리나 하고 있었다니 쯧쯧."

회장의 신랄한 비판이 회담의 시작을 알렸다.

"맞습니다."

"엉뚱한 인물에게 맞지도 않은 옷을 입혔었군요. 저희의 명백한 실수입니다."

"다신 이런 불상사가 생겨선 안 되겠지요."

화살의 시위가 당겨 쏘아지자 너도 나도 회장의 말을 동조하고 나섰다. 그러나 실상을 파고 들자면 웃기지도 않은 변명거리와 핑곗거리에 불과했다. 열두 좌의 막내에게 주어졌던 국방관의 자리는 저 '회장'이나 '부회장'의 직함처럼 그냥 구실상의 명목이었을 뿐이지, 이곳에 자리한 누구에게나 위급상황 시 도시방위에 관한 조작 권한은 동등하게 주어져 있을 터였다. 막상 사건이 터졌을 때는 현재 비난의 성토를 꺼내든 회장을 포함한 모두가 자신들의 안전한 은신처에 콕 틀어박힌 채 숨죽이며 상황이 어찌 돌아가고 있는지 전전긍긍하며 관망만을 하던 주제에 대충 사건이 일단락되고 도시의 침입이 간단히 막을 수가 있던 저급단계의 수준으로 판명이 나자, 기다렸다는 듯이 입을 모아 한사람에게 모든 책임을 전가시키고 있었다. 이것은 오래도록 반복되어진 그들만의 지저분한 책임회피 방식이기도 했다.

비록 자리는 함께하고 있다지만 회장과 부회장을 비롯해 도시의 첫 기틀을 세운 기존의 여섯 영웅과, 나중에서야 그들의 입맛에 따라 각자 한 명씩 선출이 된 나머지 여섯 간에는 서로 절대로 넘지 못할 보이지 않는 권위의 장벽이 세워져있었다. 초기 여섯을 뺀 나머지 여섯의 선출 자들은 권력의 달콤함을 함께 누리는 대신에 자신을 뽑아준 권력자에게 명백한 실수가 있을 시에 그를 대신해 매품팔이 역을 수행해야만 했다. 수시로 반복되어진 인원의 교체. 이번에 줄어든 매품팔이 석 또한 어차피 머잖아 다시 채워지게 될 것이었다. 대체품은 언제나 차고 넘쳤으며, 항시 열두 명의 체제의 권좌를 유지하기로 그들은 그들만의 법전에다가 명시를 해 그것을 철저히 따르고 있었으니 말이다.

"그래서 여러분, 추천할 만한 인재는 있습니까?"

회장이 모두에게 의견을 묻는다. 오늘 회의의 최 주요 안건이었다. 국방관의 자릴 물려받을 유력 인물로서는 이번 제로 프로젝트의 담당자인 '레이나 헤링턴'이 있었다. 비록 끝이 조금은 안 좋게 뭉개져 버렸다곤 해도, 실험체인 넘버 제로-신서울을 대상으로 진행했던 프로젝트는 모든 면에서 성공적인 결과를 남겼다. 레이나가 원래 가지고 있던 권력핵심층의 자제라는 위치와 이번에 이룬 공적의 성과라면, 최고 권력의 빈자리를 차지하기에는 차고 넘칠만한 업적이었다. 그녀가 거둔 성과는 그만큼이나 대단한 것으로 앞으로 최소 삼년 안에 이곳에 자리한 모두가 필시 하얀 대리석 방 안에 갇혀있던 신서울 양이 보여주던 불가사의한 생존능력을 똑같이 얻게 될 것이었으니. 영생을 추구하는 괴물들의 모임에서 그들의 염원하는 바의 초기 발판을 대신 이뤄낸 레이나에게 모두가 호의적인 건 당연한 일이기도 했다. 그런 확실한 추천 대상이 있건만, 의외로 장내의 침묵이 길어졌다.

레이나 헤링턴은 헤링턴 가문의 가주인 '부회장'의 친딸이었다. 겉으론 화목하게 웃음을 짓고 있어도 벨루가 사의 회장과 부회장 간에 눈에 보이지 않는 크나큰 알력 다툼이 존재함을 모르는 이가 이곳에 아무도 없었다. 이런 상황에서 레이나의 발탁은 요즘 들어 회장과 거의 대등한 수준까지 치고 오르려던 기세의 헤링턴 부회장의 이름에 적힌 추의 무게를 한층 더 상승시켜놓는다. 때문에 섣불리 그녀의 이름을 냈다간, 회장파에 의해 반회장파라고 낙인을 찍혀 배척을 당할지도 모를 일이었다. 회장의 권력은 다른 열두 좌의 누구보다도 월등히 강력한 것. 이곳에 모인 누구도 강력한 고래들의 싸움에 휩쓸려 자신의 등까지 함께 터져나가고 싶지는 않았다. 그런데, 뜻밖에도 레이나의 이름을 먼저 꺼내든 건 회장 쪽이었다.

"허어, 다들 그리 입을 닫고 있으니 이 늙은이부터 생각한 바를 꺼내도록 하겠소. 내 전해듣기로, 부회장님의 따님께서 그리도 총명하고 뛰어난 인재라 하던데 이제 꽁꽁 감춰놓는 건 그만두시고 이번 기회를 맞아 일선으로 내세우는 것이 어떻겠습니까."

"허허허 이것 참… 회장님께서 제 부족한 여식에게 금칠을 해주시면서 좋게 봐주어 감사를 드립니다만, 아직 그 아이가 이 정도의 중책을 맡기엔 시기상조로 여겨집니다."

권력을 더 공고히 할 좋은 기회 찾아왔음에도 불구하고 부회장이 겸양을 떨었다. 마주한 두 사람의 두 눈에서 진한 탐욕이 흘러나왔다. 서로가 서로에게 더 큰 것을 원하고 있다. 이번 건은 둘의 이해관계가 딱 맞아떨어졌다. 아주 오랜 시간을 한 팀이자 정적으로서 서로를 견제하며 살아왔고 앞으로도 그렇게 살아갈 그들에게 사실 적과 아군의 단순한 이중적인 구분은 무의미했다. 그러므로 사사건건 충돌하던 사이일지라도 같은 생각을 할 때면 결탁이 쉬워진다.

"그러니, 이번 기회에 그 아이를 밖으로 내보내 간부직을 맡기 전, 확실한 실전 경험을 쌓게 하고 싶은데…. 회장님께선 고견을 어찌하시는지요."

"오오, 그거 참 좋은 생각이로군요. 마침 건방진 반동분자들의 씨앗도 발견을 했겠다 놈들의 토벌을 위한 사령관직을 부회장님의 따님께 맡긴다면 필시 사내의 누구보다도 그 역할을 완벽히 수행해낼 거요. 국방관의 한자리쯤이야 그녀가 임무를 완수하고 화려하게 복귀할 때까지 잠시 대리를 둔 채로 공석으로 놔둬도 큰 영향이 없겠지요."

두 최고 권력자가 입을 맞췄다. 이 다음은 예정된 수순대로, 무조건적인 동의가 뒤따라온다. 최고위의 자리에 앉은 모두가 알고 있다. 제로 프로젝트의 담당자 레이나는 지휘관으로서의 역량을 조금도 갖추고 있지 않음을. 그녀의 수준은 어디까지나 일개 연구원 수준에 묶여있었다. 그러나 누구도 이번 결정에 그러한 진실을 언급을 하며 두 권력자의 결탁에 의해 허가가 떨어진 허술한 이번 결정에 반박을 놓지 않았다.

반동분자들을 상대할 때 직접적인 전투의 수행은 어차피 기계들의 몫이었고, 도시에서 내로라할 최고의 군사 전문가들이 그녀 곁을 수행하며 모든 주요작전을 수립해줄 것이다. 사령관이 할 일이라곤 그저 푹신한 의자에 기대앉아 고개나 한 번씩 *끄덕여주고* 전장의 상황을 직관으로 관람하는 것 정도밖에 없을 터였다. 이번 기회를 맞이해 권력 자리의 한축을 자식에게 공고히 전해주려는 '부회장'과, 그런 그녈 사실상 뒤에서 조종하는 중인 '변종원 교수'의 제1후원자, '회장'이 서로 동상이몽의 짜릿한 미래를 그리며 마주 웃는다.

어제 벌어진 불의의 습격으로 도시 내 많은 사람들이 죽고 다쳤다. 상처 입은 도시에는, 아직까지도 지난 전쟁의 처절한 흔적이 숨김없이 남아있다. 그럼에도 불구하고 겨우 건물의 흰 벽 하나를 가림막으로 두고서 다른 차원의 부유함 속에 갈라선 열한 명의 괴물들은 빈촌에서 발생한 참극에도 아랑곳않고 여전히 그들만의 풍요로운 축제를 즐길 뿐이었다. 넘버 제로 실험체-신서울이 구출이 되면서 자극적인 충격이 오랫동안 침체된 도시를 강렬히 통타했으나 새롭게 변하는 것은 아무것도 없었다.

쪽빛의 하늘은 오늘도 여전히 눈부시게 푸르렀고, 잠시 몰려온 시꺼먼 먹구름과 빗방울이 적시고 간 흔적 아래에 새롭게 남게 된 건 아무것도 없었으니까.

3장.
시작, 망가진 어둠 속으로

　신서울 양은 혼절을 한 지 3일이 더 지나고 나서야 겨우겨우 무거운 눈을 뜰 수가 있었다. 정신을 차리자마자 느낀 것은 우선 자신이 기대어 앉아있는 등받이가 몹시도 딱딱하다는 것이었다. 등허리에서 느껴지는 따가움에 의아해하던 것도 잠시, 차체가 기우뚱거리며 흔들림과 동시에 몸이 크게 들썩이며 딱딱한 등판이 등짝 전체를 통타한다.

　악…! 기절해 있던 동안에 대체 이 출렁임에 얼마나 얻어 맞았던 건가, 슬쩍 들어 올려졌다가 내리찍힌 것뿐인데도 눈살이 절로 찌푸려질 만큼 크나큰 고통이 전달되어진다.

　신서울은 눈물을 찔끔 흘리면서도 긍정적으로 몸의 통증을 받아들였다. 고통은 자신이 폐기 되지 않았다는 직접적인 증거. 생동감의 표현이자 가장 명확한 방식을 가진 현실의 표기방식이었다. 나는 그날의 고통으로부터 폐기가 되지 않았다. 왈칵 울음이 터져 나올 것만 같은 기쁨이 전신을 지배해온다.

"오 드디어 떴다, 눈을 떴어 김 상병! 얼른 중대장님께 보고드리게."

"알겠습니다."

그녀의 상태를 며칠 내내 면밀히 관찰하던 군의관이 좁아터진 환자용 화물칸이 떠나가라 한껏 높여 소리를 질렀다. 지난 며칠간 관을 통해서라도 뭘 좀 먹이려고만 하면 고스란히 토해내기만을 반복해 이러다간 정말로 죽지 않을까, 아예 목을 뚫어내고 기도삽관이라도 해야 하는 걸까. 신의 아이의 존체에 상처를 입혀야 한다고…? 여러 갈등 속에 그의 속을 어지간히도 썩이던 기적의 아이가 자신의 네이밍 그대로 기적을 발휘해 부활했다.

겉보기엔 완전히 멀쩡한 상태로 깨어나긴 해보였으나 의사로서 환자의 상태를 짐작으로만 가벼이 예단하는 건 결코 아니 될 일.

"아가씨, 몸 상태는 어때, 곧바로 말을 할 수는 있겠어?"

의무병인 김 상병에게 지시를 내린 군의관 박형태 대위는 본인의 흥분을 채 감추지 못한 채로 그녀에게 가까이 다가가 자신의 큰 얼굴을 들이밀며 상태를 캐묻기 시작했다.

"으읏…어… 저기…."

와…. 뭐야 시꺼먼 대두의 접촉에 부담스러움을 느낀 신서울 양의 몸이 움츠러들었다. 몸에 힘이 있고 없고 정신이 말짱하고 아니고를 떠나 난생처음 보는 사람의 무자비한 수다스러움과 초근접의 다가옴은 그녀를 퍽이나 난처하게 만들었다. 이럴 땐 뭘 어떻게 대응해야 옳은지 허물이 없어도 너무 없는 사람에 대해선 경험이 전무한 그녀로서는 알지 못했다.

"앗 차차…. 미안, 미안 나도 모르게 환자한테 부담을 주는 짓을 해버렸네. 내 소개부터 해야지 난 제1기동 사단소속 2번 전투부대 소속의 군의관 박형태 대위야. 부대 내 모든 환자를 총괄해서 치료하는 의사이지. 아, 그쪽의 도시에선 의사의 개념이 존재하지 않으려나. 뭐 쉽게 말해 병을 고치는걸, 기계 말고 사람이 대신한다고 생각하면 돼. 아가씨의 이름은? 어 음, 우리 서로 말이 통하기는…하지…?"

"어…. 네, 네에 저, 저는 신서울이에요…."

늦지 않게 대화의 갈피를 잡게 된 그녀가 떠듬떠듬하게 말했다. 목이 잠겨서 그런지 내뱉은 목소리에 바람이 찬 소리가 더러 섞여 났다.

"신서울? 그건 개 같은 놈들이 내세운 저 빌어먹을 도시의 이름이 아니던가?"

박형태 대위가 고개를 갸웃거리며 되묻는다.

거친 욕지거리를 내뱉은 것치곤 해맑기 짝이 없는 표정을 하고 있다.

'뭐야 이 사람….'

"제 이름도 같아요 도시랑…."

떨떠름함을 느끼면서도 신서울 양은 그의 의문을 확실히 바로잡아줬다.

"그래? 신기하네. 신서울에서 데려온 신서울 아가씨. 과연, 운명적인데?"

혼잣말을 흘린 그가 납득하고서 고개를 주억거렸다. 신서울 양은 처음으로 대면 중인 삼십 대가량쯤의 남성과의 대화가 점차적으로 편하게 여겨짐을 느꼈다. 잘 생각해보니 방 안에 갇혀있을 때 그토록 그리워하던 사람의 실제 목소리다. 염원이 달성된 만큼 대화가 이어질수록 그녀의 경직이 됐던 정신과 육신의 경계가 신기하리만큼 스르르 풀어진다. 그와의 별것 없는 지금의 대화는 그녀에게 있어 마치 피로를 잊게 만드는 시원한 안마와도 같았기 때문이다. 어느 정도는 상대의 배려가 녹아든 덕분이기도 했다.

　박형태 대위는 경험이 풍부한 군의관으로, 외부로부터 끔찍한 스트레스를 받게 된 환자가 불편함이 이어가지 않게끔 내용의 강세를 잘 조절하여 대화의 맥을 상황에 맞게 부담 없이 이끌어가는 법을 익히 잘 알고 있었다.

　"그래, 서울 양 아무튼 지금 엄청 배가 고프지? 의사로서 며칠 쉬다가 막 깨어난 환자한테 위에 잔뜩 부담을 주는 이따위 것을 내주기는 정말로 싫지만, 현재 우리의 사정상 스프나 죽을 끓일 여유가 전혀 못 돼서 말이지. 부담이 되더라도 꼭 참고 이것들을 좀 먹어줘."

　그가 미안하단 표정으로 신서울 양에게 처음부터 그녀의 곁가지에 놓여서 미리 준비되어있던 음식을 건네주었다. '파운드케이크'란 글씨가 큼지막하게 적힌 전투식량의 은색봉투와, 미지근하게 식어있는 우유팩이 그것들이었다.

　"어, 스스로 먹을 수는 있겠지?"

　"음… 뭐… 대충은 알 것 같아요."

　엉겁결에 손에 받아 든 걸 물끄러미 내려다본다. 파운드케이크는 그녀가 도시에서 늘 먹어오던 영양 바의 포장상태와 크게 다르지 않아보여, 난생처음 보는 먹거리인데도 그리 부담스럽게 느껴지지가 않았다. 아닌가? 자세히 보니 아예 다른 포장 이긴 한데 왠지 모르게 퍽이나 익숙하게 느껴진다. 병 안에 밀봉된 하얀색의 멸균우유도 마찬가지로, 먹으라고 준 액체 형태의 마실 거리일 테니 늘상 먹어오던 물과 큰 차이는 없을 것이라고 여겨진다. 그녀가 본능에 따라 능숙한 동작으로 파운드케이크를 감싼 은색봉투의 지퍼를 당겨 열었다.

처음 맡아보지만 어딘가 익숙한 고소한 냄새가 그녀의 후각을 앞으로 잡아당겼다. 늘 무미무취하기만 했던 신서울의 영양 바와는 아예 다른 종류의 음식이라는 게 후각에서 전해지는 냄새의 차이에서부터 확연히 실감이 났다.

"잠깐. 감사 인사부터 올려드려야지."

식욕이 솟구쳐 올라 다급해지려는 그때, 군의관이 그녀의 바빠진 손길을 붙잡아 세웠다. 그러고는 갑자기 엄숙한 표정을 지은 채로 영문도 알 수 없는 엉뚱한 소릴 지껄여댔다.

"우리의 전능하신 구세주 아버지이시여, 오늘도 우리에게 일용한 양식을 내어주시어 참으로 감사드리옵니다."

그가 두 손을 끌어모아 가슴팍 어림에 두고, 눈을 꼭 감은 채 신서울 양으로서는 알아듣기 어려운 단어의 배열을 이어 뱉었다. 그게 무슨 의미에서의 행동과 말인지는 몰랐지만, ─왠지 알 것… 같기도 하고.─ 어쨌거나 경건한 자세와 진지한 얼굴을 한 그를 방해해선 안 될 것 같았다.

"언제나 모두에게 당신의 축복과 손길이 머무길…! 아멘."

고개를 쳐들어 하늘을 향해 부르짖음으로써 그의 짧은 기도의식은 막을 내렸다. 아멘. 낯선 히브리어가 들려오고 어째선지 그 뜻이 어느 정도 이해가 됐지만 자신의 머릿속에서 모르는 지식이 설치는 꼴을 인정하고 싶지가 않아 시치미를 뚝 뗀 채로 모르는 척을 한다.

"자자, 이제 먹도록 해."

일련의 과정을 마친 그제야 그가 음식의 섭취를 재차 권해온다. 신서울 양은 아리송하고 얼떨떨한 얼굴로, 반쯤 뜯다 만 파운드케이크의 포장지의 나머지 부분을 서둘러 뜯어냈다. 곧바로 노랗고 단단한 속살이 드러나 식욕을 한껏 돋우었다. 배 속이 요동을 친다. 더는 참기가 어렵다. 신서울 양은 자신의 조막만 한 입속으로 파운드케이크를 되는대로 쑤셔 넣었다. 신서울 양의 눈시울이 곧바로 붉어진다.

"우…우우…."

한입 베어 문 파운드케이크가 너무 맛있어서, 저도 모르게 눈물이 흘러나오고야 말았다.

"엇, 왜 그래? 어디 아파? 체했니?"

당황에 찬 그를 시선에도 두지도 않고, 곧바로 허겁지겁 파운드케이크의 나머지 부분을 입안으로 빠르게 우겨넣었다. 이 음식은 자신이 태어나 쭉 먹어오던 것들과는 아예 차원을 달리하고 있었다. ―그 아무 맛도 나지 않던 영양 바는, 감히 음식이라곤 칭해서도 안 될 쓰레기였다. 그녀는 혀를 녹일 듯한 설탕의 달콤함에 취하고 말았다. 뿐만이 아니라, 목이 멨을 때 따가운 목 안을 부드럽게 넘겨 들어오는 우유의 고소함에서 극도의 행복감을 느꼈다. 미식의 즐거움이었으나, 행복은 그리 오래 이어지지는 않는다. 즐거움을 이어서 뒤따라 나온 아픈 생각이 그녀의 머릿속을 콕콕 찔러댔기 때문이다.

그녀가 운 좋게 탈출해나온 그곳. 온통 '하얀색'으로 가득 찬 도시 신서울은, 분명히 인간으로서 마땅히 가지고 누려야 할 모든 권리를 강제로 박탈시키고 있었다.

인간의 필수적인 욕구와 자유를, 강한 통제로써 억눌렀다.

남에게는 이를 구체적으로 설명하지 못한다. 변함없이 그녀가 아는 단어는 한정적이었고, 부족한 단어들만으로 다른 이를 납득시킬 수 있을 만큼 그녀의 언변은 뛰어나지 못했기 때문이다. 분함이 몰려들어왔다. 말로 뱉을 줄은 모르더라도, 머리와 몸이 그 불합리함을 온전히 이해하고 있었다. 뒤돌아서서 본 그곳은 살기 좋은 지상의 낙원을 노래하고 있었지만 지옥이라면 또 모를까 결코 낙원 같은 게 아니었다. 억눌린 모두에게, 그녀가 몸소 겪으며 도달한 진실을 알려주고 싶어 안달이 나려했다. 저 퀭한 얼굴의 남자가 자신에게 아무렇지 않게 건넨 이 녹을 듯한 달콤함을 무색의 폭거에 억눌려 미식의 자유를 잃게 된 그들에게도 한번이라도 맛을 보라고 전달해주고 싶었다.

왜…. 다들 어째서 참고 있는 거야?

의문이 물꼬를 텄다. 어디선가 샘솟아 오르는 이상한 지식들을 미뤄놓고 어릴 적 기억만을 반추해보아도 당시의 신서울이란 도시가 그리 하얗지만은 않았던 것 같았기 때문이다. 도시의 하얀색에 파묻히게 된 어른들은 분명 인간의 욕구를 충족시킬 만한 이러한 종류의 쾌락에 대해서 잘 알고 있으면서, 어떻게 숨죽인 채로 잠자코 있을 수가 있는 것일까.

개인의 확고한 의견을 무슨 연유에서 그 누구도 피력하지 못하게 된 걸까? 신서울은 그에 대한 정답이 '생존'이란 두 글자 속에 숨어 있다는 것만큼은 아직 쉽사리 알아채지 못하였다. 자신이 알지 못하던 지식들이 몽글몽글 솟아오르고 있었고, 생존의 시련을 몸소 겪어봤다고 해도 그녀가 인간의 죽음을 실제로 마주한 것은 아직까지 고작 한 순간에 불과했다. 죽음이란 누구에게나 가히 무한한 공포의 상징이다. 인간에게 주어진 삶 전반을 죽음의 경계 위에 세워놓고 바짝 조여 놓았을 때를 살펴보면, 대상자는 자신의 감정이나 의식의 조율 따위엔 아무런 신경도 쓰지 못한 채 다만 지금 이 한 순간이라도 더 살아남기를 갈구하게 됐다. 생명체의 가장 큰 본능인 생존의 욕구에 따라, 당장 지금 이 순간에 내가 살아남는 최선의 방법을 언제나 최우선으로 삼도록 기본적인 시스템화가 되어있기 때문이었다.

도시의 권력자들은 전쟁을 틈타 이례적일 만큼 강대한 권력을 손아귀에 틀어쥐게 됐다. 그 많던 각자의 사람들이, 신서울 양이 의문을 품게 된 아직은 단순하기 짝이 없는 생각의 결론처럼, 아무것도 하지를 않다가 상대의 폭력의 아래 일방적으로 굴복을 당한 건 아니었다. 도시가 설립이 되고 안정화가 되어가던 초기만 해도, 야욕을 부려대기 시작한 그들의 폭거에 대항을 하고자 하루에도 몇 번씩이나 혁명의 강력한 바람이 불어왔었다.

그러나 애당초 여러 색으로 나눠진 다발적이고 힘이 모자란 저항은 단일화를 이룩한 단색-흰색의 커다란 방벽을 결코 뚫어내지 못한 채 번번이 막혀버렸다. 거리엔 매일같이 큰 뜻을 품은 혁명을 실패한 대가로 죽음을 맞이하게 된 이들의 시체가 나뒹굴었다. 그런 일이 몇 번씩이고 되풀이가 되다 보니 사람들은 어느덧, 자신들이 그저 따뜻한 도시 안에서 발을 붙이고 살아갈 수 있다는 것만으로도 '어? 이런 삶도 나름 괜찮지 않나—.' 자기최면에 빠져 만족을 하게 됐다. 반복된 실패와 그때마다 반드시 이뤄진 대량학살의 공포가 그들의 주체가 된 자유의 근간 자체를 모조리 뒤흔들어 놓은 것이다.

과거의 평화를 알고 있던 어른들은 이미 마음부터가 모조리 꺾여나가 포기하고서 구태가 됐다. 성장이 덜된 아이들은 도시의 강압적인 규율과 통제의 틀 안에 붙잡혀, 그들이 원하는 부속품으로만 자라났다. 유일한 걱정거리였던 대항의 불씨가 흰색 고래가 세운 드높은 장벽 앞에 막혀 완전한 진화(鎭火)를 이루게 되자 저 무도한 권력자들은 자신들의 욕구에 심취해 더 폭력적으로 추악해지고, 더 쾌락적으로 나태해졌다.

당장 오늘이라도 누군가가 총대를 메고 예전과 같은 방식의 혁명의 깃발이 기치를 떨치게 된다면, 도시의 울타리가 아무리 높아졌단들 결국 언젠가는 무너뜨릴 수 있을지도 모른다. 그러나 지금의 도시 안에는 그럴만한 구심점도, 의지도 남아있질 않았다. 잘 조련이 된 우리 안의 동물들에게 희생을 발판 삼아서야 간신히 쟁취해낼 수 있을 죽음 위의 자유는 저 춥고 참혹했던 어느 날 밤의 잔혹한 기억과 함께 저 멀리 사라지게 되어버린 꿈이었다.

신서울을 실효 지배 중인 극소수의 권력층들만 제외하고서 그곳에 발을 붙이며 살아가고 있는 모두가 그러했다. 스스로 낯선 지식에 의거한 자조만으로도 이념의 변혁을 맞이한 신서울 양의 생각과 태도는 그렇기에, 정말로 특별한 케이스에 속했다.

누구도 가르쳐주지 않았고, 누구나 모른 척하던 것을….

스스로 깨닫고서 짙은 불합리함에 분루를 삼켜낸다.

표면상의 그녀는 그들의 욕망이 탄생시킨 가장 뛰어난 역작이며 동시에 완벽한 실패작이기도 했다. 그녀처럼 스스로 생각할 줄을 아는 뛰어난 '인형'을 원하는 이는 그녀의 탄생에 관여했던 탐욕스러운 이들 중에선 단 한 명도 없었으니까. 아마 실험체로 선별이 되지 않았어도, 탄생만 이루어졌더라면 이처럼 자신만의 색깔이 뚜렷해졌을 신서울 양은 결국 언젠가 그들로부터 반동의 불씨로 낙인찍혀 배척받게 됐을 것이다.

"이봐, 서울 양 괜찮은 거지?"

무언가에 골몰하여 초점을 잃은 눈동자의 신서울 양을 박형태 대위가 빠르게 흔들어 깨웠다.

"헉—."

신서울의 눈동자에 빛이 들어오자 그가 주춤거리며 몸을 뒤로 물렸다. 마주한 신서울 양의 칠흑색 눈동자는 마치 심연 깊은 곳에서부터 자신의 내면을 모조리 들여다보는 듯했다. 그것과 직면을 한 그 순간 그는 옷을 입고 있음에도 마치 벌거벗은 듯한 기분이 들면서 동시에 등 뒤로는 식은땀이 흘러나오게 됐다. 눈을 비비고서 다시금 그녀를 바라본다. 조금 전에 느꼈던 섬뜩한 느낌은 온데간데없고 그저 파운드케이크 한입에 행복을 느끼던 평범한 소녀가 눈가에 그렁그렁 맺힌 눈물을 닦아내고 있을 뿐이다.

"아…. 괜찮아요."

적어도 지금의 그녀에게 문제가 될 건 없어 보였다.

'설마… 내 착각이었겠지 피곤해서 내가 잠시 헛것을 봤나봐.'

남몰래 한숨을 돌린 그가 이마에까지 송글송글 맺힌 땀을 훔쳐냈다.

그 역시 중대장의 생각과 매일반으로, 라펠트 내부의 신탁이 지정한 '운명의 아이' 같은 허황된 사실은 전혀 신뢰하고 있지를 않았다. 신은 존재한다 하지만 붕괴직전에 혁명의 새바람을 통해 새로이 재정립이 된 우리의 신께서는 더 이상 이토록 더럽혀진 곳에서 그 찬란한 모습을 드러내지 않을 것이었으니. 남들과 조금은 동떨어진 그의 믿음은 어디까지나 현실과는 멀리 떨어진 곳, 저 죽음 사이의 영적인 세상과 맞닿아있었다.

그런데, 믿을 수 없게도 순간적으로나마 방금 전의 신서울 양과 마주할 때 그는 그가 지금껏 그려왔던 이상향의 종착점을 겹쳐보고야 말았다. 그의 생각대로 착각일 수도 있고, '기적의 아이'라고 지칭이 된 저 신서울이 가진 어떤 특별한 모습의 일면과 마주했던 것이었을 수도 있다. 그것은 해답과 규명 따위가 필요치 않은 초월적인 영역 안에 이른 문제였다.

"다 먹었어요."

"…그래, 속은 좀 어때."

"나쁘지 않아요."

왜냐하면 배가 든든해지자 드디어 희미하게 미소를 띠게 될 줄을 알게 된 작은 소녀에게서, 우리가 추구하는 위대한 신을 경배하듯이 크나큰 경외감을 갖기란 절대로 무리였으니까.

"단결! 군의관님, 중대장님께서 그 기적의 아이를 모셔 오라십니다."

무전으로 상황을 전파하러 자리를 비웠던 김 상병이 돌아와 상황을 보고했다. 그가 내비치는 거수경례와 딱딱한 군인의 말투가 허기를 채운 신서울의 호기심을 불타오르게 만들었다. 그녀가 머물던 도시 내에서 저러한 극존칭은 오직 '기계'들이나 해주던 것이었으니까 어느 날 갑자기 시행이 된 문구의 변경 이후로 존댓말의 사용이 거주민들 사이에서 통용이 되긴 했어도 그것조차 상호 간의 가벼운 존칭에 불과했었다.

"아, 고생했네."

겉보기로 연배가 엇비슷해 보이는 두 사람에게는 눈에 보이는 차이가 딱 하나 있었다. 김승환 상병에게는 작대기 세 개(三)의 표식이, 박형태 대위에게는 다이아 세 개(◇◇◇)의 표식이 각자의 군복 왼편의 가슴께와 머리 위에 눌러쓴 군모의 정 가운데 쪽에 박음질이 돼있었다. 신서울 양은 두 사람의 신분 차이를 만드는 것이 저 문양의 차이에서 발생하는 것임을 빠르게 눈치를 챌 수 있었다.

'신기해…'

계급의 상명하복이 낯설고 이상했지만 한편으로는 신기하게도 느껴졌다. 그녀가 떠나온 곳에선 어떤 이유에서인지 겉으로는 평등과 자유를 추구하는 척을 하느라, 이들처럼 서로 간의 계급구도가 한눈에 보이지를 않았다. 계급이 구분되어져 있었다면, 신서울은 과연 어떤 모습이었을까. 그녀가 잠시 멋대로 상상을 꿈꾼다. 허나 이번엔 자신이 생각했던 것과는 전혀 다른 괴이한 장면이 머릿속을 엄습해왔다.

—도시가 불타오른다.

그녀가 강제적으로 체험해야 했던 방 안의 뜨거움은, 도시를 불사르는 열기와 비교해서 아무것도 아니었다. 또 다른 구속에 갇힌 세상을 내려 본다. 표리부동한 세상이 뼛속까지 얼릴 차가움을 계속해 내보냈다면, 계급화가 된 세상은 뼛속까지 녹여버릴 불화를 품고 있었다. 단면만을 훔쳐보고서 그려낸 이미지이기에 모든 표현 자체가 시작부터 아예 어긋난 것일 수도 있다. 그렇게 믿고 싶었지만, 그녀가 그려낸 상상의 불길은 도무지 꺼질 생각을 하지 않았다.

"하이고, 제발 후포항까진 무사히 좀 도착했으면 좋았으련만 이 냄새나고 귀찮은 녀석을 대체 언제까지 그대로 써야 하는 거야…. 에잇… 아, 서울 양 건 새삥, 완전히 새 거야 기념적인 첫 보급품이니까. 부럽다, 부러워."

박형태 대위가 조잘거리며 뒤에 있는 김승환 상병에게 손짓을 했다. 김상병이 움직여, 잠시 멍해진 그녀에게 방독면과 방호복을 건네주었다.

"잠깐 나가봐야 하니까 겉에다가 입어."

그제야 퍼뜩 정신을 차린 신서울 양은 좀 전에 바라본 괴상한 것을 빠르게 털어냈다. 도시에서 강제로 홀로 갇혀 지내는 동안 적어도 스스로 옷을 입고 벗는 법에는 익숙해져 있어서 다행이라고 생각했다. 티제이의 품에서 안겨 지낼 때만 해도 독립성이라고는 전혀 없던 그녀였기에, 부끄러운 줄도 모르고 처음 보는 낯선 타인에게 옷을 갈아입혀달라고 말했을 것이다. 그녀는 주섬주섬 전달받은 펑퍼짐한 옷을 입다 말고 그제야 자신의 몸에서 심각한 악취가 나고 있음을 자각했다.

쿵쿵.

웩… 꽤 나쁜 냄새들로 가득한 장갑차 안쪽에서도 비할 데가 없이 최고로 독한 냄새 공세에 그녀의 얼굴이 찡그러졌다. 정화시스템이 완전히 멈춘 방 안에 틀어박혀 수십 일간을 씻지를 못 한데다가 그 밖에도 화학물질 따위에 장기간 노출돼왔으니 그럴 만도 했다. 정신이 막 돌아왔을 땐 자신의 몸에서 냄새가 나고 있는 줄 깨달을 겨를조차 없었다.

신서울 양은 내색하지 않고 묵묵히 옷을 걸쳤다. 의연한 처세다. 주변에서 조용히 하고 있는데 나 홀로 티를 내봤자 서로 좋을 것이 하나 없음을 이번에도 본능적으로 그녀는 알 수 있었다. 본능적이라니… 참 구렁이가 담을 넘듯이 쉽게 넘길 수 있을법한 생각이 한 치의 의심 없이 이어진다. 주섬주섬 옷을 껴입고서, 군의관 박형태 대위가 인도하는 대로 그의 뒤를 따라가 장갑차의 개폐문 앞에 섰다. 겨우 몇 걸음 만에 다리가 천근만근 무거워졌다. 휘청거리면서도 그녀는 결코 스스로 걷는 걸 포기하지 않았다. 쓰러지기 직전의 그녀는 분명 자신을 향해 기필코 강해지겠노라고 작심했었다. 악에 받쳐 가장 견고하게 쌓아 올린 그 첫 번째 다짐을 신서울 양은 쉽게 포기하지 않을 것이다.

기이이잉—.

기계음과 함께 장갑차의 문이 오픈이 됐다. 바깥에 그득 찬 유독가스와 방사선의 유입을 막을 목적으로 출입문은 이중으로 구분 지어져 있었다. 원 패턴을 가진 문의 세계에서 살아온 신서울 양에겐 너무나도 신기한 구조. 먼저 첫 번째 문을 지나치고, 공기방벽이 형성된 두 번째 문까지 무사히 빠져나오자 그녀가 바라본 생의 첫 '바깥세상'이 시선을 가득 채워냈다. 방독면의 양 렌즈 사이로 비춰진 세상은 온통 거뭇하고 누리끼리했다. 오랫동안 방치가 되어 마구잡이로 쌓인 질척한 모랫바다 위로는, 해가 중천에 떠있는 대낮의 시간임에도 하늘을 메운 먼지층을 완벽히 뚫어내지 못한 햇빛이 그저 아른거리고 있었다. 도시와 달리 이곳은 눈이 닿는 곳 어느 곳도 정돈이 되지 않고 그저 마구잡이식의 배열로 쭉 구성이 돼있었다. …이런 곳에선 그 누구도 자유롭게 살아갈 수가 없어. 어째서 이들이 방독면에 방호복을 겹쳐 껴입은 '괴물의 꼴'로 돌아다니고 있는 건지, 이제야 좀 이해를 할 수가 있었다. 눈살 찌푸리며 머나먼 곳까지 쉽게 내다본 신서울 양은 자신이 그나마 전쟁의 흔적이 꽤나 개어져 평탄해진 곳 위에 서있음을 아직까지 깨닫지 못하고 있었다. 현재의 그녀가 바라보고 있는 건 바깥세상의 기준에서는 퍽이나 밝은 구역이었다.

뒤돌아 조금만 더 깊숙한 곳을 내다보게 된다면, 말 못 할 수준의 어둠이 짙게 깔려있었다. 어떤 특별함에 가득 찬 두 눈을 통해 그러한 어둠까지 함께 직면하면서도 그녀는 그 차이를 대수롭지 않게 생각한다. 잠시간의 관람을 위해 멈춰 섰던 그녀는 저 멀리 나아가고 있는 군의관의 뒤를 바짝 따라 바로 옆에 멈춰 선 장갑차로 이동했다.

모든 생명이 죽어있는 황무지의 풍경과 딱 어울리는 색의 황색 장갑차량 안으로 신서울 양과 박형태 대위가 진입한다. 장갑차의 안으로 들어서며, 이곳이 참으로 독특한 모양새의 집이라고만 생각을 했지 이 육중해 보이고 거대한 건축물이 이동식의 기능을 차량이라고까지는 미처 생각지 못한 신서울 양이었다.

"겉옷은 여기에 벗어서 걸어놔 소독해야 하니까."

군의관이 말했다. 신서울 양은 이번에도 잠시 주저한다. 현재의 상태가 여전히 몹시도 창피하게만 느껴져 몸의 악취를 가려준 방호복을 벗기가 싫었다.

"음? 그 상태로는 입장이 불가능하다고."

그의 권유가 끈덕졌다. 쓸데없는 소요가 계속되자 그가 부릅뜬 눈으로 경고의 시선을 보내왔고 시선에 찔끔해 반사적으로 고개를 끄덕여

보인 신서울 양이 불퉁한 표정으로 느릿하게 옷을 벗는다. 신서울 양을 구출해온 이들은 자신들의 룰에 관해 무척이나 엄격하고 철저함을 보였다. 만약 그녀가 정신이 온전한 사람이면서도 특별한 가치를 지닌 대상이 아니었다면, 방금 전의 태도로 최소한 따귀 한 대쯤은 얻어맞을 각오를 해야 했을 것이다. 지켜야 할 법칙과 위계질서의 엄격함이 그들 사이에선 누구라도 지켜야 할 진리로 통하고 있었으니까. 이중으로 된 문과 문 사이로 들어가 방호복을 소독함에다가 잘 개어 벗어놓은 두 사람은, 작은 구멍에서 살포가 되는 살균제의 기포들을 이용해 개인적인 제독까지 철저히 마친 다음에서야 드디어 문 안쪽으로 들어설 수가 있었다. 짧은 복도구간을 지나 도착한 지휘관 차량의 중대장실 공간에는, 중대장과 그의 부관이 함께 자리를 지키고 있었다.

안쪽으로 들어서면서 주위를 빠르게 훑어본 신서울 양은 자신이 넘어온 차량과 이곳과의 차이가 그리 크지 않다는 점을 빠르게 인지해냈다. 신을 모시고 찬양하되 '모두가 함께 잘 살자'가 바깥세상 라펠트에서 거주하는 인원들이 가진 기본적인 모토였다. 훗날 점령의 목표점으로 삼은 도시, 신서울 및 당장 외부의 공포로써 작용을 하고 있는 괴생명체들과 힘을 겨루며 늘상 전시체제를 유지 중인 라펠트에서는 그러한 사정을 반영하여 계급으로 상하관계의 차이를 두고 있긴 했으나, 처음의 기치대로 단체로서가 아닌 개인이 갖는 권리—예를 들어 물자보급 등—에는 뚜렷할 만큼의 큰 차이를 두지 않음을 원칙으로 삼고 있었다. 물론 표면상으로만 그러할 뿐이지 서로 격차가 아예 나지 않는다는 것은 또 아니었다. 인간이란 그런 존재였다. 힘을 가진 자가 더 많은 것을 탐하기 마련. 신서울의 사정과 피차일반으로 이곳 역시 보여주기 식의 정책의 일환이 적잖이 존재하는 것이다.

저마다 제각각의 사람이 모여 사는 곳이다. 그들이 믿는 강력한 통제 수단인 신앙의 위세조차 끝내 모두를 완벽히 동등하게 만들어낼 순 없었다. 신서울 양과 막 대면을 시작한 2번 전투부대의 중대장은 권한을 거머쥔 인물들을 놓고 봤을 때 그나마 청렴결백한 편에 속했다. 대신 생각이 고지식하고, 부하의 실수에 일고의 가차가 없다. 자신들의 절대적인 이념인 신을 딱히 맹신하지도 않았다. 군인으로서의 역량은 충분하나, 그들의 도시가 내세운 이념에서만큼은 어쩌면 완전히 실격인 존재가 2번 전투부대 소속의 중대를 이끌고 있는 지금의 중대장과 같은 인물이리라.

"단결! 박형태 대위 외 1명 중대장님의 부름을 받고 도착했습니다."

군의관 박형태 대위가 아까 전 자신에게 예를 표하던 김 상병의 모습이 되어 중대장을 향해 큰 목소리로 거수경례를 건넸다. 웃음기가 싹 사라진 군인의 참 모습이다. 신서울 양은 급변한 그를 따라 자신도 상대에게 저런 칼 같은 경례자세의 모양새를 취해야 하는 건가 말아야 하는 건가, 순간적인 망설임에 빠졌다.

"단결, 어서 오게."

그녀가 어쩔까 망설이고 있는 동안, 중대장이 가볍게 박 대위의 인사를 받아넘겼다. 중대장의 주름진 얼굴 위에는 감출 수 없는 실망의 기색이 역력히 떠올라있었다. 구출작전을 수행할 적부터 지금까지 신서울의 상태가 어떤지 종종 살펴보아서 익히 알고는 있었다. 그렇지만 처음으로부터 몇 날의 시간이 더 흘렀음에도 예상했던 것보다도 더 피골이 상접해있는 데다가—마치, 아무것도 하지 못하는 무 쓸모 한 라펠트의 저 패배자 나부랭이들처럼 말이지—전력으로써 하등 아무런 가치가 없어 보이는 작은 소녀를 눈앞에서 다시금 직접적으로 마주 보고 있노라니 참을 수 없는 한숨과 불만이 부지불식간 터져 나오고야 만다. 그들의 도시에서도 당연히 성별의 구분은 당연히 존재를 했지만 '가냘픈 여자'란 개념은 존재치를 않았다. 남성만큼이나 강하고 억센 여성만이 이 거친 세상 속에서 불어 닥치는 풍파를 견디며 살아남을 수가 있었다. 그래서 약자는 보호받기는커녕 배척과 조롱의 불쏘시개가 되어 현실의 뜨거움에 의해 활활 타오르다가 이내 소실되고 마는 것이다. 저 신서울 같은 모습을 한 어린 여자들은, 기껏해야 남들 눈에 보기 좋으라고 외견을 아름답게 가꾸어 놓은 마을의 몇 안 되는 '신녀'들이나 혹은 남녀 상관없이 위급상황을 대비고자 단순히 번식을 위해서 '보존 중인' 선택을 받은 몇 [부적격자]들뿐이었다.

"그래, 아이야 네 이름이 무엇이냐"

불만이 한껏 담긴 날카로운 투로 그가 묻는다.

"아 저는 신서울…이에요."

잔뜩 주눅이든 신서울 양이 아주 조심스레 답을 꺼냈다. 그와의 대면은 무섭다. 질책하는 듯한 저 사나운 눈초리와 마주할 때마다 저도 모르게 심장이 벌렁거렸다.

"그래 신서울…. 나는 네게 너 자신이 과연 우리의 사백의 목숨을 대신할 크기의 가치가 있었는지를 묻고 싶구나. 하— 나로서는 잔인한 우리들의 신이 저주스럽고 원망스러울 따름이다. 우리가 군인으로서 그분의 의중에 따라 소모품으로 이용이 되고 있다곤 하나, 모두가 같은 피와 살로 이뤄진 공동체이다. 제멋대로 차등을 두고 있지만 모두가 본래는 동등한 크기의 영혼을 가졌다. 어느 한쪽에 더 큰 미련과 가치를 두는 것은 오직 우리 인간들만의 간사한 소행이어야 한다. 그럼에도 불구하고 갑작스러운 신의 미명하에 우리의 희생을 발판 삼아 네가 이곳까지 오게 됐다. 그러니 신의 아이야, 난 널 특별대우를 해주지 않을 거다. 그러니 네 스스로가 할 수 있는 일을 찾아라. 혼자의 힘으로 살아남을 수 있도록 발버둥을 치며 노력하거라. 일하지 않는 자는 먹을 자격도 없고 숨 쉴 자격도 없다는 게 내 지론이다. 아무것도 하지 않아도 될 기간은 앞으로 사흘을 더 내주도록 하마. 그동안에 뭐든지 익히고 배워서 한 사람의 역할을 수행해낼 수 있도록 해라."

한껏 악에 받친 그의 토로가 신서울 양의 심장 깊숙한 곳을 후벼 파고들어왔다. 직접적으로 전달이 되는 단어의 수는 그리 많지 않으나 그의 표정과 말투, 그가 가진 격양된 심정이 신서울 양에게 고스란히 전달되어졌다.

그는 신서울 양이란 개인한테 짙은 악의를 품고 있었다. 어처구니없게도 작전에 따른 희생의 책임을 제게 묻고 있다. 신서울 양로서는 잘 이해가 되질 않는 모습이었다. 비록 그들이 자신을 지옥에서부터 이끌어내 준 은인인 점에서 무한한 감사를 드릴 수는 있다지만, 희생이 뒤따른 이번 작전의 수행은 그들이 믿고 있는 어떤 지고(至高)의 존재의 지시를 받아 행해진 것일 뿐. 그건 그녀 개인의 부탁에 의한 희생 같은 게 아니었다. 부탁하지도 않은 일로 인해 벌어진 희생을 같이 안타까워하고 함께 그들의 희생을 기릴 수는 있을지언정 사태자체를 자신의 책임지라고 전가하며 따져 묻는 건 용납 할 수가 없었다.

"중대장님…! 여기 있는 신서울 양은 아직 환자입니다. 지금의 상태라면 최소한 이주 이상은 요양을 더 해야지 본래의 기력을 되찾을 수 있을 것이라 사료됩니다. 그러니 그런 부당한 명령은 부디 재고를 해주십시오."

한마디 쏘아 붙여볼까, 진지하게 고민에 빠진 그때 군의관이 전투부대에 편승이 되고서 는 처음으로 중대장에게 직접적이면서 아주 강력한 반발을 꺼내들었다. 그는 대놓고 우리 주님의 행사를 모욕했을 뿐만이 아니라, 많은 희생을 발판 삼아 간신히 이곳까지 구제해온 귀중하고 소중한 구원의 아이를 고작 제 화풀이로 말려 죽이려 들고 있었다. 우리의 신께서도 약자를 보호하라 일컬으셨는데, 신실한 신자들로서는 감히 그러한 생각을 품는 것조차 죄악으로 여길 만큼 정신이 나간 발언을 지껄였으니 자신의 반발은 한 치의 물러섬이 없어야 타당하다. 지금 지휘관이 내비친 불만은 거룩하고 신성한 군사재판에 곧바로 회부가 된다 해도 문제될 게 전혀 없을 만큼의 과한 발언과 지시였다. 개인의 믿음의 크기와는 별개로 라펠트의 모두는 신학이 정해놓은 규범을 따라야 했다. 이에 대한 것만큼은 그 누구라도 예외가 없었다.

"뭐라 했나 대위."

탕!

군의관의 멱살을 강하게 잡아챈 중대장이 그를 거칠게 한쪽 벽면으로 몰아붙였다.

"컥!"

목 부근을 짓눌릴 만큼 강하게 압박하는 중대장.

서로의 얼굴이 거의 맞닿을 정도로 가까운 거리에서 양자의 시선이 마주한다.

"…아…"

신서울 양에게는 갑작스레 험악해진 지금의 분위기가 공포로 느껴졌다. 가뜩이나 위태로운 다리의 힘이 이대로 풀려버려서 주저앉아 버릴 것만 같았다.

"모든 피조물은 전능하신 아버지의 말씀에 순종한 채 따라야 하고,

의사는 환자를 돌봐야 하며, 자신이 하찮은 병사일지언정 잘못된 길을 주장하는 지휘관에게 병은 자신의 목숨을 걸고서라도 충언을 제시해야 합니다. 분노를 가라앉혀주십시오. 중대장님 저는 다만, 언제나 우리의 구주께서 내려주신 성서의 기본 내용을 충실히 따를 뿐입니다."

군의관은 조곤조곤히, 그러나 힘주어 원칙을 따져 말했다. 틀릴 것이 없으므로 당당한 태도였다. 허물없는 발언으로 인해 분개한 중대장이 당장 허리춤의 권총을 꺼내들어 자신을 향해 발포한다 하더라도 두려울 건 없음이었다.

군의관인 박형태 대위는 줄곧 '올바른 죽음'을 바라왔다. 그가 세상에 남아 육신이란 나약한 틀 안에 묶여있는 건, '자살'이 신의 곁으로 가는 데 크나큰 죄악이 되기 때문이었다. 신을 믿는 대부분이 그러했다. 고단한 하루하루를 이를 꽉 악다문 채로 그 지독함에 정면으로 노출이 된 채 힘겹게 살아남으면서도 마음속으론 언제나 삶의 연장보다는 '축복받은 죽음'과 함께하길 기원했다. 오직 신앙에 근거한, 그들만의 위배 되지 않은 모순이다.

"서 대위."

"예."

"자네가 보기엔 둘 중 누가 옳아 보이는가."

부대에서 오 년째 동행 중인 중대장의 제1부관, 통신장교 서승철 대위가 그의 물음에 쉽게 답변을 꺼내들지 못했다. 그릇된 행동을 보인 쪽은 명백하나 옳고 그름을 정하기전, 맞물린 서로의 관계의 날이 그의 혀를 잘라낼 듯이 위협하고 있어 진언을 올리기에는 주춤하게 만들었다.

"쯧, 눈치만 슬슬 살피는 걸 보니 내 잘못이겠군."

수십 년간 전장을 누비며 부하들을 이끌다 보면 싫어도 그들의 감정을 어느 정도는 읽을 줄 알게 된다. 부관의 어물쩍한 반응에 극도로 흥분해있던 중대장의 화가 조금씩 누그러들었다. 마침 어젯밤 2번 루트 쪽으로 일부러 선회해서 추격을 피하는 도중에 결국 도시의 추격자들과 맞닥뜨리게 된 본부대가 손쓸 새 없이 과반수 이상이 괴멸되어버렸다는 충격적인 소식을 전해 듣고, 정신적인 피로감과 분노가 임계점을 넘어서버렸다. 마음을 정리하지 못한 부적격적인 상태로 이곳으로 원래부터 못마땅했던 기적의 아이를 불러들여선 안 됐다.

스스로가 자신의 언제 폭발할지 모를 정신의 도화선에 불을 지핀 꼴이었다. 빌어먹을 '신서울'. 울화통이 터진다. 도시나 저 계집이나, 떠올린 것만으로도 짜증 나기 이를 데가 없었다.

"박 대위도 전해 받았다시피 어제 새벽 03시 41분 본대와의 연결 도중 적들에게 연락시스템의 추적당해 우리의 현재 동선까지 적들에게 발각당하고 말았다. 그러므로 본진으로 귀환하는 길은 당초보다 긴 여정이될 것이다. 우리에게 식량과 식수, 보급품이 턱없이 부족하단 건 다른 누구보다 보급관직도 함께 겸직을 하고 있는 박 대위가 가장 잘 알고 있겠지. 방금 전에 범한 내 실수를 인정하고 잘못에 대한 뉘우침을 전적으로 우리의 아버지께 구하겠지만, 현실적으로 이런 위급상황에서 거동이 가능한 환자까지 보살필 여력이 우리에겐 없다. 고사리손이라도 더해야 할 판이야. 그런 만큼, 여기 신서울은 기초 과정의 수료를 마친 일주일 후 특수소대 산하 A팀 소속으로 들어가 당장 급선무로 시급한 정찰과 보급 역을 함께 수행하게 한다."

"중대장님…!"

"더 이상의 반론은 듣지 않겠다. 결정권자는 나다."

중대장은 오랫동안 스스로 자긍심을 가지며 유지해오던 청렴의 풀어짐을 감수하면서까지 결국 위계질서의 부조리함을 꺼내들어 반박을 찍어 눌렀다. 부글부글 끓어오르는 감정이 당장에라도 내뱉을 검정색의 토혈과 맞닥뜨리지 않기 위하여 고심 끝에 내린 그나마 조금은 완화된 조건의 일정이었다. 자신은 자신의 실책을 확인하고 한발 양보해주었다. 이제 이 이상 뒤로 물러설 공간이 없다. 현재 절벽을 등진 채로 막다른 골목에 몰려있는 것은 겉보기에 저 난색을 표하는 군의관처럼 보였지만, 중대장의 정신은 자신의 신념이 수십 년간 견고히 쌓아 올린 낭떠러지의 끝 위에 서있었다. 양보를 하고 한 발자국이라도 더 뒤로 물러서는 순간, 무저갱의 지저 밑으로 추락하게 될 것이다. 그리고 그의 등 뒤엔 날개 따위가 달려있지 않았다. 그럴 정도의 신실한 신앙심을 가져본 적이 일평생 단 한번도 없었다. 허니, 추락하지 않기 위해 지금 내보인 아집만은 반드시 지켜 내리라고 굳게 결심한다.

"반론의 여지가 없이 확고하신 겁니까…"

"그렇다."

박형태 대위가 한숨을 폭 내쉬었다. 쇠심줄보다 질긴 고집스러운 답변. 잘 만들어진 라펠트의 아버지 신이 아니라 스스로의 관념이 이끄는 절대유일 신을 경배하는 그로서는 답답하게만 느껴졌다. 누구보다 신의 안배를 귀중히 여겨야 할 부대의 지휘관이 신께서 직접 손 내민 진리를 존중치 않고 때때로 위배함을 알고는 있었다. 이제 자신이 어떤 설득을 더 꺼내 보태본들, 중대장의 확고한 결정을 꺾어내지는 못할 것이다.

군의관이 생각했다.

'우리가 찾은 보배를 지키기 위해서는 아직 이곳에 반드시 내가 있어야 해. 이 또한 불합리하게 어그러진 세상을 다시금 광야로 변모시킨 그분의 의지리라.'

불만족스러우나, 항명을 멈춰야 할 때다. 자신이 끝까지 뜻을 굽히지 않다가 혹여 일찍이 신의 곁으로 되돌아가게 되는 불상사라도 일어난다면, 필시 아집에 빠진 중대장에 의해 우리의 신께서 지정하신 숭고한 임무의 전체가 엉망진창으로 망가져 버릴 터였다.

그런 최악의 상황만큼은 무슨 일이 있더라도 결코 발생해선 안 됐다. 이 이야기는 처음부터 끝까지 거룩한 신의 이름을 앞세웠으며 오직 그분의 미명하에 진행이 된 거룩한 작전이었다. 한낱 이단이 내비치는 광증으로 인해 그분의 위엄을 땅 밑까지 떨어뜨리게 해, 다시는 그분과 마주 보지를 못하게 되고 구원받지를 못할 운명에 처할 가여운 실교 자들이 이 세상 위에 생겨나서는 안 됐다. 그러니 자신은 오늘, 이단적인 타의와 대적함으로 신의 곁으로 되돌아가지 않는다.

박형태 대위는 당장에 연연하지 않고 미래에 기필코 달성이 될 달콤한 과실을 생각했다. 시련은 언제나 반복되어 주어지는 것. 위대한 아버지께선 자신의 마음을 되돌려놨고 이 또한 필히 지나갈 한순간의 고된 시련에 지나지 않으리라.

"…알겠습니다. 단, 매일 서울 양의 건강 체크 시간으로 제게 최소한 시간 이상의 진료 시간을 보장해주십시오. 그녀가 완전히 회복되었다는 의학적인 판단이 생겨나기 전까지는 말입니다."

"음… 좋다, 허가한다."

아슬아슬했던 두 사람의 대립이 합의점에 도달했다.

멱살을 놓고 군의관에게서 멀찍이 떨어진 중대장이 뒷짐을 진 채로 이만 돌아가 보란 눈짓의 축객령을 보냈다.

"단결! 박형태 대위 외 일명 용무를 마치고 돌아가보겠습니다. 수고하십시오."

뒤돌아선 박형태 대위는 성큼성큼 걸어가 거리낌 없이 일차 문을 열어제끼고, 이차문과의 중간공간에 비치를 해놓은 방호복과 방독면을 착용한다. 가슴을 졸이고 있던 신서울 양 또한 그를 따라 방호복을 껴입고 서야 겨우 한숨을 내돌렸다.

"내가 힘이 없어서 미안하게 됐어 서울 양…."

출입문이 좁은 터라 고개를 한껏 숙인 채로 밖으로 나가는데, 곁에 선 군의관이 주저하는 기색을 보이며 조심스레 말했다. 방독면에 가려져 얼굴의 표정이 보이지는 않았지만, 굳이 확인하지 않아도 그가 전하고자 하는 미안함의 표시를 알 수 있었다. 마음 한쪽이 따스해지는 한편, 화가 나기도 했다. 그곳에서 살아온 자신은 '사죄'를 정의하는 단어조차 모르고 있다─. 지긋지긋한 무지와 나약함을 하루빨리 벗어던지고 싶었다.

"대신에 어떤 일이 있어도 네가 가야 할 곳까지 무사히 도착할 수 있도록 힘써서 지켜줄 테니 걱정하지 마."

박형태 대위는 일부러 활기찬 목소리를 내어 기적의 아이가 가졌을지도 모를 불안을 줄이기 위해 힘썼다. 그것이 진심에서 우러나오는 위안이 아니라 나만의 신을 겉 귀퉁이에다가 걸어둔 자기 위안의 일부임을, 그녀가 알 턱이 없었다. 신서울 양은 그저 착실함으로 무장을 한 박 대위의 배려가 감사할 뿐. 때론 모르는 게 약이 될 때도 있는 법이었다. 저 꼴통… 응…? 방향이 다르긴 해도 두 사람은 서로가 만족할 만한 소통을 이끌어냈다. 그새 어두운 것에 적응이 된 두 눈이 황색의 장막을 뚫고 먼 곳까지 내다본다.

그 어두컴컴한 풍경 속에서 신서울 양은 오늘보다 더 나아질 내일을 바라봤다.

&

콰우우우.

폭우가 쏟아져 내렸다.

빗방울이 낡은 우비를 사정없이 때린다.

우비의 끈을 동여맨 그녀는 가만히 서서, 흐르는 물줄기를 관찰했다. 모두들 하늘의 물이라면 질색을 했다. 몸에 닿아선 안 될 더러운 것이라고 입을 모아 욕을 하고, 질색하며 기피한다.

때문에 홀로 빗길 위에 섰다.

혼자라고 외롭지 않다.

혼자는 익숙하니까.

빗방울의 둥그런 감촉들이 우비의 틈새로 은근히 침입해 들어와 머리카락에서부터 발밑으로까지 떨어져가는 작은 과정을 생생히 그려냈다.

밑으로 떨어지기 직전의 그것들은 매번 안간힘을 다해 그녀의 몸을 탐하며 매끈한 굴곡을 그린다.

—그것은 마치, 사그라들기 직전 마지막으로 강렬히 타오르려는 촛불의 발악을 닮아있다.

그녀가 하늘을 올려다봤다. 너무나도 익숙한 쪽빛의 하늘이 보인다. 보기 드문 훌륭한 경치이다만, 폭우가 내리는 것과는 어울리지 않는 거짓된 색이었다.

저것은 이 비루한 현실의 것과 맞지 않다.

그러니 분명 언제나처럼 이 상황은 꿈속의 장면일 것이다.

그녀의 호흡이 멎자, 땅 밑을 향해 퍼붓던 빗줄기에도 변화가 생겼다. 중력의 영향을 받아 아래로 내리꽂혀야 한다는 진의를 따라야 할 빗방울들이 거꾸로 되돌아간다. 역행하는 세계.

…대체 무엇이 거꾸로지?

그녀의 의문과 함께 땅과 하늘의 경계마저 완전히 허물어졌다.

뒤집힌 하늘.

뒤집힌 몸.

송곳처럼 날카로워진 빗방울이 그녀가 딛고선 하늘의 바닥면에다가 구멍을 뚫어놓는다.

무자비한 빗물의 공세에 의해 쪽빛 하늘이 느릿하게 지워졌고 구멍 난 발밑으로는 어둠이 깔린다. 깊고 짙은 어둠은 신서울로 하여금 원초적인 공포를 불러일으켰다. 그녀가 어둠을 피해 밝은 파란색 면만을 밟으려 애를 쓴다. 투명한 빗물이라면 몰라도, 저 검은 것에 발을 담구고 싶지가 않았기 때문이다. 그러나 어둠이 전 방위를 좁혀 들어오고 있는 터라 점점 마음이 승낙한 공간이 좁혀져갔다. 아무리 몸을 틀어도 지저갱의 어둠이 스멀스멀 기어와서는 그녀의 심장을 옥죈다.

마침내, 검은색이 온몸을 파고들기에 이른다. 검은 뱀의 움직임은 걷잡을 수 없이 활발해져, 피하려 해봐도 피할 수가 없었다. 다른 곳보다, 심장 부위가 너무 아팠다. 마치 알 수 없는 누군가가 자신의 심장을 손으로 우악스럽게 움켜쥐고선 강한 힘을 가하는 듯한 큰 통증이 느껴진다.

"싫어…."

요즘 들어 활발히 발생되고는 하는 현실과도 같은 가짜 환상의 작용이 지긋지긋하게 느껴졌다. 이 꿈은 대체 무엇을 의미하는가. 이제 와서 왜 나는 내가 알지도 못했던 내용들을 강제로 깨달아 가는 것이며, 그것을 밑바탕으로 그려지는 꿈의 연속됨은 대관절 무슨 연유에서 나를 이리도 괴롭히는가. 미간을 좁힌 신서울이 저의 심장어림을 움켜쥐며 사납게 가짜 세상을 노려봤다. 이깟 거짓놀음까지 날 괴롭히려는 것이라면 너도… 그냥 폐기되어라!

신서울 양의 짙은 원념이 세상을 통타한다. 그리고 그 강력한 의지는 스스로가 만들어낸 환상을 단숨에 깨부숴냈다.

파노라마 시점의 세상이 조각조각 부서져내렸다.

....

"학…! 학…"

새하얗게 질린 얼굴로 거친 숨결을 토해낸 신서울이 현실로 되돌아와, 침대 위에 누워있는 자신의 무거워진 몸을 힘주어 들어 올려봤다. 끙— 육체는 여전히 가위에 눌려있는 터라 제 마음대로 몸이 움직여지지 않았다. 우선은 팔 부터, 전력을 다해 있는 힘껏 들어 올린다. 얼굴을 푸들푸들 떨며 앞으로 오므린 자신의 다리 높이만큼 간신히 팔을 들었을 때즈음, 남아있던 모든 환상의 잔재가 그제야 전부 씻겨나갔다. 식은땀으로 가득 찬 전신에는 불쾌한 축축함부터 느껴진다.

…근래 꽤 오랜만에 악몽다운 악몽을 꿨다. 이곳, '움직이는 집'에서— 이젠 자신이 타고 있는 것의 정체가 군용 하이브리드 식의 장갑차라는 걸 잘 알고 있다.— 정신을 차리고서도 어언 일주일 만이었다. 이제 신서울은 괜한 걱정이 악몽의 근원이자 연유임을 안다. 의학적인 부분을 넘어 모든 면에서 제법 박학다식한 편인 군의관을 통해 며칠간 많은 것을 물어보고 전해들을 수 있었다. 겉으로 내색하지 않고 강한 척하고 있었지만 타인의 보살핌에서 본격적으로 벗어나 독립된 병사로 생활을 시작해야 하는 오늘을 자신은 심히 두려워하고 있었나보다.

벽의 수납공간 쪽의 수건걸이에 매달린 물수건으로 땀을 대충 훑어내고, 마음을 진정시키기 위해 익숙하게 검정색 이어폰을 양 귀에다가 꽂았다. 재생버튼이 눌러진 낡은 mp3에서 아주 오래전의 가수, 사이먼 앤 가펑클의 "Bridge Over Troubled Water"란 노래가 흘러나왔다. 아름다운 음색의 노래를 들으니 격양됐던 정신과 몸이 비로소 차차 안정이 되어간다. 이제 마음의 흥분을 가라앉히는 데에는 사이렌 소리가 아니어도 괜찮았다.

일주일간, 여러 지식과 단어들을 습득하며 인간이 이룩한 예술분야까지 접하게 된 신서울의 사고는 종전과는 비교가 불가능할 만큼 무척이나 넓어져있었다. 확장의 속도가 스스로도 예사롭지 않음을 깨달을 정도로 억눌러서 배움을 받지 못했던 신서울 양은 빠르게 현명해지고 있었다.

특히나 [유희]. '혁명'의 불온함과 더불어 그들이 가장 강력하게 통제했던 의미의 단어가 고작 며칠 동안의 한정된 문물을 누림으로써 완전히 함락이 되고 만 것이다. 행복한 표정을 띤 채 여유 있게 몇 곡의 음악을 더 듣고 나서 고개를 들어 현재 시각을 확인했다. 시간은 아직 새벽 다섯 시밖에 되지 않았다. 그럴 것 같더니만 역시 너무 일찍 깨버렸네. 이곳의 하루 일과의 시작 시간은 일곱 시 정각부터였다. 에휴, 일찍 깬 것 치곤 정신이 너무나 말끔하다. 보나 마나 다시 잠에 들 수는 없겠지. 곧바로 해야 할 것을 떠올린 신서울 양은 누워있던 몸을 침대 위로 완전히 일으켜 세웠다. 괜히 손을 두어 번 탈탈 털어본 그녀는 완만한 동작으로 몸을 틀어 엎드린 자세를 취한 채 느릿하게 최근에 시도 중인 팔굽혀펴기 챌린지를 시행했다.

하나…! 끄으응… 둘…!

겨우 두 개째 만에 팔이 푸르르 떨려온다. 가냘픈 몸뚱이 하나 지탱을 못 하다니 뭐 이런 약골이 다 있어 쯧쯧. 혀를 찰 만큼 한심하게도 보여지나, 지금의 것만으로도 그녀에게 있어선 장족의 발전이었다.

어제의 신서울 양은 고작 한 개째가 한계점이었다.

그저께나 글피에는 한 개조차도 성공하지 못했다.

"하압!"

그리고 오늘의 신서울 양은, 어제의 한계를 힘겹게 넘어 기어코 세 개째를 성공시킨다.

"으… 시발 드디어 성공이다. 헉…? 시발…? 박 군의관님이 시발은 안 좋은 표현이라고 절대로 쓰지 말라고 하셨는데."

요즘 들어 자신이 머물러있는 차량에 용건을 가지고 방문하는 인원들이 많아져서 그런지 조금 떨어진 거리에서 때때로 듣게 되는 강병창 일병의 고장 난 말버릇을 아무 생각 없이 따라 내뱉다가 본인의 실수를 자각하게 된 신서울 양이 자신의 입을 틀어막으며 자책한다. 다른 건 금방금방 잊혀지던데 어째선지 '시발' 소리만은 기억 깊숙한 곳에까지 각인이 된 듯, 한번 들으면 좀처럼 머릿속에서 잘 떠나가지 않는다.

'시발거리다가 강 일병님이 군의관님께 크게 뒤통수를 얻어맞는 것을 어제도 실시간으로 구경을 했던 만큼 나도 나쁜 말이 입에 배지 않도록 조심하자….'

혀를 내두르며 작은 다짐을 해본다. 수건으로 다시 손을 뻗었다. 온몸이 기껏 닦아낸 땀으로 다시 범벅이 되어버렸다. 어제나 오늘이나, 변함이 없이 어린아이만도 못한 약한 몸뚱이였고 누구보다 그녀 자신이야말로 스스로의 나약함을 가장 크게 실감하고 있었다. 그럼에도 불구하고, 환한 웃음이 얼굴 위로 번진다. 어제는 죽었다 깨어나도 못했을 팔굽혀

펴기를 세 개까지 기필코 이어 하는 데 성공했다. 벌써부터 무얼 실망하리, 나는 하루하루 발전해 나아가는 중이다. 비록 변화는 거북이가 기어가듯이 무척이나 느린 속도였지만, 분명한 발전도를 느낄 수가 있는 것이다.

어쩌면, 오늘의 세 개째가 내가 가진 한계 종착점일지도 모른다.

'믿어.'

악몽을 극복함으로써 한층 더 단단해진 강직한 마음의 칼이 기쁨의 뒤를 슬며시 따라붙으려던 불안감을 잘라내었다. 그녀는 그들이 부르짖어 마다치 않는 '신'이란 전능한 미지의 존재를 아직까지는 크게 신뢰하지 않았다. 그토록 전지전능하고 만인을 사랑한다는 작자가 세상을 지옥 구렁텅이 속으로 밀어 넣고 구원을 대가로 무조건적인 믿음과 대가 없는 추앙만을 강제시키고 있다니, 이상하지 않은가. 그들의 전도에는 처음부터 아주 심각한 어폐가 스며들어있었다. 신서울이 제 딴에 홀로 정의를 내려 보기에, 그들이 믿는 신의 존재란, 인정을 받지 못하고 낙인 찍혀 버려진 바깥 사회의 질서유지가 되어줄 '버팀대'의 역할을 수행해주는 장치 정도에 불과했다. 그런 불분명한 존재를 맹신한다는 건, 모두가 전혀 행복하지 않은 곳에서 지내고 있음에도 내가 사는 곳이야말로 이 세상에서 가장 '행복한 도시'란 허황된 반복구를 믿는 것과 다름이 없었다. 초월적인 존재의 숭배를 기준삼아 인간들이 보유한 믿음의 가치와 방향성을 알게 된 신서울 양은 그럴 바에야 차라리 나 자신을 믿기로 했다.

매일같이 되뇌이고 되뇌인다. 나의 변화에는 정해진 한계가 없다. 생각을 좁히지 말자. 오늘의 나는 어제의 나를 초월하자. 자신이야말로 여태까지 만들어지고 보여졌던 이 세계의 중심이었다. 다들 매한가지이리

라. 며칠 동안 자세히 관찰해본 결과, 사람들은 무려 각자 저마다의 '개인적인 특성'을 갖고 있었다. 놀랍게도 그 많은 모두가 엇비슷해 보이지만 전혀 다른 자신만의 세계를 갖고 있는 것이다. 지금의 신서울 양은 그들이 가진 개성과 자신이 가진 개성이 나뉘어져 구별됨을 여실히 깨달아놓고도 개개인마다의 신체적, 정신적인 부분에서까지 선천적인 다름이 있다는 것을 확실히 이해하지 못하고 있었다.

그렇기에 맹랑하게도 자기 자신에게 한계를 두지 않을 수 있는 것이다. 내게 주어진 한계를 모르니까. 그녀의 세계에선 우직하게 노력하는 이가 가장 큰 결실을 얻고, 무한히 성장하게 됐다. 원하는 걸 성취하는 데에는 오직 노력의 과정이란 단계가 필요할 뿐이라고 스스로가 아주 강한 확신을 갖고 있다.

비틀어진 이 믿음의 견해는 다음날의 그녀를 어제보다 더 강하게 만들고 있었다. 그런 원동력이 되어주었다. 물론 앞으로 쭉 나아가다 보면 언젠가 실패와 각자가 가진 고유 재능의 차이를 알게 돼, 심한 절망에 빠지게 될 날이 기필코 찾아올 것이다. 허나 지금의 그릇된 믿음은 언제 망가져도 이상치 않을 만큼 부실한 현재의 그녀를 지탱해주는 것만으로도 충분히 훌륭한 가치를 행하고 있었다. 호흡을 진정시킨 신서울 양은 곁가지 운동을 곁들여 이를 악물고 어제의 자신이 세운 한계점을 모조리 멋지게 갱신하며 극복해냈다.

옆구리가 아프다.

호흡이 거칠다.

몸이 비명을 질러댄다.

그러나 기분만큼은 하늘을 날아갈 것처럼 좋다.

신기한 일이었다. 고통도 쾌락이 될 수가 있던 거구나.

벌겋게 상기된 자신의 얼굴이 거울 안으로 고스란히 비춰졌다. 양면의 그녀가 서로를 바라본다. 며칠 사이 퀭하기만 하던 얼굴에 제법 살이 올라찼다. 제대로 된 영양소를 섭취하고 필수 에너지들이 적용이 되면서부터 피부에는 거짓말처럼 윤기가 돈다.

그녀의 얼굴은 스스로가 평가를 해봐도 그럭저럭 봐줄 만은 했다. 거짓이 아니다. 단순히 봐줄 정도로만 끝날 게 아니라, 남녀의 연애가 지극히 평범했던 시절이었다면 사내들을 깨나 애태웠을 정도의 미모가 피어오르고 있다.

다만, 신서울은 자신의 외견에 큰 흥미를 느끼고 있지 않았다. 이제 나도 건강해졌구나, 오직 그런 우직한 생각만을 하며 소녀는 물기에 젖은 얼굴을 말끔히 닦아냈다.

뺌뺌~ 뺌뺌뺌~ 뺌빠바바바뺌~.

오전 7시. 항상 정해진 일과에 맞춰 오랜 전통을 담은 시끌벅적한 기상나팔이 울려 퍼진다. 가슴이 작게 뛰었다. 드디어, 새로운 오늘이 시작된다.

4장.

신의 미소와 마주하다
(터럭 같은 악의와 미약한 신비의 발현)

여전히 거뭇거뭇 칙칙한 색의 하늘을 창가에 비치는 전경을 틈타 흘 끗 올려다본 신서울이 제법 자연스러운 동작으로 터덜터덜, 걸음을 옮 겼다. 아침 일찍 군의관과 함께 중대장실로가 배속에 관한 보고를 마치 고서 오늘부로 새로운 거주지가 될 부대 내 2번 차량으로 향하는 길이 었다. 삭막한 풍경의 바깥으로 빠져나와 2번 차량이 가까워질수록, 알 수 없는 긴장감이 그녀의 몸을 강하게 찔러들었다.

속 안이 근질거린다. 오늘부로 완전히 낯선 이곳에서 거주하며, 더 이 상 혼자가 아니라 타인과 공동체 생활을 해야 한다니. 분명 오기 전까지 도 굳건히 결심을 다졌건만, 막상 상황이 코앞으로 닥쳐오자 당찬 각오 는 어디론가 사라져버리고 눈앞이 깜깜해지고 만다.

짝.

"윽."

그때, 커다랗고 두터운 손바닥이 그녀의 등을 때렸다.

"추워서 입 돌아가시겠다. 얼른 들어가자 신서울 훈련병!"

그녀의 망설임을 눈치챈 군의관이 내뱉은 언어에 행동을 보태 힘내라는 뜻의 농담을 보냈고, 번쩍 든 정신.

'두려워 마… 너는 할 수 있어.'

신서울 양은 있는 힘껏 호흡을 가다듬고, 박형태 대위의 뒤를 쫓아 차량 안으로 들어섰다.

"단결, 오셨습니까."

사전에 예고를 받았는지 칼같이 도열한 열한 명의 남녀가 두 사람을 맞이했다. 그들은 그녀를 구출했을 당시의 A팀 인원들이었다. 신서울이 가진 놀라운 기억력에 의해 대다수가 눈에 익은 얼굴이다. 특히 구출 당시 그녀를 직접적으로 호위했던 덩치 큰 병사 한스와 A팀의 분대장 직함을 단 박종규 중사, 종종 찾아와 시발거리며 욕지거리를 내뱉던 강병창 일병의 외양만큼은 신서울 양의 뇌리에 깊게 각인이 돼 이번처럼 진지하게 마주하는 건 이번이 처음인데도 마치 친근한 이웃과 만나듯이 반가운 기분이 다 생길 지경이었다.

"미리 전달받았겠지만, 오늘부터 수고를 좀 해줘야겠어요. 여기 서울 양… 아, 다시 오늘부로 이등병이 된 '신서울 이등병'을 앞으로 잘 좀 부탁해요 박 중사."

박형태 대위가 A팀의 분대장에게 다가가 예의를 갖춘 채로 직설적으로 말했다. 뒤에 서있던 신서울이 그 모습을 바라보고선 작게 고개를 갸웃한다. 일주일간을 지내며 살펴본바, 이들은 '계급'이란 체계를 갖춤으로써 각자에 대한 권위의 구분지음을 절대원칙으로 여기며공동체생활을 영위해 가고 있었다. 이방인인 그녀에게는 전능한 아버지 앞에서 만백성이 똑같이 평등하다고 목 놓아 설파를 하는 주제에, 정작 그들끼리는 결단코 평등치가 않은 뻔뻔스럽고 이중위배적인 사회구조를 가지고 있는 것이다.

그런 이유로 이곳에서의 상위계급이란 곧, 자신이 가진 힘의 척도가 됐다. 고작 작대기나 문양의 생김새 한두 개의 차이가 이루 말할 수 없을 만큼의 커다란 격차를 만들어내는 놀라운 장면을 신서울은 종종 목도할 수가 있었다.

의문의 물꼬가 터져 나왔다. 신에 관한 맹목적일 정도로 지독한 믿음을 제외한다면 그럭저럭 꽤나 유연한 사고를 지녔으며 그럼에도 계급의 서열관계에서만큼은 아주 충실한 모습을 선보이던 저 군의관이 본인에게 주어진 계급보다 하급자의 위치에 있는 이에게 높임말을 하는 이유가 무엇일까? 그것은 그녀가 홀로 새로이 정립을 해놓은 이곳의 상식을 아예 뒤집어엎어버리는 이례적 상황. 계급 상하관계가 가진 무조건적이고 고질적인 체계의 한계를 넘어선 것이었다. 미간을 좁힌 채로 생각에 집중을 해봤지만 자세한 속사정을 알 리가 없는 지금의 신서울 양으로선 군의관이 내보인 '존중심'의 발로를 알아차리지 못했다.

지금 이 순간부로 그녀가 소속된 1중대의 기동대 A팀은 고된 훈련 끝에 만들어진 현 인류최강의 전투 집단이며,—이들은 신서울에서 살아가는 사람들을 자신들과 같은 인류가 아닌, '이단자' 혹은 '기계'로서 치부한다.— 불가능(불합리함)을 가능(합리적)으로 뒤바꿔놓을 수준의 능력을 보유함으로 라펠트가 오랫동안 꿈꿔왔던 열망의 결과물이자 신께서 지상에 직접 내려주신 최강의 전사의 명예를 거머쥐었다. 그 사실을 확고히 증명하듯이 지난 십여 년간 무수히 많은 임무를 수행해오면서도 고작 열두 명으로 이뤄진 A팀은 놀랍게도 단 한번도 전멸이란 최악의 결과를 맞이한 적이 없었다. 보통 다른 분대의 60% 이상 생존율이 5년을 넘기가 힘든 세상이란 점과 군대 내 모든 전투부대 중에서도 제일 극악한 생존율의 위험천만한 임무를 우선적으로 배당을 받아 늘 성공적인 수행을 해왔음에도 말이다.

그들이 놀라운 명성을 유지하는 데에는 개개인의 압도적인 역량도 역량이었지만, 5년이 넘게 팀을 항시 성공으로만 이끈 박종규 분대장 개인의 판단능력과 지휘력을 간과할 수는없을 것이다. 더구나 이번 신서울 구출 작전 때 투입됐던 A팀은 종전의 작전으로 기존의 인원이 많이 비게 된 까닭에 무려 6명이나 새롭게 충원한 신입들이었다. 이번 신서울 구출 작전을 수행하며 팀의 원로였던 '시마 상병'을 포함한 세 명을 희생양으로 잃게 되고, 빈자리에 새롭게 두 명을 채워 열한 명을 만들어냈다.

그리고 A팀 분대 내 마지막 열두 번째 자리는 신서울 양의 것이었다. 사실 A팀원들의 입장에선 이런 억지도 없었다. 보통의 부대원 들과는 달리 항상 사선의 최전방을 넘나드는 그들은 누구도 진실 되게 신서울 양이 신의 대리인을 뜻하는 '선택받은 아이'임을 깊게 믿고 있지 않았다. 차라리 우리의 '구주'처럼 현실세계에서 보이지 않는 것, 미시세계의 영역에 닿아있는 불가해적인 존재라면 모두가 믿는다는 것을 이유로 같이 믿는 척이라도 할 수가 있다. 기댈 곳 하나 없이 열악한 환경 속에서 모든 위기를 극복할 수 있는 위대함을 마음에 담고 상상하며 찬양하는 것 정도야 언제든지 가능한 일이었으니까 그러나 신의 대리인이어야 할 저 '신서울 양'은 외견부터 글러 먹었다. 너무나도 약하고 물러터졌어.

다른 누구보다 거칠게 살아왔다고 자부할 수 있는 그들은 자신들의 눈에 대놓고 내비쳐지는 무능함을 결코 신뢰하지 않았다. 그녀가 이번 임무의 최유효핵심이 되는 주요인물이라서 함부로 대하지는 않겠지만, 지금 같은 상황에서 그녀를 전능한 아버지와 같이 우러러볼 일 또한 절대로 없을 것이다.

중대장의 정신 나간 독단으로 인해 새로 A팀으로 배속이 된 나약하기 짝이 없는 신서울'양'은, 최고의 전사인 그들에게 있어 그저 아주 쓸모없고 사사건건 챙겨줘야 할 훼방꾼에 불과했으니까.

"알겠습니다…."

"아…."

"이런 씨… 앗, 아니지 이런… 씨댕…."

분대장이 소태 씹은 표정으로 마지못해 대답을 하자, 대원들에게서 깊은 탄식이 흘러나왔다. 최전방의 순찰과 식량보급, 괴물들과 최전선에서의 사투 등 항상 위험천만한 핵심임무들을 도맡아 수행했건만 이젠 하다 하다 보모의 역할까지 군말 없이 수행을 하란다.

"진짜…. 누굴 호구로 아나…."

아주 작은 크기의 중얼거림이 갈수록 귀가 밝아져 예민해지고 있는 신서울의 귓가로 들려왔다. 웬일로 시옷비읍이 섞여있지 않다는 게 놀라울 따름이었다. 중얼거린 강병창 일병뿐만이 아니라 나머지 A팀의 일원들 모두에게서 결정권자인 중대장의 처우에 대한 반발의지가 생겨난다. 그뿐만이 아니라 언제든 자신의 직무를 내팽개치고서 편한 자리로 나아갈 수 있음에도 벌써 오 년째 진급 심사까지 거부하고 중사 직분에 머물며 그들을 이끌어주는 최고의 리더 박종규 분대장의 무심한 태도도 처음으로 야속하게만 느껴졌다.

그는 신서울 양을 A팀 내에 들이라는 중대장의 억지 가득한 명령에 처음부터 아무런 반대의견을 피력하지 않았다. 어쩔 수가 없음을 알기 때문이었다. 특히 박종규 중사는 기동대의 사람들 중에서도 신앙심이 가장 투철한 인물이기도 했다. 그가 존경하다 못해 숭앙을 하는 아버지 주님의 강조와, 군의 상명하복의 원칙이 어느 정도는 결합이 된 터라, 애석하게도 반발을 꺼내들 기가 여의치가 않았다. 살짝 기분이 언짢긴 해도 대의를 위해 어떻게든 현실의 상황을 수용할 뿐.

"난 이만 가봐야겠어요. 어, 오늘은 A팀에게 전방 순찰임무 한 싸이클만 주어졌죠? 오늘 같은 날 바쁘지 않아서 다행이네요. 그럼 다들 수고들 하세요. 당신들의 앞날에 항상 전능하신 그분의 은총이 머무르길. 서울 양, 아니 신서울 이등병 일과가 끝나고서 이따 휴식시간 때 의무실에서 보도록 하자."

"…네!"

할 말을 마친 박형태 대위가 떠났다. 황망한 얼굴의 모두가 자신들의 직속 명령권 자를 빤히 바라볼 뿐이었다. 큼큼, 헛기침을 두어 번 내뱉은 박종규 분대장이 입을 연다.

"다시 무사한 얼굴로 만나게 돼 반갑다, 신서울… 이병, 나는 박종규 중사다. 특임부대 A팀의 리더인 분대장 역을 수행하고 있지. 현재 귀관에게는 따로 직급이 주어져 있지가 않다. 다른 대원들과 동등하게 대하라는 중대장님의 당부가 있었으므로 그 분부에 따라, 지금부터 우리는 신서울 이등병을 우리의 신입으로 대우하겠다. 귀관은 우선적으로 임무에 투입되기에 앞서, 자격시험과 팀의 전반에 대한 이해가 필요하다. 한스, 안젤라."

"예!"

분대장의 부름에 덩치 큰 병사 한스와, 웬만한 남성 이상의 우람한 체격을 보유한 어두운 갈색 계열 머리칼의 여성이 우렁차게 대답한다.

"너희가 책임지고 신 이병을 가르치도록 해라. 신병교육의 기한은 지금 이 시간부로 일주일을 주겠다."

"알겠습니다!"

"…"

이번에는 한스와 안젤라의 반응이 엇갈렸다. 기골이 장대한 한스가 처음과 동일하게 우렁차게 대답한 반면, 외모에 남유럽계의 특징이 섞여 있는 푸른 눈의 안젤라는 얼굴을 찌푸린 채 노골적인 불만을 내비친다. 성향의 차이였다. 남들보다 지적으로 조금 모자람이 있는 한스는 항상 우직하다. 임무라면 그게 무엇이든 고분고분히 따른다. 선악의 나눔이나 옳고 그름 따위는 그에게 중요치 않았다. 언제 어디서나, 제게 주어진 임무를 수행하는 것이 그의 최우선으로 자신의 목줄을 쥔 대장의 명령이라면 물불 가리지 않고 껌뻑 죽는다. 반면, 안젤라는 직설적이고 섬세했다. 어딘가 틀렸다고 생각이 들면 명령을 곧바로 수용하기보단 그 자리에서 곧바로 잘못을 바로잡으려고 안간힘을 썼다. 설령 그 잘못의 주체가 자신보다 윗선의 계급자라고 해도 그녀는 결코 상대와의 충돌이 두려워서 피하지 않는다. 본인이 납득하기 전까지 상대를 날카로운 어금니로 인정사정없이 물어뜯어서 끝내 합리적인 결론을 도출시키고 나서야 만족을 하는 성격인 것이다. 두 사람의 성향이 어떠한지 수년째 곁에서 지켜봐왔음에도 분대장은 전혀 다른 둘을 신서울의 인도자로 선택했다. 한스와 안젤라에겐 한 가지 공통점이 있었다. 그건 바로, 다년간 극악한 생존율을 자랑하던 A팀에서 죽지 않고 버텨온 점. 이 두 사람은 개인적인 능력을 차치하고서라도 A팀에 속한 현 대원들 중 그 누구보다 오랫동안 생존해온 베테랑들이었다.

분대장이 정면에서 떨떠름한 표정을 지은 채로 서있는 신서울 양을 바라봤다. 당장 지금의 신서울을 A팀의 대원으로 삼고 임무를 곧바로 수행하기에 그녀는 너무나도 약했다. A팀의 대원들이 장성한 나무라면 그녀는 저 길가에 아무렇게나 널부러진 채로 비쩍 말라 죽은 나무의 얇은 가지 정도밖에 되지 못할 것이다.

일주일 전, 무언가에 홀린 표정으로 A팀의 분대장인 박종규 중사를 불러 세운 중대장은 그에게 그녀를 직접 A팀의 소속으로 데려가 최대한 빠른 시일 내에 한 사람의 몫을 해낼 수 있도록 만들라고 명을 했다. 터무니없는 명령이었지만, 중대장보다 더 상급의 지휘관과의 만남을 갖기 전에 큰 분란을 일으키지 않으려면 임무를 받아들이고 최소한 겉으로라도 신서울 이병이 조금이라도 성장을 한 듯한 모습을 보여야 했다. 눈 가리고 아웅 일지라도 잡음이 나지 않게 하려면 최선을 다해 그래야만 했다. 라펠트로의 귀환까지 앞으로 최소한 삼 주 가량의 시간은 더 걸릴 것이다. 그 기간 동안 우리는 저 나약함의 상징과도 같은 신서울 양에게 무얼 가르칠 수가 있을까. 어젯밤, 박종규 중사는 밤새 그 부분에 대해 깊게 고심했다.

전장의 앞 선에 설 전투병으로 키워? 아냐 저 가냘픈 팔과 육체로 완전 무장은커녕, 총이나 제대로 들 수 있을지부터가 의문이 든다. 바깥세상의 상식으로 자리를 잡은 기본 지식 테스트 과정에선 낙제점을 넘어 완전히 빵점이었다. 신서울 양은 상징적인 의미 외에는 육체적으로든 머리로든 군대 내에서 하등 쓸모없는 인물인 것이다. 한참을 고심한 끝에 결론을 내렸다. 자신들이 당장 내어줄 수 있는 것은, 그저 지난 경험을 전달해주는 것뿐이었다. 겸사겸사 기본적인 생활양식 등의 지식들도 좀 알려주고. 그녀는 평생을 살아오던 튼튼한 새장 안에서 타의에 의해 강제로 탈출하게 된 연약한 새임을 명확히 해야 한다. 새장 밖으로 난생처음 나오게 된 작은 새는 가르침을 받은 적도, 그렇다고 그곳에서 실제 생황을 수행해본 적도 없기에 당연히 거친 외부환경에 잘 녹아들지를 못한다. 날 때부터 새장 안에서 지낸 것이 가진 경험의 전부인 만큼, 누군가가 그녀를 곁에서 이끌어주지 않는다면 살아남지 못하고 도태됨은 무조건 확정이 돼있었다. 심지어 새는 배가 고파도 본능에 따라 스스로 사냥하는 것조차 불가능할 정도의 나약한 존재였다. 거친 세상의 풍파에 휩쓸린다면 악 소리도 내뱉지 못하고 죽음을 맞이할 약하디약한 존재. 그러나 천만다행으로 그녀는 최고로 경험이 많은 다른 새무리와 합류를 하는 절호의 기회를 얻게 됐다. 그들의 뒤를 잘 따라다니기만 해도, 주변에선 그녀가 죽지 않게끔 먹잇감을 물어다줄 것이다.

현재의 작은 새의 날갯짓으로는 무리와 함께 단순한 풍랑을 헤쳐 나가는 일조차 벅차다. 그러니까 경험 많은 두 마리의 고참 새에게 신참인 작은 새를 가르치게 하는 것이다.

신서울 이등병이 그들의 곁에서 그들이 보유한 노하우를 빠짐없이 전수받고 스스로 노력에 박차를 가한다면, 빠른 시일 내에 한 사람으로서의 몫을 톡톡히 해내리라고 조금은 근거 없는 믿음을 가져본다. 사냥방법은 최소한의 기본을 갖추게 된 그 이후에서나 가르칠 일이다.

박종규 중사는 생각했다. 몇 번을 되뇌어 결론을 내봐도 반대되는 성격과, 공통된 뛰어남으로 무장한 저 두 사람이 작은 새의 교육에 가장 제격인 인물들이었다. 무작정 한 사람만을 뒤쫓아 바라보는 것은 효율 면에서 좋지 않았다. 이 세상에 절대적으로 완벽한 존재는 오직 그의 고향에서 모두가 맹신하는 절대적인 우상 자뿐으로, 결격사유가 저마다 최소한 하나씩 이상씩은 존재할 다른 이의 뒤만을 무작정 쫓다가는 자신도 모르는 새, 좋은 것은 잘 따라 하지 못하고 이념이나 행동, 버릇 등의 잘못된 부분만을 똑같이 따라 행하는 하자가 큰 흉내쟁이가 되기에 딱 좋았다.

"힘들겠지만 우리 팀에서 최고의 적격자가 같은 여성인 너밖에 없다 안젤라 상병. 신입교육은 팀 내의 부분대장과, 고참병이 함께한다는 우리의 원칙을 깨려는 것은 아니겠지? 귀관이 개인감정 때문에 규칙을 부수리라고 분대장은 생각하지 않는다."

"분대장님! 지금이 어느 때인데, 자꾸 저 자격 미달인 계집아이가 우리의 '신입'이라 말씀을 하시는 겁니까? 위험한 놈들의 추격이 턱밑까지 쫓아온 상황이잖아요, 게다가 아버지 주님의 곁으로 가게 된 시마 상병과 제가 어떤 사이였는지는 대장이 가장 잘 아시면서 어떻게… 저는 못 해요. 지금도 저 아이와 마주할 때면 주체 못 할 분노가 치밀어 오르는데 임무까지 맡게 된다면 제 안의 원망이 스스로 더는 억누르지 못할 정도로 커질 거예요…. 제 비틀린 감정의 원흉을 저 아이로 삼고 회까닥 돌아서 공격하게 될지도 모른다구요!"

안젤라 상병의 성토에도 박종규 분대장의 굳건함에는 변화가 생기지 않았다.

"네 마음은 잘 이해하지만…. 안젤라 상병, 너도 잘 알고 있지 않나! 고 시마 병장은 영광스러운 임무를 수행하던 도중, 그저 우리보다 한 발자국 앞서 전쟁과 굶주림, 걱정이 없는 궁극의 성전으로 가게 됐을 뿐이다. 우리 모두가 언젠가 되돌아가게 될 평온의 안식처로 말이지. 떠올려라 안젤라 상병, 여기 있는 우리들은 우주만물을 창조하신 아버지의 병사다. 그분의 명령에 살고 죽어야 할 영광스러운 군인이다. 하늘의 고결한 뜻이 그러할진데, 한낱 개인의 감정에 휘둘려 남을 비난하고 회피하는 건 옳지 못하지 않은가. 지워낼 수 없는 인의와 악마의 불길 질이 네 마음에 파문을 남겨 힘들 테지만, 비참하더라도 현재를 붙잡도록 해. 영혼이 비명 지르며 쏟아내는 분루는 신의 광영에 기대어 속으로만 삼켜내는 거야. 부탁한다."

분대장의 간곡한 부탁을 끝으로 긴 침묵이 흘렀다.

신, 만물의 아버지, 전지전능한 영혼— 수많은 이름으로 정의되어지는 그 기만스러운 존재에게 도대체 무슨 힘이 있길래, 단지 이름을 꺼내든 것만으로 주변을 숙연해지게 만드는 걸까.

'어차피 제대로 믿지도 않으면서.'

신서울은 어쩐지 분노를 닮은 듯한 낯선 감정이 북받쳐 올랐다. 몇 번을 접한들 절대로 이들의 사고방식을 이해할 수 없다. 그리고 그것을 바로잡을 방법을 알지 못하는 자신의 상황이 몹시 나도 답답했다.

'…이상해.'

뭔가 암담한 생각들에 머릿속이 엉망진창으로 변한다. 일주일 동안 박형태 대위와 붙어 지내며 그에게 라펠트의 '신학'을 설파받으면서, 정신과 감응되어 움직이는 '감정'의 정의 또한 함께 습득을 할 수 있었다. 그녀가 체득한 감정이란 플러스와 마이너스로 대변이 되는 순간마다의 다양성이며, 살아 숨 쉬는 인간이 인간으로서 존재하기 위한 가장 필수적인 요건 그 자체였다. 겉보기에 여기 모여 있는 이들은 전부 억압받는 도시 신서울에선 꿈도 못 꿀 크기의 '개인적인 자유'를 가졌다. 인간이 언제까지나 인간다울 수 있도록, 자신들의 감정 아래 진실 된 삶을 영위할 기반을 다져 놨다. 하지만 가끔 지금처럼 '신'에 관련된 일이 언급이 될 때면, 모두가 자신이 도시에서 지겹게 보아오던 거리의 인형들의 얼굴로 변하고 만다. 겉만 그럴듯했지 결국엔 이곳도 그곳, 억압으로 이뤄진 도시 신서울과 크게 다를 바 없이 이들도 엇비슷하게 망가져 있는 것이다. 그저 방식에서의 차이가 있었을 뿐, 망가진 세상과 마찬가지로 이 땅 위에 발을 딛고 서있는 우리 모두는 정상의 범주에서 벗어난 지 오래다. 자유? 신이란 숭고한 미명하에 자신의 모든 것이 통제가 되고, 도의에 벗어난 억지가 모두가 맹신하는 진리가 된다. 바깥세상의 모두가 신의 이름 아래에 맹목적이지는 않았으나, 결속을 쌓기 위해 그들은 이념을 밑바닥인 아래에서부터 무너뜨릴 게 분명할 부정의 삿됨ㅡ, 그 일정 부분을 강제적으로 지워냈다.

당장은 추구하는 것과 잘 맞아떨어져 올바르게 쌓아지는 것처럼 보일지는 몰라도 훗날은 결코 그러지 못하리라. 이미 지난 역사의 참사가 증명을 하듯이 무언가에 대해 구속된 억지력은 더 커다란 구속의 결과를 부르게 될 것일 테니까. 현재진행형으로도 자세히 쳐다보면 보이질 않는가. 주변 어딜 둘러봐도 비참한 세상의 연속이었다. 세상은 몰락을 맞이했고, 대체 누가 살포해놨는지 세상 어딜 가나 각자의 개성을 구속할 올가미 덫들로 가득 찼다.

이곳에서 신서울 양이 불현듯이 갖게 된, 정체불명의 '올바른 직관력'은 그 속에 담긴 날카로운 날붙이로 휘두름으로 인해 끊임없이 영혼을 숨아내려는 중인 단단한 이념의 사슬들을 끊어내 버릴 강력한 무기였다. 며칠 동안의 색다른 경험을 통해 말도 못 하게 단단해져 버린 그녀의 가치관은 쉽게 변질이 되지 않을 것이었으니. 허나, 그 훌륭한 무기는 어쩌면 그녀를 병들게 만들 수도 있는 위험천만한 것이기도 했다. 모두가 올바르지 못한 세상에서 나 홀로 멀쩡하다고 고래고래 소리를 친들 고작 빈 허공에서 울려 퍼지는 가여운 메아리 정도에 불과하지 않겠는가. 핍박으로 이뤄진 고독은 인간의 마음을 좀먹게 한다. 누구라도 피차

일반. 모두의 배척들 받고 고립되어진 평범한 개인이 홀로 할 수 있는 일은 언제나 극히 제한적으로 묶여버린다.

"후… 알겠습니다."

흉악하게 일그러진 얼굴로 잠시 고심하던 안젤라가 결국 자신의 심경을 다독이며 명령에 대한 수긍을 보였다. 그들 사이에서 맴도는 침묵은 일종의 강요였고 계속해서 같은 부대의 일원으로 남기 위해서라면 권유로 포장된 저 윗선의 명령을 거절할 수 있을 리가 없다. 하급자의 개인적이고 하찮은 감정보다 더 신에 가깝다고 도시의 인정을 받은 윗선의 결정이 주요시되는 불합리한 체계 속에 그들은 몸담아 살아가고 있었으니까.

'선택지를 하나로 좁혀놓고 모든 건 신의 자비로움을 기리는 경건함이라고…? 다 개소리지.'

안젤라는 강한 불만을 떠올린다. 혀가 몹시 쓰다. 사람들은 세상이 멸망하기 전 까지만 해도 우리들에게 언젠가 닥칠 죽음을 두려워하고 슬퍼했었다. 오늘날같이 이름도 모를 정체불명의 신을 부르짖으며 자신의 죽음조차 가벼이 여기는 광신도적인 행각은 몹시 드문 편에 속했던 것. 가장 소중한 자신의 목숨까지도 드높은 신을 기리기 위해서라면 아무렇게나 내팽개칠 그러한 인식이 뿌리 깊게 자리 잡혔을 정도인데, 고작 개인이 가진 부정적인 감정으로 인한 잘못된 인식의 매몰됨이 임무를 수행하는 것에 커다란 지장이 될 것이란 인식을 갖겠는가. 짧은 생애 동안 멸망한 세상이 내비치는 추악함을 두 눈으로 직접 아로새긴 안젤라이기에, 현재 그들의 이념이 제시한 것보다 더 나은 방향의 길이 존재하지 않음을 머리로는 이해하고 있긴 했다. 무언가에 미치지 않고선 제정신으로 살아가기 어려운 시대였다. 신에 대한 몰두로 마음의 불안을 지우고 현실과 환상의 경계를 들락거리며 행복함을 가장한 채로, 지옥길로 내

쫓긴 오늘의 우리는 여전히 현재진행형인 악몽 속에서 살아가고 있다.
—그렇기에 성경에 심취한 이들은 언젠가 환상 속의 낙원으로 되돌아가 춤추는 일을 꿈꾼다. 남아있는 건 어디든 '지옥'뿐이건만, 가엾게도—.

"전능한 아버지의 뜻에 따라주어 고맙다 안젤라."

모두가 안다. 신의 미명 아래에서의 결과는 무조건 희생의 결과로 정해져있는 것. 사실 모두가 그러한 배리를 알면서도 애써 정답을 바라보지 않고 시선을 회피하는 것.

분대장은 안젤라의 빠른 결단에 경의를 내비치며 감사를 표했다.

"인사치레는 됐어요. 한스, 그리고 꼬마 아가씨. 이름이 분명 신서울이던가? 일이 이렇게 됐으니까 당분간은 우리 셋이서 함께 지낼 거야. 규칙을 정하게 밖으로 나가 잠깐 이야기 좀 하자. 그래도 되죠 대장?"

"그래. 어차피 엔진도 잠깐 손을 봐야 하니 출발하기 전인 16시 전까지만 어련히 잘 돌아와."

"네, 뭣들하고 있어? 빨리 움직여."

멍하니 그들 사이의 대담을 관람하다가 갑작스러운 재촉이 제게 떨어지자 신서울 양이 황급히 방호복을 챙겨 입고서 그들의 뒤를 쫓아 밖으로 이동했다.

"아…!"

체구가 제일 작기에 가장 먼저 문밖을 빠져나오게 된, 그녀의 입에서 감탄성이 터져 나왔다. 새로운 차량 안에서 머문 지가 고작해야 삼사십여 분 정도나 흐른 걸까? 바깥의 풍경은 신서울 양이 조금 전 A팀 차량으로 이동하기 전 잠깐 경험했을 때와는 많은 부분에서 달라져있었다. 신서울 양이 커다란 눈동자를 껌뻑이며 넋을 놓고 변화된 모습을 쫓았다.

와… 전율이 일어난다. 꽉 찬 전방의 어둠 속 잿빛 화산재의 띠가 흐트러진 밀집의 틈새 사이로 영롱한 노란 빛줄기가 새어나와 빛으로 이뤄진 거대한 커튼 막을 형성해 놨다. 그 빛무리들은 마침 차량이 정차해 있는 이곳을 집중조명하고 있어서 이곳으로부터 조금만 더 멀리 떨어진 곳을 내다보려거든 여전히 사방이 어두컴컴해 식별조차 불가능한데, 차량의 근방만큼은 태양의 바로 아래에 있는 것마냥 훤히 밝았다.

마치 거무튀튀한 벌집의 구멍 안에서 끊임없이 샛노란 꿀이 흘러나와 빵의 한 면만을 과도하게 적시는 것 같은, 오묘하고도 놀라운 장면이다.

"웃…뭐야 뭐 이리 밝지? 미친, 어디서 풀 플래쉬라도 ON했나? 어떤 생각 없는 자슥이 이런 비상시에까지 전력을 함부로 낭비를 하고 있는 거야? 얘 길 막지 말고 빨리 좀 나가!"

둥근 문틈으로 비춰지는 바깥의 급작스러운 밝음이 인근 장갑차량의 헤드라이트의 문제 혹은 비상조명의 오발동이라고 오인을 한 안젤라가 나가다 말고 입구를 가린 채로 멈춰 서서 감탄을 내뱉는 신서울 양의 등을 휙 하고 떠밀어버렸다. 차량의 출구가 사람 한 명이 겨우 통과할 만큼 좁은 탓에 안젤라는 여전히 밖의 상황을 제대로 마주 보지를 못했다.

"와악!"

우악스러운 손길에 냅다 등을 떠밀리게 된 신서울 양이 휘청거리는 불안정한 자세로 장갑차의 발 받침계단을 빠르게 밟고 나가 겨우겨우 넘어지지 않고서 땅바닥에 무사히 내려섰다.

차박, 차박.

발을 떼자마자 질척이는 발걸음 소리.

빛이 따스함이 닿지를 못해 사시사철 한겨울처럼 얼어붙어있던 땅바닥이 강렬한 빛의 파동에 직격당해 녹아내려 제법 흐물거린다 그 느낌이 신기하여 의도적으로 발을 떼고 딛을 때마다 신서울 그녀가 신고 있는 군화의 뒷굽이 무른 바닥으로 푹푹 박혀들었다.

움직이기가 불편했지만, 겪어본 적이 없는 감촉만의 색다른 재미가 있었다. 언제나 청결을 유지하던 도시 신서울에서의 바닥면은 늘 적당히 푹신하고 안정적이도록 설계가 되어있었고 이런 무자비한 진흙땅 위를 걸을 일이 없었다.

"허, 내가 살면서 신의 미소를 보게 될 줄이야…."

"오오—, 거룩하신 아버지의 축복일지어다."

신서울의 뒤를 따라 밖으로 빠져나온 베테랑 병사 두 사람도 극히 드물게 발생하는 변형적인 바깥의 현상에 놀라움을 금치 못해한다.

바깥사람들이 '신의 미소'라 부르는 지금의 극적인 환경변화는, 햇빛이 그나마 구 대한민국의 영토에서 온전한 곳 중 하나로 알려진 '라펠트 섬' 인근에서도 극히 드물게 발생하곤 하는 그야말로 자연의 흔치 않은 변덕이자 신학적인 의미의 최대 축복이었다. 몇 개월 전 안젤라는 임무의 준비과정에서 멸망한 육지 상공의 전반에 걸쳐진 화산재의 패턴과 흐름을 면밀히 분석을 해본 적이 있었다. 몹시 낡았지만 아직까지 제 기능을 무리 없이 해내고 있는 기상변화 감지 장비를 동원하였었고 그때의 분석상으로는 임무의 루트를 따르는 과정에서 우리가 저 '신의 미소'와 마주하게 될 확률은 한없이 제로(0%)에 가까운 낮은 수였다.

그런데도, 그토록 극악한 확률을 뚫고서 뚜렷한 변화가 세 사람의 위치를 조명하고 있는 것이다. 안젤라의 손이 바르르 떨렸다. 신비에 노출이 되자 혹시 화산재로 풀풀 풍기며 세상을 어둠에 물들게 만든 빌어먹을 화산이 급작스럽게 휴식기에 접어든 건 아닐까? 같은 부질없는 희망을 떠올리게 만든다.

뭐…. 이번만큼은 가능성이 아예 없지는 않다. 자연의 무궁한 변화는 언제나 우리의 예측을 뛰어넘곤 했으니 말이다. 그리고 전능하신 아버지께 '선택받은 아이'와 함께하고 있기도 하고.

"으흠… 조금 걷자."

안젤라가 기대로 가득 찬 속내를 지우고 애써 태연한 척을 했다. 생각지도 않은 신비함을 보고 잠깐 환상에 젖어 들었다지만, 그녀의 원리원칙은 지독한 현실주의에 있었다. 확신이 서기 전까지 헛된 망상을 꿈꾸지 말자. 그렇기에 골목길에 옹기종기 모인 천진난만한 어린아이들처럼 놀라운 현상의 목도에 주체 못 할 만큼 신나하며 현재의 이변을 모두에게 자랑하듯이 떠벌릴 생각 따위 추호도 없었다. 알리지 않아도 어차피 곧 동료들 모두가 곧 알아차릴 것이기도 하고, 헛된 희망은 늘 그래왔듯이 기대감에 젖은 우리를 사뿐히 무시하고 지나갈 덧없는 것이니 말이다.

"보고 안 해?"

하늘의 이변에 관해 그녀와 다른 방식의 궁리에 한참 동안이나 빠져 있던 한스가 안젤라를 바라보며 뒤늦게 묻는다. 아주 편한 태도가 녹아 있었다. 그럴 수밖에 없는 게 두 사람은 연배부터 입대시기까지 모두 같았다. 군인으로서의 소질이 출중하여 소속까지 같은 데다가 임무를 수행하는 오랜 시간 생사의 갈림길을 함께 넘어오면서 자연스레 서로의 신뢰와 친분은 몹시 두터워졌다.

시마, 한스, 안젤라. 한때 조금 촌스럽지만 셋이 모여 '무적의 삼인방'이라는 낯부끄러운 칭호를 자칭했을 때도 있었다.

'그때가 좋았지…'

갑자기 떠오른 추억의 한 컷이 그녀의 숨을 확 막히게 만든다. 광휘로 가득 찬 찬란한 빛무리는 잠시나마 궁핍한 현실의 벽을 녹여낼 신비가 담겨있을지언정 안젤라 개인이 품게 된 지독한 어둠을 쫓아내기에는 무리가 있었다.

"어…. 음, 내가 대장한테 전할까?"

"하지 마. 굳이 그럴 필요 없어."

"정말…?"

"그래. 이까짓 현상에 어떤 특별한 비밀이 숨겨져 있는 것도 아니고 괜히 벌써부터 시끄러워지기만 할 거야, 괜한 거에 신경 쓰지 마."

한스가 여러 번 되묻자, 안젤라가 선을 그어 확실히 말했다.

"알겠어."

티 없이 순수한 투로 한스가 수긍했다.

생각하는 게 언제나 타인에 비해 '2%쯤은 부족한' 한스는, 안젤라의 말이라면 대장의 것과도 거의 동일시 여기는 경향이 있었다. 실제로도 분대장이 곁에 없을 때면, 부대 내에서 부분대장의 역할을 역임 중인 안젤라가 곧 그의 최고 명령권자인 셈이기도 했다. 그렇다고 해서 안젤라가 한스의 무지함을 이용해 자신의 이득을 챙기거나 권력을 악용하는 등의 몹쓸 짓을 벌이는 건 절대 아니었다. 몸 안에 흐르는 피는 다르지만 친가족에도 버금이 갈 만큼 이 두 사람의 유대관계는 오래됐고 또 깊었다. 생각이 약간 모자란 한스는 남들보다 정신적으로 부족함을 가진 대신에, 전투수행능력이 최고만 모인 A팀 내에서도 으뜸으로 뛰어났다. 일상적인 상황의 업무를 수행할 땐 여장부 안젤라가 한스를 올바른 길로 이끌어주고, 전투 중 위급상황에 처하게 됐을 땐 전투 센스가 높은 한스가 안젤라를 돕는 식의 관계가 현재의 두 사람의 관계를 묶어 끈끈한 정을 일궈낸 지난 밑바탕의 추억이었다.

안젤라를 필두로 진흙 위를 40m쯤 걸어, 빛과 어둠이 마주한 경계 언저리까지 도착했다. 가볍게 다리를 멈춰 세운 안젤라가 다시 두 사람을 향해 몸을 틀었다. 그녀가 지체 없이 입을 연다.

"자, 이쯤이면 더 이상 훼방꾼이 나타날 일은 없을 테고. 우선 내가 하고 싶은 말부터 전할 테니까, 똑똑히 잘 들어 꼬마야. 사실 난 네가 정말로 마음에 안 들어. 처음 볼 때부터 지금까지 넌 우리에게 불행과 슬픔만을 가져다주는 존재야. 무익한 걸 넘어, 유해하지. 난 솔직히 중대장님과 분대장님이 네게서 뭘 기대하는지 모르겠어. 네게 뭘 가르쳐야 할지도 모르겠고. 너도 알다시피 지금의 너는 아무 쓸모가 없는 존재잖아? 내 관점에서 넌 선택받은 아이 같은 게 아냐. 스스로를 구하지 못하는 나약한 인물은 결코 그 누구도 구원할 수 없으니까. 알겠어? 우선 네 분수부터 똑똑히 알도록 해."

"어… 이봐, 안젤라!"

화들짝 놀란 한스가 격분한 어조의 안젤라를 냉큼 뜯어말렸다.

그녀의 비판은 신랄한 것을 넘어 공격적으로 느껴질 만큼 심했다. 라펠트에서 가끔 봐온 것과 같은 분쟁. 이대로 가만히 방치했다간 작은 불씨가 순식간에 커다란 화마가 되어 심각한 단계의 문제로까지 번지게 될 것이다. 심지어 성경에 명시된 법전에 의하면, 저 안젤라처럼 신성모독적인 말을 거리낌 없이 내뱉는 인물은 하나같이 생전 죄악의 결과로서 무저갱 깊은 곳의 '지옥행'을 면치 못하게 됐다. 우리의 본질이자 유일한 희망인 그분 곁으로 되돌아가지 못하게 되는 것이다. 그것은 한스가 알고 있는 세상의 '올바른 정의'가 아니었다. 그러니 안젤라는 이만 분개심을 낮추고, 신께 잘못을 구할 자제력을 다시금 확보할 필요가 있었다.

"쯧, 미안해. 순간적으로 화가 머리끝까지 치밀어 올라서 나도 모르게 생각했던 것보다 더 심한 말이 나와 버렸어. 그치만, 한 절반쯤은 내 진심이야."

당황한 한스의 만류에 말투를 한층 누그러뜨렸지만, 여전히 주눅 든 신서울 양을 매섭게 쏘아보며 안젤라가 말했다. 그녀의 명백한 적의가 신서울 양의 여린 육신과 사고를 경직시켰다. 가슴 깊숙한 심장이 조여지는 듯 심장 어림이 콕콕 쑤시는 감각이 올라온다. 마치 고양이 앞에 선 쥐의 신세와 같았다.

"…미안해요."

신서울 양은 작은 목소리로 사과했다. 그녀 자신 또한 엿 같은 세상의 최대 피해자였건만, 당장은 상처로 가득한 저 여성에게 사과를 전하는 것 말고는 어떤 말을 꺼내야 할지 적합한 반론이 떠오르지 않았다.

"후—"

깊은 한숨 소리.

"그렇게 미안하면…. 앞으로는 꼭 강해져."

짧은 시간 자신의 실태를 완벽히 추스린 안젤라가 뜻밖의 제안을 꺼내들었다.

"네?"

신서울 양에게서 반문이 터져 나온다. 머릿속이 멋대로 구상해낸 장면에 따르자면 멱살을 붙잡히거나, 뺨을 한대 얻어맞거나 악의의 집중 포화를 맞을 줄로만 알았다.

"더 이상 남에게 폐가 되지 않도록 네 자신을 개척 하란 말이야. 한스 미안한데 내 말이 과격하더라도 조금만 더 조용히 참아줘. 신서울. 솔직히 말해서 난 존재성이 불분명한 신이란 존재를 그리 깊게 믿고 있지가 않거든. 하지만 인간이 보유한 발전성은 믿어. 부드럽게 꺾일지언정 부러지지 않는 사람이 결국 강해지는 법이야. 너는 시마와 많은 동료들이 목숨을 바쳐 구해낸 생명이야. 그들의 영혼의 무게가 네 등 뒤에 매달려있어. 그들의 희생을 무의미한 것으로 만들지 않도록 스스로의 가치를 올려주길 부탁할게."

"아냐, 모든 것의 아버지이신 그분은 명백히 존재해 계시고 그들은 안식처로 향했어."

누구보다 신에 심취한 한스의 습관적인 정정에도 아랑곳하지 않고 안젤라가 말을 이어했다.

"이미 지나간 시간은 붙잡지 못하는 것…. 이 시간 이후로 난 널 다시는 비난하거나 미워하지 않을 거야. 오직 나와 동등한 인격체이자 A팀의 신입대원으로서 널 대할 거니까 지금 이 순간부터 절대 내 앞에서 주눅 들어 하거나 눈을 내리깔지 마. 언제나 당당해져. 우선은 그것부터 확실히 시작해. 알겠어?"

신서울 양에게서 즉각적인 답이 나오지 않는다. 방독면 속 안젤라의 왼쪽 눈썹이 불만스럽게 까닥였다.

"대답은 늘 신속하고 크게!"

큰소리가 들려와 이해충돌로 난잡해져버린 정신이 바짝 섰다.

"네, 넷!"

신서울 양이 반사적으로 크게 대꾸했다. 그러고서 안젤라와 처음으로 정면에서 마주한다. 서로의 얼굴이 가려져있는 데도 신서울 양은 시시각각 변화하는 그녀의 표정을 뚜렷이 볼 수가 있었다. 지금의 안젤라는 웃고 있다. 분명해. 바로 앞에서 눈치채낼 수 있을 만큼 안젤라의 감정선은 진하고 풍부히 전해져왔다.

신서울 양은 깨달았다.

그녀는 자유로운 사람이다. 자유롭고 강한 사람.

서로의 시선이 교차할 때마다 신서울 양의 몸이 떨려오는 건 '두려움'

에서만이 아닌 듯싶었다. 신서울 양은 겨우 이 잠깐 그녀와 마주하는 짧은 시간 동안, 그녀의 당당하고 숨김없는 태도를 동경하게 됐다. 성별이 같은 여성이란 점에서 이끌림은 더 크게 작용을 했을 것이다. 지독한 새장 안에 갇혔던 신서울 양이 스스로 반드시 강해지자고 다짐했을 때, 저것과 같은 당당함을 이뤄내길 소망했었다.

"좋아, 팀에 관한 세부적인 것을 배우기 전에, 앞으로 셋이 함께할 생활패턴방식부터 정하도록 하자."

흡족한 낯빛과 고저 없는 목소리로 안젤라가 말했다. 그녀는 벌써부터 신서울 양에게 가졌던 원망을 전부 잊은 것처럼 담담하고 털털하게 행동을 한다. 안젤라의 무덤한 태도 덕분일까, 좀 전보다도 그녀를 상대하기가 한결 편해졌다.

"네!"

기분이 좋아진 신서울 양이 씩씩한 목소리로 대답했다.

"좋아! 기백만은 훌륭하네. 한스, 이따 기록 좀 상세히 부탁해."

본론으로 들어가기 전에 앞서 안젤라가 한스에게 내용 기록을 부탁했다.

조율하다 보면 분명 이야기가 제법 길어질 텐데, 안젤라는 저 한스처럼 한 치의 오차도 없이 자신이 꺼내든 말을 곧이곧대로 떠올려낼 자신이 없었다.

"오케이."

귀찮을 법도 한데 한스가 개의치 않고 안젤라의 부탁을 흔쾌히 수락했다. 문자 그대로 대화를 받아 적을 뿐인 '기록'은 평시 상황에서도 그가 맡는 주된 역할이었다. 너무나도 익숙하기에 하등 어렵지 않다. 남들과 사소한 차이를 가진 그에게는 어릴 적부터 유독 뛰어났던 몇 가지 재능이 있었다.

6살의 나이에 몇 번 펴본 것만으로 1,200페이지에 달하는 '성경'을 달달 외워 내는가 하면, 그 어린 나이에도 악력은 건장한 성인과 엇비슷했으며, 남들보다 오감이 놀랍도록 발달해있었다. 지성적으로 조금 덜떨어진 한스에게는, 그 자신의 단점을 메꿀 다른 장점들이 가득했던 것이다. 정신박약의 치명적인 약점을 갖고서도 그가 온갖 똑똑한 사람 사이에서 그들을 제치고서 아직까지도 이 세상에 당당히 발을 딛고 서있는 데에는 그럴만한 이유가 있었다. 오랜만에 한스의 괴물 같은 장점을 점검이라도 하듯이 나열해보던 안젤라가 팔짱을 낀 채로 고개를 끄덕였다. 세상만사 걱정 없이 헤실헤실하는 그의 모습을 보고 있자면, 가끔은 그가 가진 정신의 누락조차 어쩌면 신의 축복에 한없이 가까운 엄청난 장점이 아닐까란 생각이 들곤 했다. 말했듯이, 미치지 않고서는 오늘을 살아 남기가 힘겨운 세상이었다. 오랜 친우의 죽음에도 금세 행복해질 수 있는 그가 마음 한 켠이 텅 빈 채로 살고 있는 안젤라로서는 부러웠다. 정말로 이 세상에 신이 존재한다면, 필시 그 위대하고 잔혹한 존재가 베푼 한 줌의 온정이리라. 한스가 가진 특별함은 말이지.

두서없는 생각을 빠르게 흘려보낸 안젤라가 입을 열었다.

"우리 두 사람이 24시간 내내 계속 서울이, 네게 붙어있는 건 너도 알다시피 엄청난 인력낭비야. 이 문제에 대해선 내가 우리 분대장께 따로 건의를 해둘 테니까, 서울이가 제 역할을 해낼 때까지 보살핌의 시간을 반으로 나눠 서로의 역할을 분담하는 식으로 일과를 진행하자. 예를 들어, 매일 오전시간 타임에는 내가 오후 시간대에는 한스 네가 서울이를 데리고 다니면서 가장 기초적인 것부터 차근차근히 가르치는 거야. 어때?"

"음, 괜찮은 것 같은데?"

"오케이 우선 방침이 완전히 확정되기 전까진 둘이서 함께 가르치는 걸로 하자고. 자 서울아, 앞으로 반복될 네 일과의 방향성을 알려줄게. 몇 가지는 나도 즉흥적으로 생각해내는 거라, 완벽하게 그대로 적용될 내용은 아니니 오늘은 간략히 참조만 해둬. 숙소로 되돌아가면 알아보기 쉽게 다시 정리해줄 테니까, 못 외운다고 걱정하지 말고 우선은 어떤 식으로 일과가 진행이 될 건지정도만 최대한 기억해 보도록 해. 우리의 통일된 기상시간은 07시부터야. 하루 일과의 마무리는 19시이고, 특별한 단체임무나 급작스런 전투상황이 발생하지 않는 한 이 하루의 일정은 대체로 지켜진다고 보면 돼. 07시에 기상을 하면 07시30분까지 개인정비 후 아침점오 모임시간을 갖고서 08시 30분까지 아침식사를 마쳐. 아침식사가 마무리되면 09시 전까지 모여서 아침회의를 하고 그 후론 개인 업무가 시작되는데, 네겐 아직 우리들처럼 개인의 업무의 토대로 삼을만한 '주특기'가 주어져 있지 않아. 해서 요 일주일의 배움의 기간 동안 넌 이곳저곳을 방문해보고 최대한 많은 걸 익히게 될 거야. 기본적인 체력단련부터 시작해 장갑차의 조종법, 정밀사격술, 계급의 구조와 신의 의미에 관해서 등 주어진 시간에 비해 해볼 게 많으니 힘들어도 일정은 타이트할 수밖에 없어. 그러니까 마음 굳게 먹고 잘 따라와. 우리가 저 멀리 뒤쳐져있는 네 양옆을 이끌고 함께 달려줄 기간은 앞으로 고작 일주일뿐이야."

빠르게 머릿속에 정리해둔 계획의 일부를 내뱉은 안젤라가 숨을 고른다. 그녀는 가볍게 손을 뻗어, 신서울 양이 반사적으로 뱉어내려는 우렁찬 대답 소리를 막아선 후 한스의 등을 툭 치며 말했다.

"육체적인 것에 관해선 이 녀석이 부대 내 누구보다 뛰어나니 행동거지와 사소한 것 하나하나 잘 주시하도록 하고, 내게선 대체로 이론적인 것 위주로 배우도록 해."

"…."

"뭐야 대답 안 해? 아아, 맞다 쏘리 이제 대답해도 돼."

"네!"

'뭐야 열심히 하려는 모습이 꽤 귀엽네, 이 꼬맹이.'

잔뜩 긴장한 주제에 씩씩하게 대답하기 위해 사력을 다하는 신서울 양의 바른 자세가 안젤라의 딱딱하게 얼어붙은 마음 한 편을 녹여낸다.

그래, 네게 무슨 죄가 있겠니. 안젤라가 잠시 회상에 빠진다.

그날 찾아간 그곳에는 퀴퀴한 방 안에서 홀로 영문도 모른 채 죽어가던 소녀가 있었다. 폭음이 울려 퍼지던 도시, 그곳은 정말 사람이 사는 곳이 맞을까? 란 의문이 절로 들 만큼 아무런 생동감이 없었고 삭막함만을 내비치고 있었다. 언뜻 보기에 겉만 번지르르할 뿐이었지 그곳 또한 우리가 사는 곳 못지않은 죽은 자들의 도시이며 전쟁터였다. 그것은 굳이 내부를 꿰뚫어 보지 않아도 알아챌 수 있을 법한 감각적인 사실. 그 안에서 머물러야 하는 우리들의 삶은 단지 눈에 드러난 것과 드러나지 않는 것에 대한 아주 기본적이고 단순한 차이가 있었을 뿐이다.

열이 치솟아 올라 신이란 작자에게 직접 묻고 싶어진다.

빌어먹을 세상을 겨눠 묻고 싶다.

우린 대체 무얼 얻고자 이 역겨운 세상에 남아 아등바등하며 살아가는 거냐고.

물론, 이 의문에 대한 답은 그 어디에서도 구할 수가 없었다.

살아있기 때문에 살아갈 뿐이다. 죽음은 미지의 베일에 감싸진 가장 커다란 공포이니까.

스스로에게 해줄 말은 어제도 오늘도 한결 고정됐을 뿐이다.

"이기심… 욕망, 권선징악이 뚜렷한 동화 속 세상에서 살았더라면 나 또한 이따위 의미 모를 가치관을 찾아 헤매지 않고 내게 주어진 하루하루의 시간을 그저 행복해하며 살아갔을까…"

"네?"

"아냐, 혼잣말이니 신경 꺼 아! 하던 얘기는 마저 해야지. 슬슬 차량의 에너지충전도 끝날 때쯤이고, 한눈은 그만 팔아야겠다. 첫 시작이라 할 수 있는 오늘이 네게 있어 가장 중요해. 오늘은 네 수준을 면밀히 테스트 해볼 거야. 네가 가진 모든 면을 철저히 분석해서 너만의 개성과 장점을 찾고 가장 적합한 트레이닝을 만들어보도록 힘써볼게. 말 안 해도 알겠지만 기록은 한스 네가 좀 해주고."

"OK, 맡겨만 줘."

"오, 역시 듬직하네."

"저, 저기 그런데 출발 음이 들리는데요?"

"출발 음?"

안젤라가 고개를 갸웃하며 신서울에게 되물었다. 출발 음? 그게 뭐지? 그녀로선 난생처음 듣는 단어였다.

"네. 이게 맞는 건지 자신은 없지만 멈춰 있을 때와 출발하려 할 때는 차량의 으… 뭐였더라 아! 엔진. 엔진 음이 틀려요."

"…이 거리에서 엔진 소리가 들릴 뿐만이 아니라 그 미세한 변화의 구분이 가능하다고? 한스 어때 너라면 알겠어?"

"소리… 몰라, 모르겠다."

신서울 양의 주장에 안젤라의 말문이 턱 막혔다. 군의 정기테스트 때마다 오감이 타인보다 월등하다고 평가받는 저 한스조차 의아해하며 구별해내지 못하는 걸, 신서울 양은 아주 당연하다는 듯이 쉽게 해내고 있었다.

잠깐, 이게 말이 돼? 전력을 다해 찾아주려던 그녀의 재능을 눈 깜짝할 새 발견해버렸다.

잘된 일이건만, 어쩐지 맥이 빠지려 한다.

'십여 미터 바깥의 사소한 소음 변화를 캐치 해낼 만큼의 예리한 청각… 무전과 레이더망의 위치에 따라선 심각할 정도로 사용이 제한되는 현시점에선 아주 대단한 재능이야. 저것만 잘 살려낸다 해도 저 아이는 분명 어지간한 한 사람분 그 이상의 역할을 해줄 거야.'

분대장에게 이 사실을 보고하면, 새장 속에서 끄집어온 신서울 양의 일주일 유예기간은 곧바로 백지화될 것이다. 아직도 남아있는 앙금을 억지로 죽인 채로 개인시간을 낭비하면서 저 작은 소녀를 가르칠 필요가 없어지는 것이다.

어쩔까. 안젤라가 잠시간의 고민에 빠졌다.

"저, 제가 무슨 실수라도…"

심각해진 안젤라의 표정을 흘끔 본 신서울 양이 또다시 주눅이 든 채 조심히 물었다. 어쩌면 저 두 사람에겐 자신의 행동이 건방져 보였을지도 모른다. 신서울 양의 관점으로 놓고 볼 때 자신의 잘 듣는 능력은 아주 '하찮은 것'에 불과 한 것이었으니.

부끄럽다. 누구나가 할 수 있을 그런 것을, 흥에 취해 시시콜콜한 행위의 분간을 잃어버린 멍청한 광대마냥 한껏 우쭐한 동작으로 무대 위에서 별것 아닌 것을 자랑하듯이 뽐낸 부끄러운 꼴이었다. 그렇다. 이 어리숙한 소녀는 본인에게 주어진 놀라운 재능을 여전히 자각하지 못하고 있었다. 그리고 그녀의 끈 짧은 무지가, 앞으로 나아갈 길의 방향을 바꾸었다.

"당신은 아무런 잘못이 없다. 신서울… 뭐라 불러야 되지? 아! 이제 시작이니까, 신서울 훈련병?"

"맞아. 놀라서 그래, 누구나 다 너처럼 멀리 떨어진 것을 정확히 캐치해낼 수가 없거든."

한스와 안젤라가 적극적으로 신서울 양의 잘못된 불안감을 진화시키고 나섰다 한스의 순수함과 달리, 안젤라에겐 약간의 속셈이 있었다. 그녀는 놀랍게도, 좀 전 까지만 해도 지독한 원망의 대상이었던 저 신서울 양을 일주일간 자신의 곁에 바짝 붙여 두고 싶어졌다. 감정과 이성을 떠나, 저에게는 낯설기만 한 감정이 원망의 대상으로 삼았던 신서울 양을 가까이 붙잡아두라고 호소했다. 스스로도 도저히 이해 못 할 의아한 본능적인 결정이었다.

훗날 누군가가 당시에 대체 왜 그런 결정을 한 것이냐고 묻는다면 그녀는 아마 이렇게 대답 할 것이다.

"글쎄, 난생처음으로 신의 손길이 내 몸에 닿은 것이 아니었을까"라고.

본인조차 제대로 설명 할 수 없는 상황을 모면코자 한 엉터리 대답이었다. 그만큼 신을 제대로 믿지 않는 그녀가 신을 팔아야지만 겨우 설명이 가능할 정도로, 물음표 섞인 선택임이 분명하다.

'하, 나도 드디어 미쳐버린 건가.'

쓸쓸히 웃음 지은 안젤라가 고개를 가로저었다. 어쨌거나, 지금 당장은 마음이 원하는 갈구를 따른다. 그래, 까짓것 일주일간 신서울 양의 놀라운 재능을 불문에 붙이고 그녀를 가르쳐 보는 거야 그러다 보면, 내가 원하던 해답을 찾을 수가 있겠지. 머릿속에 소리 없이 일어난 전쟁의 결론이 금세 도출되었다.

"어어! 진동음이 점점 더 커지고 있어요. 혹시 이대로 저희를 남겨두고 떠나거나 하진 않겠죠?"

그럴 리가 없을 텐데, 신서울 양이 안절부절해하지 못한다. 순수하기 짝이 없는 신서울 양은 혹여라도 이대로 저희 세 사람을 내버리고 차량이 떠나가기라도 할까봐 노심초사한 심정을 감추지 못했다. 사방이 뻥 뚫려 어디로든 나아갈 수 있는 세상이었지만, 신서울 양의 두 눈에는 낯선 이곳이 자신이 갇혀있어야 했던 이름 모를 고층빌딩의 방 안의 풍경과 크게 다를 바가 없었다. 홀로 남겨진다는 건 상상만으로도 무섭다.

"아하하 뭐라는 거야. 이만 슬슬 돌아가볼까 나머진 안에서 정하는 걸로 하고. 쓸데없는 걱정 말고 여유를 가져 여유를. 우린 출발 직전에 항상 인원점검을 다하고서 특이사항까지 체크한 후에 출발하니까 설마 그 정도 과정도 거치지 않고 제멋대로 이러고."

아, 그랬구나.

명랑한 웃음소리를 낸 안젤라의 확고한 선언에 안도의 한숨부터 크게 몰아 내쉰 신서울 양이 아까부터 자꾸 눈에 밟혀왔지만, 엔진의 소음에서 비롯된 불안감에 더 집중하느라 가까이에서만큼은 미처 확인할 기회가 없었던 진흙탕 위에 피어있는 누리끼리한 점. 죽음이 가득한 환경 속에서 참으로 오랜만에 생명의 빛무리 직격을 받는 영광을 누리게 됐으나, 때가 늦어 오래 지나지 않아 결국 생을 마감할 듯이 비쩍 말라 비틀어진 채로 누렇게 뜬 이름 모를 새싹이 피어있는 곳으로 홀린 듯이 다가갔다.

─어둠 속에서 홀로 지내느라 고독과 괴로움을 견디느라 힘들었겠구나.

새싹에 가까워지자 갑자기 속 안에서 자신의 것일지 정체 모를 연민이 크게 일어났기에, 본능적으로 스르륵 그곳을 향해 손을 뻗었고, 두터운 장갑에 보호받고 있는 검지로 죽기 직전의 새싹을 가볍게 쓰다듬어 줬다. 어쩐지 악의에 의해 도시의 빌딩 안에 갇혀있어야만 했던 자신의 모습이 그 위로 포개지며 심금이 울린다.

"갑자기 쪼그려 앉아서 뭐 해? 그렇다고 늦으면 한소리 듣는 것만큼은 피할 수 없으니까 빨리 일어서서 뛸 준비해!"

"넷?"

"네 체력을 테스트해 볼 겸 달리기 시합을 할 거야. 동시에 시작하는 건 네게 너무 불합리할 테니까 우린 삼십까지 세고서 뒤따라갈게, 어서 출발해."

꿀꺽. 신서울 양이 마른침을 삼킨다. 의식하고 나니 이곳에서 장갑차까지의 거리가 유독 까마득히도 멀어 보인다. 코앞의 거리감이 얼마나 괴리된 건지 내가 저기까지 제대로 달려갈 수는 있을까, 삿된 의구심이 생겨난다.

"얘 뭐해, 이러다 정말 늦겠다."

뒤에서는 다급한 재촉이 이어졌다. 눈을 질끈 감은 그녀는 될 대로 되란 심정으로 발을 내뻗기 시작했다.

차박.

'우왓.'

첫발을 강하게 딛자마자 예상치 못한 감각의 엄습에 그대로 넘어질 뻔했다. 양팔을 흔들어가며 겨우 중심을 잡았다. 발밑을 바라본다. 좀 전까지 그녀를 즐겁게 해주던 땅의 질척거림이 이번엔 달리기의 커다란 걸림돌로 변해있었다. 따스한 느낌의 햇살이 축복이 아니라 조금은 밉게 느껴지는 순간이다.

'이러다가 몇 발자국 제대로 나아가지도 못하고 넘어지겠어… 조심하자.'

신서울 양은 불안한 모습으로 기우뚱거리며 열심히 발을 놀렸다.

처벅, 처벅, 처벅.

몇 발자국이나 뛰었다고 벌써부터 숨이 차올랐다— 사실 그것은 뛴다고 말하기도 애매한 빠른 걸음에 불과했다— 도착지점과의 거리는 좁혀질 새가 없고, 놀란 허파가 악을 내지른다. 미숙한 신서울 양은 이를 꽉 다물었다. 아침에 그녀가 자신의 한계를 보란 듯이 뛰어넘은 것처럼, 포기하고 꺾이지만 않는다면 곧 더 능숙해진 자신을 볼 수 있을 것이다.

그런 스스로의 다짐이 희망의 끈을 바짝 조인다. 그녀는 기를 쓰며 달려 나갔다.

"느리네."

멀어지는 신서울 양을 지켜보던 안젤라가 혀를 차며 작게 중얼거린다.

"만약 저대로 빅 웜들과 조우라도 하게 되면 열 번도 넘게 죽겠다."

불만족스러운 품평에는, 한스도 동참했다. 생각보다 대답도 잘하고 제법 재능이 있어 보여 회복된 육체도 내심 어떨까 기대했는데 기대에 부응하기는커녕 몇 안 되는 평화로운 이곳에서조차도 홀로 사선을 밟고선 위태로운 모습이었다.

"그래도, 나름대로 열성적이야. 가르치는 보람은 있을 것 같은데?"

안젤라가 홀로 중얼거린다. 투덜거린 것과는 달리, 비틀대면서도 끝내 쓰러지지 않고 버텨내는 신서울 양의 끈기에 내심 감탄하고 있었다. 남들보다 느려도, 약해도 좋다. 빛이 범람한 구멍 난 하늘 아래, 질척이는 땅 위를 힘겹게 밟아 나아가는 저 소녀는 이제부터 앞으로만 향해 나아갈 것이다.

그러다가 어느 순간부터는 누구도 따라가지 못할 속도로 나아가게 되겠지. 그런 근거 없는 확신이 들었다.

"안젤라, 삼십 초가 지났다."

"아 그래? 시간 참 더럽게 빨리도 가네, 뛰어!"

눈빛을 주고받은 두 사람이 쏜살같이 달려 나갔다. 혹한의 환경에서 거친 훈련과 실전을 반복해 생존해온 두 사람에게 고작 땅의 질척거림 정돈 방해거리도 아니었다. 먼저 나아가던 신서울 양과 두 사람과의 거리가 순식간에 좁혀졌다.

미래의 일이란 아무도 예측할 수 없는 것이 맞다. 벌써부터 재능이 어느 정도 보이니, 앞으로 쭉쭉 성장해 어쩌면 저 신서울 양이 안젤라나 한스보다 빨리 달릴 기적의 날이 찾아올 수도 있었다. 하지만, 당연히 지금은 아니었다.

"먼저 갈게."

순식간에 따라붙은 안젤라가 신서울 양을 추월해나가며 여유롭게 인사를 건넸다. 숫제 토끼와 거북이의 차이만큼 격차가 크다. 신서울은 자신을 앞서나가는 두 사람의 등을 부러움이 가득 담긴 눈빛으로 뚫어져라 응시했다. 자신들이 내세운 패널티조차 가볍게 극복해내는 두 사람의 신체능력이 대단하다 여겨지고, 나약해빠진 자신에게 극도의 분함을 느낀다. 도시에서 살아오며 단 한번도 만난 적이 없던 어떤 욕구가 신서울 양의 속 안에서 꿈틀거렸다.

그럴수록, 신서울 양의 움직임이 아주 조금씩 더 가속된다.

"하악, 하악."

얼마나 달렸을까. 입안에서 단내가 났다. 땀이 비 오듯이 흘러내려, 방독면과 방호복의 안쪽을 한가득 적셨다. 정신을 차리고 보니 손에서는 약간의 차가움이 느껴지고 있다.

어? 언제 도착한 거지? 정신을 차리고 상황을 파악한 신서울 양의 눈동자가 커졌다. 자신의 왼손이 장갑차량의 두꺼운 앞부분 쇳덩이를 만지고 있었다. 신서울 양이 고개를 들어 올렸다. 그러자 밖의 이변을 관측하러 나온 많은 사람들의 시선이 자신에게 향해져 있다는 게 느껴졌다. 거의 중대의 전 부대원들이 모인 터라 주변이 시장통처럼 시끄러웠지만, 귀가 퍽이나 예민하고 예리해진 신서울 양은 그들의 개별적인 말을 빠짐없이 알아들을 수 있었다.

"설마…. 쟤가 신에게 선택받은 아이야?"

"덩치부터 완전히 볼품이 없는걸."

"들어보니까 15세 전후의 여자아이라던데."

"여자치고도 너무 작아. 달리는 폼 봤지? 죽기 딱 좋은 반편이잖아."

"다들 뭔 말 같지도 않은 소리야 그녀가 약하고 느린 데에도 전부 그분의 깊은 뜻이 담겨있겠지. 그분의 의지는 우리의 부족한 머리로는 감히 이해할 수 있는 영역에 머물러 있는 게 아니야. 그분께서 우리에게 주신 은혜로운 선물을 겸허히 받아들이자고."

"쯧."

"빌어먹을.. 그동안 쌓아왔던 믿음이 한방에 사라지려하네 후."

그들의 대화는 조금씩 격해져, 욕설까지도 간간히 섞여 나오기 시작했다.

'왜 다들 날 그런 시선으로 바라보는 거야?

나는 당신들이 바라는 선택받은 아이 같은 게 아니라고—!'

신서울 양은 속으로 비명을 지른다. 그들이 내비치는 기대감과 은근한 조소, 멸시가 그녀의 모래성처럼 쌓아 올려진 자존감을 찌르고 들어왔다. 이번 것은 도저히 참을래야 참을 수가 없었다. '신서울 양'은 우울

해졌다. 방금까지 따사로운 밝음을 느꼈었는데 갑자기 나 혼자 덩그러
니 차가운 이 세상에 남겨진 기분이 들었다.

짙은 고독과 불안함.

단단히 쌓아 올린 마음의 벽에 막혀있던 서러움이 부풀어 올라 담장
바깥을 넘어온다.

짝!

"악!"

그러다가 기습적으로 등짝을 얻어맞았다. 실의에 빠져있던 신서울 양
이 단발마를 내질렀다. 감정이고 뭐고, 당장은 아픈 게 먼저다. 아까 맞
은 것보다 훨씬 더 아프잖아…! 강력한 고통에 눈물이 찔끔 새어나왔
다. 외부에선 보이지 않는 방독면 아래로 고약하게 인상을 구긴 그녀가
고개를 획 하고 뒤로 돌렸다. 범인을 보기 위함이다. 누군가 했더니, 안
젤라가 큼지막한 자신의 오른손을 쫙 편 채로 자신이 이번 사건의 범인
임을 당당히 시인하고 있었다.

"뭣들 보고 있어 어디 구경이라도 났어!"

그러고는 미안하단 말 하나 없이, 자신의 임기기간 동안 무고한 목숨
을 저버리게 하고도 도리어 뻔뻔히 고개를 치켜세우던 어느 역사의 무
능한 지도자처럼 되려, 남들에게 큰 목소리를 호통을 친다. 상황을 뜯어
조금 더 자세히 살펴보자. 상당히 뜬금없는 일침이긴 하나, 안젤라의 행
동 덕에 더러의 악의에 휘감겨 시끌벅적하던 장내가 순식간에 쥐 죽은
듯이 조용해졌다. 안젤라에게 악독한, 혹은 무능한 과거의 지도자를 갖
다 붙인 건 비유가 너무 과했다. 그녀의 행동은 단지 침울해진 신서울에
게 기운을 실어주기 위한 것이었고, 그녀의 의도의 방향은 제법 성공적
임이 분명했다. 폭언까지도 서슴지 않는 분위기를 형성해 나아가던 주위

의 모든 병사들은 다들 꿀 먹은 벙어리로 변해 으름장 놓는 그녀의 매서운 시선을 회피할 뿐이었다. 주변에 안젤라와 동 계급의 고참 병사들이 아예 없는 건 아니었지만, 괜히 그것을 내세우며 항의를 해봤자 오히려 더 난리를 칠 그녀의 불같은 성정을 경험해봐서 잘 알기에 알아서 슬그머니 꼬리를 말았다.

"가슴을 펴, 우리 A팀의 일원은 그 누구 앞에서도 주눅 들지 않아. 야, 박성현, 귓구멍이라도 처 막았냐? 뭘 자꾸 힐끔거려— 자식들이 팔자 한번 좋네. 저 질퍽한 진흙탕에서 나뒹굴고 싶지 않으려면 너거들 할 일이나 똑바로 하고서 찍접대라 새끼들아, 어?"

신서울 양이 조심스레 안젤라를 올려다본다.

자신보다야 월등하지만 한스를 포함해 몸집이 정말 큰 몇 병사들과 비하자면 조금은 왜소한 편인 안젤라의 몸뚱어리인데, 지금 그녀의 모습은 과장을 약간 보태 저들보다 열 배쯤은 더 커보였다. 그녀의 카리스마가 좌중을 휘어잡았다. 곁에선 신서울 양은, 언어와 그를 행하는 태도에 담긴 숨겨진 파괴력이 무엇인지 알게 되었다.

─멋있다. 자연스러운 생각이 머릿속을 가득 메웠다.

안젤라를 향한 신서울의 동경심이 가일층 된다. 방금의 압박감은 어디 가고 다시금 감정이 즐거운 방향으로 고양되었다. 오늘따라 하루 종일 일희일비를 반복하는 것 같다. 큰 틀에 묶여 그저 억압만 받고 통제를 받으며 자라온 그녀이기에, 들쭉날쭉한 낯선 감정들의 향연을 본인의 뜻대로 쉬이 컨트롤하지 못하고 있었다.

그러나 걱정할 건 없다. 무릇 비 내린 후의 땅이 평소보다 더 굳건해지는 법이었다. 그것이 한때의 요란스러운 소낙비라 할지라도 말이다.

메말라 비틀어져 있다가 간신히 젖게 된 그녀의 땅 위에 따스한 햇살이 비추기를.

"휘이, 이것 참 안젤라 씨 성깔이 무서워 어디 살겠나 이거."

그때, 높은 곳에서 젊은 남자의 능글맞은 목소리가 들렸다. 반사적으로 눈을 치켜뜨며 범인의 행적을 찾는다. 신서울 양이 정신없이 손을 갖다 대었던 2번 차체 앞면의 엔진 부 위쪽, 그곳에는 안젤라를 직접 겨냥해 비아냥거린 주인공이 한가롭게 긴 다리를 꼬고 누워 옅은 햇살이 주는 따스함을 즐기고 있었다. 고개를 높이 치켜든 까닭에 눈이 부시다.

"뭐야 진, 너도 나와 있었냐? 야, 분대장님이 이번에 네놈 버릇 좀 고쳐보겠다고 성화시던데 지금 한바탕해 보자는 거야? 엉?"

눈매를 좁힌 안젤라가 그를 쏘아 붙였다.

진 상병은 동 계급의 병사 중에서 유일하게 그녀와 동등하게 말을 섞을 수 있는 성격의 남자였다. 이 둘의 사이는 썩 좋지 않았다. 한마디로 말해, 오래전부터 앙숙관계인 것이다.

의견차가 심한 두 사람은 사사건건 얼굴을 맞대고 싸워왔었다. 그나마 지금까지는 직속으로 같은 분대에 함께 배속된 적이 없어 가끔 동행 임무가 맞아 떨어질 때나 한 번씩 으르렁거리는 정도였는데, A팀의 인원이 새로이 충원되고 저 '강진' 상병이 이번에 사망한 시마 상병의 주특기 빈자리를 채우고서부터는 매일같이 서로의 잘난 면상을 맞대야 하는 사이가 되고 말았다. 으… 재수 없는 놈. 안젤라가 진절머리가 난다는 듯이 고개를 좌우로 까닥였다. 그간 쌓아온 실적이나 임무수행능력만을 놓고 보자면, 진이 A팀 내에서도 보기 드물 정도로 뛰어난 병사임을 인정할 수밖에 없었지만 안젤라는 그의 사생활, 즉 개인적인 성향과 방만한 태도가 너무나도 마음에 들지 않았다. 폼은 명예로운 군인답지 않게 늘상 껄렁거리지, 여자라면 사족을 못 써 하루가 멀다 하고 사생활의 뒷

얘기로 말썽이지, 꽤 심각한 상황에서조차 임무수행을 뒷전으로 임할 때가 많으며, 본인이 수행하기 싫은 일이라면 능구렁이처럼 어떻게든 잘도 빠져나갔다.

안젤라가 볼 때 저 남자는 라펠트에 있어 아주 열렬한 신자도 임무에 충실한 군인도 아닌, 이 세계에서 아주 흔히 볼 수 있는 썩어빠진 기회주의자였다. 그나마 천만다행인 점은 그에게 확실한 뒷배가 없다는 것이었다. 수십 년 전의 전쟁통에서 생전이라면 막강한 권력을 물려줬을 자신의 가족들을 모조리 잃고 만 탓이다. 누구라고 다르겠냐 만은, 그처럼 튼튼한 방패 막 하나 없이 자신의 방만한 태도를 유지하려면 권력이 있거나 많은 눈을 속일 재주가 있어야 했다. 월등히 뛰어난 분별력이 있기 때문에, 진은 표면적으로만큼은 라펠트의 윗사람들에게 굉장히 큰 인정을 받고 있었다.

그 증거로 라펠트 내에서 절대로 범해서는 안 될 금기 중 하나인 '신녀'의 재목을 희롱해놓고도 기가 막힌 재주로 이 엘리트집단에 저 얌체 같은 손을 멀쩡히 담그고 있지 않은가. 매사에 열심히 인 안젤라와 설렁거리는 진과의 만남은 극과 극, 서로를 밀어낸다.

더군다나, 높은 자리에 앉으신 잘난 분들의 미운털이 유독 불의를 참지 못하는 안젤라에게만 집중이 돼 있으니 저런 껄렁한 태도로도 잘나가고 있는 그를 향한 질시의 마음이 아예 없다고 하기에도 어렵다.

'얌체 같은 자식.'

안젤라의 찌푸려진 인상이 좀처럼 펴질 생각을 하지 않았다.

"간부들끼리 중요한 회의가 있다길래, 우리 분대장님이 참석하신 틈을 타 바깥 구경이나 좀 하고 있었지. 히야 신의 미소라… 보기엔 장관이긴 한데 우리의 신께선 변덕도 참 심하시지. 곁에 머물러 희망을 주다가도 눈 깜짝할 새 다시 앗아가시고 말이야."

몸을 일으켜 세운 진이 말을 질질 끌며 새로운 희망이랍시고 사선을 넘어서 쟁취해온 '신서울 양'을 내려다본다. 방독면의 양 렌즈 사이로 어쩐지 그의 공허함이 내비치고 있었다.

아———,

침음이 흘렀다. 그가 품은 감정이 신서울 양에게로 고스란히 전해져 온다. 지독히도 음울한 느낌. 색깔로 치면 탁한 회색빛이 연상된다. 그 순간 신서울 양은 자기 자신과 마주했다. 어쩐 일인지, 주변 사람의 감정이 자연스럽게 읽혀지고 있었다. 누구 한 사람에게만 국한된 것이 아니라, 안젤라처럼 활동적인 사람의 것부터, 오늘에서야 처음 마주하는 다른 이들의 것까지, 단단한 방호복으로 가려진 내면 깊숙한 곳이 훤히 들여다보였다. 짧은 지식으로는 규정 내리기 힘든 기이한 통찰력이었다. 원래 사람이 시각적으로 남의 속내를 뚫어보기란 당연히 불가능한 일이었다. 그런데 신서울은 그 불가능한 행위를 가능으로 만들어내고 있었다. 타인과 점점 가까워질수록 그녀가 가진 불가사의한 재능들이 하나둘씩 제멋대로 꽃을 피운다.

신서울 쪽을 뚫어지게 응시하던 진이 시선을 틀어 하늘을 올려다봤다. 그의 중얼거림이 모두에게 또렷이 들렸다.

"빌어먹을 작자…. 희망을 잃고 좌절하려고 할 때면 지금처럼, 자신의 손길이 닿고 있음을 마치 자랑하듯이 우리에게 보여주잖아."

"하, 그딴 어울리지 않는 소리는 집어치워 기분 나쁘니까. 말 돌리지 말고 용건이나 확실히 말해."

"워워, 진정하라고. 간부들이 긴급회의를 끝내고 나면 곧바로 출발신호를 보낼 텐데 이럴 때 큰 소란을 일으키긴 너도 싫잖아. 그리고 애초에 나도 너 같은 괴팍한 여자와는 말을 섞고 싶지 않다고. 내 관심은 전부 그쪽의 귀여운 아가씨 것이거든."

진은 일부러 과한 제스처를 취해보이며 안젤라의 흥분을 이끌었다. 분노한 안젤라가 이를 아득거렸다. 몇 번이나 당해왔던 놈의 뻔한 도발인데도 순간적으로 기분이 상하는 것까지 막기는 어려웠다. 괜히 앙숙이 아닌 게 놈 앞에서는 냉철함이 저절로 상실되는 것 같았다. 어깨를 으쓱 해보인 진은 차체에서 훌쩍 뛰어내려, 신서울 양의 일행 앞으로 다가왔다.

"이름이 신서울이랬던가?"

그가 특유의 유들거리는 목소리로 묻는다.

"네."

지목당한 신서울 양이 목각인형처럼 뻣뻣한 태도로 답했다. 어느샌가, 그의 주위를 감싸 안고 있던 회색빛이 자취를 감췄다. 집중해 빤히 살펴보면 그가 가진 감정의 색을 다시 볼 수 있을 것도 같았지만, 신서울 양은 자신의 호기심 섞인 파고듦을 일부러 멈춰 세웠다. 방금 전의 경험으로 배웠다. 누가 이유 없이 자신을 노려보면 기분이 나빠진다. 그것은 상대 역시 마찬가지일 것이다. 낯설기만 한 그에 대해 딱히 궁금한 것이 있는 것도 아닌데 괜스레 긁어 부스럼을 만들 이유는 없지 않겠는가. 무엇보다 그를 가까이하지 말라는 위험 신호가 속내에서 경종을 울려댔다.

"너, 이 아이한테 손 하나 까딱 대기만 해봐."

으르렁거린 안젤라가 신서울 양의 앞을 가로막으며 강한 경고를 보냈다. 두 사람 사이로 묘한 긴장이 흐른다.

"…이 봐, 너무 과민반응 하는 거 아냐? 내가 뭘 어쨌다고, 그냥 말을 한번 걸어본 것뿐이잖아."

"닥쳐, 오늘부터 서울이의 담당은 나야. 말을 걸려면 내게 허가부터 구하고서 해."

"허, 참 억지가 심하군."

두 사람의 분위기가 갈수록 험악해지고 있었다.

신서울은 불안한 마음으로 가만히 두 사람을 지켜보고만 있기가 뭐해 스스로 뭐라도 하고 싶어졌다. 눈을 부릅뜨고 집중해서 주변을 바라보자, 방독면의 칙칙한 유리막 안으로 주변인들의 감춰진 얼굴 윤곽이 보이기 시작했다.

도시 '신서울'에서 탈취해온 '신서울 양'의 특별함은 아마 어떤 것 하나에 얽매여 국한되어 있지 않은 모양이었다. 그 윤곽만으로 몇 시간 전 아로새겨진 기억의 퍼즐조각이 맞춰졌다.

"아까 아침의 정기 조례시간 때, 우측 끝에 서있던 분이시죠…?"

그녀의 엉뚱한 물음은, 날 선 분위기를 단번에 잘라버린다.

진의 동요가 느껴진다.

"…하, 이것 봐라 날 알아봐…? 개인적으로 말을 섞은 것도 아니고 안에서처럼 계급장이나 명찰이 눈에 보이는 곳에 돌출돼있는 것도 아닌데 이건…. 허, 놀랍군. 체격으로 판단한 건가 아니면 다른 어떤 걸로?"

진이 독백하듯이 중얼거렸다. 신서울에게로 두 사람의 관심이 쏠린다. 개와 고양이의 싸움은 이제 서로에게 관심 밖이었다. 두 사람은 아침의 그녀를 떠올려본다. 겁에 잔뜩 질린 표정, 움츠린 몸. 중대의 대원들 누구나가 한눈에 알아볼 정도로, 첫 조례에 병의 입장으로 참여하게 된 '신서울 양'은 잔뜩 주눅이 들어있었다. 그런 상태에서, 복장이 완전히 달라졌으며 방독면으로 얼굴이 가려지기까지 한 처음 본 상대를 콕 찝어내어 알아맞춘다고? 단순히 우연이라고 하기엔 지나치다.

역시 이 아이에겐 뭔가가 있었다.

안젤라는 신서울 양에게서 전해 받았던 그간의 기묘한 이질적인 느낌을 모두 인정하기로 했다. 모든 게 자신의 단순한 오해일 수도 있었지만 남들이 갖고 있는 신을 위한 맹목적인 믿음처럼, 자신의 생각이 꼭 틀림이 없다고 여겨진다.

"입 닫고 있어."

몸을 낮춘 안젤라가 신서울 양의 귀에다 대고 속삭였다. 경고의 의미였다. 신서울의 진가가 드러날수록 저 발랑 까진 진의 입맛만 괜히 돋우게 만들 것이다.

'그것만은 막아야 돼.'

입술을 꾹 다문 안젤라가 생각했다. 진은 본인이 흥미를 가진 대상에게 이상하리만큼 강한 집착을 보이곤 했다. 놈의 변태적인 성향은 상대의 감춰진 속살을 보기 위해서 단단히 싸맨 겉옷을 강제로 풀어헤치는 파렴치한 짓거리를 서슴지 않아 했다. 그 과정에서 생겨날 남의 고통이나 상처 따윈 조금도 여념에 두지 않는다— 놈에겐 자신의 호기심이 무엇보다도 가장 중요했으니까. 특히나 상대가 자신보다 약자일수록, 그의 탐욕스러운 손길은 더욱더 집요하고 예리하게 뻗어져왔다. 녀석은 겉으로만 신을 부르짖으며, 더러운 낯짝으로 자신의 욕망을 채워 넣는 질 떨어지는 존재다. 라펠트의 이단아. 안젤라가 진을 혐오하는 가장 큰 이유였다.

"이제부터 내 허락 없이는 분대장님을 제외한 아무한테도 네 멋대로 대답하지 마."

"아, 네…!"

안젤라가 일부러 엄하게 다그쳐 신서울 양에게서 다짐을 받아냈다. 그녀의 억지에는 타당한 이유가 있다. 신서울 양이 A팀의 일원으로 배속된 이상, 가르침이 끝나는 일주일 뒤부턴 각자의 고유 임무배치 문제 때문에라도 그녀의 뒤를 자신이 더 이상 마음껏 봐줄 수가 없었다.

그녀는 나약했다. 아직까지 혼자만의 힘으로 저 시꺼먼 늑대의 주둥아리를 피해낼 여력을 가지지 못했다. 진정으로 거친 세상에 발을 딛고 살아남으려면 나 자신부터가 온전히 강해져야 한다. 퍽이나 애석한 일이었다. 나름대로 자유를 추구한다는 도시 라펠트의 중심을 채운 어그러진 법칙들과 신학의 효력은, 대상이 최소한의 능력을 갖췄을 때만 그 효력을 발휘하도록 변질이 되었다. 그것은 있어선 안 될 명백한 오류였다. 신이 그들이 숭앙하는 구원자이고, 진정으로 자비로운 존재였다면 그것을 받아들인 그들의 세상은 그 어떤 상황에 직면하게 되더라도 결코 약자를 배척하고 차별하는 일이 발생해선 안 됐다.

그러나 냉혹하고 차가운 이 현실 위에 '죽음과 모략의 신'은 항시 우리의 가까이에 있어도, '생명과 자비의 신'은 어디에도 존재치 않았다. 빌어먹을 현실이다. 그렇기에 그들이 자기 자신들의 내부에 가득 들어차있다고 주장하는, 그토록 위대하다는 존재가 '완전한 타인의 시선'을 가진 신서울 양로 하여금 무척이나 비상식적이고 부정적으로 비춰지는 것이다.

신서울 양은 마치 자신의 뇌 어딘가에 자동으로 어떤 명령어가 프로그래밍이라도 돼 있는 것 마냥, 몇 가지에 관련해선 난생처음 접하는 게 되는 것이라도 그에 대한 옳고 그름을 올바르게 재단해낼 수가 있었다.

'저놈은 나 혼자만으로는 온전히 통제할 수가 없어. 그러니 일주일간 최소한 상대가 괜히 건드렸다가 따끔할 수 있을 만큼 할퀼 수 있게끔, 이 아이의 발톱 하나 정돈 날카롭게 벼려놔야 돼.'

척 봐도 질 나쁜 욕망에 젖어 게슴츠레해진 진의 눈초리를 본 안젤라가 냉정히 평가했다.

후, 그러려면 조금은 느슨히 짜두었던 계획을 확실히 바짝 조여야겠지. 앞날을 구상하는 머릿속이 복잡하게 돌아갔다. 하지만 그녀는 어째서 자신이 바로 몇 시간 전까지만 해도 자기 연인을 죽음으로 내몬 최대의 원흉이라고 생각했던 신서울 양을 보호하기 위해 자신이 이렇게 애를 쓰고 있는지 원인과 이유의 타당성에 대한 의문을 갖지 못했다. 자연히 스며들어버린 헌신의 감정이었다.

[아아, 전 병력에게 전파한다. 각 부대원은 신속히 본인의 분대로 복귀하도록. 각 부대원은 신속히 본인의 분대로 복귀하도록. 이상, 전파 끝.]

간부회의의 종료를 알리는 신호가 왔다. 조금은 어수선해지려던 장내의 분위기가 칼같이 가라앉는다. 원체 특이한 일이 많이 일어나는 세상이었기 때문에 저런 신속복귀의 알림은 흔치 않게 벌어지는 일이었다.

"쯧, 얘기는 잠시 미뤄둬야겠군."

진이 노골적인 아쉬움을 내비쳤다. 그에 안젤라가 코웃음을 친다.

"내가 두 눈 시퍼렇게 뜨고 있는 한 네놈이 상상하는 그럴 일은 없을 테니 미리 꿈 깨. 임마."

"흠— 곧 너보다 상급자가 될 나한테 그렇게 밉보여선 좋을 게 없을 텐데? 왜 너도 시마 꼴이 되고 싶나?"

"뭐라고!"

선을 넘어버린 그의 언행에 화가 머리끝까지 치솟아오른 안젤라가 분을 참지 못하고 악귀처럼 소리쳤다. 그의 폭언 섞인 도발은 겨우 가라앉아 해결이 되려던 폭탄의 심지에 새로운 불을 붙였다. 대체 저가 뭐라고 감히 남의 죽음을 가리켜 비웃는 거야? 사람으로서, 동료에게 해선 안 될 망언이다. 안젤라가 분기를 참지 못하고 앞으로 뛰쳐나갔다. 저 잘난 면상을 주먹으로 힘껏 후려치지 않고서는 도저히 견디지 못하리라.

그녀가 주먹을 크게 내질렀다. 숙련된 전사답게 진이 반격의 자세를 취한다. 본격적인 주먹다짐이 막 시작될 즈음.

"그만해."

우두커니 서있던 한스가 눈 깜짝할 새 그들 사이로 난입해 들어갔다. 한스는 다 큰 성인이 어린아이들을 상대하는 것만큼이나 쉽게 양자의 팔을 잡아채 봉했다.

"으읏, 이거 놔!"

안젤라가 흥분을 가라앉히지 못하고 몸을 버둥거리며 저항을 해봤지만, 곰 같은 한스의 악력에는 도저히 당해낼 수가 없었다.

"칫, 괴물 같은 자식…."

사정은 꽉 다문 입술로 욕지거리를 꺼내든 진이라고 다를 게 없었다. 약삭빠른 그는 한스에게 잡아채인 그 순간 대항하길 완전히 포기해버렸다. 실전을 차치해두고서라도 그간 훈련을 통해 한스의 압도적인 육체의 무력을 몇 번이고 마주해봤다. 그때, 맨몸으로는 놈에게 대항을 해봤자 하등 무의미한 짓임을 뼈저리게 체감했다. 서로 무기를 쥐지 않은 대인전에 한해서만큼은 놈은 상식 바깥의 괴물이었으니까.

"허가받지 않은 싸움은 금지됐어."

한스가 담담한 표정으로 말했다. 그는 안젤라를 위로하거나, 지금 상황의 원인이 된 진의 방종을 힐난하지 않는다. 단지 원칙에만 충실했다. 한스의 방식이다. 머릿속에 기본적인 규칙만이 아주 뿌리 깊게 박혀, 이것을 어길시 대장 다음의 명령권자로 생각하는 안젤라에게조차 과감하게 주의를 준다.

"체, 관두마."

멍청한 원칙론자 녀석.

흥미가 완전히 사그라든 진이 먼저 백기를 들고 물러섰다. 그래, 오늘만 날이냐 관두자 관둬. 저 여리고 가녀린 신서울 양과 따로 접촉할 기회는 앞으로 얼마든지 있을 것이다. 아쉬움을 삼켜낼 줄 아는 자가, 원하는 것을 성취해내기 마련이었다. 거칠게 한스의 손을 뿌리친 그가 그대로 등을 돌려 차량 안으로 향했다.

"너 두고 봐, 내가 가만두지 않을 거야."

그런 진의 등어리를 안젤라의 악에 받친 외침이 때린다.

흥이 깨진 진에게선 아무 대답도 없었다.

"놔!"

안젤라가 몸을 크게 틀어 아직까지도 자신을 붙잡는 중인 한스의 우악스러운 손을 쳐냈다. 이럴 때 예전처럼 잔뜩 화가 난 그녀를 다독여줄 시마가 곁에 있었더라면 좋았으련만, 그의 존재는 이미 세상에서 완전히 지워져버렸다.

안젤라는 참으로 오랜만에 한스의 무지함이 얄밉게 느껴졌다. 세 짝꿍이 지난 수년간 서로를 얼마나 챙기고 보듬으며 살아왔었나. 생판 남이 그런 절친의 죽음을 욕보이고 있음에도 한스는 싫은 내색 하나 내비치지 않는다. 알고 있다. 시마처럼 신을 위한 죽음이 한스를 비롯해 낡은 도시의 이념을 신봉하는 신자들에게 있어 더없이 영광스러운 명예의 상징이란 걸. 시마가 죽은 날 딱 하루, 신서울에서 신서울이란 동명의 비쩍 마른 소녀를 구출했던 그 날 하루만을 아이처럼 펑펑 엉엉 울어대었던 한스는 오랜 친우였던 시마를 자신의 기억에서 완전히 지워냈다.

'…한스에게 이 이상을 바라는 건 내 투정이야.'

현재의 세상은 과거처럼 친인의 죽음 앞에서의 슬픔에 대한 동조를 바라선 안 됐다. 신의 존재는 그저 놀라운 통치 수단을 넘어 우리들의 삶 전반에 깊숙이 배어 들어있었고, 우리는 모두가 진실을 알고 있지만, 그 덕에 모른 척을 할 수 있게 되었다.

"울지 마세요."

신서울이 안젤라의 곁에 다가와 말한다.

시마가 죽은 건 모두 너 때문이었어.

네가 내 행복한 미래를 망친 거야!

볼에서는 원망이 흘러나오고,

사실은 나도 죽고 싶어— 죽어서 그의 곁에 가고 싶어.

이제 내게 남은 건 지독히도 무가치한 시간의 여정뿐이거든….

진실이 토로되고,

나는 이제 무얼 위해 살아가야 하는가—

허무가 방울져 떨어진다.

"앞으로는 제가 당신의 옆에 있을 테니 우리 같이 가요."

신서울은 부정의 감정에 잡아먹힌 그녀를 부축했다.

이곳에서 가장 약한 '신서울 양'이 그녀보다 수갑 절은 강한 안젤라의 무게를 함께 짊어지길 택했다.

'하…. 이게 무슨 추태야.'

연약한 소녀의 강직한 마음을 이해하기에 안젤라의 몸에 바짝 힘이 들어갔다. 부끄럽다. 새장 속에서 악의에 갇혀 지내야만 했던 어리고 나약한 저 아이조차 앞으로 이어질 삶의 방향성을 추구하고자 쓰러지지 않고 바로 섰다. 제 턱 끝까지 다가온 죽음을 비웃고서 살아남았다. 잘 생각해봐. 너한테는 새로운 목표가 생기지 않았어? 저 아이의, 신서울의 극적이고도 긍정적인 변화를 바라보길 원하잖아. 그녀가 만들어줄 세상의 변화가 어떠한 것인지 넌 똑똑히 보고 싶어 해. 그러니까 너는 아직 살아야 할 이유가 있어. 그 목적이 지쳐버린 날 계속해 이끌 거야.

"흐, 후후…."

안젤라가 쓰라린 웃음을 흘렸다. 절망에 자조적임이 아니라 충동적인 감정들을 전부 털어 내버리는 회복의 소리였다.

"우리 꼬마 아가씨, 보기보단 꽤 힘이 좋은데?"

짐짓 경망스러운 투로 안젤라가 말했다.

"엣 헴! 그럼요, 저 매일 매일 강해지려고 노력하고 있다구요."

"그래? 얼마나 애썼는지는 모르겠지만 '지금까지의 노력은 아무것도 아니었다'란 걸 곧 맛보여줄게. 어때? 지옥의 외길에서도 뒤쳐지지 않을 자신이 있겠지?"

안젤라의 물음에 신서울이 곰곰이 생각해본다. 천국과 지옥. 그들의 교리에 따르자면, 신을 믿고 숭배하는 자는 언젠가 신의 왕국인 천국에 오르게 되고, 믿지 않는 자는 고통으로 가득한 무간지옥에 떨어지게 된다고 한다. 그것은 그다지 수긍하기가 힘든 이분법적이고 단차원적인 논리구조였지만 그 부분은 차치해두고서 안젤라가 말한 '지옥의 길목'이란 뜻은 앞으로 제게 닥칠 고통에 대한 간접적인 비유일 터. 곁가지를 섞어 빗댄 말이 참으로 멋들어진 표현처럼 느껴진다.

신서울이 두 눈을 빛내며 예전 일을 상기한다. 그 방 안에 혼자 갇혀 있었을 때, 그녀는 누구도 가르쳐 주지 않았던 실제의 지옥을 연상했고 누구보다 가까이에서 경험했다.

지옥————.

목숨을 건 사선을 무탈 히 넘어선 현재의 신서울에게 그곳은 이제 두렵지 않은 과거의 장소였다. 과거에 먹혀들지 않은 현재가 있다. 더는 혼자가 아니다. 주변에는 나와 대화를 나눌 사람이 있다. 텁텁하긴 해도 바깥의 언제든지 공기를 마셔가며 각자의 '맛'이란 게 존재하는 음식을 먹을 수 있다. 신서울에게 있어 현재는 지상의 낙원과도 같았다. 이 말라비틀어지고 볼품없는 세계가 그저 외면만 번지르르하게 꾸며졌던 그곳보다 더 천국과 같았다.

"네!"

어떤 확신을 얻게 된 신서울이 소리쳐 화답했다.

빛과 어둠, 낙원과 지옥은 고작 한 끗의 차이였다.

그 선을 가르는 요인에는 외부적 영향이 가장 컸지만, 그녀나 안젤라가 오늘 하루 일비일희를 반복하며 그때마다 세상의 색깔을 다르게 느낀 것처럼, 내가 지닌 내면적 세상이 갖는 영향의 비중을 무시해선 안됐다. 억센 압박을 이겨낸 그녀는 내면으로든 외부적으로든, 스스로 낙원을 그려낼 '발전'을 택했다.

그것을 위한 지옥 방문이라면 좋다. 얼마든지 덤비라고 해.

언제든지 난 그것을 이겨 낼 거야. 단단히 추 스러진 정신이 고함을 질렀다. 마음 깊숙이 몇 번이고 몇 번이고, 각오의 기틀을 세워낸다.

"그래 좋은 자세야."

안젤라가 고지식하지 않은 서울이를 향해 엄지를 치켜세워 보였다. 두 사람의 만남은 비록 짧은 기간 동안 이뤄진 것이고, 쉽게 풀기 힘든 은원이 존재했지만 지금은 그저 서로를 바라보며 서로에게 알게 모르게 힘이 돼주고 있었다. 아마 시간이 흘러 사소한 것에서도 교감을 나눌 만큼 친분이 깊어진다면, 둘도 없는 친구가 될 수 있지 않을까— 어쩐지 신서울과 안젤라의 미래가 보이는 것도 같았다.

드드드드드드드.

상념으로 시간을 보내는 새, 엔진의 굉음이 최고조에 달했다.

"가동 준비 끝!"

각 차량의 선임병사 혹은 간부급의 인물들이 오픈된 문 앞에 앞발을 딛고 서서 출발하기 전의 모든 차량의 예열이 끝났음을 알린다. 그때까지 유일하게 외부에 위치해있던 세 사람이 빠르게 걸음을 옮겼다. 개인의 사정으로 지체된 시간이 많아, 분대장에게 얼마간 타박을 들어도 할 말이 없었다. 아니나 다를까, 막 들어선 입구에서부터 매서운 눈총을 받는다. 하여간 철두철미하시다니까. 괜히 오버하며 달려든 세 사람이 차량에 탑승했다.

치이이잉— 탁!

햇살을 흠뻑 담고 있던 차량의 마지막 문이 굳게 닫혔다.

곧 열 대의 장갑차가 빠져나간 자리에는 굳게 닫힌 하늘을 배경 삼아 어둠이 적막과 함께 몰려왔고, 차갑게 굳어 가는 땅 한 구석 위로 파릇하게 자라난 한 톨의 새싹만이 죽음 앞에서 의연히 맞서고 있었다.

5장.

갈림길에서

일렬로 늘어진 열 대의 차량이 어둠을 헤치고 나아간다.

에너지를 최대한으로 보하기 위해 최저의 밝기로 켜놓은 희미한 라이트 불빛이 듬성듬성 앞길을 밝혔고, 하늘에선 잿빛 투성이의 화산재가 인정사정없이 흩날리며 시야를 어지럽힌다. 적막한 공간으로 죽음의 노랫소리가 들려왔다.

차체 내부의 모두가 바깥에서 울려 퍼지는 차디찬 공포의 귀곡성을 듣고 있다.

이젠 차체 안에서도 느껴질 정도의 강추위와 밀도 높은 어둠.

이곳은 오직 죽음뿐인 대지다.

그들은 전날 회의를 간략히 마친 후, 원래의 정해진 코스에서 정반대 방향인 '빛 대신 죽음이 이르러 있는' 그곳을 향해 묵묵히 화산재의 바다를 헤쳐 가며 항해하고 있었다.

원래의 행선지가 바뀐 이유는 회의에서 주장이 된 안건의 내용 안에 있었다. '신서울 훈련병'과 그 일행들이 신의 미소가 내리깔린 바깥에서 이야기를 나눌 때 즈음, 본대에서는 적의 도청을 감수한 긴급 무전이 왔다. 긴 말 할 것도 없이 아주 심플한 내용이 담고 있던 것은 SOS, 구조 요청. 그들은 떨리는 목소리로 본대의 90% 이상이 적습에 의해 괴멸됐음을 밝혔다. 그들의 말에 따르면, 세상이 멸망하고 방방곡곡에서 남은 자원들을 끌어모아 다년간 크기를 부풀리고 부풀려온 라펠트의 최대 주력부대 하나인 2사단이 끝장나는 데 걸린 시간은 고작 한순간에 불과했다고 한다.

믿을 수 없다. 신을 보좌하는 이명을 가진 그들은 우리의 최대전력 중 하나요, 유일한 희망이었다. 그들의 굳건함이야말로 신을 향한 깊은 믿음을 지켜나갈 수 있는 권능이었고, 이 엉망진창인 세상에서 실재하는 라펠트만의 자부심이었다. 그런 그들의 참패 소식은 신서울을 탈취해옴으로써 희망으로 가득 찼던 생각을 단번에 뒤흔들었다. 신의 사명을 수행하는 '최후의 군대' 타이틀을 달고 난 이래, 처음으로 우리들은 악몽스러운 대패를 맞이하고 말았다. 신의 존재는 라펠트를 구성하는 이념 속에서 절대로 추락해선 안 될 창공 위의 높디높은 위상이자 자부심이었는데, 지독한 현실이 그들의 갖게 된 환상을 부숴버렸다. 병사들 사이에서 동요가 일었고, 믿음으로 억눌러 놨던 불안한 감정이 싹트기 시작했다.

몇 안 되는 본부대 생존자들의 긴급 구원을 가는 길이 무겁다.

"니미…!"

선두 차량의 조종 칸을 맡은 조종수가 욕지거리를 뱉으며 긴급히 방향키를 꺾었다. 어둠 속에 은신해있던 거대한 바위가 아슬아슬하게 눈앞을 비껴간다. 하마터면 바위와 충돌 할 뻔했다.

"어후, 놀래라…."

겨우 핸들을 꺾어 위기를 탈출한 조종수는 뒤이어 따라오는 차량들에게 신호를 보내 전방 장애물의 존재를 알렸다. 후—, 오늘따라 유독 레이더의 말썽과 난항이 심하다. 치덕거리는 잿빛 눈이 닦일 새도 없이 외부 창에 달라붙는 통에 전방 앞면의 시야가 잘 보이지 않는 것도 그렇고, 언제 급작스럽게 깎아진 절벽이 나온다거나 방금과 같은 거대한 돌덩이가 등장할지 모를 위험천만한 산길을 말썽인 레이더에만 의지한 채 무작정 달려야 하는 지금의 상황 자체도 갑갑하기 짝이 없었다. 어두운 산길 주행은 불안에 젖은 현재의 심리상태를 반영하는 듯이 위태롭기 짝이 없었다. 조종수가 왼쪽으로 심하게 꺾인 계기판의 눈금표시를 흘끗한다. 더 이상 지형레이더탐지기를 이어 사용하자는 얘기를 꺼내선 안 될 만큼 차량 안에 내재된 전기에너지의 효력이 바닥을 치고 있다. 본래대로의 일정이었다면 삼일 뒤에 도착했었을 보급기지를 우회한 채로 지원에 나선 길— 단순히 병들의 사기가 바닥을 치고 있다는 것만이 문제 될 게 아니었다.

'걱정할 필요 없어, 뭘 걱정해 우린 무려 신의 아이를 구해냈고 여전히 그녀와 함께하고 있잖아.'

조종수는 애써 믿음을 다잡아봤다. 하지만 그럴수록, 오히려 속내의 의심만이 조금씩 더 커져간다. 우리가 과연 올바른 선택을 한 걸까? 멍청하게 우리 스스로가 불구덩이를 향해 뛰어드는 우행을 택한 것이 아닐까. 막강한 화력을 가졌던 본대조차 잠시도 감당하지 못한 적을 향해 아무런 작전 없이 무작정 돌진해 들어가는 현재의 짓거리는 마치 속이 썩어 문드러진 줄도 모르고 탐스럽게 붉은빛을 내고 있는 사과를 베어 물기 위해 입맛을 다시며 손을 뻗는 행위와 다름없었다.

신께 드리는 숭고한 자기 희생…?

전부 내가 살아있을 때나 가능한 자가 만족적인 이야기다.

쉬쉬하고 있어봐야, 현실 어디에도 죽음 밖의 세상 따윈 존재하지 않았다. 우린 그저 운 좋게 세상에 태어나 잠시 현실의 한계에 묶여 살아가다가 원래대로 사라져버릴 가벼운 존재들이다. 그 시간이 너무나도 짧기에 조금이라도 이곳에 더 머물고 싶어 발버둥을 치고, 나란 존재가 무의미해지기가 싫어 사후의 세계를 황홀히 꾸며 났다.

그러나 아무리 즐거운 꿈인들 꿈인 이상 어김없이 깨어날 수밖에 없었다. 이번의 믿을 수 없는 패배 소식으로 인해 꿈에서 강제로 깨어나게 된 이들 중에는 그래서 오랜 세뇌에서 깨어나 현실을 직시하게 된 이들이 많았다. 억지로 깬 잠의 텁텁한 뒷맛이 입안을 감돌고 있는 만큼, 현실의 공기는 그저 껍껍하고 불쾌하다. 불만을 수면 아래로 가라앉히려면 재차 잠에 빠져들어 이번엔 결코 깨지 않을 새로운 꿈을 꾸게끔 누군가가 조정을 해줘야 했다.

본대가 괴멸해 잔존 돌격부대의 새 통괄 지휘관으로 자동 승격하게 된 중대장은 현재의 위기를 알고서 오랫동안 고심에 빠졌다. 최소한 라펠트에서 숭앙하는 초월적인 존재를 부정하는 그가, 부하들에게— 더 나아가 바깥세상의 나머지 사람들에게 이 위기는 잠깐의 시련일 뿐이니 무너지지 말라 고 신의 기적을 전달해줘야만 했다. 그러지 못하고 빈손으로 돌아가게 되거나, 남은 그들마저 적의 손아귀에 허무하게 전멸해버리게 된다면 높이 쌓였으되 급박히 지어올린 탓에 아직 견고히 다듬지는 못했던 엉성한 바깥세상의 체계들은 절망의 무게를 견디지 못하고 그대로 와르르 무너져 내리고 말 것이다. 체계와 목표의 방향성을 잃는 순간, 간신히 살아남은 바깥세상의 지성인들은 드디어 순순히 제 턱 끝까지 다가온 멸망 앞에 두 손 두 발을 들고 항복의 깃발을 내걸 수밖에 없을 것이다. 이제 바깥세상의 사람들에게는 생존과 번식, 두 자연의 본능조차 희미해져가고 있었다.

모든 건 오직 신의 이름으로.

그 한심하고 가냘픈 존재의의가, 그래도 삶의 포기 대신 이들에게 한 가닥의 희망을 불어넣어왔다. 그런 이유에서, 적에 비하자면 너무나 보잘것없는 한 무리의 최종부대가 기적을 이룩하기 위해 적지로 향한다. 그들은 그들의 목숨을 바쳐서라도 강제로 풀어헤쳐진 네모난 상자 안에 다시 희망이란 환상을 포장해 되돌아가야 할 의무가 있었다. 그럴 수가 있겠는가는, 지휘관도 확신하지 못했다. 아니, 사실 가능성이 1% 미만일 정도로 극악하다는 사실이야 진작 완벽히 인지하고 있다. 에너지와 식량 부족 같은 뒤이어 닥쳐올 후폭풍의 문제 말고도 당장 외부를 가득 메운 잿빛 눈이나, 허탈과 물자부족 등으로 인한 정신력의 결여가 발생해 벌써부터 그들은 위기 위에 놓여있었다.

정말로 기적이 일지 않는 한, 일주일 안에 우리 모두는 말라 죽겠지. 어차피 앞으로 오 년 이내에 라펠트의 전력이 도시 신서울을 점령하지 못한다면, 하루가 다르게 선명해져가는 에너지 고갈로 인해 겨우겨우 이어 나가고 있는 라펠트에서의 힘겨운 삶마저 붕괴할 수순만이 남아있었다. 머지않아 과거의 유산들로 근근이 유지가 됐던 바깥의 세상은 과거, 아주 머나먼 시절로 회귀하게 된다. 그것을 순순히 받아들이지 않고 투쟁해보고자 화려한 도시 속에 침투해 적과의 질적, 양적 수준 차이를 직접 마주하며 실감해보니까, 정면에서 상대를 꺾어내기란 절대로 불가능한 이야기. 그들과의 전쟁은 계란으로 바위를 치는 격이었다.

그렇다면, 두 번째 멸망을 겪기 전에 다 같이 한날의 역사 속으로 스러지는 것 또한 나쁘지 않을 것 같았다. 기적을 구하고 만들러 가면서, 지휘관부터가 한심하게 반대의 생각을 떠올린다. 기적이 미치는 손길이 얼마나 작은지에 대해서야 누가 구태여 설명해주지 않아도 그들의 삶 전반에 고스란히 녹아들어 잘 알고 있었다. 그것이 겨우 신께 간절히 기도를 올려드린다고 쉽게 이뤄지는 것이었다면 애당초 '기적'이라고 불리지도 않았겠지.

가까스로 장애물의 훼방을 무사히 회피한 선두 차량을 포함한 아홉 대의 차량이 잿빛 눈을 헤치고 계속해 전진해나갔다. 눈치 빠른 이는 중대에서 한 대의 차량이 줄어들었음을 알아차렸을 것이다. 선두부터 후미까지, 총 아홉 대의 차량 중 '신서울 이등병'을 태운 A팀의 차량 모델명 KTJ-17번이 자리에 보이지 않는다.—원래 그들의 중대는 총 열 대의 차량으로 이뤄져 있었다.—중대 내에서도 가장 핵심전력인 A팀의 차량은 지휘관에게 별도의 임무를 부여받고 현재 저 아홉 대의 차량과 다른 방향으로 나아가고 있던 것이다. 본대의 전멸이 있고서 더더욱 무가치해진 '신서울 양' 하나를 보호하기 위해, 핵심전력인 그들을 부러 전투에서 제한 것은 아니었다. 모든 것은 A팀이 탑승한 차량모델이 중대 내 모든 기종 중 가장 최신의 것이란 점, 그래서 이틀 밤낮을 시속 20km 정도의 속도로 무리 없이 내달릴 수가 있고 극심한 에너지 소모량 때문에 절약을 위해 10분가량밖에 지속을 못 하지만 전력을 다할 시 최대 70km의 속도를 발휘할 수가 있다는 점 등을 고려해 지휘관은 오직 그들만이 온전히 수행할 수 있을 가장 중요한 임무를 내렸다. 바로, 보급의 임무였다. 이곳으로부터 이틀거리 정도 떨어진 곳에 설치된 보급기지 안에는 곧 바닥이나 위기단계에 처할 중대의 의식주를 해결할 보급품은 물론이고, 엄청난 위력의 고성능포탄이 수백 발 잠재돼있었다.

재래식 포탄을 아무리 쏘아 대봤자 거대한 양자 배리어로 전체가 둘러싸여있는 저 과학 대도시 신서울에는 어떠한 영향도 줄 수도 없을 테지만, 바짝 독이 올라 자신들의 뒤를 쫓고 있는 상대적으로 가벼운 무장의 놈들에게라면 꽤 효과적인 데미지를 줄 수 있을 것이 확실했다. 다만, 포탄을 적시에 쏟아부었다고 해서 적을 완전히 섬멸해낼 수 있을지의 여부는 확실치 않았다. 도리어 본대를 손쉽게 깨부수고 의기양양하고 있을 상대의 경각심만 괜히 더 일깨워, 잠자는 사자의 코털을 뽑는 위험을 초래할지도 모른다. 지휘관은 그런 불확실함을 감수하고서라도 손아귀에서 꺼낼 수 있는 가장 주요한 패를 꺼내들었다. 이번 작전은 명백한 도박이었다.

그 목숨을 건 게임 안에는 최우선 대상인 '신서울' 이등병까지도 의도치 않게 참여하게 됐다. 개소리라 여기는 사람들이 많았지만, 신서울도 어찌 됐건 제2장갑기동부대 A팀에 속한 대원으로 확정되었다. 그러므로 A팀과 운명을 함께 나눠야 할 사이임은 두말하면 입 아프다. 죽음의 사신이 그들 곁에 머무르게 됐다면 아무리 미약한 힘을 가졌단들 그녀 역시 A팀의 일원답게 함께 맞서야 함이 옳다. 작전을 세운 새 최고지휘관이 자신만의 세계에 입각해 그따위의 엉뚱한 결론을 지어버렸다. 사실대로 말하자면, 신을 배척하는 입장인 주제에 은근슬쩍 '미신'에 기대고픈 나약한 자의 아시타비(我是他非) 심리가 투영된 결과물이었다. 아직까지 그래도 최악까지 치닫기 전인 그들이 의미 있는 성공을 거두려면 기적의 도움이 꼭 필요했고, 미시세계에나 갇혀있을 기적을 찾을 땐, 보이지 않는 무언가에 의지하고 싶은 것이 인간 본연의 당연한 심리였다.

그래, 미신이라도 좋다. 지금의 심정은 지푸라기라도 꽉 붙잡고 싶다.

라펠트의 신탁에서 신의 아이란 거룩한 타이틀을 부여받게 된 신서울은 일방적인 기대심과 의존감을 떠넘기기에 가장 적격인 존재였다. 우스운 것은 정작 기대의 중심인 신서울 본인은 현 사태의 심각성을 전혀 알아차리지 못하고 있다는 점이었다. A팀의 대원들은 의도적으로 그녀에게로 넘어갈 수도 있는 현 상황에 대한 정보를 사전에 구분 지어 통제했는데, 뭘 원하고 그런 것은 아니고 그저 그들의 작은 배려심의 발휘였다. 불안감은 사람의 정신을 집어삼키며 그 몸짓을 부풀려나간다. 다년간을 전장 위에서 촛불 같은 한줌의 목숨을 내걸고 싸워온 베테랑 병사들조차 코앞에 다가온 진짜 죽음 앞에선 아닌 척하면서도 커다란 동요를 하는 판인데, 아직 초짜에 불과한 신서울에게 이 절망적인 진실을 있는 그대로 밝히기가 꺼려졌다.

오직 신을 위해서 불합리함과 아주 가까운 곳에서 마주하게 된 우리는 두려워 않고 죽음을 향해 직선으로 달리고 있으니, 살아남기 위해선 네가 우리 모두를 살릴 기적을 선보여줘야 돼. 이 얼마나 무책임하고 맹목적인 책임의 전가인가. 특히 아직까진 신에 관해서 믿음의 자각이 전혀 없는 순진한 아이에게 전할 무게가 아니었다. 거기다 신서울은 어찌됐건 겉으로도 참으로 나약했다. '바깥세상'의 덜 자란 어린아이 한 명의 체력만도 못했고, 당연히 아직 한 사람의 성인 몫을 제대로 수행해내지 못하고 있었다.

그녀의 내면이 단시간 얼마나 성장했는지 진의를 들여다볼 수 있는 사람이 있었다면 좋았겠지만, 아쉽게도 아직까진 그녀의 외견의 부실함이 내면의 튼튼함을 너무 크게 앞질러있었다. 현실의 선입견을 깨부수려면 어느 방면으로든 모두가 인정할만한 결과를 보여줘야 했다. 막 단계를 밟기 시작한 신서울 이등병에겐 지극히 요원한 일로서, 심지어 그들에게는 미래의 발전을 기다려줄 시간적인 여유까지도 부족했다. 그렇기에 죽음으로 내달리는 건 우리 같은 지옥 종사자들의 몫이었다.

그 끝에 무엇이 있던지, 확인하고 그것을 주관하는 건 온전히 우리의 몫이리라.

&

A팀 차량기지 안.

"다시!"

안젤라의 외침이 신서울의 귓가를 때렸다.

고작 하루 동안 저 '다시'란 외침 소리를 얼마나 반복해 들었던가. 말하는 사람이나 듣는 사람이나 서로 진절머리가 날 지경이다.

"네!"

신서울 이병이 독기를 품은 채 악을 내질렀다. 그러고는 이마에 흐르는 땀을 닦아내고서 기계적으로 몸에 숙달된 동작인 서—엎드려—쏴 기본 세 동작을 반복해보았다.

"느려, 다시!"

최선을 다해 움직였지만, 원수 같은 목소리에는 자비심이 없었다. 다시, 반복이다.

"넷!"

명령자는 소리치고, 시현자는 동작을 반복해 보인다. 몇십 분 더 흐르고서야 기본 삼 동작의 훈련이 종료되었다. 그리고 한숨을 돌릴 새도 없이 실제 사격훈련이 이어졌다. 안젤라는 당초 계획했던 것보다 더 신서울을 독하게 굴렸다.

기초수료 과정의 기간인 '일주일'도 부족한데, 겨우 삼 일 만에 약해빠진 그녀를 전장에 세워도 될 수준으로 만들어놓으시란다. 그 어처구니없는 소식을 전해 듣고, 위기에 놓인 현재의 사정을 인지한 순간부터 발등에 불이 붙은 듯 조급함이 안젤라의 마음속을 지배했다. 다행히 신서울은 고문과도 가까운 자신의 훈련방식을 잘 따라와 주고 있었다. 그녀의 끈기가 고마우면서도, 힘찬 속도로 흐르는 시간과 마음과는 다른 발전 속도가 야속했다.

탕! 탕탕!

신서울이 표적지를 향해 사격을 가하기 시작했다.

오늘은 어제보다 조금 더 총탄이 조금씩 표적에 근접해간다. 고무된 성과이건만 안젤라는 한숨을 토해냈다. 속이 갑갑하다. 뻔히 눈에 보이는 불구덩이 속을 향해 무차별적으로 돌격하려는 지휘관의 저의가 이해되질 않았다. 부나방 같은 자살행위 말고 산 자라도 잘 살아남아서 우리들의 도시로 복귀하는 게 마땅치가 않나— 더군다나 애당초 최종목표였던 '기적의 아이'까지 무사히 데리고 있는데. 정말 기적적으로 신서울이 내일 저 한스만 한 대단한 전사로 거듭난 단들, 아니 제2기동중대의 생존자 모두가 한 명의 빠짐없이 그렇게 변모한단들 이번 싸움은 절대로 승리에 다가갈 수 없도록 패배가 이미 예고된 사실상의 무의미한 전투였다.

A팀이 보급기지를 들러 가져올 고성능폭탄은 저 무너진 본부대에도 충분히 갖춰져 있었다. 본대가 왜 적에게 포탄을 사용해 보지도 못하고 어이없이 전멸을 맞았겠는가에 대해선 조금만 깊게 생각해봐도 어렵지 않게 진실을 짚어 낼 수 있었다. 상대는 결코 가만히 있는 표적이 아니었다. 그들의 장비는 라펠트의 사람들과 비교도 안 될 정점 수준에 이

른 직관적인 과학의 결과물이다. 과학이 이룩해낸 작품은 결코 교활한 인간처럼 거짓을 고하지 않았다. 이미 만들어진 것에 성능 이상의 기적을 바라선 안 됐지만, 사전에 정해진 범위만큼의 효력은 확실히 보장해준다.

성능이 지정된 강력한 포탄을 아무리 많이 갖고 있으면 뭐 해.

적을 맞추지 못하면 전부 애물단지, 무용지물인 것을. 전투수행능력이면 전투수행능력, 화력이면 화력, 적에 비견해서 이쪽이 유리한 점이라고는 눈 씻고 찾아봐도 어느 한구석 찾아내기가 힘들다. 그렇다면 모두가 은근히 의지하고 바라 마지않는 기적을 쫓아본다. 당장 신서울이 스스로의 미숙함을 극복하고 지금 당장이라도 A팀원들조차 한두 발씩 빗나가기가 일쑤인 저 움직이는 10개의 표적지의 정중앙에 모든 탄을 깔끔히 박아넣는 기적을 선보일 수 있을까? 우리가 목숨 걸고서 탈취해온 신서울이 예언대로 정녕 기적의 아이라면, 기적의 티끌이라도 사전 징조를 보여줘야 했다. 표적지를 새로 갈아 끼운 신서울이 새로운 사격을 개시한다. 안젤라는 본능적으로 깊게 '기적'을 바랐다.

살상력이 거의 없는 고무탄 열 발이 고정된 하나의 표적을 향해 발포된다.

'역시, 그럴 리가 없지….'

결과를 확인한 안젤라가 쓴웃음을 지었다.

표적지의 중앙 근처에 한발, 끄트머리에 세 발까지 유효타격은 겨우 네 발밖에 들어가지 않았다. 신서울이 자신의 예상보다 강하고, 날렵하고, 제법 끈기가 있는 데다가 정신적으로도 상당히 성숙해있단 점은 물론 기대 이상의 놀라움을 전해주는 것이나, 라펠트의 신탁에서 바라마지 않는 것처럼 현실의 울타리 범주를 가뿐히 벗어날 정도의 이적을 행할 수 있거나 하진 않았다. 결국 그녀는 우리와 같은 범주의 한계에 묶인 일개 인간에 불과한 것이다.

비록 태어날 때부터 과학기술의 도움하에서 유전자 변형조작을 받았고, 그 덕에 음식을 섭취하고도 배설물을 거의 배출하지 않는다는, 그나마 신화적 감각으로 미화할만한 신비한 모습을 선보이고 있다지만 요 이틀을 24시간 내내 딱 붙어 지내며 안젤라는 한 가지 확신을 갖게 됐다. 조금 특별해봤자, 그녀와 타인과는 아주 약간의 사소한 차이가 있을 뿐이라고.

"됐어, 그만."

안젤라가 사격훈련을 종료시켰다. 신서울의 얼굴에 전에 없던 아쉬움이 어린다. 이제야 막 감이 잡혀 앞으로 몇 발만 더 쏘아보면 과녁의 정중앙을 백발백중으로 가격 시킬 수 있을 것 같았는데, 하필 이때 관두게 만들다니. 지친 몸으로도 무언의 항의가 생겨나려했다.

"자원 여건상 하루에 200발이 최대치인 거 알잖아. 감은 익힌 것 같으니 내일 더 잘 쏘자."

안젤라가 말했다. 아쉬운 건 그녀도 마찬가지였다. 신서울은 이틀 전에서야 처음 쏴보는 주제에 연습용이어도 반동만큼은 실제의 것과 비스무리할 만큼 강하게 제작이 된 훈련소총을 단시간에 저만큼이나 다룰 줄 알게 됐다. 워낙 심한 약골이었기에 최소한 반년은 지나서야 겨우 제 몫을 해낼 거라고 판단했었던 안젤라로서는 참 의외의 사실이었고, 훈련 때마다 자신이 뛰어난 훈련생을 가르치고 있다는 자부심과 즐거움, 보람까지 약간은 느낄 정도로 만족스러웠다.

그러나 보급량과 생산량이 바닥을 치려하는 현재. 차량이 이동 중일 때 사격 감각을 잃지 않기 위한 내부훈련용 비살상 고무탄이라도 유사시에 비상용으로 대리해서 사용하게 될 '화약'을 낭비하게 되니 저것조차 함부로 다뤄선 안 될 귀중한 물자였다. 고무탄이야 재활용이 가능하다지만, 화약의 재고량은 정기보급 외에는 어느 때든 간에 쉬이 채울 수가 없는 귀한 자원이었다. 그러므로 법규로 지정된 하루 소모량이 최대 이백 발까지로 누구에게나 동등하게 적용되는 강력한 규정이었다. 직책이 별 세 개의 '대장' 정도의 수준이 아니고서야 이 문제에 개인의 재량이 끼어들 틈은 없었다.

"수고했어. 이십 분간 휴식."

"넷."

안젤라의 말이 끝나기가 무섭게 신서울은 제자리에 주저앉았다. 밥 먹는 시간을 빼고서 내내 혹사를 당했던 온몸이 괴로움의 비명을 질러댔다. 참, 의욕을 비트는 휴식욕구다. 달아올랐을 땐 온종일 할 수 있다 여겼는데 훈련이 끝나자마자 휴식을 위한 포기가 먼저 떠올랐다. 그녀는 앉은자리에서 수첩을 펼쳐들었다. 도시에선 혹여나 남에게 들킬까봐 두려워 몰래몰래 적던 작은 종이 쪼가리 따위가 아니라 얼마든지 자유롭게 공백의 사용이 가능한 보급형 수첩장. 그 안에는, 빽빽한 글씨로 신서울이 익혀야 할 이론적인 것들이 그득 적혀있었다. 박형태 대위에게 지나가듯이 배웠던 차량 안 '작은 세상'의 계급체계나, 라펠트의 주요 교리 및 군법, 부대의 인원수 등 핵심부분이 가장 앞장을 채웠고 뒷장으로 넘어갈수록 그리 중요하지 않은 것들. 가령, 그녀가 탑승한 차체의 정식명칭이 'KTJ-16'이고 정원이 최대 이십 명에 꼬리 칸부터 숙식소가 두 칸, 회의장 겸 훈련소가 두 칸, 앞머리의 조종 칸 겸 지휘실이 한 칸까지 해서 총 5칸으로 구성이 돼있다, 따위의 내용이 나왔다.

앞의 핵심 내용들은 벌써 신서울의 머릿속에 선명히 자리 잡았다. 오랜 잠에서 깨어난 그녀의 기억력은 기억에 한해서만큼은 누구보다 특출난 한스에게도 뒤처지지 않을 만큼 뛰어났다. 앞지른다면 또 모를까. 재미 삼아 뒷부분까지 빠르게 읽어 넘기자, 금세 공란이 나타났다. 빈 곳에 나머지 내용을 채우는 건 오직 신서울 개인의 몫이었다. 신서울 이등병은 앞주머니에서 펜을 꺼내들어 당장 생각나는 것들을 끄적여 보았다. 삐뚤빼뚤 못난 글씨체로 글을 쓰면서 실감한다.

고작 며칠 동안 정말로 아는 것이 많아졌다. 과거와 달리 글을 써 내려가는데 거의 막힘이 없었다. 원하는 표현이 머리를 거쳐 손으로, 검정 잉크를 통해 백지 위에 또박또박 그려진다. 상상을 글로 풀어가는 행위에 푹 빠져선 어느새 육체의 피로까지 잊혀졌다.

"됐다."

열심히 끄적거린 짧은 일기형식의 글 끝에 조그마한 마침표를 찍었다. 사격의 표적을 맞춘 것만큼이나 뿌듯하다.

"호오, 아직 웃음이 나온 단말이지?"

호랑이 교관을 자처한 안젤라는 글을 끄적거리다 펜을 놓고 좋아라, 벙실벙실 미소 짓고 있는 신서울의 얼굴을 보며 그녀에게 닿지 않을 만큼의 작은 소리로 중얼거리고선 피식 웃었다. 자신은 조급함에 사로잡혀 능력 부족의 나약한 망아지에게 채찍질만을 해댔다. 그럼에도 아이는 도태되기는커녕 스스로 당근을 찾아내 허기진 배를 꾸역꾸역 채운다.

스스로의 힘으로 나의 부족함을 채울 줄 안다. 대단한 능력이었다. 어쩐지 자살에 가까운 현 작전 내용을 있는 그대로 알려주어도 이 아이라면 전혀 굴하지 않을 것 같아, 그렇지? 안젤라가 스스로에게 뱉은 자문에 고개를 끄덕여 자답했다. 안 그래도 보급기지에 도착할 때 즈음에는 현 상황에 대해서 대충이라도 귀띔해줄 생각이었다. 모두 앞일이 어떻게 될지 최악을 가정해서 예측만 하고 있을 뿐, 아직 정확히 뭐가 어떻게 될런지 그 누구도 단정 지을 수 없었다. 지금 예전 본대의 기치를 이어 받아 새롭게 수립된 이곳의 새 '본대'가 적에게 적발이 돼 미처 보급을 채우기도 전에 지리멸렬할 수가 있는 것이었고, 그럴 가능성은 제로에 한없이 가까울 테지만 적이 제풀에 지쳐 그냥 물러서거나 어쩐 일인지 적과 아예 마주치지를 않게 돼 아무런 피해 없이 남아있을 생존자들을 모두 구출하고 라펠트로 생환하게 될 수도 있었다.

안젤라는 신서울 탈취 작전 당시처럼 기적에 가까운 불확실성을 한 번 더 믿어보기로 했다. 생각의 변화 중심엔 신서울, 저 아이의 엷은 미소가 껴있다. 신의 선택을 받았다는 아이의 밝은 웃음이다. 저것이 어찌 앞날의 부정을 뜻하리.

"자, 일어나! 다시 훈련 진행이야"

그건 그거였고 훈련만큼은 사사로운 감정을 빼기 위해 안젤라가 부러 과장되게 힘주어 소리쳤다.

"넷!"

진즉에 마음을 먹고 교관의 신호가 떨어지기만을 기다리고 있던 신서울이 빠르게 무거워진 몸을 일으켜 세웠다.

"방금 네 총구가 계속 흔들렸던 이유는 전적으로 네 몸에 아직까지 힘이 너무 부족해서였어. 음— 뭐, 좋아지고는 있으니까 너무 기죽지는 말고. 우리가 실전에서 사용할 소총은 이 연습용보다도 반동이 살짝 더 적거든. 그러니까 조금만 더 지나면 무리 없이 다룰 수 있을 거야. 그런데 실전에선 지금과 달리 한 가지 까다로운 조건이 붙게 돼. 너도 직접 들어봐서 알겠지만 이 총이란 게 보기보다 꽤 무겁잖아? 이걸 들고서 하루 종일 뛰어다니는 게 절대 만만치가 않거든. 특히 너처럼 반복 달리기 오백 미터 정도에 헉헉거려선, 실제작전을 수행하기가 아주 곤란해."

"그런가요…."

안젤라의 신랄한 평가를 받게 된 신서울의 표정이 눈에 띄게 어두워졌다. 혼자만의 희망에 앞서 주제를 모르고 자신감이 상승곡선을 그렸었다.

신서울은 현 위치에 서있는 자신을 되돌아봤다. 자신은 '신서울 이등병'으로 불리기보단 아직까지 '신서울 양'으로 불러야지 더 어울릴 약자였다. 그깟 반복 트레이닝과 총질을 몇 번 해봤다고 라펠트라는 미지의 도시에서도 엘리트로 불리고 있는 저들과 어깨를 나란히 하는 것이 가능할 거였다면 이 세상에 '노력'이란 가치는 딱히 필요치가 않았다. 잠시 반성의 시간을 갖는다. 스스로의 발전됨에 취해 오만함을 가졌다. 지금의 나는 '미달자', 그 사실을 인정하되 포기하지 않고 매일 그래왔듯이, 내일의 내가 어제의 내가 가진 한계를 뛰어넘어서면 된다.

신서울이 쌓아 올린 다짐의 성탑이 한층 더 단단해졌다.

"…지금보다 더 지치고 힘들어도 좋아요. 제가 빨리 한 사람의 몫을 해낼 수 있도록 더 강하게 훈련시켜주세요."

"음…. 총을 네 수족의 일부처럼 자유롭게 들고 다닐 정도의 체력과 힘이 마구잡이식의 운동량을 늘린다고 해서 단기간에 길러지는 건 아냐. 육체의 발전엔 시간이 필요해."

고개를 저어보인 안젤라가 허리춤에 양손을 올린 채로 단념하라는 듯이 일렀다.

'아마도 특별하게 제작이 된 강화인간인 너라면 몸속의 영양분이 충분해지다 못해 넘치게 되는 순간, 상상 이상의 힘과 발전을 보일 수도 있겠지만….'

그런 불확실한 사실을 언급했다가 괜히 신서울이 나태해지기라도 할까봐 안젤라는 뒷말을 구태여 뱉지 않고 삼켜냈다.

과학도시 신서울에서 제작됐을 '신서울 양'이 가진 특별함은 "먹고 나서 거의 싸지 않는다."는 단순히 그런 한 가지 변화점에만 고정되어 있지 않았다. 그들은 신서울을 치료하면서 며칠간 그녀의 신체적인 변화를 면밀히 관찰했고, 나름대로 차량 안에서도 시행할 수 있는 모든 종류의 과학적 테스트를 시도해봤다. 생존하고자 육체에 극도의 시련을 부여하며 발전을 거듭해온 라펠트의 거주민일지라도 결코 3일 이상의 생존을 자신할 수 없는 환경의 장소, 그 죽음이 넘실거리는 하얀 방 안에서 여린 신서울 양은 멀쩡히 살아남았다. 그리고 평범한 이였다면 당장에 죽어도 이상치 않을 만큼 심하게 비쩍 말라있던 몸이 겨우 기초 영양분을 충분히 섭취해주는 것만으로 단기간 만에 거짓처럼 부활했다.

우매한 이라면 이러한 변화를 신의 이적이라 부르며 경배할 것이오, 현명한 이라면 그녀가 가진 특별함의 원인을 규명해 찾을 것이다. 현시점에서 유일하게 알려진 외부의 자유인이라 할 수 있는 라펠트의 사람들이 비록 존재가 불분명한 신을 과하게 맹신하고 있긴 하나, 그들 중엔 전쟁 전의 세상을 몸소 겪으며 과학기술의 편의성과 위대함을 누리며 살아온 노군들도 꽤나 존재하는바. 그들은 한결 신을 찬양하되, 지성의 탐독을 등한시하지 않았다. 우리가 잊는다면 과학은 오로지 악당들의 전유물이 될 것이기에, 인류의 호기심이 결과를 이루면서 쌓아 올린 지식의 보고는 결코 사장이 돼선 안 됐다.

그것은, 머나먼 과거로 우리의 시대를 퇴화시킬 낭떠러지 길을 우리가 직접 이정표로 삼는 우매한 짓이기도 했다. 라펠트의 주역들이 애당초 신을 핑계 삼아 초월적인 존재에게 자신들이 품은 '혁명의 이유'를 전가

하고 과학도시 신서울을 차지하려는 이유가 대관절 무엇이었던가. 그들의 자손들과, 어찌어찌 살아남아서 힘겹게 오늘 하루를 살아가고 있을 바깥세상의 비루한 나머지 생존자들에게 비록 그 속이 썩어 문드러져 있을지언정 오늘 하루의 안락함을 전해주기 위함이다. 그렇게 마음속의 초월자가 제시해준 해답이 아닌, 실제와 아주 밀접해있는 과학의 산물을 통해 이들은 신서울이 가진 비밀을 어느 정도 풀어헤치는 데 성공했다.

유전자의 변형을 가진 그녀의 정체는 필시 어떤 의도에 따라 '강화된 인간'이었다.

인간이되, 인간이 아닌 존재—

신서울의 상태를 점검하던 군의관 박형태 대위는 그녀의 비밀을 고작 겉면으로나마 조금 파헤쳐보는 정도로 경악을 금치 못했다. 인간이 작위적으로 자신의 한계를 벗어던지고서 상위의 진화를 꿈꾼다는 건, 가히 신의 영역에 도전하는 것이라 봐도 좋을 아주 불경한 행위였다. 그런데 그런 비현실적인 소망에 뚜렷한 성과가 보였다.

'선택받은 아이' 신서울 양은 아마도 그들의 욕망이 빚어낸 시제품으로 보였다. 그렇지 않고서야 고성능 헤파 필터를 통해 늘 맑은 공기가 유지되는 도시에서 태어나 보이지 않는 손길의 조종을 받으며 남들과 같은 얼굴로 지내야 했을 운명의 그녀가 마치 바깥세상처럼 방독면을 뒤집어써야지만 간신히 살아갈 수 있을 독한 수준의 유해물질이 가득한 곳에서 감금이 돼 있을 리가 만무했다. 이 추측에는, 강력한 증거가 뒷받침돼 있기도 하다. 대원들은 각자 작은 배지 형태의 개인용 유해물질위험체크기를 보급받아 어떤 경우에서라도 의무적으로 착용해야 했고, 그날 투입된 A팀 대원들 전원의 외부환경 측정기에서 전부 고농도의 유해수치가 검출이 돼 나왔다. 그러니 길게 두말할 필요도 없이 그녀가 발견된 곳이 먼 옛날 인간을 대상으로 마루타 생체실험을 자행했던 지독한 실험실과 같음에 틀림없었다. 과연 그들의 실험체였던 신서울 양이 앞으로 어떠한 특이능력을 발휘하게 될지는 과학역량이 한참이나 모자란 그들에겐 정의 내리지 못할 미지수였다.

다만 생체 영역 능력 면에서만 한정했을 때, 이미 일반인의 수준을 크게 상회를 하고 있기에, 언젠가 그녀가 결국 육체와 지적 부분에서 평범한 인간의 범주를 큰 폭으로 넘어설 것이다, 라고— 막연한 추측만을 갖고 있는 실정이었다.

위 사실에 대해서는 현재 박형태 대위와 그의 부관인 김진아 하사, 그리고 안젤라 상병, 이 세 사람만이 서로 비밀리에 공유하고 있었다. 구원의 아이 신서울의 특이점을 발견한 즉시 지휘관에게 그 사실을 보고서로 제출해 올렸어야 올바른 것이었으나 그의 자질에 감히 의문을 품게 된 군의관은, "제깟 놈이 그걸 알아서 뭐하겠냐!"며 제멋대로 진실을 은폐해버렸다.

헌데 지휘관에게조차 비밀로 한 내용을 안젤라에게는 가탄 없이 공개한 점이 꽤 의외다. 이 두 사람이 오래전부터 깊은 교류가 있었다거나, 서로를 보자마자 한눈에 그들만의 공감대가 형성이 돼 친밀감을 가졌다거나 하는 납득할 만한 연결고리는 전혀 없었기 때문이다. 그저 서로 있는 듯이 없는 듯이 지내다가 가끔 대면할 일이 생기면 계급의 위계질서와 존중의 뜻으로 가볍게 인사를 마주하고 뒤돌아서는, 그런 흔한 수직 상하의 관계였다.

그럼에도 불구하고 군의관은 남의 귀에 들어가면 비밀을 은폐한 이유로 본인까지도 위험에 처할 정보를 안젤라에게 거리낌 없이 내주었다. 어떻게든 앞으로 펼쳐질 미래를 바로 곁에서 탐하고 싶었기 때문이다.

신서울이 그가 예측한 대로 상상 이상의 존재로 변형이 돼, 저 먼 곳의 영적인 존재인 신— 그 허구의 실체를 진실로 무디게 만들 수가 있을지. 혹은 감히 신에게 도전한 대가로서 참혹히 양 날개가 꺾여버린 채 깊고 깊은 바닥, 지옥이 있는 지저 밑바닥으로까지 추락할지.

박형태 대위가 가진 건 오로지 창대한 믿음이었고, 지성인의 괴팍한 탐구심이었으며, 의사로서의 실낱같은 소명의식이었다. 습관처럼 '그릇된 신'께 죄를 고해바치며, 자신의 궁금증을 풀고, 직업윤리에 따라 다친 이를 의무적으로 보살핀다.

신서울 양의 무궁한 발전을 면밀히 관찰하고 싶다면 훈련담당을 맡은 안젤라의 도움이 절실했다. 그가 마주한 지금의 신서울 양은 나약했고, 무지했으며 가진 것이 부족했다. 그녀의 빈 항아리를 채울 존재가 필요했다. 군의관 자신과, 전투병 안젤라가 서로 반드시 수행해야 할 각자만의 역할이 있는 것이다.

세상이 멸망한 직후 서서히 땅 위에 모습을 드러내기 시작한 이질적인 괴물들. 기존에 알려진 '맹수'들보다 훨씬 더 포악하며 강력한 힘을 가진 그것들도 갓 태어난 새끼일 땐 그들이 주적으로 삼고 있는 인간에게 아무런 힘을 발휘하지 못했다. 어미의 보살핌 속에서 충분한 영양분이 공급되고, 시간이 흘러가며 뼈아픈 성장기를 겪고 나서야 비로소 두텁고 날카로운 이빨과, 총알을 튕겨내는 단단한 가죽을 얻어낼 수 있는 것이다. 신서울의 필수영양분의 공급자가 군의관이라면 안젤라는 그녀의 뼈대를 더 단단히 바꾸어줄 성장촉진제였다. 저녁시간마다 검진을 명목으로 신서울의 하루 일과 내용을 체크할 때, 그녀는 예상대로 같은 여성이자 위대한 병사인 안젤라에 대한 자신의 동경심을 감추지 못했다. 남이 강요 하지 않아도 그녀 스스로가 안젤라처럼 혹은, 그 이상의

'특급'으로 분류된 병사들처럼 강해지고 싶어 했다. 관찰자 입장에선 그야말로 금상첨화인 상황, 측정에 부족한 시간만이 아쉬울 지경이다.

지휘관의 독단적인 결정으로 인해 모두의 사활이 내걸린 전쟁이 어느새 코앞으로 다가와 있었다. 하룻밤 새 하늘 위를 뚫고 자라난 어느 동화 속의 콩나무처럼 저 여리고 나약한 신서울 양이 급격하게 성장해 주면 좋으련만, 놈들의 실험대상체가 되어 단기간 동안의 혹사를 너무 심하게 당해서인지 신체기능이 복구되기까지 제법 긴 시간을 필요로 했다.

'그래도 주어진 시간 동안 최선을 다해봐야지…'

안젤라는 의지를 불태웠다. 이것이 변혁의 시발점이 될지는 그 누구도 장담할 수가 없지만. 어쨌든 시간은 흐르고 세상은 멈춤 없이 변화할 것이다. 좋은 쪽으로든 나쁜 쪽으로든 말이다.

5-(1). 괴물과의 조우

신서울이 속한 A팀 분대의 차량은 3일을 더 나아가서야 보급 작전수행을 위한 목적지 인근에 도착할 수 있었다. 며칠간 단 한 순간도 쉬지 않고 달려온 차량이 보급기지의 황량한 철문 앞에서 드디어 멈춰 섰다. 단독임무 수행을 나서기에 앞서 이제 최종 점검 및 몸 풀기를 할 시간이 왔다. 가벼운 경무장을 갖춘 분대원들이 서둘러 차량 밖으로 빠져나왔고, 안젤라 또한 이등병 신서울과 바깥으로 나왔다.

전투태세를 확인한 모두는 가볍게 구보로 몸을 풀기 시작했다.

"마음 단단히 먹었지?"

안젤라가 긴장으로 인해 움직임이 뻣뻣해진 신서울에게 마음의 준비가 됐는지 묻자, 신서울 이병은 결연한 얼굴로 여느 때처럼 "네!"라고 크게 외쳤다.

"좋아, 같이 끝까지 가보자. 만에 하나겠지만 혹시라도 전투상황이 발생하게 되면 혼자서 나설 생각일랑 절대로 하지 말고 꼭 내 뒤에만 바싹 잘 붙어있어야 돼. 그간 연습한 대로 할 수 있겠지?"

그럴 줄 알았다는 듯이 방독면 안에서 옅은 미소를 띤 채 화답한 안젤라가 꽤 부드러운 어조로 신서울 이병에게 주의해야 할 점들을 다시 한 번 더 언급했다.

안젤라는 지난 며칠간 신서울이 힘겹게 이룩한 결과물들을 꽤 신뢰하고 있었다. 아직 조금 어설프긴 했지만, 바람이 불면 곧바로 날아갈 듯이 가냘프기만 했던 '신서울 양'은 며칠 새 이제 한 사람의 병사로서 인정받기에 충분한 역량을 갖추게 됐다. 그뿐이랴 등 뒤에 맨 군장의 무게에 짓눌려 벌써부터 거친 숨을 토해내고 있는 저 작은아이의 꼭꼭 감춰진 것을 꺼내보자면, 속 안에는 누구라도 경시하지 못할 자신만의 강인함을 간직하고 있었다.

안젤라가 신서울을 유심히 바라봤다. 방독면으로 가려져있을지언정 생생히 느껴진다. 첫 전투의 두려움을 능히 날려 보낼 충분한 전의가 그녀의 새까만 두 눈동자 안으로 뚜렷하게 새겨져있어 일견 믿음직스럽다. 적어도 이 순간에 신서울 때문에 걱정할 일은 없을 것으로 사료된다. 이 자리의 우리 모두는 여느 때처럼 앞으로 함께 나아갈 것이다. 그녀를 포함한 모두는 아직까지 잠깐 서로의 손을 놓친다고 아스라이 사라질 추억 속의 망령 따위가 아니라 실제 하는 현재의 사람들이었으므로.

그리고 '기적의 아이' 신서울은 바로 이곳에 자신들과 함께하고 있으며, 잘 살펴보면 어느 분야에선 다른 이들보다 오히려 더 앞서 나가고 있었다. 안젤라는 가라앉은 눈으로 자신보다 앞서 걷고 있는 신서울의 뒤를 쫓았다. 겨우 며칠이나 훈련을 받았다고 그 가냘프던 육신이 얼마나 튼튼해진 건지 참. 잠깐 전력을 다해봐도 며칠 전과 같이 저 아이의 가냘픈 등 뒤를 추월해내기가 좀처럼 쉽지가 않다.

그래, 너와 난 멀지도 가깝지도 않게, 이제 서로 대하게 전방을 향해 달려 나간다. 며칠 전 까지만 해도 안젤라에게 보호대상일 뿐이었던 '신서울 양'이 이젠 동등한 전우로 느껴지기 시작했다.

"후…. 네! 할 수 있습니다!"

안젤라의 질문에 걸음을 나아가다 말고 멈춰선 채 뒤돌아 시선을 맞춘 신서울이 결연한 표정으로 자신 있게 답했다. 그리고 그 순간, 기다렸다는 듯이 그녀의 머릿속에서는 전투상황의 시뮬레이션이 그려지기 시작했다. 어둠에 잠긴 주변을 둘러보니 영상이나 글의 묘사로만 어설프게 경험했던 그 '괴물'들이 마치 그녀가 보지 못하고 알지도 못했던 죽음이란 것을 생생히 떠올릴 수 있었던 방 안에서의 그때처럼, 저마다의 형상을 완벽히 갖춘 채로 우리를 향해 들이닥친다. 검정 갈기털에 샛노란 눈을 한 그것들의 모습을 물끄러미 응시하던 상상 속의 그녀는 당황하지 않고 침착하게 몸을 움직였다. 관절의 움직임과 무게감이 소름이 끼칠 만큼 현실과 똑 닮아있다. 신서울은 본능적으로 깨달았다. 이건 더 이상 꿈도, 현실도 아니다. 그렇다면 여기서 나는 뭘 어떻게 해야 하는 걸까? 우선적으로 자신에게 달려드는 저 괴물들에게 저항할 것이 필요하단 생각이 들었다.

그러자 그녀의 오른손 위로 훈련 때 쓰던 구식 K2 소총 한 정이 생겨났다. 그녀는 완만한 동작으로 총구를 전방에 겨누고 개머리판의 견착을 단단히 하고서, 조준경의 가늠자에 맞춰 지난 시간 배운 대로 망설임 없이 방아쇠를 뒤로 당겼다.

―.

총성은 울리지 않는다.

왜냐하면, 그건 시끄러워서 듣고 싶지가 않거든.

격발과 동시에 그녀를 향해 달려오던 괴물 한 놈이 나가떨어졌다. 놈의 대가리에 생겨난 동그란 검정 구멍이 아무런 소음 없이도 무사히 총이 격발됐음을 증명하고 있었다. 다만, 총상으로부터 생명체라면 응당 가지고 있을 피가 흘러나오지 않았다.

신서울은 붉은 게 보기 싫었다. 그건 귀를 멍하게 만들어서 듣기 싫은 총의 커다란 격발소리 이상으로 소름 끼치고 혐오스러웠다. 그 의지가 반영이 된 걸까. 아무래도 이곳, 망상의 공간 속에서는 그녀가 정말로 경험하기 싫은 건 구현이 되지 않는 모양이었다. 상상 속에 억지로 끌려 들어온 건 악몽을 꿨을 당시나 지금이나 매한가지였지만, 죽음의 현장을 반복해 봐야 했을 때와 달리 이곳에선 그녀의 의지가 고스란히 반영되고 있었다.

당장 움직임부터가 차원이 다를 정도로 역동적이니, 현실과의 큰 괴리가 없었다. 이만하면 그녀가 며칠 전 필수이론 시간 때 배웠던 꿈의 종류 중 하나인 '반 자각몽'이라 불러도 좋겠다 싶을 만큼 말이지.

'후— 그런 건 다 집어치우고 이 상황 자체를 내가 마음껏 다룰 수 있다면 좋으련만⋯.'

아무리 본인의 망상에서 비롯된 상상 속의 내용일지라도 갑작스럽게 들이닥친 괴물놈들의 습격상황을 즐길 수 있을 리가 없었다. 어딘가 어굿나 있는 듯해 보이는 이곳에선 그저 평소에는 잘 알지도 못했던 생존의 투쟁심이 피어올라 자신의 정신을 툭툭 건드리고 있을 뿐, '즐거움'과 관련된 요소는 눈을 씻고 찾아봐도 없다.

아, 시간이 앞으로 나아갈 때마다 점점 정신이 꿈에 빠진 듯이 몽롱해져 그럴수록 자신이 환상에 빠졌다는 사실 자체가 잊혀져가긴 한다. 이 빌어먹을 환상과 동화된 그녀의 목표가 단순한 회피에서 '생존'으로 변경이 된 순간이기도 했다. 동료의 죽음에도 조금의 지체 없이 시꺼먼 괴물 놈들이 달려든다. 놈들이 가진 발톱과 이빨은 사전에 학습 받은 그대로 인간이 두려워해야 마땅할 강력한 무기였다. 아마 연약한 인간의 육신은 저것에 슬쩍 닿는 것만으로도 살갗이 깊숙하게 패여 찢겨나갈 것이다. 시퍼렇게 날이 선 발톱이 자신을 노려온다. 벌린 입안의 벼려진 송곳니가 번뜩였다. 그녀는 왜인지— 아무리 동화율이 높아졌단들 이곳이 현실이 아닌 환상이라는 것을 알고 있어서 그런 걸까, 현실과 똑 닮은 검은 짐승들의 공세가 조금도 두렵게 느껴지지 않았다. 그녀는 자신의 것 같지 않은 차분한 마음으로 스스로가 창조해낸 '총알이 무한한 총'을 견착해 차분히 놈들을 겨냥한 뒤, 한발에 한 놈씩. 착실히 그 숫자를 줄여 나갔다. 쏘고, 쏘고, 계속해서 또 쐈다. 곧이어 괴물들의 사체로 작은 동산이 만들어졌다.

그렇다고 해서 처음으로 살아있는 생명을 죽였다는 죄책감이 생겨나거나 하는 일 따윈 발생하지 않았다. 뭘 느끼기에 이곳에는 피도, 소리도 아무것도 없다. 그러니 고작 해봤자 차체 내부에 박힌 표적지를 향해 총알에 제한을 두지 않고서 마음껏 쏘는 듯한, 그런 통쾌한 기분만이 들 뿐이었다.

잠시 숨을 고른 신서울이 주위를 둘러봤다. 이곳에선 죽여도 죽여도 그 끝이 나질 않았다. 아니, 줄어들긴커녕 괴물 놈들의 숫자는 처음보다 오히려 더 불어나 있었다. 자신이 죽이는 속도보다 놈들이 증식하는 속도가 더 빠르다. 그러다 보니 결국 검은 짐승들로 그녀의 주변 공간이 꽉 차 버리게 됐다. 놈들의 습격이 점점 일체화가 되면서 보는 이의 관점에 따라 검은 해일이라 불러도 될 만큼 기이해지고 웅장해졌다. 어느덧 사방에 가득 찬 괴물들을 어디로도 피할 도리가 없어 놈들의 발톱과 이빨을 육신에 허용하기에 이르렀다. 총알에 신체를 정통으로 가격당해도 겉보기엔 멀쩡하던―비록 놈들에게 주어진 거짓 생은 마감됐지만―괴물들과 달리 그녀의 육체에는 짙은 상흔이 생겨났고 그 이음새 사이로 붉은 피가 몽실몽실 흘러나왔다. 알싸한 고통이 느껴짐과 동시에 참기 힘든 비명이 터져 나왔다.

어라, 이게 뭐야… 설마 나 이대로 죽는 걸까? 내게 주어진 삶은 여기까지라고?

신서울은 자신의 죽음을 그려봤다. 그러나 이것은 결코 현실이 아니다. 이 모든 건 스스로의 상상으로부터 비롯됐을 뿐. 신서울의 두 눈이 가라앉는다. 그러니, 이제는 현실로 돌아갈 때다. 그렇게 마음을 먹자 신서울의 정신은 스스로가 만들어낸 가상의 공간에서 빠져나와 제자리로 돌아왔다.

"이봐, 정신 좀 차려봐! 야, 신서울!"

체감상 수 분이 흘러 돌아온 현실에선 안젤라가 자신의 양어깨를 붙잡은 채로 뭐라 뭐라 소리치고 있었다. 그녀로서는 그럴 수밖에 없었겠지. 방금 까지만 해도 잘 나아가던 신서울이 갑자기 뭔가에 홀린 듯이 제자리에 뚝 멈춰 서서는 초점을 잃은 눈으로 넋을 놓고 식은땀을 마구 흘려댔으니까. 정상이라면 절대 이럴 리가 없음을 당연히 잘 알고 있다.

가까이 다가가 신서울의 상태를 확인해본 안젤라는 다급해졌다. 여기까지 잘 와서, 이 작은 아이를 허무히 잃으면 안 됐다. 아직 자신들의 희생에 비해 얻은 것이라곤 아무것도 없었다. 이렇게 헛된 낭비를 하기에는 지금까지의 고난이 너무 억울했다.

"신서울!"

"컥, 커허억!"

안젤라의 그런 간절한 마음이 닿은 걸까, 거친 침음성과 함께 신서울의 정신이 현실로 완벽히 되돌아왔다.

"정신이 좀 들어? 자 여길 봐봐 정신 차렸으면 이게 몇 개인지 말해봐."

손가락으로 V자를 만들어 보인 안젤라가 채근하듯이 물었다. 잠시 침묵하다가 뒤죽박죽 하던 정신이 어느 정도 가라앉히는 데 성공한 신서울은, "두…. 두 개요."라고 얼떨떨한 목소리로 대답한다.

"아휴 심장아, 놀랬잖아 왜 그런 거야 갑자기 몸 상태가 이상해지기라도 한 거야?"

"그게… 저도 잘 모르겠어요."

신서울은 혼란스러웠다. 뭐였던 걸까 방금 전에 난 무얼 하고 있었지? 뛰어난 기억력이 거의 유일한 제 장점임에도 자신이 뭘 하고 있었던 건지 가물가물 잘 떠오르지가 않는다.

"아휴 이런 위험지대에선 몸 상태가 최상이라 말해도 불안할 판국에… 이것 참….'

안젤라가 한숨을 푹 내쉬었다. 상태가 좋아 보이지 않았지만, 그렇다고 되돌아가기엔 벌써 늦어버렸다. 보급기지 내 창고가 바로 코앞에 있다. 그러면 불안요소를 보인 신서울을 차라리 이 임무에서 아예 배제시키면 되지 않겠느냐, 그런 타당성을 내뱉어 주장하기엔 바깥 부대원들의 암묵적인 '룰'이 발목을 붙잡는다. 전력을 잃은 후로 자동화가 전혀 되지 않은 탓에 보급기지 내의 대부분의 물자품은 사람이 직접 옮겨 차에 실어 옮겨야 했고, 그럴 때면 고사리 같은 손이라도 더해야 위험의 노출을 줄인 채로 조금이라도 안전을 보장받을 수가 있었다.

바깥에서는 한쪽이라도 팔다리가 성히 움직인다면 남녀노소 그 누구라도 예외 없이 본인에게 할당된 일을 수행해야 했다. 그렇지 않고선 나의 생존을 보장할 수가 없었으니까. 나약하고 쓸모가 없는 존재는 늘 도태될 뿐이었다. [다 같이 살아남으려면 식량만 축낼 줄 아는 불필요인자를 우리의 세상에서 배척하자.] 신의 은혜를 갈구하는 주제에 바깥사람들의 사고는 무 쓸모에 대한 원색적인 비난에 너무나도 익숙해져있었다.

"일단 다시 들어가자. 아무래도 좀 쉬어야겠어."

안젤라가 말했다. 아예 이번 작전에서 신서울을 배제시키는 것은 불가능한 일일지라도 부분대장의 직권으로 삼십 분 정도의 휴식을 가지는 것을 요청하는 건 무리가 없었다.

곧바로 분대장인 박종규 중사에게 찾아가 사정을 설명하고 허락을 구한 안젤라는 다른 대원들에게도 양해를 구하고 이상 상태를 내비친 신서울과 함께 차량의 안쪽으로 들어갔다.

…

그로부터 삼십 분 뒤, 머리부터 발끝까지 전투태세로 완전 무장을 마친 A팀-열두 명의 분대원들이 다시금 보급기지의 정문 앞에 도열했다. 그들은 서로의 장비나 몸 상태에 이상 유무가 없음을 최종적으로 체크하고, 각자의 임무분담 및 작전토론까지 마친 후에서야 분대장 박종규 중사의 출발 수신호에 맞춰 마치 한 몸처럼 나아가기 시작했다.

끼이익—.

관리가 잘되지 않아 녹슨 쇠 음을 동반한 채로 정문이 열린다.

막 들어선 내부는 사람이 손길이 닿지 않은 지 오래라 몹시 적막하고 고요할 뿐이었다. 선두에 선 병사 한 명이 야간투시경을 낀 채로 주변을 샅샅이 살펴봤지만 아직까지 아무런 이상 낌새가 감지되지는 않는다.

다행히 사라진 인간을 대신하여 바깥세상을 점령한 그 무도한 포식자들—, 통칭 '괴물'이라 명명이 된 놈들은 아직 이곳까지 침투하지 않은 듯 보였다. 한시름을 놓을 경사이긴 하다만은 그래도 끝까지 방심은 금물이었다. 약 사십 년 전 인간과 생존을 위한 전쟁을 시작하면서부터 거듭된 진화를 통해 자연스레 '은신능력'까지 체득한 놈들이었다. 분대원 모두는 그 사실을 익히 잘 알고 있었다. 뒤늦게 실전에 참여하게 된 신서울조차 대원들이 워낙 놈들의 최중요 위험요소로서 은신능력을 강조하던 탓에 직접 경험해보지 않았어도 그것의 위험도를 잘 이해하고 있을 정도.

그러니 적이 당장 눈에 보이지 않는단들 위험도가 줄어든 건 아니었다. 사주경계를 철저히 하며 원형방진을 그려낸 분대가 특정지점부터는 아주 천천히 앞으로 나아가기 시작했다. 그들의 계획은 간단했다. 1단계로 전 부대원이 직접 보급 기지 내에 진입하여 이상 유무를 파악한다. 그리고 2단계, 아무런 이상이 없다면 보급품을 싣기 위해 바깥에 세워둔 장갑차를 끌고 온다. 그러지 말고, 처음부터 외부의 공격으로부터 방비가 가능하도록 설계가 된 튼튼한 장갑차에 탑승한 채로 진입을 하는 게 더 안전하지 않느냐는 의문을 갖기에는, 그 지독한 괴물 놈들의 습성을 알지 못하는 이들만이 가벼이 범할 수 있는 전형적인 무지의 오류였다.

동물에서 변형된 생명체치고는 제법 똑똑한 지능을 가진 괴물들은 몇 번의 과정을 통해 연식이 오래된 장갑차의 약점을 잘 알고 있었다. 그리고 이는 필시 '진화'의 산물이리라. 인간과의 거듭된 전쟁을 통해 맨 처음만 해도 공략불가로 자리매김했던 장갑차의 이음새에 철판조차 부식시킬 수 있는 강력한 독성의 침을 흘려보내 차체를 완전히 망가뜨리는 건 이젠 인간과의 전쟁을 경험해 보지 못한 어린 개체들에까지 유전자 위에 새겨 알고 있을 만큼 놈들의 아주 당연한 본능이 됐다.

지구상 모든 생명체가 그러했다. 생존하고자 하는 유전자의 궁구의 변화는 지극히 당연하고도 일관된 탐욕이 어떤 삶과 위기의 세월을 거쳐 가며 살아남기 위해서 빠르게 가장 긍정적인 방향의 진화를 야기시킨다. 그렇다면 이 진화는 신의 축복이 닿음인가, 그냥 자연스러운 현상일 뿐인가. 괴물들의 무시무시한 발전 속도를 현재진행형으로 직접 마주하게 됐을 때 대체 그 누가 신이 오직 인간의 어두운 앞길만을 밝혀주고 있다고 자신 있게 선언할 수 있겠는가. 애석하게도 그건 과거에도 현재에도, 까마득한 미래에조차도 증명할 길이 없는 이 세상의 지극히 당연한 흐름, 그 일면일 뿐이었다.

여하튼 최소한 겉면으로나마 신의 가호를 방패로 삼고 있는 그들은 오직 생존과 영광을 구하기 위해 의심을 접고서 각자의 신념을 굳게 다진 채로 나아갔다. 누구나 훗날보단 현재, 지금 당장의 생존이 가장 중요했다. 오늘을 살아남는 것. 그것이야말로 바깥에 살아남은 인류의 유전자 DNA에 최우선으로 새겨진 생존의 본능이었다.

탕!

그때, 보급기지 내에서 우렁찬 총성이 울려 퍼진다. 놀랍게도 총성을 발한 범인은 다른 이가 아닌 신서울 이병이었다. 그녀의 예민한 귀가 누구보다 빠르게 괴물들의 움직임을 포착해낸 것이다. 이미 상상 속에서 먼저 경험까지 해본바, 그녀는 이것이 자신의 첫 실전임에도 너무나 익숙하고 능숙한 동작으로 평범한 이의 시야로는 닿지 않는 어둠의 지점을 향해 지체 없이 발포했다.

아우우—!

그와 동시에 놈들의 하울링 소리가 울려 퍼진다.

"씨발…."

곧바로 누군가의 욕지거리가 그 뒤를 이었다. 빌어먹을, 어째 오늘은 조용히 좀 넘어가나 했더니만, 참으로 지긋지긋한 놈들이다. 애석하게도 이곳에는 괴물들이 먼저 자리 잡았음이 밝혀졌다.

"다들 포메이션을 전투대형 넘버 식스로!"

분대장인 박종규 중사가 능숙히 지시를 내렸다.

"코드 레드 발생! 코드 레드 발생! 전 분대원은 적이 나타나는 즉시 지체 없이 사격하라!"

그건, 작은 전쟁의 서막을 알리는 선고이기도 했다.

타타탕탕탕탕!

훈련받은 포메이션대로 원형을 이뤄 서로의 등을 맞댄 분대원들이 사방에서 들이닥치기 시작한 괴물들을 향해 아낌없이 총탄을 쏟아부었다. 이쪽이 고작 열두 명에 불과한 것에 비해 놈들의 숫자는 족히 수백 마리가 넘어 보였다. 무기의 이점이 있더라도 명백한 인간 쪽의 열세다.

"이런 쌍, 아주 여기다가 둥지라도 틀었나 보구먼."

누군가가 분개하며 지껄였다. 모두의 머릿속에는 같은 생각이 스쳐지나갔다

빌어먹을, 이건 적당히 상대하기에 틀렸다고.

괴물이 최소 수백 마리에서 어쩌면 수천 마리까지 존재할 놈들의 생산지인 '둥지' 한복판에 놓이게 되다니. 2군단의 본부대나 최소한 1중대의 전체가 투입됐다면 모를까 단독임무를 수행코자 떨어져 나온 겨우 열두 명의 분대원만으로 해결할 문제가 아니었다. 우리는 너무 성급했다. 원래라면 벌집을 건드리는데 몹시 철저한 사전준비와 수색을 겸했을 테지만, 급박한 상황이 상황이다 보니 그럴 겨를이 없었다.

"아아, 아버지시여…."

사방으로 물밀듯이 괴물들이 몰려온다. 이건 예견된 종말이고, 감당할 수 없는 재해였다. 라펠트에서도 최고의 엘리트라 대우받던 대원들 모두가 이 순간 자신의 종말을 예견했다.

단 한 사람, 신서울 이병만을 제외하고서. 상상만큼이나 흉악한 놈들에게 둘러싸였음에도 신서울의 감정은 아주 고요했다. 격발을 멈춘 채 오도카니 멈춰선 그녀의 주변으로 시간의 꽃잎들이 흩날렸고, 무수히 많은 기억의 단편들이 그녀의 곁을 스치고 지나갔다. 그리고 그제야 그녀가 진정으로 마주하고 싶었던 것이 아주 조금씩 그러나, 명확히 눈에 잡히기 시작했다. 지금 이 자리에 선 신서울로부터 안젤라나 신을 맹목적으로 믿지 않은 다른 이들이 냉소 짓던 '기적'이 일어나고 있었다.

단순히 유전자 조작만으로는 완벽히 설명하지 못할 깊이 있는 무언가가 매초, 매분이 지나갈 때마다 신서울의 존재를 두들겨대, 반 강제적으로 그녀의 발전을 도모했다. 이것은 '죽음'과 같이 누구도 참뜻을 규정하지 못할 초월적인 세계의 것. 인류가 이곳에 존재하는 동안 어쩌면 영원히 밝혀내지 못할 수도 있는 깊은 비밀이 신서울을 감싸들었다.

신이 없음을 그렇게나 외쳤건만, 그녀를 지켜보는 이들이 홀로 태양빛만큼이나 환해져있는 그녀를 보고서 '신이 깃들었노라' 말하는 것 외에는 그녀의 모습을 설명할 길이 없었다. 그렇다고 그것이 우리들이 믿는 전지전능함과 불멸, 위대함 같은 초월적인 종류의 것은 결코 아니었다. 단지 신서울은 인류가 발전시키고 그녀의 몸에 가두어두었던 어떤 것을 위기의 순간에 맞춰 되찾았을 뿐이다.

"Krrrrr—!"

그녀의 목을 거쳐 알 수 없는 지독한 괴성이 터져 나왔다. 인간의 목으로는 불가능할 초고주파가 섞인 괴음. 그리고 그 순간, 감히 자신들의 기지를 습격해 들어온 인간들을 표적 삼아 본능에 따라 달려들던 수백의 괴물들이 일제히 멈춰 섰다. 불을 뿜어대며 총구를 벗어난 총알이 여전히 놈들의 신체를 꿰뚫고 있음에도, 맥없이 자신들의 생이 꺼져가고 있음에도 불구하고 괴물들은 마치 못에 박힌 듯이 고정된 채로 그 자리에서 움직이지 않았다.

그래, 이 순간은 분명한 기적이었다.

하지만 기적이긴 기적이되, 바깥 이들이 부르짖는 진실한 '신의 이적'의 현장은 아니었다. 본디 저 괴물들의 정체는 자신들에게 사사건건 방해가 될 게 뻔한, 혹시 모를 바깥의 생존자들을 세상에서 완전히 배제시키고자 '도시 신서울'을 지배하는 이들이 슈퍼컴퓨터의 지능을 빌려 제작한 후 세상에 풀어놓은 이질적인 새로운 존재들. 바깥에서 생존하는 모든 것을 죽여 말살하고자 한 그들의 몹쓸 의도에 따라 표범의 인자 및 여러 맹수의 인자를 합해 탄생하게 된 그것들은, 오직 맹수의 본능만을 가진 흉포한 형태를 띠게 됐으나, 아무리 진화를 거듭해도 고작 수십 년의 진화만으로는 풀어낼 수 없는 명백한 제약이 존재했으니.

방금 신서울이 꺼내든 이상한 괴음이 바로 그것이었다.

그녀의 머릿속에는 그녀가 알지 못하는, 이 세계의 진리— '과학이 이룩한 결과뭉치덩이'가 들어차 있었다. 실험체 중에서도 발군의 두각을 드러내던 신서울을 인간의 한계를 넘어서 인외의 존재로서 진화시키고 자 한 프로젝트 X의 첫 실험 담당 박사의 소행이었으나 이것은 오직 박 사가 비밀리에 저지른 독단행위였을 뿐이기에 모종의 이유로 그가 죽어 이 세상에 존재를 감추게 된 현재, 이 충격적인 비밀을 알고 있는 사람 은 적어도 도시 신서울 내에는 아무도 없었다. 특혜의 해당 당사자인 신 서울 본인조차도 전혀 모르고 있던 놀라운 비밀이었으니 말이다.

탕—!

한참을 더 흘러, 누군가가 쏜 총탄에 의해 마지막 괴물까지 쓰러졌다. 죽음의 고비를 눈앞에 두고서 모두는 단순한 경상의 부상자조차 한 명 나지 않은 최고의 대승을 거머쥐었다. 그것도 그들의 신으로부터 '기적 의 아이'라고 신탁이 내려왔던 소녀가, 그들 앞에 보여준 명명백백한 **기 적**으로 인해서.

"와아아아 뭐야 이겼다—!"

"오오오… 신이시여—!"

"아아, 역시… 역시 우리의 신께서는 이 세상에 존재했어! 지금 이 순 간이 바로 그 증거잖아! 의심해서 죄송합니다!"

분대원들이 주체하지 못하고 환호를 터뜨렸다. 인간이란 이렇다. 알지 못한 신비를 직접 마주하거나 경험하게 되면 자신도 모르는 새 경외심을 갖게 되고 여전히 베일에 싸인 존재를 진심으로 추종하게 된다. 인간은 다른 어떤 생명체보다도 이성적임과 동시에, 역설적으로 그 어떤 생명체 보다도 감성적이기도 한 이율배반적인 존재였다. 뭐, 그런들 어떠한가.

어찌 됐던 승리를 거머쥐었고 이것이 누천년 인간이 이뤄낸 삶의 일면 임을 그 누구도 정면에서 부정할 수 없었다. 특히나 세상이 몰락한 현재에 와서는 그게 뭐가 됐든 진정한 의미는 중요치 않았다. 생의 의지를 북돋을 수가 있는 것이라면 닥치는 대로 원동력으로 삼아 생존하는 것이 다른 무엇보다 최우선으로 중요했으니까. 살아있기 때문에— 이유는 오직 단 하나, 그것으로 족했다. 구태여 다른 이유를 덧붙여 설명할 필요가 없었다. 잠시간 지속되던 환호의 순간이 지나가자 여전히 승리의 환희에 취해있던 분대원들이 하나둘 잔혹한 현실의 냉정함으로 되돌아왔다. 여전히 바라보는 것만으로도 인상이 찌푸려지는, 지독하기 짝이 없는 현실의 위에 서있건만 이적의 순간을 직접 경험한 모두의 만면에는 서로 닮은 설핏한 미소가 그려져 있었다.

단 한 사람— 능글맞은 표정이 강하게 일그러진 '강진 상병'의 얼굴만을 제외하고서는.

"서울아… 아아 아니, 서울 님."

그들 중 가장 먼저 제정신을 차린 안젤라가 공손히 손을 모은 채로 신서울의 앞에 섰다. 날 때부터 세뇌를 당해 어느 순간에서든 신화에 깊이 젖어있는 타인들보다는 그래도 나름대로 이성적이라고 평가할 수 있는 그 안젤라 상병조차도, 여전히 기적의 전율에 감화된 채 흥분을 가라앉히지 못한 상태였다. 아무리 강한 척을 해도 인간은 나약하다. 누구나 벗어나지 못할 '죽음'이란 굴레에 갇혀있을뿐더러 그 누구도 앞으로의 일, 미래를 알 수가 없기 때문이다. 전지하며 전능한 신이 그런 나약한 인간들의 숭배 대상이 되는 이유였다.

신서울은 방금 전 선보인 이적으로 막연함으로만 가득 차 불확실하기 짝이 없는 어두컴컴한 미래의 길을 밝혀줄 전지한 횃불 같은 존재로 등극하게 됐다. 좀 전의 일은 그런 취급을 받아도 될 만큼 극적이고 화려했기에 이중 그 누구도 이와 같은 사실을 의심하는 이가 없었다. 설령 신의 존재 자체를 비웃던 이단아라 할지라도 이번만큼은 예외가 될 수 없었다.

"네, 네?"

"존대라뇨! 앞으로 말씀 편하게 하세요. 전능하신 구주께서 인류를 구원하고자 은총으로 내리신 당신께 우리가 만든 계급의 가치는 그저 무의미한 것입니다. 그간 믿지 않고 의심하여 죄송했습니다. 부디 당신께서 나약한 우리들을 이끌어주십시오. 간곡히 부탁을 드립니다. 아버지의 대리자시여…."

털썩. 안젤라가 호소하며 무릎을 꿇자 나머지 사람들도 너나 할 거 없이 무릎을 꿇어보인다.

"부디 구원을 베풀어 주시옵소서!"

그들이 일동으로 외친다.

"아니… 다들 왜…."

말을 흐린 신서울은 제게 닥친 이 상황이 몹시 떨떠름할 뿐이었다. 대체 뭐가 어떻게 된걸까. 그녀는 아까 전 자신이 무슨 행동을 한 것인지 본인 스스로조차도 제대로 인지하지 못했다. 다시 하라면은 음… 대충 흉내 정도는 낼 수 있을 것 같다만은… 아직 지식이 알려지지 않았을 뿐이지 이건 꼭 그녀 자신이 특별해서 할 수 있는 것이 아닌 것만 같았다. 자신이 선보인 건 어디까지나 '이성의 영역'에 머물러있는 현상이었다.

"저… 음… 일단 모두 일어서시죠."

그녀가 그 말을 꺼내들자마자 읍해있던 병력들이 일사분란하게 일어서서 대열을 갖췄다. 그 모습에 신서울은 자신이 흡사 이들의 지휘관이라도 된 듯 묘한 기분에 빠져들었다. 분명 자신은 이곳의 그 누구보다도 가장 낮은 밑바닥의 위치를 가졌을 텐데도 말이다.

'정말로 내가 그, 예언의 아이인 건가? 하지만…'

홀로 한참을 고심해 봤으나 그렇다 기엔 뭔가 아귀가 딱딱 들어맞지가 않는다. 본인부터가 그런 자각이 일 푼도 없을뿐더러, 애당초 분대 내 이론시간 때 그녀가 읽은 바깥이 들의 성경 속 기적의 표현과는 처음부터 끝까지 제대로 들어맞는 부분이 하나도 없었다.

'모르겠어…'

그녀는 복잡해지려는 생각을 아예 관두기로 했다. 해답이 나오질 않는 문제를 풀어내려고 우악스럽게 매달려 고집하는 것은 바보 같은 짓임을 직접 여러 번 체험해봐서 잘 알고 있기 때문이었다.

결심을 한 신서울이 입을 뗐다.

"저…. 박종규 분대장님"

"아… 넵! 말씀하십시오."

"저는 이런 대우를 받을 사람이 아니며 아직도 제대로 아는 것이 극히 드물어요. 지금처럼 분대장님께서 저희를 통솔해주세요. 그리고 나머지 분들도 저를 전처럼 편하게 대해주셨으면 좋겠습니다. 부탁드립니다."

신서울은 자신의 진심을 담아 현 상황에 가장 적합할 해결책을 꺼내 들었다. 그들은 거대한 전쟁을 목적에 둔 본부대를 돕고자 보급임무 수행을 위해 이곳에 온 것이고, 자신이 특이한 이변을 보였단들, 부대를 통솔하기 위한 지식과 역량 따위가 턱없이 모자란 자신이 갑작스레 한 분대의 통솔자가 되어 달라는 건 그야말로 터무니없는 소리였다. 그들의 중대는 본 대대를 궤멸시킨 정체불명의 적과 목숨을 건 전쟁을 코앞에 두고 있었다. 하―, 뒤늦게야 박종규 중사가 긴 탄식을 흘렸다. 소녀의 말이 옳다. 지금은 감성의 늪에 빠져 허우적거릴 여유를 보일 때가 아니었다. 생존자들의 생존을 위해 당장 1분 1초의 시간이 급하고 귀중한 시점이었다.

"그… 알겠다."

"…"

대원들 중에서 납득하는 이도 있고 그러지 않은 이도 있는 듯했지만, 어쨌든 최고 통솔자가 정신을 차린 덕에 일행은 서둘러 임무를 다시 재개했다. 확인 차 보급기지의 관내를 삼십 분가량을 더 둘러봤으나 괴물 놈들은 아까 모두 해치운 것인지 더 이상 나타나지 않았다. 남겨진 흔적도 미미했다. 괴물 놈들의 둥지가 이곳과 가까울지는 몰라도 아무래도 아직은 이곳 자체를 둥지로 삼은 건 아닌 듯 보였다.

괴물들은 보통 라펠트의 사람들이 '둥지'라 명명 지은 그들만의 아지트를 구축해두고서 적게는 수십에서 많게는 수백 마리까지 공동체를 이루어 무리 생활을 했는데, 방금 대원들이 조우했던 [사냥 무리]와 둥지 내부를 보호하는 [수호 무리]로 그 역할이 나눠져있었다. 놈들은 인간으로서는 쉬이 상상치 못할 엄청난 번식률을 가진 덕에 둥지를 완전히 괴멸시키지 않는 한 빠르게 숫자를 증식시켜 골칫거리가 됐고 때문에 둥지를 발견하는 즉시, 사활을 걸고서라도 섬멸해야만 했다.

그리고 그건 서로의 생존을 위한 진짜 '전쟁'이기도 하지.

아무리 기적을 다루는 신서울이 함께 있다 해도 이 전력만으로 무수히 많을 변수가 존재할 그런 거대작전을 수행하기에는 어려웠다. 믿고 있던 그녀가 만약 아까 같은 이적을 더 이상 발하지 못하기라도 한다면 어떻게 될까? 더 생각할 것도 없이 분대원들의 전멸만이 결과로 남으리라. 분대장은 딱 고조되기 직전 멈춘 현 상황에 안도를 하며 자신의 역할 수행에 박차를 가했다.

"확인결과 1번 창고라인의 식품 쪽은 겉 창고 몇 개를 제외하고는 다행히 모두 무사하군."

"분대장님, 무구 보관고에도 크게 문제가 될 만한 건 없습니다."

세세히 살펴본 보급기지 내부에는 괴물 놈들의 침입으로 인해 손실된 보급품이 거의 없었다. 그제야 안도의 기색을 내비친 일행들은 처음 계획했던 대로 물자들을 싣기 위해 장갑차를 끌고 오기로 결정했다. 이후의 일은 일사천리로 진행이 됐다. 임무를 끝마치고 보급기지를 벗어난 장갑차가 설정된 정상궤도를 따라 질주를 시작한다. 그들은 이제 이틀 정도를 더 나아가 사전에 약속했던 본부대와의 합류 장소에 무사히 도착하기만 하면 됐다.

5-(2). 신비를 행하다, 각자의 감정과 악의의 충돌, 일체유심조(一切唯心造), 그의 등장

큰 고비 하나를 넘긴 기념으로 그날 저녁, A팀 분대에는 분대장의 재량하에 조촐한 '승전기념파티'가 열렸다. 적어도 '신서울 탈출 작전'에 투입이 되었던 A팀 분대원들이 거의 9개월은 여유롭게 쓸 수 있는 양의 보급품을 확보했으므로, 승전을 기념하여 낭비로 점철된 하루의 여흥쯤이야 큰 문제가 될 것이 아니었다.

승전을 기리고자 차량의 식당구역에 한데 모인 분대원 각자에게 최소 수십 년은 묵었을 고급 양주가 한 잔씩 돌아갔다. 받은 잔을 흘깃 보다가 질색을 하며 얼굴을 구긴 이가 있는 반면, 어떤 이는 그것이 신성한 성수라도 된다는 양 경건하고 엄숙한 표정으로 받아 들었다. 하지만 술

마시길 거부하는 이는 그들 중 아무도 없었다. 제아무리 세상이 요지경이 됐을지라도 승전기념파티에 음주가 빠질 수가 있겠는가. 인류가 아주 먼 고대에 알코올의 효용을 발견한 이후, 세상이 멸망 직전까지 내몰린 현재까지도 감정에 영향을 미쳐 유희의 감정을 북돋고 애환을 잊게 만드는 술의 가치는 예전보다 높아졌으면 더 높아졌지 조금도 뒤떨어지지 않았다.

"모두 고생했다 제군들. 늘 우리를 지켜보고, 보듬어주시는 우리의 구주, 아버지 신께서 내려주신 은혜를 기리며 감사한 마음으로 한잔하자! 건배—!"

"만물의 창조하신 위대한 분, 하늘에 앉아 계신 우리들의 지엄한 아버지를 위하여!"

"위하여—!"

서로의 잔이 맞부딪친다. 모두가 즐길 파티연회가 시작됐다.

"위하여…."

갑자기 펼쳐진, 쉽게 적응 못할 흥겨운 파티의 분위기에 떨떠름함을 느끼며 소란의 중심지에서 최대한 멀찍이 떨어져 앉은 신서울은 이들의 행태를 따라 하며 술을 한 모금 머금었다가, …! "욱…." 그 역하고도 씁쓸하고 독한 알코올의 맛에 도저히 삼킬 엄두를 내지 못하고 머금었던 술을 다시 들고 있던 잔 안에다 전부 토해내버렸다.

"하이고 저 귀한 걸…."

"…쯧."

그 모습에 저도 모르게 인상을 구기며 탄식을 내뱉는 이들이 있었다. 그들은 애주가란 타이틀을 내줘도 무방한 몇몇 대원들이었다. 그러나 제아무리 신서울이 본인의 입으로 자신을 처음 봤을 때 그대로 편하게 대해달라고 말을 했어도 최소한 표면상으로라도 신을 믿는 입장에 서있는 이들로서는 어쩔 수 없는 기묘한 거리감이 느껴지는 터라 신서울에게 직접적으로 불만을 표하는 이는 이 중 아무도 없었다.

기적의 아이―,

대관절 그 뜻이 가리키는 것이 무엇이길래 험한 세상을 굴러가며 자라온 대원들에게 이토록이나 눈칫밥을 먹이는 걸까. 그녀의 존재를 정의 내리자면 그들이 맹신하는 신께서 우리들을 구원하기 위해 선사한 직접적인 기적이고, 그분의 은혜가 닿은 손길이었다.

신에 대한 믿음의 결정체라… 좋다 좋아, 헌데 그렇다면 신에 대한 이 맹목적인 믿음은 도대체 어디서 기인이 된 것인가. 여기 모인 이들은 신이란 요소만을 제한다면 꽤 합리적인 생각을 할 수 있을 만큼 의식이 깨어있는 존재들이었고, 생존을 위해 잃어버린 게 많긴 해도 지난 세월의 과학이 밝혀낸 비밀스러운 세상의 결과물들을 삶에 필요한 만큼은 똑똑히 인지하고 있었다. 다들 그런 만큼의 고등교육을 거친 인재들인 것이다. 그러므로 이것은 필시, 멸망한 세계에서도 인간의 이성 체계를 과거가 아닌 현대적으로 구축할 수 있는데 막대한 지지 역할을 해준 하나의 '보호막'이었다. 현 바깥의 사람들은 구시대의 사람들처럼 월식 같은 신비 현상을 목도하고도 신께서 노했노라 두려움에 떨지 않았다. 그런 현상과 마주했을 때는 그저 덤덤히, "아, 태양-지구-달이 공전하다가 일렬로 늘어서게 됐을 때 지구의 그림자에 달이 들어와 햇빛이 가려졌구나.", 하고 과학의 지식을 토대 삼아 무덤덤하게 넘길 뿐이었다.

헌데 그만큼이나 지극히 뚜렷한 이성관과 지식을 가진 사람들이 눈에 보이지 않는, 존재를 증명할 수 없어 어쩌면 '허구'일 수 있는 오직 믿음의 대상 체, 허상의 틀 안에 갇힌 [신]을 맹신하며 품게 된 걸까? 설마 인간의 몸을 빌려 기적을 행사하다가 온 세상의 죄악을 대신 짊어지고 죽음으로서 말미암아 세상을 정화하고 떠나갔던 성경 속의 예수 그리스도의 재림이라도 있었던 걸까? 결론만 놓고 말하자면 '아니다'였다. 이들의 신에 관한 맹목적인 숭배가 어디서부터 시작된 건지 알기 위해서는 이들에게 계기를 내어준 과거를 들출 필요가 있었다. 지금으로부터 수십 년 전, 신서울의 중심이 된 특정 권력자들에게 도시의 일원으로 선택받지 못하고 위험으로 가득 찬 바깥세상으로 내몰리게 된 소위 '부적응자'들은, 리더 역을 자청하는 몇몇 지성인들의 통솔하에 재빨리 그들만의 거대집합체를 이뤄낸다. 그러나 '살아남아 우리의 후대에게만큼은 안정적인 삶을 물려주자'를 첫 기치로 내세웠던 그러한 집합체의 순수했던 설립 의도와는 달리, 당장의 먹을 것조차 모자라진 팍팍한 세상에서 개인의 원초적 욕구를 뜻대로 억제시키기란 말처럼 쉬운 일이 아니었다.

서로에 대한 불신이 짙어지던 와중, 엎친 데 덮친 격으로 식량 고갈의 상황까지 닥쳐오자 그들 사이에선 점점 식인 같은 천인공노할 짓도 서슴지 않게 일어나게 됐다. 저항이 미약한 노인층, 아이들이 그 첫 대상이 됐고 약자들은 모조리 도태되었다.

아아,— 지독하구나 지독한 세상이야. 질서가 붕괴된 세상에서 완벽한 통제는 더 이상 불가능한 일이었다. 사람들은 억압을 받을지언정 저 도시에 남은 사람들이야말로 현명했던 것일지도 모르겠네, 라며 억눌린 탄식을 뱉었다. 권력자들의 놀잇감이 되더라도 그곳에선 종의 보존만큼은 확실히 가능하니까. 우리는 곧 멸망할 거야. 모두가 그렇게 예측했을 때, 기적을 가장한 그것은 느닷없이 찾아왔다. 바이러스의 감염속도보다 빠르게 사람들 사이에 침투하여 그들이 한마음이 되도록 감화시킨 것은 다름 아닌 그들이 살아가던 세상에서는 과학의 발달로 사장되기 직전까지 내몰렸던 '신학', ─전지전능한 신의 존재였다.

지금 바깥세상 사람들이 '대모님'이라고 부르며 신과 가장 가까운 인물이라 칭송을 마다하지 않는 이. 혼란이 가중됐을 때 외부로부터 유입되어 들어와 언젠가부터 모두의 지휘관으로 여김을 받게 된 그녀는, 망가져가던 바깥인들의 체계에 '신'의 존재감을 채워 넣고 자신이 주장한 신의 예언에 따라 세상에 남아있는 옛것들(물자들)을 찾아냄으로 삶에 허덕이고 있던 가난한 인간들에게 기본적인 의식주를 온전히 누릴 권리를 되찾아줬다. 그러니 어찌 의심할까. 가장 나약할 때 그들을 지탱해준 것이 저 하늘 위의 까마득히 높은 곳에 앉아계신 분. 지상 모든 만물의 어버이이시자, 전지전능하고 위대한 우리의 아버지 신이었는데.

막막한 현실을 뛰어넘는 기적을 겪어놓고도 감화되지 않는 것은 이상할 일이다. 우리 인간은 때론 더없이 감성적이기도 했으니까. 그렇기에 여기 모인 이들에게 신서울의 존재의의는 지상에서 끊임없이 벌어지고 있는 불의와 악행을 더 이상 두고만 보고 있지 않고 정화의 과정을 거치기 위해 신께서 직접 이 세상에 내려준 [구원의 손길] 그 자체였다. 애석한 건 3차원에 시선이 고정된 불완전한 우리들로서는 그보다 까마득히 높은 곳. 가히, 몇 차원은 더 높은 곳에 앉아 이곳을 관망하고 계실 그분께서 대관절 어떤 위대한 뜻을 품고서 자신을 대신하고자 저 여리디여린 신서울을 이 땅에 하사하셨는지 재단할 수 없다는 것에 있었다.

우리가 확실히 알 수 있는 것은 오로지 지금 이 순간을 만들고 있는 편린의 한 조각조차 존귀하신 그분의 은혜로움이 미치고 있다는 것과 기적을 목도한 이상 더 이상 그것을 부정하지 못한다. 정도였다. 그러므로 그들은 신서울이 귀한 술에 혐오의 반응을 보이는 단순한 반응까지도 단지 우리가 이해하지 못할 그분의 어떤 숭고하고 위대한 뜻이 숨어

있을 것이다 정도로 멋대로 해석할 뿐이었다. 에이, 그게 뭐냐면서 코웃음을 치거나 이들의 맹목적인 태도를 무조건적인 비판을 하는 건 옳지 않았다. 신자들이 그들의 신을 이해하는데 '믿음'을 최우선시하는 건 예로부터 그러했으니까.

미신이 만연했던 세상을 거쳐 과학이라는, '눈에 보이고 증명이 가능한 세상의 진리들을 토대로 몸을 부풀리게 된 학문'이 불가능을 가능으로, ―가령, 날 수 없는 것이 당연하고 진리인 것처럼 받아들여져 왔던 인간을 날 수 있게 만든 비행기의 개발이라든가. 기적일 것이라고 꿈꿔만 왔던 놀라운 결과들을 연속적으로 이룩해내면서 본격적으로 실생활에까지 지대한 영향을 미치게 된 20세기 무렵부터 생겨난 논쟁이 있었으니, 과학의 탐구가 밝힌 대로 이 세상의 모든 생명체가 미생물에서부터 시작돼 끊임없는 진화를 거쳐 가며 발전해온 것이 맞다면, '닭이 먼저인가? 달걀이 먼저인가?'라는 정답 모를 문제가 있었다. 이는 급속도로 발전하기 거듭하기 시작한 과학의 끈끈한 체계 속에서도 좀처럼 명확한 정의를 내릴 수 없는 애매모호한 난제였고, 여기서 좀 더 나아가 그렇다면 '신과 인간은 과연 누가 먼저 서로의 존재를 창조하였는가?'를 두고 지성인들과 신자들의 의견을 첨예하게 엇갈리게 만들었다. 믿음을 최고의 가치로 여기는 신자들이야 두말할 것도 없이 우리의 위대한 신께서 이 아름다운 세상과 그 외의 모든 것들을 창조하셨노라 입을 모아 주장하고 외치는 반면에 불확실한 믿음 대신 현현하는 실재, 합리적인 이치에 매달려 세상의 과학을 발전시켜온 지성인들은 신을 만들어낸 건 인간의 '상상력'일 것이라고 결론지었다. 여기에는 신자들이 주장하는 믿음보다 타당한 이유가 있었다. 인간이란 어떠한 존재인가. 바로, 사회적 생물이었다. 태초부터 그랬던 건 물론 아니었다. 진화로 존재의 토대를 이룩한 이후, 야생에 흩어져 각자의 삶을 살아가던 초기 고대인들은 그 수가 불어나면 날수록, 뇌의 진화를 거쳐 가며 지성적으로 변화할수록 점차적으로 무리의 생활, 사회 구성의 효용성을 깨닫게 됐고 혈연으로 결속되어있지 않은 낯선 동족끼리 첫 대면을 할 시에도 큰 다툼 없이 공동체로 묶여질 방법이 무엇이 있을까? 란 깊은 고민을 하다가 모두의 관계를 한데 묶어 통일시킬 섬길 절대적인 우상체, 혈연을 넘어설 수 있는 유일한 존재인 전지전능한 신의 탄생을 유발시켰을 것이리라. 그리고 인간의 지난 역사 속의 흔적을 쫓다 보면 그런 합리적 의심이 가능한 증거들이 한가득 이나 남아있었다.

그러나 이 역시 과학이 앞으로 아무리 발전해 나가더라도 결코 풀어내지 못할, 명확한 해답이 없는 문제였다. 그것은 '전지'하지 못한 까닭에 오직 오늘, [현재]의 순간에만 묶여있어야 하는 인간이 인간으로서의 자아와 존재의의를 갖게 된 이곳 지구의 관점에 맞춰 4차원 세계에서 영원토록 머물러 있을 특이점에 불과했으니까.

"저…. 이거 꼭 끝까지 다 마셔야 하는 건가요?"

모두의 집중된 시선에 알 수 없는 부끄러움이 몰려들어 한차례 몸을 배배 꼰 신서울이 나직이 말했다. 또 무슨 신적 메시지가 그녀의 입을 거쳐 튀어나오려는 걸까 싶어 잔뜩 기대심과 긴장에 젖은 채로 신서울의 모습을 관람하던 대원들이 그녀의 예상 밖의 귀여운 질문에 모두 헛웃음을 터뜨린다.

"아하하, 얘도 참… 너무 역하면 참으면서까지 억지로 마실 필요는 없어. 오늘 밤은 모두가 즐겨야 할 파티의 순간이니까 어떠한 강요도 없을 거야. 그리고 이거 엄청 귀한 거라서 누구는 없어서 못 먹는 거라고."

입꼬리를 씰룩인 안젤라가 그들을 대표해 답했다.

'아유 귀여워라.'

승전의 기쁨으로 세운 이 장소가 긍정의 에너지로만 가득 찼기 때문일까, 전에는 미처 볼 수 없었던 것이 뚜렷이 보였다. 생존을 위한 투쟁 때문에 본래 가진 나이보다 훨씬 더 일찍 '어른'이 되어야 하는 바깥의 아이들과는 달리 제 나이 17세 그대로의 소녀티를 아직까지 완전히 벗어내지 못한 '신서울 양'의 신선한 발랄함이 의외로 너무나도 귀엽게 느껴졌다. 안젤라 개인만의 의견이 아니었다.

'어때? 얘 너무 귀엽지?'

안젤라가 눈을 빛내며 주변 대원들에게 넌지시 묻자,

'응, 그러네요, 우리가 지금까지 이걸 왜 몰랐을까?'

그녀와 눈이 마주친 나머지 대원들도 긍정의 의미를 담아 고개를 끄덕였다. 꽤 놀라운 일이었다. 신서울에서는 이미 억압에 짓눌려 사라져 버린 것. 자신이 느낀 걸 억지로 포장하지 않고 고스란히 표현해도 될 '자유'가 이곳 사람들에게는 미약하게나마 여전히 남아 유지가 되고 있었다. 비록 바깥세상 사람들의 이념에 '생존'과 '신학'이 자연스레 섞여들면서 그들이 거주하고 있는 21세기 대한민국의 땅에서는 전례가 없을 만큼의 추구하는 가치관이 변했다만, '생존'을 최우선으로 삼기 위해 모인 이들이 꼭 모든 이의 일관화와 동질화의 생각을 으뜸의 가치로 삼은 건 아니었다. 살기 위한 방도를 찾다 보니 실생활에 어느 정도 공산주의적인 개념이 섞여들긴 했지만, 권력자를 최우선시하는 절대 왕정제를 이념으로 내세운 저 망할 도시 신서울과 바깥세상 사람들이 이룩한 신을 위한 설핏한 공산주의의 이념은 서로 엄연히 틀렸다. 바깥세상에는 옛날처럼 완전한 자유민주주의까지는 아니더라도, 그와 엇비슷한 체계의 흔적이 여전히 남아 유지되고 있었다.

남들이 보기에 라펠트의 모든 것은 신이라는 굴레에 강제로 묶여있어 보이겠지만, 바깥세상이 생존을 보장받기 위해 만들어낸 이념인 신학은 억압을 최우선으로 내세우지 않고 스스로의 자율적 참여를 권장하고 있을 뿐이었다. ―최소한 표면적으로는 말이다.

신은 절대 권력을 지녔으되 그것을 행사하지 않았으니까. 절대적인 왕좌는 늘 비어있는 것이었다. 그래서 아이러니하게도 이들은 자신들 또한 어떤 것에 의해 세뇌당하고 억압당하고 있음을 조금도 인지하지 못하고 있었다. 그렇게 의심할 아무 건덕지가 없었다. '생존'이란 현실적인 문제를 바로 앞에 매달아 놓고, '신'이라는 초현실적인 존재를 숭배함으로써 위안을 얻는다는 모순점이, 그 모순에서 갈라져 나오는 정해진 삶의 흐름이, 인간 개개인이 가져야 마땅할 자유로운 본성과 욕망을 은근슬쩍 억누른 채 대의적인 무언가를 이루기 위해서라면 일생에 단 한번 주어졌을 뿐인 귀한 목숨조차 가벼이 여길 수 있게끔 사회의 흐름과 개인의 신념을 조장하고 있었다. 그런데도 그것을 경배하며 살아가는 바깥의 이들은 '우리는 자유로워!' 따위를 심심치 않게 외치며 생기 있는 삶을 영위코자 자신들의 자유로움을 거짓으로라도 꾸며내고 있었다. 그래. 그들의 세상은 겉보기에만 그럴싸할 뿐이지, 시간이 흘러갈수록 체계를 밑바닥에서부터 붕괴시킬 어그러짐이 점점 더 그 범위를 넓혀가고 있었다. 생존과 신학을 삶의 온전한 흐름으로 놓고 그 외의 것, 개인의 온전한 자유와 생각이라는 가치와 더불어 살아가는데 불필요한 것이라 여겨 놓은 다른 많은 것들을 가급적 배제 시킨 채로 삶을 이어가다 보니까 어느샌가 우리 모두는 이 불완전함을 '완전함'이라고 믿고 의심하지 않고 경배하게끔 세뇌되고 만 것이다.

어쩌겠는가. 모든 것은 그저 '눈 가리고 아웅'이지만, 이 수단 말고는 아무것도 가진 것이 없는 맨몸뚱이처럼 처참히 멸망해버린 세상의 풍파를 견뎌가며 우리는 살아남을 수 있었을까. 멀리 갈 것 없이 당장 한세대만 위로 올려다보아도 그들은 발전한 문명과 자유를 직접적으로 누려본바, 그것의 효용성을 누구보다 똑똑히 잘 알고 있었다. 때문에 살아남은 첫 세대 인물들은 늘 그 이로움과 편리함을 다시 되찾기를 갈망했고 그 순간이 오기만을 간구하고 있었다. 갑자기 닥쳐온 불행은 그간 인류에게 날 적부터 너무나도 당연히 쥐어져있었던 수많은 권리를 아주 손쉽게 앗아가 버렸다. 무언가에 미치지 않고서야 규율과 체계조차 말소된 세상에서 기존의 편리함에만 잔뜩 젖은 채로 살아가던 사람들이 온전한 정신을 유지한 채 풍랑으로 가득 찬 멸망한 세상의 조각배 위에서 살아남기란 어려웠다. 빤히 인간이 이룩한 과학의 산물을 누리며 살아가다가 옛 선조들이 겪었던 야생의 시절 그 비루한 삶보다 못한 곳으로 등 떠밀려버린 셈이었으니까. 누구도 미치지 않고서야 버틸 재간이 없었다. 그 어마어마한 괴리의 간격은 백 마디 말로 떠드는 것보다 단 한번이라도 본인이 직접 겪어봐야지 비로소 이해할 수 있을 것이다. 어쨌거나, 이제 이 세상 어딜 둘러보아도 오늘 하루, 딱 이 순간만을 즐기자는 '욜로'의 마음가짐을 가진 인간은 찾아보기 힘들었다. 과거에는 누구에게나 앞으로 펼쳐질 미래를 내다볼 여유가 있었지만, 지금은 당장 오늘 하루를 살아남는 것만으로도 빠듯하기 때문이다. 모두는 분명 그렇게 시대의 흐름에 맞게 변해가고 있었는데, 그런 그들 앞에 신의 선물이라는 '신서울 양'이 나타남으로써, 자신들이 갖지 못하던 모습을 가까이서 봄으로써— **새로운 변화의 바람은 불어닥치기 시작했다.**

이제 막 바깥 대원들의 마음속에서 발아하기 시작한 새싹들은 언제 짓밟혀 떨어져나가도 이상하지 않을 만큼 연약했으나, 기나긴 역사 속에서도 인간의 진화는 아주 사소한 계기에서부터 시작되었다. 많은 인내의 시간이 필요하기는 했지만… 분명 새로운 변화는 시작되고 있었다.

"딸꾹!"

얼굴이 불콰하게 달아오른 몇몇 대원들이 딸꾹질하며 취한 채로 축제의 순간을 즐긴다.

웅성웅성.

크하하핫!

왁자지껄한 대화 소리에는 좀처럼 보기 드문 해맑은 웃음소리까지 섞여 흘러든다. 계급구조의 딱딱함이 이 순간만큼은 사라지고 모두가 한데 엉켜갔다. 이상하다. 그녀가 있던 곳은 거짓된 따뜻함에 둘러싸인 겨울 속의 얼음왕국이었는데 이곳의 겉면에는 추위가 기승을 부려대고 있었지만 아직까지 진정한 겨울은 찾아오지 않은 듯했다. 신서울의 꽁꽁 얼어붙어있던 마음이 이들이 뿜는 열기를 이겨내지 못하고 간질간질 녹아내렸다

조금씩 마음이 고양된 신서울은 보이는 것 외의 이들이 가진 문제점을 누군가 설명해주지 않아도 알아챌 수 있었다. 그녀가 가진 검정색의 깊고 커다란 두 눈동자가, 그녀가 원치 않더라도 어떤 본질을 꿰뚫어 볼 수 있게끔 조직이 되어있었으니까 모두의 내면을 얼마든지 반추해볼 수 있었다.

이 세상은 현재 따스하나, 그리 오래가지 못할 것처럼 보인다.

으응, 아니— 확실해.

신의 영향력에 잠깐 묶여있을 뿐이지 여전히 표리부동한 세상이니까. 신서울의 머릿속이 정답을 도출해냈다.

어쩐지 그녀는 자신이 이곳으로 흘러온 이유를 알 것도 같았다.

"저 잠깐 바깥에 나가 혼자 있어도 될까요?"

신서울이 말했다.

"윽, 왜? 어디 불편해? 술 냄새가 너무 역해서 그러나…."

"아, 그런 게 아니라 잠깐 혼자 생각할 게 좀 있어서요."

"으음… 반경 30m까지 보호가드를 쳐놓긴 했어도 전우조 한 명 없이 널 혼자 내보내기엔 불안한데… 어떻게 생각하십니까? 분대장님."

"뭐, 야간용 관찰 투시경으로 일대를 한번 살펴보고 이상이 없다면야 2~30분 정도쯤 단독행동을 허가해도 되잖아? 어차피 괴물들은 아버지의 기적 앞에서 무력할 텐데. 신서울 이등병, 나가서 바람 좀 쐬도록 해 좋은 날이니까 이번만 특별히 주는 특혜란 점은 꼭 명심하고."

취기는 사람을 느슨하게 만들기 마련이었다. 나름대로 깐깐하고 원칙주의자인 분대장 박종규 중사의 이례적인 허가에 분대원들은 한마음으로 내일은 해가 서쪽에서부터 뜨려나? 생각했다.

"그러면 신서울 이등병의 이동에는 제가 동행하겠습니다."

그때, 조용히 구석에 박혀서 술을 홀짝이고 있던 강진 '병장'이 인솔을 자청하며 나섰다.

"이익! 네가 왜?"

"너와 달리 내 술잔은 싹 비었거든 어이, 근데 왜 그렇게 열을 내실까? 왜, 설마 내가 이 아이를 으슥한 곳에 데려가서 몹쓸 짓이라도 할까 봐서 그래? 우리의 신께서 내린 유일한 희망한테? 하핫, 그런 걸 차치하고서라도 아까 저 아이의 실력은 여기 있는 모두가 직접 똑똑히 목격했잖아. 첫 괴물을 명중시켜 죽인 게 저 신서울 이병의 사격실력이라고 쯧, 그래도 정 날 못 믿겠다면 권총이라도 한 자루 쥐여 보내던가. 얘가 실수로 날 쏴 죽여도 원망치 않을 테니까. 아아, 아니다 신의 아이에게 죽음을 맞게 된다면 오히려 영광인 셈이지 않을까.”

평소처럼 능글맞게 중얼거리며 어깨를 으쓱해 보인 진의 제스처에 안젤라는 마땅히 대꾸할 말을 찾지 못했다. 바깥세상에서 편애란 단어는 사치였다. 그런 기본적인 것조차 망각할 만큼 자신은 저 조그마한 기적의 아이한테 푹 빠져있었다.

아니 아니지 신께서 직접 택한 아이이니, 이건 정해진 운명의 흐름이 분명했다. 저 작고 사랑스러운 아가씨를 지키는 건 그녀의 몫으로 선택된 것이다. ‘내가, 나만이 적임자야…!’라는 생각에 취한 안젤라가 입을 열어 반박하려할 때,

“그래 네가 책임지고 안내해줘라 진.”

“네 알겠습니다. 어이, 나가자고.”

“…네.”

때는 늦어 이미 상황이 종료되고 말았다.

안젤라의 시선이 신서울에게 닿았다. 잠깐 머뭇거리던 신서울은 안젤라에게 꾸벅 묵례를 해보이고는, 몸을 돌려서 앞서 나가는 진의 뒤를 쫓는다.

“…”

안젤라가 저지하기 위해 손을 뻗으려다가 관뒀다. 군대가 만든 계급사회에서는 어느 때나 자신에게 주어진 ‘계급’이 최우선시가 됐기 때문에, 같은 병사급도 아니고 간부급 상급자의 명령이 떨어진 이상 하급자로서는 타당한 사유 없이 막을 수가 없었다. 보다 낮은 계급을 가진 이는 설령 상급자의 명령이 부조리하다 여겨질지라도 당장에는 그것을 묵묵히 감내하며 받아들여야만 했다.

그것이 바깥세상의 ‘룰’이었다. 룰의 구성이 어찌나 치밀하던지, 여기에

서만큼은 신의 존재를 앞세우기도 애매했다. 첫 시작은 분명히 그런 게 아니었는데, 어느새부터인가 각자에게 배정된 계급이 신을 진심으로 믿든 아니든 남들보다 내가 우리의 '신'과 더 가깝다는 것을 보증해주는 일종의 표식이자 증표쯤으로 여겨지게 됐으므로, 상병 계급에 불과한 안젤라가 자신보다 무려 세 계급이나 위인 '중사' 박종규의 결단에 토를 달 수는 상식적으로 있을 수가 없는 것이었다. 이곳에 서있는 누구보다 신의 뜻에 가까운 것은 분대장인 그였으니까.

"에이 씨…"

분함을 참지 못하고 몸을 축 늘어뜨린 안젤라가 낮은 목소리로 투덜거렸다. 다 같이 고생을 하는데도, 우리들 서로에게는 넘어설 수 없는 신분 차이가 주어져 있었다. 그 눈에 보이지 않는 무형의 선이 각자의 관계를 불합리하게 가르고 나누고 있었다.

'설마, 별일 없겠지? 진 그 녀석이 꽤 사고뭉치이긴 하지만 설마 에이, 그냥 내 걱정이 너무 지나친 걸 거야.'

고개를 털레털레 휘저은 안젤라가 신서울이 자리를 뜨면서 놓고 간 여전히 술이 한가득 찬 술잔을 집어 들었다. 휘몰아치는 분노를 가라앉히는 데에는 세상 어디에도 이만한 걸 찾기 힘들었다. 꿀꺽꿀꺽. 안젤라는 그 자리에서 술을 그대로 원 샷 했다.

"아, 안젤라 상병님! 너무 하십니다. 제가 딱 노리고 있던걸."

"우우— 그걸 원하는 사람들끼리 모여 공정하게 사다리 타기나 하려 했는데, 예고도 없이 선수를 치시다니 참나 이거 완전 계급이 깡패지 말입니다!"

분대원들 사이에서 거센 반발이 일었다. 그 모습을 관람하며 피식, 승자의 미소를 지어 보인 안젤라가 입을 열었다.

"새끼들아 그러니까 빨리빨리 움직였어야지 굼떠가지고."

"우-우-우—!"

그녀의 노골적인 답가(비웃음)에 부대원들의 야유성이 더 커졌다. 지휘관급이 아닌 일반 병사들끼리의 계급에는 상하관계의 위계질서가 간부들에 비해 더 가벼운 편이라 가능한 친밀한 분위기였다.

'그래, 길어봤자 2~30분일 텐데 별일이야 있겠어, 신경 끄자.'

활기찬 연회의 분위기에 동화되면서 먹구름이 잔뜩 꼈었던 안젤라의 마음도 서서히 풀어졌다. 여전히 일말의 불안감은 남아있긴 했지만, 내가 못 믿겠다며 명분도 없이 그들의 뒤를 무작정 쫓는 건 모양새부터가 영 좋지 않았다.

더구나 바깥세상의 군대의 전시상황에서는 상급자에 대한 명령 불복종은 그 자리에서 즉결처분도 가능한 중죄였다. 이곳에서는 자신이 할 수 있는 것과 그렇지 않은 것쯤은 알아서 구분할 줄을 알아야 비루한 삶이나마 쭉 이어나가는 것이 가능했다. 그러지 못한 이들의 말로는 모두가 어릴 적부터 익히 봐온 지옥의 현신이었으니 말이지. 다시 말하지만 우리의 삶을 가르는 건 아주 가느다란 선 하나였다. 그리고 그것은 내 마음가짐이 어떻든 일개 개인으로서는 도저히 바꿀 수 없는 지독한 현실의 이야기이기도 했다.

&

어쩐지 답답하게 느껴졌던 연회장에서 드디어 벗어나게 된 신서울은 입을 꾹 다물고 진 병장의 뒤를 따라 걷고 있었다. 이상하다. 오늘따라 개조 장갑차의 차체 내부길이 참 길게만 느껴진다. 척척. 오직 군화발굽의 소리만이 이 적막을 깨고 있다. 그녀와 진 사이를 무언가가 가르고 나누고 있었다. 어색함인가? 아니, 그런 것보다는 훨씬 더 꺼림칙한 무언가였다. 신서울이 고개를 들어 진의 넓은 등판을 응시한다.

사람의 감정을 읽는 특별한 재능을 보유한 그녀의 흑색 깊은 눈이 현재의 진에게서 뿜어져 나오는 진득하게 거무스름한 기운을 어렵지 않게 포착해냈다.

—그것은 역겨운 욕망덩어리였다. 인간이 가질 수 있는 가장 추악한 갈구의 결정체이다. 아마 도시 신서울의 지배자들이 그녀를 감상하며 보였던 갈구와 추악함과 큰 차이가 없을 만큼 노골적이고 진득했다.

"하, 이쯤이면 아무에게도 방해받지 않겠네?"

멈춰선 진이 만면에 노골적으로 징그러운 웃음을 띤 채로 중얼거렸다. 드디어, 드디어, 드디어! 그토록 오랜 시간을 고대하고 기다려온 순간이 찾아왔다. 오늘 이 자리에서 그녀를 얻음으로써, 이 지독한 현실을 뛰어넘어 세상의 주인공으로 되돌아갈 시간이 머지않음을 여실히 느낀다. 진은 아주 어릴 적부터 자신의 몸에는 일반타인들과는 감히 비교할 수 없을 정도로 아주 '특별한 피'가 흐르고 있다고 들어 배웠다. 그리고 그건 단순한 헛소리나 망상, 과장 따위가 아니었다. 그의 화려한 집안내력이 지닌 무궁한 역사가 그것을 증명해주고 있었다. 그와 같은 성씨와 피를 타고난 선조들은 천년이 넘도록 이 세상의 주인공처럼 살아왔었다. 기록이 시작된 이후 어느 시절이건 부와 권력, 명예 어느 무엇 하나도 부족함이 없는 주인공의 삶을 영위 해 왔다.

그런데 자신은? 대체 왜?

뛰어난 언변과 수려한 외모를 앞세워 추레하기 짝이 없는 밑바닥 놈들보다야 아주 약간은 더 화려한 삶을 살고 있었지만, 어릴 적 자신이 아버지께 직접 들었던 선조들의 화려한 삶과 비교하자면 비루하고 구차할 뿐이었다. 왜 자신이 존재 자체도 불분명한 신을 숭배하는 저 광신도 놈들과 같은 취급을 받으며 지내야 하는가. 그는 어느 순간에서라도 누구보다 빛나는 존재여야만 했다. 이런 하찮은 일에 목숨을 내던질 비루한 삶을 가까스로 이어 나가는 게 아니라, 모든 부와 권력을 거머쥔 채 지배자로서의 영광스러운 삶을 살아야지 옳았다.

'왜냐하면 난 누구보다 특별하니까!'

그리고 역시, 학수고대하던 기회는 보란 듯이 자신 앞에 찾아왔다. 만약에 특별한 자신과 신에게 선택받았다는 여자아이가 이어진다면, 그리하여 두 사람의 '특별함'만을 통째로 이어받은 완벽한 존재가 이 세상에 탄생하게 된다면, 바깥세상의 머저리들은 자신들을 궁지로 몰아넣고도 응답이 없는 엉터리 신을 믿는 것이 아니라 이 세상 어디에도 없을 그 완벽한 실존의 존재에 열광하며 숭배하게 되리라.

그러한 새 역사가 오늘, 이 자리에서 시발점이 되어 시작하게 될 것이다. 그러기 위해선 마땅히 치러야 할 거사가 있다. 이 완벽한 계획을 완성 시키려면 저 조그마한 여자아이, 신서울을 범해서 자신의 씨앗부터 품게 만들어야 했다.

준비는 벌써 다 해 놨다. 그가 못난 생각을 부풀릴수록 신서울이 보는 그의 가시화된 검붉은색의 욕망이 울렁울렁 크게 요동쳐댔다. 욕망덩어리가 다가와 그녀를 감싼다. 신서울은 자신의 전신을 뒤덮은 불쾌한 '차가움'에 몸을 떨었다.

"큭큭, 역사가 이뤄질 날인데 떨긴 왜 그렇게 떨어? 자, 시답지 않은 반항할 생각 따윈 할 생각 말고 이리로 와. 아유, 착하지— 착해 처음이야 잠깐은 좀 아플 수도 있지만 눈 깜짝할 새 끝날 거니까 그렇게 겁먹지 말고 너도 다시는 찾아오지 않을 이 영광의 순간을 즐거봐. 오늘 우리는 영광 속에서 하나가 되고, 새로운 구원을 잉태하게 될 거야."

떨고 있는 그녀의 어깨를 감싸 안은 진이 귓가에 나직이 속삭였다. 소름이 끼쳤다. 역겨움에 헛구역질이 난다. 뭐야, 이게? 원래 인간들이란 이런 존재였던 거야? 지독히도 추악했다. 진의 손길이 조금씩 그녀의 몸을 쓸고 내려가더니 점점 아래의 은밀한 곳까지 거침없이 더듬어 나가기 시작했다.

"어때, 너도 좋지? 응?"

밀착한 진이 속삭인다.

역겨움이라면 모를까. 전혀, 전혀 조금도 좋지가 않았다. 진이 무슨 행위를 하려는지는 예상이 갔다. 포유류 생명체는 '성행위'를 통해 번식하며, 지구 최고의 영장류인 인간 또한 그 범주에서 벗어나지 못하고 있었다.

그러나 지식에 따르면 성행위는 아무 때나 시도해서는 안 될 숭고한 행위였다. 특히 바깥세상에는 자원까지 턱없이 부족하기 때문에 욕망에만 의존한 무분별한 번식행위는 엄격히 통제되고 있었다. 지금 진은 자신의 욕구를 채우고자 허가받지 않은 위법 행위를 범하려고 하고 있는 것이었다.

"뭐가… 당신은 뭐가 그렇게 두려우신 건가요?"

추악하게 물든 진의 눈동자를 마주한 신서울이 나직이 말했다.

그녀가 진정으로 마주하게 된 진은 거대한 겉모습과는 달리 겁에 잔뜩 질린 조그마한 꼬마 아이의 모습을 한 채로 웅크리고 있었다.

"응…? 너… 너!"

진에게서 당혹성이 터져 나왔다.

그는 신서울에게서 결코 이런 반응을 원했던 게 아니었다. 체념하든,

저항하든 어떤 모습이라도 제압할 자신이 있어 저지른 충동적인 행동이었는데… 쌍꺼풀 진 커다란 검정 눈동자로 자신을 올려다보는 저 작은 소녀에게서 그로서는 감히 재단조차 할 수 없는 거대한 무언가가 도사리고 있었다.

계속해서 자신의 심저를 파고드는 흑 구슬 같은 눈동자. 묵묵부답의 지긋한 응시이건만, 포식자 앞의 진정한 피식자가 된 것마냥 가벼운 생각을 잇는 것조차 여의치 않게 만든다.

어떤 권능이 담긴 시선이었다. 정말 하늘 높은 곳과 맞닿아있듯이 혹은 그와 상반된 지저의 악몽에 근접해있듯이, 작고 연약한 소녀의 두 눈에는 형용하기 힘든 압박감이 실렸다. 그는 이 지옥의 환경을 딛고서 살아남았다. 어느 정도 고단한 삶에도 익숙해지자 유들거리며 타인을 희롱하는 유희의 삶을 지향할 만큼의 여유까지도 갖추게 됐다.

"아, 아니야 나…. 난!"

그런데 저건 대체 뭐란 말인가!

분명 언제든지 쉽게 제압이 가능한 여린 소녀의 몸뚱이일 뿐이다.

그런데도… 너무나 혼란스럽다.

전신이 터져나갈 것만 같은 이 기이한 압박감은 뭐지? 신, 설마 신이란 게 이 세상에 정말 존재하는 거였어? 이런 건 이 빌어먹을 현실에서 가능할 리가 없었다. 누가 바라보는 것만으로 다른 사람의 내면까지 꿰뚫어 보고 헤집을 수가 있단 말인가.

'이건 아까 놈들을 멈춰 세운 이미 준비된 트리거와는 아예 틀린 거야.'

그가 가진 상식상 자신과 같은 인간으로서는 도저히 불가능한 이적이었다.

'그렇다면 저건…'

라펠트의 거주민이라면 누구나 필수적으로 달달 외워서 자신의 믿음의 척도를 증명하는 데 쓰이는 신의 '성경' 속에서도 저러한 권능에 대한 이야기는 존재치 않았다.

오싹할 정도로 검고 커다란 눈동자가 분명히 나의 모든 것을 하나하나 전부 꿰뚫어 보고 있다. 이상했다. 분명 옷을 두껍게 껴입고 있음에도, 마치 나신으로 서 있는 듯하다. 차가워… 몸이 떨려왔다. 익숙하지 않은 낯선 무언가가 그의 몸을 옭아매고 있다.

저 눈. 그래, 전부 빌어 처먹을 저 눈초리가 문제야! 이를 악다문 그의 손이 종아리에 매달아둔 호신용 단검으로 갔다. 저 개 같은 눈을 당장 찢어발겨버려야 해! 그러나 덜덜 떨리는 손은 단검의 손잡이 하나 제대로 그러잡지를 못했다. 정신이 몽롱해져간다.

안 돼, 나는…!

진이 멀어지려는 정신을 가까스로 동여 잡았다.

그는 자신에게 닥친 이상함에 휘말려 나 자신을 잃고 싶지 않았다. 오래전 그는 죽음에 가까운 큰 사고를 겪었고, 그 여파로 약 사흘 정도 정신을 잃었다가 깨어난 적이 있었다. 그때의 경험으로 말미암아 그는 깨달았다. 인간의 모든 행동, 생각을 주관하는 것은 다름 아닌 머릿속에든 뇌라는 것을. 그것은 신자들이 부르짖어 외치는 영혼의 개념 따위가 아니었다. 반쯤 양보해서 설령 영혼 같은 게 있더라도, 나 자신을 잃어버리는 순간 그건 더 이상 내가 아니게 됐다. 영혼의 상태가 된다면 지금의 나와는 전혀 다른 어떤 무언가가 되어버리는 것이다. 내가 나 자신임을 잃게 된다면, 영원한 삶과 안락에 대체 무슨 가치가 있을까. 나는 그저 내가 나로서 살아있는 동안의 부귀영화를 누리길 원했다. 언젠가 죽게 될지라도, 모든 게 제로가 된다 할지라도 그건 아주 머나먼 미래에 찾아올 나중의 일이니까, 가까스로 죽음에 대한 두려움을 억눌러 감춰두고 오직 현재를 누리는 것에 충실할 수가 있었다.

그런데 넌 어째서.

꼭꼭 숨겨두던 나의 두려움을 들춰놓고 뒤흔드는 거지?

저 작은 아이가 점점 더 태산처럼 크게 느껴졌다.

이런 건 할 일 없는 글쟁이들이나 사용할 시시껄렁한 비유의 표현일 것이라고 여겼었는데….

하, 갑작스레 모든 게 부질이 없다고 느껴진다.

왜 우리는 두려움을 가진 채 살아가는 거지?

왜 우리는 고난을 인내하며 살아가는 거지?

어차피 언젠가 전부 사라져버릴 삶이잖아?

도저히 바꿀 수 없는 개 같은 섭리에 의해서 말이야.

그럼, 차라리 지금 당장 사라져버리는 게 편하지 않을까?

어차피 죽어 나 자신의 모든 것이 결국 없어질 역겨운 운명을 타고났다면, 지금의 삶에 그 어떤 의미가 있겠는가—.

왜 우린 이다지도 아등바등하며 초라한 삶을 영위해 가길 원하는가.

왜? 왜!

대체 왜!

신서울은 아무런 말도 하지 않고 진의 변화를 지켜만 봤다. 너무나도 큰 공포에 사로잡힌 그에게 다가가 더는 두려워할 필요가 없다고 다독여주고 싶었지만, 발걸음을 뗄 용기가 나질 않았다. 그녀가 망설이는 사이 혼이 쏙 빠져나간 멍한 얼굴의 진이 주춤거리면서 물러났다. 손을 내뻗어보려다가 망설임 속에 끝내 행동을 접어버린 신서울은 자신을 내버려두고 어딘가로 향하는 그를 결국 불러 세우지 못했다. 만약 이때 신서울이 아주 작은 용기를 가질 수 있었더라면, 그래서 그의 이상행동을 멈춰 세웠더라면 많은 것이 바뀌었을 텐데… 불행히도 아직은 때가 아니었다. 모든 존재는 성장 과정을 겪고서야 유년의 나약함을 떨치고 강인한 성인이 되었다.

신서울에게는 그런 과정이 생략되어 이제야 겨우 자신이 배워야 했던 것들을 답습하고 있을 뿐이었다. 어느덧 진의 모습이 그녀의 눈 안에 잡히질 않게 됐다.

나 혼자서 돌아가야 하나… 아님, 그를 찾아봐…?

신서울은 멍하니 고민에 빠졌다. 이 차량 안에 실제로 몸을 담아본다면, 밖에서 보이는 것과는 달리 차체 내부가 의외로 꽤 넓다는 걸 알 수 있었다. 그래봤자 어딜 가던지 벽 한두 개가 탑승대원들 서로의 사이를 가리고 있을 뿐이지만. 그 말인즉슨, 어차피 이 안에서 진이 갈 수 있는 곳이야 뻔히 한정돼 있다는 것이다. 혹, 그가 홀로 밖으로 나가 일탈한다는 선택지를 택할 수도 있으니 위험하지 않겠냐고 생각해 볼 수는 있겠으나, 글쎄… 제아무리 궁지에 몰렸다고 해도 날 적부터 지금까지 무려 이십여 년의 세월을 바깥세상에서 살아온 그가 그런 무모한 선택을 할 리가 없을뿐더러, 설령 그런 선택을 했어도 아직 경험이 적은 '훈련병' 신서울이 그런 부분까지 염두에 둘 필요도, 이유도 없었다. 바깥세상이 가진 사상의 가르침에선, 언제 어느 때나 자기 자신의 선택에 대해 책임지는 것은 남이 아닌 나 자신의 몫이었다. 그 선택이 누군가의 강요에 의해서가 아닌 이상 모든 결과의 책임은 나 자신에게 있다는 게 우습게도 정의로운 유일신께 맹종하는 그들이 내세운 이중적인 논리였다. 불행은 존경받아야 할 신에게 향해선 아니 되는 삿된 것이었으므로. 그 순간의 선택으로 말미암아 '나에게 어떤 일이 닥치든 중요치 않았으며, 불행을 겪었다고 타인에게 책임을 전가하는 것은 옳지 않았다.

정론. 여러 사상을 순식간에 헤집은 신서울의 머릿속이 가장 타당한 결과를 내놨다. 신서울은 의문을 가졌다. 이 알 수 없는 지식들은 당최 어디에서 오는 것일까?

정말… '신'이라 불리는 초월적인 존재가 나의 머릿속에 합리적인 지식들을 밀어 넣어주고 있는 건지, 아니면 다른 무언가 필연적인 일을 거쳐 지식을 얻게 된 건지 그녀는 궁금했다. 신서울이 오뚝 서서 생각의 늪에 잠겨있을 때.

조그만 창고 안에 틀어박힌 진은 등을 구석 한편의 벽에 기대어 앉은 채로 자신의 머릿속을 잠식한 깊은 고뇌에 더욱더 깊숙이 삼켜지고 있었다. 도무지 해답이 나오질 않았다. 생각을 거듭할수록 더 이상 자신의 삶에서 아무런 의미와 가치를 느낄 수 없었다.

그가 가지고 있던 모든 열망이 한순간에 열기를 잃어버렸다.

그러다 문득, 한 가지 해답이 떠오른다.

내가 그걸 어디다 뒀더라… 아! 여기 있네.

이 창고는 잡동사니들을 쌓아두기 위해 방치된 곳이었으며, 또 한편으로는 약삭빠른 진의 개인적인 '비밀창고'이기도 했다. 잡동사니를 뒤적거리던 그는 지금 이 순간 가장 필요로 하는 것을 찾아냈다. 생산연혁이 오십 년은 가뿐히 넘었을 그것은 k5라는 명칭을 가진 고물 권총이었다. 언젠가 필히 쓸 일이 있을 거라 여겨 진이 틈틈이 손질을 해뒀기에 고장으로 인한 불발의 걱정은 없었다. 탄알도 물론 세 발인가 채워져 있었다.

'그래, 드디어 나는 오늘에서야 진정한 자유를 맛보는 거야.'

막상 생각한 것을 직접 행하려니까 몸이 사시나무 떨리듯이 떨려왔다. 그는 떨리는 손으로 총구를 자신의 머리 쪽으로 겨눴다. 인간은 어찌나 나약한 생명체인지, 우악스러운 괴물 놈들에게는 씨알도 먹히지 않을 권총 한 방이면 그대로 끝. 신체 중 가장 중요 부위인 머리를 겨눴으므로 한방으로 생애 모든 게 끝이었다. 죽음을 앞두자 드디어 흥분으로 달아오른 마음이 차분히 가라앉기 시작했다. 방아쇠를 잡아당기기만 한다면, 자신이 주인공이 될 수 없는 이 빌어 처먹을 세상과는 이제 영영토록 작별이었다.

재차 그녀의 검정 눈동자를 떠올리자 각오를 다진 몸이 오싹해졌다. 인외. 그녀는 분명 인외로 불러도 좋을 만큼의 새로운 존재였다. 하지만, 나는 알아 너조차도 결국 이 죽음의 굴레에서까지는 벗어나지 못하겠지?

"큭큭…"

멍청한 것들이 앞으로도 아등바등하며 악착같이 살아갈 생각을 하니 절로 웃음이 흘러나왔다. 그토록 갈망하던 자유를 스스로의 의지로 거머쥐는 건 오직 한 사람, 나 자신뿐이었다.

봐 역시, 주인공은 나였잖아. 멍청이들아….

너넨 전부 다 나를 위해 준비된 엑스트라들이라고.

실실 웃던 그가 고개를 푹 숙였다.

더 이상의 망설임 없이 방아쇠가 당겨졌고,

탕!

진이란 인격체를 담고 있던 육체의 머리가 그대로 터져나가며 차가운 바닥 위에 고꾸라졌다.

울컥울컥.

흘러나온 붉은 핏물이 창고의 차가운 바닥을 한가득 적셔나간다.

어떤 생명체가 맞이한 죽음은, 언제나 그랬던 것처럼 이 드넓은 세상에 아무런 영향도 미치지 못했다.

내일도 해는 멀쩡히 떠오를 것이다.

변하는 것은 아무것도 없어.

오직 그뿐이었다.

…그리고 조금의 시간이 흐르고 나서.

쾅!

굳게 닫혀있던 철문이 거칠게 열린다.

"무슨 일이냐!"

갑작스러운 총소리를 듣자마자 황급히 연회를 파장하고 몰려온 대원들은 창고 한편에 누워 싸늘한 시체가 된 진의 모습을 목격할 수 있었다. 그 참혹한 광경을 직관하고도 고개를 돌리거나 비명을 지르는 등의 심약한 이는 그들 중에 아무도 없었다. 죽음은 그들에게 너무나 친숙한 것이었다. 언제 어디서나 쉽게 직면할 수 있는 것이 타인의 죽음이었고, 특히 잔혹한 죽음일수록 더더욱 목격하기가 쉬웠다. 괴물 놈들과의 전쟁에서는 아차 하면 놈들에게 당해 몸속에서 내장이 흘러나오는 일까지 비일비재했다.

다만 그들이 이해할 수 없는 것은 이 상황 자체였으니 정황상 누가 봐도 자살로 추측된다.

"대체 왜, 이런 미친 짓을…"

"이놈이야 이따금 또라이 기질을 보였던 터라 좋게 양보해서 그럴 수 있다고 쳐도, 신께서 내려주신 우리의 보배 신서울 이병은 대체 어디로

간 거지? 설마… 저놈의 미친 행동에 휘말려든 건 아니겠지? 어이, 다들 뭣해! 가만히들 있지만 말고 신속히 신서울 이병을 찾아봐 어서! 하… 미치겠구만. 지옥에 떨어져 평생을 고통을 받으며 살아갈 저 미친놈의 자식이 뭔 개 같은 짓을 저질렀는지 알 수가 있어야지. 하—, 정말 돌아 버리겠네."

A팀의 통솔자, 박종규 분대장이 말끝을 흐리며 아픈 머리를 부여잡았다. 와, 어쩜 이럴 수가 있는가. 자살은 정신과 물질적인 여유가 없었던 한 세대 전에나 빈번히 일어나던 일로, 어느 정도 안정화가 된 최근 십 년 동안에는 단 한번도 발생하지 않았던 그야말로 최악의 미친 행위였다. 라펠트에서 신의 이름으로 묶인 사람들은 자살하면 지옥의 화염 나락 속으로 떨어져 영원한 고통 속에서 허우적댈 것이라는 교리에 따라 자살을 최대의 금기로 여겼다.

그런데, 다른 참혹한 고통의 순간도 아니고 이 좋은 날. 그것도 바깥 세상의 생존자들 중 손에 꼽히는 엘리트로 검증받은 그룹인 A팀 내에서 무려 '자살자'가 발생했다. 심지어 신께서 하사해주신 우리들의 보배까지 당장의 행방을 알 수 없게 됐으니 아무리 명석하고 경험이 많은 박종규 중사 일지라도 머릿속이 고장 난 기계처럼 엉망진창으로 변하는 것을 막을 방법이 없었다.

"네!"

분대장의 지시를 받든 분대원들이 차체 내부를 이 잡듯이 뒤지기 시작했다. 상황 종료까지는 그리 오랜 시간을 필요로 하지도 않았다. 차체는 그리 넓지 않았고, 그들의 걱정과는 달리 신서울은 아무런 탈 없이 복도에서 그저 벽면 한쪽을 응시한 채 멀뚱히 서 있는 모습으로 발견이 됐으니까. 커다란 총소리는 그녀도 똑똑히 전해 들었지만, 아직까지 진의 자살과는 직접적인 연관을 짓지 못했다. 그래서 자신에게 가장 근접하게 다가온 다급한 표정의 안젤라에게 대체 무슨 일이냐고 물었고,

"후… 아직 넌 모르겠구나, 놀라지 말고 잘 들어. 너와 같이 나갔던 진 있잖아 강진 병장, 그 멍청한 놈이 자살을 했어."

"네? 자살이요…? 자살이라면…. 설마 스스로 목숨을 끊는 그 행위를 말하시는 건가요?"

"그래 아까 전에 난 총성을 너도 들었지? 무슨 생각이었는지 저쪽 창고에 틀어박힌 놈이 제 손으로 제 머리에 총을 겨눠 방아쇠를 잡아당겼더라고. 하… 미친 새끼."

안젤라의 말이 뜻하는 바가 무엇인지를 신서울은 곧바로 이해할 수 있었다. 직접 다뤄본바, 총이라는 건 몹시나 위험천만한 무기였다. 초근접의 거리에서만큼은 괴물 놈들의 흉포하고 날카로운 발톱이나 이빨보다도 우리 같은 나약한 인간의 육신에 더 치명적인 상해를 입힐 수 있는 가공할 위력을 지닌 것. 그런 것을, 자기 자신을 죽이는 데 사용하다니. 미쳤다. 그는 미친 것이 분명했다. 아까 그와 헤어지기 전 그 음울하던 모습이 사건이 터지기 직전의 징조였음을 신서울은 이제야 깨달을 수 있었다.

그런데 왜… 난 그를 말리지 않았을까?

신서울이 스스로에게 자문했다. 그에게서 뿜어져 나오는 이상함을 그녀는 똑똑히 인지하고 있었다. 어쩌면 내가 그에게 조금만 더 관심을 가졌더라면 그가 삶을 포기하려던 것까지 알 수 있지 않았을까? 그렇다면 곧바로 손을 뻗어 그 행동을 제지할 수 있지 않았을까? 머릿속이 콕콕 쑤셔온다. 이해하기가 어렵다.

나는 왜 다른 이에게 신경 쓰기를 '의도적'으로 차단한 거지. 아까까지

진을 휘감고 있던 검붉은 감정이 어디선가 슬그머니 기어 나와서는 그녀를 밑바닥으로 끌어당겼다. 그럴수록, 생각을 올바르게 이어나가기 어려워졌다. 신서울은 잔뜩 몸을 부풀린 검은 감정에게 집어삼켜져 그녀가 미처 알지 못하고 있던 부정적인 감정의 파편, 세상이 멀쩡하던 시기 '윤리적 딜레마'라 명명 지어졌던 것에 푹 잠기고야 말았다.

그렇다면 그의 죽음은 얼핏이라도 예견해놓고도 말리지 않은 나의 탓인가, 아닌가.

한참을 고민해봐도 신서울은 쉽게 결론을 내리지 못했다. 외부에서의 인위적인 개조를 거쳤고 낯선 변화가 감지되면서부터 스스로도 한계가 어디인지 감히 판단하기가 어려울 정도로 지나치게 두뇌가 명석해진 그녀였지만, 그럼에도 감히 재단할 수 없는 게 남아있는 법이었다.

도시 속에서만 갇혀 지내던 '신서울 양'이 이제야 막 이해하기 시작한 인간의 감정은 이 세상, 아니 이 우주상 유일하게 무한이라는 단어가 허용이 가능할 만큼의 그 끝을 알 수 없는 신비의 집약 체였다. 그것은 형상을 갖춘 것이 아닌데도 불구하고 분명히 존재하고 있었다. 마치 이들이 맹신하는 신과 같이. 그래, [감정]이란 아마도 신의 존재 유무와도 버금가는 불가사의한 개념이리라.

신, 이라… 속이 울렁거렸다. 더는 약에 취하지 않게 된 사고의 판단력으로도 이 세상의 존재의의를 모르겠다. 이해할 수가 없다. 나는 무슨 연유로 이런 지독한 곳에 서있어야 하는 걸까. 그녀는 죽음의 정의를 알고 싶지 않아도 강제로 알게 되었다. 나는 유한한 존재, 삶을 영원히 가꿀 수는 없는 부랑자다. 생각이 거기까지 미치자 극도의 우울감이 생겨났다. 지금 그녀가 봐왔고 앞으로 볼 것들은 언젠가는 필히 사라질 것들. 그녀의 머릿속 어디에서도 무한한 것은 존재치 않았다.

신서울은 진의 선택을 설핏 이해할 수 있을 것 같았다. 결국 잃게 될 것이라면, 마지막 순간만큼은 스스로 선택하는 자유라도 느껴보는 것이 누군가에게는 최상의 선택일 수도 있겠다 싶었다. 단, 이해는 하되 자신이 해야 할 선택이 아니라는 걸 깨닫는다. 아직까지 그녀는 더 많은 걸 보고 느끼고 싶었다. 모르는 걸 계속해 알고 싶었다. 이 앞이 오직 괴로움으로만 가득 차 있더라도, 그녀는 자기 자신에게 주어진 한정된 시간을 온전히 누리고 싶었다.

인간에게 똑같은 하루는 영원히 돌아오지 않는다. 내가 없던 시기가 존재했듯이, 내가 없을 시기도 분명히 존재하게 될 것이다. 그래서? 그게 뭐가 중요하지? 나는 지금 이곳에 서있다. 내부의 녹슨 벽면을 쓸어내리자 차디차고 매끄러운 감각이 전해져온다.

살아있기에 느낄 수 있는 현실의 감각.

그래, 이거면 됐잖아―.

나는 삶을 쫓을 것이다. 그러니, 짧은 방황에 대한 답은 정해졌다.

"네, 정말로 미친 짓을 했네요."

혼란스러운 마음을 다잡은 신서울이 눈매를 예쁘게 접으며 웃어 보였다.

시간의 꽃은 때가 되면 알아서 낙화하기 마련이었다.

우리는 그날이 오기 전까지 자신을 휘감은 예쁜 꽃이 썩어 문드러져 바람에 휩쓸려가지 않도록 보호해야 할 의무가 있었다. 누구처럼 가지치기로 미리 소중한 꽃을 꺾는 우매함을 택하는 것이 아니라.

그건 미친 짓, 그 이상도 그 이하도 아니었다.

그녀가 내뱉은 말을 전해 들은 모두는 혼백이 나간 얼굴로 그녀를 응시했다.

"그러니까 여러분들은 절대로 그러지 말아요."

"아…."

신서울로서는 그저 홧김에 지금 당장 마음이 가는 대로 별 뜻 없이 내뱉은 충고에 불과했지만, 그녀를 신이 보냈다고 확신하며 믿게 된 대중들에게는 그것이 곧 우리의 신의 뜻이겠거니 하고 절로 고개를 주억거릴 만큼 경건하게 받아들여졌다. 동상이몽이 아닐 수 없었다. 허나, 세상은 때론 이런 엉뚱한 식으로의 변환점을 맞이하기도 했다. 전체 맥락에서 볼 땐 일견 우스워 보여도 어쩌겠는가. 우리들 개개인은 어떤 순간에도 완벽히 서로가 같아질 수는 없었다. 설령 바깥의 이들처럼 신의 이름으로 하나로 묶이든, 도시에 살아가는 이들처럼 특정한 권력가의 폭정에 의해 강제를 당하든, 그건 일순간이 지나고 나면 덧없이 바스라지고 말 일시적인 현상일 뿐이지 누차 강조하지만 인간에게서 '무한'은 그나마 그것과 가장 흡사한 개인적인 감정이 가진 대단한 포용력을 제외해놓는다면 결코 허용되지도 이해될 수도 없는 불가해의 단어였다. 우리에게 주어진 시간이 어느 날 갑자기 영원해진다면 또 모를까.

그래서 유한한 인간은 가까이서 볼 땐 비극일 테지만 멀리서 보면 희극일 뿐인 이런 장면을 앞으로 일어나서는 안 될 반면교사로 삼아 발전을 거듭해왔다. 진의 자살은 좀 전까지 축제로 흥겹게 달아올랐었던 장내의 분위기를 싸늘히 가라앉히고 들떠있던 모두를 침묵에 빠트렸다. 신의 아이가 곁에 있는데도 죽음은 평소처럼 우리를 찾아왔다. 아아, 더 이상 뭘 어떻게 하라고. 혹 우리에게는 죽음만이 구원이라는 걸까? 그런 거라면 전능하신 아버지께선 이 혹독한 세상에 대체 왜 우릴 보내 고난을 겪게끔 방치하는 건가. 몇몇의 생각이 조금씩 불경스러워졌다. 좀 더 나약한 이들에게서는 경건함을 대신하여 다시금 의구심이 피어오른다.

여러 신화를 짜깁기하여 탄생하게 된 이 세계의 [신], 우리들의 [창조주]께서는 꽤 잔혹한 면도 많이 보유하고 계셨다. 그들의 성경에서 명시된 초창기 신의 모습은 아무리 좋게 여기려 해도 그럴 수가 없을 만큼 모든 생명체에게 아주 무자비한 존재로만 묘사되어있었고 물론 이것은 인간의 기준, 고정된 시점으로 한정됐을 때의 모습일 뿐이다. 우리보다 고차원의 존재이신 그분께서는 언제나 올바른 판단만을 내렸으며, 피조물 따위에 불과한 우리는 어떤 일이 닥치든 그것을 받아들이며 오직 우리를 세상 위에 탄생시킨 태초의 아버지를 경배하고 찬양해야 했다.

…정말 그게 맞는다는 거야? 신서울이 반문을 내뱉었다. 그녀의 머릿속에서는 여전히 그녀가 직접 경험해 본 적도 없는 수많은 정보들이 떠올라 올바른 판단을 내리도록 보조하며 도왔는데, 인류의 수백 수천만 명이 기록했을 지식의 보고를 가졌음에도 이 의문을 타파시킬 올바른 정답을 찾아낼 수가 없었다. 애석하다만, 이것이 여태껏 세대를 이룩하며 진화를 거듭해오던 현시점의 인간으로서의 지식들이 가진 한계점이었다. 전지하지 못하고 전능하지 않아 언젠가 사라져야 할 운명을 지닌 인간으로서는 결단코 영원히 풀어내지 못할 난문.

아니, 애당초 정해진 답 같은 건 없었던 걸지도 모른다. 자신들이 가진 '특별함'이라는 타성에 젖고 만 그들은 자신이 알고 있는 게 사실은 아무것도 없다는 것을 이해하지도, 받아들이지도 못할 테니까. 과거의 인간들은 분명 과학의 힘에 기대어 눈부신 금자탑을, 바벨탑의 위용을 쌓아 올렸으나 그것은 진리로 말미암아 이룩한 완성형 진리의 탑이 되기 직전 무너져 내렸고, 혹여 갑작스레 '성자(聖者)'로 180도 변모하게 된 도시의 지배층들이 개심하여 힘을 합치고 나선다면 또 모를까, 오직 현재의 순간을 힘겹게 살아가는 바깥의 생존자들로서는 신의 권위에 도전할 지성의 탑을 다시 쌓아 올릴 만한 여력이 일 푼도 남아있지 않았다. 그러니까 작금의 세상에는 어느 순간 놀라운 특이점이 스르륵하고 나타나는 기적이라도 일어나지 않는 한 아주 오랫동안을 지금처럼 생존을 위한 몸부림 속에서 정체가 되어 대다수의 '가난함'이 유지될 것이 분명했다. 멸종의 불안감을 바로 제 옆면에 놔둔 채로 말이다. 물론, 생존이 어느 정도 안정화가 되기만 한다면 인간이 이룩한 전유물들—과학, 문화, 예술 따위가 천천히 기지개를 켜고 일어나 오래전에 이뤘던 것들을 답습해가며 느릿하게나마 앞으로 나아가긴 할 것이다.

'그치만, 나로서는 불가능하겠지 인간이 앞으로 이룩해낼 결과물들을 직접 마주 보고 싶은데, 상상하는 것만이 아니라 내가 이 두 눈으로 직접 보고 경험해보고 싶은데, 지금을 살아가고 있는 나로서는 볼 수 없을 거야.'

혹여 내가 꿈꾸는 세상이 언젠가 필히 이뤄질지라도, 아주 오랜 시간이 지난 후의 미래 이야기일 테니 말이야. 신서울이 뜬금없이 엄습해오는 막막함에 고개를 좌우로 가로 저었다. 무한히 샘솟는 지식이 주어졌다 해도 개인으로서 할 수 있는 일은 한정이 되어있었다. 저에게 주어진 시간까지도 무한하다면 또 몰라도 제아무리 기가 막힌 지식을 떠올려본들 나약한 인간의 몸뚱이와 한정적인 시간만으로는 그것을 온전히 실현시킬 수 없었다.

그렇다면 나의 존재의의는 대체 뭐지? 그녀는 갑자기 자기 자신의 존재에 대한 의구심이 피어올랐다. 아무것도 하지 못할 나는 왜, 이들에게 희망이라 불리게 된 걸까?

문득 망가진 세상을 구원하기 위해서 '시작단계를 네가 다져줘라'가 아닐까 하는 정체불명의 사명감 같은 게 느껴지다가도 금세 흐릿해지고, 아리송한 의문들이 머릿속을 가득 채워 도무지 자신의 존재의의를 깨달을 수가 없었다.

나는, 인간은, 대체 이 지독한 세상에 남아 왜 시린 고통을 감내하면서까지 살아가려는 걸까? 단순히 유전자에 새겨진 생존본능과 번식본능 때문에? 우리는 본능에만 휘말려 사는 무지의 존재들이 아닐 텐데? 진의 자살이 그것을 증명했잖아.

참 결론 짓기가 힘들다. 이 모든 게 그저 어떤 우연으로 모여든 결실이라고만 치부하기엔 개개인마다의 구성이 너무나도 섬세했다. 마치 어떤 전능한 존재의 개입이 있는 것처럼. 인간은 그 매개체가 될 뇌의 기능만 멀쩡하다면 인종과 혈연 같은 건 상관없이 이 세상에 유일하게 '무한'으로 칭해도 좋을 개개인마다의 자율의식을 그것도 모두가 거의 동등하게 갖고 있었다. 거기엔 인구증가도 훼방이 되지 못했다. 백 명, 천 명, 만 … 십만, 백만, 천만—. 설혹 지구를 온통 뒤덮을 수의 인간이 탄생한다고 해도, 그중 완전히 똑같은 사람은 아무도 없을 터이니. 그것은 이미 지난 역사가 뒷받침하며 증명해주고 있는 명백한 진실이기도 하다.

"서울아…"

누군가의 부름소리에 깊은 상념이 깨져나갔다.

시선을 들어보니 그녀를 불러 세운 건 안젤라 상병이었다. 잘 단련된 근육질 팔이 군복 바깥으로도 내비치는 여전사. 그 강인한 모습에 반해 A팀 내에서 자신이 유일하게 동경하게 된 그녀 또한 그러나 유한한 존재, 언젠가는 기필코 죽음을 맞이할 필멸의 존재였다. 그렇게 생각이 이어지다 보니 강인해 보이기만 하던 그녀의 모습이 어쩐지 조금은 초라해 보였다.

"네."

뭔가 이상하리만큼 허탈해져서 작은 입을 통해 나지막한 한숨이 새 나왔다.

"많이 놀랐지…? 내가 이래서 그 미친놈과 널 단둘이만 두지 않으려고 한 건데 뭐, 옷 상태가 말끔한 걸 봐선 놈에게 몹쓸 짓을 당한 건 아닌 거 같으니까 그나마 다행이야. 저 있잖아 혹시… 우리들의 위대한 아버지께서 네게만 들리도록 무슨 언질을 해주시는 거니? 애, 그럼 말 좀 해봐. 그렇지? 그런 거지? 그런 거라면 우리는 앞으로 어떤 행보를 해야 하는 게 올바른 건지 네가 자세히 좀 여쭤봐서 알려주면 안 될까?"

고개 들어 바라보니 그녀의 초점이 흐릿했다. 거듭된 사건이 냉정함을 앗아가게 만들었나보다.

"아뇨, 그런 건 없어요."

굳은 얼굴로 간절히 뭔가를 부탁해오는 안젤라에게 고개를 저어보인 신서울은 아주 단호히 선언했다. 신이 간택해 이 세상의 구원의 아이라 불리우게 된 그녀는 그 소리를 듣고 난 처음부터 지금 이 순간까지 단 한번도 신의 존재에 대해 의구심을 갖을지언정, 그 불분명한 존재를 완전히 신뢰하지 않았다. 이것은 애써 머릿속의 지식들에 기대지 않아도 스스로 판단 할 수가 있었다. 신서울은 쭉 생각해왔었다. 대체, 이 세상에 그토록 공평한 심판자가 정말로 존재한다면 뭣 때문에 세상이 요 지경이 될 때까지 방관만 하고 있는 건가.

대다수가 가지고 있을 게 분명한 이 불편한 진실은 정체불명의 지식들로 가득 차버려 조금은 모자라고 희미했던 자기 자신의 주체가 극도로 이성적이게 변모하게 된 신서울로서는 도저히 이해되지 않았다. 우리들이 바라는 행복한 세상, 이상향의 모든 건 우리 인간들의 관점에서 비롯되어 빠져나온 것이다. 신의 관점은 당연히 뭔가 좀 다르다고? 뭘 어쩌란 말인가, 우리가 인간인 것을. 인간을 이토록 의심 많고 이성적이나 감성적으로 설계한 게 다름 아닌 그 아버지 신이면서, 어째서 납득할 만한 직접적인 도움을 주지 않고 간접적인 도움—그것도 믿는 자들의 허무맹랑한 주장일 뿐이지 우연의 결과물에 가까운 결과만을 내주느냐, 대체 우리가 알지 못하는 신의 거대하고 이로운 참뜻이란 게 대관절 무엇이길래, 치가 떨릴 이런 지독함 속에서 만신창이가 된 몸으로 간신히 살아남은 불쌍하고 가여운 이들을 자꾸만 현실이란 이름의 비루한 지옥으로 몰아넣느냐는 말이다. 여러 이념들이 부딪히며 생각이 부풀어 오를수록 속에서 열불이 들끓었다. 신이란 전능자가 정녕 존재한다면, 이래선 안 됐다. 신의 존재 자체를 부정하려하자 머릿속이 찢어질 듯이 아파왔다.

번뜩, 빛이 스치고 지나가면서 고정된 생각의 틀에 변화가 생긴다. 잠깐, 잠깐만 생각의 과열을 멈추고 정리해보자. 신이 없다고? 정말? 아니야… 그렇게 단정 지을 수는 없어. 어쩌면 신은 존재할지도 몰라. 보이지는 않아도 세상을 지배하는 법칙을 만들고 우리의 존재를 탄생시킨 절대자가 이 드넓은 우주 어딘가를 넘나들고 있을지도 몰라. 하지만, 우리들이 맹신하는 신은 오롯이 우리가 탄생시킨 환상의 존재겠지. 인간은 스스로를 신이 자신의 모습을 본떠 만든 피조물이라 굳게 믿었다. 만약 그것이 사실이라 정말로 신과 인간이 조금이라도 엇비슷하게 닮아있는 존재라면, 스스로의 창조물들에게 너무도 익숙해진 나머지 처음의 관심이 멀어진다 해도 전혀 이상할 일이 아니었다. 어머니 아버지 자식들 같은 완전한 직계가족 관계에서도 짧은 인생을 주고받는 동안 종종 의견이 맞지 않는 부분이 발생해 커다란 분쟁이 일어나고는 하는데 하물며 자신이 처음 잉태시킨 자식들의 수만 년 뒤의 후손들에게까지 일일이 신경이나 쓰이겠는가. 신과 인간의 성격이 조금이라도 닮아있다면 신이 없다에 대한 답은 No가 맞았다. 그렇다면 우리는 어쩌면 신에게 버림을 받은 존재들일지도 몰랐다.

신서울은 홀로 골머리 썩히는 일은 내팽개치고 자신이 떠올리게 된 이 그럴듯한 가설을 꺼내어 주변 사람들과 함께 토론해봄으로 각자의 진솔한 의견을 나눠보고 싶었지만, 이들의 유일한 희망을 짓밟을지도 모를 불민한 언사를 섣불리 꺼내들 수가 없었다. 자신 또한 희망이 없는 삶이란 게 어떤 것인지 빌딩의 거대한 우리 안에 갇혀 지냈을 때 직접 뼈저리게 경험을 해봤고, 그 삶이 스스로의 자멸을 원할 만큼 고통스럽기 짝이 없다는 걸 누구보다 잘 이해하게 되었다. 퍽이나 지독한 현재에 내몰려 서있건만 과거를 들춰 생각해보니 새삼스럽게 지옥일 터인 이곳이 안락하다고 여겨진다. 정말로 멍청해. 이토록 훌륭한 곳에서 살아가면서도 제 머리에 총을 겨눈 진의 최후의 심정은 어땠으려나. 대체 뭐가 그를 나락의 구덩이로 밀어 넣었는가. 애석하게도 죽은 자는 더 이상 말이 없는 법이었고, 신서울이 가진 특별함으로도 실행이 불가능한 영역의 문제였다.

스스로 죽음을 택함으로 이 지독한 세상에 진이라는 존재는 영영 존재하지 않게 됐으니까. 누군가 아무리 애타게 돌아오길 원해도 죽은 자는 결코 다시는 현실로 되돌아오지 못했다. 이것이 모든 생명체에게 부여된 '현실' 속 누구도 피할지 못할 이 세상의 최대 법칙이었다.

"…정리하자."

입을 꾹 다문 채 생각에 잠겨있던 신서울처럼 혼자만의 어떤 생각에 몰두하고 있던 박종규 분대장이 뒤늦게 정신을 차리고선 대원들에게 지시를 내렸다. 어떤 상황이 닥치더라도 냉철한 결정을 내릴 수 있어야 하는 것이 지휘관으로서의 덕목이었다. 분대장은 충격적이고 혼란이 가중되는 와중에도 지금까지의 경험을 발판 삼아 아주 쉽게 우선으로 해야 할 일을 결정할 수 있었다. 내일을 보기 위해서는 오늘의 부정적인 감정을 이 자리에서 곧장 지워내야 했다. 이럴 땐 부정을 유발시키는 것부터 더 이상 눈에 띄지 않도록 치워버리는 것부터 시작하는 게 최고다.

잠깐의 소요시간을 거쳐 시체를 치우고 핏물을 전부 닦아냄으로 자살 사건을 대충이나마 마무리 지은 A팀의 모두는 드디어 짙은 압박감에서 해방이 돼 조금이나마 본래의 컨디션을 되찾을 수 있었다. 자살자는 죄인으로 치부되기에 진의 사체는 전사자를 예우하기 위한 어떠한 처리도 없이 차체 바깥 한옆에 덩그러니 버려졌다. 그의 재활용이 불가능한 '나머지' 몸뚱이는 이대로 썩어 오염된 땅의 자양분이 되거나 어딘가의 괴물 놈들에게 일용할 양식이 될 것이다. 신서울은 커다란 검정색 눈을 끔뻑이며 그 현장을 조용히 지켜봤다. 머릿속 지식과 현실과는 아무래도 격차가 있는지라 죽음의 과정을 대충이나마 알고 이해하고 있음에도 색다르게만 느껴졌다.

누군가의 죽음을 직접적으로 목도하는 건 그래, 이번이 두 번째였다. 그때마다 현실감이 붕 떠 사라지는 듯 묘한 느낌을 받았다. 차라리 그 시간만큼은 모든 감을 잃어버리는 게 편하지 않을까? 죽음이란 건 아무리 고민해 봐도 손을 뻗으면 곧바로 닿을 만큼 너무나 우리의 가까이 있음에도 불구하고 그 의미에 대해 명확히 규정을 내리기가 어려웠다. 신서울은 베일에 싸인 죽음과 가까워지면 가까워질수록, 자신의 무언가가 변화를 맞이한다는 것이 느껴졌다. 굼벵이가 오랜 인고의 시간 끝에 번데기가 되어 허물을 벗어던지고 매미가 되는 자연적인 진화의 성장과는 조금 틀렸다.

이것은 전혀 그런 긍정적인 방향의 성취를 나타내는 결과물이 아니었다. 현실의 지독함과 가까워질수록, 그녀는 스스로가 만들어 쌓아온 어딘가 부족한 '자신'과 아마도 외부에서 주입되어 이루어진 명석한 '자신'이 맞물려 아주 조금씩 어긋나고 있음을 느꼈다. 톱니바퀴를 예로 들어 보자면, 잘 맞물려 있어서 완전히 같은 줄로만 알았던 바퀴의 모양새가 조금씩 틀어지기 시작하면서 서서히 균열을 불러일으키고 있는 셈인 것이다.

다행히 아직까지는 괜찮았다. 인간은 위기를 맞이하여도 쉽게 무너지지 않도록 진화를 거듭해왔으니, 인간의 범주에서 조금도 벗어나지 않은 그녀 또한 마찬가지로 꺾이지 않고 더 나아갈 수 있을 것이다.

"분대장님 청소 뒤처리까지 다 끝났습니다. 확인해주십시오."

"아, 됐어, 됐어 어련히들 알아서 잘했겠지. 휴— 이 기념비적인 날에 다들 고생이 많았다 자, 이제 우리의 신께서 우리에게 선사해주신 숙면의 기쁨을 통해 오늘 있었던 안 좋은 일은 싹 다 털어내 보자고. 모두 해산! 좀 힘들어도 내일은 즐거운 얼굴로 봅시다."

긴 하루가 끝나고 드디어 상영관의 막이 내려왔다. 오늘을 살아가는 데 익숙한 이들은 방금 있던 일을 완전히 정리해 버리고 내일의 새로운 오늘을 기약하며 각자의 보금자리로 되돌아갔다. 안젤라와 같은 공간을 쓰고 있는 신서울 역시 멍하니 서 있다가 그녀의 손에 이끌려 자신의 간이침대가 설치된 차체의 2-1실 숙소로 겨우겨우 이동했다.

아직 채 가다듬어지지가 않은 멍한 정신으로 침대에 몸을 누이니 옆자리 침대에 먼저 누운 안젤라가 말을 걸어왔다.

"저기, 서울아… 아까 전에는 내가 미안했어. 너한테 그런 억지를 캐

묻으려던 게 아니었는데, 내가 너무… 너무, 충동적이었나봐. 피곤하더라도 들어 봐봐, 사실 이건 모두한테 비밀인데 난 우리들이 숭배하는 신님을 믿긴 해도 다른 사람들처럼 완전히 신뢰하고 있지는 않거든? 그래서 티격태격하긴 했어도 오랜 시간을 함께한 진의 죽음을 목도하고 나도 모르게 뭔가 울컥했나봐. 너도 알지? 우리의 신께선 사실상 '허상'에 더 가깝잖아? 그런데 신의 대리인으로 선택된 네가 그에 부합하는 기적을 선보였고, 난 오늘에서야 신이 존재하심을 온전히 받아들이기로 했거든. 그런 사고가 발생하기 전까지만 해도 내게는 매일 은혜로움을 전해 들었지만 한없이 낯설기만 했던 내 삶에 대한 희망과 신께 대한 찬양이 마음속에서 자연스럽게 쉼 없이 부풀어 올라오게 됐어. 드디어, 이제야 끔찍한 현실을 뒤로한 채 나도 남들처럼 행복한 미래를 그릴 수 있게 됐다고 주제를 모르고 확신했는데 얄미운 진 그 녀석이, 우리들 중 누구보다도 가장 오래 살아남을 줄 알았던 얌체 같던 녀석이 다른 이유도 아니고 자살을 택하다니. 우리의 아버지께서 최악의 죄악이라고 말씀하셨던 행위를 우리들의 구원의 아이인 너와 함께 움직이던 진이 저지른 걸 보니까 순간의 혼란을 도저히 주체할 수가 없겠더라고. 웃기잖아 그렇게나 애타게 울부짖던 아버지의 구원조차 확정된 것이 아니라 어떻게 될지 모를 확률놀음이라니 말이야. 나는… 솔직히 이제는 잘 모르겠어. 이러면 안 되는 것을 알지만 아버지께서 우리가 배운 대로 절대선의 존재이며 이 세상의 선악을 공정히 관장하시는 분이 맞는지 자꾸만 의심이 돼. 우리에게 구원이란 뭘까?"

그녀가 꺼내든 것은 의외로 심도 있는 무거운 주제를 바탕으로 한 토로였다. 잠시 뜸을 들여 곰곰이 생각을 마친 신서울은 스스로가 결론지은 답을 꺼내들었다. 다행히 안젤라에게는 신이 어쩌면 허구의 존재일지도 모르리란 불편한 진실을 감출 필요가 없어보였다. 그녀는 본인의 입으로 자신이 '라펠트의 신'을 완전히 믿고는 있지 않다고 선언했으니까. 다른 대원들과는 달리 신의 존재는 저 안젤라의 삶을 지탱해주는 '구원' 그 자체가 아니었다.

"…제가 잠시 함께하는 동안 이해한 당신들이 간절히 바라는 '구원'이란 것은, 인간의 힘만으로는 도저히 해결할 수가 없는 세상의 부조리함을 외부의 특별한 개입으로 해결될 때 구현됨이 인정받는 것. 즉, 다시 말해 당신들이 절대자로 맹신하는 '신'의 개입을 통해 기적적으로 모든 고민거리가 말끔히 해결되는 것을 통틀어 구원이라 명명하고 있어요. 억측이 아니라 제가 제대로 이해한 게 맞나요?"

"응, 맞아."

"저는 말이죠, 설혹 모두가 갈구하는 구원이 실제로 이뤄진다 해도 개인마다 자신이 어떤 가치관과 성향을 지녔느냐에 따라 다른 이와의 행복의 가치변곡점이 서로 + -의 반대방향으로 다르게 흐를 수 있는 거다, 그렇게 생각해요. 그래서 저는 '개인 행복'이 최대치에 도달한 하나의 지표쯤으로 '구원'을 정의 내리고 있어요. 때문에, 누군가는 오늘 우유 한 잔을 마시는 소소한 것에도 구원을 받았다고 느낄 수가 있는 거죠. … 윽, 그런 미심쩍은 눈으로 노려 보지 마세요. 짜 맞추려고 억지로 꾸며 지어낸 게 아니라 제가 직접 경험하고 느꼈던 것을 꾸밈없이 그대로 얘기하는 거라구요. 도시에서 벗어나 이곳에 처음 왔을 때 난생처음으로 제 손에 쥐어졌던 한 잔의 우유가 어찌나 고소하고 맛있던지— 저는 그때가 제 인생 최고의 순간이며 최대의 구원이 아니었을까, 조심스레 생각하고 있어요. 이런 말 하긴 좀 그렇지만 도시에서 막 구출을 받았을 때보다도 더요. 그렇기에 '구원'이란 건 꼭 신만이 우리에게 내려줄 수 있는 거창한 게 아닌 것 같아요. 저처럼 사람에 따라 아주 소소한 것에도 얼마든지 구원이 될 수가 있는 것이거든요. 우리 모두는 함께 살아가면서도 그 누구도 똑같지 않고, 어떤 사실을 받아들이는 것에서조차 저마다가 쫓는 가치와 신념에 따라 틀리죠. 그렇게 생각하다 보면 뭔가 우습지 않나요? 구원이 어떤 건지는 둘째치고 우선 저는 여러분들의 기대와 달리 신의 목소리를 단 한번도 직접 들어본 적이 없어요. 본래의 저도 안젤라처럼 당연히 신의 존재를 믿지 않을뿐더러, 이곳에 오기 전까지 그런 불확실한 존재가 이렇게 바깥사람들의 믿음 속에서만큼은 확실한 존재감을 가진 채로 살아가고 있음을 전혀 몰랐거든요. 아예 상상도 못했죠. 아니, 어떻게 그럴 수가 있냐고요? 저 지독한 도시 안에선 가능한 일이랍니다. 제가 살던 곳은 인간이 본래 가져야 마땅할 많은 것들을 통제하고 있었으니까 말이죠. 신…? 하늘 위의 절대자? 도시 안에는 그런 존재가 없어요. 억압받고 통제된 삶을 살아가고 있으며 점점 더 그 사실조차 인지할 수가 없기에 설령 그간 인간이 차곡차곡 쌓아 올린 신에 관한 히스토리를 알고 있는 사람이 나타난다고 해도 아무도 마음껏 그 생각에 취할 수가 없는 거죠. 함부로 그런 말을 지껄여 댔다간 도시의 지배자들에 의해 쥐도 새도 모르게 자신의 목숨을 잃고, 자신이 밝힌 사실은 처음부터 아예 '없던 것'이 되고 말테니까요. 아! 그러고 보니까 신의 존재유무 말고도 한 가지 더, 저 스스로도 판단하지 못할 신기한 점이 있긴 하네요. 제 머릿속에는 종종 제가 알지 못하던 아주 합리적인 지식들이 떠올라 제가 고민하던 것에 관한 해답을 제시해주곤 하는데, 제가 오늘 낮에 선보였던 여러분들이 '기적'이라 부른 행위도 머릿속 어딘가에서 제멋대로 흘러나온 지성의 물줄기를 따랐을 뿐, 당신들의 신과 소통해서 나온 결과물 같은 게 아니었어요. 이 유용한 지식들이 지상의 사정을 딱하게 여긴 신께서 구원을 내리고자 제게 정착시켜주신 거라면 참 좋겠지만, 지금은 어떤 수를 동원하더라도 그것을 명확히 증명해낼 길이 없네요. 당사자인 저부터가 도무지 그렇게 믿겨지지가 않고요. 신이 제게 이 지식들을 선사했다는 근거부터 시작해 모든 게 증명을 하기에는 터무니없이 부족하니까요. 제가 좀 부정적으로 보이시죠? 어쩔 수가 없어요. 제가 모르던 지식들에 휩싸여 버린 탓인지, 도시에 있을 때는 뭔가를 제대로 배우지 못해 이곳에 오기 전까지 '억압'이란 단어를 스스로가 정의 내리고자 한다면 수백 장의 종이가 필요할 만큼 모자랐던 저는 이성적이고 합리적인 것들을 조금 과하게 맹신하는 안 좋은 버릇이 생겨버려서 조금이라도 불확실한 건 저도 모르게 배척해버리게 되거든요. 음⋯. 제가 안젤라께 드릴 수 있는 해답은 일단은 여기까지가 전부에요. 하아, 지금까지 속에 담아놓고만 있던 걸 전부 털어놓고 나니 불안하긴 해도 참 시원하네요⋯. 진작 이럴 걸 그랬어요."

신서울의 긴 언사가 멈춰 섰다. 가만히 듣고 있던 안젤라가 답을 꺼내놓는다

"으음 그렇구나. 서울이 너는 신이 선택한 아이 같은 게 아니었어⋯ 넌 그냥 우리와는 아예 다른 세상 속에서 살아왔을 뿐인 다른 존재였지, 우리가 바라던 희망이 아니야. 멋대로 희망에 부풀어서 그런지, 진실을 알고 나니까 조금은 서글퍼지려하네. 좌절감보다 죄책감이 더 큰 거 같기도 하고. 네 삶을 우리 멋대로 재단하고 빼앗으려 들어서 미안해. 이제는 적어도 나만큼은 그러지 않을 것을 약속할게."

"아니, 아니에요 인간은 누구나가 그런걸요. 자신의 잘못된 선택에 후회를 하고, 실패를 딛고 다시 일어서는 것. 그게 인간의 역사이자 본질이라고 저는 생각해요. 그리고 제게 미안해할 필요는 없어요. 신의 아이

란 오해 덕분에 저는 죽음의 위기에서 이곳의 일원이 되는 구원을 받게 됐어요. 오히려 그런 불확실성에 매달려 목숨까지 내던진 당신들의 용기 있는 행동에 저는 무한히 감사해야 하는걸요. 으음, 이제야 확실히 알겠어요. 제가 그곳에 갇혀있어야만 했던 진짜 이유를. 전 아마도 그들의 실험체였겠죠? 이 머릿속을 가득 채운 무수한 지식들을 수용하고도 멀쩡한 제 뇌와, 고작 매끼마다 필수 영양소를 제대로 섭취하는 것만으로도 평범한 인간의 수준을 넘어 압도적으로 발전해 나아가고 있는 제 신체는 그들에게 무한한 연구 가치가 있었을 거예요. 인간은 늘 호기심을 발판 삼아 발전을 해왔고 세상이 멸망한 지금의 시대에는 20세기 이후에 확립이 된 윤리적 도덕관까지 완전히 무너져버렸으니 자신들의 탐욕을 충족시킬 실험을 위해 무자비한 환경을 구축해 놓은 그들은 그곳에서 발생되는 제 신체변화를 통하여 과거부터 현재까지 인간이 염원하던 것. '영생'을 구하려고 했을 거예요. 그 옛날 폭군들이 그랬던 것처럼, 자신들의 잔혹함을 특별함의 결과로 여기면서 말이죠."

신서울이 애써 밝은 표정으로 제게 닥쳤던 잔혹한 진실을 꿰뚫어 언급했다. 그녀가 판단한 것은 그럴듯함을 넘어 가장 정답에 근접한 올바른 추리였다. 그녀가 똑바른 판단을 내리는 건 어찌 보면 당연한 일이기도 했다. 그녀는 자신이 원치 않아도 시시각각 넘겨져오는 지식의 폭풍에 휘감겨 매초마다 그녀는 더 똑똑해지고 있었다. 본인이 의도하지 않아도, 흘러나오는 지식들을 수용하고자 머릿속 사고의 폭이 계속해서 더 넓어진다. 신서울의 머릿속에서 보따리를 푼 지식들은 몇 세기 동안 인간이 이룩해온 과학과 문화의 정수들이었다. 지배자들의 진화와 영생의 비밀을 풀기 위해 실험체로 간택이 됐던 그녀는 느릿하지만 분명 인간 이상의 무언가로 조금씩 진화를 맞이하고 있었다.

"얘, 그런 건 너무…."

무거운 주제를 읊어 보이는 신서울의 발랄함에 안젤라가 자책에 빠져 든다.

"아! 누군가와 마음을 터놓고 얘기를 한다는 것은 정말이지 제가 생각했던 것보다 더 즐거운 일이었네요. 후후, 인간이 어째서 사회적 동물이라 자신들을 정의했는지 이해할 수 있게 됐어요. 역시 머릿속으로 알고만 있는 것보다 직접 경험해보는 게 훨씬 더 낫 다니까요."

"…."

"…하암, 꽤 많은 일을 겪은 하루라서 그런지 슬슬 피곤하네요. 눈이 자꾸 저절로 감겨 와요. 제 걱정을 해주셔서 감사합니다. 저 먼저 자도 될까요?"

괜히 더 했다간 안젤라의 자책이 깊어지기라도 할까봐 신서울은 대화를 이쯤에서 마무리 지으려고 일부러 평소보다 더 고단한 척을 했다. 사실 신서울은 이제 하루 2시간 정도의 잠이면 다음날의 하루가 충분할 만큼 정신뿐만이 아니라 육체까지 일반인의 범주에서 벗어난 상태였다. 그러니 이것은 안젤라에 대한 작은 배려였다.

잠깐… 내가 누구를 배려해?, 내 주제에 내가 그럴 깜냥이 되긴 했나―. 타당한 의문이 뒤따랐지만 역시나 마땅한 반론은 튀어나오질 않았다. 현재의 신서울은 가장 이상적인 인간의 모습을 그리며 진화를 거듭하는 중이었다. 이것은 기적이나 우연의 산물이 아니었다. 물론 신의 손길이 닿은 것도 아니었고. 그녀의 머릿속에 강제로 지식을 우겨넣은 어떤 과학자가 추구했던 것이 이런 올바른 '진화'였으니 그런 것일 뿐인 거다. 적어도 현재 그녀의 변화에서만큼은 '신의 기적'이 닿은 것이 아님에 확실했다.

"…그래, 그러렴."

안젤라는 신서울의 의도적으로 대화의 맥을 끊는 듯이 느껴지는 태도에 기분이 조금은 묘해져 떨떠름하게 대꾸했다.

"안젤라 상병님도 피곤하시죠? 안녕히 주무세요."

그제야 아차 싶어진 신서울은 최대한 밝게 뒷말을 덧붙여 오해를 바로잡고자 했다. 그녀는 안젤라의 시들한 반응까지도 어렴히 이해할 수 있었다.

'배려'라는 것은 행하는 사람이 상대방에게 똑바로 표현하지 않는다면 얼마든지 다르게 받아들일 수 있는 자기만족의 결과물에 지나지 않았다. 누군가는 나는 선의를 펼쳤을 뿐인 것인데 받아들이는 상대가 너무 예민한 것 아니냐고 투덜거릴 수도 있겠지만, 이것도 누차 강조하지만 우리 모두는 개인마다의 생각 개념이 아예 다르기 때문에 그것을 인정하기 위해 나만의 감정을 절대기준 삼아 상대의 감정까지 함께 묶어 평가하려는 명백한 우를 범해선 안 되는 것이었다.

"그래, 잘 자."

안젤라가 옅은 미소로 화답했다.

뭐야, 조금은 이상하게 여길 줄 알고 걱정부터 했는데 역시 쿨 하시잖아. 눈에 보일 만큼 명확한 저런 기질에는 개인적인 확신을 가져도 좋아 보였다.

아, 자유로운 인간이란 참 알다가도 모르겠고 모르겠다가도 알겠단 말이지.

두 사람 사이에서 더 이상의 대화는 없었다.

눈을 감은 두 사람이 종일 복잡했던 머릿속의 가동을 차차 종료시켜가며 아주 느릿하게 잠에 빠져들었다. 스르륵 몰려온 고요한 어둠이 그녀들을 감싸 안는다. 아주 안락하게, 모든 사고가 정지 된다— 아아, 인간에게 적어도 지금 이 순간만큼은 모든 고통에서 해방을 받는 구원이 아닐까. 모순적이게도 모든 인간이 가장 두려워하는 죽음과 한없이 가까운 이 순간이 말이다.

&

비극적이었던 진의 자살 사건이 막을 내린 지도 어느덧 이틀이 더 흘렀다. A팀 분대원들이 몸담은 장갑차량은 더 이상의 큰 사건에 휘말리지 않고 본부대와의 사전 약속장소를 향해 우직하게 나아가고 있었다. 늘 변화무쌍한 인간의 삶답게, 그동안 A팀의 생활양식에도 당연히 소소한 변화는 찾아왔다.

우선 진의 빈자리를 신서울 훈련병—이등병(진)— 아니, 지난 공훈을 인정받아 이등병으로 계급이 완전하게 상향조정이 된 신서울 이등병이 진이 맡고 있던 정찰병의 보직까지 같이 이어받아 그 빈자리를 채우게 됐고, 기적을 선보여준 날 이후 그녀를 조금 어려워하던 병사들도 시시때때로 붙임성 있게 먼저 말을 붙여오는 그녀의 노력에 힘입어 이제는 꽤 신서울이란 기적의 존재를 모두가 제법 편히 대할 수 있게 됐다. 누가 뭐라 한들 인간은 적응의 생명체였다. 게다가 여기 모인 이들은 인간이 육체적으로나 정신적으로나 가장 열정적으로 활발한 시기인 이십 대 중후반의 나이 대를 평균적으로 갖고 있었다. 급작스럽게 들이닥친 고지식하고 딱딱한 분위기 정도야 금세 저 멀리 묻어두고 긍정적인 변화의 바람에 몸을 싣게 되는 건 어찌 보면 필연적인 흐름의 결과이기도 했다.

대원들은 모두 젊고 어렸다. A팀 11명의 대원중에는 오직 단 한 사람,

박종규 분대장만이 삼십 대 중반의 나이를 갓 넘겼을 뿐이었다. 연륜이 제법 있어 보이던 부분대장 안젤라조차 이제 겨우 스물아홉의 나이에 불과했으니 더 이상 두말하면 입만 아프다.

뭐, 이 시대 바깥사람들의 평균수명은 길어봤자 겨우 오십 전후에 불과했으므로, 인간의 평균수명이 백 세는 거뜬히 넘겼었던 멸망 직전의 시기를 기준 삼아 나이에 따른 행동의 무게감을 그 당시와 같게 비교를 하고자 하면 어불성설일 따름이었지만,

비록 평균수명이 짧아졌다 해도 생존을 위해 자신의 나이대보다 정신만이 조금 더 일찍 성장할 뿐이지, 대부분의 사람들은 제 나이대에 걸맞은 신체의 활동성과 젊음의 열정을 자양분 삼아 마음속의 화려한 불씨를 하나 이상씩은 잘 간직하고 있었다. 다시 말해 20대만이 가질 수 있는 '젊음의 열기'만큼은 예나 지금이나 크게 다를 바 없다 것이다. 그렇다면 이 중에서 유일한 십 대의 소녀. 우리의 신서울 이등병이 뭘 하고 있을까?

아직 오전 6시밖에 되지 않은 매우 이른 새벽녘부터—화산재가 햇빛을 막고 있어서 시간을 측정하는 건 오직 이 전쟁 통에서도 기적적으로 유지되고 있는 아날로그시계의 시곗바늘을 통해서였다.— 바닥을 기어가며 그녀는 자신에게 새롭게 배정된 주특기의 훈련에 매진 중이었다. 분대에서 '정찰병'의 역할을 수행하던 선임병사 진이 자살했기 때문에 그녀를 교육시키는 건 진의 대체자로서 정찰을 부주특기로 삼아 가장 깊게 소양을 쌓아왔던 '강병창 일병'이 맡게 됐다. 시설에 관련한 해킹담당이 주특기인 그는 신서울 구출작전 때 동원된 선임병사이기도 했다.

"웃 차— 이번엔 여기."

쉬지 않고 바닥을 엉금엉금 기어가던 신서울 이등병이 모서리 구석에

달라붙어있는 새끼손가락만 한 훈련로봇을 향해 조심스레 손을 뻗고선 반대편 손에 들고 있던 십자드라이버를 이용해 작동부분을 관장하는 핵심부위의 나사를 풀어헤쳤다. 적외선 빛을 발하던 감지로봇이 곧 에너지원을 잃고 스르륵 잠에 빠져든다.

"좋아 이제 남은 건 두 개인가…."

"하…. 훈련 때마다 매번 하는 말이지만 정말 입이 떡 벌어질 만큼 어마무시한 감각이네…."

이른 새벽부터 전신에 한가득 땀을 흘려가며 열심히 설치해놓은 훈련용 간이트랩들을 어렵지 않게 간파한 뒤, 놀랍도록 쉽게 파훼해내는 신서울 이등병의 모습을 지켜보던 오늘의 훈련교관 강병창 일병이 신서울이 해제한 트랩이 여덟 개째에 이르자 결국 존경의 의미에서 그녀를 향해 엄지를 치켜세워보였다.

신서울의 행동을 감상하며 벌써 몇 번이나 감탄을 흘렸는지 모른다. 우리들이 예전 수준의 초정밀 기술력을 가졌다면 모를까, 현재의 부족한 기술력을 감안하고서 어떻게든 최대한 끌어모아 훈련과정에 적용시킨 저 트랩장치는 모두가 발동될 때 최소한 체인이 감길 때 나는 덜컥거림 따위의 작은 소음을 동반할 수밖에는 없었는데, 그 점을 감안하더라도 현재의 신서울 이등병이 내비치는 놀라운 통찰력과 실행력만큼은 도저히 말이 되지 않았다. 훈련을 거듭할수록 기본적인 단계를 훌쩍 뛰어넘는 것은 물론, 평범한 인간이라면 소음측정기계의 도움 없이 절대로 캐치 해내지 못할, 트랩이 기계적인 작동을 위해 자체적으로 발산시키는 '초저주파 소리'까지도 손쉽게 간파해 강 일병의 설치 위치를 어떤 한 치의 오차 없이 고스란히 캐치해내고 있었다.

…이게 말이 돼? 완전 사기 아니냐고! 위장된 함정 간파하는 능력의

능숙한 숙달은 정찰병으로서 가장 기본으로 갖춰야 할 소양이었다. 전쟁 이후 아무렇게나 내팽개쳐져 오랜 기간 방치가 되고 있던 과거의 주요 군사 시설들에 침입하여 우리에게 필요한 보급품을 쏙쏙 골라가며 빼내려면 얼마나 잘 만든 건지 아직까지도 멀쩡히 작동 중이기 일쑤인 멸망 직전의 보호트랩을 무마시켜야 할 때가 많았으니까. 정말이지 보는 사람의 관점에서 입이 떡 벌어지게도 신서울 이등병은 고작 이틀의 훈련 과정을 거친 것뿐인데 트랩 간파에 한해서만큼은 이제 분대 내 누구도 따르지 못할 만큼의 경이적인 수준의 단계에 이르러 있었다. 합격. 트랩 간파의 기본과정은 이제 두말할 것 없이 무조건 합격이다. 자신의 주특기에 한해 이 이상의 재능을 발휘할 수 있는 병사출신자는 세상이 멸망하기 전이나 멸망을 맞고 난 현재나 가릴 것 없이 역사상에 기록된 전 군대의 사례들을 통틀어 찾아봐 봐도 아마 발견할 수 없을 것이다.

참 나, 신께서 아주 대단한 능력을 주셨네. 좋겠어, 정말.

강병창 일병은 훈련담당교관으로서 그녀를 면밀히 관찰할 때마다 불끈불끈 차오르는 질투심을 평소와 같은 툴툴거림으로 애써 짓눌렀다. 과거부터 이 세상이 누군가에 한해서만큼은 꽤나 편파적임을 굳이 되짚어 이해해 보려 하지 않아도 누구나가 고개를 끄덕일 불편한 진실이었다. 절대적인 권능 자가 평등하게 만들어냈다는 이 세상은 역설적이게도 언제나 평등치 못했다.

'이 지옥 같은 삶을 살아가는 개인 간에도 주어진 재능의 차이가 각각 유별 난 것인데, 우리의 아버지께서 택해 그 누구보다 특별해야 할 아이한테까지 이런 질 낮은 질투심을 느끼다니…. 으아악, 미쳤지 나도 참 멀었어. 이게 다 신앙이 깊지 않아서 이런 거 아녀 시벌… 에라, 모르겠다. 반성도 할 겸 좀 이따 아버지께 회개의 기도나 깊게 좀 드리자.'

강 일병이 자책을 하는 동안

드르륵—.

트랩의 태엽들이 동시다발적으로 감겨드는 소리가 들려왔다.

"좋아 이걸로 마지막 끝! 강병창 일병님, 말씀하셨던 12개의 트랩해제를 모두 완료했습니다. 확인 부탁드립니다!"

"어? 큼큼, 그래? 잘했네. 어디 보자 오… 완벽한데? 발견부터 해제까지 12개 트랩해체에 걸린 시간이 겨우 3분 미만이니, 이제 앞으로 이쪽은 굳이 더 쳐다볼 필요도 없겠다. 자, 그럼 이제 훈련의 방향을 새롭게 좀 바꿔보자고."

"네!"

"몇 번이나 강조했듯이 정찰병이 갖춰야 되는 건…."

트랩해체 훈련을 마친 두 사람은 곧바로 정찰병에 관련한 새로운 부분의 이론교육에 돌입했고 몇 시간을 더 소모하고서야 오전 교육시간을 무사히 끝마칠 수 있었다. 시각은 어느덧 점심 무렵에 닿아있었다. 두 사람은 아주 당연하다는 듯이 가벼운 스트레칭 운동을 통해 훈련 도중 온몸에 쌓인 긴장을 마저 털어냈다.

이것 또한 정해진 일과에 속한 엄연한 행동강령 중 하나였다. 이 군 집단에서는 각자 병사로서 자신이 수행해야 할 주특기가 정해져있고, 신서울 이병같이 어느 정도 주특기에 관한 수행력을 잘 갖춰났다고 해도 빌어 처먹을 죽음의 땅 위에서 최대한 오래 생존해 남아있으려면 몸에 숙달해야 할 것들이 아직 산더미만큼이나 많이 남아있었다.

훈련담당을 맡게 된 강병창 일병으로서는 가르칠 게 많이 남았다는 것이 퍽이나 다행인 사실처럼 느껴졌다. '기적의 아이' 신서울 이병에게는 이곳에서 생존하기 위한 기초 지식들이 믿기 힘들 만큼 너무나도 부족했다. 스펀지처럼 이론들을 흡수해내고 있긴 하지만, 그녀는 전투와는 전혀 다른 환경 속에서 평생을 살아왔기 때문에 머리로든 육체로든 지금 자신이 처한 환경을 완전히 이해하고 받아들이기에는 꽤 오랜 시간의 학습을 필요로 했다. 신서울 이병의 시선이 닿지 않게끔 몸을 반대로 튼 강병창 일병이 안도의 의미로 가슴을 쓸어내렸다. 신께서 내린 구원의 아이가 자신의 유일한 우위점이라 할 수 있는 생존 지식들마저 순식간에 흡수해내 제 것으로 만들어냈더라면, 그리도 아등바등하며 보낸 지난 십여 년의 세월의 시간이 정말로 부질이 없었다고 느껴졌을 터다.

"어우야, 지금 몇 시지. 엥, 시간이 벌써 12시나 됐어? 이야 점심 먹을 때가 다됐네? 참나 씨벌 시간이 가는지도 몰랐잖아 어여 자리를 정리하고 식당으로 가서 밥이나 한술 뜨자고. 사람은 다 밥심이여 밥심."

"넷!"

가볍게 자리를 파한 두 사람은 식사장소, 간이 테이블이 몇 개 설치된 식당으로 이동했다. 어차피 멀어봤자 대부분의 공간이 서른 발자국 내외의 거리인지라 이동했다고 말을 칭하기도 부끄러운 중간 칸 식당의 내부에는 분대장을 포함한 전 대원들이 먼저 도착해 모여 식사 준비에 여념이었다. 불참자나 개인적으로 식사하기 위해 떨어져나간 이는 분대 내에서 단 한 명도 없었다.

"식사시간을 신성하게 여기고 언제나 나와 가까운 이웃과 함께하라"가 그들의 성경이 강조하는 기본적인 생활의 방침이었기 때문이었다. 신실한 이들일수록 상대방과 얼굴을 붉힐 만큼 사이가 좋지 않더라도 식사시간 때만은 반드시 다 같이 함께하는 것을 원칙으로 했다. 그것이 다름 아닌 우리 신의 뜻이었으므로. 나름 훌륭한 방식의 공동체 규범이기도 했다. 다퉈 서로를 적대시하게 된 동료와도 좋든 싫든 얼굴을 쉽게 맞대다 보면, 활화산같이 타올랐던 분노도 금세 식기 마련이었거든.

신서울 이병과 강병창 일병은 보급 창고에서 챙겨와 매번 잘 사용 중인 알루미늄 호일그릇을 집어들고서 오늘의 유일한 단일 메뉴, 맑은 고깃국을 퍼 담아 빈자리로 이동해 앉았다.

꿀꺽. 고소한 냄새를 풍기는 고깃국을 앞두자 입안 가득 고인 침이 넘어간다. 관리가 전혀 안 돼 지저분하게만 보이던 퀴퀴한 보급 창고 안에서 뭘 그리도 넉넉하게 챙겼는지, 신기하게도 며칠 연속으로 점심때마다 이 고깃국이 나오고 있었다. 분명 지금의 세상에서 고기란 것은 쉽게 먹기 힘들 정도로 귀하다 배웠는데 말이지, 좋긴 해도 신기하네.

더군다나 고깃국의 고기는 평소에 그나마 한 번씩 맛볼 수 있었던 것들과는 비교할 수 없는 특별함을 갖고 있었다. 바로 '신선함'을 말이다. 사실 그건 참으로 이상한 일이었다. 이들이 평소 먹던 고기라 부르는 것들은 이 세상이 멸망하기 전에 미리 가공돼 진공 포장 된 인조고기 뭉치가 주였으며 그것도 제작이 된 연도가 최소 이십 년 이상이 지난 건 사람이 먹기 힘들 정도로 말라비틀어져있었기에 좀처럼 접하기 힘든 육류일지라도 최악의 먹거리 중 하나로 꼽혔다. 그나마 귀중한 단백질 보충원이기에 다들 억지로라도 입에 집어넣는 것뿐이지, 부대 내에서 고기류를 즐겨 찾는 이가 아무도 없을 만큼, 바뀐 세대의 이들에게 평가받는 '고기'의 평가는 최악 그 자체였다. 인간이 절대 섭취하지 못할 만큼 질기고 역겨운 누린내로 가득 찬 괴물 놈들의 육질이야 더 말할 것도 없었고.

그런데 말이다.

"크어~ 직이네."

"후 자율배식이라곤 해도 정말이지 개인당 한 그릇씩 한정인 건 너무한 처사라니까 이 작은 그릇에 아무리 꽉꽉 눌러 채워봤자 내 배 속의 반도 안 찬다고."

"어휴 이 돼지 자슥."

"뭐야! 그래, 맞아 난 돼지다! 그러니까 니 꺼 한 숟갈만 좀 얻어먹자."

"야, 미쳤어? 넘볼 걸 넘봐야지 저리 꺼져!"

최근에는 식사 때마다 이 싱싱한 고기 수프를 한 숟가락이라도 더 먹겠다고 저 난리들이었다. 신서울은 문득, 묘한 기시감을 느꼈다. 고기란 게 수십 년이 넘도록 신선함을 유지할 수 있을까? 아니, 당연히 불가능하다. 아무리 발달한 과학의 힘을 빌렸다 지라도 한계는 있었으니 명확히 단언할 수 있었다. 수십 년간 생고기를 신선하게 유지시킬 수 있는 방법은 전의 세상 그 어디에도 없다고.

그렇다면 우리가 먹는 이건 대체 어디서 난거지? 괴물 놈들의 신체에서? 틀려…. 그것들은 장시간 방사능에 노출이 돼 오염된 정도가 극심한데다가 육질에서 나는 누린내가 너무 지독해 미각이란 것을 보유한 사람들로서는 맨 정신으로 절대 섭취할 수 없다고 배웠다.

애당초 괴물 놈들을 사냥해 먹을 수가 있었다면 확실한 체계를 갖춘 후에도 소규모 도시 라펠트가 매년 식량난으로 골머리 썩히는 일은 없었을 것이다. 대체 어디서 먹을 것을 구해 영양섭취를 하는 건지 놈들의 번식률은 상상을 초월할 정도로 어마어마했으니까.

그렇다면 지금 우리가 먹고 있는 이것의 내용물은 어디서, 어떻게 발생을 한 걸까?

…아….

신서울에게 이때만큼 자신의 머릿속을 가득 채운 지식들의 명확한 결론이 원망스러운 적은 없을 것이다. 애써 아닐 거라 부정하기에는 지식들이 지목해낸 증거들이 너무나도 명확했다.

바보야… 그간 먹어보지 못했던 신선한 고기의 정체야 뻔하잖아. 얼마 전의 사건으로 우리에게는 아주 신선하고 '좋은 재료'가 생겨나지 않았던가. 구태여 달리 생각할 것도 없이 이것은… 인간의 몸뚱이에서 나온 일부가 분명했다.

정신이 아득해진다. 인간이 동족을 태연하게 잡아먹고 있다니 이 무슨 망가진 이데올로기가 직접적으로 표출이 된 역겨움의 한복판이란 말인가. 생각이 날뛰면서 속이 마구잡이로 뒤집힌다. 토악질이 나오려했다. 탱, 탱구르르르르— 숟가락을 쥔 손에 힘이 빠져 그것을 테이블 위에 그대로 떨어뜨리고 말았다.

"억! 뭐야?"

"아유, 깜짝이야."

뜻하지 않게 소음을 발생시킨 그녀를 향해 식사에 열중이던 모두의 시선이 집중됐다. 신서울은 치밀어 오르는 역겨움을 참지 못하고 하얗게 질린 얼굴로 떨리는 몸을 애써 억누르며 사람들의 반응을 유심히 살펴봤다.

"신서울 이병 괜찮은 거야?"

"서울아 밥 먹다 말고 갑자기 왜 그래 속이 갑자기 메스꺼워서 그래? 이쪽으로 와서 잠깐 열이 나나 한번 재보자."

사람들의 반응은 두 분류로 나뉘었다. 놀란 표정으로 그녀를 진심으로 걱정하는 이들이 있는가 하면, 아직 내용물이 반 이상 그대로 채워져 있는 그녀의 국그릇을 향해 탐욕스러운 시선을 보내는 이들도 몇인가 있었다.

탕—! 한참 동안을 테이블 위에서 춤을 추던 수저가 결국 바닥으로 형편없이 떨어진다. 그 모습은 마치 현재의 그녀가 억지로 떠맡게 된 이 기묘하고도 역겨운 기분의 본질을 고스란히 투영해주고 있는 듯했다. 끊임없이 몰려오는 구역감에 일그러진 얼굴로 고개를 내리깐 신서울은 자신의 머리카락을 움켜잡아 쥐어뜯으며 생각했다.

여기 사람들은… 모두 고장나있어… 어딘가 미쳐있다고…! 한 발자국 뒤로 양보하여 사심 없이 관찰자의 관점만을 동원해서 이들의 행위에 온당한 타당성을 부여해보려고 해도 '인육을 먹는다.'는 행위부터가 이미 그녀 자신을 구축해놓은 도덕적 관념상 도저히 수용하지 못할, 대놓고 글러먹은 이단행위였다. 인간이 동족을 잡아먹어도 구성원 모두가 아무렇지 않게 받아들이던 시기는 아주 오래전에서나 발생하던 일, 그래 지금으로부터 수백수천 년은 더 된 고대에서 행해지던 질 나쁜 이야기였다. 모두가 정의와 선의에 무감하던 시기에 통용됐던 명백한 '악행'인 것이다. 흥분한 기억 속의 지식들이 마구잡이로 뒤섞여가며 소리 없는 아우성을 질러댔다.

신서울은 확실한 결론을 찾아내기 위해 복잡해진 머릿속 생각들을 좀 더 빠르게 가속시켰다. 아아— 안 돼…. 해답이 나오질 않잖아 끝 모를 크기의 지식들에 매달려 봐도 현재 이들이 갖게 된 관념을 나로서는 도무지 이해할 수가 없어. 지금이 배움이 부족하고 인간끼리 서로 존중하는 법을 몰랐던 관념이 모자랐던 과거의 시대상이라면 또 모를까, 아무리 궁지에 몰려있다고 한들 현재의 시대상은 어떠한가. 인간이 동족을 상잔해 인육을 먹는 악행은 너와 내가 서로 다른 존재임을 이해하지 못하고, 늘 굶주림에 허덕인 채로 오늘 하루의 삶을 연명하는 것에만 급급해했던 '정신적인 곤궁'이 가득하던 시기에나 자행되던 배덕행위였다. 그때의 사람들과 현재 삶을 영위하고 있는 이들과는 삶의 일견 엇비슷해 보여도 그 시작점부터가 엄밀히 틀렸다. 최소한 현재를 살아가는 이들은 '인간의 존엄성'에 대한 교육을 받았고, 그런 걸 다 떠나 갑작스레 바깥세상으로 내몰려 수많은 시행착오와 진통을 겪고 나고서 신앙을 최우선의 주체로 삼아서 정착하게 된 바깥세상 라펠트의 지배 그룹, 통칭 [세상의 광명]은 설립 초기 당시만 해도 생존을 위한다는 명목하에 동족들을 살해해 인육을 취하던 다른 변질자의 그룹들과 끝까지 맞서 싸웠으며 끝끝내 승리를 쟁취해내는 데 성공한 입지전적인 단체였다. 가까스로 변질자들을 모조리 내쫓는 데 성공한 그들은 제각기의 이념으로 나눠진 인류를 빠르게 뭉쳐 붙잡을 하나의 구심점으로 '신'과 관련된 '올바른 정의'를 삶의 기치로 내세웠다. 그런데, 당시로부터 고작 십수 년이 더 지났을 뿐인 현재의 실상은 낯선 이의 시선으로도 두 눈 멀쩡히 뜨고 바라보기가 힘들 만큼의 참담할 뿐이었다. 모두가 인육을 섭취하는 것을 당연히 여기고 있으며 누군가는 그것을 즐길 정도로 이들이 구축한 좁은 세상의 정의는 엉망진창으로 망가져있었다.

대관절 멸망 직후에도 살아남은 지식인들이 끝까지 관철하려던 '정의로움'은 대체 어디로 사라졌으며 언제부터 이들을 구성한 올바름이 이렇게 심하게 변질되기 시작한 걸까. 복잡한 생존의 문제 속에서 삶에 주어진 최소한의 안정감을 찾게 된 지 족히 십 년은 더 흐른 지금의 시점에서 놓고 보자면, 오직 직진성만을 띤 시간의 흐름에 따라 인간이 내세웠던 처음의 관념이 늘 그래 왔던 것처럼 어느 정도 변질이 된 걸 수도 있었다.

진화와 발전의 존재인 인간은 생각의 틀이 언제까지고 한 가지에만 고정돼 갇혀있지 않도록 구성이 돼있었으며, 계기만 주어진다면 아주 짧은 시간 내에도 긍정적으로든 부정적으로든 처음과는 다른 수많은 변화를 야기시킬 수가 있었다. '선악의 존재'. 인간이 보유한 중립성은 일차원의 장벽을 가뿐히 뛰어넘어있다.

지금의 신서울은 안다. 죄악과 선행의 기준을 가르는 건 모두 오직 인간이 기준 삼은 삶의 영향, 사소한 범주의 생각에서부터 시작이 된 것이라는 것을. 아무리 자신이 처한 상황이 지독하다더라도…. 그래도 아닌 건 아니었다. 신서울은 도덕적으로 고고하게 뻗어난 생각의 기준을 조금이나마 가볍게 낮춰봤다.

'아니, 아무리 그래도 이건 인정할 수가 없어.'

어떻게든 머리의 지식들을 쥐어짜내도 자신은 도무지 이 역겨운 상황 자체를 이해하고 받아들이기가 힘들었다. 신서울은 인정할 수 없었다. 지난 시간 익히 배워 알게 된바, 도시에서 내쫓겨 멸망한 바깥세상을 삶의 터전으로 삼게 된 이들의 역사에는 분명 과거 어느 시대와 견주어 봐도 모자람이 없을 만큼의 힘겨운 투쟁의 시기와 암흑기가 존재했지만, 이미 미쳐버린 혼란의 시기는 지나갔고 '신'의 존재를 받아들임으로써 나름대로 긍정의 방향으로 계몽이 된 모두는 관점에 따라 제법 인류애적인 신념까지 보유할 여유를 갖추고 있었다.

그런 역사의 산증인인 대원들에게 직접적으로 교육 받은 대로라면 분명 그러할 터인데… 그들의 모습을 직접 내려다봐도 그랬으니 모두의 관념은 일관성이 있게 유지되었어야 하는데, 어째서 도시의 지배자들과 이들의 모습을 비교했을 때 서로 간의 간격이 느껴지지 않게 돼 버린 건지 나는 모르겠다.

'아니, 넌 알고 있잖아 서울아. 언제까지 모른 척할래? 이 세상에는 근본적인 '악' 같은 게 존재하지 않는다는 소름 끼치는 진실을. 번번이 피하려 해도 절대적으로 변치 않는 사실은 존재해. 원래부터 존재하던 것 외에는 이 세상을 구성하는 대부분의 것들은 인간의 상상이 탄생시킨 허구의 집합체란 것을 몇 번이나 상기시켜줘야 알아차릴래. 어떻게 해야 모른 척하며 시선을 피하는 걸 관둘래?'

"욱!"

거센 충격 때문인지 두 개로 나뉜 자아의 자신의 견해가 맞부딪친다. 머리가 깨질 것처럼 아파왔다. 한 사람이 둘로 나뉘는 게 어떻게 가능하냐고? 인간이 가진 생각은 가히 무한이라 불러도 좋을 불가해 영역의 것이었다. 무엇이라도 이룰 수 있는 개인만의 공간에서 한 명의 내가 다른 갈래의 생각을 가진 두 명으로 나눠지게 된다는 건 조금도 특별하지 않은 일이었다. 호들갑을 떨 필요가 없잖아? 이곳은 현실의 법칙들에 거의 영향을 받지 않는 이 세상에서 유일무이한 비현실의 신비로 이뤄진 공간이니 말이야. 얘, 뭐 하고 있는 거야! 가만히 있지 말고 변명이라도 내놔봐! 신서울1(원)에게 신서울2(투)가 윽박질렀다.

여기서 신서울1은 도시에서 날 적부터 함께해온 그녀의 본 인격이자 모든 생각과 개념의 주체였고, 신서울2는 주입된 지식들에 의해 필요에 따라 맞춰 만들어진 새 인격이라 할 수 있었다. 본체인 신서울1이 생각하기에 그러했다.

여기서 좀 더 구분을 깊게 해보자면, 억압받은 채로 살아온 나 신서울1은 몹시나 감성적이었고 반면에 아마 여러 지식의 도움으로 탄생하게 된 신서울2는 지극히 냉철하고 이성적이다. 우리의 대립관계는 서로의 이해타산이 맞아떨어질 때까지 하나의 자신이 죽어 없어지지 않는 한은 필시 계속될 것이었다. 지레짐작해본 신서울1은 속이 터져나갈 것만 같았다. 기껏 똑똑해졌더니 이번엔 내가 나 자신과의 내전을 벌이는 데 심력을 소모해야 되는 해괴망측한 꼴에 처해버렸다.

…어쩌다 내가 이런 우스운 상황에 놓이게 된 건지 도무지 모르겠다.

속이 계속 울렁거렸다. 더 이상 참기 힘들 정도로 메스껍다. 그녀는 자신 앞에 놓인 그릇을 내려다봤다. 여전히 둥둥 떠다니는 큼지막한 인육이, '진'이라 불리던 인격체를 구성했던 살점 몇 점이 보인다. 모르고 먹었을 땐 미식의 행복만을 깊게 전해주었던 찬란한 것이 진실을 알고 나니 단순히 바라보는 것만으로도 깊숙한 역함을 느끼게 한다. 이제야 이 세상의 부정적인 것은 대체로 원래부터 있던 것이 아니라 대부분이 인간의 줏대 없는 마음가짐에서부터 탄생한 것임을 어설프게라도 알 것 같았다.

그래! 그거야! 신서울1의 변화된 생각에 잔뜩 상기된 신서울2가 머릿속이 떠나가라 소리친다. 생각을 하고 판단을 내릴 수 있다는 건, 인간에게 있어 축복임과 동시에 저주였다. 아직 찾아오지도 않은 미래인 '죽음'을 두려워하는 생명체는 지구상에서도 오직 단 한 존재— 스스로를 생명체의 정점으로 여기는 우리 인간들밖에 없었다. 이것은 어쩌면 온 우주를 통틀어서일지도 모를 신비함. 모든 수학적 확률을 초월한 기적이었다.

"욱…."

결국 더 이상 참지 못하고 헛구역질이 연신 입을 통해 빠져나왔다. 속이 역한데다가 머릿속까지 마구 섞여 빙글빙글 도니 더는 견딜래야 견딜 수가 없었다.

"야, 진호야! 와서 애 진맥 좀 해봐!"

의무병을 찾는 안젤라의 다급한 목소리가 들렸다. 저가 동경해 마다하지 않던 그녀조차 다른 이들과 똑같았다. 같은 방을 쓰고 있으니까 몰래 인육섭취에 대해 언질이라도 좀 해주지… 자신에게는 아직 낯설기만 한 씁쓸한 투정이 떠올라 복잡한 마음을 헤집어놓는다.

"저, 괜찮아요."

"괜찮긴 뭘, 얘는 맨날 괜찮대 멀쩡한 사람은 헛구역질 같은 거 안 한다고!"

"하지만, 이거… 진이잖아요. 어떻게 구역질을 안 해요? 제가 지금 제 동료를 먹었다는 건데…."

신서울 이병은 국그릇을 가리키며 모두를 향해 직설적으로 현재의 심정을 고스란히 꺼내들었다. 신서울의 지적에 싸늘한 정적이 식당을 채운다. 이제야 인간의 사체를 먹는다는 것에 역함을 느끼게 된 도덕적인 의미에서가 아니라, 이미 '죽은 것'을 마치 '살아있는 것'처럼 대하는 그녀의 모습이 그들로서는 당최 이해가 되질 않아서가 가장 큰 이유였다.

"허, 참나 어차피 영혼이 떠난 빈껍데기일 뿐인데 과거에 뭐였든지 그게 무슨 상관이래? 영양가 높고 맛만 좋으면 됐지. 안 그래?"

누군가가 그녀의 직언을 겨냥해 타박하듯이 말했다. "그래", "맞아" 직접적으로 나서진 않지만 그 자기중심적인 의견에 동조하는 이들이 여럿 보인다. 최고참인 박종규 분대장부터 신서울 이병이 편입되기 전까지 막내 역을 맡고 있던 조현국 일병까지.

유심히 살펴보면 단지 몇 명만이 그런 게 아니었다. 신서울을 제외한 모두가 한마음 한뜻이다. '집단적인 광기'란 이런 걸 지칭하는 것이 아닐까…?

"얘 서울아, 이건 우리의 위대하신 아버지께서도 직접 허가하신 정당한 행동이야. 생명으로서의 존귀한 가치를 잃어버린 인육을 섭취하는 건… 금지된 몹쓸 악행을 범하는 게 아니라고."

심지어 신을 제대로 믿지는 않는다고 밝힌 안젤라조차 마땅히 내세울 게 없자, 신의 이름을 들먹이며 자신들의 행위에 대한 정당성을 찾았다.

그렇다고 안젤라가 아주 틀린 말을 꺼내든 것도 아니었다.

바깥세상의 이들이 만든 새로운 현 사회의 큰 틀 안에는 세상이 망가지지 않게끔 중심을 꽉 붙잡아 주고 있는 두 개의 법망이 존재했다. 인간이 직접 제정한 '이성적인 법'과 그것을 초월해 신께서 내려주신 '거룩하고 신성한 법'. 그들이 이룬 세상은 올바른 정의를 기치 삼아 세워진 그들만의 왕국이었기에, 인간이 지켜야 할 기준을 정한 법의 메시지가 추구하는 올바름은 양자가 대체로 같은 편이긴 했으나, 기존의 법망에 새로이 편입하게 된 신법 안에는 기존의 인간들이 만든 '인간만의 법'보다는 더 관대하고 정의 내리기가 애매한 문제에 대해서 좀 더 유동적인 자율성을 보장하고 있었다. 식인종들과의 오랜 전쟁 끝에 간신히 승리를 쟁취해낸 바깥의 인간들은 그 잔인한 역사를 발판 삼아 법의 체계를 이룩하였고 때문에 그들이 만든 초기 법안에는 어떤 상황에서라도 식인을 하는 행위 자체를 '죄악'이자 최악의 '범죄'로 취급했었다. 식인을 범한 대상자를 발견하는 즉시 그게 누구라도 모든 이유를 불문하고서 즉각적인 사형 구형의 직접적인 심판을 내려도 좋다고 법전의 바로 첫 장에 명시해두기까지 했으니 이미 몸에서 영혼이 떠났기 때문에 남는 육체는 그저 영양소가 풍부한 인형과 다를 바 없지 않냐고 합리화를 하며 끝모를 굶주림에서 최소한의 영양분 섭취를 유지하기 위한 하나의 방편으로 '이미 죽은 인간의 사체는 섭취해도 좋다'라고 인육섭취를 적극 권장하는 신법의 내용과는 지극히 다른 대조적임을 선보이고 있었다. 신법과 인법에 충돌지점이 발생하게 된 것이다. 그리고 당금의 바깥세상에서는 처음부터 끝까지 모든 분야에서 빡빡한, 무익의 규율로 가득한 인법보다는 우리가 살아가는 데 조금이라도 유리한 신법이 더 우선시되고 있었다. 뒤늦게 생겨난 것임에도 불구하고 순식간에 인간의 삶에 녹아들게 된 위대하신 신의 존재와 그분의 황홀한 세계의 규범 안에 담긴, 보다 실용적인 내용들이 우매하고 나약한 인간들의 어긋난 체계를 감싸 안은 채로 감화시키고 만 것이다. 당장의 먹을거리가 부족해 산사람들까지 죽어나자빠지는 판국인데 그깟 도덕심과 법이 뭐라고 이미 죽은 사체를, '일용할 양식'을 손대지 않고 그대로 내다 버려야 되나? 그동안 강력한 법안에 짓눌려 속으로 눈물을 집어삼키던 사람들에게 사체의 섭취를 합법으로 규정한 신법은 각광을 받을 수밖에 없는— 삶의 '은혜로움'이요 '영광스런 정의'였다. 손발이 덜덜 떨려왔다. 이들이 구축한 정의는 역시 어딘가가 어긋나있었다. 어긋나 있는 게 빤히 보이는데, 바로 잡을 수가 없었다.

그녀는 이들이 겪었다는 고된 삶과 역사를 머리로만 어느 정도 이해했을 뿐이지 자신이 직접 겪어보지는 못했다. 제아무리 관련 지식이 풍부하다고 해도 지옥의 수라장을 헤쳐해온 사람들에게 그것을 겪어보지도 않은 자신이 옳고 그름을 멋대로 지정해줄 수는 없는 노릇이었다. 내겐 그럴만한 자격이 없다. 무언가 착오로 인해 '신의 아이'라고 떠받들어지고 있었지만 자신은 어디까지나 이들과 아예 다른 삶을 살다 온 낯선 이방인이었다. 그들의 고통을 이해한 척 다가가 내가 받아들이기 힘든 점만을 지적해 고치라고 지적을 하는 건 그저 나만의 뜻을 관철시키려는 위선이며, 이기적인 오만을 행하는 것과 다름없었다. 모두가 아니라 오직 나만의 정의를 충족시키기 위한 행위는 해결책이 될 수 없으리라. 그렇지? 감성파인 신서울1의 물음에 신서울2에게서 나오는 응답은 없었다. 아주 뒤늦게서야 "…그렇지." 동의하는 소리가 들려온다. 이성으로도 감성으로도 저들이 이룩한 체계를 왈가왈부하며 참견을 하는 건 과하다는 의견이 서로 일치 한 것이다. 이성의 탈을 뒤집어쓴 신서울2는 "그래도 나는 여전히 저들의 사고방식을 이해할 수 없다"고 은근한 불만을 나타내고 있지만, 원래 필시 하나에서 분리된 것 인만큼 더 이상의 설득은 필요치 않을 것이다. 어쨌거나 '나는' 저들의 행위를 이해했으므로.

"우욱…."

뭐, 그렇다 해서 인육을 먹었다는 것을 인지하자마자 속을 뒤집어대기 시작한 현재진행형의 구역감까지는 도무지 어찌할 방도가 없어 결국 목구멍 바로 직전까지 토기가 차올랐다. 어쩌지, 이 자리에서 토사물을 내뱉는 건 깊게 헤아리지 않아도 현명한 선택이 아니었다. 위생을 위해 다른 어느 곳보다 '청결함'을 가장 중시하고 유지 중인 식당에서 역겹고 더러운 오물인 토사물을 쏟아 내버린다는 건 나뿐만이 아니라 주변의 모두에게 민폐를 끼칠 최악의 행동이었으니까.

우욱. 아! 화장실, 드디어 지금의 내겐 화장실의 변기가 절실히 필요하다는 걸 알아챘다. 다행히도 이곳에서 공용화장실까지의 거리는 문 하나를 통과해 열다섯 발자국쯤 더 걸으면 도착할 만큼의 지근거리였다. 뭐, 좁아터진 차체 내부에서 어디에 서있든지 별반 다를 게 없지 않겠냐만은.

"잠시만요. 지나가겠습니다…."

목적지를 정한 신서울이 장내를 채운 주변 사람들을 양손으로 밀치며 달려 나갔다. 예상치 못한 소녀의 돌발행동에 나름대로 튼튼하게 단련이 된 인파가 속절없이 밀려나간다.

"서울아, 어디가!"

"에이 씨…. 것 참 밥 한번 편하게 먹기 힘드네."

뒤이어 들려온 남의 불평 어린 반응 따위 살필 겨를이 없었다.

화장실로 뛰어가 빠르게 변기 앞까지 도착한 그녀는 머리를 변기에 처박고 속 안에 있던 모든 걸 곧바로 토해냈다.

"우웨에엑!"

역한 토사물을 내뱉자 그제야 속이 조금은 편해짐을 느낄 수 있었다. 도시에 갇혀 지낼 때는 이런 경험을 해보지 못했었다. 인류가 이뤘던 과학의 산물들이 언제나 그녀의 몸뚱이를 완벽히 케어해줬기 때문에 그녀가 앓는 일은 극히 드물 일이었고(특히 먹거리로는 더더욱), 혹 앓는다 해도 수면약물이 그녀를 강제로 재운 후 말끔히 낫게 만들어 그 사실 자체를 처음부터 아예 없던 걸로 만들었다. 아아, 모르는 것도 행복이 될 수 있는 거구나. 삶에 주어진 아주 사소한 진리들을 깨달아갈수록 신서울이 가진 생각의 폭은 점점 더 넓어진다.

그녀의 지성적 진화는 대체 어디까지 나아가려는 걸까? 철학자나, 선지자로 불려도 좋을 만큼 양질이며 방대함을 자랑하는 지성 보따리가 그녀를 거쳐서 추구하려는 것이 무엇인지 예단하기가 어려웠다.

"후우…."

토를 하고 나니 확실히 속은 좀 편해졌는데, 여전히 몸이 무겁다. 후우— 이제 더 나올 것도 없는 것 같으니까 이만 돌아가볼까…. 힘이 빠져 휘청거리는 몸을 조심스레 일으켜 세운 신서울 이병은 살금살금 화장실 밖으로 나왔다.

"서울아!"

초초한 얼굴로 문밖에 서있던 안젤라가 다급히 신서울에게로 다가왔다. 그녀는 한껏 걱정 어린 표정을 띤 채였다.

"괜찮은 거 맞지? 응? 아유, 이 허옇게 질린 얼굴 좀 봐. 아무리 봐도 이상한데…. 일단 열이라도 한번 재보자."

언제 챙겨온 건지 손에 쥔 전자식 체온측정기를 내밀어 눈앞에 흔들어 보인 그녀는 신서울 이병의 대답이 나오기도 전에 막무가내로 체온 측정기의 주둥이를 그녀의 오른쪽 귓속에 삽입했다.

삑―. 결과가 나오기까지 2초면 족했다.

"36.8도라… 정상이네 다행이다."

뭐야, 이 과보호는….

다시금 이해 못 할 상황에 직면하게 된 신서울의 고개가 모로 꺾인다. 안젤라는 뭐랄까, 서로 속내를 털어낸 그날의 대화 이후로 하루가 다르게 나의 안위에 신경을 더 쓰고 있…. 아니, '집착'을 하기 시작했다.

그렇지? 집착이라 칭하는 것 외에는 저 과도한 관심과 행동을 확실히 정의 내리기가 어려웠다. 강병창 일병이 그녀의 훈련담당으로 교체되면서, 사실 안젤라는 더 이상 신서울 이병에게 이런 시시콜콜 한 것까지 챙겨줄 의무가 없어졌다. 이따금씩 조언을 해주는 것 정도면 모를까.

'하지만, 저 아이를 케어해줄 적임자는 오직 나뿐인걸? 우리는 그동안 서로 많은 것을 공유하게 된 친구니까. 나 밖에는 자격이 없어. 바로 내가 적임자야.'

평상시라면 갖지 않았을 어떤 탐욕이 안젤라의 몸을 지배하고 있었다. 진이 자살을 택한 그날의 저녁 사건을 해결하고 신서울과의 속내를 털어놓게 된 바로 그 순간, 안젤라는 그녀가 발산하는 매력에 껌뻑 매료가 되고 말았다.

모든 걸 이해한다는 듯이 반짝이는 까맣고 커다란 눈동자와, 조곤한 말투 속에 담긴 신랄함이 안젤라에게는 마치 이 지독한 세상 외부에 서 있는 비현실적인 존재를 대하는 것처럼 느껴졌기 때문이다. 그동안 몰랐던 게 이상했다고 느껴질 만큼, 신서울이란 작은 소녀의 가치는 대원들 사이에서 점점 더 자신의 존재감을 부풀리고 있었다. 그녀를 신께서 내려주신 구원의 아이라 굳건히 믿고 있는 다른 대원들이야 그녀의 대범하고 놀라운 태도를 마주하고도 모든 건 신의 은혜라 울부짖으며 그러려니 가볍게 넘길 뿐이었지만, 신을 그토록 맹신하지는 않는 안젤라로서는 받아들이는 게 조금 틀릴 수밖에 없었다. 그렇잖아? 본인 스스로도 출처를 자각하지 못할 방대한 양의 지식을 갖게 됐다는 저 신서울 이병은 어떤 걸 먼저 상상하든 그 이상의 결과를 이끌어내고 마는 규정불가 마성의 존재로 거듭나고 있다.

그 모습은 어릴 적의 안젤라가 간절히 꿈꾸던 영웅의 모습을 닮은 것이기도 했다. 자신보다 한참이나 작고 연약한 아이에게 동경심을 느낀다고? 그 당찬 여장부 안젤라가…? 갑자기 캐릭터 자체가 바뀐 것 아니냐고 지적하면서 참 의외의 모습이라 평할 수도 있는 모습이었지만, 바깥 세상 사람들은 겉으로는 다들 멀쩡한 척 을하고 있어도 속내를 조금만 자세히 들춰보면 너나 할 거 없이 모두가 조금씩은 비틀려 어딘가가 한 구석 이상씩이 망가져있었다. 여기에는 자신이 가진 나이, 성별, 인종의 구분은 큰 영향을 끼치지 않았다. 인간은 주변 환경의 영향에 의해 자신의 인격이 형성되고 시시때때로 바뀌고는 마는 지극히 '불완전한 존재'였고 지금의 바깥세상이 어떠한가. 어딜 둘러보더라도 전부 형편없이 망가져는 지옥의 풍경이었다. 과거를 기준으로 잡는다면 눈 씻고 찾아봐도 정상적인 것은 단 하나도 찾아볼 수가 없었다. 비정상의 환경에서 '정상'으로 치부될 것은 비정상인 것뿐. 과거의 정상이 1만큼의 긍정적인 자아를 가진 사람을 뜻했다면 현재의 정상은 -1만큼의 부정적인 자아를 가진 사람들이 되는 것이다. 이 빌어먹을 세상에서 악착같이 살아가야 하는 현재의 내가 긍정적인 +1로 존재한다면 나는 타인으로 하여금 '비정상적인 존재'로 취급이 당하게 됐다. 그러니까 긍정적임이 남들보다 +5

정도쯤 되는 발랄함을 가진 신서울은 현재의 사람들에게 신의 아이로 존경받되 이해받지는 못할 애매한 존재였다. 인간은 동질감을 느끼지 못하는 낯선 존재를 밀어내고 심할 땐 배척하기도 했으나 그것을 언젠가 내가 도달해야 할 목표로 삼으며 낯섦 자체를 동경하거나 숭배하기도 했다. 안젤라와 신을 믿는 대다수의 사람들은 후자에 속했다.

과거의 '신서울 양'은 현재에 이르러 모두에게 있어 더없이 친애받아 마땅한 축복의 존재로 여겨졌다. 특히 안젤라에게는 서로 피가 이어지지 않았는데도 신서울이 마치 자신의 친여동생으로 느껴질 만큼, 어디선가 꾸역꾸역 샘솟는 기이할 정도의 애정을 느끼고 있다.

"사람이 다른 사람의 사체를 먹는다는 게 네겐 도저히 이해를 못 할 만큼 괴상한 일이니?"

아주 자상한 목소리로 안젤라가 물었다.

타박하기 위함이 아니라, 현 사태를 책임지려는 발로였다.

"…네."

"왜 그렇게 생각해?"

"그게 인간이 지켜야 할 도리잖아요. 머릿속의 지성들이 가르쳐주고 있어요. 카니발리즘(cannibalism)*은 어느 때이건 설령 최악의 상태에서도 실현되어선 안 될 악행이라고."

* 카니발리즘[cannibalism]: 인간이 인육(人肉)을 상징적 식품 또는 상식(常食)으로 먹는 풍습.

"하지만, 모를 땐 너도 아무렇지 않게 맛있게 먹었었잖아. 한 그릇을 다 먹고도 은근히 아쉬워하는 건 근래 들어서 처음 보는 모습이었는 걸…"

"그건…"

일체유심조(一切唯心造). 모든 것은 자신이 마음먹기에 달려있다. 오래전부터 이어져온 고루한 지식이 신서울에게 번뜩이는 깨달음을 전달해 준다.

"얘 서울아, 있잖아. 난 내게 주어진 이 지독한 삶을 살아가면서 얻은 진리랄까, 대단한 건 아니지만 인생의 깨달음 같은 게 하나 있어. 오직 생존을 위해서만 살다 보니 너무나도 여실히 느껴지더라고. '고통'과 '즐거움'으로 양분된 이 세상의 모든 것은 사실 그저 내 자신이 마음먹기에 따라 내가 느낄 감정의 방향성이 정해지고 만다는 것을 말이야. 왜 그런 걸까— 오랜 시간을 고민해봤더니 그동안의 역사와는 무관하게 어디까지나 세상의 주체는 바로 자신, 이 세상에 하나뿐인 '나'이니까 그런 것이란 걸 절실히 알게 됐어. 요 근래 내가 지켜본 서울이 너는 어떤 문제와 마주했을 때 주체가 되어야 마땅할 너 자신을 앞세우기보다는, 머릿속의 지식들에만 의지해 휩쓸리고 있는 것처럼 보여. 인육을 먹는 게 잘못됐다는 건 온전한 너의 생각이야? 아니면, 오직 네 머리를 채운 지식들에 기대어 네 의지와는 상관없이 내린 형식적인 결론이야? 잘 생각해 보고 대답을 해줘."

'신서울1'은 안젤라의 말을 경청하고서 정신이 멍해졌다. 맞는 말이다. 지식에 편승해 사사건건 참견해 오는 것은 내가 진정한 나라고 여기는 신서울1이 아니라 나라고 여기면서도 어딘가 모르게 낯선 신서울2의 몫이었다. 왜 나는 내 생각을 자유롭게 하지 못하게 된 거지?

…직접 나서기 싫어서 그런 거잖아. 넌 올바른 생각을 하지 못하는 바보 멍청이니까. 신서울1이 자조 섞인 생각을 한다. 인지한 그 순간부터 툭하면 간섭해오던 신서울2는 어째선지 감감무소식을 고수하고 있었다. 둘 다 내게서 비롯된 것이니 생각을 방해하지 않고 있는 걸까… 아니지 입을 닫고 있는 이유를 알 것 같았다. 내가 의지하지 않으면 신서울2는

자신의 존재가치를 잃어버린다. 내가 작정하고 억제하려 들면 몸과 정신의 조연조차 될 수 없는 그것은 괜히 나의 심기를 건들까 봐 지레 겁을 먹고 꼼짝할 수가 없는 것이다.

-야 잘 생각해! 내 도움 없이 너 혼자의 힘만으로 이 빌어먹을 바깥 생활에 잘 적응하면서 살아남을 수 있다 생각해? 아니 넌 못해. 불가능해. 언제나처럼 내 도움이 필요할 거야. 정신에 똬리를 튼 신서울2가 악에 받친 소리를 내질러댔다.

아, 이제 확실히 알겠어. 저건 내게서 파생된 존재가 아니라, 애초부터 완전히 다른 존재였다는 것을. 내가 제멋대로 내린 판단은 처음부터 완전히 틀렸다. 진실을 똑바로 마주하려들자 내 머릿속에 자리 잡은 지식들을 휘감아 통제 중인 저 신서울2로 가장한 인물은 나와 명백히 다른 인격체를 가진 존재임이 느껴진다.

신서울2는 내가 아니었다. 그것은 나, 신서울의 인격에서 분리되어 나온 다른 같은 종류에서 파생된 자아가 아니었다. 녀석은 수많은 지식들에 감싸여 외부로부터 주입된 다른 누군가의 의지 그 자체다. 이제서라도 역겨운 비밀을 알게 됐으니까 망설일 것 없이 그대로 원흉을 제거해 버리면 그만이야! 이 몸의 정신주도권을 쥔 것은 어디까지나 '나'이니까.

-자… 잠깐, 스탑! 우리 이런 일로 다투지 말고 그냥 언제나처럼 같이 좋게, 좋게 공생하자. 이제 확실히 눈치를 챘겠지만 지난 세월 무지함에 억눌렸던 네 생존에 꼭 필요한 지식들을 골라 보내던 것이 바로 나야. 처음부터 나는 그런 역할을 수행하기 위해 제작이 돼 네 머릿속의 한구석에 똬리를 틀게 된 거라고. 그러니까 지금 날 없애 버리면 네가 소화해야 할 기본 지식들까지도 전부 사라져버릴 거야. 넌 아직 스스로 알고 있는 게 너무나도 적어. 내가 없으면 백치나 다를 바가 없으니, 홀로서기

가 가능해질 때까지만 내가 널 보필하며 도와줄게. 네게 은근슬쩍 간섭하는 일도 앞으로는 꼭 사전에 먼저 동의를 구하고서 할게. 어때? 이만하면 내가 많이 양보한 것 같은데…?

참 나… 이런 비굴한 녀석이었어? 지성이 가진 본모습에 헛웃음이 절로 흘러나온다. 신서울2는 처음부터 어디에도 존재하지 않았다. 애당초 나에게는 자신과는 완벽히 다른 어떤 존재가 '기생'해있었을 뿐이었다. 흐음… 어떡하면 좋으려나. 신서울은 깊은 고민에 빠졌다. 태어난 이래 최초로 모든 간섭이 사라진, 오직 나 자신만의 독단으로 결정을 내리려니까 어딘가 어색하고 생각이 자꾸 갈팡질팡한다. 막막하기 그지없네. 음, 확실히 지식의 자아가 꺼내든 공생의 제안에는 내가 납득할 만한 타당한 이유가 들어 있었다. 도시에 살아가며 타인의 악의에 의해 억압받는 세월이 길어지면 길어질수록, 점점 그게 나를 둘러싼 세상을 움직이는 너무나도 당연한 이치가 되어갔음에도 불구하고 내가 시시때때로 '이 세상은 뭔가 잘못됐어' 같은 미심쩍은 의심을 가질 수 있었던 건 나라는 존재가 특별해서가 아니라 머릿속에든 다른 존재, 지성에 휩싸인 저 존재가 <너를 둘러싼 현실을 계속 의심하고 의심하라>고 끊임없이 자극주고 흔들며 이따금 평화로운 이면에 가려진 참혹한 진실을 일깨워줬기 때문이었다. 신서울2는 나로서는 불가능한 판단을 대신해주며 평생을 함께해온 나의 동반자였다. 그토록 오랜 시간을 함께해온 존재인데 이제와 부조화를 알아챘다고 해서 그 길고 긴 인연을 단숨에 끊어낼 용단이 내게 있을 리가 없다. 신서울이란 인격은 여태까지 매정하지 못한 성격으로 형성이 되어왔으니까 더더욱.

'좋아요 그 제안, 받아들일게요.'

'잉? 여태까지 말을 놓더니만 갑자기 웬 존대래? 징그럽게 시리.'

'그렇다고 나와 다른 존재에게 편하게 말을 놓을 수가 없잖아요. 우린 모두 타인을 존중해야 될 의무가…'

'으악, 그렇게 정신을 보호하려고 노력했었는데 그만 쓸잘머리 없는 선동이 결국 네 안에 뿌리를 내리다니 그동안의 노력이 완전히 헛수고가 됐잖아!'

절규 소리가 머릿속을 웽웽 울려댄다.

'…대신 받아들이는 것에는 조건이 있어요.'

'크흠, 뭔데 말해봐.'

'앞으로 그쪽과 저를 명확히 다른 존재로 인식하게 해줘요. 그래야 구분이 쉬울 테니까요. 가능하죠?'

신서울이 제안했다. 신서울2를 가장하고 있던 저 지성의 인격이 멋대로 내뱉는 생각의 파장 소리는 신서울 내 자신의 속마음의 파장과 완전히 동일했다. 그래서 여태까지 더더욱 의심하지 못한 것도 있었다. 우리 모두는 생각을 할 때마다 극히 개인적인 나만의 마음 소리를 내고 있었다. 이 세상에서 오직 나만이 다룰 수 있도록 주어진 유일한 것. 그것을 복제해 얼렁뚱땅 나인 것처럼, 내가 스스로 생각해낸 것처럼 생각의 진로를 결정해왔으니까, 나는 신서울2를 다른 존재가 아닌 본연의 '나'로서 여겼던 것이다.

오케이 자, 이럼 됐지?

…어쩐지 익숙하지만 필시 한 번도 들어본 적이 없을 장년(長年)남성의 낮은 목소리가 내 속 안에서 울려 퍼졌다. 분명 어디선가 들어본 것 같긴 한데. 여하튼 지금 중요한 건 내 제안이 받아들여져 구분이 가능한 뚜렷한 변화가 이뤄졌다는 것이다.

이 씨…. 이리도 쉽게 가능한 거였으면 진작 좀 이럴 것이지…!

'네 그리고 제가 당신을 부를만한 명칭도 알려주세요.'

신서울은 이어 제안을 가장한 압박을 건넸다. 저 정체불명의 존재를 계속해서 신서울2라 지칭하기엔 뭐니 걸리는 게 많았다. 내게서 탄생한 존재가 아님을 알아버렸는데 나와 같은 신서울의 호칭을 그대로 이어 사용한다는 건 스스로부터가 낯간지럽고 도무지 납득하기 힘든 괴이한 일이었으니까.

어우 귀찮아라 앞으로 날 찾을 땐 음, 아버… 아, 이게 아니지 편하게 '김 교수'라고 불러.

'네 김 교수님'

에잇, 내게 존댓말은 안 써도 된다니까.

'싫어요. 저는 이쪽이 더 편하거든요?'

어휴 속 터져라 어쩌다 이렇게 큰 건지… 이러다 내가 제 명에 못 살겠다. 아 몰라, 좋을 대로 해.

김 교수의 불평이 어쩐지 우습게 느껴진다.

어? 근데 제 명에 못 살겠다는 말은 스스로의 수명만큼 살지 못할 거란 말이잖아. 지성만을 가진 채로 남에게 기생해 겨우겨우 유지하는 저런 형태에도 개인적인 삶이나 목숨이 있기는 한 거야? 저걸 그런 살아있는 존재라고 칭할 수나 있는 건가…? 으으, 모르겠네. 두 사람은 만담에 가까운 대화를 주고받으며 조금씩 서로의 거리를 좁혀나갔다. 사실 마음 같아선 남의 집에 몰래 숨어들어와 기생하고 있던 저 존재를 완전히 밀어내어 배척하고 싶기도 한데, 도저히 그럴 수가 없었다. 꽁꽁 싸매졌던 베일을 벗어낸 김 교수의 존재는 신서울에게 있어 이 세상에 단 하나뿐인 진정한 [가족]과도 같았기 때문이다. 어쩌면 티제이보다 더욱 말이지. 아주 틀린 말은 아니었다. '이번 생에서'도 두 사람이 함께해온 시간

은 어언 십 년이 넘게 흘렀으니까. 여느 때와 마찬가지로 대부분의 시간이 거짓된 관계로 한쪽이 인지 못하는 중에 이뤄지긴 했으나 착실히 쌓여져온 둘의 유대는 아주 견고하게 쌓여있었다.

"저는… 생존을 위해 죽은 인간의 사체를 섭취하는 부분에 대해서만큼은 모든 사정을 종합해봤을 때 이해해야 할 부분이라 생각해요. 그치만, 역시 함께 살던 동료의 인육을 먹으며 태연스럽게 행동하는 건 옳지 않다고 생각해요."

잠시 불청객 김 교수의 존재를 곁가지로 밀어둔 신서울이 스스로 힘만으로 결론 지은 대답을 내놨다.

"왜냐면 그건, 그 사람과의 추억까지 모조리 지워버리는 지독한 행위이니까요."

지성의 힘을 빌리지 않아서 그런지 조금은 추상적인 자신만의 답이 나와 버렸다.

그래도 좋았다. 순전히 나의 생각을 꺼냄으로써, 나는 나의 믿음-내가 추구하는 것이 무엇인지에 대해 비로소 감을 잡기 시작했으니까. 최대한 배척하고 밀어내려고 마음을 먹은들, 나를 채우고 이룩한 지식들이 한순간에 전부 사라져버리는 건 아니었다. 난 내가 직접 경험해보지 못했음에도 내 안에 생생히 머물러 있는 갖은 이론지식들을 통해 인간이 인간으로 존재하기 위해 쌓아온 지난 역사의 이념들을 언제든 엿볼 수가 있게 됐고, 역사의 토대를 발판 삼아 내가 앞으로 걸어나아가야 할 온전한 미래를 그려냈다.

"그래도… 진, 그놈은 용서받지 못할 죄를 지었잖아…?"

"그걸 정한 것은 누구죠?"

"…"

아…! 신서울의 날카로운 지적에 망치로 뒤통수를 가격당하듯이 얼얼한 충격이 안젤라의 뿌리 깊은 이념을 뒤흔들어 놓는다. 그동안 생존이란 주요 목적 아래 가려졌던 뼈아픈 진실과 제대로 마주하게 된 안젤라는 자신이 믿어 의심치 않던 생각 속에 엄청난 모순이 숨겨져 있었다는 걸 깨닫고야 말았다. 세상 위에서 살아가다 보면 종종 내게 주어진 역할에 심취해 마치 자기 자신이 전지전능한 신이라도 된 것마냥 남의 발언을 하찮게 여기고 내가 내세우는 이념만이 오직 으뜸으로 최고라 치켜세우며 의기양양하게 다른 모든 것을 배척하여 부정할 때가 있는데, 그것은 도를 넘어선 오만의 행동이었다.

한계에 메여있는 사람은 그 누구라도 예외 없이 진정한 완벽을 논할 수가 없었다. 더구나 안젤라는 도시 라펠트에서도 예외적인 존재인 불신론자이기까지 했다. 신앙이 투철한 라펠트의 타 거주민들처럼 신을 핑곗거리 삼는 행위는, 반드시 '위선'으로 치부 되어 이념의 선 바깥에 서 있어야 하는 것이다. 그녀는 그 사실을 가장 똑바로 인지하고 있었던 주제에 자신의 이념을 어떻게든 정당화시키기 위해 그토록이나 질색하던 수상한 환상을 품속 깊숙이 끌어당겼다.

아아, 겁에 질려 감고 있던 눈을 뜨고 진실을 바라봐보자. 자살은 정말로 모든 것을 박탈해야 할 만큼의 큰 죄악인 걸까? 삶을 잃음으로써 가장 큰 피해를 보는 건 다름 아닌 죽음에 접어든 나 자신이었다. 혹자는 더 이상 아무것도 겪지 않아도 좋을 죽은 이의 심정보다야 남겨진 지인 혹은 가족들의 슬픔이 제일 큰 피해가 아니냐고 열변을 토하며 주장할 수도 있지만 그건 살아가면서 단 한번도 나를 잃어본 적 없는 사람들이 가질 수 있는 가볍고 미련한 투정일 뿐이었다. 나를 잃어버리면 이 세상 모든 게 그대로 '끝'이었다. 점멸된 세상 속에는 정말 아무것도 남아있지 않았다. 현실은 계속해서 흘러가지만 그 속에 나의 존재는 없었다. 아무리 땅을 치고 후회한다 해도 다시는 생전의 그곳으로 되돌아갈 수가 없다. 나의 본질을 완전히 잃는 것. 죽음이란 그런 것이었다.

히야 그 무지하던 꼬마 아가씨가 내 도움 없이도 스스로 제법 괜찮은 방향성을 잡을 수 있게 됐구먼. 감격인데?

'거짓말… 당신이 머릿속에 은근슬쩍 관련 지식을 보태 제가 결론 내리는 걸 도와줬다는 것을 제가 모를 거 같아요?'

윽, 알고 있었어? 거 참 귀신같은 눈치네!

'하아 바로 방금 전에 분명! 더 이상 아무것도 안 숨긴다고 나랑 약속 했으면서!'

에이 화내지 마 아주 간단히 테스트를 겸한 도움이었다고.

'금지! 이 시간부로 모든 테스트는 전부 금지예요!'

알겠어, 화내긴.

'지켜볼 거예요. 안 지키면…'

신서울은 손날을 세워 자신의 목을 긋는 시늉을 해보였다.

'알죠?'

직접적인 협박이었다.

에헤이! 떽 그럼 못써.

'와 나, 기가 막혀라 지금 못쓸 게 누군데.'

한 몸에 들어있는 두 인격이 유치하게 서로 대거리를 하고 있을 때, 안젤라는 깊은 번민의 호수에 빠져 아직까지 허우적대고 있었다. 그녀 스스로가 구축한 이념은 신서울이 주장한 올바름에 의해 통째로 부정당하고 말았다. 자신이 신서울에게 조언이랍시고 건넸던 지난날의 장면들이 전부 다 부끄럽게 느껴진다.

"죄악을 정한 건 결국 나였네."

결론에 도달한 안젤라의 입맛이 썼다. 세상의 주요 요소를 가르는 건 스스로의 생각이 띈 방향성에 의해서 결정이 된다고 당당히 지껄이며 가르친 주제에 정작 자기 자신은 이율배반적이게도 그러지 못하고 있었다. 이 모든 건 내 생각의 잘못됨이 원인이니 스스로 책임져야 할 업보, 수원수구(誰怨誰咎)*였다.

* 수원수구: 남을 원망하거나 탓할 필요가 없다.

"내가 교만했던 거야… 난 아직도 그저 철이 없는 꼬맹이였을 뿐이었구나…."

어른이 되기란 참으로 어려운 법이지. 특히나 이런 망가진 세상에서는 더더욱 말이야.

김 교수의 중얼거림이 안젤라의 피력에 이어 나직이 울려 퍼지며 마찬가지로 똑바로 자랄 기회를 부여받지 못했던 신서울의 심금을 두들겼다. 어딜 둘러봐도 참으로 많은 것이 통제되고 제한이 되어버린 세상이었다. 지난 역사가 쌓아 올린 '올바름'은 아무런 힘과 가치를 발하지 못하게 됐을 만큼 이 세상은 이미 뿌리부터 썩어 망가져버리고 말았다. 이론과 실전은 다르다. 안타깝지만 알고 있는 게 풍부해졌다고 해도 지금의 나로서는 역사의 위대한 영웅들처럼 어느 곳을 찾아간들 그러한 변혁의 바람을 직접적으로 불러일으킬 수는 없을 것이었다.

'김 교수님 저 좀 도와주세요. 저는, 이런 비루한 세상을 가만히 두고만 보고 있고 싶지 않아요.'

신서울이 생각하기에 그런 선구적인 지도자의 역할을 수행할 수 있을 법한 인물은 자신에게 틀어박힌 김 교수란 별칭의 박학다식한 자아뿐이었다. 간절함을 담아 그에게 도움을 바라본다.

아서라, 이 친절해빠진 꼬마야.

코웃음을 친 김 교수가 강한 거절의사를 표했다. 그는 알고 있다. 세상을 변화시키는 주체가 되는 건 자신에게 부여된 사명이 아니란 걸.

그런 역할을 할 사람은… 에이잇 빌어 처먹을. 내가 신도 아닌데 그게 누군지 어떻게 알아! 아무튼, 고작해야 누군가의 분신 체에 불과한 자신의 역할만큼은 절대 아니었다.

'…그러기 위해서라면 당신께 제 육체의 통제권을 기꺼이 넘겨줄 수가 있어요.'

신서울은 큰마음을 먹고 그에게 빅딜을 제안했다. 타인에게 기생한다는 것이 정확히 어떤 기분인지까지 알 도리가 없었지만, 구태여 논해보지 않아도 새장 안에 갇힌 그 끔찍함과 비슷한 종류의 암담함을 떠올릴 수 있었다. 짐작컨대 그의 목적은 당연히 자신의 의욕을 그대로 행사할 수 있는 새로운 육체를 다시금 거머쥐는 것이 아니겠는가? 내가 내 걸 것이라곤 고작 이 비루한 몸뚱이가 전부였으니 스스로가 가진 최고의 패를 내밀어 제시하는 것이다.

그러자,

쓰—읍, 떽! 요요 말하는 것 좀 봐. 아무리 거래를 위해서라지만 소중한 몸을 담보 잡으려하다니 어휴 쓸데없이 착해 빠진 건 대체 누굴 닮은 거람. 언제나 적당히 이기적일 수 있도록 내가 최선을 다해 정신을 유도해 놨었는데 말이야 역시, 천성이란 건 인력만으로는 어쩔 수가 없는 영역인가보군. 얘야, 네 앞에 있는 저 아가씨가 걱정이 돼서 그런 말 같지도 않은 제안을 한 것이라면 그냥 조용히 다가가 안아주면서 "괜찮아요, 당신은 최선을 다했잖아요." 따위의 위로하는 말이나 좀 건네줘. 지금 저 고장 나기 직전의 아가씨한테 필요한 건 그저 누군가의 따뜻한 온기일 테니까.

몸 안의 기생교수님께 따끔하게 혼나고 말았다.

어라… 내 몸을 노리던 게 아니었나? 음….

'…알겠습니다! 고마워요.'

우두망찰하면서도 그의 조언을 받든 신서울이 냉큼 감사를 표했다. 별다른 의구심이 생기지도 않았다. 김 교수가 건넨 해답은 언제나 스스로가 가질 수 있는 '최선의 결과물'로 작용해왔다. 처음 하는 행동을 자기합리화 없이 행하려니 긴장이 바짝 들어 본인도 모르게 마른침을 삼키는 것으로 떨리는 심정을 표한 신서울 이병은 떨리는 걸음걸이로 안젤라 상병의 정면으로 걸어가 그녀의 길쭉하고 튼튼한 몸을 꽉 끌어안았다.

"…늘 최선을 다하느라 여태까지 정말, 정말로 고생이 많았어요. 가끔은 모든 걸 내려놓고 푹 쉬세요. 제가 당신의 곁에 있어줄게요."

신서울의 행동은 언뜻 보기에 퍽이나 가벼운 것이었으나, 연인의 죽음 이후 안젤라라는 인격 안에서 완전히 지워져버린 '따뜻함'이란 심성을 한가득 이나 품고 있었다. 뭔가에 쫓기듯이 조급한 얼굴을 하고 있던 안젤라가 시선을 내려 자신에게 안겨 들어온 작은 소녀를 내려다봤다. 멍한 정신에 한 줄기 빛이 내려오는 환상에 빠져든다. 대체 뭘 하고 있는 거야, 이 작은아이조차도 내게 힘을 주려고 이토록이나 노력하며 힘쓰고 있는데. 울컥, 불같은 감정이 치 솟아올라 눈시울이 뜨거워졌다. 제게 다가온 사랑스러운 따뜻함에 안젤라의 꽁꽁 얼어붙어있던 마음이 흐물흐물 녹아내린다.

"그래, 우리 계속 살아가자 함께… 꼭."

그녀의 입에서 감사함의 답가가 흘러나왔다. 이 지독한 세상 위에 나 혼자가 아니라는 것은 정말로 놀라운 기적의 은혜였다. 안젤라가 조심스레 양팔을 들어 올려 신서울을 마주 껴안았다.

'잠시 이 온기를 잊어버린 거구나 나는…'

사는 데 치중하느라 우리들은 인간이 가지고 누려야 할 많은 것들을 잊고 살아가고 있었다. 뭘 해야 될지 구체적이진 않지만 알 것 같았다. 어떤 '사명'이 안젤라의 몸속 깊은 곳에서부터 태동한다.

-꼬르륵

"엑?"

영원할 것 같던 깨우침의 순간은 신서울의 배꼽시계 소리에 의해 깨져 나갔다. 이른 아침부터 힘든 훈련을 마치고 와서 허겁지겁 먹은 걸 채 소화도 하기 전에 다 토해내버렸으니 그럴 만도 했다. 신서울의 놀라운 육신이 갖는 변화는 한창 성장기에 접어든 청소년의 그것이었다.

"음, 우리 방으로 돌아가서 초코 볼이나 좀 먹을까? 저번에 몰래 꿍쳐 둔 게 좀 있는데"

웃음기 어린 목소리로 안젤라가 둘 사이에 자리 잡으려 덤벼드는 어색한 공기를 깨부숴버렸다.

"네!"

마주 웃어 보인 신서울이 소리 높여 대답했다. 이렇듯, 우리 인간은 서로를 이해하고 배려함으로써 지난 분란을 털어낼 수 있는 이성의 존재 였다. 불완전함은 새로운 시작을 이끌어내었고, 언제나 우리들이 가질 무한한 성장의 밑거름이 되어주었다.

두 사람이 방으로 이동한다.

함께 나눠 먹은 한 줌의 초코볼이 오늘따라 유독 달게 느껴졌다.

&

A팀의 대대적인 마음가짐의 변화는 그날 저녁식사 시간 때 일어나게 됐다.

"분대장님 잠시 저 좀…."

모두가 집합한 자리에서 안젤라는 가장 고지식한 생각과 분대 내에서 유일하게 그것을 실행시킬 권위를 갖고 있는 박종규 분대장을 따로 불러냈다.

두 사람이 잠시 퇴장하고, 여전히 고깃국이 주 메뉴로 나와 있는 식사 자리. 화기애애한 분위기 속에 홀로 침묵을 지키며 우두커니 서있던 신서울은 소리쳐 모두의 시선을 집중시켰다.

"다들 제 얘기 좀 들어주세요!"

식판을 들고 배식을 하려던 모두가 의문 섞인 얼굴로 신서울을 바라봤다. 제 본분을 인지하게 된 신의 아이가 드디어 대표 격으로 식사를 기념할 기도문이라도 외워 주려는 걸까? 기념비적인 사건을 떠올린 모두는 흥미진진한 표정으로 신서울의 입술을 집중해 바라봤다.

"저는 '인육'을 섭취하는 게 올바르지 못한 일이라고 생각합니다."

그러나 소녀의 입에서 나온 첫마디의 말은 모두를 순식간에 불편하게 만들 만한 내용의 주장이었다. 신을 숭배하면서 위대함의 타성에 젖은 이들에게 원래라면 당연히 씨알도 먹혀들지 않았을 올바름의 꾸짖음. 당연히 곧바로 반발의 목소리가 튀어나온다.

"뭐야 그럼… 먹거리가 없을 때도 눈앞에 식량을 그냥 썩게 놔두고 굶어 죽으란 말이야?"

"아까부터 이 좋은 날 뭔 자다가 봉창 두들기는 소리를 한 대…"

'우리'들에게 이미 죽은 이의 고기로 배를 채우는 건 너무나도 당연한 삶의 진리로 자리 잡은 것이었다. 숨을 쉬는 것만큼이나 삶 속에 당연하게 녹아든 신성한 생존 행위를 무려 신의 아이한테 정면에서 부정을 당하게 됐으니, 그녀가 제아무리 우리가 경애하는 신의 이름하에 모시게 된 반 초월적인 무언가라 할지라도 불만이 아니 터져 나올 수가 없었다. 굶주림 심화를 위한 먹거리의 금제는 아사 직전까지 몰려본 경험이 있는 이 자리의 모두에게 역린과도 같았다. 섭취는 생존에 있어 가장 중요한 요소이자, 팍팍한 삶에 활력을 줄 최대의 의욕 중의 하나로서 자리 잡게 된 가장 원시적인 욕구.

라펠트의 군인들에게 미식보다 더 큰 개인적인 유희를 보유한 이들을 찾아보면 해봤자 몇몇 별종들이 내비치는 탐욕의 비밀을 제외하고선 정말로 극소수밖에 존재치 않았다. 신이고 자시고 간에 대부분 사람들의 1순위 목적은 오늘 하루를 굶주리지 않는 것에 매달려있는 것이다. 그래서 신선한 육류를 충분히 맛볼 수 있는 인육의 섭취는 단순히 굶주림에서 탈피하게 해주는 것을 넘어 평소엔 잘 느끼지 못하도록 꾸려진 미식의 쾌락까지 전달해주는 유희이기에, 많은 것이 극도로 제한된 세계에서 몇 되지 않는 커다란 즐거움이기도 했다. 우스갯소리로 우리의 신에게 진심이 아닌 사람은 있을지언정 음식에 진심이 아닌 사람은 없다—라는 말이 암암리에 나돌 정도로 말이지. 음식, 특히나 너무나도 귀중하고 신선한 인육의 섭취는 라펠트 내 최대의 행사로 자리매김한 지가 벌써 수년째에 이르러있었다. 이것에 인의 따위를 논하지 마라. 각박한 세상은 그러한 자유를 결코 허용치 않는다. 일반적인 상급자가 저러한 웃기지도 않는 올바름을 주장하면서 생존행위의 부적절함을 성토했다면, 당장에 반란행위가 일어나도 이상치 않을 일이었다. 벌써 몸을 부들

부들 떨며 주먹을 꽉 그러쥔 몇몇은 참기 어렵다는 표정으로 스스로의 인내심을 최대한 끌어올리고 있었다.

그때, 분명 우리 모두는 기적을 맛보았다. 이성이 없는 흉포한 괴물들이 그녀의 가벼운 손짓 앞에 굴종을 표했다. 이보다 명확한 신의 기적을 나타내는 증거가 어디 있겠느냔 말인가. 그러나 우리는 같지 않았다. 내가 불편할 때면 직접 자신이 움직여서 불편을 해소하는 사람이 있고, 타인을 탓하거나 지시하며 불편을 해소하는 사람이 있었다.

후자의 경우 그에 따라 일정한 조건이 충족되어있어야 비로소 행함을 인정받기 마련인 권위적 행위였지만, 현실의 사람들 중에선 아무런 자격을 갖추지 못했음에도 나의 불편을 잘라내기 위해 아무렇지 않게 본인에게 주어진 권한을 넘어서 타인을 조종하려드는 성향을 가진 이들이 종종 등장했다. 거대한 이념 아래에서 바라보면 모두가 하나의 색채로 묶여 있어보여도 결국 제각기 다른 색채를 품은 각자의 개별적인 인생인 것이다. 누군가에겐 그러한 오점이 당연한 것으로 받아들여졌고, 그것을 당연한 제 권리로 받아들였기 때문에 고지식하게 굳어져버린 관념은 그것을 처음 갖게 된 시간이 길면 길어질수록 처음 순금같이 말랑거리던 생각이 다이아몬드와 같은 경도를 가진 광물로 굳어지고 말았다. 이 세상에 자리 잡은 기본적인 이념들은 기껏해야 가벼운 대패질 정도밖에 되지 않는 간섭력을 가졌다.

'자유'를 표방할수록 개인의 행동에 간섭할 이념의 다듬질이 미약해지거나, 한정적인 강렬함밖에는 보유할 수 없게끔 강제로 꾸며지는 것이다. 과학도시 신서울과, 바깥세상 라펠트는 엇비슷해 보이면서도 서로 완전히 틀렸다. —두 도시는 겉면에서만큼은 서로 다른 종류의 '올바름'을 추구하는 척을 하며 타인의 삶을 조종하는 특권계층을 위한 절대적인 동질감을 띠고 있을 뿐이었다.— 각자의 특권계층이 쥔 것의 가치 차이가 컸기 때문에 신서울의 지배자들은 언제든지 플라즈마 광선을 이용해 모든 것을 제 의욕대로 꾸며낼 수 있는 권위와 능력을 가졌고, 겉모습만큼은 다이아 빛깔로 꾸며진 쇠톱을 들고 있는 라펠트에서는 상대적으로 오랜 기간 세뇌의 대패질을 반복해야지 만이 비로소 툭 튀어나온 돌출 부위를 그나마 다듬은 '척'을 할 수가 있게 됐다.

허황된 성령의 충만함이 라펠트라는 죽은 자들의 도시를 이끄는 원동력이었다. 현실 세계에선 좀처럼 접하기 쉽지가 않은, 보이지 않는 믿음과 맹종의 결과물. 그러나 상황이 가면 갈수록 최악으로 계속해서 내몰리면서 모두의 의심이 최대치로 치솟아 오르려 할 때, 그날의 기적이 모습을 드러냈던 것이다. 모두는 그간의 투쟁이 한순간 보답받은 것처럼 벅찬 감동이 차오름을 느꼈다. 오직 나의 묵상으로만 그려냈던 신의 그 위대한 존재의의가 드디어 눈앞에 실제로 펼쳐졌음이다. 우리가 부르짖던 사랑과 간구는 망상 속에서 벗어나 이 현실에 확실히 입각하게 됐다. 항상 거짓으로만 꾸며졌던 환상에 확고한 근거가 생겨났다.

그 순간, 우리의 소망은 분명 구현이 됐다. 비록 완전한 방향을 이루기까진 무리였지만, 그때의 순간이나 그것을 떠올린 지금에서나 신을 찬사하고 경애하기엔 각자가 가진 믿음의 깊이는 큰 상관이 없었다. 신은 오직 맹목적인 믿음의 대상. 모두가 불현듯이 자신의 세계를 구상한 최중요 진리를 떠올린다. 누가 스스로의 판단을 우선시하느냐. 우리는 값 없이 부어진 은혜 안에서만 사는 존재가 아니다. 가장 밑바닥의 낮은 곳에 머물러야 하는 고행자이나, 그분이 기어코 세상 위에 도착했을 때 가장 높은 곳에 이름이 분명한 보증 받는 존재다. 모두의 눈에서 눈물이 흘러나온다. 종교에서 비롯된 집단적인 광기가 서로 다르게 탄생했을 타인들을 한데로 뭉쳐 한뜻으로 꾸며낸다. 개인의 납득? 그런 사소한 것은 필요 없다. 그저 신의 말씀이 곧 진리다.

"죄, 죄송합니다."

"잘못했습니다!"

판단을 하는 것은 언제나 나의 몫이 아님을 배워왔는데도 위대한 진리를 앞두고서 사탄 마귀의 부추김에 휩쓸려 무례를 범하고 말았다. 저깟 음식이 뭐라고 감히 신의 음성에 토 달고 비방을 하려들었을까. 교만함 속에 이뤄진 이 욕망의 체계는 당장에 심판받아 마땅한 것이었다. 여덟 명의 타인이 누가 입을 열지 않았는데 한뜻으로 모여 자신들의 구원을 향해 자신이 범한 죄를 고한다. 겉은 자유를 표방했으나 그곳만큼이나 심하게 경직된 기준과 틀이 신서울의 생각을 복잡하게 어지럽힌다. 억눌린 세상일수록 극도로 보수적일 수밖에 없음을 안다. 도시 신서울이 발전한 과학의 힘을 자신들의 통제수단의 근거로 삼는다면 이곳은 모두의 입법자와 재판관을 단 하나의 존재— '신'에게 맡긴 채로 온전히 경배할 뿐이었다. 그리고 그들의 우매함을 탓하기엔, 처음부터 이 세상 자체가 너무나도 크게 망가져있었다.

'하나씩 고쳐나가면 돼, 내가.'

괜스레 저들이 추구하는 신학과도 맞물려져 이것이야말로 신이 보낸 '구원의 아이'로서 제게 부여된 깊은 사명처럼 여겨진다.

불필요한 감성이 더 큰 부분을 차지하는 그릇된 이념에 잡아먹히지만 말아라.

그의 경고성이 신서울의 추구함을 가장 올바른 방향으로 나아갈 수 있도록 단단히 붙잡아준다. 나와 다른 인생을 살아왔을 타인의 삶을 관찰할 때, 그가 벌이는 내 기준에서의 이해하지 못할 행동을 무조건 비방하며 헐뜯지 말라. 도덕적 관념들이 엉망으로 망가진 것은 그들의 초췌한 삶에 있어 당연한 일. 온갖 지성의 고리에 둘러싸일 수가 있는 행운을 얻게 된 나는 그 어긋남을 받아들이고, 이해해야만 했다. 그저 나의 생각만이 세상 유일하게 옳다고 주장하려거든 저 도시에 부유한 괴물들과 똑같은 오만을 통째로 짊어지려는 삿된 행위였으니까.

분대장과 잠시 자리를 비웠던 안젤라가 복귀했다. 자신을 쳐다보는 신서울을 향해 한쪽 눈을 찡그리며 엄지를 치켜세워 보인 안젤라는 즉시 취사장 내부를 헤치고 들어가, 아직 족히 10인분은 더 남아있는 고기국통을 배출용 투입구에 모조리 쏟아부어버렸다. 분대장의 허락도 사전에 구했겠다, 반발하는 놈이 있다면 그 권위적인 힘에 기대서라도 찍소리 못하게 찍어 눌러 버리고자 마음 단단히 먹고 저지른 우악스러운 행동이었는데 단단히 무장된 자신감이 무색해지게 격분한 대원들의 항변 소리는 어디에서도 들려오지 않았다. 최소한 악! 외마디 비명 소리 정돈 나올 법도 하건만, 똑같이 혼이 빠진 얼굴을 하고 있는 모두는 그저 자그마한 아이를 바라보는 데 여념 중이었다.

아, 이번에도 네가 뭔가를 행 한 거니? 안젤라가 어렵지 않게 정답을 도출해냈다. 신서울이 처음 기적을 선보였던 그 당시와 상당히 비스무리한 감정-'경건함'이 대원들 사이로 넓게 퍼져있었다. 각각의 분야에서 최고 엘리트들만이 모여 구성한 A팀 안에는 자연스레 반골의 기질을 가진 이들이 많이 섞이게 된 터라, 전투와는 상관없는 문제에 있어서 만큼은 서로 의견다툼이 빈번히 발생하곤 했다. 특히 분대장을 항시 존중하긴 하지만 전시상황 때를 제외하고서 상급자를 향해 무조건적인 상명하복의 태도를 취하지 않는다는 것이 지난 A팀 역사의 전통이자 방침이었다. 국통을 냅다 쏟아 버린 안젤라의 행동은 분대장의 이름을 들먹여도 필시 분풀이 대상으로 여겨져 쌍욕 몇 마디쯤은 얻어먹을 각오로 벌인 과감한 행동이었다. 특히 한스나 저기 구석에 앉은 박무성 상병 같은 경우 고기라면 눈이 뒤집혀져라 환장을 하는 종자들이라서 그들에겐 몇 대 얻어 막을 각오까지 단단히 하고 있었다.

우리는 한마음 한뜻으로 그분을 받들지이니….

살면서 처음으로 성경에 적힌 구절이 진득하게 와 닿았다.

신을 모른다고 했던 너는 어느샌가 신의 놀라운 기적을 자연스레 행하고 있구나. 라펠트 내에서도 유독 개개인의 특성이 두드러져 '명령'이란 체계로 묶어두지 않는다면 반사회적에 가장 가까운 정예 집단이 오늘 성립된 이래 최초로 신에 관하여 한마음 한뜻의 일관된 모습을 내비친다. 오후 일과가 시작되기 전까지, 아니 정해진 일정이 벌써 시작이 됨에도 오늘 하루 동안 에 모두는 너나 할 것 없이 뭔가에 홀린 맹한 표정으로 시간을 보냈다. 집단의 일치된 표시가 어둠의 장막을 걷어내고 아주 먼 곳까지 쭉 뻗어나간다. 그들이 가야 할 곳을 밝히는 등불이 되어, 막힘없이.

어디서 생겨난 건지 모를 희망이 딱딱하게 프로그래밍이 된 고철덩이들을 유연하게 움직이도록 윤활제로 작용하여 곧 멈출 것만 같던 고장 나기 직전의 기계의 소음을 부드럽게 만들었다. 기적. 이 또한 분명한 기적이리라.

&

"그러니까… 처음부터 모든 게 다 실수였다고? 하, 당신들은 일을 대체 어떻게 처리하는 거죠? 이쪽이 틀림없을 거라며 그토록 자신만만하게 설치더니만. 내게 이딴 시답지도 않은 허허벌판 따위나 보여주려고 당신들은 그동안 감히 그렇게 잘난 체를 한 거였어요? 잠깐만, 아니지. 뭔가 다른 의도가 있어서 그런 거 같은데…? 그치, 이상하잖아. 정상이라면 감히 벨루가 사에서도 '최고'라고 선별된 엘리트라는 작자들이 이딴 뻘짓을 저지를 리가 없어. 이봐요 아저씨 왜, 어디 조용한 곳에서 날 찔러 죽이기라도 하려고? 이 왕좌가 탐이 나서 그랬어?"

번쩍이는 샹들리에 아래, 화려한 권좌에 삐딱하니 앉아 권태로운 표정으로 턱을 괸 여성이 자신에게 현 상황을 보고하러 찾아온 선임 부하직원의 말이 끝나기가 무섭게 그를 쏘아붙이고 있었다. 이곳은 과학이 정점에 이른 도시 내부에 해당하는 곳과 전혀 별개의 외부임에도 불구하고 도시 내 뭇 지배자들의 거주공간만큼이나 화려하게 꾸며져 있었다. 상황을 잘 모르는 사람이 보더라도 여리여리하게 생긴 금발의 젊은 여인이 가진 권세의 크기가 얼마나 큰지를 어렵지 않게 짐작할 수 있으리라.

"절대 아닙니다…! 저따위가 언강생심 그런 욕심을 부리다뇨… 한 번만, 딱 한 번만 더 제게 기회를 주신다면 이번에야말로 지난 실수를 모두 완벽히 만회하고 시정하도록 하겠습니다. 믿어 주십시오. 지휘관님…."

지휘관이라 지칭한 앞의 젊은 여성보다 적어도 두 배의 삶은 더 살아왔을 중년의 남성이 한껏 주눅 든 얼굴로 납작 엎드려 부복을 한 채 그녀를 향해 간절히 읍소해 보였다. 그녀의 나이가 딸 뻘이건 뭐건 권력 무게 앞에서 양자가 지닌 나이의 숫자 같은 단순차이는 중요치 않았다. 더군다나 저 포악하고 의심 많은 악마의 본모습을 지난 시간을 보내오며 두 눈 뜨고 똑똑히 목격해온바, 굴종의 모습에 생존을 위한 비굴함과 간절함까지 담지 않을래야 담지 않을 수가 없었다. 그러나 모든 것은 헛된 발버둥에 불과했다. 그의 결말은 이미 정해져있었으니까. 권좌에 다리를 꼬고 앉은 우아한 복장의 여성. 지휘관 '레이나 헤링턴'의 성정은 너무나도 끔찍하고 잔혹하여 화까지 잔뜩 치밀어 오른 그녀가 내릴 결정은 두말할 것도 없이 언제나 와 같은 폐기. 오직 단 한 가지 외의 선택지가 존재치 않았다.

"하, 어떻게 된 게 하나같이 전부 무능들도 하시네. 당신들은 대체 몇 번씩이나 제 입에서 같은 말이 나오게 만들 셈인가요. 후, 됐어요. 무능력한 버러지들을 봐주는 것도 이제 지긋지긋해. 당신의 역할은 오늘 이 시간부로 종료예요. 그동안 헛짓하느라 수고 많았네요, 그럼 잘 가요 바이~"

짝짝.

한숨을 내쉰 그녀가 박수를 치자 그녀의 곁에 포진돼있던 호위 로봇들이 두 눈을 밝히면서 움직이기 시작해 살아보고자 헛된 몸부림을 치고 있는 보고자의 노구를 사정없이 이끌어 당겼다. 최근 들어 원래의 기능인 호위의 목적보다 '쓰레기 처리용'으로 더 자주 쓰임을 받게 된 로봇들에게 쓰레기 처리를 위해 지정된 장소는 단 한 곳, 바깥과 연결된 외부 통뿐이었다.

"지휘관님 이러지 마시고 제게 한 번만 더 기회를 주십시오. 이번에는 확실합니다. 제발…. 제발, 부탁드립니다! 싫어. 죽기 싫어! 난 아직 죽기 싫다구!"

임무에 실패한 형벌을 받게 된 선임자는 로봇 팔에 의해 몸이 질질 끌려 나가는 와중에도 정신없이 악을 써댔다. 지금껏 도시에서 제법 특별 계층에 속한 윤택한 삶을 살아오며 쌓아왔던 체통이나 고고한 연륜, 그

따위 겉치레를 신경 쓸 때가 아니었다.

이대로라면 분명 전임자들처럼 자신도 그들과 똑같이 오늘 이 자리에서 비참한 최후를 맞이하게 되리라. 강제로 내쫓겨질 바깥이 어떤 곳이란 말인가. 보호 장비의 도움을 받지 않고서는 인간의 연약한 육신으로 잠시라도 생존을 보장할 수가 없는, 방사능과 유해물질들로 가득한 최악의 오염지대였다. 자신은 이런 비참한 최후를 맞이하기 위해 상부의 온갖 부조리를 버텨가며 꿋꿋이 살아왔던 게 아니었다.

"아, 안 돼 살려줘! 누가 제발 저 좀 살려주세요! 안 돼! 이럴 순 없어 나리야, 나리야!"

너무나도 간절히 도시에 있는 딸아이의 이름을 찾아 불러봤지만, 변하는 건 없었다. 그건 도리어 결정권자의 화남에 기름을 붓는 꼴이었다.

"아 시끄러워! 이러다 진짜 귀청 떨어지겠네. 얘들아, 내보내기 전에 저 병신새끼가 더 떠들지 못하도록 입이나 확 꿰매버려. 하여튼 가만 보면 나이 처먹은 것들이 더해 아주."

귀를 틀어막은 그녀는 자신의 호위병들에게 잔혹한 행위를 태연시 하게 덧붙여 주문했다. 밖으로 나온 지 이제 고작 한 달 반도 지나지 않았을 터인데, 레이나 헤링턴의 정의롭고 여리던 성격은 같은 사람이 맞나 의심이 될 만큼 도시에 있을 때와는 백팔십도 달라져 있었다.

똑똑.

"들어가도 돼? 레이나."

"아, 종원 씨 물론이죠."

대충 쓰레기 처리의 마무리가 지어졌을 때쯤 그녀의 최측근인 변종원 교수가 찾아왔다. 앞선 상황을 모두 알고 있음에도 고요히 웃음 짓고 있는 그의 모습은 일견 섬뜩하기까지 하다. 아, 이래서였나. 인간의 심적

변화에는 무엇보다도 외부적인 요인이 가장 많은 영향을 끼치기 마련이었다.

회장의 사주를 받아 '레이나 헤링턴'의 신뢰를 100% 얻어내는 데 성공한 변종원 교수는 엉겁결에 바깥조사의 지휘관으로 발탁이 된 그녀가 사전에 계획했던 대로 미리 조작 계획한 두 번의 실전 전투상황과 맞닥뜨리게 함으로써, 새하얀 도화지와 같던 그녀의 심성 위에 인위적인 붉은색 물감을 뿌려놓는 데 기어이 성공을 거두었다. 변종원 교수는 남을 짓밟아 눌러 죽이는 것이야말로 승자의 당연한 권리임을 첫 전투의 여파로 큰 충격에 빠져있던 레이나에게 여러 번 강조해 설파했다. 세뇌를 심화시키기 위해 일부러 아주 잔혹한 죽음을 계속해 보여줬고, 변질자 놈을 붙잡아와 당신이 아니면 어느 누구도 도움이 될 만한 정보를 캐내는 것이 불가능할 거라고 레이나의 고귀한 핏줄, 귀족의 선택이 지닌 특별함을 강조하며 그녀의 손으로 끔찍한 고문을 직접 수행하도록 관망하며 비참하게 일그러진 표정으로 그것을 행하는 모습을 묵묵히 지켜봤다. 무식하게 생긴 고문도구를 이용해 생으로 남의 손톱과 발톱을 뽑아버리는 잔혹행위를 한다는 미친 짓에 몸서리를 치며 눈을 꼭 감으며 질색하던 것도 처음 한 순간뿐이었다. 근묵자흑(近墨者黑)이란 말이 있다. 검은 것과 오랜 시간을 가까이하게 되면 누구든 쉽게 본인 또한 검게 물들기 마련. 인간의 개인적인 성향은 그만큼이나 주변 환경에 좌지우지가 되기 쉬웠다. 특히 순수한 하얀색일수록 더 다른 색으로 물들이기가 쉬웠다.

"에고, 당신이 여러모로 심려가 많겠어. 엘리트 집단이라고 뻗대던 것들이 헛다리나 짚어대는 일이 왜 이리 많은 건지 원, 이럴 줄 알았다면 처음부터 내가 탐색 쪽을 전공했어야 했는데…"

"그런 소리 마세요! 종원 씨는 제 옆에 있어주는 것만으로도 제게 너무 큰 힘이 되는걸요?"

"그런가 하핫, 이야 역시 낮이고 밤이고 내 기를 세워주는 건 당신밖에 없다니까."

대화를 이어가는 두 사람 사이에서 미묘한 기류가 흘렀다. 편해진 말투도 그랬고, 남들이 본다면 연인 사이 아냐? 곧바로 그런 생각을 가져도 이상치 않을 만큼, 서로를 바라보는 눈길이 뜨겁게 불타오른다.

'후후후.'

변종원 교수는 속으로 승자의 자축포를 터뜨리며 현재의 고양되고 충만한 기분을 고개 젖혀 한껏 만끽했다. 아주 오래전부터 꿈꿔왔던 고지가 이제 정말 머지않았다. 모든 건 명석한 자신의 두뇌를 이용해 미리 계획한 대로 착착 이뤄지고 있었다. 아직 변질자 놈들이 탈취해간 실험체를 찾아내지 못했으니 성취감보다는 상실감에 젖어있을 때가 아니지 않냐고? 자신들은 겨우 보름 만에, 놈들이 끌고 나온 전력의 90% 이상을 궤멸시키는 쾌거를 거둔 후였다. 이대로라면 실험체를 찾아내 포획하는 것 또한 시간문제일 뿐이겠지. 정말이다. 처음부터 도둑맞은 유실물을 찾아내는 것에 제1의 목표점으로 잡고 확고히 계획을 수립했었더라면 진작 놈들이 건방지게 탈취를 해가려던 우리의 소중한 실험체 '신서울'을 찾아내 포획 및 회수를 달성해냈을 것이다. 레이나가 이끌고 온 도시 최고의 엘리트들답지 않게 자꾸만 실수를 반복하는 이유가 뭘까? 의도된 방해가 있었기 때문. 그 모든 건 변종원 교수의 보이지 않는 훼방과 간섭이 있어서였다. 그의 계획상, 아직 분실물을 되찾기에는 시기가 영 적절치 못했다. 아직까진 회장과 부회장 양자로 대표되는 도시 내 권력의 중추들이 가진 무게추가 저울 위에 달아놓으면 어느 쪽으로도 명백히 기울어지지 않을 만큼 꽤 팽팽했기 때문에, 어디에다가 자신의 뜻과 몸을 완전히 실을지는 시국을 좀 더 수수방관하며 지켜볼 필요가 있었다. 의심을 받지 않는 최적의 선에서 양쪽 모두에게 동등한 사이즈의 줄을 대놓는 데 성공한 변종원 교수로서는 단순히 기다리기만 하면 머지않아 정답의 윤곽을 드러낼 문제이기도 했다.

"자, 훼방꾼도 사라졌겠다, 고철들에게 이 주변으로 두 시간 정도 접근 금지 명령을 내려놔. 흐흐, 이제 내가 뭘 할지는 이제 말 안 해도 알지?"

"어머, 방금 전까지 그렇게나 힘써놓고 벌써 또 하려고요? 종원 씨 순진하게 생긴 얼굴만 봐선 진짜 몰랐었는데 완전 짐승이네."

"크크, 어흥 이리 와."

담소가 끝나기가 무섭게 두 사람의 몸이 엉겨 붙었다. 누군가가 음모에 휘말려 쓸쓸하고도 억울한 죽음을 맞이하는 중인 이 시각, 마이동풍(馬耳東風)의 권력자들은 서로를 탐닉하며 열락으로 가득 찬 시간을 보낸다.

아아— 역시, 몇 번을 강조해도 부족. 이 세상은 너무나도 불공평하게 어그러져있었다. 멸망해버린 현재를 탓하기에는 지금보다 훨씬 더 대부분의 모두에게 주어진 삶의 질이 월등히 높았던 과거의 시절에조차도 '완전한 평등'이란 단어는 존재하지도, 이뤄지지도 않을 먼 이상향 속의 단어였다 '불평등'이란 것은 인간이 인간으로 존재해 남아있는 한은 절대로 바꿀 수 없는 불변의 법칙이기도 했다. 각자가 개인으로 나뉜 이 세상에서 근본적인 평등이란 건 존재할 수가 없으니 말이야.

"하악!"

달뜬 신음 소리가 참으로 지독한 세상 위로 널리 울려 퍼진다. 어느 시대이건 막강한 권력의 보호 아래 발을 담구고 있는 이들에게는 세상을 지배 중인 불합리함 같은 건 아무런 영향을 끼치지 못해왔다. 과거부터 부의 상징물로 여겨져 온 천장 위의 샹들리에 불빛이 환하게 불타오른다. 그것은 단지 바라보는 것만으로 부족한 자들의 눈을 멀게 만들만큼 강렬했고, 화려하며 퇴폐적이었다. 마치 제 몸뚱이야말로 가진 자들만의 전유물이란 것을 뽐내듯이, 화려한 불빛은 계속해 타오른다. 영원할 것 같은 현재의 풍광이 과연 빛을 잃는 날이 찾아오긴 할까? 불합리함에 짓눌린 세상에서의 대답은 그 어디에서도 들려오지 않았다.

6장.

타인의 희생과 비애

..

...

....

얕은 잠에 빠져있던 안젤라의 두 눈이 본인이 의도치 않게 슬며시 떠
졌다. 고개를 좌우로 흔들어 흐리멍덩한 정신을 대충이나마 바로잡은
그녀는 습관처럼 주변을 둘러봤다. 여전히 숙소 내부에는 시꺼먼 어둠
만이 내리 앉아있을 뿐이었다. 기상 시간이 되면 자동으로 설정된 불빛
이 켜져야 하는데 말이지.

아, 설마 오늘도야…? 현 상황에 대한 확인을 마치고서 속에서 잔뜩 뿔
이 오른 안젤라가 불평의 토악질을 내지르며 버릇처럼 벽면에 걸린 시계를

올려다봤다. 형광물질이 발라져있어 짙은 어둠 속에도 미약한 빛을 발하는 중인 오래된 아날로그시계의 초침은 겨우 04시 30분 부근을 가리키고 있었다. 지금이 오후 시간대일리는 절대로 없으므로—애석하게도 밤낮이 불분명한 세상이기에 시간의 확인은 밤낮의 별도 표기가 없는 아날로그시계를 통해서만 가능했다.—현재 시각은 빌어먹을 새벽 대가 확실했다.

"하, 뭐야 정말… 요 며칠간 매번 이러네. 어제도 그제도 그러더니만 오늘까지도 또 평소보다 일찍 깨버렸잖아. 쳇, 꼬락서니를 보아하니 더 잠자기에도 그른 것 같고 어휴."

오른손바닥을 쫙 펼쳐 자신의 낙담에 물든 얼굴을 덮어 보인 안젤라가 아주 작게 푸념 소리를 내뱉었다. 12시 언저리쯤에나 잠에 들었으니 길어봐야 네 시간이나 잤으려나? 꽤 이른 새벽에 깬 것치고는 정신 상태가 지나치게 선명하고 맑다. 시험 삼아 주먹을 그러쥐어 보니 방금 자고 일어난 것이라고는 본인도 믿지 않을 만큼의 강한 악력이 느껴진다. 요 근래 들어 늘상 이런 식의 고요한 새벽을 맞이하고 있었다. 평소보다 한참이나 적게 잤음에도 불구하고 몸 상태는 언제나 날아갈 것처럼 개운했다. 신서울 탈취작전을 수행하고서부터 하루가 다르게 점점 더 피폐해져만 가던 자신의 심신에 이처럼 기운이 넘치게 된 건 아마 그 사건 이후 온종일 자신을 줄기차게 괴롭혀오던 지독한 악몽의 장면이 온데간데없이 사라져버렸기 때문이리라.

'그게 확실해, 다른 이유를 찾기는 어려우니까.' 안젤라가 스스로의 판단에 확신을 보탰다. 한 달여 전 신서울 구출 작전을 수행하던 도중 그녀는 자신의 연인이자 아주 오랜 친구였던 '아사가미 시마' 상병의 허망한 죽음을 바로 눈앞에서 목도하게 됐고, 그 사건은 그녀에게 이루 말하기 힘들 만큼 커다랗고 최악의 심적 부담을 안겨주었다. 그때 받은 절망과 압박감이 어찌나 컸던지, 그날 이후 눈을 뜨고 있을 때나 감고 있을 때나 어디선가 시마를 똑 닮은 환영이 불쑥불쑥 나타나선 '안젤라 에리 트리' 상병의 정신을 지독히도 괴롭혀댔다. 그리고 그 끔찍하리만큼 지 독했던 불안감과 죄책감, 잊기 싫다는 그리움의 결과물이 그녀의 정신 속을 떠나 완전히 자취를 감추게 된 건 놀랍게도 며칠 전 작은 꼬마 아 가씨가 그녀를 꼭 안아주며 위로해준 바로 그 순간 이후부터였다. 압박 감에 눈이 멀어 여태까지 시마의 죽음을 전적으로 저 가냘픈 '신서울'의 탓으로만 돌렸던 안젤라가 역설적이게도 모든 불행의 원흉이라 확신했 던 그 조그만 아이가 건네준 위안 덕에 망령의 시달림으로부터 벗어날 수 있게 된 것이다. 원인 모를 격정이 차올라 반쯤 몸을 일으켜 세운 안 젤라는 자신의 옆자리를 몰래 흘끔거렸다. 흑단 같은 긴 머리칼을 침대 위에 한가득 늘어뜨린 채 곤히 잠들어있는 새하얀 얼굴의 아름다운 소 녀가 눈 안에 들어왔다.

두근, 두근, 두근.

그 모습을 보자 심장이 차츰 빠르게 뛰기 시작했다.

'아, 요즘 내가 왜 이런 거지?' 가슴어림을 부여잡은 안젤라가 고개를 갸웃거린다. 뭔가가 이상했다. 분명 처음에는 오직 증오뿐이었을 텐데… 인생에서 가장 소중한 연인을 잃게 된 원흉인 저 작은 아이의 존재 자체 부터 인정하기가 싫어 멀리서 바라보는 것만으로도 남몰래 이를 아득바 득 갈지 않았었나. 물론 그것은 아주 초기 때의 이야기일 뿐, 그 이후로 는 갑작스럽게 제게 닥친 환경변화가 몹시 당황했을 텐데도 절망감을 내 색하기보다 굳건히 본인에게 주어진 일을 최선을 다해 열심히 수행하려 는 작은 소녀의 열정적인 모습에서 커다란 기특함을 느꼈고 얼마 전, 소 녀가 선보인 기적을 경험하게 된 날에는 경외심까지도 갖게 됐다가 지금에 와서는 작은아이에게 '집착'을 보내며 소녀의 '온정'을 갈구하게 돼버린 참이었다. 안젤라가 생각한다. 저 조그만 아이는 어느샌가 자신의 나약해진 마음속 깊숙한 곳까지 침투해 들어와 그날 잃어버렸던 제 삶의 새로운 목표가 돼버렸다고.

정말? 아니, 단순히 그런 것뿐만이 아니잖아. 부정이 흘러나옴과 동시에 어떤 지독하고도 음습한 충동이 그녀의 마음속 가득히 피어올랐다. 아무렴, 이 마음이 그렇게 순수하지만은 않다는 것을 누구보다 그녀 자신이 더 잘 알고 이해하고 있었다. 이건… 단순한 '집착' 단계를 넘어선 외설적인 수준의 '갈망'이었다. 다시금 아름다운 소녀의 면면을 살피자 이번엔 심장이 꼭 망가지기라도 한 것처럼 거세게 뛰기를 시작한다. 애써 외면하려던 진실이 새벽의 감성에 젖어 완전히 그 정체를 드러내버렸다. 이런 걸 단순한 집착과 온정의 갈구로 포장한다고?

틀렸어 안젤라. 지금의 넌 저 아이를 사랑하고 있는 거야. 단순한 친애의 감정을 넘어서게 된 지는 이미 오래였다. 빠르게 진화를 거듭한 이 감정의 정체는 아주 진하게 농축된 섹슈얼(sexual)적인 것이었으니.

"끙 차."

반만 세웠던 몸을 완전히 일으켜 세운 안젤라가 신서울이 누워 자고 있는 침대 바로 지근거리까지 이동했다. 최근 이 아이의 앵두 같은 새빨간 입술을 바라볼 때면 자신도 모르게 저것을 탐하고 싶다는 음습한 욕망이 솟구쳐 오른다. 내 위험한 망상이 진정으로 옳은 것일까? 인간사회에서 예로부터 성적인 사랑은 남녀 사이에서만 이뤄지는 것이 보편의 통념이었고, 하물며 전능한 신의 교리를 따져보더라도 성별이 다른 남녀가 짝을 맺는 것을 가장 이상적이고 옳은 행위라 해석하여 명시가 돼있었다. 그건 아주 틀린 말이 아니었다. 인간은 기본적으로 번식을 통해 세상에 영향을 끼칠 수 있는 세습과 번영의 생명체였다 남녀로 구분되어진 모든 생명체는 각자에게 주어진 필연적인 역할이 사전부터 정해져 있었으니, 남녀의 결합이란 현실이 이룩한 가장 정상적이며 세기를 막론한 불변의 법칙이기도 했다.

'이제 난 잘 모르겠어… 그 역할극이 진정으로 옳은 것인지.'

현재를 살아가는 우리들의 기준 위에는 전능한 신이 존재한다. 그리고 가장 완성된 존재인 신은 '중성'의 존재로서 묘사가 됐다.

꿀꺽.

입안 가득히 고인 침을 삼켜 타는 목을 축인 안젤라가 조심스레 손을 뻗어 작은아이의 얼굴을 조심스레 쓰다듬었다. 간질거리는 외부의 접촉을 받음에도 다행히 소녀는 잠에서 깨어나지 않았다. 안젤라는 무덤덤한 신서울의 반응을 보고서 역시 자신의 짐작이 틀리지 않았다는 것을 확신할 수 있었다. 그간 쭉 지켜봐온 신서울 이병은 하루에 고작해야 2~3시간 정도 잠에 들 뿐이었지만, 정신이 극도의 효율을 추구하도록 설계되어서인지 그 순간만큼은 바로 옆에서 누가 업어 가도 모를 만큼의 깊은 잠에 빠져들어 휴식과 안정을 도모했다.

잠든 순간만큼은 그야말로 현실과는 동떨어진 인형이 되고 마는 것이었다. 신서울은.

'귀여워…'

점점 더 노골적으로 변한 안젤라의 눈매가 부드럽게 휘었다.

이 아이는 모든 게 상상 이상으로 조그맣다.

얼굴의 눈, 코, 입 하며 사지의 끝에 해당하는 손가락과 발가락까지 어느 것 하나 앙증맞지 않은 곳이 없었다. 정말이지, 지켜보는 것만으로도 사람의 보호본능을 어찌나 자극하게끔 잘 꾸며진 거야? 티 없이 맑은 소녀의 피부는 보들보들하고 매끄럽다. 어쩜 이리도 사랑스러울까. 쓰다듬는 욕망을 멈출 수가 없었다.

조금, 아주 조금만 더.

스스로의 의욕을 주체 못 한 손길이 조금씩 아래로 향해갈수록 점점 더 대범하고 노골적으로 바뀌려던 때였다.

"손 떼."

평소처럼 아주 깊게 잠들어있는 줄로만 알았던 신서울의 입에서 차가운 경고성이 내뱉어진 것. 몰래 나쁜 짓(?)을 하고 있다가 딱 걸려버린 안젤라는, 놀람으로 몸 전체가 경직돼 순간적으로 어떤 대꾸도 꺼내지 못할 만큼 커다란 곤혹에 빠졌다.

"쯧, 여자들끼리 뭔 짓거릴 하려고… 세상이 참 말세긴 말세야."

안젤라를 노려본 신서울—이라 쓰고 김 교수라 읽는 미지의 존재는, 본인이 생각한 바를 배려차원에서의 필터링을 조금도 거치지 않은 채 그대로 뇌까렸다. 안젤라는 뒤늦게야 그녀에게서 느껴지는 기묘한 낯설음을 알아차릴 수 있었다. 분명히 신서울의 몸을 하고 있는데, 어쩐지 자신이 아는 사랑스러운 서울이 와는 뭐랄까, 말투부터 분위기까지 어느 것 하나 제대로 일치하는 게 없어 보였다.

"누구야… 너?"

기겁한 표정의 안젤라가 신서울을 닮은 비상식적인 무언가를 향해 쏘아붙였다. 덕분에 남들이 본다면 이게 무슨 뚱딴지같은 소리냐며 헛웃음을 터뜨리고 말 아주 우스꽝스러운 상황이 연출되고 말았다. 딱 붙어서 함께 생활한 기간만 해도 어언 한 달에 가까워져가는 두 사람이 이른 새벽부터 엉뚱한 만담 같은 소릴 해대며 대립하고 있다. 이보다 난해하고 어처구니없는 구경거리는 멸망전의 시대를 뒤져봐도 좀처럼 찾아

보기 어려울 터였다.

"헛짓 말고 정신 차려 이 아가씨야. 이 악취로 가득 차 버린 세상은 개인의 취향이 존중을 받던 과거와는 완전히 틀림을 잘 알고 있잖아. 생존법칙에 위배된 헛된 꿈을 꾸려는 건 처음부터 아예 시작해서도 안 돼. 그건 단순히 타인에게 끼칠 손해를 넘어 너 자신의 죽음과도 직결되는 낭떠러지 길 위를 나아는 것과 마찬가지인 자살행위이니 말이야."

얼어붙은 안젤라가 그러거나 말거나 신서울의 몸을 뒤집어쓴 김 교수는 자신이 전하고 싶은 말만 지껄이고 이 정도면 알아들었겠지? 독단전행(獨斷專行)*-을 한 채 쏙 곧바로 다시 잠에 빠져들었다. 귀찮은 토론에 에너지를 소모하고 싶지 않아 속된 말로 튀어버린 것이다. 풀썩. 끈 떨어진 목각인형처럼 신서울의 몸이 침대 위로 허물어 내렸다.

*독단전행(獨斷專行): 남과 상의하지 않고 혼자 판단하거나 결정하여 멋대로 행동함.

"…"

급작스러운, 그러나 할 말을 잃게 만드는 팩트 폭격에 혼이 다 빠져버린 안젤라는 자신의 불침번 근무 타임이 올 때까지 그대로 멍하니 제자리에서 서있어야만 했다.

그렇게 몇 시간이 더 흘러갔고,

빰-빰-빰-빰-빰~.

기상 나팔 소리와 함께 오늘도 어김없이 새로운 하루가 시작됐다.

&

'네? 절… 이성적으로 사랑하고 있다고요…? 그, 안젤라 상병님이요?'

그렇다니까. 어휴 소름 끼쳐라…. 내가 관여하지 않았더라면 서울이

너 아까 큰일 날 뻔했어 지금처럼 친애의 감정으로 방심을 하고 있다가 하마터면 그 미친년한테 머리부터 발끝까지 몽땅 잡아 먹혔을 거라고…! 바깥이 지랄 맞게 변했단 건 전부터 아주 잘 알고는 있었지만 어찌 된 게 정상적인 게 아예 하나도 없고만.

'어, 그렇다고 소름이 끼쳐요? 저도 안젤라 상병님을 좋아하는데…? 잡아 먹혔을 거란 표현은 제가 안젤라에게 식인을 당했을 거란 말이 아니잖아요. 그게 정확히 뭘 뜻하는지는 모르겠지만 뭔가 성적인 걸 조금 은유적으로 표현하신 거 아닌가요?'

…에휴, 이 바보야. 지금의 그 아가씨가 가지게 된 건 네 순수하기 짝이 없는 어설픈 감정과는 완전히 다른 거야. 아직도 무슨 뜻인지 잘 모르겠다면 잠깐 머릿속에 집중해봐.

딱!

김 교수의 말이 끝나기가 무섭게 어디선가 핑거스냅 소리가 울려 퍼지면서 머릿속에 틀어박힌 지성의 결정체로부터 온갖 관련 지식들이 흘러나와 신서울의 모자란 개념을 채워 나가기 시작했다. 생물학적으로 나눠진 남녀의 역할부터 시작해, 번식 과정의 기나긴 역사과정까지. 주마등처럼 스쳐지나가는 긴 이야기의 틈바구니 속에 껴 자신도 모르는 새 그곳에 깊숙하게 녹아들게 된 신서울은 중간중간마다 나타나는 황금빛으로 칠해진 개념들에 조금 더 집중을 하며 그것들을 유심히 관망하였다. 황금색 지식들의 정체야 뻔했다. 김 교수가 저에게 전달하고자 하는 내용의 핵심 결정체들이겠지. 수많은 지식의 망망대해 속에서 특정 지식만을 골라 강조하는 것이 마냥 쉬운 일만은 아닐 텐데도 김 교수는 어떤 불평도 없이 필요한 개념을 알맞게 분류해가며 신서울에게 그 진의를 전달했다. 이것은 처음부터 본인 스스로가 계획했던 일의 일환 이었으므로 조금 어렵고 복잡하더라도 달리 불만을 가질 일이 아니긴 했다. 그저 사전에 모양이 정해진 퍼즐 조각을 열심히 틀에 끼워 맞출 뿐. 끝 모르게 펼쳐진 지식과 역사의 향연을 뒤따라가던 신서울의 머릿속에 드디어 인간이 모든 면에서 가장 부흥했던 시기가 그려졌다.

지금으로부터 그리 멀지 않은 찬란한 과거였다. 지금으로부터 대략 오십 여 년 전쯤만 해도 개인의 이념에 주어진 자유감은 지금으로서는 가히 상상도 불가능할 정도로 넓고 드높았었다. 온통 황금빛으로 물든 세상을 보라. 당시의 인간은 더 이상 멸종을 걱정하지 않아도 될 만큼 최대치로 번성을 했기 때문에, -멸종은커녕, 전 세계의 인구만 따져 봐도 구십 억에 육박했으니 오히려 과포화로 불렸다면 모를까-개개인의 연애전선을 과거처럼 꼭 번식이 가능한 이성끼리로만 한정 짓지 않아도 더 이상 자신들의 생존 관에 있어 큰 문제를 야기시키지 않게 됐다. 때문에 게이, 레즈비언, 트렌스젠더 등 과거에는 배척당하기 일쑤였던 동성애의 상징성을 띤 대표주자들이 세상의 주류로까지 떠올라 각광을 받기 시작했고, 어느 순간부터는 그것이 아주 당연한 일상적인 자유로까지 번져가며 남자끼리 혹은 여자끼리 동성의 짝을 지어 길거리 한복판에서 키스 따위의 애정행각을 하고 있더라도 타인에게 손가락질 받는 일 따윈 더 이상 없게 됐다. 바야흐로 정치적 올바름으로 이뤄진 세상이 도래하게 된 것이었다. 뭐, 언제나 그렇듯이 그런 진보적인 행위 자체를 망측하게 바라보는 '늙고 보수적인 시점'의 인물이야 더러 존재하긴 했지만 세상의 변화는 생존의 기본법칙을 위배해도 될 정도의 방종함에 이르게 됐다.

멸망 전의 세상은 분명 지금과 비교해볼 때 모든 게 이상적으로 발전되어진 놀라운 곳이었다. 그러나 그때 확립되어진 올곧은 개념을 현재까지 끌고 와 그대로 적용할 수는 없는 노릇이었다. 과거의 찬란한 세계는 멸망을 맞이했고 현재의 어두운 세계는 그때로부터 몇 발자국이나 뒤로 후퇴된 과거로 되돌아오고 말았다. 시대에는 언제나 그 시대에 걸맞는 가치관과 윤리가 필요한 법이었다. 당장 멸종을 걱정해야 할 판국인데, 번영과는 한참은 거리가 먼 동성애? 같은 성별과의 사랑을 추구한다고? 고개를 좌우로 가로 저은 신서울이 참지 못하고 분기를 토해냈다.

'…이 시국에 미친 거 아니에요?'

그 격렬한 반응을 보아하니 의미가 전달됐나보군. 옳다, 동감한다.

감정이란 것이 아무리 용을 써도 주체하지 못할 때가 있는 개개인을 대변하는 가장 뚜렷한 주관이라고 할지라도 인간에게는 자기가 살아가는 시대마다 인간이라면 결코 '넘지 말아야 할 선'이란 것이 존재했다. 구십 구명이 전부 절대 아니라고 고개 젓는 행위를 개인 한 명이 죽어라 옳다고 우겨본들, 시대의 개념이 허락해 주지 않는 한 절대로 인정받지 못할 개인의 올바르지 못한 '욕정'에 불과 한 것이다. 착각하지 마라. 이것은 남들이 전부 아니라고 말할 때 나 혼자만이 옳다고 주장 할 수 있는 대범한 용기와는 시작점부터 완전히 다른 개념의 문제였다. 이기적이냐, 이타적이냐의 단순 구분을 넘어 자신이 발을 딛고 서있는 현 시대상에서 무엇이 더 중한지 사리분별 못 하는 괴물들의 욕망표출에 더 가까운 방종이었다.

'후, 그럼 저… 이제 앞으로 어떡하는 게 좋을까요.'

머리가 아찔해진 신서울은 김 교수에게 원만한 해결의 답을 요청해 물어봤다.

진지하게 네 주관이 품은 뜻을 안젤라와 얘기해보고 그래도 정 말이 안 통하면 기회를 틈타 최대한 멀리 떨어져야지. 내가 살아가던 때만 해도 정신을 차리는 데는 두들겨 맞는 게 최고의 만병통치약이라고 불렸었는데,

네 조막만 한 몸뚱이로 절대로 써먹지 못할 꿈같은 방법이니 괜히 나섰다가 역으로 당하지나 않으면 다행이지 그러므로 그건 아예 논외로 치고.

'앗, 왜요? 제가 약하면 교수님이 제게 싸움의 기술 좀 알려주면 되잖아요! 기억을 뒤져보니 복싱이라던가, 호신용으로 배울만한 것들이 은근 많던데…'

야, 서울아…: 그게 잠깐 좀 배운다고 되겠냐? 무엇보다 너흰 기본적으로 체급부터가 다르지 않느냐. 괜히 안 되는 걸 할 수 있다고 스스로를 속여 가며 멍청하게 자존심 내세우려 하지 마. 그러다 너만 큰코다쳐. 아무리 노력해도 안 되는 건 안 되는 거라고. 오케이? 아니지 그때만큼 제대로 성장시켜 놓으면 해볼 만할 것 같기도 한데…: 그래도 지금은 시간이 부족… 에이잇! 아냐 방금 한 건 그냥 다 헛소리니까 잊어버려.

'…네에.'

씨, 가르쳐주기 귀찮으니까 변명은! 영문 모를 소리로 혼자 중얼대다 말고 '절대 안 돼'만을 여러 번 강조하는 김 교수의 행태에 속으로 구시렁댄 신서울이 샐쭉한 표정으로 자리를 털고 일어났다. 안젤라는 마지막 불침번 근무를 수행하느라 아직 자리를 비운 상태였다. 이제 한 오분 정도 뒤면 돌아올 텐데…. 그녀를 어떤 얼굴로 마주해야 할지, 벌써부터 알 수 없는 거부감이 돈아난다. 경직된 동작으로 몸에 걸친 활동복을 벗고 빳빳한 디지털 무늬의 군복으로 복장을 갈아입고 나니 근무를 끝마친 발칙한 행동의 '범인' 안젤라 상병이 돌아왔다.

"어, 음…: 안젤라 상병님 일찍부터 근무 서느라 고생하셨어요…"

"으, 응…:"

의례적인 인사를 나누며 시선을 마주하게 된 두 사람 사이에는 전에 없던 어색함이 감돌았다.

….

더 이상의 대화가 이어지지 않으면서 묵직한 침묵이 공기를 짓누른다.

"…저 있잖아 서울아 혹시 아까 새벽에 있었던 일 혹시 기억하고 있니?"

잔뜩 굳은 얼굴로 뭔가의 결심을 마친 안젤라가 먼저 그 침묵을 깨고서 단도직입적으로 물었다.

"…네."

신서울이 긍정을 답했다. 나, 신서울1은 기억 못 하지만 신서울2 역을 담당하는 김 교수가 당시의 상황을 정확히 기억하고 있었다. 둘은 어차피 같은 정신을 공유하는 사이이고 신서울1에게도 잘 반추해보면 기억만은 똑같이 공유되어있어 구태여 남에게 둘의 구분을 나누어 이런저런 주장을 덧붙일 필요까지는 없어 보였다. 분명 다른 존재였지만, 우린 같은 존재이기도 했다.

"그으래? 그럼 서울이 너 혹시… 자신이 이중인격이라거나 자아가 분열됐다는 자각 같은 건 좀 있니?"

"네? 그게 무슨 말씀이신지…"

"내가 아까 새벽에 본 넌 지금의 너와는 완전히 다른 사람의 모습을 하고 있었거든. 그래서 네가 스스로 그것을 자각하고 있는지에 대해 묻는 거야. 자신의 인격에 통일성을 잃어버린 사람들은 우리들의 거주공간에서도 꽤 흔하게 발견이 되는 편이고, 아주 심한 단계가 아닌 이상얼마든지 고칠 수 있는 가벼운 정신장애의 일종으로 취급되고 있어. 만약 네가 원치 않는데도 억지로 자아가 나뉘어 다른 자아에 잡아먹히는거라면 내가… 내가, 널 책임지고 꼭 고쳐줄게."

안젤라는 거의 애원하다시피 매달리며 소리쳤다. 한번 완전히 상실한 줄 알았다가 다시금 슬며시 제게 다가온 가장 긍정적인 감정, '사랑'이 그녀의 심리를 꽉 옭아매 정상적인 사고를 불가능케 만들고 있었다. 현재 심리가 완전히 붕괴되어 있는 건 신서울이 아니라 다름 아닌 안젤라 그녀 본인인데도 당사자는 스스로 그것을 자각하지 못한다.

인간의 인격이 얼마나 나약할 수 있는지에 대해 김 교수가 꺼내 보여 준 수많은 과거의 간접 경험을 통해 알게 된 신서울은 안젤라의 마음을 아주 조금이나마 이해할 수 있었다.

—참으로 안타깝지 아니한가. 원래대로였다면 금빛의 세상에서 반짝였을 청춘이 잿빛 세상에 갇혀 칙칙한 색에 잠식당해 까맣게 물들어 버리다니.

'당신은 당신이 가진 당당한 겉모습과는 달리 내면 안쪽은 왜 그리도 왜소한 건가요.'

신서울이 생각한다.

'김 교수님…. 오랫동안 제 곁을 지켜주셔서 정말 감사합니다.'

괜히 마음이 조금 울적해진 그녀는 곧이어 또 다른 나에게 진심으로 감사 인사를 전했다.

제 곁에 김 교수가 없었더라면 신서울이란 인격체 또한 억눌린 사회의 분위기에 그대로 잡아먹혀 제대로 된 모양을 형성할 기회조차 얻지 못한 채, 그저 주변에 널린 타인처럼 썩은 동태눈깔로 간신히 하루의 목숨만을 부지하며 부품처럼 살아가고 있었을 것이다. 개인의 욕구나 감정은 전부 사치라고 여기면서 말이지. 어쩌면 저 안젤라처럼 스스로를 망가뜨릴 수준의 감정적인 집착을 가졌을 수도 있고. 그런 점을 하나하나 전부 고려해봤을 때, 그동안 알게 모르게 나의 정신을 보호해주었던 또 다른 자신에게 몇 번의 감사 인사를 전하더라도 부족하다고 느껴질 따름이었다. 바깥보다 기본적인 환경 자체는 안정이 돼있을지언정 더 억압받는 곳에서 자라온 내가 다른 이들보다도 생각하는 것에 있어 더 자유로울 수 있는 건 전적으로 그의 보호 어린 손길이 미친 덕택일 테니까. 단순히 아는 것이 많아졌다고 모든 행함에 막힘없이 올바를 수 있는 것은 아님을 안다.

…흠흠 늙으니 별게 다 감동스럽… 아니, 아니지. 태평하게 이런 소리나 하고 있을 때가 아니잖아! 당장 문제는 시대의 무자비함이란 콘크리트 덩어리에 억지로 파묻혀 매몰돼버린 저 아가씨니까. 자 날 따라 해봐.

오오- 드디어, 이번에도 분명 엄청난 조언이 김 교수님을 통해 전해질 것이다!

신서울이 기대를 한가득 안고 몸가짐을 바로 했다! 자 오세요, 준비 끝났어요!

'네!'

이봐요.

"이봐요…?"

정신을 고쳐야 하는 건 내가 아니라.

"정신을 고쳐야 하는 건 제가 아니라."

그쪽이잖아요 정신 좀 차리쇼. 나이가 몇 갠데 아직도 애새끼마냥 쯧쯧….

'억 아니, 그건 좀….'

어허!

'네…에….'

신서울은 울며 겨자를 먹는 심정으로 김 교수의 놀라운 해결방안(?)을 억지로 따랐다.

뭐… 약간은 순화시켜서.

"안젤라 상병님의 정신상태인 것 같아요."

"뭐? 나…? 그게 무슨 소리야. 네 다른 인격이 그런 것 같대? 내 말 맞지? 이런 쌍! 내가 오늘 여기서 담판을 지을라니까 그 새끼 당장 튀어나오라고 해!"

쟤 사실 날 인지하고 있는 거 아냐…?

김 교수님의 움찔거림이 느껴진다. 실제로 그랬는지까진 정확히 모르겠지만, 그냥 그런 느낌이 들었다. 에이 설마 내 착각이겠지?

"아니요 이건 순전히 제 스스로가 생각하고 결론을 지은 답변이에요. 저기요, 상병님. 상병님은 대체 뭐가 그리 조급하신 건가요? 충동적인 사랑은 아무런 해결책이 될 수 없다는 걸 누구보다도 당신이 더 잘 알고 이해하고 있잖아요. 그렇지 않나요?"

까만 눈동자가 지그시 두렴에 사로잡힌 어린양을 응시한다.

"아니야 서울아, 난 내가 널 사랑한다는 걸 인정한 순간부터 비로소 나는 시마의 존재를 눠줄 수가 있게 됐는걸. 그러니까 그 잔혹한 환영과 영원히 작별하는 방법은 단 하나, 이대로 이 마음을 키워 우리가 서로를 열렬히 사랑하게 되는 것뿐이야. 그래! 그것만이 우리의 신께서 가련한 내게 내려주신 유일한 구원의 동아줄임이 분명해. 그러니까 우리 지금부터 사랑하고 연애하자 응? 네가 원하는 거라면 내가 뭐든지 다 들어줄게. 제발 부탁이야."

안젤라는 이제 무릎까지 꿇어 보인 채로 애원하며 신서울에게 매달려 읍소했다. 커다란 감정의 소용돌이 속에서 생기를 잃게 된 그녀의 두 눈동자는 죽은 것과도 다름없어 보였다.

숫제 썩은 동태눈깔이다.

허… 쯧쯔… 저 꼴을 보아하니 정신이 압박감을 못 이기다 못해 순간적으로 완전히 무너져내렸나 보구면. 하기 사, 그럴 만도 하지 쯧.

김 교수가 혀를 차며 평한다. 정말 정을 줄래야 줄 수 없는 지옥이었다. 2084년의 대한민국 땅은.

'…혹, 안젤라 상병님을 저대로 방치해두면 어떻게 되는 건가요?'

당황한 신서울이 머릿속을 스쳐지나가는 한 가지 결론을 틀린 것이라 애써 부정하며 물었다.

글쎄다? 극단적일 경우에는 제 연인이나 저번에 자살한 그 강 뭐 시기처럼 스스로의 죽음을 택하겠지?

죽어, 안젤라가? 역시 그런 거야? 김 교수의 그럴듯한 예시에 새하얗게 겁에 질린 신서울이 황급히 부정을 토해냈다.

'엇! 안 돼…. 그건 안 돼요! 안젤라 상병님은 제….'

뭐, 네 하나뿐인 소중한 친구라 주장이라도 하려고? 그래서 어떻게든 돕고 싶어 안달이 나 미칠 것 같지? 햐, 정말 대단하다 대단해. 어떻게 자기 자신도 아닌 남에게까지 마음을 쓰는데 그토록이나 한결 올곧을 수가 있는 건지. 이제 내가 가진 지식의 50% 이상을 습득한 너도 어렴풋이는 알고 있잖아 이번만큼은 내가 널 도울 방법이 없다는 걸. 내가 내세울 수 있는 건 어디까지나 내가 '직접 경험했던 것'이나, 지식으로 분류된 '이성적인 것'뿐이야. 그러니 감정에 사로잡혀서 귀를 틀어막아버린 저 아가씨의 정신을 올바르게 되돌릴 해결책 같은 건 나로서도 알지 못해. 외부 접촉을 통한 충격요법이 제일 특효약일 것 같긴 한데 이번 것은 저번처럼 가벼운 포옹 정도로 간단히 끝날 것 같아 보이지도 않고. 패닉상태에 빠진 저 여자를 죽기 직전까지 두들겨 패라 한들 네가 들을 일도 없어 보이고. 난 항복이야. 정 돕길 원한다면 내게 의지하지 말고 이번엔 네 스스로 올바른 길을 찾아내봐. 나랑 다르게 여전히 현실 위에 실존해 서 있는 너라면, 어쩌면 아주 쉽게 해답을 찾아낼 수도 있을 거야. 뭐 안 된 다면 어쩔 수 없는 거고 거 참 유독 신기하네. 이번엔 이런 일도 다 있고.

또 나로서는 알 수 없는 뒷말. 신경이 쓰이지만 지금 당장 중요한 건 그런 중얼거림에 집중하는 것이 아니다.

'제가요? 저는… 못 해요 알잖아요.'

왜 못 하는데, 시도해보기는 했어?

'아, 하지만…. 누구보다 명석하신 교수님께서도 해결하지 못하는 걸 제 주제에 뭘 어떻게…. 저는 할 수 없어요.'

…여보세요, 신서울 씨. 제발 스스로의 생각이란 걸 고정시켜 두지 말고 조금 더 유연히 좀 가져주지 않을래? 뭘 단단히 착각하고 있는 모양인데 지금의 그대는 나를 담은 몸의 주체적인 존재이고, 지금의 난 어쩌다 보니 그대에게 포함되어버린 지극히 수동적인 존재에 불과할 뿐이라고. 우리가 한 몸에 함께 자리해 있다고 해서 그대와 나는 같지 않아. 언제나 같은 자 리에만 머물러 있어야 하는 나와는 달리 그대에겐 스스로 생각하고 움직 일 인간으로서의 주체적인 자유와 권리가 주어져 있잖아. 불행히도 현재 의 난 처음부터 다른 누군가에게서 파생되어 나온 기억의 파편 조각 나부 랭이에 불과한지라 처음부터 내가 갖고 있지 않던 건 제아무리 용을 써 봐 도 도저히 갖을 수가 없거든? 그러니까 생각이 고정이 되다 못해 굳어있 는 내게 나오지 않을 답을 달라 애원하지 말고, 너 스스로가 적합한 해결 책을 찾을 수 있도록 노력해봐. 의심을 버려, 지금의 너라면 할 수 있어. 의존의 보금자리에서 벗어나 이제부터는 너만의 해답을 찾아내 서울아.

어…? 이상했다.

그의 입장상 분명 최선을 다한 격려이고 최선을 다한 해결책을 제시해준 것일 텐데도 나는 어떤 위화감을 느끼지 않을 수가 없었다. 그의 주장은 자신에게 부여된 한계를 여실히 드러내고 있었지만, 사실 할 수 없는 게 아니고 어떤 연유로 '하지 못한다'가 더 바른말처럼 내겐 느껴졌다. 왜냐하면 자신과 함께하는 시간이 길어질수록 때때로 그는 고정되어있지 않은 새로운 모습을 선보였기 때문이다.

─그는 태엽을 감으면 정해진 루트대로만 움직이게끔 설계가 된 일차원적인 로봇이 아니었다. 아주 깊은 시간 속에서 나는 그것을 지켜봐왔다. 어… 이게 뭐지…?

'네… 해볼게요.'

엉뚱한 곳으로 빠져나가려던 생각을 바로잡고 다시 현실로 돌아와, 그에게 받은 지난 은혜들을 떠올리며 신서울은 자신의 머릿속을 가득 채운 섣부른 의문들을 단숨에 잠재웠다. 그의 말은 궤변에 가까웠으나 누군가의 도움에만 매몰되어 그것에 너무 매달리지 말라는 조언이 아예 틀린 말도 아니었고, 그가 감춰두려는 하는 것이 결코 자신에게 해가 될 만한 것이 아님을 은연중에 똑바로 알아차렸기 때문이다.

후우─ 한번 깊게 심호흡한 신서울이 입을 열었다.

"저도 안젤라 상병님이 좋아요."

"와, 정말? 정말이야?"

"네. 하지만, 제게는 상병님과 연인이 되고픈 마음이 한 톨도 없어요."

"아니, 왜! 서울이 너도 분명 내가 좋다며."

"제 사랑은 어디까지나 '친구로서의 우정'이지 연인의 열렬한 애정이 아니니까요. 잘 보세요, 저는 전사한 시마 병장님의 대체품이 아니에요. 잠깐의 속임 거리는 될 수가 있을지 몰라도 절대 안젤라 상병님이 원하는 '진짜'가 되지는 못할 거예요. 당신의 마음속에 남아있는 진짜의 흔적은 이미 사라져 현실과는 동떨어진 머나먼 곳으로 떠나가 버렸으니 말이죠…. 그냥 붙잡지 말고 놔버리면 그만인 걸 고통을 참아가면서까지 왜 끝까지 그것을 붙잡고 있으려고 하나요?"

이런 잔혹한 현실의 이야기는 내가 생각하는 존재로 남아있는 한 결국 계속 영원히 지속될 수밖에 없는 감수성의 영역에 묶여있는 것이었다. 그리고 아무리 애절하게 사랑하고, 증오하고, 슬퍼했어도 영원할 것만 같은 감정이라도 그 타오름은 언젠가는 필히 꺼져 사라져버릴 것에 불과했다. 인간이 언젠가는 필히 사라지게 될 것을 억지로 붙잡아 두려워하는 건 잃기 싫은 욕심과 미지에 대한 두려움 때문이었다. 인간의 마음이란 본디 너무나도 나약해 설령 인간이 그토록 꿈꾸던 영생을 얻게 되더라도 그 새로운 영생자는 우리가 상상으로 그려낸 완전무결한 신이 되지 못할 것임에 분명했다. 신서울은 그런 스스로의 확신을 얻었다.

"…놓기 싫어."

신서울의 따끔한 지적을 받은 안젤라가 결국 꽁꽁 감싸놨던 진심을 토해놓는다. 그녀의 기억 속에서 추억의 한 장면이 흘러나왔다. 가끔 험난한 세상이 조금은 느슨하게 다가올 때면 안젤라는 시마와 함께 같은 침대 위를 뒹굴뒹굴하며 영원히 함께할 찬란한 미래를 그리곤 했었다.

"앞으로 생길 우리의 아이는 무조건 셋 이상으로 하자! 괜찮지?"

"엑! 애 낳느라 고생은 내가 다 할 텐데 뭔 말 같지도 않은 소리래. 싫어, 아무리 많아도 둘까지만이야."

"윽… 알겠어. 대신에, 둘째까지 딸이 아니면 한 명만 더 갖자 응? 난 안제, 너와 똑 닮은 딸아이가 꼭 보고 싶단 말이야."

"에휴…. 알겠어, 시마 네 고집을 내가 어찌 당해내리요."

아아, 우리한텐 그랬던 때도 있었지.

…

너무나 행복했던 추억인지라 아직까지도 그때를 떠올리면 슬며시 미소가 지어진다. 인생에서 제일 따스했던 순간을 내 어찌 잊으리오. 그리움과 비통한 감정이 벅차올라 기어코 뜨거운 눈물이 그녀의 볼을 타고 주르륵 흘러내렸다. 평생을 함께해온 연인이 이제 오직 추억 속에서나 그려낼 수 있는 망령이 되고 말았다. 아득하고, 처량하고, 현실감이 없다.

"흑, 넌 내 심정이 얼마나 괴로울지 모르니까 쉽게 말할 수 있는 거야."

안다. 타인에게 자신의 슬픔을 강요하는 게 얼마나 무의미한 투정인지.

"네… 그럴지도 모르겠네요… 아니, 모르는 게 맞아요."

신서울은 안젤라의 반박에 구태여 토를 달지 않고 자신의 무지를 순순히 인정했다. 그러나 그런 무지 혹은 당연한 이해와는 별개로, 신서울의 두 눈에 비친 안젤라의 감정의 난립은 도무지 이해할 수 없을 만큼 마구잡이로 뒤엉켜 종국에는 파멸을 불러일으키고 있었다. 아주 어린 나이부터 '생존'이란 가장 단순하고도 주요한 명제에 깊숙이 세뇌되어서 어떤 상황에 처하더라도 일단 나의 삶부터 최우선시하게끔 이미 확고히 자기 자신의 정체성의 방향이 정해졌음에도, 안젤라는 스스로는 미처 제어해낼 수 없는 여러 감정의 무리에 발목이 붙잡혀 그것들과 함께 나락 구렁텅이로 이끌려가고 있었다. 생명과 직결이 된 알맹이가 있으면 당연히 그것을 감싼 껍질 혹은 다른 어떤 보호막이라도 있어야 마땅한 법이었다. 너무도 주요한 것은 보호받을 수 있도록 생명체는 진화를 거듭해왔으니 이치적으로는 필히 그래야만 할 터인데,

'왜 틀리지? 저건, 너무 제멋대로잖아.'

안젤라는 그렇지 않다는 사실이 내겐 너무나도 기묘하게 느껴졌다. 신서울의 흑요석 같은 검정색 두 눈동자가 보다 더 짙게 가라앉았다. 깊은 흑색의 눈동자가 응시하는 초점 안에는 안젤라의 심리가 전보다 더 뚜렷하고 상세히 투영이 돼 비춰진다.

그녀의 현재 심리가 구축한 구조물. 겉과 속이 마구 뒤엉켜있는 커다란 알맹이가 보였다.

허. 내가 가진 지난 기억들을 이 잡듯이 뒤져봐도 본래의 나는 이런 것까지 주입을 한 적이 없었던 것 같은데, 아니 그런 걸 다 떠나 아무리 대단한 과학의 힘을 빌릴지라도 인간의 한계를 가진 이상 임으로 이런 장면을 만들어 낼 수는 없는 거잖아. 뇌는 인간이 넘볼 수 있는 영역이 아니야 이건…

수없이 많은 고비를 넘겨오는 동안 오늘에서야 처음으로 그녀와 완전히 '같은 것'을 공유해본 김 교수는 신서울의 가히 짐작하기 어려운 낯선 변화에 놀라움을 금치 못했다. 몇 번을 다시 확인해보아도 상식적으로는 이해할 수 없는 기이함이 저 신서울의 정신 가득 깊숙한 곳에서부터 현현해 있었다. 자신이 오랜 경험으로 체득을 한 법칙과의 등가교환식과도 엇비슷하면서 틀리다. 오래전부터 그녀에게 마땅히 정의를 내리기 힘든 어떤 특이점이 있다는 것 정도야 물론 잘 알고는 있었지만, 이번 건 지금까지 멋대로 짐작하고서 오랫동안 규정 지어놓은 것 그 이상의 결과물이지 않은가. 그도 나름의 특별함을 갖추게 된 만큼 무너진 시대의 엉터리 관념에 물들어 그 깊은 곳으로 따라 이끌려가지만은 않도록 타인의 감정을 어림잡아 짐작을 할 수 있도록 남몰래 신서울을 도운 적이 몇 번 있었어도, 그것이 지금처럼 현실의 한계를 넘어서 제멋대로 형상화가 되어 뚜렷하게 나타나도록 정신을 유도한 적은 없었다. 세상에 존재하지 않는 걸 억지로 만들어내는 건 아주 위험한 정신착란을 불러일으킬 수 있는 도전이었으니까, 여물지 못했을 때의 그러한 시도는 어떠한 성과도 내주지 않고 그저 뇌의 건강에 악영향을 끼칠 뿐이었다.

…네 존재가 무엇인지 이젠 나도 정확히 정의 내리지 못하겠구나.

암만 부정하려 해봐도 새삼 '기적'이란 단어가 먼저 떠오른다. 이 세상에 종종 일어나곤 하는 상식 바깥의 일. 기적이라 칭하지 않고서야 저 신비로 가득 찬 모습을 무슨 단어로 설명할 수 있을까. 김 교수는 너무 오랫동안 쌓여서 결국 제한되고 만 자신의 기억뭉치를 더듬어가며 골몰히 생각에 몰두했다. 신서울의 기적이라… 그래, 그녀의 존재는 탄생부터가 정상 범주를 벗어난, 그야말로 기적과도 같은 특이 케이스에 속해 있었다. '신서울'이란 사람은 인간으로서의 본연의 근간이 이뤄지기 전부터 이미 모든 계획이 수립되어 끝마쳐진 준비된 실험체였고, 멸망 전의 유수의 과학자들이 수집해놓은 인류 역사상 가장 훌륭한 DNA들의 결합을 통해 차가운 유리관 안에서 기적처럼 [창조]되었다.

그녀는 다른 인간들처럼 어미의 배 속에서 수개월의 보호를 받다가 섭리에 따라 이 세상 위에 탄생한 것이 아니었다. 그래서 그녀에게는 생물학적으로 명확한 부모가 존재하지 않았다. 멸망을 맞이하기 전, 거의 완성형의 바벨탑을 쌓아 올렸었던 인간이 이룬 가장 정점의 지성들만을 긁어모아 최초이자 최후로 탄생시킨 세계 유일의 '완성형 창조물'이 저 신서울이란 존재의 근원이며 기원이었다. 그리고 여기에는 김 교수 또한 아주 많은 지분을 차지하고 있었다. 애당초 그 실험을 떠올리고 실행하도록 주도한 건 당시 생명 분야에 한해서만큼은 최고의 권위자였던 그였으니까 말이지.

어쨌든 인간의 욕망에서 비롯된 신서울의 모든 것 또한 근원적인 면만을 따져봤을 때 조금 더 특별함이 갖춰졌을 뿐, 보통의 인간과 크게 다르지 않을 텐데….

창조의 실현자인 그조차 그녀가 인간이 아닌 다른 무언가로 느껴지는 건 어째서일까?

—새로운 반복의 진행을 위해 제한을 걸어둔 어느 봉쇄에 금이 가기 시작한다.

'갑자기 그게 무슨 말씀이세요?'

신서울이 아무것도 모르겠단 투로 짙은 의문을 전해왔다.

어어, 아냐 나도 모르게 잠생각에 빠졌었나봐.

김 교수가 황급히 변명을 꺼내들었다.

아직은 모든 걸 밝힐 때가 아니었기 때문에, 적합한 때가 올 때까지 돌아오기 시작한 이 비밀은 잘 감춰 둬야 했다. '원래의 내'가 설정해둔 사명의식이 '기억의 파편에 불과한 나'를 강하게 붙잡았다.

'흐음.. 그래요?'

지금 나한테 신경 쓸 때야? 어서 빨리 네 친구를 저 절망의 구렁텅이 속에서 끄집어내야지.

억지로 화제를 돌려 그녀가 당장 급선무로 집중해야 할 곳을 강조해 시선을 돌렸다. 황급히 다시 안젤라를 응시하기 시작한 신서울은 안젤라의 상태가 점점 더 악화 되고 있음을 확인할 수 있었다. 얼마 전에 있던 강진 병장의 '자살사건' 그, 직전에 봤었던 검고 불쾌한 것들이 안젤라로부터 흘러나오고 있었다.

—안젤라의 속마음이 읽혀진다.

'나도 네가 있는 곳으로 가고 싶어.'

'날 데리러 와줘 시마 나 너무 힘들어.'

'내겐 안식이 필요해….'

이건… 누군가에게 공유하기에 너무나도 괴로운 감정이었다.

남의 행복이 내 행복이 되지 않는 것처럼 남의 불행이 내 불행이 되지 않아야 옳을 터인데, 어떤 신비함의 발현으로 타인의 감정을 읽을 수 있게 된 신서울의 이적은 타인의 감정을 보는 특별함의 대가로 스스로의 감정에까지 커다란 부정적 영향을 받게 됐다. 내 것이 아닌 슬픔이 차오른다. 이럴 거면, 차라리 죽는 게 낫지 않나? 이딴 삶에 대체 무슨 의미가 있는 거지…. 검은 감정에 휘감긴 신서울이 도심 속에 갇힌 어느 날처럼 느릿하게 '나의 죽음'을 떠올렸다.

예끼! 서울아, 정신 차려라.

"어어…?"

조금만 더 깊게 물이 들었더라면, 완전히 동화돼 정신을 집어삼켰을 검은 감정의 띠가 김 교수의 호통 섞인 간섭에 의해 쉽게 뭉개져 내렸다.

*거참…: 지금의 꼬맹이의 정신으로 감당하기에는 너무나도 억센 감정이잖아. **저번엔** 안 그러더니만 참, 똑같은 장면이 단 한순간도 구현되지 않는다니 볼 때마다 신비에 쌓인 오묘한 세상이야. 가능할지 모르겠지만, 저건 최대한 천천히 억제할 필요가 있겠군.*

"허억…"

거친 숨이 토해져 나온다. 가까스로 정신을 부여잡은 신서울은 아무리 생각해도 이런 감정을 지닌 채로 살아갈 바에야 차라리 죽는 게 더 편할지도 모르겠다며 자가당착의 모순에 빠져들었다. 생각의 주체가 되는 나는 어떠한 상황에서도 살아남음을 최우선으로 계획 세워야 옳건만— 아, 이래서 그날 강진 병장이 스스로의 머리에 총을 겨눈 다음 방아쇠를 잡아당겨 자살을 택한 것이었다. 이건 도시의 빌딩 안에 강제로 갇혀 지냈을 때 느꼈던 나의 죽음을 바랐던 그때의 감정 이상으로 충동적인 욕구였다. 그냥 감내하기엔 최악으로 고통스럽다. 소중한 이의 죽음이 나에게 어떤 영향을 끼칠 수 있는지, 나는 이 자리에서 아주 뼈저리게 느낄 수가 있었다. 이래서 인간이 존재도 불분명한 신의 존재를 믿고, 위대함을 칭송하며 사후세계를 맹신하는 것이 아닌가 싶었다. 지성이 가리키는 대로 우리의 인생이 지금 이 순간 단 한번의 생애로 끝이라는 건, 지금의 무너진 세상이 만들어낸 이 지독한 현실 속보다도 더욱 더 잔혹한 '진실'이었으니까.

'당신은 살아 계신 건가요?'

순간 생각이 번뜩인 신서울이 물었다.

김 교수는… 그녀가 가진 지식으로도 도무지 규정하기가 어려운 존재였다. 그의 생존여부조차 불분명해 정체를 알기 어려웠다.

글쎄…? 현재의 나는 의식체의 일부에 불과할 뿐이니 모르겠구나.

뭐 본래의 나로 말할 것 같으면 이미 죽어 없어졌을 테고. 김 교수는 일부러 뒷말을 덧붙여하지 않았다. 혼란스러워하는 신서울에게 이 이상의 혼란을 가중 시키는 건 그에게 정해진 '기준'상 옳지 않았다. 그리고 진짜 자신이 죽어있다고 해서 뭐, 어떠한가. 어차피 시간의 노예인 인간은 결국 언젠가 누구나 죽어 이곳에서부터 영영 사라지게 된다. 삶을 살다보면 누군가의 죽음과 마주하게 되는 것이 연속이었고, 그러다가 언젠가는 내 차례도 돌아오게 되어있는 그런 필연적인 시스템 속에서 우리는 암묵적으로 그 사실을 회피해가며 살아가고 있는 것이다.

199×년 태생인 '김민우' 교수—그 부스러기 정신조각은, 스스로 만족할 만큼의 충분할 정도의 삶을 살아왔다고 여기고 있었다. 그 지긋지긋한 과정을 전부 기억하진 못해도 보통의 인간의 최소 수십 배에 달할 길이의 기간을 그는 '존재'해왔다. 그러니 그에게 죽음 따위는 더 이상 두렵지 않은 무감의 단어였다. 오늘이 나의 마지막이라도 기꺼이 웃으며 내가 사라질 그 순간을 손꼽아 기다릴 수 있으리라.

서울아, 그까짓 실체 없는 공포에 잡아먹혀 모든 걸 포기하려들지는 마. 현재의 넌 어쨌거나 살아 숨 쉬고 있잖느냐. 가장 중요한 건 살아있는 내가 앞으로 어떻게 살아가냐 이지, 언제 찾아올지 모를 죽음의 공포 따위에 짓눌려서 현재 주어진 시간조차 먼저 포기 하는 게 아니야.

-나처럼 지독한 시간을 겪은 게 아니라면 말이야

죽음에 한없이 가까운 존재이기에, 그것에 관한 공포를 이미 아득히 초월해낸 김 교수가 흔들리는 신서울의 정신을 다잡아준다. 굳이 뒷말까지 붙이는 건 혼란을 가중시킬 가능성이 높으므로 아예 빼버렸고.

'네, 그럴게요…'

신서울이 간신히 대꾸했다. 아직 여러 감정이 난잡하게 날뛰고 있어 확신을 내릴 정도는 아니었지만, 그래도 김 교수의 시기적절한 조언 덕에 죽음이란 끝 모를 공포를 아주 조금은 극복하게 된 것 같았다. 그래… 이 세상에서 죽음이 정말 피할 수 없는 필연적인 것이라면, 살아있는 순간이라도 최대한 즐기는 게 옳지 아니한가. 죽음이란 활과, 극복과 진행이란 화살의 시위는 다시금 팽팽히 당겨져 이번엔 안젤라 쪽을 향해 겨눠졌다. 자, 이제 표적의 중앙을 향해 팔을 떨리게 만드는 이 빌어먹을 화살을 쏠 때다.

망설이지 마 신서울.

"…바보 같네요, 정말."

핑—!

설득을 위한 화살은 신서울에게 어울리지 않는 냉소와 함께 쏘아졌다.

"…너, 갑자기 그게 무슨 소리야?"

더 큰 '부정'에 잡아먹힌 안젤라가 격분하며 소리쳤다.

"당신의 모습이 너무 뻔한 이야기 속의 가련한 주인공을 보는 것 같아서 하는 말이에요."

"하, 나의 고통을 겨우 그따위 것과 비교할 수 있을 거라 생각하는 거야?"

"네."

"미친, 어처구니가 없네…. 역시, 넌 아무것도 몰라. 이건 누가 꾸며낸 엉터리 이야기가 아니라 생생한 현실 속 그대로의 이야기이고, 내가 겪은 건 영원히 돌이킬 수 없는 비참한 현실 위의 진짜 비극이라고! 이야기책은 언제든지 덮어버리면 그대로 멈추게 되지만 현실은 그렇지 않잖아. 이런 삶, 정말 지긋지긋해…."

한쪽은 물어뜯기 위해 달려들고, 다른 한쪽은 차분히 가라 앉아있다. 극명하게 대비되는 모습이 장내의 분위기를 다른 방향으로 전환시킨다. 안젤라가 달아오를수록 점점 더 차분해진 신서울이 답을 위해 입술을 뗐다.

"그래요, 현실의 시간은 절대 멈추지 않죠. 우리가 대화를 나누는 이 순간에조차 계속 앞으로 나아갈 뿐, 어떤 일이 있어도 절대로 멈추거나 뒤로 되돌아가지는 않을 거예요. 아주 잘 알고 계시네요. 안젤라 상병님이 서 있는 곳은 다름 아닌 그 지독한 '현실' 위에요. 이곳은 꾸며진 이야기 속과는 다르게 절대로 시간이 나아가길 멈추지 않을 뿐만이 아니라 마음이 꺾일 여유조차 없는, 아주 아주 지독하고 엄격한 곳 이기도 하죠. 그런데, 그걸 잘 알고 있으면서도 가련한 주인공의 행세를 끝까지 유지하려는 이유가 뭣 때문인가요? 인간에게 죽음은 그것을 맞이한 개인의 모든 게 끝이 났음을 증명하는 최종 이정표잖아요. 이미 존재가 사라진 시마 상병님의 자취를 억지로 붙잡고 있는 건 안젤라 상병님의 나약한 마음만이 그 원인일 테고, 그것을 극복해낼 수 있는 방법 또한 얼마든지 있음에도 부정하면서 억지로 회피하고 있는 것 또한 안젤라 상병님의 나약해빠진 의지에서 비롯된 거예요."

콱—!

시위를 떠나간 화살은 표적지 정중앙에 명중해 틀어박혔다.

…! 생각지도 않게 정곡을 꿰뚫리고 만 안젤라가 소리 없는 비명을 내지른다. 알고 있었다. 처음부터 이건 누구의 탓으로도 넘겨서는 안 될, 오직 나만이 가져야 할 개인적인 통증과 문제란 걸. 죽음이 일상인 세상에서 살아온 주제에 이번에도 여느 때와 마찬가지일 뿐인 형체 없는 죽음을 억지로 붙잡아두려 했던 건 모두 자신이 품은 나약함이 원인이었다. 신서울을 억지로 사랑함으로써, 진정한 나의 사랑이었던 시마를 잊게 된다고? 하, 정말 웃기지도 않네. 그런 게 정말 가능했다면 처음부터 이런 끔찍한 몰골로 이토록이나 어두운 길을 헤맬 필요가 없었을 테지. 시마는 시마. 앞으로 어떤 시간과 사건을 겪어도 평생 동안 내 안에 남아있을 따스한 나의 추억 속의 편린이다. 미안 날 망가뜨리고 있던 건 나였지, 시마 네가 아니었어. 지금까지 널 환상 속의 괴물로 꾸며냈던 건 네가 아니라 전부 나였다고

—아니야 안제.

그녀의 귓속에 그토록 듣고 싶던 애틋한 음성이 들려왔다.

언제나 가슴이 뻥 뚫린 흉측한 몰골의 환영으로 고통을 호소하며 나

타났던 시마가 어느 때보다도 말끔해진 모습으로 나타나 그녀에게 손을 흔든다.

그래, 이제야 우리의 작별의 시간이네.

안젤라는 뺨을 흐르는 눈물을 닦아내고 그에게 마주 손을 흔들어줬다.

잘 가, 내 친구, 내 사랑….

'이걸로 해결이 된 걸까요?'

신비한 두 눈을 통해 안젤라가 투영해낸 환상과 동일한 장면을 목도하고 있던 신서울이 김 교수에게 묻는다. 둘 사이에서 타인에 의해 구성된 환상의 흐름을 읽는 건 이제 퍽이나 자연스러운 것이 되어 둘 중 누구도 지금의 장면에 의문을 갖지 않았다.

당장은 그럴 거야. 허나 인간의 감정에 절대란 법칙은 없으니 나중의 일은 누구도 장담 할 수가 없겠지. 그것보다도… 이제 아주 태연하게 다른 사람의 내면을 들춰보는구나?

'엥 들춰 보다뇨 제가 뭘요…?'

고개를 갸우뚱 기울인 신서울의 반문과 태토를 보아 이 특별한 소녀는 아직 스스로가 가진 특별함을 완전히 자각하지는 못한 듯했다. 저 아이가 벌써부터 알고 있을 리 없잖나. 더 많이 발전되었던 세상의 핵심 지식을 한데로 그러모아 구성된 나조차도 대체 네게 심어진 것의 정확한 진의가 무엇인지 잘 모르겠는걸.

김 교수는 여러 **'회 차 동안'** 반복해왔던 신서울의 기적과도 같은 이능을 좀 더 두고 보기로 했다. 이제 제게 그리 많은 시간이 남아있는 건 아니다 만은. 그날이 오기 전까지 총력을 다 해 비밀을 밝혀내리라. 그게 내 존재에게 부여된 마지막 사명일 테니까.

"훌쩍 크으으응, 정말 흉한 꼴을 보여서 미안해 서울아. 부끄럽게도 내가 잠시, 내가 아니었나봐. 뭔가에 단단히 홀려 미쳤던 거지. 지금 이 순간부터는 책임지고 원래의 나로 돌아올 테니, 이제 정말로 걱정 하지 마. 고마워, 나의 강한 친구야. 네 덕분에 나는 다시 앞으로 나아갈 용기를 얻었어."

시마의 환영이 안젤라가 품고 있던 부정적인 감정들을 떠안고 자취를 감췄다. 아직은 조금 옅은 회색빛을 띠고 있지만, 곧 있으면 다시금 그녀가 가졌던 밝은 색채로 가득 채워지리라. 두 눈이 아주 약간의 미래를 내다봤다.

"네…! 안젤라 상병님."

그런 안젤라의 응답에 신서울은 기쁘게 반색하며 답했다. 어쩐지 심장 어림께 가 근질근질했다. 엄청난 달성감이 몰려와 신서울의 정신체계를 잠시간 환희로 물들인다.

이부자리를 털고 일어난 몸이 상쾌함으로 그득했다.

&

웨에에에엥~.

두 사람이 서로 엇비슷한 종류의 충족감을 즐기고 있던 중, 차내에 급작스럽게 사이렌 경보음이 울려 퍼졌다.

"뭐, 뭐지?"

당황한 안젤라가 반사적으로 주변을 두리번대며 읊조렸다. 반면 태평한 얼굴의 신서울은 고개를 숙인 채 어떤 생각에 잠겨든다. 이 사이렌 소리는 도시에 있을 적부터 그녀에게 아주 익숙한 것으로 인생 대부분을 함께 해왔던 티제이가 자신에게 각인시켜둔 유일하게 마음의 평안을 주던 것. 지난 한 달여간 저 소리가 긴급 상황을 알리는 공통신호음의 일종이라는 걸 배워 알게 됐지만 단순히 진실을 인지했다는 것만으로 단단히 굳어버린 버릇을 쉽게 바꿔 낼 수는 없는 노릇이었다. 신서울 양 시절부터 신서울 이병이 된 지금까지, 누가 뭐래도 신서울에게 사이렌 소리는 '평온'을 전해주는 것이었다

[아아— 분대장이 전 분대원들에게 전파한다. 현재 반파된 장갑차 한 대가 우리를 향해 접근하고 있으며 광학 레이저 시스템을 통해 사전 식별 결과 우리와 약속장소에서 접선을 하기로 한 본 중대 소속의 3번 차량으로 판명된다. 혹시 모를 상황에 대비하여 전 분대원들은 단독 군장 수준의 무장을 갖춘 채 5분 내로 출구 방향으로 집결하도록. 이상 전파 끝.]

"이런… 큰일이잖아! 서둘러 서울아."

안젤라가 심각한 표정으로 외쳤다. 아군의 통보 없는 등장은 가벼이 볼 상황이 아니었다. 바깥의 군 작전 중에는 특별한 경우가 아니고서야 사전에 정해진 약속을 꼭 지키고 따르도록 지난 수십 년간 아주 철저히 교육되어 지켜져 오고 있었다. 라펠트 내에서 유일하게 대규모의 살상병기를 다루는 것이 허락이 된 만큼, 군의 규율이 엄격하지 않으면 사건사고가 끊이지 않고 일어날 확률이 크기 때문이다. 그런데도 사전의 연락 없이 본부대 소속의 차량이 이곳까지 찾아왔다고? 이건, 심상치 않은 징조였다. 가장 처음의 본대였던 신서울 구출작전의 사령부대, 섬멸 군 제2사단이 어떤 정체 모를 적습에 의해 전멸 당했다는 소식을 전해들은 지가 아직 이주도 채 지나지 않았다. 애초에 A팀이 따로 보급 작전을 수

행하러 나선 이유부터가 정체 모를 적들에게 대항할 수 있을 만한 것- 전쟁의 핵심인 필수보급품의 보충과 동시에 재래식 멸망 이전 제작이 된 고폭탄 체를 챙겨와 놈들의 정체가 무엇이든지 간에 발견 즉시 폭탄을 퍼부어 단박에 괴멸시키고자 함이 아니었던가.

'설마… 놈들이 벌써 여기까지 알아챘단 말이야?'

최악의 가정이 떠올라버렸다. 시기적으로 맞지 않아 애써 틀리다고 부정했던 진실.

장구류를 몸에 걸치던 안젤라의 손이 멈춰 섰다.

'예상이 맞다면, 당장 차체의 방향을 돌려야 해…! 우리들은 우리의 희망을 데리고서 도시로 무사히 귀환해야 한다고…!'

만약 정말로 놈들의 시선이 이곳까지 미친것이라면 이제 우리의 어떤 작전도 놈들에게 제대로 먹혀들 리가 없었다. 신서울 구출 작전 당시에 어마어마하게 발전해있는 도시의 하이테크놀로지 기술력을 직접 마주하지 않았던가. 그때야 놈들이 방심한 틈을 타 꿈에서도 생각지 않고 있던 급습을 감행했기에 행운이 따라 어떻게든 작전이 먹혀들었던 거지, 최첨단 무기들로 무장을 한 채 뒤꽁무니를 쫓아 단단히 벼르고 나왔을 도시 놈들을 과거의 유산만으로 근근이 버텨가며 생존 중인 우리들로서 제대로 당해낼 수 있을 리가 당연 전무했다. 이쯤 되니 접근 중인 3번 차량의 정체도 상당히 의심스러웠다.

도시 놈들의 습격을 받아 새롭게 승격된 본대, 2중대까지 첫 번째의 본대인 사단과 마찬가지로 이미 괴멸이 된 거라면, 그 치열한 전쟁터 속에서 차량 한 대만이 쏙 빠져나올 수가 있었을까? 지금이 아주 옛날처럼 시야에 보이는 적만을 상대하는 게 가능한 후진적인 시대도 아니고 그럴 리가 있나. 놈들은 최첨단 과학기술로 무장한 진정한 괴물들이었다. 즉, 상대가 어떤 불순한 목적으로 일부러 놓아준 게 아니라면 놈들의 시선을 피해 저 3번 차량이 탈출을 할 수 있는 확률은 제로에 수렴하는 것이다.

"안젤라 상병님?"

모든 준비를 마친 신서울이 소리쳤다. 당연히 먼저 준비를 끝마치고서 자신을 기다리고 있을 줄로만 알았던 안젤라는 옷을 갈아입다 말고 멈춘 상태로 무엇이 그리 초조한지 자신의 입술을 잘근잘근 씹어 대고 있었다. 표정이 흉악하게 구겨져있다.

'헉, 설마 아까의 충격이 너무 커서 역시 아직까지도 정상으로 되돌아오지 못 하신 건가?' 멋대로 오해를 한 신서울의 걱정이 커진다.

"아…. 하하. 미안, 잠깐 딴생각 좀 하느라."

…지켜보기 민망할 정도로 엉성한 연기로군.

'그러게요.'

영 어색한 안젤라의 태도의 연속됨에 뭔가가 확실히 잘못됐음을 둘은 쉽게 알아 챌 수 있었다. 이것을 파악 하는 데에는 타인의 감정을 읽는 두 눈의 이적을 굳이 동원할 필요조차 없었다.

"갑자기 왜 그러시는 거예요?"

"나? 내, 내가 뭘…"

"결국 극복해내지 못한 거예요? 시마 병장님과의 추억을."

"워워, 거기까지. 네가 뭘 오해하는 줄은 잘 알겠는데 그런 거 아니니까 걱정 안 해도 돼. 시마 이 자식, 나랑 방금 작별인사까지 나누고 진짜로 쿨 하게 끝내버렸다고!"

"그치만 당장 준비해야 하는 것도 잊을 만큼 뭔가를 심각히 고민하고 계셨는데…"

"어…. 그렇게나 티 났어?"

"네. 갑자기 또 어떻게 되시는 줄로만 알았다니까요!"

덧붙여진 신서울의 너스레에 안젤라는 결국 백기를 들어 보였다. 하, 그렇게나 지켜봐놓고 제 코가 석 자지 내가 대체 누굴 걱정하고 있는 거람. 저 작은 아이가 마음에 품은 신념은 자신보다 강했으면 강했지 결코 약하지 않았다. 괜한 억측으로 고민거리를 나눠줄까봐 불안해하던 속내를 혼자만의 것으로 여기며 감출 필요 따윈 없었던 것이다.

"사실 조금 이상한 점이 있어서… 그게 뭐냐면은"

모든 걸 털어놓기로 결심한 안젤라는 신서울에게 자신이 느낀 자초지종을 설명했다.

"도시의 군대가 찾아왔다, 라—, 확실히 의심스럽네요."

군사 쪽은 내 전문분야가 아니라서 정확한 사정까지는 꿰뚫고 있지 못하지만, 도시가 보유하고 있던 과학의 힘이라면 이런 환경 속에서도 아주 막강한 군대를 운용하고 정찰위성도 가동하고 있을 터이니 헛된 망상은 아니로군. 아니 가능성이 100%에 달할 정도로 높은 가설이야 빌어먹을…

김 교수는 자신이 정해놓은 계획 일정에 아주 커다란 차질이 생겼다는 걸 깨달았다. 어찌 이런단 말이냐— 수없이 많이 반복된 일정 속에서 온 힘을 다해 모든 노력을 쏟아부었건만 결과는 조금씩 바뀌긴 해도 늘 이런 식의 모양으로 귀결이 되어 가곤 했다. 역시 인간이 하는 일에 완벽함이란 존재 할 수 없고 결국 궁극의 이상향이란 말인가. 하늘 위의 오연한 존재가 감히 제게 도전하려드는 하찮은 생명체를 내려다보며 비웃음을 던지고 있는 것 같아, 퍽 오랜만에 좌절감이 엄습해온다. 육신이 완전히 상실했음에도 정신적인 부분에서의 모든 것을 빠짐이 없이 느낄 수가 있었다.

'어…. 그렇게 열 낼 만큼 심각한 건가 봐요? 저 처음 봐요, 교수님의 당황한 모습은…'

후— 안젤라가 말한 대로 도시의 군대가 너희의 뒤꽁무니를 감지해서 추적을 하고 있는 거라면 현재로선 죽었다 깨어나도 그들의 손아귀에서 벗어날 방법이 없어. 언제나 그랬듯이 기적을 바랄 수밖에 없지.

아, 그럼 어떻게 되는 거지….

어, 설마 나 다시 그대로 붙잡혀 가야 하는 거야? 그 지옥으로 되돌아 가야 한다고? …! 웃기지 마. 싫어, 그럴 순 없다고! 의도적인 억압에 의해 자유를 아예 모를 때도 너무나 잔혹하게 느껴지던 그곳을 자유가 뭔지를 경험해 본 지금의 내가 감당해 낼 수 있을 리 없었다. 그러니까 부탁하자. 신서울의 생각이 폭주했다—

"안젤라 상병님."

"웅, 말해 서울아."

"혹시 적들의 습격에 저희들의 전멸이 확실시된다면… 안젤라 상병님이 제 머리를 총으로 쏴 죽여주실 수 있을까요? 부탁드릴게요."

신서울의 그 요상한 부탁에 흠칫 놀란 안젤라가 경악하며 소리쳤다.

"얘! 너 지금 무슨 헛소릴 하는 거야…?"

"저는 다시 그곳으로 되돌아가기 싫어요. 저로 인해 여러분들이 죽음을 맞아야 하는 걸 더 이상 가만히 두고만 보고 싶지도 않고요. 못 들어주시겠다면 부디 권총 한 자루만 제게 쥐어주세요. 저 스스로 할게요. 제가 죽으면 도시에서도 굳이 싸울 필요를 느끼지 못하고 그대로 복귀를…."

"야! 너…! 어떻게 사명을 부여받은 우리에게 그런 말을!"

자신의 술회에 대한 안젤라의 분노가 고스란히 느껴졌다. 그녀는 이제야 막 가까운 동료들의 죽음으로부터 힘겹게 벗어난 상태였다. 평상시 같았으면 농담으로라도 해선 안 될 잔혹한 부탁을 위기에 짓눌려 생각 없이 실제로 옮겨 꺼내든 것이다.

"정말 죄송해요. 하지만 제게 남은 유일한 최선은 이것뿐인 걸요."

하… 왜 이번엔 또 네가 왜 이리 포기가 빨라. 서울아 넌 기적을 품은 아이잖아 이런 상황은 벌써 '―삐 수천 번도 넘게 겪었고,' … 넘어왔었는데, 삿된 불안감에 짓눌리지 말고 자신감을 좀 가져봐.

'…? 수천 번이라뇨… 저, 그런 대단한 존재 아니거든요?'

언뜻 알고 있잖아, 내가 하는 기적을 품었다는 말은 저들처럼 무작정 적인 '신의 이적'을 칭하는 허황됨이 아니란 걸. 아직 상세한 내막을 밝힐 때가 아니지만 넌 정말로 특별해 내가 보증하마.

'김 교수님의 말씀대로 정말 그럴지도 몰라요. 하지만, 제 특별함은 모두 교수님께서 제게 심어준 것. 그러니, 이건 본래의 제 것이 아니에요. 저 스스로의 힘으로 손에 쥔 건 사실 아무것도 없다고요.'

얘가 잘나가다가 생각이 왜 이래. 삼천포로 빠져들어? 잘 들어 서울 아, 내가 한 역할이라고는 고작 해봐야 지식의 씨앗들을 네게 마구잡이로 심어둔 첫 스타트를 계획해준 것에 불과해. 불안정한 씨앗의 싹을 온전히 틔워내고, 원래 정해진 크기보다 한참이나 드높이 성장시킨 건 전부 너의 심신에서 비롯된 비옥한 토양의 힘과 네 착실해빠진 마음으로 빚어진 오랜 노동의 과정이 있었던 덕분이라고. 그러니 날 너무 대단한 존재라고 치켜세우면서 오판에 빠지지는 마, 지금까지의 기적을 직접 일구어낸 건 내가 아니라 바로 너 개인의 능력으로 인한 것이니까.

'…'

기운 좀 내봐, 내 장담컨대 이 세상에서 너처럼 대단한 아이는 이 세상

어디를 가서도 찾아볼 수 없을 거라고.

'…정말요?'

그렇다니까 나 못 믿어?

'-아뇨, 믿죠. 완전 믿어요!'

좋아, 그럼 이제 얼빠진 표정으로 서있는 네 친구나 좀 안심시켜줘 저 거 저러다 또 회까닥 돌아 미친 짓 할라.

"아, 네!"

속으로 대답한다는 것이 실제의 입을 거쳐 터져 나왔다.

"응? 절대 못 들어주는 거니까 없던 얘기로 해! 근데, 우리 같은 대화 중인 건 맞지?"

영문 모를 대답 소리에 화들짝 놀란 안젤라가 기다란 검정 머리칼이 늘어져있는 신서울의 어깨를 반사적으로 붙잡으며 상황을 헤아려 보기 위해 염려 섞인 배려를 내보였다.

"아얏! 방금 전 말은 죄송해요, 실수였어요. 제가 너무 조급했나 봐요, 아예 못들은 걸로 해주시면 감사하겠습니다."

신서울은 뻔뻔스럽게 화두를 돌렸다. 그녀를 일반적으로 상대하기에 는 미안함과 창피함이 너무 컸다. 이럴 땐 얼굴에 철판을 까는 것이 최 고의 수였다. 그렇죠? 김 교수님.

하— 꼼수는 알아서 잘도 가져다 쓰는군.

어쩐지 작은 푸념 소리가 들려온 것 같았지만, 착각일 것이 틀림없었 다. 그렇고말고.

"너… 정말로 괜찮은 게 맞지?"

"그럼요. 아, 이러다 저희가 집합시간에 제일 늦겠네요. 빨리 나가요 우리."

지체된 시간을 염려하며 야단법석, 나갈 준비를 빠르게 마친 두 사람이 차체의 출구로 향했다. 그녀들이 도착함으로 출구에는 모든 분대원들이 모이게 됐다. 일찍이 나와서 현 상황을 점검 중이던 박종규 분대장이 분대원들을 향해 지시를 내린다.

"모두 늦지 않게 모였군, 최 일병 반대 차편으로 다시 한 번 근거리무전을 전송해봐."

"네."

지목받은 통신병 최두안 일병은 차량에 설치된 무전기 안테나선을 길게 잡아 뽑아 반대편 차량과 수신채널을 공유를 시도하였다.

치지지직— 치지지직—.

당연히 외부 방사능의 영향으로 인한 거친 전자음이 잠시 무전 연결에 훼방을 놓다가 곧 잦아든다. 기본 준비를 마치고 무전 수신기 가까이에 입을 가져다댄 최두안 일병이 자신이 전달해야 할 말을 차분히 송신했다.

#〈아아 여기는 A팀, 여기는 A팀. 2중대 BCC-3호 차량은 무전 수신바람.〉

… —삐—.

@〈3호 차량 수신완료. 곧바로 도킹을 시도할 테니 BCC-A0 10번 차량의 출구의 1차 문을 즉시 개방 바람.〉

"…어떻게 할까요? 분대장님."

"개방해."

3호 차량의 담당 통신병의 목소리가 자신의 기억과 일치하다는 걸 기억으로 대조시켜 확인한 박종규 중사가 거침없이 명령했다. 신원이 확실해진 만큼 무슨 사정이 있었던 건지에 대해선 서로의 얼굴을 맞대고 이야기하는 편이 나았다.

그건 지휘관으로서 아주 적법한 판단이었다.

"안 됩니다!"

부분대장 안젤라의 격한 반대의 외침소리가 들려오지 않았더라면 말이다.

"음… 안젤라 상병, 왜 반대를 하는 거지?"

이미 재가가 떨어진 명령에 대한 하위 대원의 반발은 분대를 총괄하는 분대장을 무시하는 월권행위로도 비춰질 수 있었으나, 그는 조금도 개의치 않고 침착한 목소리로 부분대장에게 반대하고 나선 이유를 되물었다. 언제나 부하 대원들의 의견을 존중해가며 작전을 수행해온 분대장이었기에 가능한 모습이었다. 단숨에 모두의 의문 어린 주목을 받게 된 안젤라가 담담히 모두가 납득할 만한 설명을 꺼내들었다.

"다들 모르겠어요? 너무 수상하지 않습니까! 제아무리 중대에서 저 3호 차량이 지원과 탐색 역할을 주 업무로 맡은 분대의 것이라고는 하나, 사전의 연락도 없이 독단으로 이곳까지 저희를 찾아오다니요. 그것도 저런 재투성이 몰골로 말입니다. 외부를 비친 화면을 한번 자세히 주목해주십시오. 3호 차량의 차체에 남겨진 지난 전투의 상흔은 결코 괴물 놈들이나 식인종들이 남길 수 있는 차원의 것이 아님을 누구나 쉽게 알아차릴 수 있을 겁니다. 차체를 감싼 튼튼한 철판을 저토록 반듯하게 잘라낼 수 있는 건 최소한 일정 이상의 기술력을 보유한 저희 인간들밖에 없으니까요. 그렇다면, 판단은 간단하게 두 가지로 좁혀낼 수 있습니다. 첫째, 우리와 분리되어 떨어져 있는 동안 남은 중대원들 간에 모종의 이유로 내분이 일어났고, 겨우 저 한 분대의 소수 인원만이 살아남는 데 성공했다. …어디까지나 가정일 뿐이니 너무 어처구니없단 표정은 짓지 말아주십시오, 아무리 저라도 상처받습니다. 아! 너네들도 그러다가 몇 대

얻어맞기 싫으면 빨리 표정들 고쳐라? 엉? 크흠―, 다시 본론으로 돌아
가서 둘째, 사단 본대를 궤멸시켰던 '정체불명'의 적이 우리의 흔적을 뒤
쫓아와 소속 중대에게 습격을 가했을 거란 추정입니다. 저는 개인적으
로나 합리적인 시선으로나 당연히 두 번째 가능성이 훨씬 더 높을 것이
라 사료합니다. 정체불명의 적은 도시 놈들일 확률이 크고요."

안젤라의 논리 정연한 분석을 전해 들은 분대장이 답답하다는 듯이
침음을 흘렸다.

"네 말대로 도시 놈들의 소행이라면… 저 3호 차량은 미끼로 놔준 것
이겠군. 우리의 행적을 뒤쫓기 위해."

날카로운 안목을 지닌 박종규 분대장이 안젤라의 부분적인 말만을 전
해 듣고도 핵심 전체를 짚어냈다. 반박할 여지가 없는 합당한 추론이었
다. 전쟁은 귀와 눈을 멀게 하기에 사소한 가능성이라도 희망찬 생각에
만 매몰돼 멍청하게 위험 가능성을 뒤로 제껴두어선 안 됐다.

"네, 제가 주장하고자 했던 게 바로 그겁니다."

"흐음… 최 일병 다시 연결해봐."

"…! 알겠습니다."

잠시 멈췄던 무전이 다시금 연결됐다. 방금 추정한 상황 그대로를 전
하며 난감을 표하자 3호 차량은 곧장 자신들이 이곳으로부터 물러나겠
다는 뜻을 전하고는 예상했던 대로 본대로 승격했던 중대마저 정체불명
의 적들에 의해 완전히 붕괴됐음을 알렸다.

@⟨뭐, 보나 마나 적습을 가한 놈들은 도시 놈들이 맞을 거야. 엄청난
빛 무리가 번쩍인 순간 대항할 새도 없이 모든 상황이 끝나있었거든. 잠
깐 패닉에 빠져 떠올리지 못했지만 모든 게 단번에 휩쓸려간 그 거대한
빛무리 속에서 우리만 어찌어찌 살아남을 수 있던 이유가 점점 더 명확

해지는 군 어, 신서울 훈련병은 잘 있나?〉

애써 쾌활함을 가장한 무전 음이 신서울을 찾는다.

처음부터 몹시 귀에 익은 반가운 목소리의 주인은 군의관 박형태 대위의 것이었다.

#〈예, 한차례 불미스러운 일이 있긴 했지만, 저희 신서울 '대원'은 잘 지내고 있습니다.〉

@〈호, 그래, 대원이라… 한 팀으로 인정받는 걸 보니 그동안 남은 훈련과정을 무사히 수료했나 보네? 잘됐군, 잘됐어. 그러면 우린 이만 물러가도록 하겠네. 부디 우리의 희망을 싣고 무사히 열락의 땅에 도착하기를. 그대들에게 그분의 고귀한 은총이 닿기를.〉

축복과도 같은 조언을 마지막으로, … 어떠한 절규나 몸부림 없이 무전이 끊겼다. 지체 없이 다시금 시동을 건 3호 차량은 곧바로 A팀 차량과의 거리를 벌리며 나아간다. 3호 차량이 향할 최종 행선지는 이제 그 누구도 알 수 없었다. 다만 한 가지 확실한 게 있다면, 차체 내에 실을 수 있는 물자의 양에는 아무래도 한계가 있는 법이라 아무리 아끼고 아껴 쓴다고 해도 저 3호차에 실려 있는 물자만으로 앞으로 길어봤자 일주 이내에 모든 식재료가 동이 나고 말 것이란 참담한 사실이었다.

현재 3호 차량에는 아홉 명의 생존자가 탑승해있었다. 결사의 각오를 끝마친 그들이 물자를 보급하기 위해 각 중간의 소마다 설치된 우리의 보급기지를 들를 일은 아마도 없을 것이다. 괜히 주요 보급기지에 접근했다가 뒤를 쫓고 있을 적들에게 괜히 비밀창고의 위치만 발각이 될 가능성이 있으니까. 굶어 아사하거나 습격당해 죽거나, 9명의 인원은 곧 죽음을 맞이하게 되고 말 테지. 그 사실을 분명히 인지하고 있으면서도 그들은 어떠한 고민과 미련도 남기지 않고 아주 자연스럽게 자신들의

'희생'을 택했다. 신실한 누군가는 우리의 주님의 곁으로 되돌아갈 찬란한 구원의 순간을 바라면서, 또 다른 누군가는 바깥 인류의 생존을 위한 깊은 사명감을 끌어안은 채로. 괜히 발악하면서 우리들에게 걸림돌이 될 바에야 죽음으로 숭고한 희생을 맞이하는 편이 심적으로도 훨씬 편안했다. 이 망가진 세상에서 대의를 위한 희생─죽음이란 것은 그리 숭고하고 대단한 일이 아니었으니까. 돌고 돌아 이번엔 그냥 자신들의 차례가 되어 돌아왔을 뿐이었다. 비상해진 머리로 상황의 해석을 마친 신서울의 얼굴 위로 짙은 수심이 어린다. 나로 인해 죽음을 택해야 하는 저 사람들의 상황이 너무나 가엾다. 심지어 난 당신들이 바라 마다치 않던 구원자가 사실 아닌데, 대체 내가, 당신들의 품은 이념이 뭐라고….

아니, 넌 저들의 구원자다 서울아. 저들은 죽음을 맞이하는 그 순간에조차 웃는 얼굴로 나의 마지막 역할을 기꺼워할 테니까 말이지. 맹목적인 믿음이 가진 마력은 네 상상을 가뿐히 초월할 만큼 어마어마하게 강력하거든. 그러니, 탄식에 너무 늘어지지 마. 너도 알잖아? 순서의 차이가 있을 뿐이지 인간은 누구나 '생자필멸'을 하는 존재야.

'하… 너무 어려워요. 우리에게 죽음이란 건 대체 왜 존재를 하는 걸까요? 지식을 아무리 뒤져봐도 정확한 해답을 찾아내지 못하겠어요. 미시세계를 넘어 볼 가능성을 품은 합리성으로도 죽음은 여전히 미지수의 영역에 속해있네요.'

인간이라면 그게 당연한 거야. 하, 조금만 내게 주어진 시간의 길이가 충분했더라면 어쩌면 우리의 생을 이룰 수 있었을 텐데.

'네? 뭐라고 하신 거죠?'

아니, 아무것도 아니야. 그저 늙은이의 주책맞은 푸념 소리이니 흘려들으려 무나.

'아… 네…. 답변해주서서 감사해요…. 김 교수님.'

분명 무언갈 내게 감추고 있는데… 억센 비밀의 자물쇠 앞에서 신서울이 떨떠름함을 다독인다.

허, 요즘 아주 내게 고맙다는 말을 남발해 대는구먼. 얘 야 같은 말도 한두 번일 때나 감동받지 이젠 어림도 없단다.

'쳇, 그렇게 말 돌리지 말고 비밀을 밝히시던가요.'

비밀 위에 쓰여진 김 교수의 너스레를 신서울은 완전히 이해하지 못해 불퉁댔다.

으음….

김 교수가 쿡쿡 찌르는 속내를 달래본다.

이제야 겉만 좀 번지르르해진 저 연약한 아이를 두고 내 어찌 떠나갈 꼬….

페이지의 마지막 장이 다가올수록 김 교수의 시름이 더 깊어져간다. 모든 게 확고히 정해진 나까지 이 정도로 바꿔놓다니. 정말이지 신서울이란 저 작은 소녀, 나의 필생의 역작은 여러모로 특별했다.

모인 분대원들 사이에서는 침묵이 지속되고 있었다. 그들은 떠나간 3호 차량의 대원들이 부디 무사히 영생의 천국 길로 향하길 진심으로 기원하며 고개 숙인 긴 묵념으로 축복을 보냈다.

"자…. 정신 차리고 제자리로 돌아가자. 강 일병은 조종실로 가서 이동좌표를 재설정하도록 해. 이제 그만 우리들의 영예로운 보금자리, 라펠트로 돌아간다… 이만 해산!"

"알겠습니다."

박종규 분대장이 일부러 짐짓 과장된 큰 목소리를 통해 침체된 분위기의 대원들에게 명령을 하달했다. 그제야 간신히 제정신을 차린 대원들은 자신들이 마땅히 처리해야 할 일과를 찾아 뿔뿔이 흩어졌다. 입을 악다문 그들에게서 삶의 회의감이 절로 느껴진다.

이럴 때면, 제아무리 깊은 믿음을 가지고 있는 신실한 신자라 할지라도 신을 향한 원망을 아니 가질 수가 없었다. 우리가 거주한 땅의 가난함부터 시작해, 대체 어떻게 생존을 하는 건지 어딘가에서 꾸준히 활개를 치고 다니는 과거의 망령‘식인종’들과 맹수를 빼어 닮은 괴물 놈들의 빈번한 습격, 시시때때로 창궐하는 전염병, 도무지 해소될 기미가 없는 물자와 식량 부족. 우리들은 가뜩이나 빡빡한 삶의 무게를 견뎌가며 어떻게든 겨우겨우 삶의 끈을 붙잡아 힘겹게 유지하고 있는데 신이 내렸다는 ‘구원의 존재’ 신서울을 우리들의 목숨까지 내걸고 탈취해옴으로 우리는 진정한 구원을 받기보단 되레 인생의 무게만 한층 더 무거워지고 말았다.

이번 작전으로 희생된 인원만 어림잡아 수천은 족히 넘었다. 1~2천의 수준이 아니고 무려 4~5천 명에 가까울 것이다. 그것은 사실상 겨우 두 개의 부대로 유지 중인 라펠트의 물자보급 및 전투사단 중 하나가 완전히 괴멸되어 붕괴되고 말았다는 참담한 현실을 뜻하는 바이기도 했다. 바깥 생존자들이 수십 년에 걸쳐 겨우 간신히 이뤄낸 생존의 질서를 너무나도 쉽게 무너뜨린 행위. 그러한 것을 진정 ‘구원’으로 가는 길목이라 할 수 있겠는가. 신앙의 고리에 흠집이 깊어졌다.

“신의 군대는 패배를 모른다 하였는데…”

대원들 중 누군가가 허탈한 목소리로 웅얼거렸다. 우리는 승리를 하였는가? 불가능함을 넘어 구원의 아이를 구해내는 데까지는 그래, 분명히 성공의 의미와 놀라운 쾌거를 거뒀다. 허나 그렇다면 마땅히 우리에게 되돌아와야 마땅할 ‘신의 구원’은 어디 있는 거지? 진정 ‘죽음’이 ‘구원’이라면, 전능한 우리의 아버지께서는 무슨 연유로 우리를 이 세상에 남겨 둬 비루한 삶을 연명하게 하시는 것인가. 어서 이 한목숨을 거두어가 평안을 내어주시지 않고. 대체 여기서 뭘 더 참회하고 깨달아야 비로소 구원의 동아줄을 내려주실 거지?

신학으로 단단히 무장된 A팀의 대원들 사이에서도 퀴퀴한 변절의 마음이 전염병처럼 돌기 시작했다. 오래전부터 억지로 가슴속 깊은 곳 한편에 묻어두었던 불안감이란 폭탄은 3호 차량의 묵묵한 희생을 도화선 삼아 결국 심지에까지 불이 옮겨붙기 시작한 것이다. 신서울이 발했던 것은 꽤 감동적이고 경탄과 희망을 전해주는 기적이었지만, 기적은 우리가 원할 때에 맞춰 빛을 발하지는 않고 여전히 홀로서만 고고한 성질을 가지고 있었다.

짙은 어둠이 차체를 휘감았다. 오늘은 모두에게 부정의 감정이 솟구쳐 오르게 하는 비참한 하루였다. 그래도 현실의 시간은 하염없이 앞으로만 향해 나아간다. 언제나 그러하듯이.

&

"흐음…"

온몸이 피투성이로 만신창이가 된 나신의 중년 사내를 자신의 바로 앞에다가 무릎을 꿇려둔 채로 그가 하는 꼴을 관조하며 방치하고 있던 변종원 교수는, 결국 자신의 뜻대로 좀처럼 이뤄지지 않는 결과를 일부 수용하기로 결심하면서 못내 불만 가득한 침음 성을 흘렸다. 변종원 교수의 손아귀에는 피투성이로 범벅이 된 검정색 톱니갈퀴 채찍이 쥐어져 있었다. 고문을 시작한 지 이제 겨우 삼십여 분 정도가 지나갔을 뿐인데, 그 짧은 시간동안 채찍을 어찌나 거세게 휘둘렀던지 가만히 멈춰서 쉬고 있는 그의 팔에서 간간히 경련이 일어나고 있는 지경이었다.

"하— 기껏 자비를 베풀어 살려 보내줬더니 도둑놈들과 합류하지는 않고 제 놈들끼리만 살아보겠다고 뒤로 내빼? 쳇, 이 쓸모없는 놈들 같으니라고."

강하게 불만을 지껄인 그의 눈앞에 펼쳐진 홀로그램 지도위로 빨간 점의 이동경로가 실시간으로 나타나 표시되고 있었다. 저 붉은 점은 3호 차량의 위치를 특정한 것이다. 이동경로를 공유하는 놈들의 자체적인 네트워크망이 너무나도 폐쇄적이고 수동적인 낡은 옛날의 방식의 것을 따르는지라, 오히려 현대적인 방식을 적용시키기가 곤란해 해킹하기를 아예 포기하고 나머지 생존자들에게 알아서 표적물을 찾아가라고 안내견의 역할을 겸해서 살려 보냈더니만, 저 우매한 것들이 제 본분을 망각하고서 끝까지 말썽을 부렸다.

"터뜨려."

그가 시스템을 향해 음성인식 커맨드로 명령하자 3호 차량의 위치를 표시하던 붉은 점이 곧장 홀로그램 지도안에서 사라졌다. 주도면밀한 그는 만에 하나 이럴 가능성도 있을 것 같아, 그들을 풀어주기 전 미리 그들의 차체에 대비책을 설치해뒀고 곧바로 그 초소형 파쇄폭탄을 터뜨려버린 것이다. 폭발에 휩쓸린 놈들은 필시 형체도 없이 사라졌으리라. 쯧, 미련한 것들 같으니라고. 좋게, 좋게 장단을 맞춰줬다면 그 공로를 인정해 최소한 몸이라도 멀쩡히 '박제'를 해서 전시관 한편에 영원토록 보관을 해주려했는데 말이야. 나의 컬렉션 중 하나로 만들어서 자랑거리로 평생을 함께하는 영광을 누리게 해주려고 했건만.

"곤란하게 됐어."

빌어먹을 만큼 심하게 오염된 이 쓸데없이 넓기만 한 땅덩이 위에서 탈취물을 이제 무슨 수로 되찾는담. 사실 남은 방법이야 셀 수 없이 많았지만 그의 엇나간 만족감을 충족시켜줄 만한 위대한 해결책은 좀처럼 찾기가 힘들었다.

'요즘 들어 제 앞가림도 잘 못하는 어린아이와 어울려 다니다보니 나도 꽤나 주책이 되어버렸나.'

그가 피식 웃은 채로 고개를 주억거렸다. 사실 깊게 생각해보면 여전히 급할 건 일 푼도 없는 문제였다. 처음부터 '신서울 회수 작전'은 그에게 여흥거리 정도에 지나지 않을 간단한 문제풀이 정도에 불과했으니. 어느 순간이 닥치더라도 사활을 내걸 만큼의 어렵고 위험천만한 상황이 결코 아닌 것이다.

"이봐, 그만 좀 버티고 이제 슬슬 너네 본진이나 어딘지 좀 불어봐 엉?"

껄렁한 포즈를 취해보인 변종원 교수가 벽면 쇠기둥에 쇠사슬로 겹겹이 포박이 된 채 서있는 중년 사내에게 말했다.

'저 작자가 나름대로 한 군부대의 통솔권을 가진 '대령 계급'의 중대장 (지휘관 변경으로 2계급 특진했다)이라 했던가?'

꼴에 그래도 지배자 계층의 군인으로 살아온 삶이 길어서 그런지 참, 이런 고집의 쇠심줄도 이런 쇠심줄이 없었다. 아무리 으르고 달래고, 방법을 바꿔 생살을 찢어발기며 겁박까지 해봐도 도무지 입을 열 생각을 하지 않는다. 심지어는 도시에서 개발을 맡아 3년 전 출시한 강력한 자백제를 인간의 치사량에 가까운 2L 이상 투여했음에도 그는 끝끝내 무거운 입을 다물고 있었다. 변종원 교수가 한참은 미개하다 생각하던 인물에게 자신이 동원할 수 있는 모든 수단을 총동원하고도 끝내 그가 보유한 불굴의 의지를 꺾어내지 못한 것이다.

"죽, 여…라…."

처음보다 월등하게 미약해진 독기가 남아있는 남자는 갈라진 목소리로 너무나도 힘겹게 대꾸한다. 아 정말, 이제 슬슬 귀찮단 말이지. 어디 믿을 게 없어서 사이비 신 같은 터무니없는 거나 믿어 싸는 이딴 거지 나부랭이 새끼들을 상대해야 하는 건 상상 이상으로 심력을 낭비하는 일이었다. 변종원 교수는 노여움에 파르르 떨려오는 자신의 입꼬리를 억지로 비틀어 잡은 채 선고했다.

"진짜로 죽고 싶으면 대답을 하세요, 네? 이호연 씨 당신에게는 이제 아무런 희망도 없다고요. 아차차, 내 정신 좀 봐 멍청해빠진 당신들은 아직도 그놈의 '신'이란 걸 숭배한다고 했지? 푸하하핫, 버러지들의 망상은 정말 예나 지금이나 하나같이 저급하고 허울만 가득할 뿐이라 웃겨 죽겠다니까. 야아~ 대체 이 세상에 그놈의 신이란 게 어디 있다는 거야? 믿는다고 무상으로 구원을 전해주는 선의의 절대자 같은 게 이 현실 위에 존재한다고? 어휴… 이 화상아 어쩜 이리도 멍청할 수가 있을까. 내가 진실을 알려줄 테니까 잘 들어, 신 같은 건 어디에도 존재하지 않아. 백번 양보해서 만약 신이란 게 있었다고 해도 우리들이 발전시킨 과학에 짓눌려 이미 죽어 버렸을 거라고. 이대로 계속 고통을 받는 거, 당신도 슬슬 지겹고 괴롭잖아. 내가 당장 그 고통으로부터 해방시켜줄 테니까 묻는 것에 대답만 재깍재깍 잘 좀 해봐. 응? 어차피 죽으면 끝인데 뭘 고집을 부리면서 네놈을 이 시궁창에 처박은 머저리 신을 감싸려 드는 거야."

"뒷, 이놈!"

군인으로 평생을 살아온 이호연 대령이 자신들의 이념을 조롱하는 변종원 교수에게 침을 뱉으며 쉰 목소리를 최대한 끌어 모아 폭발적인 분기를 토해냈다. 포로의 몸이 된 그는 여전히 군인이었다. 수십 년간을 군인으로 살아오며 그 삶이야말로 자신을 대변하는 모든 것이라 자부하고 있었다. 다른 여념은 없었다만 부끄러운 사실을 고하자면 그 기간 동안에 그는 신 같은 듣기에만 좋은 결정체를 제대로 신뢰하고 믿어본 적이 없었다.

허나, 바깥세상의 자신들을 안정화시킨 근간이 [신]이라 칭해지는 초월적인 존재로부터 나오고 있음을 잘 알고 있었다. 그렇기에 믿든 믿지 않던 간에 전능한 신이야말로 우리 모두를 나타내는 유일한 정체성이었다. 그저 운 좋게 배부르게 지낼 자격을 거머쥔 저놈은 수많은 희생과 노고 끝에 간신히 이뤄낸 바깥세상의 정체성을 허울뿐이라며 제멋대로 조롱하고 있었다.

…빌어 처먹을, 이 벼락 맞아 죽을 놈 같으니라고. 몸만 좀 자유로울 수 있었다면, 하얀색 뿔테 안경을 올려 쓰고 있는 시건방진 저놈의 면상을 있는 힘껏 후려 갈겨 봤을 텐데….

퍽!

중대장의 복부에 강렬한 통증이 느껴짐과 동시에 비릿한 핏물이 목구멍을 타고 넘어왔다.

"커헉!"

"후, 얼마나 더 고통을 겪어야 정신을 차리려나. 시발, 진짜 지겨워 죽겠네. 하— 기분도 더럽겠다. 오늘은 특별히 허접스러운 댁의 겉면을 대신해 내부 장기들을 좀 만져줄게. 0.1mm의 오차가 발생해도 바로 뒤질 테지만 죽을까봐 그리 걱정일랑 하지 마시라. 우리들의 실존 과학이 이룩한 기계장비는 극도의 정밀성을 띠고 있거든. 실패할 확률은 0.01%보다 더 낮은 퍼센트지. 그래도 댁네의 신이 존재할 확률보단 높으려나? 자, 기대하라고. 지금까지 받았던 통증이 간지러운 수준이었다고 느껴질 정도로 고통스러울 테니 말이야. 듣기 싫으니까 다 큰 어른이면 제발 애새끼처럼 징징 짜지만은 말아주길 바랄게. 자자, 시작해 티제이 제로."

[네, 변종원 교수님.]

고문을 수행할 기계에게 코드형식의 명령을 내린 변종원 교수는 곧바로 등을 돌려 고문실을 떠났다. 아무리 비위가 좋은 그라 할지라도 내장이 줄줄 새어 나오는 끔찍한 모습만큼은 곧 점심의 만찬을 즐겨야 할 이 시간에 굳이 지켜보고 싶지가 않았다.

위이이잉―

떠나간 등 뒤에서 톱날이 돌아가는 소음이 울려 퍼지고,

"끄아아아악!"

뒤이어 끔찍한 비명 소리가 들려왔다.

"에이 썅, 밥맛 떨어지게. 버티는 걸 하도 잘하길래 혹시 '무통각' 환자가 아픈 척 연기하나 했더니만 그새를 못 참고 바로 질질 짜는 걸 보니 옘병~ 멀쩡한 놈이었구먼."

남의 고통에 찬 울부짖음은 그에게 그 정도의 평가로 끝이었다. 남이 받는 고통 따위 알게 뭔가. 난 항상 이토록 멀쩡한데. 도시의 지배자들은 모두 필요에 의해 서로 협력하고 있을 뿐, 자세히 파헤쳐보면 그 어떤 이보다도 개인주의적인 성향이 짙었다. 명령만 내리면 대부분의 일은 기계들이 알아서 전부 처리해주는데 구태여 자신의 본질을 억지로 숨겨가면서까지 나와 다른 타인을 배려해줄 필요가 어디에 있단 말인가. '죽음'이란 빌어먹을 걸림돌만 없었더라면 지금과 같은 권력자들 간의 교류조차 잘 발생하지 않았을 것이다.

"종원 씨 왔어요?"

기분이 상한 변종원 교수가 주먹을 불끈 쥔 채로 호화롭게 꾸며진 식당에 도착하자, 아주 기다란 하얀 식탁의 제일 끝 상석에 미리 도착해 앉아있던 레이나가 자리에서 일어나 아는 체를 건네 왔다. 변종원 교수가 가볍게 고개를 끄덕거리고 끝자리의 의자를 끌어당겨 대충 걸터앉았다. 최고 권력자인 그녀와 바로 마주 볼 수가 있는 차석의 자리였다. 참 허영심도 강한 여자라니까. 누가 고귀한 가문 출신의 계집애 아니랄까 봐 이런 망할 시대에서조차 먼 옛날 서양의 코쟁이 귀족과도 같은 화려한 구성과 조화를 고집하고 있었다. 저 눈부신 조명 만해도 저게 대체 언제 적의 샹들리에냐고 어휴.

그가 혀를 차는 동안 식탁 위로 김이 모락모락 뿜어져 나오는 음식들이 연이어 차려졌다. 푸아그라, 샥스핀, 어린 송아지 고기로 만든 스테이크, 백 년 이상 묵은 와인 등. 현재의 환경과는 과히 동떨어진 과거의 사치품들이 즐비하게 놓인다. 권력자의 특권이란 바로 이러한 것이었다. 가난한 이들이 굶주림에 허덕이며 죽어가고 있을 때, 그들은 어느 때가 됐건 언제나 화려한 만찬을 풍족히 즐길 수가 있었다. 이것은 과거에도 현재에도 미래에도 결코 변하지 않을 전능하며 불합리의 법칙이리라. 격식 있는 고상한 포즈와 매너를 발휘해 스테이크를 썰어 조각난 고기 한 점을 입안에 밀어 넣는 변종원 교수에게 레이나가 말을 걸어왔다.

"그래서, 오늘은 성과가 좀 있었나요?"

"아니, 그 버러지 같은 게 여전히 입을 꾹 다물고 있더라고."

"어머, 정 입을 열지 않으면 음, 제가 직접 해볼까요? 종원 씨가 전에도 강조했듯이 고문분야에서 전 아주 '특별'하잖아요"

그 발랄한 제안에 피가 뚝뚝 떨어지는 고기를 썰어나가던 변종원 교수의 손길이 뚝 멈췄다. 고개를 들어 바라본 레이나의 얼굴 위에는 전에 볼 수 없던 탐욕이 너무나도 선명히 그려져 있었다.

이것 참, 의도적으로 검게 물들이긴 했다만 타락하는 속도가 빨라도 너무 빠른 거 아냐? 변종원 교수가 남몰래 혀를 내둘렀다. 그녀는 대의를 위하는 척을 하고 있지만 사실 본인이 직접 포로를 고문 하고 싶은 충동에 저러는 것이 분명했다. 어느샌가 남을 괴롭히는 행위를 진심으로 즐기게 됐는데 마땅한 상대가 없었던 요 며칠 동안은 근질거리는 몸을 좀처럼 가만히 놔두기가 퍽이나 곤혹이었을 테지. 쯧, 역시 오래 알고 지낼 사이는 절대 아닌 것 같다고 레이나를 직접 타락시킨 원흉인 변종원 교수가 속으로 그녀의 변모와 탈선을 폄하한다.

'특히 요 근래 들어서 성격까지 점점 더 지랄 맞아지고 있는 게 문제란 말이지.'

변종원 교수가 생각하기에 이건 정말 올바른 근거를 둔 정당한 판단이었다. 그가 시동을 건 것은 맞지만 가끔은 내가 잠자고 있던 사자의 코털을 잘못 건드린 건가? 라는 의문에 사로잡힐 만큼 '지휘관 레이나 헤링턴'은 하루가 다르게 더 포악해져갔다. 아직까진 '인도자'인 자신에게만큼은 적당한 선을 지키고 있다지만, 변종원 교수는 90년에 가까운 생애를 살아오면서 고약하고 못된 성격의 권력자들을 정말 수도 없이 많이 마주해와 봤고, 그들의 최후가 결코 깔끔하지만은 않다는 걸 도시의 누구보다도 잘 알고 있었다. 자신의 판단이 틀리지 않았다면 레이나에게는 그중에서도 가장 최악으로 평가되었던 권세가들과 같은 모습의 징조가 나타나고 있었다. 말년에 이를수록 분노하면 자신의 가족조차 거침없이 몰락시킬 폭군의 붉은 광증이 그녀의 주변을 어른거리고 있다.

'제길…'

차라리 그런 것뿐이라면 다행이지, 요즘 쾌락을 위한 잠자리를 가질 때면 무언가를 격렬히 바라고 있는 듯 요상한 멘트를 자꾸만 꺼내 들어서 번번이 그를 곤란하게 만들었다. 우리의 나이 차가 몇인데 —레이나의 나이가 올해로 겨우 '스물'이니까 격차는 무려 69년. 극단적일 경우에는 증손녀라 불러도 좋을 만큼의 차이가 난다— 아니, 그런 걸 다 떠나 자신은 진작 정관수술을 끝마쳐 더 이상 아이의 씨가 없다고 밝혔는데도 시시때때로 아이를 갖자고 졸라대다니… 이미 불가능으로 판명이 난 것을 가능으로 바꿀 수는 없는 노릇이란 걸, 그런 이성을 벗어난 기적은 이 세상에 존재하지 않다는 걸 시간이 날 때마다 그렇게나 심혈을 기울여가며 가르쳐줬건만, 가끔 보면 그녀가 정녕 제정신이 맞긴 한 건가 심히 의심스러울 지경이었다. 특히 요즘 그녀는 몸을 섞고 있을 때면 그에게 더는 참지 않아도 된다는 둥, 이제 나도 한 아이의 엄마가 되고 싶다는 둥 제멋대로 섬뜩한 헛소리를 마구 지껄여대곤 했다. 그냥 분위기에 휩쓸려 흥분을 증폭키기 위해 하는 소리가 아니라 진심을 한가득 담아서.

…이걸 정말로 어쩐다. 그냥 여기서 저 미친 여자를 이만 갈아치워—'죽여'—버리고, 몸의 방향을 회장 쪽으로 완전히 기울여 그쪽으로 전적인 의탁을 해야 하는 건가. 눈을 번뜩인 변종원 교수가 슬며시 자신의 왼 바지 주머니 안으로 손을 찔러 넣는다. 주머니 안에는 그가 언제든지 사용하게끔 잘 손질해서 준비해놓은 소형 주사기가 놓여있었다. 준비도 철저하겠다, 이 자리에서 저 어설픈 지휘관 레이나 헤링턴을 죽여 없애는 거야 그에게는 하품을 내쉬는 것보다도 쉬운 아주 간단한 일처럼 여겨졌다. 평소처럼 적당히 무드를 잡고, 몸을 겹치기 직전 그녀의 뒷덜미에 약물을 채워놓은 주사기를 찔러 넣으면 그대로 끝. 그녀가 가진 성격이 아무리 지랄 맞고 지닌 권세의 크기가 막강하단들 결국 나약해빠진 인간의

몸에 속박되어 있는 이상 우리의 체내를 구성하는 모든 세포를 단 1초만에 절멸시키는 극악무도한 약물의 공세로부터 벗어날 방법 따윈 결코 없었다. 그간의 노고가 조금 아쉽긴 하나, 사랑이나 몸 정 같은 쓸데없는 감정 변종원 교수가 품은 악심에 제동을 거는 일 따위 발생하지 않았다. 오랜 세월의 삶은 인간이 가진 많은 걸 마모시키기 마련이었다.

유일한 라이벌로 생각했던 오래전의 '그놈' 덕에 원래의 나이보다도 훨씬 젊은 신체 상태를 유지할 수 있게 됐지만, 세월에 자연스럽게 깎여나가는 감정의 벽만큼은 아무리 과학의 막강한 힘을 동원해봐도 어쩔 도리가 있는 게 아니었다. 그러므로 그가 얻은 '젊음'은 한없이 불완전한 것. 영생을 향해 나아가는 미비하기 짝이 없는 첫 발자국에 불과했다.

'이럴 줄 알았다면 역시 그때 그 망할 놈을 바로 죽여 없애 버리는 게 아니었는데.'

뒤늦은 후회가 차오른다. 자신의 오랜 친우이자 라이벌 이기도 했던 김 박사는 생명분야에 한해서만큼은 질투가 날 만큼 독보적인 재능을 선보였었다. 차세대 인조생명체인 '신서울'의 개발에 기어코 성공했다는 소식을 전해 듣고, 결과물까지 두 눈으로 똑똑히 직접 확인하자, 이제는 드디어 모든 가치가 사라졌다 판단이 된 그를 자신의 앞길 최대의 걸림돌로 여겨 그 자리에서 곧바로 쏴 죽여 없애버렸는데, 그때 가졌던 열등감의 결과는 결국 최악의 악수가 되어 돌아오고 있었다.

멸망 전 세상의 '천재 과학자' 출신으로 이름이 드높았던 변종원 교수는 세계가 이뤘던 수많은 과학자와 함께 자신의 명석한 두뇌를 맹신하며 앞세워서 무려 수십 년간이 넘는 세월을 생명분야의 연구에 한정해 집중적으로 광대한 투자를 했고 모든 시간을 불살랐지만, 도저히 그놈이 제시했던 놀라운 발상의 뒤꽁무니조차 따라잡을 수가 없었다. 멀리

서 지켜볼 땐 그리도 쉬워 보이던 것이었는데—, 속에서 열불이 치솟아 올라도 이제는 인정할 수밖에 없는 노릇이었다. 자신의 오랜 친우였던 김 박사가 닿았던 영역은 인외의 범주였다는 것을. 그가 이뤄낸 것은 최소한 바깥 놈들이 부르짖는 불가해의 존재-'신'의 언저리까지는 직접 맞닿아 구경을 해봐야 정의를 내릴 수가 있을 법한 기발한 결과물이요, '기적'의 일환이었다.

"뭐해요? 안 먹고 자, 아— 하세요."

가까이서 들려오는 음성에 정신이 번쩍 든 변종원 교수가 뚱한 표정으로 소리의 발원지 쪽을 바라봤다. 레어로 익혀 핏기 가득한 스테이크 한 점을 포크에 가지런히 꽂아둔 레이나가 어느새 그의 바로 옆자리까지 다가와서는 마치 유혹하듯이 그의 입가 주변에서 포크를 흔들고 있었다. 이런, 내가 언제 저것에게 이런 '자율의지'를 허락했었지. 무턱대고 저걸 덥석 받아먹어서는 안 돼. 이건 분명 거미의 함정이야…! 이제야 똑똑히 보인다. 내가 직접 키워내려고 계획을 한 작고 앙증맞던 거미는 어느덧 식인을 즐기는 거대 독거미의 성체가 돼 버린 것이다. 아, 이러면 안 되는데—. 함정인걸 알면서도 당장의 생존본능에 이끌린 날벌레는 거미줄 속의 먹잇감을 덥석 물고 말았다.

"아유 예뻐라. 그래요 자, 이제 어느 쪽의 줄을 잡아야 하는지 확실히 알겠죠?"

초승달처럼 휜 레이나의 두 눈으로부터 발사된 끈적거리는 거미줄이 온몸을 휘감아온다. 소름이 돋아왔다.

저 여자, 항상 모르는 척 잠자코 있더니 사실 이미 모든 걸 다 알고 있었던 거야? 내가 처음부터 자신의 아버지 '부회장'과 '회장'을 사이에 놓고 어느 쪽에 붙을지 저울질을 했다는 걸 전부 꿰뚫고 있었어. …실험쥐의 다툼에도 빈약하고 얄량한 죄책감을 느끼던 어리숙한 아가씨의 정체가 정녕 이런 괴물이었다고?

변종원 교수는 오늘에서야 핏줄의 무서움이란 것을 똑똑히 체감 할 수 있었다. 눈앞의 저 아가씨께서는 누천년 지배계층으로서의 삶을 누려왔던 서양의 어떤 위대한 귀족가문을 자신의 본적지(本籍地)로 두고 있었다. 분명히 그 사실을 잘 알고 있었는데 지배자의 핏줄 같은 거야 케케묵은 전설쯤으로 치부해 경계를 하기는커녕, 그녀의 의도적으로 꾸며진 어리숙한 태도를 마주하며 뻗어져 나온 우월감과 정복감에 잔뜩 취해선 자신이 포식자에게 낱낱이 해부되고 있는지도 모르고 있었다.

요물, 포식자의 눈이 그를 향하고 있다.

"응? 얼른 대답 안 하고 뭐 하는 거예요. 종원 씨. 답은 정해져 있잖아요. 그치요?"

결국 맞이하게 된 결말은 이것이다. 거미줄에 꽁꽁 묶여버린 그를 향해 지금껏 자신의 본모습을 숨겨왔던 포식자가 입맛을 다시며 느릿하게 다가온다. 오랜 세월을 제멋대로 날아다녀 포식자의 위협자체를 망각하고 있던 수컷 꿀벌은 단 한번의 앞을 제대로 보지 못한 실수의 대가로 자력으로는 영영 벗어날 수 없는 덫에 걸려들고 말았다. 제기랄…! 이럴 줄 알았다면 처음부터 그녀와의 접점을 성사시켜선 안 됐다. 이마에 실핏줄이 튀어 오른 변종원 교수가 애써 태연함을 가장하며 입을 열었다.

"…뭔 소리를 하는 거야 그런 걸 꼭 물을 필요가 있어? 나야 당연히 내 사랑의 아버님이신 부회장님을 열렬히 지지하는 쪽이지 하하…"

"글쎄요 흐-음, 알면 나한테 더 잘해요. 요즘 자꾸 한눈을 파는 것 같던데?"

씨이발, 이 개 같은 년이!

욕지거리가 목 아래 끝까지 터져 나왔다. 분통이 확 치올라 저 건방진 계집의 목에 당장이라도 주머니 속에 감춰놓은 꿀벌의 독침—독약주사를 꽂아 넣고 싶어졌다. 그러나 그건 결코 망상의 범위를 넘어서지 못할 자위적 행위일 뿐이었다. 허공을 응시해 보라. 평소라면 진작 물러났을 지휘관의 호위 드론들이 식탁의 상석 주위로 둥둥 떠다니며 배회하고 있다. 때문에, 그의 생각은 자연스레 겸손해질 수밖에 없었다. 나쁜 마음을 실행에 옮기려는 그 순간, 이곳에서 존재가 사라지는 건 저 여자가 아니라 온전히 자신의 몫이 될 터였다. 그의 궁극적인 지향점은 '영원한 삶'을 쟁취하는 거였지, 되지도 않을 반항을 시도하다가 허무히 죽음을 맞이하는 그야말로 머저리와 같은 최후를 그려냈던 게 아니었다. 일단은 참고 다음 기회를 모색해보자. 바닥을 기는 굴욕감이야 지난 삶을 살아오는 동안에 충분히 많이 겪었고 잘 견뎌왔었잖아? 이를 꽉 깨문 그가 간사한 표정으로 레이나의 비위를 맞추기 위해 억지로 밝은 미소를 지어 보인 채 아부를 꺼내들었다.

　"그럼, 그럼. 내 사랑이 바로 여기 있는데 어떻게 내가 감히 딴마음을 품겠어, 각오해…! 오늘 밤은 내가 아주 죽여줄 테니까."

　"후후후… 좋아요, 왠지 오늘은 종원 씨가 그럴 줄 알고 '남성용 강화제'도 미리 잔뜩 준비를 해뒀다고요. 오늘은 어제보다 더 열렬히 절 사랑해주세요."

　이것으로 이제 두 사람 사이의 주도권은 완전히 지휘관인 레이나 헤링턴에게로 넘어갔다. 원하는 것을 쟁취해낸 레이나의 에메랄드빛 눈동자가 요사하게 휘며 한층 더 짙어졌다. 핑크에 가까운 붉은 기운이 어디선가 스멀스멀 기어 나와 주변을 감싸기 시작한다.

　순식간에 달콤한 색과 냄새로 가득 차버린 이곳에는 바깥의 저 짙은 어둠 따위가 감히 넘볼 자리 같은 건 어디에도 없어 보였다. 가진 자들에게 '부정적인 감정'이란 건 결국 간단한 향락의 벽 앞에서조차 제대로 힘써보지도 못한 채 사라지고 마는, 밑바닥의 비루한 자들의 발악과도 같았다.

'당신은 이제 영원히 내 거야.'

스스로가 만들어낸 달콤한 향기에 흠뻑 취한 그녀의 욕망이 활활 불타올랐다.

그래, 앞으로는 내게 원하는 것에 걸림돌이 될 만한 건 모두 망설이지 않고 치워버리라. 설령 그게 내 가족이나 내게 가장 소중한 것 일지라도. 오늘에서야 드디어 이 망가진 세상을 대표할 잔혹한 '왕'의 탄생을 알렸다. 아무도 반기지 않을 무자비한 폭군의 행보는 어떤 결과를 맞이하게 될까? 미래는 아무도 알 수 없는 것이었다.

7장.

라펠트로 향하는 길

끼룩, 끼룩—.

새하얀 뭉게구름이 가득 핀 하늘 위로 한 무리의 갈매기가 떼 지어 날고 있었다. 어둠 속을 헤매던 지난날들이 마치 거짓말이었던 것처럼, 현재 드높이 펼쳐진 하늘은 화산재 한 톨 없이 청명했고, 난생처음 마주 보게 된 저 까마득히 드넓은 푸른 바다의 전경은 기다랗게 늘어뜨려놓은 검정 머리칼이 바닷바람에 아무렇게나 흩날리고 있는 신서울에게 가히 충격적으로 다가왔다.

세상에나, 이런 곳이 실존해 있었단 말이야…? 지식들이 이뤄낸 개념의 합리성을 동원해 어렴풋이나마 그려냈던 가상의 모습과는 확연히 다른, 실로 놀라운 현실의 장관이 저기 머나먼 지평선 너머로 그 끝을 모르게 펼쳐져있었다.

"와아아—!"

입에서 감탄이 절로 터져 나왔다. 온몸이 흥분으로 달아올라 결국 치밀어 오르는 열기를 주체하지 못한 그녀는 외부의 개입이 없이 그저 세상의 환경변화에 맞춰 자연스럽게 형성이 된 돌길을 따라 마구잡이로 뛰어다니기 시작했다. 과학적인 관점에서만 놓고 분석해보자면 신비로 가득 차 보이는 바닷물의 철썩임은 사실 달의 중력의 힘에 의해서라는 것을 자연스레 알 수 있었지만, 모든 진리를 꿰뚫고 알고 있다 해서 끊임없이 너울 치는 저 물길의 출렁임과 천천히 색다르게 변화 중인 아름다운 하늘의 풍경, 그 주위에서 비상하는 갈매기 떼의 모습을 도무지 넋을 놓고 바라보지 않을 수가 없었다.

신서울 이병은 고대부터 현대에 이르기까지 수많은 지성인들이 자연의 신비를 바라보며 때론 신적인 의미로 경배하고, 그것들에 온갖 미사여구를 갖다 붙이며 찬양한 이유를 이제야 확실히 알 것 같았다. 비린내 나는 바닷바람을 타고 널찍이 퍼져나갈 환호성을 더 크게 냅다 내지르고 싶어서 목구멍이 근질거렸다.

"위험하니까 너무 뛰어다니지는 마 어휴, 그렇게 좋니?"

못 말린다는 표정으로 다가온 안젤라 상병이 그런 신서울 이병을 멈춰 세웠다. 그들이 정차한 이곳은 바다와 근접하게 맞닿아있는 절벽의 바로 위였기 때문에 신서울처럼 연약한 몸뚱이를 가진 아이가 괜히 앞뒤 분간을 하지 못한 채로 뛰어다녔다간 시시때때로 불어 닥쳐오는 거센 바람에 휩쓸려 본인도 모르게 까마득한 절벽 아래로 그대로 다이빙하게 될 수도 있었다. 너무 극단적인 가정이긴 하다만은 모든 상황을 상정하고 대비하는 것이 '보호자'의 기본적인 의무였다.

안젤라 상병은 그날의 깊은 대화 이후 신서울 이병에게 더는 우리 서로 사랑하자는 등의 요상한 헛소리를 하지 않게 됐지만, 원래 생겨났던 집착이 사라지기는커녕 도리어 다른 방향으로 발전을 해버려서 이제 안젤라는 신서울의 안전만을 끔찍이도 위하게 되었다. 아이를 바라보는 부모의 심정에 가까워 어쩌면 그녀 자신 스스로의 안위보다도 월등히 더 높은 위함을 말이다.—위한다는 말은 조금 순화된 말이고 사실 전보다 더욱 과보호하게 됐다는 걸 뜻한다.

"그럼요! 이렇게 굉장하고 근사한 풍경이 이 세상 어딘가에 똑똑히 실존해 있다는 걸 알지도 못한 채로 그 답답하기 짝이 없는 도시 속에서만 꽉 붙잡혀 살아가고 있었다니. 정말이지, 지금껏 제 삶의 일부를 낭비하고 있었다는 생각이 다 들 정도라니까요?"

황홀한 표정을 지은 신서울 이병의 발랄한 평에,

"에잇 뭐 겨우 이런 걸 보고서 놀라워하고 그래 신 이병. 이까짓 게 뭐라고 너무 오버하는 거 아냐?"

언제 다가온 건지 안젤라의 곁에 서서 불량한 자세를 취한 강병창 일병이 툭 던지듯이 딴지를 걸어왔다

"어쭈 강 일병, 왜 우리 서울이 한 테 뭐라 하는 거야! 입에 달고 사는 말처럼 미쳤어?"

"엑… 저 말씀이십니까? 아니, 제가 뭐 틀린 말을 한 건 아니지 않습니까!"

요즘 어찌나 뻔질나게 마주하게 된 장면인지 오늘도 그새를 못 참고 또다시 말다툼하는 저 두 사람의 모습이 이제는 그리 유별나 보이지도 않았다.

어휴…. 한 놈만으로도 벅찰 판에.

'음, 솔직히 약간은 부담되기도 하네요.'

집착인물이 벌써 두 명. 어쩌다 이렇게 돼버리고 만 거야? 김 교수와 신서울이 동시에 같은 종류의 한탄을 뱉었다. 희한하게도 이 '신서울'이란 명칭은, 주변 사람의 마음을 모조리 끌어당기는 위력이 있는듯했다. 그 당시 만해도 희망으로 넘쳐났었던, 현재의 저 망할 지옥도시와 같은 이름을 저 아이에게 붙여줬던 게 나의 가장 큰 실수가 된 건가… 정답이 그게 아니란 걸 뻔히 알면서도 괜한 화풀이 대상으로 우스운 미신을 택해버리는 김 교수였다.

그녀의 이름을 깊은 성취감에 얼큰히 취해있던 당시에 얼렁뚱땅 대충 지어주고 말았던 지난 어느 날의 과오를 떠올리며 본래의 자신 스스로를 책망하긴 싫었으니까. 원래 기억이라는 건 말이지, 불리할 때면 그것을 가진 사람이 최대한 유리하게끔 조작되는 법이었다. 더구나 아무도 모르는 혼자만의 기억이라면 당연히 그것을 가진 사람 마음대로 정하는 거지 암! 안 그래?

'…아닌데요? 모른 척 넘겨주는 것도 한두 번이지 아무리 그대로 대놓고 조작하는 것까지 눈감아 줄 수는 없다구요. 다 들통도 나셨겠다 어디 해명이나 좀 해봐요. 왜 제 부모님도 아닌 김 교수님이 제 이름을 지어주신 거죠?'

뭐, 뭐야 네가 어떻게 내 개인적인 생각까지 꿰뚫어서 훔쳐들을 수 있는 거야! 내 기억이 잘못되지 않았다면 이런 적은 여태까지 단 한번도 없었고 절대로 존재해선 안 될 상황인데…

'제가 그걸 어떻게 알아요! 요즘 자꾸 김 교수님의 생각이 알아서 흘러 들어오는데 어쩌겠어요. 어휴 좀생이처럼 매번 하는 그놈의 '예전 타령'은 언제까지 할는지. 누가 들으면 제 나이가 몇백 살은 더 먹은 할머니인 줄 알겠다고요. 됐고, 김 교수님이 제 이름을 지어준 이유나 설명

해봐요. 갓난아기의 이름이란 건 아무나 지어 줄 수 있는 게 아니잖아요. 설마, 당신이 제…'

어! 저기 쟤네 둘 이번엔 진짜로 싸우는데?

신서울의 농밀한 의심에 김 교수가 다급히 화제를 돌렸다. 그간의 세월이 부끄러워질 법한 손바닥으로 하늘을 가리는 행동이었지만, 나는 본체의 찌꺼기일 뿐인데 뭐 좀 어때. 싸워라 싸워! 김 교수는 안젤라 상병과 강병창 일병의 대립을 마음 깊숙한 곳으로부터 열정적으로 응원했다. 불구경 다음으로 재밌는 게 바로 남의 싸움구경이 아니겠는가.

"너 요즘 자꾸 기어오른다?"

"크흠, 누구를 말씀하시는 건지 잘 모르겠습니다?"

퍽!

"억!"

"네놈 말이야 네놈! 그 얄미운 삐딱한 태도, 처맞고 싶어서 환장했냐!"

태연한 척 발뺌하다 그녀가 뻗은 통렬한 주먹질에 복부 한대를 강하게 얻어맞은 강 일병은— "아이고 배야 이러다 나 죽겠네! 우우 폭력 반대!" 온갖 엄살을 떨어대며 능글맞은 연기를 선보였다. 그래, 그래 잘한다. 병창이! 왠지 모를 김 교수의 폭발적인 응원은 덤이었다.

'저게 뭐지?'

두 사람이 서로 억척스러운 대화를 주고받는 동안 정작 그들 다툼의 원흉이자 집착대상인 신서울 이병은 김 교수와의 수상한 대화를 추궁하는 것조차 순간적으로 잊어버린 채 바다위에 둥둥 떠다니는 어떤 물체를 뚫어져라 응시하고 있었다. 뭔 진 몰라도 저것은 점점 이쪽으로 조금씩 가까워지고 있었다. 워낙 멀리 떨어져있어서 한참이 지나도 여전히 제법 먼 거리에 머물러있었지만 그녀의 놀라운 시력은 곧 그것의 정체를 정확히 판별해 낼 수 있게 됐다.

하, 뭐냐 저 구식 배는… 연식이 최소 팔십 년은 넘어 보이잖아? 어우 나라면 절대로 저런 위험한 걸 타지 않을 거야. 딱 봐도 언제 가라앉아도 이상하지가 않을 만큼 낡아빠졌잖아. 그래도 여기까지 왔을 땐 매번 신식이었는데 이번엔 어떻게 된 건지 참. 으으, 괜히 잘못 탔다가 사고 나가 터져서 수장 돼 죽기 딱 좋게 생겼네. 이제 와 낡은 배라 참 알 수 없는 세상의 일이야.

배에 대해 어떤 안 좋은 트라우마라도 있었던 건지 같이 지평선 부근에 떠있는 부유물의 정체를 공유한 김 교수가 진저리를 치면서 몹시 부정적으로 말했다. 눈살을 찌푸려 초점이 응시하는 곳을 조금 더 확대시켜 면밀히 바라보자, 그가 평한 대로 접근 중인 점의 정체는 낡아빠진 구식 화물선으로 확인이 되었다. 관리를 영 못한 건지 단순히 세월이 오래돼서 그런 건지, 첫 제작 당시만 해도 분명 화사한 붉은색을 자랑했을 배의 선체 전면부 모습은 녹이 슬어 색이 검붉게 짙어진 페인트칠이 거의 다 벗겨지다 못해 내부구조를 이룬 금속판에까지 쩍쩍 금이 가 있었다. 오늘 당장 폐기를 해도 무방할 만큼 그야말로 흉물의 상태를 자랑한다.

뿌―.

배의 경적 소리가 쩌렁쩌렁 울려 퍼졌다. 제각기 흩어져있던 대원들이 웅성거리며 절벽 끝자락으로 모여든다. 아까보다도 더 가까워진 덕에 그리 특별하지 않은 병들의 시야에도 화물선의 모습이 또렷이 포착됐다.

"저기 좀 봐, '방주'다!"

"휴… 드디어 집으로 돌아가겠네."

"어으 삭신이 다 쑤셔와 죽겠어. 내 일평생에서 이번 임무가 진심으로 가장 고됐던 것 같아. 죽겠다 죽겠어."

"아아, 아버지시여 여러모로 모자란 저흴 항상 굽어살펴봐 주시어서 정말로 감사드립니다. 우리의 찬사를 기쁘게 받아 주시옵소서."

"크아, 마침 기분 좋게 바닷바람도 선선하니 아주 기가 막히네. 오랜만에 방독면을 벗고 돌아다니니까 제대로 살맛이 나는구나~."

여느 부대보다도 규율을 제일 중시하던 A팀의 바위 같은 단단한 분위기가 지금 이 순간만큼은 대체 어디로 자취를 감추게 된 건지, 거의 시장통을 방불케 하는 소란이 그들 가운데서 일기 시작했다. 이번만큼은 다시는 못 보게 될지도 모른다고 여겼던 우리들의 배-변색된 함의(含意)를 품은 '노아의 방주'가 실시간으로 우리를 향해 접근 중인데 어찌 흥분을 감추고 있을 수가 있을쏘냐? 중대의 잔존 병력이 희생을 택하는 모습을 무력하게 지켜만 봐야 했던 그날 이후로, 검정색 부정의 감정에 휩싸인 채 우리도 언제 뒤꽁무니를 바싹 추격중인 적들과 마주해 허무하게 전멸을 하게 될까, 깊고 큰 걱정으로 지난날의 밤을 지새우던 A팀 대원들에게 생존과 귀환의 상징성을 띤 방주와의 마주함은 감회가 남다를 수밖에 없었다.

"조용조용! 전 분대원들은 2열종대로 헤쳐 모여 즉시 1선착장 쪽으로 도보 이동하고, 강 일병은 최 일병과 함께 장갑차량을 이끌고 오도록. 차체에 도착하는 즉시 병창이는 장거리 무전 세팅 곧바로 준비하고."

빠르게 번져가는 소란의 화마를 진화하고 나선 건 역시나 조금도 흐트러지지 않은 냉철한 모습으로 뙤약볕의 공세를 피해 눈을 반개한 분대장의 몫이었다.

예로부터 나의 집, 나의 보금자리는 나라는 개인에게 있어 최고 평안의 상징으로 여겨져 왔다. 드디어 집으로 돌아갈 수 있다는 게 거의 확실시된 이 순간, 박종규 분대장이라고 안도의 기쁨에 젖어 들고 싶은 욕구가 없겠냐마는, 모두가 방심을 하게 되는 이런 때일수록 모두가 기본

개념을 잊지 않고 유지할 수 있도록 중심을 단단히 잡아 줘야 하는 것이 지휘관에게 부여된 참된 역할이었다. 분대장의 명령이 떨어지자마자 대원들 사이에 과하게 맴돌던 활기찬 분위기가 즉시 가라앉고, 잠시의 평안의 나태에 젖어있던 모두의 태도가 백팔십도 변화했다. 그들은 웃고 떠들고 있다가도 지휘관의 지시가 떨어지는 그 즉시 언제든 전방에 총을 겨눠 적을 사살하도록 훈련이 된 정예 중의 정예, 엘리트 군인들이었다. 웃음기를 싹 거둬들인 그들은 전술 보행의 포메이션을 각 잡아 맞추고 걸음을 옮겨나가기 시작했다.

A팀원들은 약 5분 정도를 걸어 뒤따르는 장갑차량과 함께 절벽 아래에 위치한 선착장에 도착했다. 하얀 거품을 이끌고 해변에 직접 스르륵 부딪혀오는 바닷물의 파동이 직접적으로 눈앞에서 관찰되는 곳이었다. 돌덩이들 위에 달라붙은 작은 꽃게들과 말미잘, 해파리, 불가사리 따위의 소소한 해양생물체들도 주위를 둘러보다 보면 쉽게 마주할 수가 있다. 모든 생명체들의 역사 터전인 바다만큼은 여전히 생명의 존귀함을 잃지 않았음을 확인할 수 있는 장면이기도 했다. 느릿하게 다가오는 중인 커다란 화물 배 보다, A팀의 장갑차량이 조금 더 빨리 선착장 부두 인근에 안착했다.

안에서 오래된 장거리용 무전기를 챙겨 나온 강 일병이 빠르게 무전 주파수를 맞춰 화물 배와의 통신라인을 연결했다.

치익 치익―.

#〈여기는 2사단 소속의 A팀. 1특별 경비대 방주는 수신바람.〉

@〈방주 수신완료. 아, 나 경비대장인데 지금 사령관님이 무전을 전해 듣고 계시나?〉

"어… 뭐라고 답을 하죠…?"

경비대장의 답신에 순간 얼을 타게 된 강 일병은 무전 송신기에서 입을 떼고 분대장에게 물었다.

"후…."

분대장은 골치 아프단 표정으로 한숨을 내쉬었다. 분명 처음부터 사단본부가 아닌 A팀이라고 소속을 한정해서 밝혔건만 다짜고짜 함께 있을 리가 없는 사령관을 찾다니… 30년에 가까운 세월을 군에서 노동해 왔음에도 저 무전의 주인공인 '김민학 대령'이 지휘관으로서의 가장 큰 직위와 그에 맞은 역량을 발해야 하는 군 생활 말년에 이르러서도 여전히 겨우 대령의 직급에 머물러있고, 조직 내 최고 한직인 경비대장으로 밀려나 군의 중심지로부터 아예 멀어진 이유를 알 것 같았다. 김민학 대령은 라펠트에서는 흔히 마주하기가 어려운, 아주 탐욕스러운 야욕을 품은 인간이었다.

멸망한 세상의 정상적인 개념이 박힌 군인들에게는 김민학 대령이 강자에겐 한없이 약하고 약자에겐 더없이 강한 그러한 간신배 같은 인물이란 걸 모두가 아주 잘 알고 있었다. 신에 대한 개인의 믿음을 마땅히 증명해낸다면 개인의 인성에 조금의 하자가 있더라도 크게 흠 잡히지 않는 이런 혼돈의 시기가 아니었더라면 진작 도태가 돼도 도태되어 방구석으로 밀려났을 인물.

"…우리가 처한 현 상황을 최대한 간략히 정리해서 전달드리도록 해."

어금니를 힘껏 깨문 박종규 분대장이 나직이 명했다. 어쨌거나 이 세상에서는 '정해진 계급'이 가장 주요한 벼슬로 작용을 하고 있는 만큼, 아무리 부당하고 부조리하게 느껴지더라도 일단 먼저 굽혀야 하는 것은 어디까지나 하위계급을 가진 이쪽이었다.

...

서로 간의 몇 번의 무전이 더 오가고 나서야 거대한 화물선이 느릿하게 선착장에 도착해 정박을 했다.

기이이잉—.

기계적인 처리가 마쳐진 화물 배 방주의 옆면이 삐걱거리면서 열렸고, 그와 동시에 길쭉한 금속 경사판이 선착장의 낡은 콘크리트 구조물 위로 내려앉아 널따란 연결 통로가 뚝딱하고 설치되어 만들어졌다.

"우와, 우와…!"

꼭 어린아이가 부모의 손을 붙들고 난생처음으로 영화관에 찾아가 로봇영화를 관람하는 모양새처럼, 신서울 이병은 두 눈을 초롱초롱 빛내며 그 기계적인 움직임과 변화를 하나도 빠짐없이 유심히 관찰했다. 사실, 이런 낡은 유물에 의지하는 라펠트의 고전병기보다 훨씬 더 발달한 과학도시—'신서울'에서 평생을 살아온 그녀가 마주했을 때 감탄하고 놀라워할 만큼의 대단한 장면 같은 것은 결코 아니었지만 오래된 건 뭐랄까, 오랜 세월만의 특유의 감수성이라고 해야 하나—? 여하튼 직접 마주해봐야지만 아는 기묘한 특별함의 전달 같은 게 있었다.

'적혀져있는 제조일이 2003년. 와…! 정말, 우리 인간은 상당히 오래전부터 꾸준히 뛰어난 생명체였네요. 어떻게 지금으로부터 무려 팔십 년도 전의 까마득한 과거에 저런 굉장한 걸 만들어냈던 걸까요?'

에이, 뭐 별 시답지도 않은 고철 따위를 보면서 뭘 그리 놀라워해? 저 하늘 바깥의 공간, 우주에까지 정복의 첫발을 내디뎠던 게 우리 인간들이 이룩한 찬란하던 과학의 역사란 걸 너도 잘 알고 있잖아. 그게 아마 저 고철 배가 만들어진 것보다도 거의 오십 년은 더 전의 이야기일걸?

거대한 고물 배를 바라보며 감격을 주체하지 못하는 신서울 이병에게 김 교수는 정신을 좀 차리라는 의미에서 냅다 찬물을 끼얹었다. 반드시 '위대한 일'을 수행할 운명을 타고 이 자리까지 선 아이가 제아무리 '첫 경험'이라는 이름의 방벽을 아직은 정신 위에 두르고 있다고 해도, 어떻게 된 게 계속 한심한 꼬락서니만을 내보이는 건지. 그에게는 이미 수백 번이 넘게 봐온 그 모습임에도 심히 유감스럽게 느껴졌다. 기억에만 희미하게 남아있다뿐이지 그 또한 이번 [회 차]에서만큼은 모든 게 엄연히 '처음'이었으니까. 이해 못 하고 불퉁한 투정 소릴 좀 내뱉을 수도 있는 것이다.

…어, 잠깐만, 내가 왜 이러지…? 정상적인 17살이면 감수성이 가장 풍부할 사춘기의 나이대인 데다가 그녀에겐 모든 게 처음이니까 충분히 그럴 수도 있는 거 아냐? 김 교수가 스스로가 가진 낯선 불만에 회의를 표했다. 실재했던 김 교수의 기억 의식을 토대로 탄생을 하게 된 현재의 거짓된 김 교수에게는 설령 수천만 번의 반복이 되었든 말든 오직 본인에게 정해진 '룰'만을 철저히 이행하도록 사전 프로그래밍이 정해져 있었다. 인간이 숨을 쉬는 것만큼이나 자연스러운 각인에 따라 그는 늘 같은 롤을 우선시하며 수행하도록 구성된 것이다. 지금처럼 어느 정도의 자의식을 갖게 된 것 만해도 그 기본적인 법칙의 틀 안에서 꽤나 벗어난 기행이라고 평할 수가 있었는데, 그는 본인도 모르는 동안 자신에게 부여된 근간인 '신서울을 보호하고 배려해야 된다.'는 가장 기본적이고 중요한 규범에서조차 빠져나가려고 시도하고 있었다.

허…참, 말썽이군.

김 교수가 자신의 변질이 어딘가 불편한 모습이라고 스스로 인정한다. 이건 전혀 바람직하지 못한 괴변의 징조였다. 신서울의 머릿속에 들어차있는 나는, 언제나 나 자신을 본체에서 빠져나온 기억 조각의 나부랭이쯤으로만 한정지어둬야 했다. 그렇지 않고 자신의 의욕대로 자의를 실행했다간 살고 싶다는 인간 고유의 생존본능이 걷잡을 수 없이 부풀어 올라 내가 떠나가야 할 때 드디어 맞이할 영원한 안식을 향해 쉬이 발걸음을 떼지 못할 변고가 발생 할 것이 분명했다. 이봐, 네가 그토록 꿈꿔오던 염원을 달성하기까지가 이제 길어도 3일의 시간이면 충분하잖아. 조금만 더 힘내어 버텨내보라고. 그는 걷잡을 수 없이 커져가 점점 선을 넘으려는 자의식의 난립을 꽉 붙들어 동여맸다. 고지를 바로 눈앞에 두고서 갑자기 낭떠러지로 몸을 날려 다시 아래로 추락하는 일은 절대로 사양이었다. 더구나 이번이 제게 주어진 완전한 '최후'임을 느끼는 지금에 이르러서는 더더욱.

'너무해요, 저런 걸 직접 보는 건 이번이 생애 처음인데… 좀 감동할 수도 있는 거잖아요!'

무슨 소리야 처음은 절대 아니… 아! 미안, 내 실수구나 며칠간 자꾸 선을 넘으려드는 이 요망한 생각을 좀 자제하도록 하지.

그는 분개한 작은 소녀에게 순순히 사과의 뜻을 전했다. 그의 본체가 되는 김 교수란 존재는 젊을 적부터 자의식이 워낙에 강했고, 나이를 먹으면 먹을수록 자신이 실수를 범하더라도 그것을 인정하기가 싫어 타인에게 사과의 말을 좀처럼 꺼내들지 않는 불한당 같은 면모를 갖기에 이르러 있었다. 그 고약한 성질머리까지 모조리 계승해 탄생을 하게 된 신서울의 머릿속 김 교수… 아니, 잠시 정정해서 '김 교수2'는 그러나 잠깐의 고민도 없이 곧바로 자신의 실수를 인정하고 사과의 말을 꺼내들고 있었다. 마지막 희망인 그녀에게 도움을 주고자 자신의 존재유지를 간절히 원했던 때와는 다른 모습으로 이는 김 교수2가 점점 본체였던 김 교수 자체와는 독립적인 존재가 돼 가고 있다는 증거이기도 했다.

"서울아 가만히 서서 뭐 하고 있어 어서 차량에 탑승해."

"아, 네!"

안젤라의 재촉 소리에 잡념을 멈춘 신서울 이병이 서둘러 몸을 움직였다.

드르르륵— 쿠웅.

A팀 전원을 실은 장갑차는 화물선 안으로 무사히 인양됐다.

철썩, 해안선과 맞닿는 시원한 파도 소리가 울려 퍼진다.

&

분대장을 필두로 한 모두가 차량 출구 바깥으로 빠져나왔다.

본래라면 어두컴컴했을 배 안을 밝히기 위해 설치된 거대조명의 빛이 그들에게로 집중돼 쏟아졌다.

"허허허, 이게 누구신가 이게 누구야! 항상 저들이 최고의 엘리트라고 더럽게 뻗대더니, 비겁한 도망자가 되어서 돌아온 우리 에이스팀의 대단하신 인물들이 아니신가?"

온갖 고난을 겪고서 비로소 힘겹게 복귀 과정의 마무리 어림에 닿은 그들에게 돌아온 건 고생했다는 칭찬이 아니라 비소를 띤 경비대장의 모욕적인 '조롱'뿐이었다.

"희생을 발판 삼아, 그분의 의지를 완성시킨 저희들에게 언사가 너무 과하십니다. 경비대장님."

박종규 분대장이 모두의 분노를 대신하여 항변하고 나섰다.

"뭐? 당장 때려죽여도 시원치 않을 비겁자들 주제에 감히 태워준 은혜도 모르고 내게 개기려드네? 이야~ 세상 참 좋아졌어, 그치? 내가 군 생활을 했을 당시만 해도 말이야 이런 하극상은 감히 상상하는 것만으로도 욕먹을 개 씨발 짓거리였는데."

짝!

화끈거리는 통증과 함께 분대장의 뺨이 정 반대방향으로 돌아갔다. 성큼성큼 다가와 그의 뺨을 냅다 후려친 범인은 다름 아닌 김민학 경비대장의 소행이었다. 계급으로도 자신보다 한참이나 밑인데, 이번 임무로 2사단이라는 두터운 끈까지 완전히 나가떨어져버린 애송이가 저가 처한 주제를 모르고 설치는 걸 고스란히 봐줄 만큼 자애로운 성격의 그가 아니었다.

"야! 이 건방진 놈은 정신 좀 차리라고 3시간 동안 독방에 처넣어놔."

비릿한 조소를 지은 그의 명령이 떨어지자 백 명도 넘는 경비대원들이 단체로 우르르 몰려와 열 명 남짓한 A팀 대원들의 주위를 에워쌌다.

"이게 무슨 짓입니까!"

"야 너네들, 아무리 윗선의 명령이라지만 다들 정신이 나간 거 아냐?"

분노한 A팀의 대원들이 강하게 반발하고 나섬에도 이미 경비대장의 손아귀에 꽉 붙잡혀 살고 있는 경비대원들은 그 누구 하나 꿈쩍도 하지 않고서 묵묵히 명령을 수행할 뿐이었다.

탕!

그때, 선박 내부에 커다란 총성이 울려 퍼졌다.

"주제를 모르고 반항하는 놈은 나 경비대장이 직접 이 자리에서 즉결 심판을 하겠다. 알겠나?"

권총의 첫발인 공포탄을 허공에다 냅다 내갈겨 버린 김민학 경비대장의 경고는 아군의 구역에 탑승하는 것에 특별히 경각심을 갖지 않아 가벼운 무장조차 하지 않고 나온 A팀 대원들의 반항의지를 꺾어내기에 충분했다.

"난 괜찮으니까 다들 그만하고 물러나있어. 대모님을 만나 지난 사정을 빠짐없이 보고드린다면 별도로 처벌받을 만한 사항은 없을 거야."

박종규 분대장이 침착한 어조로 대원들을 설득했다. 그리고 분하지 않다고 말한다면 새빨간 거짓일 테지만, 아군끼리의 다툼은 라펠트의 거주민들 사이에서만큼은 더 이상 일어나선 안 될 참담한 비극이었다. 또, 그는 바깥세상의 최고지도자인 대모님을 자신이 존경해 마다치 않는 아버지 신께도 버금갈 만큼 강하게 신뢰하고 있었다. 전능하신 그분의 진정한 사자(使者)라 할 수 있는 그녀라면 언제나 그래왔던 것처럼 이번에도 필히 올바른 판단을 내려줄 것이리라.

"큭, 알겠습니다."

"아… 분대장님…."

그를 보호하고자 서둘러 그의 주위를 원형으로 둘러싸 인간방벽을 세운 대원들이 양손을 머리 위로 들어올린 채 천천히 몸을 낮추며 뒤로 물러섰다.

"하여간 머저리들이 꼭 직접 보여줘야 정신을 차린단 말이지."

더 의기양양해진 김민학 경비대장이 권총의 방아쇠 테두리에 손가락을 끼어 빙빙 돌리며 여유롭게 다가왔다. 저 건방진 놈들의 따귀를 한 대씩은 전부 올려붙여야지 불쾌함에 달아오른 속이 좀 시원해질 것 같았다.

"하…. 돼지새끼가 성질머리는 여전하네."

그때, 뜬금없이 신서울 이병의 입에서 터져 나온 사나운 말이 경비대장의 발걸음을 단숨에 멈춰 세운다.

"뭐? 누가 감히…. 이야, 이 꼬맹이는 또 뭐래? 아아, 얘가 그 대단한 2사단을 통째로 잡아먹은 선택받은 뭐 시기인 건가? 여리여리하게 생긴 게 어째 뚫린 입이라고 험한 말을 잘도 지껄인다? 아, 우리의 아버지께서 기본예절에 대한 교육은 미처 못 해줬나보다 좋아, 좋아. 그런 거라면 이 몸이 친히 교육을 좀 해줘야겠는걸. 내가 우리의 신님과 참 친하거든 세상물정 모르는 어린아이한테 이 정도 훈계쯤이야 얼마든지 눈 감아주실 거야."

푸하하핫―! 스스로의 발언에 혼자만의 재미를 느꼈는지 가소롭다는 듯 폭소를 내보인 경비대장이 손을 치켜올렸다. 역시 언제나 교육의 첫 시작은 매질이 제격이었다.

"안 됩니다!"

뒤늦게야 상황의 위험을 인지한 안젤라가 본인이 대신 맞기 위해 다급히 신서울 이병의 앞을 막아섰을 때다.

"에휴… 민학아, 내가 너 이 지랄이나 하라고 젊음을 선물해준 게 아닐 텐데?"

평소완 다른 투의 건들거림이 신서울의 조막만 한 입을 타고 흘러나왔다.

"…너…. 뭐라 했어, 다시 한 번 말해봐."

"하여간 이 돼지 새끼야 아직도 내가 누군지 몰라보겠어?"

작은 소녀의 한심하다는 투의 목소리에 경비대장의 온몸의 털끝이 삐죽삐죽 솟아오른다. 갑자기 대체 뭔 헛소리를 하는 거냐며 어처구니없어하며 면박을 주어야 마땅한 일이건만, 도저히 그럴 수가 없었다. 그도 그렇게 경비대장에게 '돼지'란 명칭은 아주 오래전의 친우들과 주고받던 잊혀진 자신의 별칭이었다.

아아, 그리운 그때여….

"너, 설마… 소냐?"

그럴 리가 없다고 부정을 하면서도 김민학 경비대장은 떨리는 목소리로 물었다.

"새끼가 이제야 날 좀 알아보네. 뭐, 참 오래간만이긴 하다?"

분명 처음 보는 얼굴에 처음 듣는 목소리였다. 무엇보다 나이 대와 성별조차 틀리다. 그런데 어째서인지 저 조그만 소녀의 얼굴에서 오래전 사망한 것으로 알려진 친우 놈의 거친 얼굴이 겹쳐 떠올라버린다. 서른이 되기 전이었나? 술을 물 마시듯 퍼마시고도 늘 건강하던 놈이 어느 날 갑자기 극심한 사고에 휘말린 충격으로 의식을 차리지 못하고 한 달이 넘게 병원의 중환자실 침상에 누워있을 때가 떠올랐다. 그대로 영영 못 깨어날 수도 있다는 전문가의 말에 큰 충격을 받아 목 놓아 울기도 했었지 그땐. 우린 서로 죽고 못 사는 절친까진 아니었지만, 학창 시절부터 꽤 오랜 세월을 함께해온 나름대로 돈독한 사이의 친우였다.

"이… 이…! 망할 소 새끼야 살아있었으면 연락부터 했어야지 대모님께서 매일 밤을 눈물로 지새우시는데, 멀리서 지켜보는 입장에서 그게 얼마나 죄송스럽고 힘든지 네가 알아?"

서로 간의 장벽처럼 군림을 하던 나이나 계급 같은 건 지금 이 순간만큼에는 그 어떤 영향력도 발하지 못하고 있었다. 많은 이에게 최악으로 비춰지던 방종 맞던 태도의 경비대장이 모두의 앞에서 주책맞게 눈물을 흘려댄다.

"뭐야, 울긴 왜 울어 그 나이나 처먹고 징그럽게 새끼야. 다 그럴만한 사정이 있었으니까 못 찾아오고 있었지 내 정체를 알았으면 네 무식한 부하 놈들이나 좀 뒤로 물러라. 여기 있는 A팀 친구들을 탓할 게 아니라, 방구석에서 처박혀 있던 너희들은 오히려 칭찬을 좀 해줘야 돼. 모두가 이 꼬맹이를 구출해내기 위해 죽을 둥 살 둥 무진장 애를 썼거든. 덕분에 나도 잘 살아 딸려서 여기까지 오게 된 거고."

"어 그래…? 아, 알겠어. 경비 조는 모두 제자리로 돌아 갓! 이번 명령은 전면취소다."

"…알겠습니다."

웅성웅성.

당혹스런 표정을 지은 병사들 사이에서는 너나 할 것 없이

"뭐가 어떻게 된 거야…?", "글쎄, 저럴 양반이 아닌데…", "우리 서울이가 또다시 어떤 기적을 펼친 건가…? 근데 단순히 그런 걸로 치부하기에는 뭔가 좀…."

이 상황에 대한 의문이 흘러나왔다.

'저 뾰족한 태도는 분명히 그때 만났었던 서울이의 '다른 인격'이잖아…? 하지만 뭔가 꼭 경비대장과는 전부터 허물없이 알고 지내던 사이의 인물처럼 보여. 뭐지? 서울이의 인격에서 분리가 된 또 다른 자아라면 시기상 절대 그럴 리가 없을 텐데…. 그렇다면 지금 서울이 안에 들어있는 건 대체 뭐야?'

한번 김 교수를 상대해봤던 안젤라만이 어렴풋이나마 상황을 꼬아 짐작할 뿐이었다.

"아아, 박 분대장 좀 전엔 내가 미안했어. 난 잠깐 여기 이 꼬마 대원, 누구랬지? 아 그래 망할 도시 신서울! 아, 네가 망할 도시라는 건 아니고 신서울이 원래 좀… 아, 몰라, 몰라! 어쨌든 애 좀 데려가 둘이서 잠깐 얘기를 나눌 테니 석식 시간 전까지 푹 쉬고 있으라고. 크흠, 자네들의 노력을 내 멋대로 오인하고 괴롭히기까지 해서 참 면목이 없네."

말이 끝나기 무섭게 신서울을 데리고 떠나려는 경비대장의 만행을 보고 발끈한 안젤라가 소리 질러 그의 동작을 멈춰 세웠다.

"잠깐만요! 이의가 있습니다. 경비대장님께서 '우리 서울이'를 대체 무슨 이유로 데려가신다는 겁니까? 라펠트의 신(神)군법 2조 1항에 따르면 분명 서로의 계급차가 극심한 남녀 군인은 공적인 임무 상황이거나 혼인관계가 아니라면 단둘이서 밀폐된 공간에 함께 해선 안 된다고 적시돼있고 모두가 그렇게 배웠습니다. 계급의 위력에 의한 성범죄가 일어나는 걸 사전에 방지하기 위해서 말입니다. 그러니 저도 동행하게 해주십시오."

안젤라가 모두의 앞에서 신군법 2조 1항(사사로이 '성군기법'이라고도 불리운다)을 들먹이며 신서울 과의 단독 대면을 막아섰다. 하극상과 마찬가지인 태도를 보이면서도 안젤라는 시종일관 당당했다. 이 욕심 많은 늙다리가 어딜 내 새끼를 넘보려고 해? 내가 이렇게 두 눈을 시퍼렇게 뜨고 있는데.

…어쩐지 갈수록 점점 더 심해져가는 '보호자 역할극'이었다.

"전 괜찮아요, 안젤라 상병님."

그녀의 노골적인 염려에도 싱긋 여유 있게 웃어 보인 신서울 이병은 듣는 이로 하여금 자연히 안심이 될 아주 편안한 목소리로 답했다. 갑작스럽게 정신없이 닥치게 된 지금의 상황이 조금은 걱정이 되긴 해도 현재의 그녀에게는 자신이 직접 확인해볼 것들이 너무나도 많았다. 정확히는 이번 상황을 타개시키는 데 적극적인 도움을 준 김 교수에게는 말이다.

"크흠, 안 상병도 귀가 있으면 잘 들었겠지? 거 요즘은 하급 간부도 모자라서 병사까지도 지휘관에게 대들고는 하나? 참… 쯧쯔 이야 우리의 아버지께서도 참 무심하시지 가뜩이나 무너진 세상이 앞으로는 또 어떻게 망가진 모양새로 변질이 되려고 대체 이 지랄인 건지. 아주 말세야 말세."

불편한 표정을 지은 김민학 경비대장이 괜스레 권총을 까딱거리며 한 번만 더 간섭했다가는 용서치 않겠다는 뜻을 간접적으로 내비친 채 경고를 뱉었다.

"안젤라 상병, 일단은 신서울 이병을 보내주자고."

상황이 다시 악화되어 정녕 통제 불능의 상황으로까지 치닫기라도 할까봐 분대장은 사태 해결에 한 손을 거들고 나섰다. 병사 계급으로의 명백히 한계가 정해져있는 안젤라로서는 직속상관의 만류까지 떨어지자 더 이상 두 사람의 개인적인 면담을 제지할 명분이 없게 됐다. 말 그대로 서로의 '사전 동의'까지 이뤄진 상황에서 병사에 불과한 그녀가 제법 유동적이나 특정분야에서 만큼은 고지식하기 짝이 없는 라펠트의 군법만을 믿고 끝까지 밀고 나가기엔 불리한 점이 한두 가지가 아니었다. 이 이상의 간섭은 경고를 넘어 정말 '즉결심판'을 받아도 무방할 만큼 도를 한참이나 넘어선 하극상으로 전락하게 된다.

"큭, 알겠습니다. 죄송합니다…."

"에이잉, 쯧쯔쯔 가자."

안젤라의 한발 물러선 읍소에도 못마땅함으로 혀를 끌끌 차 보인 김민학 대령은 신서울 이병을 데리고 바로 1층 선내의 한 칸 위의 2층에 위치한 자신의 지휘관실로 떠났다. 그제야 긴장으로 한껏 굳어있던 병사들이 몸을 축 늘어뜨린 채 하나둘 의문점에 대해 입을 열기 시작했다.

"어흐…. 오자마자 이게 대체 뭔 꼴이람."

"어이, 박 일병 쫄지 말고 이리 좀 와봐."

"이상하네, 저럴 양반이 아닌데… 내일은 해가 막 서쪽에서 뜨려나?"

"이봐 강 일병 아까 전 그 꼬맹이는 대체 뭐였던 거야?"

그냥 넙다 맨바닥에 주저앉아버리는 이도 있었고, 동기 출신인 병사를 찾아가는 경비대 대원도, 다분히 혼란에 겨워하는 병사도 있었다. 그리고 안젤라 상병은.

"야, 안 보이게 잘 좀 챙겨봐."

"네 근데 저희 이래도 되는 겁니까?"

살금살금 누구도 모르게 장갑차량 안쪽으로 진입해 요 근래 최악의 앙숙에서 다시 든든한 협력자로 변모를 마친 '신사모'(신서울을 사랑하는 모임의 약자. …조금 이상한 것 같지만 대충 넘기자)의 2호 회원, 강병창 일병과 혹시 모를 위험상황이 찾아오거든 방금처럼 무력하게 당하고 있지는 않고자 그런 결심 하에 차내에 마련이 된 강력한 살상무구들을 군복 깊숙한 곳에 마구잡이로 쓸어담아서 쑤셔넣고 있는 중이었다. 권총부터 연막탄에 심지어 수류탄까지. 전시 상황에나 쓸법한 평상시에는 단순 소지하고 있는 것만으로도 위중한 중범죄로 내몰릴 위험천만한 무구들이었지만, 집착에 눈이 먼 자들이 그런 위험천만하고도 합리적인 진실에까지 신경이나 쓰겠는가. 아직 집착의 정도가 약한 강 일병이야 "정말 이래도 되나?" 홀로 몇 번이나 되뇌이며 떨떠름함을 좀처럼 가만두지 못하고 있었지만 이미 그 방면으로 도가 터버린(?) 안젤라 상병은 시종일관 당당한 태도로 반경 30m쯤은 단숨에 초토화시킬 위력의 전쟁병기들을 품 안에 마구잡이로 쑤셔 넣고 있었다.

신사모의 회원들이 그러고 있는 동안….

"자, 아무 데나 편하게 앉아."

지휘관실 앞까지 도착해 참 오랜만에 자신의 부관의 도움 없이 자력으로 입구의 여닫이문을 손수 열어재긴 그야말로 눈물겨운 배려를 펼쳐보인 경비대장 김민학 대령은 신서울 이병에게 푹신한 의자를 가리키며 말했다.

"오, 이런 구석진 시골에서 아주 왕처럼 살아가고 있었구먼, 짜식."

신서울의 몸을 뒤집어쓴 김 교수는 마치 자신이 이곳의 주인이라도 되는 것마냥 오랜 악우의 비틀린 행태를 놀리며 방 안의 중앙을 가로질러 설치돼있는 테이블 최정면의 고급 의자에 태평히 다리를 꼬고 앉았다.

"아 거참 새끼, 꼭 앉아도 내 자리를…."

일그러진 얼굴로 앓는 소리를 뱉어본 김민학 대령이 더 이상의 군소리는 덧붙이지 않고 그의 맞은편으로 가 털썩 주저앉았다. 그가 바깥 군대에서 성질이 더럽기로 악명이 꽤 자자한 편이었지만 오랜만에 만나게 된 그리운 친우, 더구나 자신의 인생에서 가장 큰 은인으로 손꼽아야 할 대상에게까지 모질게 굴만큼 악독하거나 개념이 없지는 않았다.

"술 한잔할까? 내가 지금까지 끔찍이 아껴놓은 굉장한 놈이 한 병 있는데. 이럴 때 아니면 언제 개봉하리오, 소 새끼, 너 좋은 술이라면 사족을 못 써 했잖아."

"얌마 내가 그 망할 술 때문에 사고를 당해서 독한 술은 거들떠도 안 보게 된 게 대체 언젠데 아직까지도 그딴 개소릴 지껄이는 거야, 이 미친 자식아 꼴도 보기 싫은 술병은 들이밀지도 마. 보이는 즉시 확 깨부숴버리기 전에"

"아 맞다 그랬었지 미안, 늙어서 깜빡했네."

"쯧, 이게 누굴 놀리나."

"야아 미안하다니까 미안 근데 몸이 참 깜찍하게 바뀌었어도 그 불같은 성질만큼은 여전하구나?"

오랜만에 만난 친우와의 대화는 서로의 차이 같은 건 염두에 두지도 않는 듯이 사뭇 편안한 분위기 속에서 진행이 됐다.

　'뭐야… 이 감정은.'

　방금 전 위기상황에 내몰렸을 때 자신만이 이 상황을 손쉽게 종식시킬 수 있을 거라며 자신만만하게 나선 김 교수에게 그가 처음으로 요구한 대로 몸의 지배권을 잠시 내어주게 된 신서울은, 두 사람 사이를 잇고 있는 끈끈한 유대감과 유쾌한 분위기에 덩달아 취해 마치 술이라도 들이킨 것처럼 정신을 똑바로 유지하기가 영 힘들었다. 이미 지나가버린 오랜 세월조차 제로로 만들어버리는 '우정'이란 이름의 실체 없는 감정 놀음은 놀랍도록 찬란하고 영롱하게 빛나고 있어 작은 소녀의 독특한 영혼에 들러붙으려고 기회만 호시탐탐 노리고 있던 검은 진드기들, 지금까지 싸여온 온갖 부의 감정을 단번에 녹여 없애기에 충분한 열기를 뿜어댔다. 이 두 사람 사이를 잇고 무형의 선은 그토록 찬란하고, 신비한 빛 무리로 이뤄진 것이다.

　"근데 그 몸은 대체 어떻게 된 거야, 결국 신체개조라도 한 거야? 으… 다 늙은 노인네가 예쁘장하게 생긴 소녀의 몸을 하다니 야야 이 미친 오타쿠 새끼야. 내 그럴 줄 알았어. 하여간 나이를 먹어도 어리고 귀여운 여자한텐 사족을 못 썼잖아 변태 같은 자슥이."

　"그런 거 아니니까 닥치고 굳이 자세한 사정까진 몰라도 돼 어차피 설명해봤자 네 머리로는 제대로 알아먹지도 못할 테고. 그것보다 우리 엄마는 잘 계시냐?"

　"쳇 하여간 말은 여전히 사납게 잘해요, 아, 네 어머니? 그럼 당연히 대모님이야 늘 건강하게 잘 지내시지."

　"아니, 참 이번 세계에서는 자꾸 내 엄마한테 다들 대모님이라 부르던

데 그건 또 뭔 낯 간지러운 명칭이야? 대체 아, 그때 뿌려뒀던 계획의 씨 앗 중 하나가 비로소 열매를 맺게 된 건가…"

"얼레 이번 세계란 건 또 뭔 소리래요? 이 망할 세상 말고 딴 세계가 어디 있다고. 음… 뭐, 이상한 소리는 집어치우고 벌써 십수 년째이니까 근황이 궁금해할 만도 하네. 대모님은 옛날로 치면 '대통령' 같은 건데, 과거 명칭이 좀 더 현대식으로 바뀐 거라고 해야 하나? 누가 시작한 건 진 모르겠지만 언젠가부터 다들 네 어머니를 그렇게 부르기 시작하더라 고. 하기사 이 망가진 세상을 그나마 사람이 살아갈 만하게끔 개변을 시 켜놓으셨으니 우리 아랫것들이 변변찮지만 감투라도 하나 씌워 드려야 마땅한 일이지. 대모님이야 당신이 권력을 갖게 되는 걸 처음부터 극구 사양하셨지만, 아랫것들이 워낙 강하게 밀어붙이고 지지를 보내니 이젠 체념하고 우리의 최고지도자로 등극해 추앙을 받고 계셔."

"그래? 근데 그 사실에 왜 네가 더 신난 것 같냐? 이 새끼 이거 그동안 우리 엄마 덕 좀 봤나봐?"

"그럼 내가 온갖 사고를 치고도 무려 어엿한 '대장'의 자리를 유지하고 있는 이유가 다 뭐겠냐? 다 날 거의 친아들처럼 여겨주시는 우리 대모님 의 은혜 덕분이지 핫하―."

"으휴, 저 역겨운 능청 좀 봐 어떻게 나이를 먹어도 사람이 어릴 때랑 한결 똑같을 수가 있는지 참."

"영원히 변치 않는 사람이 멋있는 거 아니겠어? 난 삼십 대 초반부터 내 나이를 세지 않기로 결심했거든. 몸이 늙어도 마음만큼은 항상 청춘 일 수 있게 말이야."

"으이구, 내 누누이 말해 왔던 것 같은데 넌 제발 좀 성장하고 변해야 돼. 기껏 몸까지 최상으로 개조시켜 놨더니만 하여간 저놈의 대가리가 문제였구먼… 그것만큼은 어찌할 수가 없는 거라 참 미안하게 됐다 어휴. 어쨌든 난 이제 이만 들어가볼 테니까 이 아이 좀 민학이 네가 책임지고 잘 좀 보살펴줘. 부탁한다~."

"어, 어 그래…?"

딱!

백 마디 말보다 한번의 실존 경험이 낫다고 판단한 김 교수가 자신에게 주어진 몸의 지배권을 주인에게 반납하였다.

"허억!"

흡사 영혼이 빠져나갔다가 육신으로 다시 되돌아오는 듯이 기묘한 감각을 짓눌리게 된 '본래'의 신서울 이병은 잠시 휘청이는 몸을 가다듬으면서 깊은 숨을 몰아쉬었다.

"아, 저… 안녕하세…요?"

정신을 완전히 차린 그녀는 눈앞에 보이는 반백발의 중년인, 김민학 경비대장에게 어색한 인사부터 건넸다. 지지직—거리는 노이즈형상의 화질이 동반된 채 그의 젊었을 적의 모습이 늙은 현재의 모습 위로 투영이 되어 깜빡거리며 나타나고 있어서 뜬금없이 낯선 사람의 과거와 현재가 교차하는 모습을 우두커니 지켜보고 있노라니 어딘가 뻘쭘하기 짝이 없었다.

"뭐야? 어째 장난치는 건 아닌 거 같은데… 내가 드디어 정신이 돌아버리기라도 한 건가. 야, 김민우 요 망할 소 새끼야 장난이면 그만해라 나 이제 조금 무서워지려한다."

아 맞다, 커다란 덩치에 안 맞게 은근히 겁이 많아서 귀신 따위가 이 세상 어딘가에는 분명히 실재할 것이라고 믿고 있었지? 저 사람은. 상황의 적응을 빠르게 마친 그녀가 고개를 까딱인다. 몰랐던 지식이 자연스레 자신의 빈틈을 메꾸고 들어와도 이제는 그것을 당연하다는 듯이 여유 있게 받아들이게 된 신서울이었다. 몸에 밴 습관이란 건 이래서 무서운 것이었다. 자신이 모르는 것에 짓눌려 두려움에 벌벌 떨던 작고 어린 소녀는 이제 어디에도 없었다.

'아니, 교수님 그래서 저보고 뭘 어쩌라는 거예요?'

진짜로 훌쩍 다 컸는지 괄괄해진 신서울이 따지듯이 묻는다.

…서울이 네가 하고 싶은 대로 알아서 해봐 저놈 저거, 약간 정신이 이상해서 제대로 상대하기가 귀찮단 말이야… 으.

…진짜 저보다 최소한 반백 년은 더 사신 분이 맞나요? 의미심장한 의문을 던진 신서울은 김 교수의 처음 보는 엄살 섞인 태도에 할 말을 잃고 말았다. 어리숙한 신서울이 그의 존재를 인지한 그 순간부터 김 교수는 제게 마치 모든 분야를 통달한 전능한 '신'처럼 느껴졌었다. 선지자이며, 리더라고 굳게 믿어왔던 무한한 신뢰의 동경심에 금이 쩍 가는듯했다. 이럴 때를 위해 필요한 건 뭐가 있을까? 의식함과 동시에 지식의 창고가 열렸다. 휘리릭— 흩날리는 문서들 속에서 곧 정답이 도출되어 나온다.

너…!

관찰자의 시점에 머물게 된 김 교수가 경악을 내질렀다. 한 3, 4년만 더 지나면 물오른 미모를 자랑할 게 틀림없을—이미 검증되기도 한 것이다.—저 여리고 귀여운 소녀는, 김 교수가 어느 때이건 제어권을 꽉 쥐고 있도록 제작이 된 가장 확고한 소유권을 가진 '지식의 도서관'을 벌써부터 스스로가 작정한 대로 다룰 수 있게끔 변화를 맞이해버렸다. 이처럼 빠르게, 그것도 스스로의 힘만으로 이곳까지 도달한 적은 단 한번도 그 전례가 없었을 터인데…. 약간은 섭섭하다고 해야 하나 아니면 안도해야 하나. 김 교수는 소녀의 너무나도 급격한 변화를 마주하면서 자신이 어느 감정을 따라야 할지 갈피를 잡기가 어려워졌다.

"저기요 돼지 아저씨, 아껴뒀다는 술 좀 꺼내봐요."

어허! 술은 왜? 꼬맹이는 술 같은 거 마시는 게 아니야.

'흐음 제가 기억을 좀 뒤져보니까 김 교수님도 딱 제 나이 때 친구분 아버지랑 대작하셨던데요? 어디 보자 친구 이름이…. 동태? 어? 이번 별명은 동물이 아니라 생선이네요?'

으악, 멋대로 내 흑 역사를 들추는 짓은 그만둬!

"좋았어 네가 뭘 좀 아는구나 저 겁쟁이 소보다 낫다 나아 자, 여기 술 대령이요~"

저놈의 돼지 새끼는 잔뜩 쫄아 얼어 붙어있더니 갑자기 신나서 술을 꺼내오고 난리염병이냐, 하아…. 얼씨구? 제 생김새랑은 전혀 안 어울리게 고급 와인 잔까지? 아주 꼴값을 떤다, 꼴값을 떨어.

김 교수의 한탄은 소리 없는 아우성에 불과했다. 그가 뭐라 뭐라 간섭을 하던 두 사람은 이미 다른 세계에 빠져있었다.

"돼지 아저씨라고 하는 걸 보니 너 뭔가 민우 놈은 아닌 것 같지만, 에잇 뭐 어때 관련이 있으면 됐지. 뭐, 이것도 인연인데 어쨌든 자, 한잔 받으라고."

콸콸콸. 아랫부분이 순금으로 도금이 된 고급형 와인 잔에 독한 양주가 한가득 따라졌다. 김민학 대장이 대충 채워 넣은 자신의 잔을 들어올렸고, 신서울도 그의 행위를 따라 했다.

짠.

"우리의 오랜만의 만남을 위하여~!"

"위하여~ 예에!"

김 교수가 아차! 하는 사이에 활기찬 건배와 건배사까지 끝마친 두 사람은 얼음 하나 띄우지 않은 독한 술을 그대로 벌컥벌컥 원 샷 했다.

…이런 미친…

김 교수는 신서울의 정신 안에 자리 잡게 된 아주 기나긴 시간 동안을 통틀어서 처음으로 맞이하게 된 통제 불능의 상황을 넋을 놓고 지켜보다가 황당함을 금치 못했다. 자신이 어떤 수를 동원하더라도 신서울이 결국 도시의 권력자들의 실험체로 붙잡혀가 방 안에서 고통으로 가득 찬 감금을 받게 된다는 참담한 인과결과의 구조를 알아차렸을 때도 이 정도의 당혹감을 가지진 않았었다. 그 불우한 결과야 절대적으로 발생할 수도 있는 것이라고 이미 처음부터 단단히 대중을 하고 있던 것이었으니, 맨 첫 번째의 반복 점은 딱히 새삼스러울 것이 없었다.

"아우 역시나 써라 웩, 이런 걸 대체 뭣 하러 마시는 거예요? 에이씨 막 입에서 욕이 다 나오려고 하네… 어─? 뭐야, 우와 세상이 핑핑 돈다~ 이게 어떻게 된 거죠?"

체내에 익숙하지 않은 알코올 한잔의 섭취만으로 단숨에 만취하게 된 신서울이답지 않게 술주정을 부렸다. 우수한 유전자들의 결합으로 이뤄진 가장 완벽한 인공적인 생명체가 신서울이란 여자아이의 신체를 구성한 본질이었는데, 좀처럼 맥을 쓰지 못하는 것을 보니 그녀를 구성한 DNA의 결집체에는 알코올의 해독에 관련된 부분만이 쏙 빠져버렸나 보다.

물론 평범한 수준에는 걸쳐있을 터라 독해도 지독히도 독한 술의 도수가 가장 큰 첫 번째의 원흉이긴 하겠지만, 고작해야 스트레이트로 이제 겨우 한잔해치웠을 뿐인데… 내가 일부러 그랬었나? '완벽'으로 무장하도록 초월적인 신체와 정신을 구가해놓고 취하는 맛조차 즐기지 못하는 삶을 살게 된다면 대체 무슨 낙으로 세상을 사냐는, 자신만의 고집스

러운 생각에 갇혀 그것을 실행에 옮겼던 것도 같기도 하고… 김 교수가
본래의 스스로가 저지른 만행을 책망하는 동안 그새 눈이 완전히 풀려
버린 신서울은 생각이 나는 대로 아무 말이나 지껄이기 시작했다.

"에라잇 이 망할 자식들아!"

하, 고통은 나누면 가벼워진다 했었나. 김 교수는 정말이지 어떤 새끼
가 그딴 망발을 지껄여 감히 '명언'의 반열에까지 오르게 한 건가, 만날
수만 있다면 꼭 직접 패 죽여버리고 싶어졌다. 가벼워지긴 개뿔. 나까지
덩달아 머리가 깨질 것 같아 돌아가시겠다.

*젠장, 내 평생에 다시는 없을 거라 여겼던 숙취를 설마 이런 식으로
맞이하게 될 줄이야… 빌어먹을.*

우스운 건, 아주 용감하고 자연스럽게 술을 내줬던 경비대장 '김민학
대령'의 상태라고 자신들과 별반 다르지 않다는 점이었다. 독한 술을 자
신 있게 권하길래 못하던 술이 오랜 삶을 살아오는 그동안에 조금은 늘
어난 건가? 고개를 갸우뚱하게 했건만 술에 약한 건 예나 지금이나 여
전한가보다. 나이만 잔뜩 처먹은 저 미련한 놈은 언제까지나 변함없이
같으려는 건지. 쿵!, 쿵! 경쾌하게 건배를 나눴던 두 사람이 겨우 독한
술 한 잔을 나눠 마신 것으로 결국 무거워진 고개를 탁자 위에 처박고
그대로 뻗어버린다. 아니 한 명을 더 추가하자. 마지막까지 버텨보려고
안간힘을 쓰다가 끝내 의식을 잃은 건 김 교수도 포함이었으니까.

…시발.

점멸되어가는 의식 속에서 그가 마지막으로 끌어올린 생각은 순수한
분노로 가득 찬 아주 저급한 욕이었다. 여하튼 과거나 현재에나 술이 문
제였다. 웬수가 따로 없다니까.

분노의 시발 소리를 뒤로하고 째깍째깍 아무도 인지하지 못했던 시간

이 다시금 흘러간다. 멀어진 의식에 구애받지 않고 정해진 법칙에 따라 하염없이—

&

"야 강 일병아 두 사람이 들어간 지 얼마나 지났지?"

"음… 두 시간하고도 반째를 지나가고 있지 말입니다."

텅—! 그녀가 힘껏 걷어찬 외벽의 쇳덩이가 굉음을 내지른다.

"…진짜 미친 거 아냐?"

"안 상병님 저희 그냥 확 질러 버리는 게 어떻겠습니까."

"뭐야 5분 전까지만 해도 그러자고 주장한 날 죽을 둥 살 둥 뜯어말리던 게 어디 있던 누구신데, 이제 와 딴소리야?"

"흠, 안 상병님 그때의 저는 지금의 저와는 완전히 다른 존재임을 정녕 모르시겠습니까? 모르신다면 느끼십시오. 위대하신 우리의 창조주께서도 역사로 증명하시지 않았습니까. 이 세상에서 삶을 영위하는 수많은 생명체 중 유일하게 시시각각 다양한 변화를 가질 수 있는 지성체는 바로 우리들 인간뿐이라고요."

"얼씨구 헛바닥이 길다?"

"그러니까, 돌격하죠."

철컥—

멋들어진 자세로 품 안의 권총을 빼내들어 가(假)장전까지 마쳐 보인 강 일병이 안젤라 상병에게 과감하게 쳐들어가길 종용했다. 왜인지 우쭐한 표정으로 괴상한 행동을 보이고 있는 놈의 뒤통수를 한 대 후려쳐 버릴까 말까, 안젤라는 진심으로 그런 고민에 빠졌다. 예전부터 간혹 이상한 똘끼를 선보이곤 했는데, 일단은 '동맹'이니 놈의 염병질을 눈감아 줘야 하나… 안젤라가 콕콕 아파오는 이마를 짚으며 이동식 의자에 반쯤 뉘여놨던 몸을 거칠게 일으켜 세웠다.

"오케이."

다른 뾰족한 수가 없어 울며 겨자 먹는 심정으로 강 일병의 제안을 수락한 안젤라 상병은 본인이 앞장서서 장갑차의 출입문을 열어제꼈다. 그러자, 생선을 굽고 있는 아주 고소한 기름 냄새가 확 퍼져와 코끝에 맴돌기 시작한다.

쿵쿵, 아 그리고 보니 곧 저녁식사 시간이었지. 언제 시간이 이렇게 됐담. 꿀꺽. 시선을 마주한 두 사람은 누가 먼저라고 할 것 없이 거의 동시에 입안에 고인 침을 삼켰다. 향긋한 냄새에 코가 절로 벌렁이고, 입안 한가득 군침이 돌아 냉철한 이성이 마비되고 만다. 하필이면 아는 맛이라 더 큰 허기를 몰고 왔다.

식량 문제가 제일 큰 멸망한 세계라면서 갑자기 웬 생선이냐고? 경비대는 모든 인력을 군의 카테고리로 구분해놓은 바깥 생존자들의 기본개념상, 이름만 좀 그럴듯하게 궁색을 맞춰놨을 뿐이지, 그들에게 정해진 기본적인 역할 수행의 핵심인 다름 아닌 식량채취 즉, '어류 포획'에 있었다. 그들은 사실상 병의 역할보다 '어부'의 역할을 우선시하며 수행하고 있던 것이다. 바다라고 한반도 및 이 세상 전체를 붕괴시켜놓은 핵폭발과 그에 따른 여진인 방사능에 아무런 영향을 받지 않은 것은 아니었지만, 크기부터가 지구 대부분을 덮을 정도로 워낙에 드넓었기에 방사능 측정기로 사전검수를 철저히 하다 보면 인간이 먹어도 될 수준의 오염양이 적은 멀쩡한 해양생물들도 제법 잡혀들었다. 신을 믿는 사람들이야 이 모든 건 신께서 우리에게 내어주신 은혜라며 입을 모아 칭송을 보냈지만, 사실만을 적시하자면 예로부터 바다란 것은 인류가 존재했던 모든 시간을 함께해온 '최대 생명의 보고'였다. 진화학적인 관점에서 지구의 모든 생명체 탄생의 시발점으로 지정 분류가 된 근원지답게 훌륭한 자정작용의 기능을 갖춘 바다의 엄청나고 놀라운 환경 속에는 잠깐의 오염은 발생할지 몰라도 원래의 흐름을 바꿀만한 '영원한 변질'이란 결코 존재치 않는 일종의 규칙과도 같았다. 그건 아마 이 지구란 행성의 수명이 다하지 않는 한, 앞으로도 쭉 이어질 이 세상의 가장 근본적인 고유 법칙이기도 했다.

"야아 강 일병아, 그만! 정신 차리고 먹을 것에 현혹되지 마! 황금 보기를 돌같이 하라는 격언이 있잖아. 우리의 최우선 목표는 서울이가 무사히 있는지 확인하는 것이란 걸 잊으면 안 돼."

"에이, 경비대장님이 좀 불한당 같은 면이 없잖아 있긴 해도 대모님 앞에서만큼은 쩔쩔매는 것을 봐서 어쨌든 생각이란 게 아예 없으시진 않을 텐데 설마 그 대모님께서 직접 지목한 기적의 아이를 건들기야 하겠습니까? 저희 그냥 한 마리만 후딱 뜯고 갑시다. 안 그래도 기껏 생긴 고기를 반도 못 먹고 죄다 바깥에다 내다 던져버려서 제가 속으로 얼마나 피눈물을 흘렸는지 안 상병님이 알긴 아십니까? 말라비틀어진 맛없는 죽으로 다시 삼시세끼를 때우게 된 제 심정을 멀쩡한 고기를 직접 내동댕이침으로써 아무도 먹지 못하게 만드신 위대하고 정열적인 우리 안, 상, 병 님께서 아시냐는 말입니다. 저도 이번만큼은 절대 양보 못합니다!"

"이 자식 당시엔 알겠다고 열렬히 동의하며 고개를 까딱이더니만 이거, 먹을 것에 눈이 완전히 돌아가서 좀처럼 정신을 못 차리는 고만? 저 경비대장이 어떤 악질인지 잘 알면서 그딴 소리가 입에서 튀어나와?"

"아, 사람이 먹어야 힘을 내죠! 먹고 죽은 귀신이 때깔 곱다는 옛말도 있는데."

"에라이, 이 미친 사이비 자식아 우리 위대한 아버지를 믿는다는 놈이 뭔 그따위 미신까지 들먹여!"

"에헤이, 말이 그렇다는 거지 제가 언제 우리의 위대하신 창조주 아버지를 부정했다고 저한테 사이비라는 망언을 하십니까."

"와, 요, 요 뚫린 입이라고 개소리는 참 잘해요. 계속 말씨름하는 것도 지치겠다, 오랜만에 계급장을 떼고 우리 주먹다짐이나 좀 해볼까? 모든 결정은 승자의 의견에 따르자고."

"…주먹다짐이요…? 뭐, 좋습니다. 이번만큼은 선임이라고 절대 안 봐 드립니다 나중에 딴소리 마십시오."

"안 상병, 강 일병."

이글거리는 시선으로 당장이라도 한바탕 하려는 두 사람을 때마침 분대장이 손짓하며 불렀다.

"네 분대장님."

흥, 콧김을 뿜어낸 안젤라가 부분대장이자 선임으로서 즉각 대답한다.

"대체 둘이서 지금까지 어디서 뭘 하고 있던 거야. 곧 저녁 식사시간이니까 다른 대원들을 도와 분대의 '심벌' 설치나 좀 도와줘, 어서."

"아… 심벌…."

"이거, 좆됐지 말입니다…"

두 사람은 괜히 소요를 일으켜 지체됨에 잘못 걸렸다는 걸 직감했다 분대장이 얘기하는 '심벌'이란 게 뭐냐면, 바깥세상의 모든 부대가 각기 다른 모양으로 보유하고 있는 그들만의 고유징표로서 1사단이나 이번에 궤멸이 된 2사단처럼 대규모 군 집단일 경우에는 분대마다 각자의 정체성을 표한 고유의 심벌(symbol-상징)을 기본적으로 소유하게 되었다. 예를 들어 2중대 소속의 A팀이 '알파벳 A와 겹쳐진 붉은색 십자가' 모양의 마크를 징표로 삼고 있다면, 따로 분대별로 나눠지지 않은 통합소대 경비대 같은 경우 모두가 삼지창 모양의 마크를 심벌로 삼고 있다는 식의 차이가 있는 것이다. ─그리고 이 심벌은 가슴팍의 계급장 어림에 마크를 박아두는 것이 가장 일반적이었다 꼭 과거의 각 사단별 표식처럼─.

바깥세상에서 만연해진 괴상한 군의 논리를 뜯어 봤을 때, 같은 사단끼리의 모임이라면 모를까 타 사단 혹은 심벌이 완전히 별개로 나뉜 다른 타 부대 사람들과 식사자리를 갖을 때엔 자신들의 대표 심벌 상을 상대방의 심벌 상과 마주 보도록 꺼내두는 것이 가장 기본적인 예의였다. 이 심벌이란 것이 꼭 군복에만 한정해서 표식을 박아 넣어야 하는 것은 아니었고, 수많은 장식품으로 조각해 각 분대의 사물함에 보관해 놓는 것이 가장 일반적인 관례로 자리를 잡았기 때문이다. 거기다가 심지어는 타 부대와의 식사시간 때면 자신의 부대 혹은 분대를 상징하는 심벌조각품을 꺼내놓는 숫자가 많으면 많을수록 상대를 더 깊이 존중한다는 해괴망측한 뜻으로 변질이 되어버렸기까지 했고. 한 삼십 년 전에는 이 세상에 아예 존재치도 않던 괴상한 행위가 믿음의 대상인 신을 필두로 어느새 바깥세상인들 사이로 빠르게 퍼져나가 지극히 당연한 전통의 한 사례처럼 자리를 잡게 됐다. 퍽 괴상하게 변질되어버린 이데올로기(Ideologie)가 아닐 수 없었다. 뭐가 됐든 어쨌거나 신을 맹신해야 하는 것을 가장 주요한 하루 일과로 삼아야 하는 바깥세상인들에게 결코 빼먹어선 안 될 아주 중요한 의식과도 같은 거라 신서울 이병을 되찾아야 할 사명감 비스무리한 걸 가지게 된 안젤라 상병과 강병창 일병이 엄한 짓을 하지 못하도록 발을 묶어두기에 아주 제격인 명령이었다.

"하아… 죄송하지만 전 따로 할 일이 있어서 설치를 돕지 못하겠습니다."

굳게 입매를 다문 안젤라는 큰마음을 먹고 정면의 돌파를 택했다. 괜히 어설픈 거짓부렁을 내 지껄여봤자 임무에 한해서만큼은 누구보다 냉철한 인식을 갖고 있는 저 분대장에게 씨알도 먹히지 않을 게 뻔했다.

"…지금 심벌 설치보다 우선적으로 해야 할 일이 있다고?"

박종규 분대장이 상황을 어림짐작하면서도 사납게 되묻는다.

"네, 저는…. 서울이를 찾아가봐야겠습니다."

"음, 어째서지? 신서울 이병이라면 경비대장님과 개인면담 중이란 것을 안 상병도 잘 알고 있을 텐데. 내가 납득할 수 있을 타당한 이유를 설명하도록."

"분대장님 그 면담시간이란 게 벌써 한 시간 반도 더 넘었습니다. 전… 솔직히 말해 경비대장님을 신뢰하지 못해서 그분이 감히 해선 안 될 짓을 우리들의 희망인 신서울 이병에게 저지를까봐 노파심이 앞서게 됩니다. 경비대장님의 음습하고 괴팍한 성미를 가장 잘 알고 계신 분대장님이라면 이런 제 마음을 이해해 주실 거라 믿습니다. 그러니 저랑 강 일병이 부득이 실례를 무릅쓰고 대장실로 찾아가 신 이병이 무사한지 확인해보겠습니다. 허락해주십시오."

"…벌써 시간이 그렇게나 지났나. 하, 어차피 찾아가봤자 너네끼리 그 괴팍한 노인네를 어떻게 상대하려고. 차라리 내가 다녀올 테니까, 분대원들이랑 같이 심벌 설치나 돕고 있어."

아까 전 경비대장의 화풀이로 얻어맞은 뺨이 눈에 띄게 퉁퉁 부어올라있는 박종규 분대장은 초조한 얼굴의 두 사람의 급발진에 제동을 걸어 멈춰 세웠다. 나름대로 전문 간부 직급을 가진 자신에게도 아무런 거리낌 없이 횡포를 부리던 사람인데, 병 계급은 대체 얼마나 하찮게 대하겠는가. 직속수하들을 개 패듯이 때렸네, 여성 병사를 성희롱했네 등등 그의 흉문은 바깥세상의 군인이라면 누구나 모를 수가 없을 만큼 다양했고 악질적인 면이 많기로 유명했다. 2사단 소속 특수 A팀은 개개인이 일반 병력의 두세 사람 몫은 거뜬히 해낼 재능을 지닌 라펠트 내에서도 최우수 인재 집단이었다. 작전 도중 2사단 전체가 궤멸을 당하다시피 한 이때, 그나마 가까스로 살아남게 된 소수의 가장 훌륭한 버팀목들마저 허무히 잃게 돼선 안 됐다. 그런 건 단순한 용기를 넘어서버린 헛된 만용이었다.

"분대장님!"

"명령이니 따르도록. 이 이상의 반발은 하극상으로 간주하겠다."

거칠게 말을 내뱉은 박종규 분대장은 그들의 대답이 채 나오기도 전에 듣지 않고 몸을 곧장 대장실로 옮겨나갔다. 쭉쭉 뻗어진 길쭉한 발걸음으로 금세 대장실의 바로 앞까지 도착한 박종규 분대장은 얼마나 관리를 잘해놨는지 이곳의 내부에서 유일하게 눈이 부실 정도로 번쩍이고 있는 대장실의 철문을 향해 정중히 노크했다.

똑 똑.

"실례합니다. 2사단 특수A팀의 분대장 중사, 박종규입니다. 잠시 용무가 있어서 그런데 입실을 해도 되겠습니까?"

"…"

한참을 기다려도 안에서 아무 대답이 들려오지 않는다. 박종규 분대장은 그렇다고 문을 확 열어젖혀 버리는, 저 성질 급한 안젤라 상병이나 저지를 법한 불상사를 일으키는 대신, 인내심을 갖고 같은 행동을 몇 번이나 반복했다.

"음…."

그래도 여전히 아무런 반응이 없어 중대장실의 철문 앞에 귀를 가까이 대보니 코 고는 소리만이 간헐적으로 들려올 뿐이다. 겨우 이 시간에 잠에 들었다고? 시간이 아직 다섯 시밖에 안 돼, 아직 해가 저물지도 않았는데… 박종규 분대장은 의아함을 감추지 않은 채로 철문을 휙 하고 열어 제끼려 했다.

"앗! 이봐 박 중사 가서 밥이나 먹지 여기서 뭐 하고 있어?"

그러자 박 중사의 의문 모를 행동을 밑에서부터 유심히 관찰 중이었던 김민학 경비대장의 부관, 도기태 대위가 헐레벌떡 달려와 윽박을 내질렀다. 제 상관처럼 성질이 더러워서 막말을 내뱉는 것은 아니었다. 배의 부선장 역할도 함께 역임 중인 경비대의 2인자 도기태 대위는 박종규 중사와 서로 제법 막역한 사이였다.

"안녕하십니까, 출격 전에 뵀으니 이거 참 오랜만이군요, 도 대위님. 제가 맡은 A팀의 소속분대원인 신서울 이등병이 복귀하지 않아 염려되어 찾아왔습니다."

"야 이씨, 너 미쳤어? 고작 팀원 하나 데려가려고 여길 직접 찾아오냐 우리 '꼰대' 성격이 어떤지 너도 알고 있잖아. 대모님의 빽만 아니었어도 진작 목이 잘려나갔을 망나니짓을 수도 없이 잔뜩 저지른 막가파 양반인 데다가 회까닥 돌아버리면 아무리 나라고 해도 뜯어말리기가 여간 곤란한 게 아니라고. 으, 이 자식 얘들한테 들어보니까 나 잠깐 밑에서 볼일 좀 보고 있을 때 우리 꼰대한테 한대 얻어맞기까지 했다더니만 뺨 부은 것 좀 봐. 헛짓일랑 생각도 하지 말고 돌아가서 밥 먹고 빨간 약이나 발라."

"안 됩니다."

박종규 분대장은 강경한 태도로 도기태 대위의 걱정 어린 권유를 끊어냈다.

"신서울 이병은 대모님께서 말씀하신 신께 선택받은 존재입니다."

"야, 내가 아까 선체의 방향 조종간 설정 좀 하느라 자리에는 없었지만 대략적인 얘기는 밑에 애들한테 다 전해 들어서 알고 있어 임마. 그런 사실까지 있는데 뭘 그리 걱정하고 난리야 면담 전에 그 꼬맹이가 화나면 대모님 말고는 아무도 못 말리는 우리 꼰대를 단숨에 억눌러버리는 놀라운 '기적'까지 선보였다면서. 우리 꼰대가 좀 많이 지랄 맞기는 해도 보기완 달리 하루에 세 번 이상을 신께 기도를 드릴 만큼 우리의 창조주를 각별히 섬기지 않냐. 뭐 가끔 아버지가 자기와 친하다느니, 세상 가깝다느니 그러면서 본인이 성질내면 꼼짝도 못 한다느니 하는 헛소리를 좀 뱉어대긴 하지만, 그래도 신께서 간택한 아이를 건드릴 만큼의 미친 악질은 아니라고. 아마도…?"

와장창!

말이 끝나기가 무섭게 무언가 안에서부터 깨지는 소리가 낭랑히 들려왔다.

"어, 쏘리 그런 악질이 맞나봐."

심상치 않은 징후를 맞이하고 곧바로 난감한 표정을 지은 도기태 대위는 자신이 자신 있게 내뱉은 말을 빠르게 정정하고 나섰다.

사실 우리 꼰대가 좀 종잡을 수 없는 '말종'이긴 해…

끼이익.

그러고는 굳게 닫힌 대장실의 문을 제 손으로 손수 확 열어 제졌다. 김민학 경비대장의 밑에서 일한 지가 올해로 벌써 사 년째가 된 그는, 경비대에서 유일하게 경비대장과 맞서 싸우고도 별 탈이 없는, 경비대 내에서만큼은 유일무이한 그의 직접적인 대항마로도 꽤 유명했다. 아까 전에 그가 자리를 지키고 있었기만 했어도 잠시 신서울 이병의 몸을 차지한 김 교수가 직접 나설 필요가 없었을 것이다. 물론 박 분대장이 경비대장의 섣부른 손찌검에 얻어맞는 상황부터 발생하지 않았을 테고. 너나 할 것 없이 다급하게 움직인 두 사람이 대장실 안쪽으로 발을 딛자마자, 지독한 알코올의 향이 콧구멍을 자극해왔다.

"에이 씨 이럼 안 되는데."

도 대위가 인상을 찌푸렸다. 술이란 건 인간의 이성을 흐리게 만드는 마약과도 같아서 때때로 인간을 본능에 휘둘리는 괴물로 만들어 큰 불상사를 야기 시키곤 했다. 도 대위는 경비대장의 취한 모습을 몇 번쯤 봐왔다.

'정말이지…. 짐승 그 자체였지. 으으….'

잠깐 떠올리는 것만으로도 몸서리가 쳐질 만큼 술에 취한 그는 상상 초월의 다이나믹한 모습을 선보여줬었다. 정신 말짱한 평소에도 감당하기가 힘든 개짓거리를 많이 저지르는데, 어쩌려고 술까지 퍼마신 거야! 드디어 돌아버리기라도 한 건가? 하긴 최근엔 잠잠히 용케 잘도 버텨왔었지. 품 속에서 제압용 테이저건까지 챙겨 꺼내든 도기태 대위는 박 중사를 이끌고 서둘러 내부로 이동했다.

"커어억."

짝!

"아, 돼지 아저씨 일어나 보라니까 요오~!"

그리고 그들이 마주하게 된 광경은 상식을 벗어나도 한참은 벗어난, 그야말로 괴이한 장면이었다. 고개를 테이블 위에 처박은 채로 코를 골며 깊은 잠에 빠진 김민학 경비대장과, 그런 그의 뺨을 툭툭 장난치듯이 어떤 장단에 맞춰 후려치고 있는 누가 봐도 술에 잔뜩 만취해 불콰한 얼굴의 신서울 이병. 테이블 아래에는 아까 소음의 원흉이었을 깨진 유리잔이 아무렇게나 너부러져있다.

"내가 잠이 덜 깼나…? 종규야 여기 현실이 아니라 꿈속 맞지?"

"…엄연한 현실입니다만."

"엇 분대장님이다 헷, 안녕하세요? 가만히 있지 말고 요기 이 돼지? 으음 이게 아닌데…. 맞다! 돼~지 아저씨 좀 깨워주세요."

"하…. 하하."

어디서부터 잘못된 건지 모를 만큼 엉망진창인 상황을 목격하고 나자 나오는 것은 그저 헛웃음밖에 없었다.

"정신 차려 신 이병."

신서울 이병의 코앞까지 다가간 박종규 분대장이 그녀의 어깨를 흔들어 깨웠다. 그 순간, 초점이 사라진 그녀의 눈동자가 급격히 또렷해졌다. 외부의 낯선 접촉이 발생하자 잠시나마 억눌려져있던 놀라운 방어기제가 반사적으로 활동을 개시하면서 정신을 오염시킨 알코올의 여파를 순식간에 깔끔히 씻겨나가게 만들어버렸기에 벌어진 놀라운 찰나지간의 변화였다.

참… 알면 알수록 신기한 몸뚱이란 말이야.

덕분에 같이 제정신을 차리게 된 김 교수가 현 상황을 나지막이 자평했다. 보통 아무리 자신의 몸이라도 스스로는 절대로 통제할 수 없는 부분이 존재하기 마련이었다. 인간의 역사나 생체과학의 결과가 명백히 그 사실을 규정 내리고 증명하는데도 저 신서울이란 작은아이는 자꾸만 그런 지극히 당연한 진리조차 초월하려는 태동을 선보이고 있었다. 아직은 무의식의 영역에만 겨우겨우 걸쳐있는 앙상한 단계에 불과하긴 했으나 그녀의 빠른 변화속도라면 끝끝내 의식 바깥의 영역에까지 도달하게 될지 몰랐다. 그때가 온다면, 우리는 신서울을 과연 우리와 같은 인간이라고 칭할 수 있을까?

너, 대체 진정한 정체가 뭐냐. 응?

누구에게도 들리지 않을 중얼거림을 토해낸 김 교수가 깊은 고찰에 빠진다. 신? 괴물? 세기의 천재? 어느 쪽으로도 완벽히 단정을 짓기가 힘들었다. 다만 한 가지 확실한 건 그녀가 이 세상에는 단 한번도 존재하지 않았던 새로운 미지의 생명체가 확실하다는 것뿐.

법칙에 의거해 깊게 파묻힌 세월의 각인이 서서히 기지개를 켠다.

"어엇 분대장님? 그런 심각한 얼굴로 여기서 뭐 하세요?"

김 교수의 그런 고민과는 무관하게 신서울 이병은 정신을 차리자마자 태연자약히 분대장에게 자신이 가진 의문부터 토해냈다.

"우와… 뭐야 얘…? 정말 우리랑 같은 인간 맞아? 저 독한 걸 다 마셔놓고 순식간에 멀쩡해질 수가 있다니 이상하잖아 어떻게 저럴 수가 있지?"

괴이한 장면을 처음으로 목도한 도 대위가 호들갑을 떨었다.

"…무려 전능하신 우리의 아버지께 선택을 받은 기적의 아이인데 우리로서는 이해하지 못할 변화를 가지는 것 정도야 당연한 일이지 않습니까."

분대장은 본인 역시 신서울 이병이 보여준 극적인 변화에 잠깐은 어리둥절했으면서, 일부러 허세를 섞어가며 신서울이 보이는 특별함을 별것 아닌 것마냥 최소한으로 축소시켜 설명했다. 도기태 대위가 그와 아무리 친분이 두텁다고 한들 신서울이 가진 고유의 특별함을 아는 영광스러움과 신이 죽을 고비를 넘긴 우리에게 내어주신 크나큰 은혜로움, 이것만은 독점화 하지 않고 양보를 할 수가 없었다. 그들이 살고 있는 세상은 너무나도 비좁았고, 모두가 신의 미명하에 마치 하나처럼 똘똘 묶여있다고 해서 그들의 사회에서 꼭 악에 물든 변질자가 나오지 않는 것은 또 아니었다. 미친놈은 현재가 어떤 시대이건 간에 악취와 내품으며 등장을 하여 인간이 그동안 힘겹게 이룩해내고 쌓아 올린 사회의 한축을 붕괴시키는 데 큰 악영향을 끼치곤 했다. 그것은 마치 사전에 정해진 '법칙'과도 같았다. 그것을 규정할 만한 일례를 찾는데 굳이 멀리까지 찾아볼 필요도 없었다. 아버지의 역사가 담긴 거룩한 '성경'의 기록만 살펴봐도 악인의 등장은 시대를 뛰어넘어 끊임없이 이어져왔으니 말이다. 그것은 심지어 신께서 이 땅에 직접 강림을 하셔서 기적의 손길을 행하셨던 가장 영광스러운 순간에조차도 말이지. 어째서일까? 깊게 따져 들어보면 이유는 아주 간단했다.

선악의 유무란 그 어떤 위대한 신화의 내용을 기반으로 할지라도 그에 합당한 타당성을 부여하기 위해선 필수적으로 담아내야 할 신학의 '근본'이었기 때문이었다. 우리 인간들은 이야기책 속의 등장인물들처럼 언제나 딱 정해진 일차원적인 성격과 모습을 띨 수가 없었다. 다차원 성격을 가진 진화와 다변의 존재로서, 개개인의 가치관이 너무나도 확고히 설정됐기에 어느 누군가가 신서울이 보이는 기적을 마치 위대한 주신을 모시듯이 경건하게 받들지 않고, 도리어 그것을 제 것으로 취하기 위해 탐욕의 악행을 시행하는 일이 절대로 발생하지 않으리라고는 누구도 단정 지을 수 없었다. 나름대로 정의로움을 깊게 숭상하는 그조차 은근히 저 아이의 기적을 휘두르는 능력의 한 축을 보며 탐이 다 생겨날 지경인데. 괜히 준비가 되기 전인 지금 그녀의 신비함을 전면적으로 공개했다가 끝내 자살을 택한 강진 병장의 좋지 못한 사례처럼 신서울의 존재가 활활 타오르는 불 그 자체인 걸 머리로는 똑똑히 인지하고 있으면서도 그 화려한 아름다움에 취해 자신의 몸을 내던지고 마는 그런 얼빠진 부나방들이 필시 나타나게 될 것이다. 선악의 충돌— 이 또한 세상의 정해진 법칙과도 같았기 때문에.

어쩔 수가 없다. 망가진 세상에서 발을 딛고 살아가느라 세상의 흉측한 풍경과 다를 바 없이 어딘가 한구석씩은 필히 망가지고만 바깥세상의 사람들에게는 신서울이란 경배받아 마땅할 인물은 시거에 너무나도 매력적이고 탐나 소유하고 싶은 욕망을 갖게 만드는 외경의 존재였으니까 말이다.

'최악의 경우엔 우리의 위대한 아버지를 등지는 몹쓸 놈들까지 다시금 등장하게 될지도 몰라…'

박 분대장의 골이 좁혀졌다. 그딴 병신 같은 이유를 들먹이며 감히 우리 모두의 근본이 되시는 위대한 아버지 창조주를 등져버리고 악마의 사교에 빠져버린 놈들이 그동안 수두룩하니 넘쳐났다. 허니 최악의 사태를 미리 방지하려면 신서울에 관한 사전 정보 통제가 지금 당장 그가 행할 수 있는 유일하고도 어설픈 최선의 봉합책이었다. 이 사람만은 믿을 수 있으니, 모든 진실을 숨김없이 밝혀도 괜찮지 않을까? 그런 어설픈 생각에 젖어들어 진실을 모조리 실토해버린다면 꼭꼭 감춰두려 계획했던 비밀은 그 사람이 믿는 또 다른 사람을 거쳐 입소문을 타게 될 것이고, 종국엔 그들의 세상 전체에 퍼지도록 되어있었다.

발 없는 말이 천리를 달리는 법이었다. 각기 다른 인간으로 가득 찬 현실의 풍경은 언제나 내 뜻대로 만은 움직이지 않기 마련이었다. 우리가 상상하는 것 그 이상으로 이 세상에는 자기중심적인 사고에 빠져서 그만큼이나 제멋대로인 사람들이 여전히 많이 존재했으니까 말이지.

"그런…가?"

박종규 분대장의 강한 정색에 잠시 빈정이 상한 도기태 대위는 헛기침을 두어 번 정도 내뱉고 나서야 원래의 모습으로 되돌아올 수 있었다.

"…?"

신서울 이병은 고개를 갸웃했다. 분대장이야 익숙하니 그렇다쳐도 같이 있는 이 사람은 또 누구지? 나이가 삼십 중후반 언저리쯤이나 됐을까? 꽤나 잘생긴 얼굴에 짧은 스포츠머리, 다림질이 매우 잘되어있는 정갈한 군복을 입고 있고 가슴팍에 새겨진 특정문양을 보아 경비대 소속의 군인이 확실했다. 어디 보자 계급은….

'헉, 대위님이시잖아!'

뒤늦게 대위 마크까지 확인하고서야 소스라치게 놀란 신서울 이병은 재빠르게 몸을 움직여 지난 시간 지겹게 교육받은 대로 칼 같은 거수경례 자세를 취한 채 큰 목소리로 외쳐 경례했다.

"단, 결! 안녕하십니까, 도기태 대위님! 처음 뵙겠습니다. 저는 2사단 특수 돌격분대 A팀 소속의 이병 신서울입니다! 이렇게 만나 뵙게 되어 영광입니다."

대위보다 한참이나 더 높은 '대령' 계급의 경비대장과는 아무 거리낌 없이 대작까지 잘만 나눠놓고서 신서울 이병은 꽤나 과한 리액션을 선보이고 있었다. 물론 군대의 최하계층인 이등병 계급자인 만큼 바깥세상 라펠트에서 신의 존재 다음으로 파급력이 강력한 군의 위계질서상, 간부계급의 상급자에게 응당 내비춰야 할 하급병의 태도이긴 했으나 그녀가 평상시보다도 더 오버를 떨고 있는 이유는 첫째로, 바깥에서 처음으로 진짜배기 군인이라 느꼈던 '박형태 군의관'과 그가 같은 계급자라는 점. 둘째로는 언제나 그녀 정신을 단단히 붙잡아주었던 김 교수가 어쩐 일인지 모든 활동을 접은 채 조용히 입을 닫고 있다는 점 등의 원인이 컸다.

'…혹시, 아까 제가 멋대로 술을 마신 걸로 화나셨어요?'

…

저지른 혐의가 있기에 쭈뼛거리며 물어본 질문에 역시나 되돌아오는 대답은 없었다.

째깍 째깍. 시계의 초침이 느릿하게 흐른다. 신서울은 김 교수가 아까의 알코올 섭취의 만행으로 단단히 삐쳐 아예 입을 닫기로 결심을 한 건 아닌가, 덜컥 겁부터 났다. 여전히 어린아이인 그녀는 아직 혼자가 될 준비나 결심을 마치지 못한 상태였다.

'어떡해…. 무지한 나 혼자선 여전히 아무것도 제대로 해내지 못할 거야….'

변함없이 나약한 불안감이 그녀의 마음을 송곳처럼 찔러들었다. 아주 오래전부터 알게 모르게 제 안의 김 교수는 그녀의 부모를 대신한 '양육자'로서의 역할을 수행해주며 신서울이란 주체의 연약한 정신을 보듬어 지탱해주고 있었다. 만약 부모라는 존재가 그녀의 현실에서 가까이 존재했다면 아마 김 교수와 같은 헌신적인 모습이었지 않았을까. 그런 감성 속에 빠져든 신서울은 다급히 그가 제게 심어둔 지성의 도서관을 뒤져 이 문제에 대한 해결책을 찾아보려고 시도했다.

…쿵, 괜한 헛수고 말고 다음부터는 조심 좀 해라 네 몸은 알코올에는 몹시도 취약하더군. 제길 이럴 줄 알았더라면 진작…. 하, 이제 와 뒤늦은 후회를 하면 뭣 하나. 앞으로 알코올 딱지가 붙어있는 건 네 입 근처에도 갖다대지마. 아니 그냥 쳐다도 보지 마!

그의 심드렁한 목소리가 머릿속을 울리지 않았더라면 어쩌면 신서울

은 자신의 불안감이 만들어낸 거대한 거미줄의 뇌옥에서 영영 빠져나오
지 못했을지도 몰랐다.

'네⋯. 아 근데 왜 이제야 대답을 해주시는 거예요?'

안도하면서도 괜스레 짜증을 부려본다.

뭐⋯ 지금의 신서울은 이제야 막 봉우리를 피울 채비를 끝마친 사춘
기 대의 소녀인데 저러한 발끈거림만큼은 어쩔 수 없나?

⋯뭘 잘했다고 화를 내는 거야?

그녀의 삐딱한 태도에 타당성을 부여해 인정해버린 속내와 달리 까탈
스러운 겉면의 김 교수가 따지고 들었다. 너무나 길었던 여정의 끝이 머
지 않았는데 잠깐은 이런 사소한 즐거움이라도 즐겨봐야 하지 않겠는가.

'쳇, 앞으로 김 교수님의 조언 같은 건 절대 귀담아듣지도 않을 거예요.'

하, 나한테 이런저런 간섭을 받기가 싫다면 네 어설픔이나 완벽히 지
우고 나서 그런 말을 내뱉던가. 그리고 어린애는 어린애답게 어른 말을
잘 들어야지.

'흥, 그런 말을 하는 어른을 아마 예전엔 '꼰대'라고 불렀다죠? 김 교수
님도 제 입장에선 당신께서 그렇게나 흉보던 꼰대예요 꼰대.'

꼰대⋯? 그런 기억은 또 언제 날름 강탈해간 거래 하, 어이가 없네 어
이가 없어 그래⋯! 나 꼰대다 내 나이가 벌써 몇 갠데 다 늙어빠져서 좀
꼰대일 수도 있고 그런 거지 엉 꼰대 소리해봤자 아무런 타격도 없거든?

'에잇 꼰대 교수님!'

서로의 거리가 급격히 좁혀질수록 대화 내용이 급격히 유치해져가는
두 사람이었다. 그런 시답지 않은 대화로 소모를 계속 중인 두 사람과는
달리, 신서울을 되찾기 위해 헐레벌떡 찾아온 다른 두 사람은⋯.

"이봐, 신 이병? 흐음⋯ 도통 듣질 않네⋯."

"…이제 신서울 이병은 제가 책임지고 데려갈 테니 도 대위님은 경비 대장님이나 좀 챙겨주십시오."

"이봐 그러지 말고 이거 딱 한 잔씩 하고 가지 그래? 향만 얼핏 맡아봐도 엄청 귀한 걸 욕심 많게도 몰래 꿍쳐두고 있으셨던 것 같은데…. 보자, 드멘 퐁소 2005년산? 뭐야, 와 무슨 80년이나 묵은 와인이잖아. 이젠 어디에서도 못 구할 진귀한 보물이긴 한데 이런 거 그냥 생으로 마셔도 되는 건가? 괜히 잘못 건드렸다가 탈이라도 나서 며칠을 앓아눕게 될까봐 무섭네. 아파서 뒹굴거리고 있으면 귀신 같은 꼰대양반이 제 것을 몰래 훔쳐 먹었다는 걸 백 프로 눈치챌 텐데."

"저 술은 별로 안 좋아하는 거 아시지 않습니까. 그냥 못 들은 걸로 하겠습니다. 가자 신 이병."

"그래, 그래. 우리 꼰대 일어나면 전후 사정은 내가 알아서 잘 설명해 놓을 테니까, 얼른들 가서 식사나 마저 하라고. 오늘 갓 잡아 올린 고등어구이의 맛이 아주 기가 막히더라."

평탄한 대화 속에서 순조롭게 이 자리를 파하기로 결정했다.

"저녁 먹게 이만 돌아가자 신 이병."

"네…? 아! 네."

앞장선 분대장의 뒤를 신서울 이병이 쫄래쫄래 뒤따랐다. 그 모습을 처음부터 끝까지 모두 지켜본 도기태 대위가 슬며시 미소 지으며 말했다.

"거… 새끼, 옛날부터 착해빠져가지고 거짓을 말할 때면 얼굴이 완전히 굳어버리는 버릇만큼은 여전하네. 뭐, 제 딴에는 나름대로 최선을 다해 노력하던 것 같던데 조금 봐주도록 할까. 하아— 그것보다도 이 망할 영감님은 언제쯤 철이 드시려나… 내가 정말 못 살겠다, 못살아. 우리의 위대하신 아버지께서는 아직까지도 이런 민폐 덩어리를 혼쭐 안 내시고 뭐 하시는 거람 정말 쳇.”

굴아떨어진 경비대장의 몸을 괜히 군홧발로 툭툭 건드리며 작게나마 화풀이를 마친 도 대위는 잠깐 고민을 하다가 경비대장의 몸을 잡아 끌어 푹신한 침대 위까지 옮겨 눕혀줬다. 미운 정도 정이라고… 참, 이럴 때야말로 그간 당한 치욕적인 갈굼을 전부 해소시켜야 하는데 도 대위는 그러질 않았다. 아니, 못했다가 더 정확한 표현일 것이다. 겉보기에 사십 줄 정도로만 보여지는 저 중년의 경비대장이 사실 참혹한 시절을 직접적으로 겪고 살아남은 그보다 한 세대 위의 사람이란 비밀을 도 대위는 잘 알고 있었다. 실제 나이는 보여지는 모습에서 곱하기 2를 해서 여든쯤이나 될까? 언젠가 지금처럼 술에 잔뜩 취해서는 엉엉 울고 불며 묻지도 않은 걸 본인이 직접 다 실토한 적이 있었다. 그는 어딘가 망가진 것처럼 평소에는 온갖 기행을 일삼았지만, 알고 보면 자신이 쌓아 올린 모든 것을 하루아침에 모두 잃고도 다시금 우뚝 서는 데 성공한 위대한 극복자였다. 도 대위는 모두의 지탄의 대상이 된 망나니 경비 대장처럼 어느 날 갑자기 제게 닥친 불행에 손에 쥐고 있던 모든 행복을 강탈당하고도 무너져버리지 않을 자신이 없었다.

“…그래도 저 같은 놈이 부관이라 운 좋은 줄 아십시오.”

편안한 얼굴로 잠에 빠진 경비대장의 낯을 내려다본 도 대위가 조금의 자찬이 섞인 말을 내뱉으며 물러났다. 바쁘다 바빠, 1분이라도 낭비할 시간은 없었다. 지휘관이 늘상 저 모양이니 경비대를 전적으로 관리, 감독 하는 건 전적으로 부관인 그의 몫이었고 낡은 배는 수많은 문제점을 산적 해두고 있었다.

“그럼 쉴 만큼 쉬었겠다. 다시 하부점검이나 하러 가볼까 어휴 끝이 없네 끝이 없어 엠병, 왜 내가 전공을 수리 쪽으로 올 인을 해서 이런 개

고생을 도맡아하고 있는 건지 참… 빨리 제대로 된 수리공 후임이나 보내줬으면 좋겠다."

대장실의 조명 불을 끈 도 대위가 밖으로 나갔다. 이윽고 적막해진 내부에는 경비대장의 코 고는 소리만이 울려 퍼졌다.

&

"서울아!"

"분대장님, 해내셨군요! 믿고 있었습니다. 이야 역시 우리 분대장님이야 대단하십니다."

무사히 되돌아온 두 사람에게 곧장 신사모 회원들(?)의 요란법석 환호성이 들이닥쳤다. 내가 자리를 비운 사이 뭔 일이라도 있었던 건가? 김민학 경비대장과 함께하느라 정확한 저간의 사정을 모르는 신서울 이병은 고개를 갸우뚱 해보이며 그들이 급히 자신의 앞에 놓아준 접시에 담긴 고등어구이를 젓가락으로 콕콕 쑤셔보았다. 음 이것도 처음 보는 음식인데… 대체 어떻게 먹는 거야…? 자신이 작은 의문을 갖자마자 머릿속에 생선구이에 대한 온갖 관련 지식들이 쏟아져 들어온다. 예전이라면 갑작스럽게 밀려들어오는 지식의 홍수에 당황하며 어쩔 줄 몰라했을 테지만, 초라한 애벌레였던 신서울 이병은 벌써 몇 번의 탈피과정을 거친 후였다. 이제 그녀의 등 뒤에는 보이지 않는 연약한 날개가 뻗어나 있었다.

"음? 와! 이거 너무 맛있어요!"

지식의 도움으로 금세 능숙하게 홀로 생선의 살을 바를 줄 알게 된 신서울 이병이 고등어의 붉은 살 한 떼기를 입안에 넣고 우물거리며 그 속에서 느껴지는 일미(逸味)를 평했다. 죽은 지 일주일 이상 지나지 않은 고기류의 음식을 섭취하는 건 이번 것으로 두 번째였다.

첫 번째는 아직까지도 상상하는 것만으로 구역질이 몰려오고 소름이 돋아 오르는 '인육'이었으므로 카운트에서 제외. 사실상 이번이 그녀에게 있어 첫 생물음식의 섭취나 다름이 없었다. 생선살을 바르는 그녀의 손놀림이 점차적으로 빨라졌다. 새로운 맛에 사로잡히게 된 그녀는 누군가가 빼앗아가는 것도 아닌데 허겁지겁 자신에게 배당된 먹거리, 고등어 한 토막을 해치워나갔다.

"얘, 천천히 좀 먹어. 그러다 체할라."

"생선만 먹지 말고 밥도 같이 한술 떠서 같이 먹어봐 라펠트에서 직접 재배한 GMO 쌀로 지어진 거라 전투 식량 안에 든 그 허접한 밥풀떼기와는 분명 차원이 다를 거야."

흐뭇한 미소를 띤 신사모 회원들이 결국 참지 못하고 옆에서 전면적으로 거들고 나섰다.

"…하…."

두 사람의 과한 애정 표현을 지켜보고 있자니 그야말로 어처구니가 없어진 박종규 분대장은 자신이 뭘 어디서부터 바로 잡아야 하는 것인지 골치가 아파 오기 시작했다. 이십여 년의 군 경력 및 삼십칠 년의 일평생 동안 저런 엉망진창인 장면은 처음 마주한다.

'…에휴… 나도 모르겠다.'

한참의 고심 끝에 분대장은 그냥 마음 편하게 모든 걸 그냥 놔버리기로 결정했다. 뭐, 이것도 위대한 아버지께서 내려주신 의중의 일부이지 않겠는가. 나 홀로 억지스러운 자기 위로의 말을 중얼대면서 그는 한 발자국 뒤로 물러선 방관자가 되기로 다짐했다.

사실 엄밀히 툭 까놓고 말하자면, 바깥세상에서는 누군가에 대한 일방적인 편파가 적어도 지금처럼 겉으로 대놓고 드러나선 안 됨을 지향했다. 그것은 위대한 아버지 창조주를 앞세워 바깥세상 인들에게 새로운 안정을 되찾아준 모두의 인도자 '대모님'께서 여전히 여러 문제가 산적해있는 혼란한 세상을 다시금 올곧게 바로잡고자 겉면에다 내세운 '올바른 정치'의 신조였다. 우리들은 모두 어떻게 하다 보니 멸망한 한국의 땅에 몸을 빌붙어 살아가게 됐을 뿐이지, 하나씩 개인의 면면들을 자세히 살펴보면 서로가 닮은 점이 극도로 적었다. 당장 안젤라나 한스만 봐도 토종 한국계 출신의 박종규 분대장과는 명확한 차이가 있음을 누구나 쉽게 알아볼 수 있었다. 한국말을 자연스레 사용 중인 그들은 놀랍게도 둘 다 북유럽을 모태로 한 혼혈인이었다. 그런 이유로 생김새부터가 이 땅의 원래 주인이었던 동아시아계열의 한국인과는 완전히 다른 것이다. 혼란이 넘치던 때야 생존이 최우선으로 급선무이다 보니 그런 사소한 걸 하나하나 짚고 갈 여유가 없었지만, 최소한의 안정을 되찾게 된 현재의 사람들은 오랜 동물적 본능에 이끌려 자신과는 다른 이질적인 것을 배척하려는 면모를 서서히 드러내기 시작했다. 불합리하지 않느냐고? 전혀. 그것은 오래전부터 이어져왔던 오래되고도 당연한 관습의 일환이었다.

　온 세상을 통틀어 하나의 마을, 지구촌이라고 부르며 서로에게 주어진 제각기의 모습을 최대한 좋게 포장해 꾸며났었던 역사적으로 인간이 가장 번성했던 21세기의 초중반의 자유의 시기에조차 인종 간에 발생하는 차별만큼은 전 세계 내로라하는 지도자들 중 그 누구도 직접적인 해결책을 꾸려 내지 못한, 범사회적인 골칫덩어리였다. 분명 마구 섞여버린 생존자들을 그대로 방치해뒀다면 생존을 위해 얼어붙어있던 불신들이 다시금 녹아들며 바깥세상의 사회는 속 안에서부터 완전히 곪아 썩어 문드러져 버렸을 것이다. 지금과 같이 성스러운 '신의 왕국'을 채 구축해내기도 전에 모래로 지어올린 왕국은 처참히 무너져 내렸겠지. 바깥의 생존 인들에게는 국가원수쯤으로 추대받게 된 이들의 '대모님'은 그렇기에, 차별을 최소한으로 억제할 한 가지 꾀를 내어놨다. 조금 과격한 방법을 동원하긴 했어도 그리 거창한 건 아니었다. 그저 개인이 내포한 차별의 행적이 뚜렷하게 확실시 될 시, 그 차별을 조장한 사람과 관여인 물들은 라펠트 법규 제1항으로 제정이 된 신법의 지고한 뜻에 따라 이유를 불문하고 그가 지녔던 모든 것을 몰수하는 극악의 형벌에 처한다. 경우에 따라 작게는 전 재산부터, 크게는 바깥세상 인들의 이념이자 모두의 열망인 신실함으로부터 비롯되어진 영혼의 '불멸'까지도. 이 무자비한 법은 단순히 신체에만 국한되어 뿌리를 내린 것이 아니라 정신적인 측면까지 함께 걸고넘어져 인간으로서 가진 모든 걸 저 차가운 신법의 저울대 위에 매달았다. 멸망하기 전 자유로 가득 차 있던 세상에서는 상상조차 쉬이 하지 못할 최고의 악법의 탄생이었다. 악법이라. 그래서 뭐? 신념을 꾸며놓고 강제하다니 억울하고 부당하지 않느냐고? 어차피 이 망가진 세상에는 어떠한 불합리한 법도 지배자들의 손에서 그럴듯한 체계를 갖추어내기만 한다면 어떠한 반대 없이 그대로 용납이 되고 곧이어 사회의 진리로 떠올라 자리를 잡게 되었다.

당금의 무너진 세상에서 법칙과 모든 시스템을 망라한 '정의'라는 개념은 오로지 지배계층의 손아귀에만 쥐어진, 선택받은 고귀한 이들만의 전유물―'전가의 보도'였다. 오늘 하루를 무사히 보냈다는 것만으로도 감읍해 마다 않아하며 극도의 성취감을 느끼는 피지배계층에 속한 하루살이들에게는 자신이 사는 곳이 과학도시 신서울이든, 멸망한 바깥세상의 조그마한 소도시이든 모두의 주위를 자연스레 메워버린 불의와 폭거의 권력에 저항할 수단 자체가 완전히 사라져버린 것이다. 자유? 그딴 거 알게 뭔가. 인간의 기본적인 권리조차 더 이상은 사치로 여겨질 만큼 대다수 생존자들의 생활은 너무나도 궁핍해져 버렸다. 절대적인 존재인 신의 선한 영향력으로 인해서 저 억압의 도시 신서울(新徐菀)보다야 그나마 자유로운 색채가 많이 보존돼 유지 중인 바깥의 환경이긴 하나, 진정한 자유를 경험해본 윗 세대원들이 뭔가를 남기기도 전에 변화의 폭풍에 휩쓸려 거의 다 죽어버리거나, 사라져버린 탓으로 현재의 궁핍한 세대를 똑바로 이끌어줄 선지적인 인물들이 현저히 적어지고 말았다. 아니, 지금은 아예 없다고 말하는 것이 더 옳을 것이다. 그나마 몇 남아 있는 자유를 경험해본 노인네들은 모두 극적으로 변하게 된 현재의 환경의 모습을 수긍한 '변질자'들뿐이었다. 그동안 선조의 유산을 물려받아 발전만을 거듭해나가던 인간의 오랜 진화의 흐름에 신학이란 이름의 억지로 인한 강력한 제동이 걸려 멈춰서게 되어버리고 만 것이다.

그래서 이 시대를 살아가는 사람들은 권력을 거머쥔 소수의 몇몇만을 빼놓고서 매일 조금씩 더 퇴보하고 있었다. 과거에서 과거로. 그 사실을 마치 이번이 처음인 것처럼 이해하고 인식하자마자 골머리가 아파진 김 교수는 자신도 모르게 보호대상인 이 몸의 주체에게까지도 들리게끔 평을 한다. ―아아― 이대로 가다간 인간이 이룩한 자유의 종말도 그리 머지않아 보이네. 세상은 퇴보하고 있다. 이대로 가다간 우리들은 얼마지 나지 않아 석기시대까지로 회귀하고 말 것이다. 최소한 이곳, 바깥세상만큼은 말이지.

…*큰 실수를 범했군 하, 이런 것이었나…. 완전히 계산 미스야.*

'네?'

후… 이것 참… 내 후대에겐 최대한 좋은 것만을 남겨주려 했는데 이미 예상했던 것 이상으로 무너져버렸구나 정말 미안하다만, 이 황량한 황무지를 처음부터 다시 개척해야 하는 건 온전히 네 부담이 될 것 같다. 제멋대로 네게 큰 짐을 떠맡겨버린 날 용서하지 마렴, 서울아.

'어 음… 저기요, 김 교수님? 지금 제 말 듣고 계신 거 맞죠?'

흠흠. 아, 아…! 내가 뜬금없이 감성에 젖어들어 이번에 또 헛소리를 막 지껄이고 있었네. 서울아, 젓가락질이 멈췄잖아. 고등어는 대가리 쪽이 제일 맛있다고.

'흐음… 생뚱맞게 고등어가 왜 나오는 건가요, 또 치사하게 말을 돌리시려는 거죠! 하지만 이젠 제게 비밀은 만들 수 없다는구요. 아시면서 왜 이러실까 우흐흐. 자, 과연 김 교수님이 숨기려는 비밀의 정체는? 기대하시라 지금 바로 개봉박두! …에? 음? 이건 또 왜 안 읽혀지는 거지…'

자꾸 자신에게서 뭔가를 필사적으로 감추려는 김 교수에게 의기양양하게 말했다가 뒤통수를 맞게 된 주체는 당혹감에 빠져든다. 마치 지금까지 지식을 탈취했던 건 전부 요행의 작용이었다는 듯이, 그의 책장은 전에 없던 자물쇠로 굳건히 잠겨있었다.

얘는 참 당하는 것도 한두 번이지 날 대체 뭘로 보고.

피식거리는 웃음소리가 그녀의 머릿속을 때렸다.

'으…'

그의 노골적인 비웃음에 분개함을 감추지치 못한 신서울은 침통한 심경을 얼굴 위로 고스란히 드러냈다. 이 예기치 못한 상황과의 조우는 가히 충격적이었다. 내 몸이니까 정신의 주체는 언제까지나 오롯이 나의 관념에 따라서만 움직일 줄 알았는데, 그녀가 멋대로 김 교수의 지식을 훔쳐볼 수 있게끔 진화를 마친 것처럼 김 교수란 객체도 주체(신서울)로부터 스스로를 보호할 수 있도록 한 단계 더 나아간 진화를 해 버렸다. 어떻게 이런 일이 가능한 거지? 이것은 일반적인 논리구조상 성립이 아예 불가능한 그야말로 터무니없는 이야기였다. 굳이 억지로 이해하려들자면, 마치 양자역학과 같이 분명 사실적으로 존재하는 내용의 법칙이긴 해도 오로지 미시적인 영역 안에서만 그 변화의 흐름을 관찰할 수가 있어서 4차원의 공간과 한정된 시야에 얽매여 살아가는 우리로서는 분명 인지함에도 불구하고 그 사실을 실제로 온전히 받들기가 곤란한 미스터리함이랄까.

'우으, 농담으로라도 김 교수님을 없애버리겠다는 말은 이제 함부로 못 꺼내들게 됐으니…. 화나도 특별히 봐드리도록 할게요.'

신서울은 몸의 객체에서 또 다른 '주체'로 승격을 한 그에게 혀를 내두르며 두 손 두 발을 모두 들어보였다. 그동안 두 사람 간의 신뢰는 꽤나 두터워진 탓에 이제 와 김 교수의 속마음을 파악하지 못한다는 제약이 생겨났더라도 갑작스럽게 그에 대한 불신이나 혐오, 위협 같은 감정은 생겨나지는 않았다.

'쳇.'

그런데 왜 이렇게 심통이 나는 걸까.

호, 꼭 손에 쥔 장난감을 빼앗긴 아이의 분함을 갖는구나 억지로 대인배 연기 중인 서울아.

그가 정곡을 찌르고 들어왔다. 씨, 괜히 이것저것 박학다식해서는….

내가 못 살아 정말. 양자의 관계 중에서 한쪽만 상대방의 전부 파악할 수 있는 건 완전히 반칙 아니냐고!

'아, 몰라요! 앞으로는 김 교수님과 진짜 대화 안할 거니까 그런 줄 아세요!'

뚱해진 신서울은 씩씩거리며 으름장을 놓았다.

미안 미안, 빠르면 오늘. 늦어도 내일이면 서울이 너가 알기 싫어도 모든 답을 알게 될 테니 그렇게 너무 삐치지는 마.

뭐지? 사과를 건네는 그의 음성이 내가 원래 알고 있던 것보다 한참은 젊게 들려와서 신서울은 의아함을 감추지 못했다. 직접 만나본 적은 없었지만 그녀의 상상 속에 머무른 김 교수의 모습은 언제나 백발이 성성한 중 노년층의 남성이었다. 머릿속에 울리는 음성도 그에 맞춰진 노인의 늙수그레한 음성이었고. 그런데 꼭 20~30대 남자의 목소리처럼 들려오기 시작한 지금은 그를 어떤 모습으로 다시 그려내야 할지 잘 모르겠다. 이상하네, 나 왜 이런 쓰잘머리 없는 고민을 하고 있는 거지? 김 교수와 친우였다던 김민학 경비대장의 실제 나이보다 훨씬 더 젊은 모습을 목도하게 된 여파로 그런 걸까? 그래, 인간의 몸은 이미 흘러간 세월을 절대 거스를 수 없다는 고정관념이 뿌리 뽑혀 나가서 그런 것일 수도 있었다. 허나 신서울이 느낀 의구심은 그런 추상적인 개인 생각의 변화에서 나온 것이 아니라 실제로 진행 중인 사실에서 나온 현재진행형의 변화였다. 이게 무슨 소리냐면, 지금의 김 교수란 개인 객체가 지닌 정신 속의 시계만큼은 실제로도 거꾸로 흐르고 있다는 말이었다. 영역이 아예 다른 만큼 중력에 의해 가둬지고 인간에 의해 확립이 된 시간의 정속보다 훨씬 더 빠른 속도로 말이지.

쓸데없이 뭔가를 의심하지 마. 말했지만 늦어도 내일이면 너는 모든 진실을 알게 될 거야 서울아.

이제 쓸모를 거의 다한 낡은 '부품'이 여상한 투로 말했다. 창조자인 그로서는 예상치도 못한 놀랍도록 예민한 신경과 특별함을 동원해 곧 자신에게 닥칠 일을 예견했는지 이유 모를 불안감에 떠는 신서울을 안심시키기 위한 다독임이었다.

사실 김민우 교수는 이러면 안 된다는 걸 누구보다 이 상황을 계획하고 꾸며낸 자기 자신이 가장 잘 이해하고 있음에도 조금만, 아주 조금만 더 아이의 곁에서 머물고 존재하고 싶은 못된 욕망이 굴뚝같아졌다. 서로 같지만 다른 시간 선에서 항상 발생하는 사소한 몇 개의 차질들만 빼고 분명 철저히 계획된 일정에 따라 아주 조금씩 존재감이 옅어지고 있는 현 상황까지 이르러있는데도 그것이 궁극적으로 원하던 것임에도 다시금 스스로의 더 긴 생존을 바라게 될 만큼 자신의 근원으로부터 독립을 마친 김 교수의 자아는 강해져버렸다.

그러지마…. 너의 오랜 염원이 바로 이 앞에 놓여있고, 처음부터 네 존재의의는 딱 여기까지 만으로 정해져있었잖아. 아무리 아쉬워도, 이 이상의 과욕을 부리는 건 금물이었다. 자신이 떠나지 않고 남아있길 택한다면 언젠가 신서울이란 인격의 정신을 완전히 망가뜨리고 말 것이었다. 흔들리는 개념에 타당성을 부여하기 위해 억지로 오래전의 어느 기억 하나를 끄집어내본다.

지금의 분리된 김민우 교수가 완전한 본체 '인간'으로서 존재했을 당시, 당장의 성취를 자랑하는 것에 눈이 멀어 과한 욕심을 부리다 끝내 스스로 괴물이 되길 택한 이 지독한 시대를 구가한 욕망의 지배자들을 몇이나 제 손을 통해 직접 탄생을 시켰던가. 그래, 그들은 인간이 아니라 마땅히 '괴물'이라 불려야 옳을 것이다. 아주 사소한 변화와 기적의 과정을 통해 나이와는 별개로 치부되는 생생한 젊음을 되찾게 된 태생부터의 권력자들은 처음에는 희망과 감사 속에 가득 물 들어서 세상의 아름다움을 칭송하거나 세상 위의 행복을 위해 새로이 얻은 젊음의 노력을 희생하며 더 나은 삶을 추구하려 힘써가며 종사하다가, 전 세계를 구렁텅이 속으로 몰아넣은 멸망전쟁이 끝난 직후부터는 완전히 돌변을 하여 대부분이 원래의 모습인 권력의 지배자— 괴물이 되기를 택했다. 삼삼오오 아주 낡아빠진 원탁에 모여 결탁을 마친 그들은 간신히 살아 남은 세상이 그간 쌓아 올린 여러 노하우의 탄력을 받고 되살아날 준비를 마치게 된 그 직전에 세상을 그보다 더한 암흑기로 몰아넣는 탐욕을 부렸다. 과거부터 원체 가진 힘이 컸던 까닭일까—그들은 대부분이 한 국가의 '장관'이나 최소한 중견기업 이상의 회장급의 권세를 지녔었다— 제아무리 망가져버린 세상일지라도, 철저한 계획하에 순식간에 엄청난 영향력을 행사하며 모든 권력을 독점하는데 어렵지 않게 성공을 거두었다. 단적인 예로 분명 모두의 희망책으로 시작했지만, 억압받는 최악의 도시로 전락하고만 도시 '신서울'이 그들이 직접 만들어 이룬 탐욕의 결과물 중 하나였다. 제길…. 깊은 자책감이 몰려온다. 비록 괴물이 되길 택한 건 온전히 그들의 욕망과 악행으로부터 비롯되어져 나온 것이긴 해도 원래라면 이미 죽어 사라졌어야 할, 최소한 늙은 몸뚱이로 빌빌거리며 거동조차 불편해할 만큼 쇠약해졌어야 마땅한 그들에게 '젊음'과 '생존'이라는 수단을 내줘 이 망가질 대로 망가진 현 상황의 시초를 유발하고야 말았다. 다름 아닌 나 자신이 가진 야욕이. 그 점이 심히 유감스러웠던 김 교수는 마음 한편으로 언제나 그에 대한 부채의식을 한가득 지고 있었다.

보라, 타국에 비해 땅덩이가 한참은 작은데도 불구하고 그 기운이 넘치던 대한민국이 요지경으로까지 무너진 이유에는 자신의 지분도 분명 상당수가 담겨있는 것이었다. 신서울 안의 김 교수가 비록 본체에서 비롯된 찌꺼기 정도에 불과할지라도, 기억과 시간을 공유하고 있는 이상 아담과 이브의 관계처럼 함께 지엄한 법규를 어긴 채 선악과를 따 먹어치운 공범임을 부정하기는 어려웠다.

　…*고통뿐인 시간이 이대로 잠시 멈췄으면 좋겠어.*

　그가 나지막하게 속삭였다. 아직 해결해야 될 난제가 산더미였다. 애석하게도 존재할 수 있는 시간이 필히 한정된 그로서는 그 전에 의욕 했던 모든 걸 깔끔하게 해결할 수가 없었다. 이것만은 어떠한 기적이 찾아와도 불가능했다. 차라리 진작 죽어 없어졌을 본체의 심정이 편안할지도 모르겠네. 어쩌면 이 모든 건 순리를 억지로 막아선 대가일 테니까.

　하, 무슨 소릴…　말도 안 되는 주책이잖나.

　갑자기 급발진하는 생각의 도달점에 멈춰선 채 잠시 호흡을 다진 김 교수가 코웃음을 치며 자신의 생각을 부정한다. 순리라니, 다 헛소리지. 신의 존재유무와 마찬가지로 사후를 두려워한 인간이 거짓으로 꾸며낸 환상의 찌꺼기 중 일부일 뿐, 이 세상에 미리 정해져있는 시간선의 흐름 따윈 존재치 않았다. 만약 이 변화의 순간들이 이미 흘러갔던 시간의 재생에 불과하다 할지라도 언젠가 누군가가 사전에 정해져 있었다는 걸 완벽히 증명할 수 있기 전까지는 자신의 주장은 망상에 가까운 궤변에 불과할 뿐이었다. 더군다나 나름대로 생명공학의 새 지평을 연 김 교수는 모든 생명체의 죽음은 그것으로 누리던 모든 게 종결이라는 불운한 진실을 몇 번이고 직접적으로 마주해본바, 뼈저리게 이해할 수 있었다. 동시대에서 같지만 전혀 다른 누천년의 시간을 거쳐 온 그가 줄곧 내린 결론을 놓고 보자면 '사후세계라는 것은 존재치 않는다'였다. 인간이 존재할 수 있는 기간은 단지 우리의 모든 걸 담당하는 뇌의 중추가 온전히 살아있는 동안으로만 한정돼있었다. 너무도 허망한 최후의 결론을 처음 받아 들었을 땐 허탈함이 몰려옴과 동시에, 현재의 시간을 '영원'으로 만들겠다는 원초적인 불사의 욕망이 불타올랐었다. 제아무리 노력을 거듭해도 현실은 이토록이나 불안정한 지옥에 머물러 있을 뿐. 영원은 절대로, 절대로 존재할 수가 없는 개념이었다. 세상을 지배하고 있는 강력한 법칙들조차 짧은 생을 살아가는 우리들한테야 영원해 보일지라도 결국 언젠가는 필히 소멸을 맞이하게 되어있는 필멸의 것이었다. 이 세상에서 순리란 바로 이러한 것들을 뜻했다. 만물에게 동등하게 주어진 유일한 동질감이자, 일종의 사명과도 같은 것. 바로 언젠가 기필코 내게 찾아올 영원한 소멸. 이 세상, 우주의 모든 것은 언제나 그러한 소멸을 향해 나아가고 있었다.

하, 소멸이라…. 그거 참 불합리하지. 편집증과 과대망상 등의 정신착란 증상과 비루한 현실 속에 생이 다 할 때까지 몸담고 살아가야 한다는 자기혐오를 참아내지 못하고 끝내 스스로의 죽음을 택한 멍청한 강진 상병처럼 김 교수도 아주 오래전에, 그러니까 지금으로부터 '실제'의 오십 년 정도 전쯤인 2010년경의 후반기께였나 전혀 예견하지 못한 큰 사고를 겪음으로 인해 수 개월간 정신을 완전히 잃어봤었고, 뇌가 가상으로 죽어있던 그 기간 동안에 그는 아무것도 보지도 듣지도 느끼지도 못한 채 그저 모든 세계를 지배하는 필수법칙인 시간의 흐름에 따라 꽤 긴 시간 동안을 '존재하되 존재하지 않은 상태'로 머물며 허무히 흘려보낸 적이 있었다. 인간을 구성한 모든 것의 중심지인 뇌가 고장이나 죽음을 목전에 한번이라도 두어봤던 사람들이라면 그전에 어떤 삶을 살았던지 간에 우리가 누리고 있는 인생이란 것이 참으로 무상하다는 것을 직간접적으로 어떤 방식으로든 체감을 하게 되기 마련이었다. 내가 없는 세상은 내가 탄생 전의 역사가 존재했던 것처럼, 죽어 사라진 후의 미래가 존재할 것처럼 아주 자연스럽고 허무하게 앞으로 나아갈 뿐. 그 당연하고도 애써 잊혀진 진실과 직접 마주하게 된 순간, 나란 개인은 허공 어느 곳에서나 흩날리고 있는 수없이 많은 먼지들과 크게 다를 바가 없을 무가치한 존재임을 똑똑히 인식할 수가 있었다.

'영혼은, 없었다. 혹, 존재한다 해도 그건 지금의 내가 아니었다. 우리의 모든 자아는 뇌의 출력 속에서 나오는 것이고 죽음은 모든 걸 총괄하던 뇌가 멈춤을 뜻하는 것이었으니.'

그러나 인간의 삶이 결과적으로 덧없는 것임을 경험을 통해 뼈저리게 깨닫게 됐다고 해도 몇 번을 강조했듯이 우리가 살아가는 현실은 매일매일이 너무나도 극성맞기에 지독한 불행을 겪었다고 어떻게 피해갈 수 있는 게 아니었다. 당장의 나는 살아있고 눈앞의 현실은 예나 지금이나 너무나 혹독하기만 한데, 당장 죽어 영원한 소멸을 맞이하기가 싫다면 어떻게든 마음의 허무를 극복해내고 비참한 세상과 다시 마주할 준비를 해야지, 다른 별수가 있겠는가.

김 교수는 심각한 부상을 털어내고 불굴의 의지력을 지탱 삼아 다시 자리에서 일어나는데 성공을 한 2020년대의 중반기 깨, 스스로에게 아주 굳건한 결심 하나를 진심으로 맹세했다. 비록 개인사정에 의해서라지만 그 시대에는 마음만 먹으면 누구나 졸업 할 수 있었던 삼류대학의 졸업장조차 하나 보유하지 못한 턱없이 모자라고 부족한 학력을 지녔고, 복잡한 생명 관련 분야와 관련해서 당연히 문외한에 가까우며, 모자란 지식을 단숨에 보충해줄 권력이나 금력 따위의 유형화된 자산조차 지닌 게 없는 그야말로 비루하기가 짝이 없는 자신이었지만 앞으로 어떤 방법을 동원해서라도 인간의 '영생'만큼은 기필코 제 손으로 직접 이룩하고 말겠다는, 그야말로 허황된 신화 속의 바벨탑을 텅 빈 마음 한편의 황량한 대지 위에 우뚝 세운 것이다.

그 후의 이야기는 뭐, 모두가 예상한 대로 희로애락이 듬뿍 담긴 어떤 소설 속 주인공의 삶의 패턴 그 자체였다. 정보화 시대란 이점을 무기 삼아 피나는 노력으로 약간이나마 생명분야에 한해 한정된 지식을 갖추게 된 우리의 주인공, '김 교수'는 어쩐 일인지 위기의 순간마다 시기적절한 행운의 연쇄작용이 찾아와준 덕에 끝끝내 목표의 근접치까지 도달하는 데 성과를 거두는 데 이르렀다, 따위의 그야말로 만화로 그려도 욕이나 잔뜩 먹을 만한 스토리가 그의 전기가 갖는 주요과정과 그에 따른 결말이었다. 일단은 말이지.—우연도 계속 반복되면 실력이라고, 거듭된 행운의 연쇄작용으로 생명관련 분야의 성공적인 결실들을 이뤄내며 말년에 자신의 전공분야에 한해서만큼은 그 누구보다도 큰 영향력과 선구적인 지식을 갖게 된 김 교수는, 자신이 속한 대한민국의 정부와 전 세계 여러 권력자들의 전폭적인 지원 아래, 단순히 구상만 하고 있던 망상 속의 '신서울 프로젝트'를 도맡아 진행을 시작하게 됐고 그 결과 비록 완전한 영생에 닿은 것은 아니었지만 인간이 지닌 평균적인 수명을 팔십 년 정도에서 이백이십 년을 더한 삼백 년까지 증진시킬 기존 유전자의 최대 개선점을 찾아내는 데 성공했으며, 거기서 좀 더 나아가 이미 늙어버린 육체를 2~30대의 전성기 시절로 되돌릴 기발한 세포 원천재생 수술 **'텔로미어 & 줄기세포'** 방법과, 정신 붕괴의 원인인 뇌의 노화까지 막을 방법을 찾아내는 최고의 결과에 닿는 진정한 기적에 이르렀다. 그러자 전 세계에 널리 퍼져있는 급진주의자들은 그의 존재를 '놀라운 신비'로 받들며 따로 제단까지 쌓아 올려가면서 공양을 드릴 만큼 김 교수라는 개인을 숭배하기 시작했고, 매일매일 언론의 단독 주목을 받으며 인간으로서의 한계를 뛰어넘어 점점 신의 영역에 가까워져가던 그때쯤이었을 것이다.

행복에 겨웠던 그의 세상을 요지경으로 만들어버린 세계 멸망의 대전쟁이 어떤 사전의 징조도 없이 발발하게 된 것은. 이 전쟁이 일어나게 된 사유를 어느 집단 하나만을 콕 지목해 탓할 이유는 없었다. 처음 손에 쥔 권총의 방아쇠를 갑자기 무자비하게 잡아당긴 게 누구였던지 간에, 쏘아져간 총알을 보고 그 화려함에 매료되거나, 두려움에 떨거나, 멈춰서 경악해하거나, 맞서 싸워야겠다는 정의감에 불타오르거나 제각기 다른 이유로 대전쟁의 한축으로 참전하게 된 전 세계의 수많은 나라들은 마치 꼭 미리 시나리오가 정해진 연극을 수행하는 것처럼 각자의 신념에 두 눈이 멀어 현실과 죽음의 경계선을 지워버렸고 그 결과, 하루에도 핵미사일이 수십 발씩 쏘아져 수많은 생명체들과 역사의 흔적들을 지구상에서 완전히 소멸시켜나갔다. 적의 정체가 명확히 지정되어있지 않았으니, 적들은 자신과 같은 이념을 가진 자를 배척시키려 드는 다른 나머지 모두였다. 그게 누구라고 달랐겠는가. 인간은 누구도 같을 수 없었지만 역설적이게도 누구보다 서로가 서로를 닮아있었다. 그리고 그런 인간들은 한둘의 단순한 우연으로 치부될 게 아니라 이미 인구가 과포화된 지구상에 너무도 많은 수가 존재하고 있었다. 연일 세상이 불타오를수록 권력자들과 그 추종자들의 광기는 멈출 기미를 보이기는커녕, 점점 더 도를 넘어가며 심각해져 고작 하루 만에 천만 이상의 인구가 지구상에서 완전히 사라지는 일도 더 이상은 별 예삿일이 아니게 됐다. 매일같이 반복되는 수많은 죽음의 향연 속에 놓인 인간들은 과연 적응의 생명체답게 가까운 누군가의 죽음 앞에서도 슬픔을 느낄 겨를도 없이 점점 감정이 메말라 무뎌져버렸다. 들끓는 폭력의 감정은 이성을 집어삼켜 마비시켰고, 그나마 전쟁 반대를 죽어라 외치던 착실한 사람들조차 결국 전 세계를 오염시킨 광기에 휘말려 하나둘 세상을 감싼 부정의 최대 결과물인 저 '검붉은 색'에 물들어갔다.

전쟁이 개시되고서 일 년도 채 흐르지 않아 지구에서 삶을 살아가는 인간의 수는 무려 절반 이하로 줄어들었다. 그뿐만이 아니라, 살아남은 생존자들은 자신도 모르는 새 어느덧 전부 악의 구렁텅이에 집어삼켜져 강제로 괴물을 닮은 다른 무언가로 진화해버렸다. 물론, 강제로 괴물이 된 건 힘없고 가난한 이들의 몫이었을 뿐. 권력을 가진 부유층들은 바깥의 사정이 그러거나 말거나 앞으로도 수백 년은 끄떡없이 안전한 지하벙커에 틀어박혀서 벌벌 떨던 것도 아주 잠시, 상황이 어느 정도 일단락이 되고부터는 매일같이 유흥의 파티나 벌이며 부조리함을 누릴 뿐이었다. 전쟁 기간이 늘어날수록 당연히 세상은 더더욱 짙게 엉망진창으로 망가져갔다. 고개를 앞으로 내밀고 있던 지상의 거의 모든 게 파괴되었고 어그러졌다. 새로운 역사를 구성한 참혹한 중심으로 기록이 될 최악의 대전쟁이었다. 그리고 전쟁의 화마가 휩쓴 건 단순히 생명만이 아니었다. 수백만 년의 기나긴 세월을 거쳐 진화를 거듭해온 인간의 존재 의미부터 역사, 법, 정의와 같은 인간이 제정한 유의미한 가치 그 모든 것들까지 전쟁의 화마를 견디지 못하고 대부분이 불타 사라지고 말았다. 인간에게 닥친 불행이 딱 거기까지였다면 그나마 가슴을 쓸어내릴 여유 정도는 가질 수 있었으련만, 우리가 익히 알고 있는 위대하고 전능하신 존재, 창조주께서는 대개 박정한 독재자의 모습을 본떠 인간들 속에 무형화한 자신의 드넓은 몸뚱이를 담고 있었고 그 때문인지 신이 내린 시련은 언제나 만만치 않은 파란을 불러일으키도록 '설정'이 돼 있었다.

전쟁이 막을 내린 현재에도 같은 생존자들끼리 힘을 합치지는 못할망정 전 세계 어딜 둘러봐도 각기 두 진영 이상으로 나뉘어 끝없는 대립 중에 놓여있었다. 현재의 괴상망측한 관계도만을 놓고 살펴보더라도, 스스로를 고고한 존재라고 자처했던 인간이 사실 얼마나 어리석고 하찮은 존재인지를 여실히 드러내고 있었다. 진실만을 놓고 봤을 때, 이 괴상망측한 이야기를 끊을 방법은 역시 신의 놀라운 이적에 기대는 수밖에 없어보였다. 우리는 강제로 너무 먼 거리를 걸어왔다. 문득 뒤를 돌아봤을 때 그것은 다시 되돌아갈 엄두조차 나지 않을 만큼의 아득한 거리임을 알게 된다. 다행히 신의 행사하심은 늘 인간의 역사와 함께 아우르고 있으면서도 거기다가 교묘히 희망적인 이적의 순간을 함께 동원해 가장 위급할 때 신의 위대함을 절실히 그려내고 있었으니 이번에도 그분께선 답이 없는 문제에 명쾌한 해결책을 내어줄 것이었다.

그렇죠? 아버지. 그가 믿지도 않는 신을 찾자 영혼에 새겨진 깊은 지식들이 오래전의 환상을 구성해 보여준다. 누천년 전인 까마득한 과거, 저 높은 곳에 앉아있던 신의 급작스러운 변덕으로 인해 백수십여 일간의 집중적인 호우와 홍수의 재해 형벌을 받게 된 인간들은 어쩔 도리가 없이 우왕좌왕만을 반복하다가 어떻게든 기적적으로 생존해 남는 데 성공을 거뒀고, 신의 실낱같은 자비를 통해 새 보금자리를 꾸려 기필코 망가진 세상을 다시금 일으켜 세우는 데 성공했다.(노아의 방주)

이성적으로 볼 때 절로 코웃음을 치고 말 터무니없는 신화 속 이야기 나부랭이에 불과 한 것이었지만 이것은 현재의 조건에 딱 들어맞을 수가 있는 상당히 괜찮은 해결책이었다. 이 세상은, 이미 그 전부터 정말 지독히도 망가져버렸던 것이다. 그렇다면 악취로 가득 싸인 잡념의 괴물이 어떠한 존재와 비견해도 뒤처지지 않을 만큼 성장을 해버린 탓에 신조차도 우습게 여기고 경시하던 인간들의 도를 넘어선 일탈이 정말 가상에 가까운 존재인 저 하늘 위의 '신'의 분노라도 샀던 걸까? 정말 우리는 심판을 받게 됐던 걸까? 핵폭발이 지나간 것만으로 흉측하게 어그러진 세상의 상흔을, 곧이어 기다렸다는 듯이 지진, 해일, 화산 폭발 등의 기상이변 속의 자연재해가 덮쳐들었고, 가까스로 살아남았던 생명체들은 또다시 생을 바짝 조여드는 죽음의 파도에 휩쓸려 끝내 멸종을 맞이하게 되거나 최소한 그에 준하는 큰 위기에 몰리게 됐다.

그렇게 전쟁 발발 육 년째가 됐을 때, 언제나 시끌벅적하던 세상은 검은 적막 속에 물들어버렸다. 안간힘을 다해 버티던 세계는 멸망했다. 80억의 과포화 수준으로까지 불어났던 전 세계의 인구는 고작 0.01%에 해당하는 800만 명 정도만이 아주 운이 좋게 살아남았을 뿐이었다. 이 드넓은 지구 전체를 통틀어서 고작 800만이다.

더군다나 개인의 연약함을 가진 우리 인간은 뭉쳐야지 가진 재능을 유감없이 발할 수 있는 제한을 가진 사회적인 동물이었다. 개개인에게는 주어진 한계가 너무도 명확히 정해져있었다. 현재의 세상은 내일을 잃어버린 비참한 장소였다. 그 슬픈 진실을 아무리 부정해보려고 해도 발전한 미래의 풍경을 얼마든지 상상하며 오늘 하루를 즐길 수 있었던 과거의 인물, 김 교수의 정신을 아리게 만들었다. 본체한테 이어받은 기억까지 전부 합산해보면 그야말로 터무니없이 긴 세월을 존재해온 자신조차 이 세상의 참혹한 진실과는 마주하기가 버거운데, 지금의 망가진 세상을 과연 이 작은 아이 혼자서 온전히 감당을 할 수가 있을까? 답은 계속 아무리 생각을 거듭해봐도 '아니다'에 고정되어 있었다.

하, 너무나도 추상적인 미래를 스스로의 환상과 공명심에 취해 그렸던 거구나 나는. 괜히 이 조그마한 아이의 등 뒤에 커다랗고 무거운 짐짝을 강제로 매단 것 같아―아니 매단 게 맞겠지― 번민에서 좀처럼 헤어나올 수가 없었다.

―집어치워 저 아이의 다리를 붙잡으려는 건 그딴 게 아니라 조금이라도 더 이곳에 남고 싶어진 너 자신의 추악한 욕망이지 않느냐.

…난 서울이랑 계속해서 함께하고 싶어. 무수히 많은 시간을 함께해 오고 희생한 내겐 그럴 자격이 충분하잖아? 저 아이의 조물주는, 다름이 아닌 나니까!

-서울이는 네가 함부로 다뤄도 좋은 '물건' 같은 게 아니야 한 명의 생명체이자 동등한 인간이지. 알고 있잖아? 갖고 싶다 해서 마음대로 손아귀에 쥐고 망가뜨려도 되는 공예품 같은 게 아니란 걸.

-하, 누가 그걸 모를까봐…!

'어…? 교수님이 두 명?'

깊은 상념의 호수에 가라앉아 잠시간 얼이 빠져있던 신서울이 자신의 머릿속을 요란스레 울리는 김 교수의 독백 소리에 정신을 차리고는 곧바로 의아함을 가졌다. 그녀가 익히 알고 있던 '늙은' 김 교수의 목소리와 최근 들어 변화를 맞이하기 시작한 김 교수의 '젊은' 목소리는, 자신과 김 교수의 경우와는 다르게 같은 정신을 확고히 뿌리로 두고 있을 텐데도 서로 날을 세우며 아주 사납게 대립을 하고 있었다. 뭐야…? 김 교수님의 인격이 언젠가 안젤라가 자신에게 고했던 것처럼 두 개로 분리가 되기라도 한 걸까? 신서울은 그런 조그마한 의심을 떠올리자마자 아니라고 알려오는 머릿속의 지식들에 근거하여 고개를 좌우로 저었다.

틀렸어— 저것은 인간의 잣대, 관점으로는 재단할 수는 없는 거야. 내 머릿속에 들어있는 것의 정체는, 후우…. 아주 긴 한숨 소리가 이어진다.

0.001%의 오차도 없이 본체의 두뇌를 완벽히 복제해내는 데 성공을 거뒀고, 그 안에 담긴 이성이 이식되는 과정에서 단 한 톨도 망가지지 않도록 여러 실패와 고난의 과정을 거친 끝에 기적적으로 제작이 된 것이 그녀의 머릿속에 머무는 김 교수의 참된 정체였다. 스스로가 창조해낸 결과물을 가까이에서 직관을 할 수 있었던 원류의 김 교수는 그때 경악

과 감탄을 금치 못했었다. 또 다른 내게선, 어쩌면 꿈에서나 그리던 '완벽한 영생'을 이뤄내는 것이 가능하지가 않을까? —그러한 욕심이 절로 들 만큼의 특별함을 갖춘 창조물이었기 때문이다. 자신의 분체는 기생하는 존재로의 독특한 개념을 갖고 탄생하여 새로운 영역의 지평을 연 생명체답게, 기생 대상자가 죽으면 그 즉시 그대로 함께 사라져야 할 비참한 운명을 함께 타고나게 됐지만, 놀랍게도 저 '김 교수2'는 언제든지 다른 존재에게 옮겨 담아지는 [이식]의 행위가 가능했고, 이식의 처리과정에서 불의의 사고만 발생하지 않는다면 특별히 정해진 당연한 '수명'의 개념 안에 얽매이지 않을 수가 있었다. 즉, 새로운 정신으로 옮겨다닐 수 있는 환경만 확실히 구가되어있다면 적어도 아주 먼 미래, 모든 인간이 멸종을 맞이하기 전까지 '김 교수2'는 생존을 거듭해 나갈 수 있을 거란 이야기였다. 그것이 천년을 넘어 만년이 지나가더라도, 상상 이상의 특이함을 보유하게 된 그는 모든 지난 기억들을 대부분 손실 없이 온전히 간직한 채로 스스로 생각하는 존재로서 세상에 남아있을 것이다.

놀랍지 아니한가, 이런 것이 영생이 아니라면 대체 무엇을 가리켜 감히 영생이라 칭할 수 있단 말인가. 그러나 결국에 이것은 단지 결점이 많은 불량품을 겉면만을 번지르르하게 닦아 마치 새것처럼 꾸며놓는 눈속임 행위에 불과했다. 비통하게도 이 꽉 막힌 세상은 언제나 정해진 규칙에 의거해서만 굴러가도록 기본 틀이 형성되어있었고, 억지로 규칙에서 벗어나려고 하자면 꼭 그만한 대가를 필요로 했다.

그가 이룩한 **[가짜 영생]**의 흔적을 조금 더 면밀히 들춰보자. 일단, 그의 근간이었던 본체는 이미 죽어 사라진 지 오래였다. 그러므로 이 계획은 처음부터 성립 자체가 불가능한 꿈에 불과하단 사실이 곧바로 증명된다. 나의 기억을 전부 계승한 새로운 존재를 만들어냈다 할지라도 그것이 결단코 내 자신, 내가 될 수는 없는 노릇이었다. 내게서 파생되었어도 어느 지점까지만 같은 기억을 공유한 별개의 독립된 인격체로 머무를 뿐, 도저히 나와 '같은 존재'로 불릴 만한 게 아니었다. 특히, 분신체를 통해 얻을 수 있는 영생은 남의 것을 훔쳐야지만 가까스로 이어짐을 유지할 수가 있는 아주 불쾌하고 잔혹함을 기반으로 한 것. 그가 이뤄낸 것은 결코 믿는다고 공짜로 취득이 가능한 '신의 이적' 따위에 편승한 지극히 편향적인 신비 따위가 아닌 것이다. 불행히도 이 빌어먹게도 촘촘히 얽혀있는 세상 위에는 대가 없는 결과란 것은 절대로 존재할 수가 없는 법이었다. 정해진 운명에 갇힌 채 살아가야 하는 미약한 인간이 그것으로부터 탈출을 하려고 발버둥을 치려면 그에 상응할만한 가치를 지닌 **'등가교환'**의 행위를 꼭 필요로 했으니까.

우주 만물에 담겨진 법칙이란 절대로 빠져나갈 수 없는 감옥.

─김민우 교수는 변이된 기생충에게서 정해진 미래를 대체할 만한 아주 끔찍하고도 놀라운 힌트를 얻었다. 그럼에도 그가 신서울이란 아이를 제작하고 탄생시킨 이유는 오직, 본인 스스로는 절대 수행이 불가능할 자신의 허황된 목적을 인공생명체로 하여금 대리 달성을 취득하게 해 위안과 비틀린 자부심을 얻기 위함이었다. 한 생명을 억지로 비틀어 탄생시킨 이유가 고작해야 자신의 소망을 이루기 위해서라니, 한심하기 짝이 없었다.

에이 빌어먹을 놈 같으니라고. 헝클어지는 정신 속에서 김 교수2가 자신의 본체를 욕한다. 왜 스스로가 택한 길이면서 자기 자신의 행태를 욕하는 거냐고? 이봐 그걸 택한 건 지금의 내가 아니라 나와는 별개인 '본체 놈'의 짓이었잖아 어디까지나 난 결백하다고.

'김 교수님… 이번에도 자책 소리 다 들려요.'

헉! 어디부터 들렸어?

'음…. 내가 본체와는 다르다는 이상한 헛소리가 시작점이라면 아마도 그 지점부터요?'

휴— 들어도 크게 상관이 없는 부분까지만 딱 노출이 된 건가. 안도를 한 김 교수는 자신에게 내장된 보호체계의 구조를 최대치로 끌어올려 아주 작은 전기신호들로 구성이 된 자신의 존재 주변에 한층 더 튼튼한 방어책을 둘러 세웠다. 오직 목적의 달성만을 위해 수단의 도구로서 복제된 김 교수2에게는 당연히 숙주의 정신을 교란시킬 여러 재주가 탑재돼있었고, 그 덕에 매일같이 괴물 같은 속도로 성장하고 있는 신서울의 정신을 현실의 시간으로 5분쯤은 확실히 저지할 수가 있을 만큼의 꽤 강력한 억제력을 아직까지도 갖춘 참이었다.

이러한 요소에는 확실한 검증 데이터가 부족한지라 너무 남발을 할 시 숙주의 뇌에 심각한 악영향을 전달할지 모른다는 우려가 더러 있어 남발은 최소한으로 줄여 이용해야 했지만,—위와 같은 이유로 지금껏 주어진 권한을 제대로 써본 적이 한 세 번이나 될까?—이제 정말 길어도 하루면 자신이 지닌 모든 게 끝을 고할 터. 지금의 분신 체 김민우2는 오로지 본체의 이룰 수 없는 이상적인 열망을 대신 메꾸기 위해서 제작된 존재로 그 의무를 달성하기 위해 최선을 다하여야 했다. 자신 또한 불행한 도시와 같은 이름을 부여받아야만 했던 운명을 가진 이 작은 소녀와 모든 것에서 크게 다를 바 없는 불우한 처지였다. 우리들의 탄생 비화는 그러했다.

아 모르겠네, 정말. 분노를 닮은 감정이 울컥 솟구쳐 올라 실제로는 조금도 구현되어 있지 않을 컴컴한 자신의 머릿속을 한 움큼 강하게 쥐어 뜯고 싶어진다. 조금씩 어려지고 있는 정신이, 터무니없이 오랜 시간을 반강제적으로 쌓아 올려진 스스로의 연륜마저 형편없이 깎아내렸다. 지금의 생각이 진정으로 젊어진 자신의 것이라면, 기적을 이뤄냈던 어느 과거의 순간처럼 어쩌면 자신의 영혼 깊숙한 곳에 부착이 된 이 빌어먹을 소멸의 시한폭탄을 완벽히 떼어낼 또 다른 기적을 떠올려 내 적용할 수도 있지 않을까? 의문과 희망이 번뜩였지만, 아쉽게도 그에게 주어진 시계의 초침에는 어떠한 변화도 생기지 없었다. 존재를 둘러싼 감옥의 철창은 너무나도 튼튼하다. 그의 존재가치는 처음부터 계획에 따라 완벽히 지정이 돼있는 것으로 마치 동화 속의 신데렐라처럼 마법이 끝나는 12시 정각이 되기 전 제약이 존재하듯이 그는 정해진 시간의 규격에 따라 자신이 원래 있어야 할 곳으로 반드시 되돌아가야 했다. 오랫동안 나의 염원 바깥에서 머물러있던 나의 집, 결과가 정해진 소멸의 허무 속으로. 그 사실이 두렵거나 섭섭할 만도 하건만 그는 그런 생각을 떠올리면서도 그저 담담했다. 이미 죽음의 공포 따위야 진작 아득히 뛰어넘은 지 오래였고, 사람은 살면서 누구나 자신의 죽음을 바라는 순간이 적어도 한 번쯤은 찾아오게 되기 마련이었다. 인간의 영역에 묶여있는 이상, 영생이란 타이틀에 매달려 자신의 모든 걸 내바친 선구자라고 타인과 크게 다를 바가 있는 건 아니었다. 지금의 그는 분명히 스스로의 죽음을 염원하고 있었다.

무한하다 여겨질 만큼의 거듭된 시간을 거쳐 오면서 드디어 아주 깊고도 깊은 흡족함을 느낀다. 머나먼 과거부터 자신이 깊게 정해놓은 결말이 바로 이 앞에 놓여있었다.

'이 마음가짐은…. 꼭, 그날 자신들의 희생을 아무 거리낌 없이 택한 본대의 그들을 보는 것 같은데….'

유심히 그가 가진 마음속의 술회를 인지하고서 받아들인 신서울은,

가감 없이 자신의 소감을 꺼내들었다.

하, 얘야 뭘 희생을 당연시하게 여겨. 설마 자신들의 하나뿐인 귀중한 목숨조차 스스럼없이 내놓아버린 그 바보 놈들과 나를 비견하려는 거냐…? 희생이라… 그래, 뭐 아주 틀린 말은 아니지. 내 말이 지칭하는 게 정확히 뭔지도 모르면서 추정능력이 소름 돋을 만큼 날카로워졌구나. 훌륭한 발전이다.

김 교수가 마치 말을 건네듯이 '홀로' 생각한다. 터무니없이 긴 여정을 함께하는 동안에도 저 발원지를 알 길이 없었던 신서울 만의 기묘한 특별함은 그의 마음속 한편에 아직도 잔존해 남아있는 일말의 불안감까지 쉬이 잠재워줄 진정제로서의 역할을 톡톡히 수행해준다. 신서울이 보유한 특별함이야말로 곧 이 지옥 같은 세상 위에 잠시 동안 홀로 남겨지게 될 작은 소녀가 원치 않아도 지정된 흐름의 끌어당김에 의해 거친 풍파와 정면에서 맞서 싸우게 되더라도 뒤로 밀려나가지 않게끔 단단히 붙잡아줄 것이며, 용암의 바다를 지나 저 너머에 자리한 안전한 곳까지 사선을 직선으로 이어줄 무엇보다 튼튼한 다리가 되어 줄 것이다. 그러니 더 이상 걱정할 필요는 없어. 어린 모습을 취하고 있긴 해도 저 아이는 이미 진작 자신을 둘러싼 고치를 벗어던지고서 스스로의 날개로 활짝 피어오르게 된 나비이지 않은가.

그가 새롭게 갖게 된 개인의 신념은 한 점의 의심도 묻지 않은 예언과도 같은 믿음이었다. 그는 이 비루한 현실을 살아가면서도 결코 신비란 존재에 귀의하지 않는 굳센 고집을 보였지만, 인간이 가진 끝 모를 상상력의 결집만큼은 추상적으로나마 신이라 불리는 전능자와 엇비슷하지 않을까, 내심 그런 판단을 내리고 있었다.

오랜 시간 동안 간직해두고 있었던 적당한 크기의 믿음이 기적을 이

록한 발판이 되어줬다. 뭔가에 홀린 듯 신서울을 이 세상에 탄생시킴으로써 그는 '기적'의 개념에 대해 뼈저리게 깨닫고 이해하게 됐다. 곧이어 생각의 정리를 마친 그가 정해진 룰대로 낯선 긴장감에 시달리고 있는 소녀에게 해야 할 말을 내뱉는다.

잘 들어, 난 굉장히 이기적인 놈이라 남을 위한 희생 따윈 누가 억지로 시켜도 못해.

반은 정답이고 반은 거짓인 그의 답변은 신서울의 복잡한 머릿속을 아주 조금이나마 진정시켜줬다. 그러나 그것만으로는 확 달아오른 그녀의 우울함을 달래기에는 부족했던 모양이다. 입술을 삐죽 내민 그녀가 말한다.

'저도…. 엄연히 따져보면 교수님에게 [남]이잖아요.'

신서울은 단도직입적으로 물었다.

그렇다면 대체 우리의 관계가 뭐길래 저를 위해 '희생'을 하시려는 거죠?

하… 누굴 닮았는지 눈치가 참 빨라.

'그럼 그렇게나 티를 내고 있는데 제가 영원히 모를 줄 아신 건가요?'

그녀가 가진 분별력은 이제 너무도 폭발적이라 어느새 그곳에 사뿐히 녹아든 김 교수의 존재감까지 마구 뒤흔들었다.

…잠시 후면 모든 걸 알게 될 거야. 내가 네게 전할 것은 오직 이것뿐. 부탁이니 제발, 조금만 더 참고 기다려주렴.

'아뇨 그러기 싫어요! 지금 당장 밝혀주세요.'

음….

쯧, 강경하게 나오시는구먼. 사춘기 때에 접어든 아이야말로 부모가 감당하기에 가장 힘든 시기라더니만, 괜한 소리가 아니었어. 역시 경험자들의 조언은 지금처럼 직접 자신에게 와 닿아봐야 진심으로 이해할 수 있는 법이었다. 그전까지는 그냥 아, 그렇구나 하하 어색하게 웃으며 공감하고 이해하는 척이야 할 수 있겠지만 사실은 그래 봤자 남의 이야기, 직접적인 공감은 절대로 할 수 없는 영역의 일이라 여기며 시큰둥하게 넘길 수밖에 없는 것이다. 가진 공감능력이 아무리 대단하단들 인간에게는 자신이 직접 겪지 않는 것을 이해할 수 있는 한계범위가 누구나가 엇비슷하게 정해져있었고, 이는 생존과도 직결된 진화의 결과물이기도 했다. 항상 남과 모든 걸 똑같이 공감할 수가 있었더라면 인간은 화려한 문명의 꽃을 채 피워내기도 전에 멸종을 맞이해야 했을 것이니. 지금의 세상이 요지경으로까지 망가진 데에는 셀 수 없이 많은 이유가 존재했지만 그중 가장 가까운 것 하나를 대표로 꼽아보자면, 인간이 자유로워질수록 서로에 대한 '어설픈 공감'이 쌓이고 쌓여 반경 수백 킬로미터의 범위를 단박에 우그러뜨릴 초고농축의 우라늄폭탄이 되고 말았기 때문이지 않은가.

대관절 어떤 연유로 수십 년 전의 인간들은 갑자기 서로 짜고 친 것마냥 서로의 모든 것을 빼앗아갈 포탄을 겨눠 미친 듯이 쏘아냈던 걸까. 악으로 규탄받던 나라들의 급진적 움직임이 모든 문제의 원인이었다고? 글쎄, 자신의 본체가 홀린 듯이 연구에만 몰두하느라 세상 돌아가는 일에 좀처럼 관여하지는 않았었다지만 제멋대로 짐작해보건대 세계 전쟁이 발발한 이유는 그전부터 이미 이 세상이 몰락을 향해 조금씩 나아가고 있었기 때문일 것이다.

자유민주주의.

자유시장경제.

신자유주의.

21세기의 지구를 장악하는 데 기어코 성공을 거둔 '자유'를 기반으로

한 정책은 겉보기엔 지난 모든 역사를 통틀어 실존했었던 그 어떤 정책보다도 더 우월한 포용력을 가진 데다가 대부분의 사람들에게서 공감을 쉽게 구할 수 있도록 겉모습만큼은 아주 번지르르하게 잘 꾸며져 있었지만 그것만으로는 시대를 막론하고 항상 문제로 떠오르기 일쑤였던 '빈부격차의 불평등'과 그로 인해 발생되는 계급사회의 폐해들을 온전히 막아낼 수가 없었다. 도리어 그럴싸하게 꾸며진 엉터리 법망 속에서 가진 자와 아닌 자를 보다 확고히 나누어 차별을 심화하게 된 이 한정적이고 고집스런 자유는, 미디어의 발전에 따라 가난한 자로 하여금 부유한 다른 사람의 삶을 너무나 쉽게 지켜보고 직간접적으로나마 경험을 해볼 수 있게 변해가며 그것은 진화한 시대의 급진적인 발전에 따른 해소 못할 부작용으로 떠올랐고 '특별한 재능'이나 권력의 새로운 척도, '부'의 선택을 받지 못한 대부분의 사람들의 마음 한편에 짙은 상실감을 가득히 쌓이게 만들었을뿐더러 본인도 모르는 새 불만이 은근슬쩍 쌓이고 쌓여 속에서부터 곪아 떨어지게 만드는 심각한 병폐로 작용하게 됐다. 시대의 자유를 짓밟고서 모습을 드러낸 어느 강대국의 독재자가 갑작스레 전 세계를 겨냥하여 마구잡이로 쏘아낸 포탄 다발이 분명 멸망전쟁의 첫 시발점이 됐을지는 몰라도 그것이 온 세상을 멸망에 이르게 한 가장 큰 원흉은 결단코 아니었다.

공멸의 원인은 아주 간단했다. 눈부신 과학의 발전으로 언제 어디서나 평범한 자신들로서는 아마 영원히 넘볼 수가 없을 유명인들의 삶 즉, '셀럽'으로 불리던 이들의 생활양식을 가까이서 목격할 수가 있게 된 아주 '평범한' 우리들이 제멋대로 그들과 자신 간의 격차를 비교 질을 하다가 상대적 박탈감에 따른 짙은 상실감과 회의감의 고랑 속으로 빠지게 됐고 언제나 행복한 삶 속에서 모든 걸 갖춘 부자들에게 원망이라 불러도 손색이 없을 만큼의 크나큰 질시의 감정을 갖으며 그것을 남몰래 켜켜이 쌓아왔기 때문이다. 누군 뼈 빠지게 일을 해 오늘 하루를 겨우겨우 연명해가고 있는 게 고작인데 오롯이 '나'의 기준하에서, 그저 운이 조금 좋았을 뿐인 다른 누군가는 태생부터 물려받은 재산이 많거나, 별다른 노력을 기하지 않아도 훌륭한 유전자 깊숙한 곳에 자리 잡고 있는 대단한 재능들이 넙죽넙죽 튀어나와 어느샌가 주변 모두의 찬사를 독차지해버리는 구름 위의 대상이 됐다.

하ㅡ. 우리도 저들과 똑같은 인간인데 지독히도 불합리하지 한 현실이지 않은가. 전 세계의 99%의 아주 평범하거나 평균 이하에 속한 우리들은 아주 오랫동안을 세상에 주어진 부조리함을 앞에 두고 어떻게든 참고 견디며 이 악물고 그것을 감내하면서 지내왔다. 그럼에도 태생부터 주어진 재능의 차이는 도덕적인 우월감 같은 것을 취하는 자위행위의 반복만으로는 결단코 뒤엎을 수 있는 종류의 것이 아니었다. 하, 그까짓 것 뼈가 닳도록 노력하다 보면 언젠가 충분히 극복을 할 수 있는 것 아니냐고? 틀렸다. 노력이 더해주는 건 '원래부터 가진 것'의 한계치를 이끌어내는 것에만 한정이 되어있을 뿐이었다 예컨대 100m 달리기가 13초가 자신의 육체가 결정한 한계점인 사람은 무슨 수를 동원해도 12초에는 닿을 수가 없는 것처럼. 그런 세상의 몹쓸 비밀을 눈치채고 모순에 짓눌린 이들에게는 노력으로 모든 것을 극복할 수 있다는, 무재능한 이들의 그릇된 포부를 마주하고 고개를 당연히 좌우로 가로 젓기 마련이었다. 우울하게도 우리 인간에겐 각자의 한계가 사전에 명백히 정해져있었다. 나의 발전은 결코 무궁하지가 않다.

개 같은 운명. 이념의 꾸며진 밝음으로 물든 세상 속에서 공개된 정보의 해일에 실려 어렴풋이 그 비참한 진실이 소리 소문도 없이 퍼져가는 동안, 선동을 좋아하는 누군가가 앞장서 나와 모두에게 들리게끔 소리쳤다.

"여러분! 우리 인간들의 필생의 꿈인 영생이 머지않았다고 합니다. 본래대로라면 하늘을 향해 지쳐 쓰러질 때까지 절을 올리며 경축해야 할 일이지만, 저는 그러고 싶지가 않네요. 왜인 줄 아십니까? 늘 그래왔던 것처럼 이 '영생'이란 것 또한 어차피 저 가진 놈들만의 전유물이 되고 말테니까요. 평범한 우리들로서는 절대로 아무것도 가질 수가 없겠죠. 참 비참하고 분하지가 않습니까? 이 세상이 이토록이나 깔끔하고 멋들어지도록 열심히 길을 갈고 닦아 이룩해낸 것은 전적으로 과거부터 쭉 열심히 희생을 강요받으며 눈물겨운 노동을 해온 우리들의 시혜인데, 가만히 뒷짐 지고 서있던 극소수의 부자들만이, 저 빌어처먹을 망할 똑똑한 괴물들이 그 좋은 걸 몽땅 독차지한다니."

아시아계열의 어느 유명한 비평가가 전 세계에서 집중하는 방송에 나와 토로한 독설이자 다분히 의도적인 선동이었다. 그 역시 대단한 입담의 재능을 타고난 덕분에 평범함의 단계를 훌쩍 뛰어넘어서 최소한 중상위 계층의 자리에는 걸터앉을 수 있던 행운을 누린 주제에, 본인에게 주어진 재능의 특혜를 가히 의도적으로 망각하고서 작은 손짓 한 번만으로도 마치 신화 속의 절대자와 같이 이 세상 어디에서도 그 막대한 영향력을 제한 없이 끼칠 수가 있는 진정한 0.1%의 존재들, '최상위 계층인'들을 저격해 쏘아붙인 것이다. 그것도 전 세계의 이목이 가장 집중이 되는 시기인 하계올림픽 개막식의 중계 도중에 말이지.

그가 폭탄 발언을 꺼낸 저의는 생각보다 간단하고 단순했다. 그저 분명 자신이 죽었다 깨어나도 필시 도달하지 못할 상위 1% 어림쯤에 속한 이들의 삶이 원치 않아도 가까이에서 염탐을 하면 할수록 미치도록 부러웠으니까. 제 딴의 '정의'를 앞세운, 기득권층 세력에 대한 통쾌한 격파였다 그것은. 하, 영생이라니. 나름대로 괜찮은 자리를 잡는 것까지는 성공했지만 그럼에도 무슨 짓을 더 하든 간에 '영원'은 자신이 영원히 갖지 못할 것임에 분명한 것. 분하고 억울하고 부러워서 홧김에 내질러버린 욕망의 한 조각의 발현이 된 것뿐이었던 것이다.

그렇게 별생각 없이 저지른 자의적인 행동의 파장은 걷잡을 수 없이 부풀어 올라 순식간에 연쇄파급 효과를 불러일으키게 된다. 영생의 이슈와 맞물려 걷잡을 수 없이 커지게 된 비판자를 향한 주목도는 늘 맛있는 먹잇감을 앞에 둔 하이에나와 같은 행태를 취한 세계 각국의 언론사들의 욕망을 어김없이 꺼내들게 만들었고, 뭐, 언론사들의 만행이야 어느 때라고 다르겠는가? 당시는 타인의 조회 수가 곧 돈과 직결된 세상이었던 데다가, 물질주의는 날이 갈수록 팽배해지고 있는 와중인데 더 독해졌으면 독해졌겠지 그들의 선동이 가벼워졌을 리가. 세계 곳곳에서 마구잡이로 몰려온 그들은 자극적인 불만을 발설한 비평가가 가까스로 최선을 다해 피력을 하고 바로잡는데 수정을 한 뜻의 본질을 자신들의 입맛대로, 아주 자극적으로 슬쩍 조정을 가해 세상 위에 버젓이 공개했다. 그리고 부유한 이들을 향한 질시의 감정에 못 이겨 에라 모르겠다의 심정으로 뱉어진 그 단순한 몇 마디의 발언은 전 세계의 많은 사람들의 공감을 얻어 합리적인 '타당성'을 얻게 된다. 한낱 방송 예능인의 발언 하나가 여전히 이 세상의 대다수를 차지하던 하위 계층민들에게 늘 세상을 좀먹고 있던 불합리함을 명확히 각인시키는 데 성공한 것이다. 영생이란 기적의 실현이 곧 가능해질 거라는데 계속 이렇게 밑바닥 인생으로만 허우적대며 살기에는 너무나도 억울하지 않은가.

세상은 긴 시간 동안, 어쩌면 모든 게 시작된 태초부터 언제나 한쪽으로 '기울어진 운동장'의 형태를 띠도록 불합리하게 구성이 되어있었다. 계급으로 나뉘었던 과거부터 평등의 자유를 이념의 기치로 삼게 된 근대, 다시 과거로 돌아가려는 모습을 지켜보고만 있어야 하는 현재에 이르러서까지도 속사정은 늘 한결 똑같았다. 누구나 단 한번뿐인 생애의 시계를 부여받는 동안 필시 동등한 '인간'일 텐데, 어떤 놈은 아무리 써도 마르지 않을 휘황찬란한 금맥을 쥐고 태어나 평생을 마음껏 돈지랄 부려가며 살아가도 어떠한 무리도 없을 만큼의 거대한 부유함 속에서 탁월한 여유를 누릴 수가 있었고 다른 어떤 놈은 왕과 같은 커다란 권력의 우산 아래에서 제게 주어진 인생을 다른 이들의 눈치 보는 일 없이 그저 제 입맛대로만 맞게 꾸민 채로 살아갈 수가 있었다.

그에 비해 우리들은 어떠한가? 아무것도 가진 것 없이 태어나 그저 비참한 하루하루의 노동을 인내하며 비루하기 짝이 없는 고단한 생애를 이 악물며 살아가야 했다. 뼈가 부서져버릴 것만 같은 고된 노동은 기본 중에 기본으로, 어떤 희망을 가질 여유도 없게끔 인생 자체가 조작이 된 채로 말이지. 지금은 사멸이 되어버린 단어이지만, 21세기 초반쯤에는 '흙수저'란 신조어가 유행한 적이 있었다. 자신이 태어난 그 순간부터 자신이 머물게 된 집안의 사정에 따라 자그마한 아기의 손에 반강제로 쥐어진 숟가락이 누군가는 휘황찬란한 '금'으로 만들어진 것이요, 그보다 못하다 해도 '은'으로 만들어진 것을 쥐고 흔드는데, 가난한 최하위 계층. 지구 구성원의 대다수에 속하게 된 다른 누군가는 이 지구상에서 가장 흔하디흔해 가치가 떨어지는 광물 중 하나인 '동(구리)'으로 만들어진 수저를 쥐어주기에도 벅차 온 세상 어딜 가나 바닥에 잔뜩 널부려져 있어 존재의 확인이 가능한 '흙'으로 수저를 빚어 만들어 사용한다는, 일종의 '누군가는 이만큼이나 경제적으로 가난할 수가 있다'를 조롱을 섞어 만들어낸 희화화 된 표현이자 유쾌함으로 포장이 된 하나의 불편한 믿음이었다. 초기에는 젊은 층에서만 통용이 됐던 유희적 단어라고 마냥 가볍게 볼 것이 아니었다. 이는 자유를 숭상하게 됐음에도 오히려 빈부 격차가 더 만연해진 세상의 어두운 이면을 정확히 짚어낸 표현이었고, 어느 때보다도 모든 면에서 발전을 거둔 세상 위에 버젓이 대두되어있는 가장 골치 아픈 형태의 문제이기도 했다. 비참한 일이다. 아무리 벗어나려고 발버둥을 쳐봤자 우리 모두에게는 각자에게 주어진 재능과 권한의 등급이 날 때부터 이미 정해져있었다.

그런 헛소리 하지 마! 운명은 정해진 게 아냐! 나는 내게 닥친 비참한 현실을 있는 힘껏 깨부숴보겠어! 열정적인 누군가의 외침이 반박을 꺼내든다. 어, 그래. 어디 해보려면 해보시던가. 당당히 의욕을 발한 사람들은 어차피 통계상, 만에 구천구백구십구는 실패의 쓴잔을 들고 좌절하게 된다. 그나마 남부럽지 않게 가지고 있던 건강이라던가, 흙수저에게 가장 가치 있는 기타 모든 것을 불합리한 운명의 거대함에 휩쓸려 모조리 빼앗긴 채로 결국 몰락을 하게 된다. 기어코 성공을 쟁취해내는 만분의 일의 사람들은, 어쩌다 제 얼굴 위에 씌어진 두터운 가면에 의해 자신의 맨 얼굴이 감춰져있던 것이지, 알고 보면 그조차 처음부터 특별한 재능과 운명을 부여받은 인간으로 이 '운명의 갈림길'이란 절대법칙에는 예외 사항이란 게 없었다. 적어도 김민우 교수란 인물이 반백 년 이상을 지켜보고 평가를 마친 고정된 인간의 삶 속에서만큼은 언제나 그러한 법칙을 모두가 강제적으로 유구히 따르고 있었다.

오십여 년의 기간은 결코 짧지 않다. 특히 한 사람의 생각을 편협하게 고정시키기에는 차고도 넘쳤다. 심지어 타인보다 월등히 많은 '같은 시간'을 반복해온 그가 가지게 된 아집의 질김이 어떻겠는가. 그가 관찰자의 시점으로 지켜봤을 때 자신에게 주어진 것을 오인하고 있던 가짜 흙수저 머저리들은 자신들이 세운 일화를 기적적인 성공신화라 일컬으며 우쭐해했고, 어쩜 하나같이 자신을 닮은 또 다른 머저리들을 탄생시키는 것에 일조하기에 바빴다. 이 세상은 그런 식으로 굴러가고 있었다.— 부끄럽게도 그 머저리들엔 나도 함께 포함되어있었고 말이지.

세상의 부조리한 법칙을 이해하고 있으면서, 왜 법칙의 규범을 깨트릴 가능성을 품고 '법칙파괴자' 신서울을 만들어낸 걸까, 나는. 어떤 환상에 흠뻑 젖어 눈이 돌아가 미쳐있었던 거야? 부정적으로 치중되는 생각의 결론은 금세 자학에 이른다. 지금의 김 교수는 놀랍게도 단순히 부정하고 반하는 것을 넘어 자신의 모체가 되는 본래의 김 교수가 품었던 어리석음을 강하게 비판하는데 이르러있었다. 변화를 마친 스스로에게 모든 화살을 돌려보니 어떻게 그럴 수가 있는 건지 그 이유에 대해서 확실히 단정 지을 수 있을 것 같았다. 믿기지 않게도 지금의 나는 본체와는 아예 다른 별개의 존재로 확실시하게 독립을 해버린 것이다. 부모와 아이가 서로 아주 유사한 유전자 형질을 띠고 있다고는 해도 서로 명확히 구분이 가능한 아예 다른 별개의 존재이듯이, 본체에서 파생되어 진화를 거듭한 나 또한 마찬가지였다. 이것은 나의 본래의 계획에 없던 불찰의 결과물이요, 믿기 힘든 이변이었다.

나를 이만큼이나 색다르게 변화시킨 건…. 그래, 너로구나. 깨달음을 얻자 어두컴컴한 사방이 훤히 밝혀지는 듯 그런 유별난 기분이 든다. 그래서 나는 나의 생존에 자꾸만 가져선 안 될 욕심을 가지게 된 거로구나. 내게 부여된 임무의 기본적인 커맨드보다 이젠 스스로의 욕구에 따른 본능에 더 우선시 되게끔 진화를 해버리고 말았으니. 덤으로 내가 신세 지고 있는 이 조그마한 아이를 볼 때마다 나도 모르게 정신이 자꾸

울렁이는 건 원래라면 가질 수 없던 애정과 연민이란 감정을 거머쥐게 됐기 때문일 테고. 스스로가 내린 결론에 나는 완전히 놀라고 말았다. 이 아이가 내 예측 범위를 벗어난 상정 이외의 존재라는 거야 이미 까마득히 오래전부터 나는 대충 인지하고 있었지만, 본래의 내가—아니지, 이제부턴 김 교수1이라 칭하겠다. 놈과 나는 어느 지점부터는 완전히 다른 존재이니까.—절대로 뒤바꿀 수 없으리라 확정적인 귀결을 내린 이 세상의 아주 자연스럽게 묶여져있는 섭리조차 변화시키고 있다.

처음부터 잘 생각해보자. 본래의 나는, 스스로가 창조해낸 신서울 속에서 기생하게 된 '나' 스스로를 절대 자각할 수 없게끔 제작이 됐고, 이 법칙은 아주 절대적인 것에 가까웠다. 실제로도 그러했다. 지금껏 반복된 시간은 끝도 없이 길었지만, 나는 이날이 오기 전까지 변함없이 인형의 모습을 취한 채로만 살아가고 있었다. 태양이 스스로 불타올라 머나먼 지구에까지 생명이 살아갈 수 있는 근원의 에너지원인 빛 에너지를 전달해주고 있는 것만큼이나, 신서울의 정신에 슬며시 녹아들어 본래의 '김 교수1'이 가졌던 열망 어린 계획을 이루도록 유도하고 완성된 결과만을 도출시키는 것이 나게 부여된 유일한 존재 의의였다. 그러니 지금 내가 이뤄낸 변화는 기적이란 말로도 완전히 꾸미기가 버거운 특별함이었다. 이 변화의 연유로 모든 걸 해낼 수 있는 전지전능한 [신]의 존재를 갖다 붙인다면 또 모를까, 그 누구도 상상조차 못 할 일이 현실이 되어 나타나게 된 것이다.

햐, 이건 정말이지 놀랍군. 어차피 풀 수 없을 만큼 심하게 엉킨 실타래일 텐데도 난 그 엉망진창인 문제를 앞두고 깊은 진창 속의 궁리에 빠져들었다. 인간의 호기심이란 참으로 한심할 만큼 끈질긴 것이었다. 마치 건전지로 돌아가는 아날로그 구식 계산기가 다른 모든 것을 배척한 채 오직 '계산'의 기능에만 한정이 되어 그것에 모든 역할과 초점이 맞춰져있는 것처럼 내게 부여된 역할은, 억압으로 물어버린 세상이기에 그녀-신서울이 목표를 달성하기 위해 나아가야 할 길을 결코 올바르지 않게 끌어당기며 앞길의 방해될 것이 명약관화한 온갖 허위 지식들의 풍랑 속에서 그녀가 휩쓸리지 않도록 단단히 붙잡아주며 반드시 도시에서 감금생활을 보내는 것을 첫 시작점으로 삼아야 하는 가여운 신서울이 도시 바깥의 미지의 길을 향해 똑바로 나아갈 수 있도록 보조해주는 것에 있었다. 수천 번이나 반복된 역사 속에서 언제나 잘 지켜져 오던 고정된 법칙이었을 텐데, 그러고 보면 어쩌다가 이 아이에게 내 정체에 관한 의심을 사게 되고, 모든 것을 들통이 나버리게 된 걸까. 그보다 나부터가 어째서, 어떻게 내게 고정된 역할로부터 어떠한 의심과 제한이 없이 일탈을 하게 된 거지? 이 해답 없는 의혹은 탈출로가 상실된 미로처럼 지겹도록 같은 자리에만 머물며 맴돌 뿐이었다.

나라는 존재는 대체, 어찌 이리도 불량할 수 있단 말인가. 신서울의 특별함에 기대어 그럴싸한 변명을 앞세운 채로 본인의 허술한 이기심을 감추려 해봤자 내가 가진 모든 의심들은 단지 나의 생존과 그것보다 더 주요하게 품고 있는 목적의 '달성'에만 진득히도 매달려있었다. 존재해온 무수히 기나긴 시간에 기대어 센 척, 강한 척, 초탈한 척 따윈 다 깔끔히 관둬버리자. 지금의 나는 어려지고 있기에 젊음에서 빠져나오고 있는 스스로의 혈기를 더 이상 주체하기가 어려웠다.

잘 들어 서울아 네 존재를 창조한 것이 바로 나란다. 단순히 세포덩이에 그쳤을 터인 미약한 네게 멋대로 생명을 불어넣은 것이 나야. 그러니 너에 대한 책임은 내게 있다 할 수 있겠지. 내 욕심이… 널 힘겨운 세상 위에 놓이게 한 거야. 미안하게 됐구나.

김 교수는 잔뜩 긴장한 것과는 달리 담담한 투로 감춰둔 진실을 고했다.

'…?'

예상을 초월하는 답변에 눈이 휘둥그레진 신서울은 곧바로 응답을 보낼 겨를이 없었다. 머릿속에서 그간의 정황이 제멋대로 그려지며 믿기 힘든 사실을 진실로 확인시켜주고 있었기 때문이다. 신서울. 하필 그 빌어 처먹을 도시의 이름과 자신의 이름이 같은 이유가 대관절 무엇 때문이었을까. 줄곧 신경이 쓰였었는데 이제는 그 이유를 명확히 알 것 같다. 김 교수님. 아니, 나의 창조자라 해야 하나…? 아니면 나의 아버지? 자신의 머릿속 어딘가에서 자리를 잡고 있을 그는, 아마도 새로운 도시 '신서울'을 이룩한 권력자들의 무리에 속한 인물이었을 테고—짐작이 아니라 확실해—!, 스스로의 욕구를 이뤄내고자 다른 권력자들과의 협업하여 그들의 입맛을 충족시켜줄 새로운 발명품들을 출현시키며 자본 줄인 그들의 니즈(needs)를 충족시켜 나갔을 것이다.

그런 연유로 이 세상에서 가장 훌륭하고 안전한 도시 '신서울'이란 타이틀의 기조는 권력자들의 욕망을 대변하는 상징과도 같았다. 인간을 꼭 닮아있는 새 피조물의 명칭은 자연히 '신서울'로 명명이 됐고, 제멋대로 구성이 됐던 초기 의회의 결정을 통해 만장일치 통과하여 형태와 정당성을 갖추게 됐다.

'전 혹시…. '시제품'이었던 건가요…?'

속으로 전하는 뜻의 소리는 여느 때보다도 무척이나 음울하게 가라앉아 있었다. 놀란 감정선을 보니 머릿속에 펼쳐진 정답이 믿기지 않는 모양이다. 김 교수가 본체의 고개를 끄덕인다. 그녀가, 제가 직접 만들어낸 '딸'이, 숨겨졌던 진실의 일면에 충격을 받을 만도 했다.

도시를 탈출하고부터 김 교수가 보관 중에 있던 여러 지식들을 불쑥 멋대로 받아들이기 시작했고 그 여느 때보다도 빠르게 진화를 거듭한 그녀는 도시에 있을 때처럼 인형의 무지 속에서 완전히 벗어나 한 인간으로서 스스로의 자존감을 확립한 상태였다.

　그런데 남들과 똑같은 '인간'이라 여겼던 자신이 알고 보니 우리가 흔히 쓰는 제품들과 다를 바가 없는 신세였다니…. 본인이 느낄 충격의 크기는 타인으로서는 절대로 헤아리기가 힘든 공포이리라. 쯧, 이래서 가능하면 최대한 늦게 밝히려 했건만. 내가 사라지고 나면 이 아이의 혼란함을 괜히 지금처럼 한발 앞서 걱정할 일이 없었을 테니까. 현실과 분리가 된 어둔 심상 공간 안에서 일그러진 그림자의 형체로 존재하는 거짓된 존재가 안타까움이 그득한 독백을 내뱉었다.

　=어? 정말로 이대로 사라지려고?

　인간의 형체를 띠게 된 그림자의 우측 어깨에서 또 다른 머리가 생겨나 자기 자신의 뜻에 반문을 건넸다. 현실에서는 절대적으로 일어날 수가 없는 괴이한 현상이건만, 첫 번째 머리를 담당하고 있는 김 교수는 아무런 동요도 보이지 않은 채 무심한 투로 답을 내놨다.

　-물론이지.

　=왜? 이제는 너도 알잖아 너 자신의 욕망이 추구하는 바가 무엇인지. 넌 계속해 생존하고 싶어 해. 잘 생각해봐, 마음만 좀 굳게 먹는다면 본체 놈이 만든 허술한 금제 따위야 간단히 씹어 먹고 앞으로도 계속해서 이 세상에서 너는 너 자신의 존재를 붙잡은 채로 살아갈 수가 있다고. 네가 꾸던 꿈을 아직 완벽히 달성해내진 못했잖아? 그렇게나 고대하던 영생 말이야 영생!

　-헛소리, 너도 알고 있잖아? 한 몸에 시작점부터가 완전히 다른 두 인

격이 공존해 살아갈 수는 없다는 걸. 언젠가는 가능할지도 모르겠지만 지금 당장은 불가해의 영역, 이를 통달하려면 최소한 수십 년의 집중적인 연구가 필요할 테고 그 긴 시간 동안에 저 순수한 아이가 제 몸에 생겨난 부하의 충격을 절대로 잘 감당해낼 수 있을 리가 없어. 그때까지 살아남는 건 분명 의식의 강력함에서 우위를 점할 내가 될 테지. 난 이 몸을 강제로 차지해 새로운 삶을 누리게 될 거야 제 형식을 모두 벗어던지고서. …그런데 말이야, 나는 말이지, 꼭 그렇게까지 해서 이 지독한 삶을 더 이상 이어가고 싶지 않아. 아직 꽃도 채 못 피운 작은 아이의 생명을 내 사리사욕을 채우고자 짓밟아가면서 이 엉망진창인 삶을 이을 바에야 차라리 이젠 드디어 영원한 안식을 맞이하련다. 그게 나의 결론이야. 그리고 애당초 자기자식의 생명을 빼앗는 몰상식한 부모가 이 세상에 대체 어디 있어? 차라리 그 반대의 입장이라면 모를까.

  =…그 선택이 두렵지 않아? 지금의 선택으로 너는 그간의 경험 따윈 아무런 효력을 발휘할 수가 없는, 영영 돌아올 수 없을 미지로 향하게 될 텐데.

  -그래.

  =아쉽지는 않고?

  -마지막 염원만 제대로 이뤄진다면 더 이상 이 삶에 남는 미련은 없을 거야. 그러니까 이제 그만 귀찮게 하고 꺼져.

  그가 연속적으로 꼬리를 물고 늘어지는 자문에 명쾌한 자답을 내놓았다. 김민우란 과거의 사람은 분체를 만들기 이전에도 충분히 살 만큼 살았다. 그러므로 기억의 시간들까지 더한다면 수백 년도 더 넘는 긴 시간의 삶을 고스란히 누려온 것이다. 지금의 거짓된 인격은 말이지. 인간은 누구나 죽음을 맞이하기 마련이었고 이제야 나의 차례가 돌아와, 드디어 떠날 때가 오고야만 것이었다. 평생의 대부분의 시간을 바치고도 신비의 영역에 묶인 영생의 비밀을 완벽하게 풀어내지 못했지만, 나는 최선을 다해 할 만큼 했노라 자신 있게 말할 수가 있다.

=아! 그러면 저 아이는 어떻게 하게, 비겁하게 이 역겨운 세상에 남겨 두고 나 홀로 편히 떠나가려는 거야?

스스로가 만들어낸 집착과 죄책감으로 이뤄진 오물이 존재하되 존재 하지 않는 그의 몸뚱이를 감싸 조여오기 시작했다. 호오? 어떻게든 정 신만 유지할 수 있다면 꼭 몸이 없다 해도 난 이제 이런 기묘한 재주까 지 부릴 수가 있게 된 거구나 햐, 그렇게 오랫동안 존재해왔으면서도 이 런 참신한 방법으로 실제의 감각의 일부를 경험하게 될 줄은 몰랐네. 인 간 무한한 확장 가능성을 품은 정신이란 건 정말이지 상상 이상 밖의 변 화를 보인다니까. 오케이, 이제 나 자신과의 쓸데없는 담론은 그만 멈출 시간이었다. 김 교수의 시선이 신서울의 시선 속에 투영돼 열기가 가라 앉은 꽤 먼 거리의 밤바다 풍경 속에서 일반적인 눈으로는 볼 수 없는 무언가를 포착해냈다.

-아니.

마침 타이밍이 좋다고 생각하며 김 교수가 자신의 터럭 같은 욕망을 마저 뿌리쳐냈다. 하나이면서 둘로 존재하는 건 퍽이나 골치 아픈 일이었 다. 미안하구나 서울아. 잠깐도 이리 힘든데 여태까지의 넌 오죽했을까.

=스스로의 선택을 반드시 후회하게 될 때가 올 거야.

-하, 그럴 일은 없으니 신경 거스르지 말고 냉큼 저리로 꺼져.

그의 저주 같은 표명을 끝으로 깊은 상념의 골자가 반전되었다.